陕西新华出版传媒集团
太白文艺出版社·西安

西门里

长篇原创小说

李顺行 著

图书在版编目（CIP）数据

西门里 / 李顺行著. -- 西安 : 太白文艺出版社,
2016.12(2022.3重印)
ISBN 978-7-5513-0985-1

Ⅰ. ①西… Ⅱ. ①李… Ⅲ. ①长篇小说—中国—当代
Ⅳ. ①I247.5

中国版本图书馆CIP数据核字(2016)第319821号

西门里
XI MEN LI

作　　者　李顺行
责任编辑　谢　天
整体设计　九　歌
出版发行　陕西新华出版传媒集团
　　　　　太 白 文 艺 出 版 社
经　　销　新华书店
印　　刷　三河市腾飞印务有限公司
开　　本　787mm × 1092mm　1/16
字　　数　300千字
印　　张　28
版　　次　2016年12月第1版
印　　次　2022年3月第2次印刷
书　　号　ISBN 978-7-5513-0985-1
定　　价　84.00元

联系电话：029-81206800
出版社地址：西安市曲江新区登高路1388号（邮编：710061）
营销中心电话：029-87277748

是人的高贵与自私，历史的进步与破坏，人生的苦难与光荣，奋斗与收获等等。这种穿透与超越时下关于人、人性、历史、社会解释的努力，就能够说明作者李顺行通过西门里一群农工商人的生存，企图个性化地诠释历史、社会、人生的野心。

《西门里》是一部充满作者道德化社会人生理想的小说。“致家”——国民党的失败在于黑暗腐败，“兀家”——共产党的胜利在于铲除黑暗，给人们以希望。虽然小说中有着鲜明的社会背景，并表现共产党执政后从“土地改革”“三反五反”“农业合作化”“大跃进”“文化大革命”到“改革开放”的社会政治变迁，但它表现的中心仍然是与政治化的社会历史相比较，更为重要的是人的命运与德行，很少去评价执政者决策的得失。这让笔者想起户县草堂寺一位沈阳籍女尼的话：“不违国策，不逆人意。”只要人心都向善了，就能减少人间许多痛苦，弱者就会平安，社会就会和谐。在阶级斗争的年代里，西门里的王银贵也想像戏曲《夺印》那样向“地主资产阶级”夺权，但却失败了；“文革”时，造反司令包子六也想血洗西门里，也收手了。这得益于西门里的生产队长王金贵是个正派善良的人，自己能力不强，号召力不够，但却能得到高步宽的坚定支持。高步宽是个乡贤式的农业户口的工商业者，不仅自己经济实力雄厚，家中有金银细软，炕底石库藏着相当一笔无主银元，经常帮助那些贫困无助的人。他善于审时度势，不仅自己积极拥护国家政策，而且能够影响和动员别人拥护。所以作为西门里实际上的领导者，正是他或明或暗的抵制和反抗，减轻了王银贵、包子六等“闹派”人物针对西门里的阴谋，保护了西门里人的平安。

高步宽在处理自己原来居住王老大的房屋问题和从同样是山西商人苏有志手中典当（实际上是购买）凶宅兴盛宫，处理张继祖、张继宗兄弟家产争夺战等问题上，不仅表现了高步宽的精明和智慧，也说明他的发财不是偶然的，他在历次政治运动中平安无事也不是偶然的，更表现了他的仗义疏财、扶贫助危的勇气和担当。他为人宽厚，处事低调，不事张扬，凡事留有余地，体现了“允执阙中”，“过犹不及”和“得饶人处且饶人”的传统理念。他是能对前后两个妻子及家庭负责任，尽义务的好男人，更是西门里人的精神支柱和命运的救星。著名社会学家费孝通在他著名的《江村调查》中，曾经对乡绅在旧中国乡村中的重要作用做过论述，高步宽在近半个世纪的西门里的地位正是一个兼有道德模范和乡绅作用的脊梁式人物。但是，高步宽的个人命运并不好。妻子枣花和两个儿子先后病逝夭折，留下他与女儿相依为命；后来从前妻那儿过继了一个儿子，没过

乡土中国的深情回忆和文化精神透视

——读李顺行长篇小说《西门里》

李星

经历潮起潮落，风云变幻，中国文坛的小说终于进入了“新常态”，回归于个人化、个性化；高度社会化、历史化的宏大叙事固然追求者仍众，但其服务于当下政治、紧跟现实的激情已退，越来越贴近于自己的生命和人生体验的个人回忆了。一些高龄写作者尤其如此，如鏖战一生的战士，解甲归隐，面对绕膝儿孙，抚伤叹息，闲话当年，在对故人故事的回味中，咀嚼逝者如斯的社会人生经验。不是所有的人都有“读书事业教儿孙”的学问和担当，但却有冀望于后来者的满腹深情与满腔责任。回忆、思考相连，不只有着经验的传授，更有着历史和文化的意义，在信息化、网络化所带来的人们生存生活方式的剧烈变化中，更有心灵和精神归宿的意义。回忆和悼亡，当年产生了不朽的《红楼梦》，今天产生了文坛大家贾平凹的《老生》，也产生了李顺行先生的《西门里》。

故事发生在关中东部，渭水北岸一个古老的被称为“旱码头”的镇子。作者的回忆笔墨聚焦于镇子西门里的几个山西商人和他们的家庭事业、人生遭际、生老病死、婚丧嫁娶以及与他们命运相关祸福与共的剃头匠、唢呐手、乞丐、刀客义士等五行八作的各色社会底层人。在二十世纪四十年代末到八十年代初，近半个世纪的历史、政治、社会变迁中，展示了改变与守成的西门里人真实的生存状态及心灵、情感图景，极状了人性的恶，又充分肯定了人性的善；既呈现了社会人生的极苦大难，又肯定了底层人救死扶伤、相帮互敬的无比温暖；既展示了私欲驱动下的一些人的丑陋，又讴歌了如高步宽、康哼囔、耿诚信、冯登菊等人助人为乐的高尚与美好。古人说，“君子之德风，小人之德草，草上之风，必偃”，这是千古不变的乡土中国的文化和风情，也是经历风霜后民族精神的骨骼。

小说结尾处乡村知识分子沈文奎所留下的著作《十字沈解》，所阐释的正几年，去了西安求学发展；不久女儿又不幸早逝，前妻因悲伤过度，突发急病猝死；到了暮年，不得不续弦范家为伴。

《白鹿原》刚刚在全国红火的时候，我曾当面认真地对陈忠实说，研究者说中国传统文化的最大特征是以家族男性家长为代表的宗法文化，从这个角度看，《白鹿原》就是一部中国传统家族文化的百科全书，并开玩笑拟了一句广告词："你要了解中国传统文化吗？请读《白鹿原》！"让我没有想到的是，比陈忠实年轻几岁的李顺行在《西门里》中能够将乡镇的人情物理和传统村舍文化，如嫁娶、丧葬、乞巧、鬼神信仰、集市风光、不动产买卖、日常交往及娱乐文化等表现得如此生动、丰富、具体。书中还收录、整理和创作了大量的表现民情、风俗、人民心理愿望的民歌、民谣、民谚、快板说唱，可谓琳琅满目，美不胜收。另外例如庙宇、大家小户、妓院、商户、作坊门口的对联，可以说充满了民间文化人深厚的艺术修养，让人叹服他们很高的语言智慧。《西门里》也是一部中国民间优秀文化、民俗风情的"百科全书"啊！

小说中的人物语言也没有许多新小说书面化、现代化的毛病，既有旧时的历史生活内涵，又紧密贴近了人物身份。如鸨母对聋子染匠娶妓女翠仙的拒绝，从良的翠仙对闹房浪子们的应对，都十分精彩。此外，一些方言土语也运用得恰到好处，如形容事情难办说："墙上拔木橛，摇着呼噜呢，拔却拔不下来。"如说某人听不懂人的话："我给你伤脸呢，不是给你挂匾呢！"如高步宽要王银贵滚开的："西瓜咋走你咋走！"如悍妇陈石榴欲吞并兄长家产说的"两碗折一碗"等民间日常生活用语都很生动形象，极为有趣，有极强的表现力。

《西门里》因为夹杂了儒家经典文化和民间神秘文化的混合立场，价值观念难免有矛盾之处，一些地方存在着现代理性精神不足的缺陷。尽管如此，它仍然不失为一部弘扬真善美，鞭打假丑恶，具有丰富的民族民间文化和精神正能量的好书，尤其是以高步宽为代表的乡贤和工商业者的形象，更集中地反映了乡土中国一以贯之的优秀伦理道德精神的号召力和凝聚力。

作者李顺行是文科院校毕业的退休公职人员，对小说写作有着执着的喜爱和不懈的追求，退休前后已有多部小说创作和出版。这部《西门里》可以说是动用了他一生的生活和情感储备的书，也是他花费时间最长，投入最多的生命之书。它的许多长处和考察历史社会人生的角度和思考，却是许多职业写作者都难以具备的。是为序。

二〇一五年七月三十日草毕

引 言

这是关中东部渭水北岸，一个比较古老的镇子，古老得已经弄不清楚始建于哪朝哪代哪年哪月。只是从一辈辈口口相传中得知，老早就有先民在这里活动，秦朝已有多户散居，汉朝形成自然村落，只是村名无考。唐天宝末年，住在镇子西南九龙塬驿站的军民，为了躲避安史之乱，纷纷流亡他乡。其中有几户人家不想远离故土，便在这里落脚。后来连同原有住户发展成张官、渊家、仁和、隆兴、紫禁和永合六个堡子。六个堡子北边，从西到东是十多公里宽的缓坡塬地，皇家陵区绵延不断。声势浩大规格很高的祭祀活动，催生了焰火花炮和造纸业。一直到了宋代，镇子才初步形成规模，镇名曾叫“六合堡”，于是就有了“先有六堡子，后有镇子城”的说法。当时，镇子就是这一带的政治文化中心和物资集散地，从那时候起，就有了“旱码头”的称号。

明嘉靖二十五年（1546年）镇子开始修筑城墙。城墙呈长方形，东西长三华里多，南北宽两华里，周长十华里之多。城北紧抵北塬，出了北门绕过北极宫，朝北朝西朝东均是上坡，塬的尽头是起起伏伏连绵不断的山峦。城南一马平川，离城不远处，巍峨壮丽的魁星楼和文昌阁一字排开，砖木两层，雕梁画栋，遥相守望。往南五里，九龙塬东西横亘，传说唐玄宗在此打猎，因云中现九条龙得名。六个堡子中，一个被回民起义时夷为平地荡然无存，一个和毗邻堡子连成一体，一城两堡，各叫各名。现存的五个堡子城外，有四个贮存雨水的涝池，活像镇子的眼睛。城内城外有六座庙，分别是关帝庙、财神庙、北极宫、南极宫、一天门、龙泉寺。四个城门楼，挺拔高大，建筑精美，气势宏伟，镶嵌其上的匾额文采飞扬。东门是标榜自信满满的“关右铭区”，西门是希冀财源滚滚的“金气独盛”，南门是渴望善意融融的“万善同归”，北门是号召众志成城的“旺气隆葱”。街房私宅一色明清建筑，青砖到顶，雄伟挺拔。禽兽、花卉、祥云、山水、人物遍布于正脊、侧脊和山墙。砖雕、石雕、木雕，玲珑剔透，活灵活现，生动有趣。四条正街的字号，几乎全是能卸能装的黑色条形木质铺板门。

街道布局很有特点，除了东西门里两个小十字外，不管是巷道还是街道，基本上是丁字形结构，在传统城郭建筑中绝无仅有。北街丁字口和南街丁字口这一段，因东有一天门，西有关帝庙，镇子人称它为庙前里，是镇子的白菜心。东西南北四条正街，东关、西关、南关三条关街，纵横七条街。正街后边有东北安、西北安、西南安、东南安四条背巷，加上五个堡子四条古巷，号称八道安。正街与背巷有若干个丁字巷道连接。东西南北四个城门，五个堡子四个堡门，外加一个梢门，号称九个城门。东西南北城门四个大关，五个堡子六个小关，其中一个堡子有两个关，共计十个关。镇子人把它概括为：一条主街三里三，两只犄角四只眼，五个堡子六庙院，七条正街八道安，九个城门十处关。后来又精练为：一街三三，两角四眼，五堡六院，七街八安，九门十关。

字号之间的界墙墙头，镇子人称为象鼻，其建筑精美，高大挺拔，气派威严。象鼻的精美在顶部，顶部分平顶、圆顶和花顶三种。顾名思义，平顶实际上没有顶，多是房檐延伸覆盖其上，称为穷顶。圆顶为圆柱体，多竖卧少横亘，简单又省钱，就叫它懒顶。花顶比较讲究，顶部的精彩数花顶。其建筑形式简直就是古歇山顶的高度浓缩，各式各样砖雕装饰其上，富丽堂皇，气宇轩昂，美轮美奂，被誉为富顶。富顶多是大家富商，懒顶多是一般字号，平顶多是小门小户。象鼻的墙体，或圆拱门，或半圆拱门；没做拱门的，有台阶相连。来往行人，热天晒不着，雨天淋不着。

城墙东西两头较高，中间低凹，活脱脱一艘起锚远航的大船。魁星楼、文昌阁像是码头上泊船的两个锚桩，预示着在这里闯荡必然会生意兴隆，财源茂盛，一世富有。镇子城墙又高又长又厚，气势雄伟，活灵灵一条盘踞的巨龙。魁星楼、文昌阁又像是龙的两个犄角，寓意着只要勤动脑、能吃苦、肯出力，就能在这里出人头地，飞黄腾达，辉煌永续。经过千余年的积累，数百年的经营，到了清末民初，各种商家纷纷汇聚，镇子规模迅速扩大。百货业、粟米业、酿造业、旅馆业、餐饮业、娱乐业、竹木业、银铁业等，作坊林立，盛况空前。不光腰缠万贯的生意人蜂拥而至投资置业，就连那些一文不名的谋生者也来碰运气找机会。尤其是花炮焰火，经过明、清、民国和新中国数百年的发展，逐步形成了产业较为规范，工艺较为先进的产业链。共有七大类，一百四十多个花色，五百多个品种，成为我国北方重要的焰火花炮生产基地。其中焰火名噪西北，多次进京，东到扶桑，西达欧陆。造纸业声名远扬，麦秸纸、草纸、麻纸、仿格纸、粉脸纸、绿红纸、青蓝紫红诸色的蜡笺云笺等各种纸张，质量上乘，销路很广，在全省，在西北，甚至在京城也享有盛誉。纸中极品，蜡笺云笺，远销苏杭，极受欢迎。特别神奇的是，经过一段时间贮存，再加上长途颠簸摩擦，纸面光滑，质地柔韧，色泽鲜亮，越发妙不可言。

人杰地灵，文脉深厚。东街陈家祖辈为官，一门三进士。北街王家诗书传家，四代弄诗文。西街任家代代舌耕，辈辈师表。南街甘家出身行伍，父子带兵人。到了现代，在外担任县处干部、地厅领导、专家学者，甚至于将军都不乏其人。但是新中国成立以后，几乎没有出过什么大人物。据说原因是，新中国成立前镇公所的门开在骡马巷坐北朝南，新中国成立后门开在西街坐南朝北，活生生成了倒退牛形状。要是镇领导脑子活泛点儿，继续把门开在南边，就可以出九老碗六铁勺三酒盅糜子颗颗那么多人物。当年蚂蚁在镇政府后墙上朝南拱了针屁股大的洞，才凑凑合合出了个副厅级，还是个助理巡视员。人们对四条街也有四种说法：东街里富人多，一个比一个势扎得大；西街里能人多，本窝子咬得嗑里嘹嚓；北街里文人多，动不动就往驴屁股上爬（咬文嚼字）；南街里武人多，路见不平挽起袖子出拳就打。

特色饮食在当地闻名遐迩。饮食经营分三个层次。第一层是开馆子办饭店。便宜馆的水盆羊肉、北店子的裤带面、拐角馆的地软包子名声远，高门台的八宝辣子、面糊辣子、斩斩辣子盖全县。第二层是一街两行的小吃摊点。一天门底下鳖娃的甑糕，筋道得筷子一两下戳不烂，急得吃不进嘴里，头上直冒汗。南关狗剩的饸饹，长得像囫囵线，恨不得用剪刀往开剪。史家巷口锅锅的糊饽馍，香得没吃完，就急着喊再来一碗。庙前里巴牛的油糕，甜得咬一口，脆生生，酥融融，黄碎迸溅，满口流香，味道贼甜；一没留神，糖汁顺着胳膊往下淌，只顾抬臂歪头把胳膊肘的糖汁舔，没料想，手中举着的油糕里的糖汁滴在后背，似热油煎。第三层是走街串巷担担的、推车的、挎笼的、举杆的。街头巷尾那些各种各样的叫卖声，特点突出，此起彼伏。好多小孩没钱买，就朝卖小吃的发泄。卖红苕的喊：红苕热的，热的热苕哩！——有顽皮稚嫩的小孩声从黑暗处传来：红苕热不热，叫我把脚暖一下；卖糖瓜的喊：卖——糖——瓜——来——哟——谁要糖瓜哩！很快有小孩喊：糖瓜甜，不要钱！糖瓜苦，爷不瞅；卖米汤的喊：喝米汤俩（了）矣！然后从木桶满满舀一木勺，高高扬起一股红绸似的靓汤，再用空木勺很艺术地敲击一阵木桶，又听小孩喊：米汤稀，没力气！米汤稠，塞喉咙！听了孩子们羡慕忌妒恨的呐喊，卖者不恼不火，该咋吆喝还咋吆喝。

活跃在镇子的庄客数量惊人。庄客是过去镇子对推销员和采购员的统称。当时那些来自四面八方的庄客，人如潮，马如龙，车如水。特别是销售旺季，大小旅店全部爆满不说，除了住在县城和邻镇的，住家户屋里也有不少。其中腰缠万贯者，少说也在半数以上。镇子大商号的庄客，下四川、走三边、跑西北、去东南，涉足大半个中国。人声喧闹，马驼嘶鸣，铃声叮当。征尘滚滚的马帮、骆驼帮、驮驴和吱吱呀呀的各种各样的人力推车，成群结队，一溜带串，东出古关函谷，西走丝绸之路，南越秦巴崎岖，北经金锁险隘。以至于那些人只知道镇子大名，不晓得县名叫啥。在相互往来中，带去的是关中人的风土民俗、聪明智慧和淳朴宽容；带来的是蒙古草原的热情敦厚、西域沙漠的奇异神秘、南方沿海的细致精明和西方诸国的现代开放。毋庸置疑，不少人也留下了英雄气短、儿女情长的风流佳话。

最有看点的是两个时间段。一个是开门迎客。早上敬完财神，一阵稀里哗啦的卸门挂望声响过，满街道字号掌柜相公伙计，倾巢而出，走下台阶，来到街心，或端茶，或捧点心，唱着口歌，谦恭礼让，像请神迎佛一样，恭迎第一拨进店的顾客。一个是关门盘点。晚上又是一阵噼里啪啦的安门卸望声响过，家家字号灯火辉煌，忙着在铺柜里盘点。报账目的，一手指着账本数字，一手拈起账页，随时准备翻揭，同时，摇头晃脑咿咿呀呀，连说带唱地报着：打——一个，二十八块六毛三，打——一个，一十八块五毛四…… 打算盘的，或一手打一个算盘，或两手打两个算盘，指头在算盘上蜻蜓点水，来回舞动，灵活自如，发出连续不断的噼里啪啦的声响。此时此刻，如若徜徉在夜幕笼罩的街道上，一街两行，扑入眼帘的是字号门缝那剪影般的道道亮光，充斥双耳的是抑扬顿挫似念似唱的报账声和连续不断清脆悦耳的算盘珠的碰撞声。偌大个镇子，简直就成了算盘的汪洋大海，一些初来乍到者，还会以为这里正在举办一场别开生面的算盘大赛哩。在这个具有诗情画意的美好瞬间，又有谁不会陶醉在这深厚浓烈的商业氛围中而流连忘返呢!

招牌、望子琳琅满目。“近看招牌，远看望子”。招牌是店铺的标志，主要是帮助上门的买主辨别字号门面和商品特性。有横招、竖招、墙招、坐招等，形式位置比较固定。上面多是字号名称，比如，“同义宫”“一言堂”“永和园”和“紫云阁”等。望子是镇子对幌子的土称，是行业的标志，主要是帮助距离较远的买主识别商品的种类。多用长竿挑挂于房檐上墙头外，摇曳飘扬在街道上空。望子种类很多，有旗帜类的，或长方的，或三角的，或半圆的，五颜六色，随风飘荡，呼呼啦啦；有实物类的，如酒葫芦形的，装满粮食斗形的，牙齿形的，饭碗冒热气形的，马头形的，形象逼真，一目了然；有人物头像的，妖艳多情的美女像，庄重严肃的创始人像以及各种抽象概括的剪影，各色人等，惹眼招人；还有文字类的，如醋、竹、药、棉、木、缝、皮、染、铁、漆、汞、裱等，隶篆楷书，会意象形，耐人寻味。遇会逢集，那些游走于街心的各式各样的活动望子，举杆的、担担的、身背的、货物上插的，来来往往，招摇过市。尽管这些招牌望子，或古旧，或简陋，或稚嫩，或脏兮，但是，透露出的却是镇子的商业气息和朴实本真。

放眼一街两行，铁匠门前木墩顶端的铁砧子上，老铁匠引锤指指点点，两个黑脸壮汉双手三百六十度抡圆大锤，饿虎扑食一般，砸得红铁火花四溅，震得脚下瑟瑟发抖；木匠门前竖着数丈高的大原木，两个木工踩着两边斜架的木板，哼着高亢激越的秦腔，嚓——嚓——来回拉着木锯解板，锯末子火花似的不停喷溅；竹器铺檐口一排排青竹直耸云天，檐下美观精致的各种竹器星罗棋布。还有染坊门前彩虹般的七色染布，灯笼店檐下林林总总火红火红的灯笼串，纸扎店门前五颜六色各式各样的纸扎，加上药香飘逸的中药店药屉呼啦戥盘当当药铡咯吱铁窝咚咚碾槽咣当声，顾客盈门的杂货铺悠扬婉转的唱收唱付声，呼呼作响火舌喷吐的茶水炉吧嗒吧嗒的风箱声，香味四溢的饭馆子抑扬顿挫时短时长的跑堂呐喊声，多如牛毛的小商小贩各种各样的吆喝声，满街行人熙熙攘攘的呜儿喊叫声……风生水起，生机勃勃，一派繁华。

民国十八年（1929年），不少商号难以为继，有的倒闭，有的歇业。民国二十三年（1934年），陇海铁路通到西安，又有许多商号大举南迁，镇子元气大伤。民国二十六年（1937年），抗日战争爆发，山西一些富商逃到镇子，商业贸易随之活跃起来。抗战后期，贪官污吏、军阀财团横征暴敛，中饱私囊，纸币贬值，物价飞涨。这个内陆古镇从此人口锐减，零落萧条。“一条主街风光不在，三里繁荣只剩庙前。”先是商家一批批撤离，接着是字号一家家倒闭，留在镇子的一些小字号，也是惨淡经营，风雨飘摇。两个丁字口之间的庙前里，成了繁华地段。“两只犄角严重毁损，四只眼睛瞎掉一半。”砖木结构辉煌壮观的魁星楼、文昌阁严重损毁，只剩下两个光秃秃的黄土高柱孤悬城外。四个涝池，有两个成为垃圾坑。“五个堡子有名无实，六座庙院去五存一。”堡子的城门城墙损坏殆尽，和镇子融为一体。北极宫、龙泉寺变成学校。关帝庙成了粮库和戏园子。财神庙建筑毁坏，只有黄土高台遗弃西门外。南极宫宫在神移，挪作他用。一天门全部拆除，对面庙院沦为茶水炉。“七条街萎缩大半，八道安四拐八弯。”四条正街字号关得只剩下庙前里。三条关街全部废弃，只剩下风雨飘摇的骡马大店。堡子堡门、堡墙全部拆除，堡子和四个安的巷道不是一条轴线，连接处自然形成四拐八弯。“九座城门有城没门，十处关口一关不关。”城墙挖得豁豁牙牙，城门楼子全被拆除，镇关、堡关基本撂荒。有人感叹：一街生意，萎缩庙前；两角两眼，风烛残年；有庙无院，神也可怜；四街四安，破旧不堪；没城没关，乡村一般。

瘦死的骆驼比马大。尽管镇子已经走过了它的辉煌时期，但毕竟还是镇子的规模，还是这个地区的政治中心和物资集散地。它的风水、它的人脉、它的传统、它的影响、它的基础以及各方面无法遏制的惯性，不可能因为外界的冲击和内部的变化丧失殆尽。在很多领域，作为对这些冲击的反作用力，还在顽强不屈地发挥着自己的影响。别的地方姑且不说，看看镇子西门里的今夕变迁，便可窥见一斑。

西门里的“西门”比较好理解，“里”还多少有点儿说道。它不只是纯粹表示里外方位，在这儿是特指西门里边这块地方，当然也有语气助词的作用。其实，这是镇子人特有的一种语言习惯。比如，把县上叫县里，把东街叫东街里，把庙前街叫庙前里，或庙先里，把中间叫中间里等等。

西门里就是指西到老西关遗址，南到街道路南住户的后院南墙，北到北城墙根，东到镇政府西墙这块地方。西门里是当时镇子一个基层组织的名称。新中国成立前是西街保的甲，新中国成立初是西街村的村民小组，合作化是西街合作社的生产队，公社化是西街大队的生产小队，改革开放后又恢复为西街村的村民小组。不管是新中国成立前、成立后，也不管是变成队、改回组，变化来变化去，变化的只是组织名称，不变的永远是西门里！

西门里虽然只是个组的级别，但是还分为三个自然区块。一块是老西关遗址，主要是以骡马店为主的几家住户，包括城墙洞那几个光棍汉，俗称“城门外”。这里住户稀稀拉拉，房屋极少，院子很大，他们继承了老先人的传授，家家户户供奉着马神。另一块是街道两边，从西门开始，往东过赵家巷、李家巷十字，到镇公所这一段，俗称“街道里”。街道两边是标准的前店后场的大字号，他们供奉着文武财神或开山鼻祖。还有一块是老堡子的古巷道，俗称“后巷子”。绝大多数建筑具有农家院的色彩。每家门里都有照壁，照壁中央有三尺见方的土地堂，土地堂供奉着或站或坐的各种土地塑像。

就是这么个小小西门里，虽然谈不上物华天宝，人杰地灵，却也算得上三教九流、各色人等。对西门里感兴趣的人褒奖这里是“好好多得压摞摞，能能稠得用锨铲”。不感兴趣的人贬低这地方“庙小妖风大，池浅王八多”。不管是褒奖也好，贬低也罢，实实在在的事实是，这里确实居住着不少在镇子多少有点儿影响的人物。文雅官话称其为社会精英，镇子土话叫他们人物尖尖。这类人物究竟有多少，一两句话很难说清楚，但是只要听听镇子人的说法，就能明白个八九不离十：能上秤称、能用斗量的，除了甲乙丙丁诸君，还有子丑寅卯列位。上不了秤用不成斗的，多得绊不死人也能绊个差不多。

西门里赵家巷口西边第一家，那院一间半宽房子的房客高步宽，就是一位能上秤称、能用斗量的人物尖尖。不但在西门里以乐善好施著称，而且与东街里仁者医德的张医生，北街里为人师表的王舌耕，南街里守节寡居的周蔺氏，公认为镇子的“四贤”。这里之所以首先要提到高步宽，并不是因为他是四贤之一，也不是因为他家道殷实，更不是因为他是能上秤称、能用斗量的人物尖尖，而是他力排众议，我行我素，孤注一掷，要买恶名在外、无人问津的凶宅鬼屋——兴盛宫。

第一部

步宽有数

镇子西北有个山口赵老峪，冬季风畅通无阻。一旦刮起来，冷气直逼心骨，厉害时需要背着风倒退着走。风的响声也怪，时而哨响，时而笛鸣，时而狮吼。时间也长短不一，或几小时，或大半天，或一昼夜，个别时候还有刮好几天的。镇子地势低洼，灰尘最容易聚集。冬季花草枯萎，树木落叶，越冬作物休眠，灰尘越发肆无忌惮。新穿的衣服，在外边转一圈，便是灰蒙蒙一层。刚掸过的家具，转过身又是星星点点。早上洗过脸，出了城还没走到地头，就能搓下黑泥条。灰尘容易聚集，云彩也容易聚集。秋天肯下连阴雨，冬天多是鸡娃子雪。雪大起来，有压坏树木压塌房的，有冻死牲口冻死人的。脚下是硬邦邦的冻地，房顶是白皑皑的积雪，房檐是明晃晃的冰柱，盆里、罐里、瓮里的水都结了冰，就连放在热炕头尿盆的尿液，也冻得冰碴纵横，酷似砸裂的茶色玻璃镜。烟雾为镇子增添了无限浪漫。早上起来，字号生火做饭，拢火取暖，青烟袅袅，丝丝缕缕，清新雅淡；中午时分，各家各户的炊烟，从房顶烟囱喷涌而出，烟雾缭绕，薄似轻纱，云蒸霞蔚；到了傍晚，又是做饭，又是烧炕，股股浓烟纷纷从烟囱口、炕洞眼、灶火门，熊熊涌出，或扶摇直上直冲云天，或四面八方任性蔓延，或遍地匍匐肆意铺排。不长时间，偌大个镇子，便淹没在烟雾的汪洋大海之中，只有那四座高耸云端的城楼和文昌、魁星二阁，悬浮其上，依稀可见。

前不久下了场大雪，尽管天气已经放晴，但是寒气依然逼人。房顶上的积雪饱满如初岿然不动，房檐的冰柱林林总总面目峥嵘，脚下的冻地坚若磐石响声如钟。就连街道上的行人也稀稀拉拉行色匆匆：有的乌龟似的缩着头，双手捂在嘴上，边哈气，边搓手，一路蹦着小跑；有的双手塞在袖筒，冻得直流鼻涕，边走路边抬起袖筒，放在鼻下左右蹭抹。就连那些穿棉裹皮、缠毛戴绒，只露两只眼睛，臃肿得像元宝蛋的，也嘴里吸溜，身子晃悠。很有意思的是，城门口寥寥可数的几个人，缩脖驼背，躲在避风处，不停跺脚，不停搓手，不停吸溜，哈出的气似团团白雾。就这还忙里偷闲，忘不了交头接耳。有的惊恐万状：昨天晚上有个要饭的冻死在城外。有的挤眉弄眼：野汉黑来偷翻寡妇墙蹾折脚，美事没办成疼得喊叫了一晚上。有的幸灾乐祸：谁家昨天才从丈人家捉了只老母鸡，天没明又叫黄鼠狼叼走了。

就在这些稀稀拉拉、屈指可数的身影中，不知道什么时候，高步宽一大清早，站到自家门口。皮衣皮裤，裤口绑带紧扎，脚蹬毡靴，毛耳套，瓜皮帽，口叼大前门，眯缝着眼睛，一股股烟雾混合着白气，从鼻孔嘴里不停喷出；个头高晃晃的，像根电线杆站在那里。双目凝视着斜对过剃头铺那副鲜红如血的新对联：

握一双拳，打遍天下英雄，谁敢还手？

持三寸铁，削平大千世界，无不低头！

人常说，无利不起早。像高步宽这样的人，能这么早站在街道上欣赏对联，绝对不是附庸风雅闲情逸致，肯定有什么要紧事情要办，这个举动不过是忙里偷闲罢了。

高步宽，老家山西荣河，三十七八年纪。从小父母双亡。二十岁那年，只身来到陕西闯荡。刚来镇子时，在一家号称“马半国”的山西大字号学相公。由于柳拐子他爸栽赃陷害，被掌柜误会，一气之下离开马家字号，借住在一家王姓宅子，以卖纸烟为生。由于与人为善，待人和气，很会经营，生意不错。有了积蓄后，一边和人合伙开了百货字号，一边雇人去外省跑生意。钱是挣了不少，就是不显山不露水，除了置有二十多亩地，与人合开着的那个杂货铺，别的什么资产也没有。尽管娶有两房女人，两子一女，仍然是典间住房寄人篱下。为了给老婆孩子有个长久住处，给自己有个安身立命之地，准备买一院属于自己的房子。说起买房子令人百思不解：偌大一个镇子，买哪院房不好，为什么偏偏要买兴盛宫这院出了名的凶宅鬼屋？

事情的起根发苗，还要从高步宽两个老婆说起。大老婆渊家，娘家在镇子渊家堡。小老婆枣花，河南人，随父母逃荒要饭来到镇子，临时住在东南城墙洞，沿街乞讨为生。高步宽尽管有两个老婆，可是和有钱人家不能比，人家是家大业大，一夫多妻，为的是讲排场图享受。高步宽不是大地主大财东，又对女人不是太在意，根本和老婆不睡一个房子。一人一个房子不说，还不许老婆到他房子睡。他去老婆房子睡一次也得个把月四十天，根本谈不上享受问题。高步宽娶小，主要是渊家嫌自己不生育，为了延续高家的香火，主张在逃荒要饭的河南人中，找个小老婆给高步宽生儿育女。高步宽死活不同意，觉得这么做，对不起同甘共苦的渊家，主张在这些人中，收养个健壮漂亮的男孩。渊家知道高步宽心里有她，一再据理力争：娶小老婆生孩子，总是高家骨血，比要别人的连筋贴心！那些天，渊家上午说，下午劝，晚上比方。实在无奈，高步宽只好答应：回头让耿诚信去看看。本来这是缓兵之计，推托之词，没想到渊家自己来到人市上，在后背插谷草面黄肌瘦的女人中挑好人选，高步宽只好让耿诚信帮着看看。两人来到东南城墙洞看过，正要给高步宽回话，中途碰见来镇子公干的县府文案沈文奎。听说沈文奎没喝孟婆汤，通晓阴阳两间之事，为了更有把握性，耿诚信让渊家前边走，然后请沈文奎过目把关。

沈文奎面有难色，婉言拒绝。耿诚信突然想起那个外国神父，心里说，你还在我面前拿啥架子哩，你上辈子的身世，我一清二楚。于是便话里有话，软硬兼施，弄得沈文奎恭敬不如从命。谁知道沈文奎看过那女人直摇头：这女人前世是朵桃花，而且这朵桃花是乔花，不容易坐果子；阴间管转生的孟婆，见她懦弱可怜，便让其托生成女人生儿育女，只可惜心强命不强，不光儿女不好抚养，就连她自己，不要说活到老年，就是活到中年还要拉长捏细好好活哩。耿诚信见到高步宽，将这些话和盘托出，死活不让高步宽娶。渊家据理力争寸步不让：沈文奎阴阳怪气，说话没根没底，不足为信。这女人百里挑一，不能错过。一是模样俊俏，生的娃会好看；二是奶头大，娃不会缺奶；三是臀部方圆，容易生双胞胎。高步宽心想，耿诚信心是好心，话是好话，因为没根没据，看不见摸不着，可信可不信。渊家的心不用说，话也不用说，关键是看得见摸得着，不信不由人。枣花过门以后，仍然是一人一个房子，高步宽依然是个把月四十天去一次，肚子一直不见动静。渊家非常生气：咱娶枣花进门，就是为了生娃来，你不挨她身子，能生出个瓷瓦！所以只要天一黑，不管高步宽愿不愿意，渊家早早把他推进枣花房子，然后咔嚓一声反锁房门。枣花肚子很争气，进门没一年天气，就产下双胞胎，而且是俩男娃。一个起名高成钱，一个起名高成粮。等两个男娃长到两岁的时候，枣花又身怀六甲，到了年底，又添了女儿，起名高水秀。渊家高兴地说：多亏没听沈文奎的！

高步宽有了子嗣，且儿女双全，尤其儿子还是双保险，不得不动起心思来。说起来是生意人，手里多少有点儿钱，可不是家资万贯，比不上大地主大财东。尽管没有多少房产地产，生活水平却在小康之上，日子比一般富户殷实自在。但是，生意做得再大，钱挣得再多，总不能上无片瓦，下无立锥之地。他知道隔壁醋坊乡党苏有志要出手兴盛宫，而且是迫不及待。就房子说房子，也没有啥看不上的。全镇子像这样的房子，能够买到手的没有几家。就是这仅有的几家，没有一家能够比得上。不是房子不够大，就是朝向不太好，再就是年久失修住不成人。还不要说乡党苏有志正处在困难之中，为了救他于水火，也应当慷慨解囊。再说自家住的这房，王家兄弟已经要过多次，就是因为兴盛宫爱出事，叫他左右为难主意不定。就在这个时候，谁知道那天晚上的一个梦，竟然使他的态度来了个大转变，铁了心非将兴盛宫买到自己名下不可。

高步宽电线杆似的站在自家门口，已经没有什么事情可以“忙里偷闲”了，还不见兴盛宫的主人苏有志前来开门。为了继续掩人耳目，只好离开自家门口，在西门里从东头走到西头，又从西头走到东头，边走边一根接一根地抽纸烟。但是他并没闲着，不是奓着耳朵期待着兴盛宫传来的开门声，就是侧过头眼睛不停地往兴盛宫门口瞄。

高步宽早些年不抽纸烟，手里常年不离铜水烟袋，后来嫌水烟麻烦，便抽起纸烟来，并且一直是白底灰花的精装大前门，从来不抽杂牌子。纸烟一直噙在嘴里，烟灰始终不掉，等整支烟基本上变成银灰棒，才用两个指尖像尖嘴钳一样掐掉重换。他穿衣服也很有特点，冬天瓜皮帽，灰色狐毛耳套，皮衣皮裤，毡窝毡靴。春秋黑黑一身，布料不是织贡呢就是春馥呢，夏天迟早一身绸衫绸裤，不是铜钱厚的杭纺，就是薄如蝉翼的真丝。表面清高面冷，为人却和气良善。平时话语不多，大部分情况下只说几个字。同意时多数只说一个字：好！对！行！不同意时只是摇头，要说也是：不！或者：不行！答应别人的事：这事有我！或者干脆就是俩字：有我！有些情况下，也有说长句子的时候，就是有也是枣核解板两锯（句），直来直去，干脆利落，掷地有声。个别情况下，也有说大段话的情况，不是事情本身复杂，就是别人把他逼得没办法，不然绝对不会多费口舌。别人畅谈观点的时候，不反对也不附和，脸上任何表情没有，任其发挥，从不打断。同样畅谈自己观点的时候，不管别人说一千道一万，绝对不会受任何影响，更不会被牵着鼻子走，始终按照自己固有思路往下进行，完全不在乎对方搭不搭前言后语。平时一脸严肃，凡人不搭话，情绪极少起伏。大悲的时候，顶多是脸色阴沉，表情凝重，很少流泪，从不放声号啕。大喜的时候，也不会情绪激动开怀大笑，顶多微笑一下完事。

突然，兴盛宫的门咯吱响了一下。高步宽赶紧扭头看去，门只是开了个缝，便快走了两步，很快来到兴盛宫门口，向里边喊：屋里谁在？没有多大一会儿，醋坊掌柜苏有志从门缝探出头来，看见门外电线杆似的高步宽，一时发起愣来。高步宽说：不认得？苏有志这才意识到自己走了神，赶紧开大门迎出来：高达哥，是不是找我有事？

这里的高达，不是高步宽的字，也不是他的别名，是镇子人对他的尊称，意思是德高望重，豁达明智，善解人意。镇子人称呼人是有讲究的。对年长的，都称达，是达人的简称，比如，高达、李达等；对有手艺的都称师，是师傅的简称，比如张师、王师等；对字号的年轻人都称相，是相公的简称，比如，赵相、钱相等；对已成家的女人都称家，比如，周家、吴家等；对未成人的孩子都称娃，所不同的是，这不是尊称是爱称，不是加在姓的后面，而是加在名字最后一个字的后面，比如，大名叫兴镇的，就叫镇娃，大名叫喜莲的，就叫莲娃等；对需要明确辈分的人，只要在尊称和爱称后边加上辈分即可，比如高达爷、张师伯、赵相叔、周家婶、镇娃哥、莲娃姐等。

高步宽朝插满谷草的铺板门摆了摆头：出手没？苏有志拳头齐肩、拇指朝后：你是不是说房子？高步宽点了点头。苏有志苦笑着说：你是揣着明白装糊涂，这房恶名在外，人家谁愿意要？高步宽说：要是这话，出手的时候先给我见个话，我要不说啥，你想咋卖咋卖！苏有志半信半疑：你是想帮忙撬房价，还是真的想要这房？高步宽说：让你咋办就咋办！苏有志说：那我就当成你想买它？高步宽说：随便！说完嘴里喷着一团一团烟雾和水汽的混合物转身离开。谁知道苏有志将计就计，故意将此事捅出，一时间，西门里叽叽喳喳，西半街舆论哗然。

不出高步宽所料，最先不同意买兴盛宫的，是他的结发妻渊家。这天晚上，高步宽主动来到渊家房子，掀起门帘看见渊家大盘腿坐在炕沿上，两只小脚穿着鞋压在屁股下，在菜油灯下飞针走线。渊家头顶一方泛黄的白丝帕，脸方、鼻高、额阔、眼亮、唇薄、牙大。蓝士林偏襟袦，黑春馥呢大裆裤，裤腿绑得像圆规，蹬一双绣花鞋。尽管大盘腿坐着，也能看出她身材高大体格健壮。高步宽放下门帘，走到方桌旁边坐在靠背椅上，朝正在做活的渊家摆着手说：把活停停！渊家没抬头，照旧忙活着：进门啥话不说，让我停活干啥？高步宽说：我有话要说！渊家还是没有停的意思：有话说话，听话用耳朵不用手。高步宽说：我想买兴盛宫…… 不提兴盛宫还则罢了，提起兴盛宫渊家气不打一处来。还没等高步宽说完，便把手中的活砰地扔在炕上，迅速从屁股下抽出两只小脚，腾地跳下炕，拧到高步宽面前，指着隔壁兴盛宫弯着腰说：我还以为门上人说热闹呢，果不其然，你是这想法！你想没想过，那可是座凶宅鬼屋！高步宽说：事情多少有那么一星半点儿，根本不像大家说得那么玄乎。渊家气得两手撑住炕沿身子蹴上去，指着他说：你是不是看咱有儿有女，刚刚日子有盼头了，心里就不安然了？高步宽说：胡说！渊家说：兴盛宫早已经恶名在外，纸坊财东想卖掉它，谷秆把门板插得像谷子地，等来等去就是没有买主。谁知道你那醋坊乡党苏有志急着用房，把这些根本没有放在心里，瞎眉失眼地住进去，生意一塌糊涂不说，没过多长时间，老婆又暴病身亡。结果续了二房，刚刚过了一月，又一命呜呼。没过多久，刚生的双胞胎儿子，又得天花死了，真真正正是房响锅炸，死婆娘死娃。那天，我到兴盛宫后院折柳树枝，给娃扭皮做口哨，吓得我后背发凉。要是真的住进去，把我这把老骨头撂到里边都没有啥，只怕咱的后人…… 说着坐在炕沿边拉起衣袖擦起眼泪来。高步宽忽地站起身：净胡说！

渊家反复唠叨的迷信问题，高步宽在心里也没少打来回，他也很在乎这事情，也知道今天的光景来之不易，尤其是儿子和女儿更是来之不易，不光渊家想让他们身体健康，自己也想让他们长命百岁，不然，当初醋坊乡党苏有志迫不及待出手兴盛宫时，为什么一直不为所动。他没有预料到的是，现在之所以下决心买，说来道去，归根结底，还是迷信的缘故！那天晚上，高步宽梦见一个白胡子老者，手执白马尾拂尘，说：兴盛宫是你高步宽的福地，你要当机立断，不要错过机会！老者看他犹豫不决，又说，我在这里扔了颗仙丹，半个多月来，绊了不少人，就是没有人捡拾。你老婆只来过一次，偏不偏把它捡走了！老者看他还要问什么，说了声天机不可泄露，便消失得无踪无影。高步宽一觉醒来，才意识到给自己托梦的原来是太上老君。为这事，他整整思考了三天三夜。思考的结果是，兴盛宫确实是建在乱葬坟地，但是建在乱葬坟地的房子，并不能说就是凶宅鬼屋！细想起来，也是这么回事。因为镇子这地方人们已经生活了祖祖辈辈，居住地不知道换来换去换了多少回，完全有理由相信，镇子这些房子多数底下都埋过人，难道他们都是凶宅鬼屋不成？所以，是不是凶宅鬼屋，不能看底下埋没埋过人，关键要看风水。

兴盛宫的风水怎么样，他没有请过风水先生，不敢妄下结论，也不用请风水先生，就能知道个八九不离十。苏有志当年请的那个算卦先生说，兴盛宫就是按风水盖的，不但没有问题，而且还算比较好的，还一口气说了五大好处。更何况，现在太上老君说了话，风水问题连考虑都不用考虑。最能说明问题的是，自己住的这院一间半门面的房子，不说以前住过的人，就说王老大一家，先是死了老婆，接着又没了儿子，没有几年时间，他自己也一命归西，结果成了没有后人的绝户头。就这，王老大的两个侄子王金贵和王银贵，根本不管大伯有没有人续香火，只是着急上火要占这院房子。特别是王银贵急不可耐，来一次说一次难听话，比要他亲爸的房子还理直气壮。自己要是不讲情义公事公办，他们连这房子想也别想！有了太上老君指点迷津，苏有志不停地出事，说明他只是兴盛宫的房主，兴盛宫可不是他的福地，出事在所难免。在这种情况下，自己还有什么理由来回摇摆、优柔寡断？再加上太上老君暗中护佑，才下定决心准备买下它。因为没有和渊家商量，又怕时过境迁，便有了提前给苏有志打招呼的举动。等和渊家商量以后，再正式和苏有志定夺。本来，那天做梦醒来，自己就想找渊家验证捡仙丹的事情，考虑到太上老君有天机不可泄露的交代，就一直不敢捅破这层窗户纸。直到现在才明白过来，太上老君能安排渊家捡仙丹，就不存在泄露天机的问题！

想到这里，高步宽突然说：你在兴盛宫捡啥来？渊家先是一愣，接着问：你咋知道的？高步宽说：就说捡没捡？渊家说：捡了！那是我折柳树枝回来，无意踩到石块上，差点儿摔了跟头，这才看了一眼。石块模样有点儿意思，想拿回来给娃耍，顺手揣在怀里。当时一心想的是怕鬼撵，回来扔在房门后头，就忘得干干净净。现在说买兴盛宫的事呢，可问那烂石头干啥？高步宽这才说了梦见太上老君的事。渊家赶紧站起来双手合十：太上老君，老奴给你作揖了！高步宽问：仙丹呢？渊家从门后捡起石块递给高步宽：这东西咋能是仙丹？高步宽放在手里掂了掂，又蹲在砖脚地磨了磨，拿在灯下端详起来。这一端详不要紧，才发现这块灰头土脸的石头，原来是个金光灿灿的金元宝。正要细看，被渊家夺过去爱不释手，看着看着，忽然发现上边刻的有字，就送高步宽辨认。高步宽这才眯缝着眼睛，边看边说：这上边有“高记”字样。渊家说：高记就是高家的意思！说着又双手合十，不停作揖。高步宽说：你现在说，到底买不买？渊家说：事到如今，还用多问？高步宽说：那可是座凶宅鬼屋！渊家说：神鬼也是势利眼，太上老君发话了，它们敢胡拧跐！

高步宽说服了渊家，思想并没有轻松下来，正在思考着如何应对乡党朋友的劝阻时，万万没有想到他们能来得这么快速，这么集中！更没有想到，第一个登门的竟然是外号叫哼囔的康雨善！

哼囔老到

第二天一大早，高步宽坐在炕沿上，轻轻抿了几口热茶，刚点燃一支大前门，狠狠吸了一口。正在悠闲自得地吞云吐雾，哼囔火急火燎进了前门，吼着他那似有似无混浊沙哑瓮声瓮气的声音：高达，高达！一声紧似一声，很快来到房子门前，不容分说，呼啦一声豁开门帘，刮风似的走进来。

哼囔真名康雨善，是镇子有名的“四歪”之一。“四歪”说的是镇子四个有名的土匪：脾气暴不过霍蝎子，枪法准不过康豹子，心肠坏不过周鹞子，拳脚打不过屈虎子。镇子人为“四歪”编了不少顺口溜，比较形象准确地描述了他们的行当和行头。其中最典型的几句是：自古关中愣娃，不少就在这搭（这里），肩上扛的铡刃，手里提的锨把；铺的地，盖的天，头下枕的半截砖；一顿饱，一顿饥，反穿皮袄光脊背；叼贼吃，抢贼喝，晚上再睡贼老婆；杀财主，除恶霸，精尻子撵狼贼胆大；一会儿雨，一会儿风，老窝就在北沟洞；鞋壳篓浅，大腰带长，旱烟袋别在后脖项；尻渠子黑，脚后跟黄，盒盒枪擦得明晃晃；灰礼帽斜，金门牙亮，羊角车子哐哐响。

康豹子就是哼囔康雨善，老家在镇子以北的北山根，二十八九，镶金牙，架墨镜，脸色乌黑，个头魁梧，体魄壮实，标准的马蜂腰；枪打得极准，俗称把把儿客（耍枪把子的）。一旦来镇子，落脚在以卖纸烟为生的单身汉涎水娃那里。涎水娃是镇子乡下人，其貌不扬，一贫如洗，所以镇子人没把他当回事。哼囔喉咙有残疾，说话时只见两个鼻孔扑哧扑哧朝外冒气，整个鼻子不停翕动，声音呜里哇啦含混不清，要是不盯着嘴巴看着听，根本听不清楚说些什么。所以认识不认识的一直叫他哼囔，很少叫真名。哼囔虽然出身草莽，经常混迹于土匪之中，但是他身陷匪巢不作孽，出于污泥而不染；仗义疏财，劫富济贫，打抱不平。尽管手里有八九条人命，但都是血债累累、民愤极大的坏人，从来没有伤害过良民百姓。

高步宽指着挨炕的老式靠背椅：坐！同时抓起身边条桌上的大前门，啪一声整盒扔在方桌上：自己取！说着又起身从方桌上揭起个茶碗，端起黑乎乎的片壶哗哗啦啦倒了一杯茶，放在哼囔面前。来人奉茶递烟是镇子的习惯，烟有人抽有人不抽，茶是每人必喝的。凡是抽烟的，坐定后主人就给手里塞个烟管篮，管篮里有碎旱烟叶，有火石火镰旱烟袋。少数家庭情况好的，有的取纸烟有的递水烟袋。无论老汉小伙，男人女人，来人手里必须递一碗茶。家庭情况好的，或毛尖或贡尖或香片，家庭情况一般的不是青茶就是花茶，最不行的也得是大叶胡。外地人看见镇子家家户户客人来了热情递茶碗，客人离去忙着收茶碗，开玩笑作践镇子人：实在没钱了，哪怕放树叶呢，只要茶碗里的水是黄颜色就行，茶味酽不酽香不香，就不说那话了。

哼囔从烟盒里抽出一支烟，看见高步宽把火柴扔过来，便鹰叼似的一把从空里抓住，打开抽出火柴划着，点着吸了两口刚要说话，听见门外有响动，而且脚步声是冲着他们来的。他那张开的嘴巴只好合了起来，一手拿烟一手端起茶碗，嘴唇左右转着嗞嗞嘬着小口品茶，两眼直直盯着来人方向。高步宽说：你说你的，管他来谁呢！哼囔嘴唇离开茶碗说：这人来了，就没我说话的机会了。高步宽说：看你说得肯定的，莫非你是诸葛亮不成！哼囔要着鬼脸说：闯荡江湖多年，不是诸葛亮，也离诸葛亮不远了！

不是哼囔开玩笑，这么多年来，他在镇子虽然不能和诸葛亮相提并论，可也算得上炙手可热的传奇人物。单是他那特殊体型，就有很多传奇故事。细细的马蜂腰，腰里别一圈手枪，外边穿一身绸衫绸裤，一般人根本看不出什么。有一次，他带手枪来镇子办事，里边穿件坎肩，外边套了绸衫子。走到城门洞，站岗的要搜身。他露着满口金牙，嘿嘿笑了笑，拉着站岗的伸过来的双手，在腰里齐齐往过搜。同时，吸了一口气，腰一下细了很多，左小臂不知不觉推着皮带上的手枪往后转，等搜完左边，又抓着人家的手推着手枪往右转，等手枪转回到原位，全部已经搜查完毕。站岗的看他没什么，狠狠拍了一下他的腰：良民一个，快些走人！结果不偏不倚，刚好拍在手枪上，硌得手生疼，刚想叫他回来，哼囔一手偷偷移动手枪，一手举起火镰笑着说：你这老总，打我火镰干啥，看把我腰垫成啥了？说完拉起衣摆假装看伤情。站岗的很听哼囔“指挥”，刚看完火镰，再看腰间时寸铁没有，张开的嘴巴又合起来。还有一次，他在一个村子，打死个坏人，刚跑到半路，后边两个人策马赶来。因为认不得他，只好上前盘问。另一个说：不用盘问，下马赶紧搜身，没枪放人，有枪捆走！于是两人下马就搜。哼囔眼尖手快，早就做了准备，看见他俩要搜身，先伸出两只胳膊，两人搜了没枪。正要搜身上，听到身后当啷响了一声，两人本能地回头看了一眼，原来是两块明光铮亮的银圆，便争着去捡。两人拿到银圆，高兴得不知怎么好。这时哼囔已经把腰里的手枪放在袖筒，由于哼囔的手臂长衣袖宽，什么也看不出来，加上双手一直举着，两人又搜了身上，没有发现有枪，便放了他。

说起哼囔的轻功，更是无人能比。他从高处跳下来，就是跳到你身边，你也会毫无察觉。你要是睡在炕上盖着被子，他从你身上走过去，也丝毫感觉不来。和你在一起，说不见人，眨眼工夫，就消失得无踪无影。你要是一个人躺在炕上，围着烟盘子，正在贪婪无比地过大烟瘾，门窗关得严严实实，他却会突然出现在炕脚地。好多人想检验他的轻功，他不卖弄不显摆，常常是嘿嘿一笑了之。但是对有些民愤大、有血债的人，不但要显摆，而且出手特别狠。他们邻村王家堡有个王财东，百姓叫他王害货，鱼肉百姓，欺男霸女，草菅人命，无恶不作。老百姓气愤地说：王家堡三大害，狼咬得家家关门，匪抢得路断人稀，王害货淫得堡子没有浑全女子。这一天，哼囔为了除掉王财东，故意穿着烂烂一身，骑着车子不停在王财东家门口打来回。家丁赶快跑回去报告，王财东听了火冒三丈，心想，这家伙真是活得不耐烦了，竟敢在我这三尺禁地上耀武扬威？不给他点儿颜色看看，不知道马王爷三只眼！王财东很快带了一帮人缠住哼囔找事，哼囔不急不躁：你别在我面前指指戳戳，我要是不高兴了，双手一推，就能把你推出两里地远，到时候你哪里伤着了，或者小命要了，你婆娘跟我要男人，我总不能拿尿泥捏。王财东以为他说大话，就想丢他的丑，故意激他：不说两里地，只要你能推出一里，我跪在地上叫你爷！哼囔说：既然你激着我推，就乖乖写个字据来，万一失手把你推死了，好给你家有个交代。王财东气得脸色铁青。哼囔欲擒故纵：既然你不愿意写，我还没时间跟你磨闲牙。说完推车子假装要离开。王财东以为他想溜走，便上前挡住他说：我给你写！当下回家写好字据出来递给他。哼囔故意推脱说：还是算了吧，乡里乡亲的，出个啥事咋办？王财东看人越围越多，以为哼囔给自己找借口，又激他道：也别说一里路，只要能把我推到身后这堵墙上，就算你赢。哼囔这才不得不收了字据，并抱拳说：各位乡党做证，王财东逼人太甚，出了事，别怪我失手！这个时候，王财东已经站到了他对面，无比轻蔑地说：少屁干，赶紧动手！谁知话刚说完，哼囔双手猛地一伸，王财东便咚地重重贴在身后那堵墙上，口吐鲜血，当场毙命！

有一次，哼囔去北山一个镇子赶集，刚好碰上一个地头蛇，把一个摆地摊卖武艺的打得快没命了，仍然不依不饶。他听到旁边人悄悄议论说，最近以来，镇子一些商户，不好好给地头蛇上贡，地头蛇想抓个娃样子，杀鸡给猴看。找来找去，找不到合适对象，今天转到这里，听说卖武艺的是外乡人，武艺又不怎么样，便产生了杀人的恶念。哼囔挺身而出，拦住地头蛇说：好汉不打求饶人！地头蛇反而对他动手动脚，恶语相加。不知道围观者谁说了声，卖武艺的死了。哼囔这才下决心说：你别惹我，我是劝架的，不是打架的，要说打架，不用第二拳，你身上不留任何痕迹，就到阎王爷那里喝孟婆汤去了！地头蛇以为哼囔吓唬他，故意挺起胸膛让他打：要是有米粒大的印子，你别想活着出城门！只见哼囔看准按稳，猛地一拳捅过去，那地头蛇就倒在地上气绝身亡。事后哼囔给大伙儿抱拳说：你们大家查验，他身上要是有拳印，我给他抵命！大家伙儿看到地头蛇身上没有任何伤痕，知道遇上了高人，扑通扑通跪倒一大片：好汉好功夫，感谢为民除害！

霍蝎子暗中投了地下党，地下党让霍蝎子派人送公事，霍蝎子因有要事，就派人找到哼囔，通过对暗号安排任务。哼囔躺在炕上正围着烟盘子过烟瘾，那人来到脚地对暗号说：白老四在不在？哼囔看是生人，故意不对他的暗号，只是抬起头说：我们这里没有白老四，只有黑老八！说完躺下照样过他的瘾。那人只好无功而返。霍蝎子气得没办法，不得不亲自前来，见到哼囔大发雷霆：你怎么能这样对待组织？哼囔说：组织是个屌，我只认兄弟，不认组织！霍蝎子说：暗号代表的就是我！哼囔说：有人盗用暗号咋办？霍蝎子说：你这么做，会误事的！哼囔说：不但误不了事，还能做到万无一失！那一次我护送共党那个拓货(大人物)，不也是这么干的？霍蝎子说不过人家，只好说：算了算了，老哥对你还不知底？是这，现在赶紧去地区送公事！哼囔接过公事，往烟盘子一扔说：你走你的，我过完瘾再去。说完又噙着烟枪大口大口吸烟。霍蝎子知道越催越麻烦，赶紧转身就走。哼囔看霍蝎子走了，哐地扔下烟枪，不走前门走后门，出了城门端往南，大路不走插斜路，没有斜路就穿庄稼地，送完公事拿到回执，回来又躺在炕上继续过瘾。霍蝎子害怕他过瘾误事，又悄悄来到哼囔住处，看他走了没有。还没走到门口，哼囔从门缝看见是他，将计就计喊了一嗓子：赶快把公事拿走，我肚子疼得送不成！霍蝎子一听差点儿气晕，掏出手枪冲进门要兴师问罪。进门一看，空无一人，顿时火冒三丈。哼囔害怕挨飞子，早已躲藏起来，只听声音说：公事就在地上，既然不放心我，拿去自己送！霍蝎子气得黑血上涌，眼冒金星，捡起公事，一看不对，撕开竟然是回执，马上转怒为喜，收好枪惊讶地问：这么快就把公事送去了？哼囔这才突然出现在脚地：就这还是害眼绣的花！

哼囔大名鼎鼎如雷贯耳，多半凭的是好枪法。他打枪，不用瞄准，抬起枪就命中，听到声音就命中，看到影子就命中；打哪儿是哪儿，打发不伤头，打眼不伤眉，打牙不伤唇；不用借光，蒙着眼睛照样打，背过身去照样打，夜里漆黑照样打；子弹能拐弯，打上伤下，打左伤右，打前伤后。当地有个恶霸非常狡猾，好多刀客想结果他，就是因为枪法不精，无可奈何。有一次，镇子以东的漫泉河有个女子被恶霸抢了去，家里想救出女子，找了好多刀客，没人敢接手。实在没有办法，有人出主意让找哼囔母亲，老人家满口应允。哼囔是个大孝子，见母亲说了话，提着枪就去救人。恶霸的家丁知道他来者不善，更知道他枪法过人，就将恶霸藏在家里的碉堡中，心想，你枪法再准，子弹总不能拐着弯儿，从射击孔里打死人。恶霸从射击孔能看见他，他却看不见人家。恶霸还派人给他捎话，明天要在碉堡里成亲，看谁拿他有啥办法。哼囔不慌不忙，一边察看地形，一边思考办法。猛地发现碉堡对面有棵大树，心里便有了主意。趁没人的时候，偷偷爬上树去，隐蔽起来等待时机。恶霸不见哼囔露面，越发得意忘形，便到射击孔看情况。就是这一看，被哼囔射进来的子弹揭掉了半边脸。恶霸一死，群龙无首，家里顿时乱作一团。哼囔趁乱领着无辜女子走到半路，家人从漫泉河赶来，跪地就谢。谢完抬起头，哼囔已经不见踪影。

哼囔能落草为寇，也是枪法太好的缘故。霍蝎子拉他入伙，他就是不肯。不想当土匪是原因，离不开老娘更是原因。霍蝎子眼珠一转：不当土匪可以，不帮忙不行。哼囔问帮什么忙，霍蝎子说：帮助我们打个人。哼囔问：好人坏人？霍蝎子说：当然是坏人，还是十恶不赦的坏人。哼囔说：为啥要我打？霍蝎子说：这人头门不出，二门不迈，我们在院墙外打了多少回，因为太远，老是打不死。哼囔问：这人到底是谁？霍蝎子说：北山的葛大少！哼囔听了怒火中烧，葛大少的老子就是外号“钱串子”的大恶霸。家里盖着十一间朝王殿，楼台亭阁，转角飞檐，金碧辉煌，豪华无比。老百姓讽刺说：北山地亩宽，养肥串子钱，皇殿九间宽，他就十一间，狂妄欺了天，光景不得远。葛大少仗着有钱有势，欺男霸女，草菅人命，无恶不作。哼囔早就知道葛大少有个习惯，喜欢在院子拴马石上练拳脚，眼珠骨碌一转，故意问：想让我打他的脑袋，还是他的心窝，或者他的蛋子？霍蝎子说，哪里容易打死打哪里！哼囔听到这话，故意卖弄道：我问你的意思是，哪里最不容易打死？霍蝎子说：这还用说，除了这三个地方，打哪里都要不了命！哼囔说：那你到时候，看我怎么从指头上打死他！说完便提了条件：家有八十高堂，忙可以帮，名我不担！霍蝎子心想，该是我的人，我不烂你的事，别人会烂你的事；如果没人烂事，说明你不该归我，今辈子再也不打你的主意了！于是拍着胸脯大包大揽。哼囔这才应允。当时正值夏收大忙，哼囔让霍蝎子雇了辆大车，鼓堆冒尖装了一大车的麦子，自己藏在高高的麦垛里，人根本看不见。哼囔让车户天擦黑绕着葛大少的院墙走。果不其然，葛大少手撑在拴马石上练拳脚。哼囔在麦垛里找好角度，打中手指以后，子弹从石柱上反弹回来，直奔葛大少的太阳穴而去，葛大少当场毙命。车户赶快把霍蝎子写的字纸，包了个砖头疙瘩，隔墙扔进院子。钱串子拿到字纸，上面写着：种娃老葛，生娃老婆，害娃老钱，收娃老霍！钱串子看凶手是土匪头子霍蝎子，便组织人四下围捕，一直没有抓到人。谁知道车户闲谈时，无意露出实情，钱串子马上带人去抓哼囔。等赶到哼囔家，人已跑得不知去向。哼囔有家不能归，只好随了霍蝎子。

哼囔入伙以后，因为枪法极好，为人正直，理所当然地取代了老二周鹞子。从此，周鹞子和他结下死仇，一直在背后纵容拜把兄弟屈虎子给哼囔出难题。其实，周鹞子和屈虎子才是真正的土匪，为非作歹，无恶不作。私通地下党的霍蝎子，为了带队伍弃暗投明，一直想搬掉这个绊脚石，就是没机会下手。后来，霍蝎子得到上级允许，给哼囔放话，屈虎子胆敢无理，就给他喂个铅娃娃！这一天，屈虎子带了三个弟兄，骑车子出去做活，其中就有哼囔。屈虎子想加害哼囔，又害怕哼囔抢先下手，以害怕让人家发现带枪为名，借故下了哼囔的枪，让他徒手前边打探。哼囔也不是平地卧的，让你是为了不让你！便想着怎么对付屈虎子。屈虎子更不是瓤茬，看他手里没枪，故意在后边挑衅：豹子哥，文死谏，武死战，咱这要枪把子的免不了死在铅娃娃上，你可知道兄弟我将来从哪里死？哼囔头也不回地笑着说：从前心死！屈虎子又问：你怎么知道？又答：要是让我上手，就这么个打法！屈虎子心里说，等把这趟差支完，看我怎么让你从后心死！接着又问：那我鹞子哥咋死？又答：从前后心死！再问：那你怎么不说从后心死？哼囔心想，你尾巴一撅就知道你要放啥屁！于是毫不犹豫地说：后心已经有人安排给我了！屈虎子听了倒吸了口冷气。这个细微的变化被哼囔捕捉到了，说时迟，那时快，他猛地喊了声：前边有埋伏！屈虎子打发一个弟兄上前看情况，那弟兄举着枪刚赶上来，哼囔说：你看掌柜的项上人头咋不见了？那弟兄刚扭过头要看，哼囔一把夺过枪，从前心把屈虎子撂倒在地。周鹞子听到消息，知道情况不妙，立即出逃，后来另立山头。

高步宽说：我知道你有过五关斩六将的本事，但也不是没走过麦城！哼囔说：不信，咱打个赌，光听这脚步声，我就敢说是耿诚信来了。话音刚落，耿诚信掀起门帘进来。哼囔喉咙像涮水似的呼噜呼噜笑着。高步宽也笑了，只不过是不容易发现罢了。

高步宽指着方桌边那个靠背椅：坐！又指着烟盒：自己取！再指着片壶和茶碗：自己倒！耿诚信取出烟，叼在嘴里，起身隔方桌要过哼囔的烟，对在自己的烟上，紧紧吸了几口，很快燃起来。灰蓝色烟雾从鼻子嘴里冒出来，汹汹涌涌，云山雾罩。给哼囔还完烟，用舌头把烟顶到嘴角，揭起茶碗端起片壶，歪着头眯着眼睛躲着烟雾哗啦啦给自己倒茶。

诚信直白

耿诚信在镇子印刷界小有名气，二十八九年纪，个头不高，皮肤白净。就是有点儿不太讲究，平时胡子拉碴，衣服不管新旧，总是灰蒙蒙一层。说话有点儿啰唆，加上嘻嘻哈哈，总给人汤汤水水的感觉。刘开科说他是连吃带喝。他是镇子唯一从事印刷行业的山西人，主要印刷门神、灶爷、土地，还有各种年画。虽然起步较晚，由于忠厚老实，宽以待人，善于经营，生意比有些老字号还红火。平心而论，老字号印品质量不在他之下，有一部分还在他之上，就是因为对人过于刻薄，在分分厘厘上寸步不让，不少是一锤子买卖，所以印品销售不畅。无奈，有的字号只好拿到他这里，不但销得快，价钱也很可观。奇怪的是耿诚信卖多卖少，自己不抽一分一文，弄得他们不好意思再往过拿。

耿诚信抽了两口烟，抿了两口茶，也不管人家两人说没说事，开口便问：哥，你是不是要买兴盛宫？高步宽手指像尖嘴钳一样，掐着那根几乎变成扭扭曲曲灰棒的烟，小心翼翼地从嘴里取出来，扔到柴炭火盆，然后斜着身子，两手五指分开，烤着柴炭火盆说：想法有！耿诚信说：兴盛宫是啥情况，你该知底吧？高步宽说：嗯！说着起身走到方桌前，取出一支烟叼在嘴上，拿起火筷子从柴炭火盆夹了一块红炭，点着烟坐回炕沿。耿诚信还是连吃带喝地说：兴盛宫底下是乱葬坟，大白天鬼出来闹事。咱乡党苏有志不听人劝，还说什么人有三年旺，神鬼不敢撞。耿诚信说着说着，激动地站起来，指手画脚，唾沫飞扬：结果咋样？老婆娃撂在里边不说，连生意都做不下去了，现在想尽快脱手，贵贱就是找不到下家……

耿诚信旁若无人，侃侃而谈。高步宽和哼囔坐在那里一言不发，根本没有一点儿阻挡的意思。哼囔不阻挡，是因为主人没有阻挡，他这客人咋好意思反客为主？更重要的是，他也是来劝人家别买兴盛宫的，但是理由和耿诚信南辕北辙，所以根本不愿意说话。心想，买房可不是做生意呢，嘴里老爱连吃带喝，过来过去都是你那老掉牙的五句话。

说起耿诚信那五句话，那在镇子商界是有名气的。其实，这五句话，既是他的经验教训，又是他的处世方法。

头一句是“把刻版的当兄弟”。要保证印品质量，印版质量至关重要。所以他把刻版的当兄弟看，有话直来直去，有困难倾力扶助，有好处互相均分。刻版的也知道礼尚往来，给别人用一般料，给他用上等料。他的版可以用三年，别的版不出半年就得换。比如，同样是版刻得有问题，他偷偷找到刻版的补救，刻版的不但给他换了新版，还不要钱送了块版。别的老板就不行了，直接找掌柜兴师问罪。刻版的受到重罚之后，知道他们正在印线版，故意把一块没刻完灶鸡灶狗的线版刻了个反反，趁着风高月黑偷偷把好线版换下来。等线版印好晾干套色时，才发现狗朝里咬鸡朝外刨，差点儿把老板气死。

“把供材料的当朋友”是他的第二句话。供材料的重要性仅次于刻版的，既然把刻版的当兄弟，就要把供材料的当朋友。朋友之间必须以诚相待。平时多走动走动，遇上红白喜事人到情到，有了困难鼎力相助。涨价的时候，给朋友涨足涨够；跌价的时候，给朋友留点儿余地，生意在长远，不在眼前。

耿诚信管理相公、伙计，很有自己的特点。不催赶他们上工，不要求他们把活干好，不提醒他们加快速度，而是提醒他们不要累着，催着他们快点儿下工，要求他们把饭吃饱，有啥难处只管吭声。谁要出了错，不但不批评，还拍拍肩膀安慰几句。生意再忙，总要抽出时间，提上礼品登门拜访。谁家里有困难，派人送点儿钱，还说是他儿子让送的。所以他的第三句话就是“把相公、伙计当儿女”。相公伙计感慨地说：别说干活了，就是掌柜要命，我们也愿意给！

庄客一般都是大宗买卖，直接关系着字号的生意成败，自然而然“把庄客当爹妈”就是他的第四句话。既然是爹妈，就要真心实意地孝敬他，周到细致地服侍他。在保证印品质量的前提下，让庄客自己有利可图，特别是到年关的时候，或者有红白喜事的时候，还要让他们有大利可图。就是因为他把庄客当父母看待，他的印品多一半都叫庄客买走了。

很多人不明白，为什么耿诚信的第五句话，竟然是“把买主当爷婆”。他觉得买主买得越多，说明印品质量很高。有了这个基础，庄客走起货来才能心定胆正，大刀阔斧。如果没有买主买，就是借庄客个胆，也不敢贸然走你的货。所以必须把买主看得比庄客高一辈。买主来了，钱不够，先拿走；嫌价高，让一点儿；想调换，由着挑；想退货，不驳回；没吃饭，给俩馍。花钱不多，影响很大。

高步宽不拦耿诚信是有原因的：一个是他有这个习惯，不愿意中途打断人家，即使很不入耳的话，也会让人家把话说完；一个是他俩交情深厚，情同手足，特别是在他的婚姻上好像欠着他的，所以事事主动让着三分。高步宽和耿诚信是晋南老乡，但是不在一个县，高步宽在荣河，耿诚信在水头。当年来镇子，耿诚信借住在高步宽那里。高步宽看耿诚信老大不小，没有成家，就开始给他张罗女人。当时，杭州有个大字号，在镇子雇了个庄客，名叫曾秀奇，陕西礼泉人，在老家订了个孤女叫冯登菊。这个冯登菊虽出身农家，却也长得格外出众，加上自幼好学，会写信会针线。家里害怕夜长梦多，催着曾秀奇赶快完婚。这一年，曾秀奇格外忙碌，多在杭州，少在镇子。家里还以为曾秀奇另有想法，曾秀奇他爸就把冯登菊送到镇子，看着让他们赶快完婚。谁知道来到镇子，曾秀奇到杭州没回来。曾秀奇他爸写信到杭州，曾秀奇看到家书，就让他爸把人交给高步宽，别在镇子耽搁，赶快回礼泉老家，他一回来就和冯登菊成亲。谁知道这一等就是三年。到了第三年，高步宽以冯登菊的名义写信催曾秀奇回来完婚。结果没有收到曾秀奇的回音，却收到了字号一封报丧信，说曾秀奇在押货回陕途中，遭遇土匪抢劫，命丧黄泉。他们已经派人收了尸，由于尸体面目全非，肢体不全，加上兵祸不止，只好在当地葬埋安魂。并且写明，字号在镇子的资产，作为命价归曾秀奇所有，让曾家和冯登菊二一添作五。

冯登菊举目无亲，哭得死去活来。高步宽劝慰冯登菊：人死不能复生，想走，我帮你卖掉字号的资产，送你回家；想留，我帮你另找落脚，尽快成家。冯登菊说：想走往哪里走？老家没我的亲人，不想留也得留，镇子有我的想望，我老觉着秀奇没死，让我等他三年再说！高步宽觉得言之有理，便摁下此事不提。三年过后，耿诚信积累了点儿资产，并和冀志兴合伙买了一院房子，正好和高步宽斜对门。因为经常和高步宽你来我去，自然和冯登菊接触就多，时间一长，两人便有了好感。耿诚信要高步宽从中说合，高步宽害怕冯登菊心里有曾秀奇，便让他自己说。耿诚信硬着头皮说破此事，冯登菊不知如何是好，只好向高步宽要主意。高步宽的意思是，主意，你们自己拿；事情，我给你们张罗。就这样，两人很快结为夫妻。

谁知道两人刚刚结婚，曾秀奇就奇迹般回来了。原来，曾秀奇遭遇抢劫以后，土匪只顾搬运货物，他趁乱赶快溜进旁边的树林躲了起来。后来土匪分赃不均，内部火并，等官家赶到，死的死逃的逃，现场一片狼藉。杭州字号以为他死于非命，派人赶来处理后事，结果尸体面目全非，无奈只好找了个穿戴相像的尸体草草掩埋。曾秀奇藏在树林里又冻又饿，实在支持不住，出来寻找吃食时，地保以为他是漏网土匪，很快押往县府。就这样不明不白，一关就是三年。被释放后身无分文，只好一边讨要，一边朝镇子赶。回到镇子，几个人大眼瞪小眼，尽管肠子都能悔青，毕竟生米熟饭，覆水难收。冯登菊一边舍不得耿诚信，一边又放不下曾秀奇。耿诚信对她一如既往，她不忍心开口。曾秀奇对她旧情未了，她想再续前缘。耿诚信啥都好，就是一样，有时候有点儿优柔寡断。比如曾秀奇这事情，要么让冯登菊跟曾秀奇过，要么让冯登菊和曾秀奇一刀两断。他害怕撕破面皮，失去冯登菊，就默认了冯登菊这边公开和自己名正言顺，那边暗中和曾秀奇旧情未了。特别是曾秀奇回来以后，冯登菊才生的孩子，耿诚信越发认为当时这么做是正确的。原来耿诚信天生缺个睾丸，结婚后，冯登菊就是不生孩子。他听人说不生娃十有八九是女人的问题，男人除了单睾丸不留后，再不可能有问题。他庆幸自己既保住了老婆，又有了孩子。因为缺睾丸的事除了冯登菊，外人一无所知。所以，人们明面上看到的是，曾秀奇是冯登菊夫妻俩的好朋友，是孩子的干爸。实际上，冯登菊是两个人共同的妻子。不同的是一个是公开的，一个是暗地的。平时耿诚信不在家，曾秀奇才来，要是在家，冯登菊就去曾秀奇那里。内中情由，曾秀奇只知其一不知其二，冯登菊知一半迷一半，只有耿诚信全部清楚，又不真正清楚。究竟是单睾丸不留后，还是冯登菊开怀太迟，谁也说不清道不明。就是这种半明半暗的关系，三个人不管当面还是人后，没红过脸，没吵过嘴，没动过手。街坊邻居普遍同情理解，很少有人在背后说闲话。有人出于好奇，说到高步宽面前。高步宽一脸严肃地说：都是有情有义之人，谁好意思撕破脸皮！有一次，冯登菊去曾秀奇那里。曾秀奇说：我把杭州公司留的底摊全部换成了金条，一直埋在我这里。因为这地方不是自家的，继续埋下去会有危险，还不如埋在你那里。冯登菊说：这是你的血汗钱，埋到我那里失遗了，拿什么还你？曾秀奇说：一共十根条子，还按字号原来的安排，咱俩二一添作五。冯登菊终于点头同意，耿诚信不在家时，两人将这些金条埋在只有他俩才知道的私密地方。

耿诚信连吃带喝说完要说的话，目光紧紧盯着高步宽。高步宽还在眯缝着眼睛抽纸烟，好像没有什么事一样。扭曲了的烟灰照样凝结在烟上，只见烟雾从嘴里出来，顺着脸面往上冒，团团烟雾笼罩得看不清他的面目。哼囔见高步宽没有说话的意思，一边弹烟灰，一边清理嗓子，沙哑着声音说：高达，诚信说了这么多，你咋一声不吭？高步宽这才取下烟，把扭曲的烟灰弹在柴炭火盆，又把烟头送进嘴里，烟头在嘴唇跳跃着，说：神鬼之事，不可不信，不可全信。说着又抽了几口。耿诚信说：那你到底信不信？高步宽还是按着自己的思路说：不可不信，因为神鬼之事，有没有全然不知。说没有吧，人人都说，口口相传。说有吧，没听见声音，没见过模样。从两害相权取其轻说，宁愿多为个人，也不愿多得罪个人。神和人是一回事，我看还是信比不信好！高步宽好不容易说了一段长话。耿诚信穷追不舍：既然信，还买它干啥？哼囔还是用他那沙哑的声音说：你别性急，让高达把话说完。高步宽又抽了口烟，还是按着他的思路说：不可全信，是因为神鬼之事，真要像人说得那么玄乎，为什么相信他的人，给他上供的人，反而人生坎坷，时运不济；相反，那些为富不仁，作恶多端的人，不但受不到任何惩罚，还比顺民百姓活得滋润自在！高步宽说完这个更长的句子，又做了短暂停顿。耿诚信听到这话，又发起感慨来：你说这话一点儿不假。我听了个故事，河里发了水，河边有座庙，一个人看河水太大，从庙里搬来个神像，垫在脚下过了河；神觉得自己虽然当了垫脚石，也算普度了一回生灵，也就不哼不哈，听之任之。不长时间，又来个过河的，看见神像躺在河里，觉得不合适，便扶起放在河边，自己蹚水过了河。神便降下罪来，嫌他没把自己放进庙里。神的理由是，既然做好事就应该做到底，怎么能半途而废，有始无终！哼囔咧开嘴笑了笑。高步宽不为所动，心里说，神鬼之事，要真像有人说得那么玄乎，一天净吃净坐，什么也不干，只要把神敬好，还愁不子孙满堂，还愁没富裕日子？所以，嘴里仍然按照他的思路说：我才不会让神鬼牵着鼻子走！

哼囔听了他的话，嘿嘿笑了笑，哼哼囔囔地说：你说话这么有底气，是不是吃了谁的定心丸？比如问过沈文奎，或者其他啥高人？高步宽听到这话，忽地站起来，把烟扔在脚地，用脚狠狠碾着，犀利的目光紧紧逼着哼囔，心想，这一向我连沈文奎的面都没见，其他还能有什么人？但是嘴里只吐出两个字来：胡说！耿诚信根本不知道哼囔的意思，看高步宽有点儿坐不住，就说：哼囔，说正经话呢，你胡打啥岔！转过脸又给高步宽说，哥，听你的意思，你相信是因为苏有志出了事，不相信是因为苏有志出事不是神鬼在捣乱？高步宽很愿意接耿诚信的话茬，因为他的话题不会牵扯到自己的秘密，还会把多此一举的哼囔的话题彻底引导过来。但是高步宽还是按照他的习惯想事情，即就是兴盛宫是个地地道道的凶宅鬼屋，别人住进去不是这事就是那事，自己住进去绝对不会发生什么事情，因为它是老天爷给自家预备下的福地。所以他非常及时地肯定了耿诚信：这一回才算说到了点儿上！

哼囔这时才明白过来，像高步宽这么精明的人，不可能对凶宅问题视而不见，听而不闻。他不信迷信是假话，关键是背后肯定有什么人指点，不然，他不会这么一意孤行。但是这个人具体是谁，想来想去想了好一阵子，就是琢磨不出个所以然来。此时此刻，哼囔想的是另外一个问题，不知道是高步宽故意不去想呢，还是根本就没有想到，但是作为他的老朋友，绝对不能不说。所以便清了清嗓子，努力使自己的吐字尽量清楚点儿：高达，我说话你不要不爱听。前多年，我就给你说过，你老是眼里看兀家（共军）的书，手里干致家（国军）的事，你还说我成天胡说八道。你今天这个举动，就是名副其实看兀家书干致家事！咱不说兀家别的，问题的关键是，兀家看的是苏俄的书，搞的是国际托拉斯，就不喜欢私人买房子置地嘛！咱也不说致家涂炭百姓，眼前的事实是，致家看的是大老美的书，干的是自由资本，所以最喜欢你这种发家致富的人！眼看兀家就要坐天下呀，你还要买这么大一院房子，明明是没孽着揽罪嘛！高步宽听到这话，心里不禁咯噔一下。又静下心想了想，事情也就是怪，这么多年来，自己一心想的是发家致富，并且还真的发了点儿不大不小的财。叫他想不通的是，自己这个一心想发家致富的人，老是同情兀家支持兀家，抱上兀家的书不丢手，不管在什么场合，老是和兀家站在一边。又仔细想了想，这也没有啥奇怪的，兀家清廉，致家腐败；兀家兵好，致家兵坏；兀家爱民，致家害民。我不向着兀家，难道还要向着致家不成！只是眼看兀家要得天下呀，自己还要大动干戈，是不是真的不识时务？但是他这人不会轻易表现出来，极其平静地替自己辩解说：兀家再不通情理，总不能让我睡搭天地！耿诚信并没有把这个话题当回事，还认为哼囔说话不着边际，所以懒得插言。哼囔把高步宽的内心活动摸得一清二楚，只好点到为止：你的话没有说错，但是要三思而行。哼囔说着站起来：我就不坐了，回去还要忙我的事呢！耿诚信看哼囔走了，也起身告辞出了门。

新生说好

哼囔和耿诚信离开后，高步宽弯腰抓起门帘下摆，扬手搭上右半扇门上，想让房子走走烟雾。然后拿起笤帚，扫着脚地的烟头烟灰。就在这时候，唐新生来到房门口，看到高步宽猫腰扫地，赶紧走进房子，夺过笤帚主动扫起来。边扫边问：谁都来过，抽了这么多烟？高步宽坐回炕沿说：哼囔和耿达！唐新生说：是不是来挡你买兴盛宫的？高步宽说：嗯！唐新生扫完地把垃圾堆在门背后，靠好笤帚拍了拍手说：那你到底买不买？高步宽拿起烟盒，自己叼了支烟，又掏给唐新生一根：你说呢？说完试了试片壶，高声喊渊家给片壶里添水。渊家提着暖水瓶，先给片壶里添了水，看见高步宽茶碗有茶，就放下暖水瓶，一手提片壶，一手取茶碗，边和唐新生打招呼，边给他倒茶。倒好茶放下片壶，才提着暖水瓶放下门帘走了。唐新生用火筷子从火盆夹起发白的炭块，先给高步宽点烟，然后给自己点。

唐新生三十岁出头，黄河对岸风陵渡人。听说渭北镇子这地方生意好做，为了给家里盖大房，给自己和两个兄弟娶媳妇，只身来到镇子闯荡，想等挣了钱了却心愿，就回老家安心过日子。来到镇子，经耿诚信介绍认识了高步宽。高步宽觉得尽管他相貌平平，但是本分诚实很有悟性，便托人把他安排在庙前里百货字号永福祥学相公。刚开始，永福祥掌柜看到他的长相，不打算收留他，碍于高步宽的面子，只好暂时答应下来。但是心里却说，收你不等于就长用你，要是达不到我的要求，对不起，就是天王老子，也得卷铺盖走人！

唐新生刚到铺子还不能直接进柜台，只能做点儿扫地提尿盆、哄娃拉风箱、打狗支桌子、吆鸡关后门一类的琐事。为了考验唐新生，永福祥掌柜不停给他出题目。一日，唐新生正在扫地，永福祥掌柜故意给地上扔了钱，他捡到钱毫不犹豫全部上交。永福祥掌柜看他表现不错，实心实意地说：拿上吧，地上捡的，不定是谁的。他坚辞不受：锅项里拾铲铲，不可能是别人的！

镇子过年有个风俗，吃年夜饭以前，必须把水缸担满，大年初一根本不允许担水。永福祥掌柜是客籍人，信奉以水为财，认为大年初一从官井上挑水进门，就等于纳进了一年的财运。所以老早就把钱揣在袖筒，站在前门里头，看见第一个担水进字号的相公伙计，便喜眉笑脸从袖筒掏出一吊钱，哗啦一声扔进水桶，作为对担水者的奖赏。这年除夕，相公伙计抢着占水担、水桶，唐新生无动于衷。永福祥掌柜问原因，他说：都想骑马，谁来坠镫！

唐新生好不容易熬到了站柜台，永福祥掌柜专门雇了个人，不买任何东西，挑三拣四，态度蛮横。唐新生逆来顺受，有求必应。那人实在不好意思，准备找理由离开，永福祥掌柜赶快出来，示意他继续刁难。唐新生仍然是百问不烦，百拿不厌。那人忍不住问他为啥不发火？他说：弹嫌的是买主！那人于心不忍，为了补偿唐新生，只好掏腰包买了几样东西。临走给永福祥掌柜咬耳朵说：遇到这样的相公，你就偷着笑吧！

唐新生对人对事也不是一味迁就，他有自己的原则。永福祥字号的仇家，专门雇人找上门来，把在别处买的次品，拿到永福祥换货。永福祥掌柜知道来者不善，故意交给唐新生接待。仇家借着换货故意诋毁永福祥。唐新生当场揭露他：你这货不是从我们铺子买的，我们包装纸边沿裁的是水波浪，包货打的是燕尾折！仇家看露出破绽，提着货撒腿就跑。永福祥掌柜问他：人家要是不来买货咋办？唐新生笑着说：钱卖大家哩！

有个新来的相公，各方面都不错，扛洋糖（水果糖）包时，划破了包，洋糖漏出来，赶紧放下包来，边收拾边承认错误。永福祥掌柜故意不表态，想看看相公们咋办。果不其然，有的唇枪舌剑不依不饶，有的看见装没看见，有的很快躲开。唯独唐新生一边帮着揽洋糖，一边替新相公辩解：吃馍哪有不掉渣的！

为了增加营业额，永福祥掌柜让唐新生去乡下跑货郎，特意让一名伙计“陪同”。在交代商品价格时，因为是送货上门，价格一律提高一毛钱。尤其叮咛其中一种大宗商品，好卖卖三块钱，不好卖卖两块五。结果到了乡下，要买这种商品的人很多，伙计抢先一步说了三块五，不长时间很快脱销。伙计说，多卖这些钱，咱俩二一添作五！唐新生严词拒绝：戏台底下的婆娘，再多是有下家的。

唐新生学成以后，四个本领一般人不具备：算盘打得炉火纯青，不但两手同时打两个算盘，还会九归、商归和飞归，就连狮子滚绣球、小娃搬砖一类的珠算趣题，也玩得滚瓜烂熟；卖货很有一套，有办法把走出字号下了门台的买主重新请上台阶，心甘情愿地买字号的货；是公认的“一口清”，能一口报出所有商品的名称和价格，一口算出顾客买的重量和付的钱数。当时是十六两秤，计算钱数和重量的时候，需要“斤问两”或者“两问斤”。比如，一块钱一斤的商品，顾客要买六毛钱的商品，就要通过“斤问两”，用六毛钱除以专用口诀“一退六二五”，就能很快算出给顾客称九两六钱的重量。同样顾客要称三两重的商品，就要通过“两问斤”，用三乘以专用口诀“一退六二五”，就能很快算出要收顾客一毛八分七厘五的钱，四舍五入，实收一毛九分钱。

唐新生就是凭着诚实、聪明、能干赢得了永福祥掌柜的赏识。镇东十五里地，有条小河名叫漫泉河，漫泉河东边有个小乡村名叫党家村。党家村西边的独家庄，有个后脑勺飘着半短长发的穷秀才叫党治国。党治国有个姑娘名叫党慧兰，年方二八，出奇漂亮。上门提亲的能把门槛踢烂，皆因拿不出高额彩礼，望而却步。永福祥掌柜知道后，为了拴住唐新生，准备给他提这门亲。唐新生死活不肯，他说：我是我家老大，我们那里的风俗，长子不离祖。我在这里挣够钱，给家里盖好大房，给我弟兄仨娶回媳妇，就守在家里过日子呀，根本不想在镇子久待，更不要说用你的钱娶妻成家了！

永福祥掌柜心不甘，想到他是高步宽介绍来的，解铃还须系铃人，只好去找高步宽帮忙。高步宽呼噜呼噜抽着水烟说：留人要留心，留心要流血！永福祥掌柜问：此话怎讲？高步宽抽出长筒烟锅颠倒头嘴对屁股，朝地面噗地吹掉一疙瘩烟灰说：光娶媳妇不行，还得买院房子。永福祥掌柜问原因，高步宽把烟丝摁进烟锅：这样他就会把家搬来，死心塌地给你卖命。永福祥掌柜面有难色：咱是生意人，在商言商，这么下来头比身子大！高步宽噗一口气吹燃媒头（纸媒儿），缓缓将媒头的火苗，放在水烟锅上。随着呼噜呼噜的吸烟声，火苗一明一灭不停跳跃。他抽着烟说：新生给你干了这么多年，早都给你把金山堆到屋里了！永福祥掌柜说：要知道你这么帮忙，我就不进你这门！高步宽心想，你尾巴一翘，我就知道放啥屁！于是拔出烟锅，对着屁股噗一吹，又一疙瘩烟灰射地上：想干指头蘸盐，连门都没有！永福祥掌柜说：我也不想干指头蘸盐，也不想伤筋动骨！高步宽心里说，一院房子对你来说，还不是九牛一毛？偷鸡都要蚀把米呢，还不要说这么好的相公了！他用大拇指和食指从水烟袋盛烟丝的筒里捏着往烟锅摁烟丝：赶快出去另请高明吧，我给你帮不了萝卜两头切的忙！永福祥掌柜看高步宽下了逐客令，很不情愿地出门走了。

朝高步宽家一路快走的哼囔，看见永福祥掌柜迎面而来，不禁心中暗喜，不由得停下了脚步。原来，漫泉河党家村的党治国，了解到永福祥掌柜财大气粗，为了让唐相给他卖命，肯定会出大价钱。党治国害怕过了这村没有这店，人托人找到哼囔当介绍人。哼囔受人之托，忠人之事，就想到高步宽这里，商量怎么俘虏这口大肥猪呀，偏不偏人家就自投罗网了。叫他感到疑惑的是，像人家这财大气粗的大掌柜，还有啥不顺心的事哩，脸上阴云密布的。为了弄清事情原委，主动上前搭话：看你愁眉不展的样子，是不是谁借了你二斗年麦？永福祥掌柜摇着头，这才说了事情经过。最后一再强调：这事情我主要有三怕：一怕唐相不想在这里成家，二怕人家女方嫌唐相相貌丑陋，三怕党治国要的聘礼多。哼囔听了，眉头一皱，计上心来，故意正话反说：你知道我干啥来了，我就是给你帮忙来了。你什么都不要怕，南街里“马半国”的老掌柜，看上唐新生的本事，有意收留他，不要说买房，就是买牲口买地也愿意。人家说，只要你愿意放人，你提啥条件，他们答应啥条件！永福祥掌柜看是这情况，权衡来权衡去，不得不咬牙跺脚：你给马半国说，他就是给座金山，我都不会放人！后来，在哼囔和高步宽的安排下，永福祥掌柜给唐新生买了座院子，又让来王老大家走亲戚的大侄子王金贵，替唐相去党家村相亲，然后趁热打铁，抓紧时间举办婚礼。因为提前用了蒙汗药，第二天党慧兰醒来，生米熟饭，木已成舟。唐相结婚没有一年天气，永福祥掌柜吃了官司，实在经营不下去，只好关门停业。永福祥掌柜尽管算盘打得精，为人倒还厚道，拾掇倒灶生意时，给了唐新生点儿本钱，资助他先到镇子周围跑货郎，卖针头线脑一类的小商品，三年以后再谋划开门面。永福祥掌柜害怕唐新生有想法，便给他掏了心里话：要想成人，就要端人家的饭碗；要想成事，就不能老端人家的饭碗；不跑小货郎，当不好大掌柜；不想在镇子周围混熟脸，别想在镇子商界露脸面！

从此以后，唐新生由大字号掌柜的掌上明珠，一夜之间变成一个走村串户的小货郎。他的货郎车是个陈旧的西洋车。前轮上边安了个可以拉动的小铃铛，衣架上绑了个漆黑的货郎箱，箱子里装着货物，上边别着货郎鼓。如果快到那个镇店，或者那个村子，边吆喝边摇货郎鼓。他这货郎鼓和别人不同，有锣有镲有鼓，一根铁丝经四周围绕，红绸缠绕其上，糖葫芦似的外观，特别响亮。不说货物如何，光这货郎鼓，就能吸引不少人。他的个头本来就不高，还要骑着车把两头翘的羊角车子，成天像耍猴的一样，早出晚归，疲于奔命。

小两口的生活刚说有了点儿眉目，老丈人党治国家不停有事。党治国的老伴觉得女儿嫁了丑女婿不说，还是个外省人，终究要远走高飞。害怕自己晚年床前无人，一直对这门亲事耿耿于怀，后来忧郁成疾，不治身亡。党治国因有女儿的高额彩礼，很快过继了个远房侄子。这个侄子人高马大，一表人才，但是金玉其外，败絮其中。是个好吃懒做、不务正业、无所事事的混混。他知道党老汉手里有钱，一门心思想偷着配老汉的钥匙，独吞那些彩礼，然后花天酒地，任意挥霍。党老汉心想，侄子之所以如此表现，可能是少不更事，只有赶快娶个媳妇，一定会浪子回头。没承想托人说媒时，才知道因为他不成器，没人愿意嫁。后来党老汉又以高额聘礼作为筹码，再次托人说媒，这个时候果然有看事不远的人，看上高额聘礼和小伙长相，愿意嫁女过来。党老汉满心欢喜，回来取聘礼时傻了眼，女儿的聘礼不翼而飞，气得党老汉大病一场。侄子花完妹妹的聘礼，又打房产的主意，想拆着卖房花钱，党老汉以死相拼。无奈，侄子只好趁老汉不在家，今天偷着揭几页瓦，明天偷着抽一根椽，没用几年天气，卖得只剩下两孔破旧接崖窑，一老一少两个光棍，一人空守一孔，恓恓惶惶度日如年。党老汉遇到知己，不得不感叹，谁谁都不怪，这是我的命，当年算卦先生就说我是刻薄成家必生浪荡之子！

高步宽见唐新生只抽烟不说话，便取下带灰的烟，笑着说：问你话呢！唐新生这才如梦初醒，噙着烟笑着说：赶快买！高步宽弹完烟灰把烟放进嘴里，漏着气说：说原因！唐新生这才取下烟说：这院房三间门面，宽展大方，比现在这一间半气派多了；房子那么多，四进大房，二十间厦房，在里边想弄啥弄啥；后院那么大，前后两院不说，就说最小的前院，很少有哪家能比得过。高步宽说：别拣好听的说。唐新生说：是你办的事情好，不是我话说得好。高步宽说：胡说！唐新生看高步宽步步进逼，只好实话实说：苏有志卖了这么长时间房，你都没说过买的话，现在突然要买，说明你已经把利弊盘算好了。再一个，但凡你决定的事情，一般人看不来窍道，只要过一段时间再看，多数都是对的。你说，在你这圣人面前，我们这些凡夫俗子给你提鞋带都跟不上，哪里还敢在鲁班门前抡板斧！高步宽说：你这叫顺情说好话，遇事不伤人。唐新生说：那你想叫我说啥话？高步宽说：那你咋不说这房子是座凶宅鬼屋？唐新生说：这话还用我说，事情明明白白摆在那里，你都没把它当回事，说明它对你根本就不是事！高步宽啼笑皆非，一时不知道怎么回答好。唐新生看高步宽没有吭声，觉得此行的目的已经达到，害怕继续说下去，就自己这点儿“脓血”，应付不了咋办？与其待在这里作难受困冒虚汗，还不如找借口赶快离开。于是硬着头皮说：哥，我还要到东街里进货呢，没有啥事，我就不坐了。高步宽看见他头上冒了汗，手里的烟灭了火，不由得心里笑了，便一手取下带着很长一段烟灰的纸烟，另一只手朝门外摆了摆：赶紧去，赶紧去！

高步宽一直忙活到晚上，前来阻挡他买房的人，才慢慢稀疏下来。这一阵，看没人再来，就准备打扫完就休息。刚要往门扇上搭门帘，冀志兴不知道什么时候，双手插在袖筒，黑麻咕咚站在房门外，像座黑铁塔似的一动不动。

志兴语怪

高步宽猛地惊了一下，以为是哪路鬼神来讨香火钱。当看清楚是冀志兴时，便一把拉进门来：既然来了，不赶快进来，等着我往进请呀！冀志兴低头弯腰进了房子，还是双手抄在袖筒，坐在靠背椅上一言不发，像打坐的佛爷一般，递烟摇头，让茶不喝。

冀志兴是山西晋中人，虽然和高步宽是乡党，但毕竟地处晋中，比起几个晋南乡党来，相对关系走得不是那么近乎。确切点儿说，尽管他们都是以高步宽为中心的“卫星”，那几个晋南乡党是近距离“卫星”，他这个晋中乡党是远距离“卫星”。他做生意很本分，货真价实，童叟无欺，从来不给买主少称一钱秤，多要一厘钱。吃饭很简单，是山西人标准的青椒蘸盐就馍，或者葱叶裹馍块喝开水。干什么都要精打细算，生意虽然没有做出名堂，但是有一个钱置一个钱的家当。麻雀虽小，五脏俱全，小日子过得滴水不漏，有房有地有农具。优点突出，缺点也突出，板板六十四，做事一根筋。

高步宽见他这般情形，便问：来有啥事？冀志兴还是双手插在袖筒：听说你买了房，我过来看看。本来一大早就要来，一直在庙前里忙生意没时间，拾掇了生意吃完饭，撂下碗就赶紧过来。高步宽说：你是啥想法？冀志兴说：我是来靠实一下，有这事了，就准备过来帮忙搬家；没这事了，就不操这心了。高步宽说：我问的不是这意思，一般都是当事者迷，事外者清，不知道是买了好，还是不买好？冀志兴想了想，竟然说：高达哥，现在贵贱不要说这话，既然已经把买房的事情说出去了，好不好都得买！高步宽说：说是说出去了，但是，也没有把话说明，更没有把话说死。冀志兴说：不管说没说明，说没说死，想买总是事实。高步宽说：想买是事实，没买到手也是事实。冀志兴说：人常说，吃食有便宜贵，家当物件没有便宜贵。再者说，用人不疑，疑人不用。置家当也一样，既然想好了，就买下它，要是心里不干净，干脆就不要买。高步宽心想，人家说得很有道理，仔细一想，还不是一般的有道理。但是，因为他不知道自己的心思，现在之所以犹豫，便宜贵不是问题。倒是后边这一句，说得再正确不过了。既然已经想好了，赶快买就完了，问来问去，问个啥劲呢？于是顺口说：想是想好了，买也准备买，就害怕想得不周全。没料想，冀志兴回答得更绝：不周全还能办点儿事，太周全了，反倒办不成多大的事。诸葛亮想事比谁都周全，能得一个指头剥葱，结果六次没出得了祁山！司马懿被他当猴耍，又是空城计，又是激将法，结果到头来三国全部归了晋。高步宽这个很少笑的人破天荒笑了：来了这么多人，就你说得好！那是这，给你打招呼，就有这事；不打招呼，就没这事！冀志兴赶紧站起身，两手插在袖筒朝高步宽抬了一下说：那我就等着你的话！说完走到房子门口，还是袖着双手，用胳膊肘掀起门帘，老牛似的，不紧不慢地走了。

高步宽送走冀志兴，独自坐了一会儿。当确定再不会有人来时，便搭起门帘，扫完脚地的烟头烟灰，放完浓浓的烟味，才放下门帘，闭上房门，吹灭灯盏，躺上炕拉开被子，圆瞪双眼死死盯着黑乎乎的顶棚想心事。想来想去，觉得绝大部分人因为兴盛宫是个凶宅，劝他不要买，耿达就是这大部分人的代表。他很理解这些人的心情，因为他当初也是这么考虑的。要不是太上老君托梦，自己绝对不会改变初衷。极少人因为害怕社会发生变化不让他买，哼囔就是这极少数人的代表。别看是极少数，还真引起了他的重视。特别让他感到震撼的是，哼囔不愧身在江湖，经多见广，竟然能看透自己的心事，认为不信迷信、不怕出事统统是借口，可能还有深层次不便言表的秘密。尽管哼囔把“兀家”“致家”的事情说得再明白不过，但是在哼囔心里并没有酝酿出一个明确的结论来。倒是冀志兴独辟蹊径，语出惊人，根本不涉及具体理由，只是议论思考方法。话说得再简单不过了，就是想好了再买。所以当下要紧的是，自己究竟想好了没有？不知怎么搞的，想到这里，自然而然就想起斜对门的剃头匠胖勺子来。

剃头铺尽管只是个剃头的地方，由于各色人等经常在这里拉闲话，消息多，见解杂。实际上，这里已经成为西门里了解各种消息的主渠道，观察主流民意的晴雨表，辨别社会动态的风向标。尤其是这个胖勺子，除了高超的剃头手艺，还动不动会有一些非凡的见解发表出来。他的特别之处是，发表这些见解的时候，从来不拿腔拿调，危言耸听。也就是说，根本就看不出来他是在发表非凡见解。因为他的口气、内容和语言，与拉闲话比较起来，除了拉闲话还是拉闲话，甚至比拉闲话还拉闲话，更不会故作高深，咬文嚼字。一些所谓尖端语言，从他口里出来，既不文雅，也不生涩，好多本来就是人们的口头禅，有些比口头禅还口头禅，甚至个别语句比口头禅还要叫人看不上眼。所预言的事情一般都能应验，有的是过几天，有的是过几个月，有的甚至是过几年。他预言事情的时候，纯粹是有口无心。也就是说，他在发表预言的时候，连他自己都不知道是在发表预言，还以为是在拉闲话，在说口头禅，甚至是在和那些下三烂一样说着少盐没醋不屑一顾的涎水把把。镇子人有句口头语，话说头遍比金贵，要说二遍淡如水，再说三遍打屁嘴！即就是胖勺子当时说了应该“打屁嘴”的话，过上一段时间再来审视它，有些简直就成了人人心里有、人人笔下无的经典论断。正是因为胖勺子的真知灼见，是在无心无意之时才能发表出来，他就不能直截了当地去打听。想到这里，高步宽下意识地摸了摸自己的头发，便产生了去剃头铺剃头的想法。

说到剃头，高步宽有自己的习惯。每次来到剃头铺站到门外边，给胖勺子说：没人了，叫我一声！大家看见是他，争着往前让，他点点头算是回应。再看他时，已经转身出了门。等胖勺子跑出门，人已经走到了家门口。无奈，他只有等没有顾客的时候，站在门口，毛巾搭上肩，双手翻着花响拍几下，头不经意轻摇三下，隔着街道朝斜对门大声喊：高达，没人了，快来！高步宽走进铺子，坐在剃头椅上，他每次都要送全套手艺，每次都被婉言谢绝。高步宽紧闭双眼，不吭不哈，似睡非睡。等胖勺子扫完头发取下罩布，他才睁开眼睛。临走，拉开钱抽匣，扔一整张进去，连找都不让找。

胖勺子来自出产勺勺客（厨师）的蓝田县，身体微胖，个头敦实，大家不叫真名，叫他胖勺子。其实这是个误会，胖勺子来自蓝田不假，但不是蓝田土著，细细追究起来，他还是九龙塬以南三姓堡人氏。胖勺子心强命不强。镇子人所说的命不强，主要是指不能生育。他先后结过两次婚，婆娘都生不出娃。头一次结婚时，入洞房那天晚上，新媳妇发现他下身硬不起来，天不明就回了娘家，从此一去不复返。后来入赘一寡妇家，人家有三个男孩，答应一个跟他姓。寡妇发现了他的下身问题，但是因为他有手艺，能挣钱养家糊口，图一头不图另一头，便容忍了他。他为了能多挣钱，也为了避免房事尴尬，加上老先人也有遗言，只好自己一人来到镇子重操旧业。谁知道没有不透风的墙，家具问题很快风传开来。镇子人诙谐开朗，本真自然，普遍拿短处当外号，叫的人不避讳，被叫的人不犯病。说快板的刘开科，给他起了个很不雅的外号——尿不顶。他不但毫不在乎，时不时还自嘲两句，街坊邻居不得不淡化这个话题。

胖勺子租的这个门面，原来是个斗行（粮店），因为东家年事高叶落归根后继无人，字号随之关门停业。当时胡宗南队伍开进镇子，这里自然就成了兵营。那些当兵的多是广东人，镇子人称其为“广东核”。广东核有两个瞎毛病，一个是喜欢吃猫吃老鼠，特别是死猫死老鼠，而且故意不煮熟，半生不熟血里呼啦，满院子都是猫和老鼠皮；一个是肆意玩弄女人，他们从外地搞来女人，肆意蹂躏，玩腻一批再换一批。队伍开走以后，大家觉得院子肮脏，闲置了好长时间无人问津。当时，主家为了让胖勺子照看这院房，便以一年五斗麦的低价，给他租了靠西边一间半门面和后边两间厦房。标准的前店后卧。临街门面上半部安着玻璃窗，像模像样。因为才开张，为了辟邪造势，门外贴了副虚张声势的对联：

磨砺以须，快刀斩乱麻，问天下头颅几许？

及锋而试，润物细无声，看老夫手艺如何！

铺子里布置得井井有条，靠墙放着条柜，上面有剃头工具、镜子等物。火炉砌在正中央，炉口上坐着呼呼冒白气的开水壶，四周围了一圈凳子，剃头椅子在条柜与火炉之间。正面墙根摆着剃头担子的三大件，一件是连凳带箱的梯形坐柜，一件是立着桅杆白帆放着脸盆的烧水的桶形炉，还有一件是磨得明光锃亮的桑木扁担。墙上挂着剃头鼻祖吕洞宾的画像，画像底部钉了木板，板上边有个香炉，香炉里插着正在燃烧的半炷香。剃头担子三大件，外出了用用，不外出了，一直和鼻祖供奉在那里。

胖勺子是个很有特点的人物，个头敦实，脸盘方阔，浓眉大眼，面目慈祥，发福的脸上净是赘赘肉，活脱脱一尊弥勒佛。无论说话，还是剃头，或者是干其他事情，每隔一段时间，双手都会习惯性地很艺术地来回翻着花响拍几下，脑袋不由自主轻轻摆动三下。剃头技术非同一般，剃过的头像粉脸纸一样雪白，从来不留丝毫痕迹。就连拐弯抹角、窟窿眼睛，人一般不太注意的地方，也给你收拾得利利索索、光光堂堂。比如，发际、眼眉、眼角、眼皮、鼻毛、嘴角、耳孔、耳轮、耳背、脖颈等处，刀尖似姑娘绣花针轻轻一挑，深藏于眼角鱼尾纹的绒毫就会不翼而飞；刀刃像玩具风车骨碌碌一转，刀把的转刀就能叫群聚在鼻孔耳孔刺角扎手的黑毛瞬间荡然无存；剪刀咔嚓咔嚓一响，参差不齐的发际就像用尺子划过一般齐整。一手五指花开摁头，目的是绷展头皮，稳固头颅，实际上，却像按摩一般舒服惬意；一手刀起刀落，银光闪闪，很是壮观。只听刺儿刺儿响声过后，头发像风扫残云般纷纷落下。人多了一着急便双手双刀，或同起同落，大刀阔斧像风扫残云，排山倒海；或一先一后，轻行慢进，似摇橹划桨，优哉游哉。更令人叫绝的是，他还能用双手双刀给自己剃头，根本不用照镜子，剃得干干净净。有时候，为了展示五指摁头技术，手心故意握个生鸡蛋，剃完头鸡蛋完好无损。为了展示执刀功夫，故意给执刀的小臂放一碗清水，剃完头滴水不洒。刮脸更显功夫，一手五指并拢轻轻在脸皮上时摁时抬缓缓前移，一手舞动着刀子跟在后边嗖儿嗖儿步步为营。如果说，剃头是风扫残云蔚为壮观，那么，刮脸就是和风细雨润物无声。更为精彩的是蹦刀技术，在全镇子简直就是绝无仅有。刮脸时，很巧妙地把刀子立起来，逆势在脸上一路蹦蹦直跳，爽快得犹如鸡翎拂扫。人常说，剃头洗脚胜于吃药，这讲的是客观效果。胖勺子剃头治病可是实实在在的。剃头者若患有头疼脑热，胖勺子剃完头便双脚分开，略蹲马步，身子前倾，双手握拳，在他身上头上很夸张很艺术很有节奏地噼里啪啦地敲、拍、揉、搓、顶、挤、推等。仅以按摩头部为例，两手分别从头两侧向印堂穴重压快推五下，第五下将印堂穴的肌肉，使劲往一块儿挤，直挤得额头乌青。要是重感冒，光挤不行，还得用针刺出黑血，才能缓解。接着原路返回往头顶百会穴推拿五下，然后继续向后脑勺按压，到玉枕穴暂作停留，原地按压一阵，再停到下边风池风府二穴，慢慢揉搓，轻轻按压。最后从下往上，从后到前，由左及右，打着响指，反复数遍，整理完头部，才算全部收官。不管双拳敲打，还是十指推拿，整个过程，先后有序，疾徐有致，轻重有度。不但动作极其好看，响声还非常悦耳。不要说剃头，就是站在旁边看热闹，也是一种享受。

想着想着，高步宽蒙蒙眬眬进入了梦乡。

五怪聚首

下雪不冷消雪冷。第二天天气放晴，气温不但没有回升，反而下降了不少。瓦沟的积雪，尽管瘦骨嶙峋，仍然苦苦支撑，顽固不化。房檐的冰柱，已经稀稀拉拉，照样寒光逼人，坚硬如铁。呼呼的北风，虽然不猛不急，却也秉性不改，依然如抽如割。剃头铺通红的炭火炉子燃烧得呼呼作响，那穿过玻璃洞眼伸向街道的白铁皮烟囱，浓烟滚滚袅袅升空。这就无声地告诉街坊邻居和过往行人以及各位闲汉谝客，铺子炉火通红茶已烧好，恭请各位前来汇聚人气，惠顾生意。很快，剃头的喝茶的谝闲的取暖的闲转的，三三两两，鱼贯而入。铺子来了客，胖勺子翻花似的响拍两下手，头不经意摇过三下之后，边剃头边给大伙儿说：炉子上有茶壶，桌子上有茶碗，谁喝谁倒，甭等人让！

最先脊背顶着黑漆漆油乎乎的棉门帘，来到剃头铺的是瞎子五。瞎子五叫瞎子，其实眼睛不瞎。小时候右眼受过伤，伤好了落下残疾。看是能看见，就是睁不大。刘开科开玩笑说：叫人家瞎子不公道，不是人家眼睛不好，而是光线不行，要怪只能怪光线，所以叫“灯不明”比较公平。就这样，灯不明很快成了瞎子五的绰号。瞎子五从小命苦，母亲是半病子，为了看病卖完了家当，住进了城门洞，还把病没治好。母亲离开人世，父子相依为命。鳏夫带娃，又一贫如洗，真真正正是食不饱肚，衣不蔽体，瞎子五的命运可想而知。那一年，瞎子五去北山学唢呐，父亲病饿交加，最后死在城壕的茅房，要不是小孩玩耍发现，尸体化成脏水也没人知道。刚刚当上甲长的张子善知道这事，到现场一看，瘆得身上直起鸡皮疙瘩，差点儿吐出污物来。死人脚踩两块砖耷拉着头，一扑塌坐在粪便上，满身上尽是摇头摆尾的蛆虫，简直就成了一个蛆人。那些抢位置挤疙瘩的蛆虫，不时有被挤出者滚落下来。成群结队蜂拥而至的苍蝇，落在四堵墙头和周围地上，到处是成片成片的黑疙瘩。飞在空中像一块块黑毡片，重重叠叠，来来回回。站在城壕边上，能听到苍蝇的嗡嗡声，闻到腐尸的臭味道。他赶紧让人捎话叫瞎子五回来处理后事。瞎子五回来空吊两手无能为力，只知道跪在城壕对天干号。无奈张子善找到高步宽。高步宽心想，这事情说简单简单得很，就是花点儿钱买领席的事，没人出钱我把这钱出了。说难办难办得很，因为人已经烂得拾不起来，怎么下得去手？高步宽啥话没说，反问甲长张子善咋办。张子善说：我是大姑娘上轿头一回，鸡娃子叫鸣按不住板，没办法才跟你要方子来了！高步宽说：回去问瞎子五，看他有没有啥办法，他要是没办法，咱俩再拿主意，就没他说的啥了！张子善捂着嘴走到干号的瞎子五跟前，照准屁股蛋狠狠踢了一脚：哭有啥用，还不赶紧埋人！瞎子五转过身，双手紧紧抱住甲长的腿哭着说：甲长叔，我两手攥的空拳头，你就给贤侄把主做了！张子善找到高步宽：瞎子五是法妈把法死了，以你的意见为意见！高步宽裹着长筒袖子的手，从口袋摸出两块银圆，伸到张子善面前：你把这拿上！张子善推挡说：我是来要主意的，不是要钱的！高步宽说：你先接住再说！张子善只好接住。高步宽心想，镇子葬埋人，说讲究，讲究得很；说不讲究，一点儿不讲究，就是八个字，有钱埋钱，没钱埋人。买起棺材买不起地的就钻堰，顺堰根掏个洞，棺材推进去封好洞门了事；买起地买不起棺材的就软埋，尸体只裹个席筒下葬。对那些无儿无女无亲无故无钱无物，买不起棺材和地的，只能是钻堰加软埋了。瞎子五父亲虽然有瞎子五，但是身无分文，没地没房，举目无亲，有儿跟没儿一样。更何况，肉身高度腐烂，不光没办法钻堰，连席片也裹不成。于是便说：本来城壕就是撂死娃扔死猪死猫的地方，找上几个叫花子，把茅房四堵墙朝里推倒，再用土灌严缝子，一块钱管叫花子饭，一块钱买点儿香火，毕竟街坊邻居一场。埋完人，瞎子五给高步宽不停磕响头。高步宽拦住说：学好本事，比磕头强！从此，镇子三年不见瞎子五。

三年以后再回到镇子，唢呐吹得无人可比。不但会吹各种各样的曲子，还会用唢呐吹着说话。词是自编的，曲是套人家的。令人奇怪的是，他不管吹啥内容，也不管是老段子还是新段子，只有耳朵不好使的聋子染匠能听懂它。瞎子五提着厚礼来看望高步宽，得意忘形地说：高达叔哎，别的贤侄子不敢夸口，你老百年不花钱，唢呐保证比别人吹得好。高步宽故意黑着脸说：说话哩，还是放屁哩！瞎子五自知失口，扇了自己个嘴巴，撒腿就跑。

胖勺子看见瞎子五挎着油布袋，拿着唢呐进来，笑着说：你来了，咋没把你隔壁叫上？瞎子五说：我嫌人说闲话呢！胖勺子说：柳拐子又不是寡妇，有说的啥闲话呢？瞎子五说：刘开科把我叫灯不明，把他叫路不平，你说我俩走到一块儿，人家会不会笑话！胖勺子说：平常脸厚得跟城墙一样，今天咋薄得像麻纸？

正说着，柳拐子打了个转身，甩掉油黑发亮的门帘，一摇一晃拐进门来。大家不约而同地笑了。柳拐子原来腿并不拐，就是因为父亲在北塬上拾了一块金子，家境发生了根本性变化。说起金子，成也金子，败也金子。当时用这块金子，一半买了这院房，一半做本钱贩大烟。父母贩大烟长年漂泊在外，把他一个留在家里没人管，结果让马车砸了腿，落下了残疾。父亲贩大烟东窗事发，一人扛了罪名客死他乡。母亲回家蛰了没有几年，又旧病复发，因为是小打小闹，倒也相安无事，柳拐子还算衣食无忧。母亲贩大烟时就有母夜叉的恶名，不是给人多算钱，就是给人短分量。再加上耐不住寂寞，和比她小很多的包子六儿明铺暗盖。更为要命的是，人家骂他母亲养汉的同时，还把柳拐子捎带进去。一气之下，柳拐子便住到了城门洞，与瞎子五为邻。母亲知道对不住儿子，隔三岔五到城门洞偷着送钱。

等大家笑声停下来，柳拐子还是笑个不停。大家问原因，他便没头没脑地说：你们给我俩评评理，看看声不行是不是装的？大家没听明白怎么回事，外号“声不行”的聋子染匠推开油门帘进来。大家又轰地笑了。聋子染匠原来并不染布，他哥从老家带他出来，在一家杂货铺学相公。经常偷他哥的钱，到东街逛窑子，和窑姐翠仙情投意合，私订终身，他哥知道装不知道。刚好这个时候，生意一败涂地，让他一块儿回老家务农。他嘴上满口答应，心里想办法应对。刚好他嫂子是镇子本地人，死活不愿意回去，他哥就和他商量办法。他趁机提出，只要你不让我回去，这事包在我身上。哥哥满口答应。等他帮助哥哥用蒙汗药把嫂子灌晕，趁着夜色拉回老家，又偷偷返回镇子，找到翠仙赌咒发誓要娶她为妻。鸨儿同情是同情，但要他拿钱来赎。他为了多赚钱才改换门庭，投到一家染坊门下学了染匠。人们之所以叫他聋子，因为他小时候得过耳病。尽管后来耳病基本好转，聋子的称呼并没有改变。

还没等大家说话，聋子染匠却说：你们笑啥，我可啥都没听见！大家又笑了一阵。装！我叫你装！我说说刚才发生的事，看他是不是装的。柳拐子说，人家前边走着，我后边跟着，我大声喊着要我的陈账，喊了好几遍，声都喊哑了，就是装听不见。人常说，借钱不过月，过月有话说。我害怕他欠的时间长了，到时候多余说话，就气得骂了一句，人家马上回了我一句，你们说，他是不是装的？在场的人笑得前仰后合。聋子染匠笑着说：我可什么也没听见。柳拐子故意说：声不行，我现在跟你不要钱了，行不行？话刚落点儿，聋子染匠说：君子一言，驷马难追！大家又哄地笑了。柳拐子笑得挤出眼泪来：我是试验这家伙的耳朵呢，人家真的就上当了！聋子染匠笑着说：不知道哪个王八蛋上当了！等柳拐子明白过来，突然说：我那是开玩笑呢，我的钱又不是做贼偷的，为啥不要？聋子染匠闭着眼睛笑着说：这句话我可没听见！大家又是哄堂大笑。

你们别吭声，叫我问问声不行是不是装的。柳拐子正经八百地凑到染匠耳边大声说：说正经话，我刚才跟你要账，是真的没听见，还是故意装的？聋子染匠笑着说：开玩笑时，故意装过，平常确实是真的。不是大家说，我也觉得很奇怪，有些好话，我有时候确实听不见；有些坏话，不知道咋回事，人家一开口，我就能听见。比如，瞎子五吹的那几个土段子，不管咋吹咋变，就是现编现吹，我全能听出来，你们说怪不怪？瞎子五说：我都替你保着密哩，你却把自己出卖了！

突然，街道一个叫涎水娃的卖纸烟者，一根带子套在脖项，胸前九十度展开装满五颜六色纸烟盒子的两片薄木匣，嘴里不停地喊着：哈德门、黄金叶、大前门…… 越门而过，一路东去。胖勺子盖好罩布，闷完头，擦完手，毛巾搭上肩，艺术地响拍着手，轻轻摇摇头，拿起刀子刺儿刺儿剃着头说：这个卖纸烟的涎水娃不是一般人，你看他平时卖纸烟呢，有时候几天几天就不在镇子，不知道还忙着啥生意呢！瞎子五说：我看涎水娃老是和哼囔搞在一起。柳拐子说：和谁搞在一起都不顶啥，除非涎水娃发一笔横财，不然下一辈子照样流涎水照样卖纸烟！聋子染匠问：你们说啥呢？柳拐子说：说卖纸烟的涎水娃呢！聋子染匠说：真是闲吃萝卜淡操心，三十六行，行行出状元呢！胖勺子说：卖纸烟咋啦，高步宽卖纸烟能发家，人家涎水娃卖纸烟，说不定还能当大官哩！

正在这时候，甲长张子善掀开油门帘进来，站在那里看了看大家，心想，西门里有名的五怪，就差一怪没来。张子善说的五怪是：剃头铺的胖勺子有屎不举，吹唢呐的瞎子五有眼无珠，贩大烟的柳拐子有家不归，聋耳朵的染匠妻在窑子，无父无母的地老鼠没有个子。于是笑着说：屎不顶，灯不明，地不平，声不行，都到齐了，就差“尺太盈”地老鼠了！大家也不回答他的话，一个劲儿把他往前让。他刚在炉子旁边坐下来，胖勺子用剃头刀朝外点着说：你说这刘开科坏不坏，不说人家个子低，却说尺子太长，哪有这样糟蹋人的！瞎子五说：不说不笑不热闹。话刚落点儿，突然外边传来一声秦腔叫板：来来来了！说着尺太盈地老鼠一手竖握着拳头，好像握着令箭，走着绕台碎步，噔噔噔绕铺子舒脚下腰跑了个圆场，突然站住亮了个相：小的迟来一步，有何吩咐，讲来无妨！地老鼠今年二十有四，个子还像小孩一样高。他家在镇子北边三里村，因为父母双亡，本家大伯想占家产，借故个子小硬说他是个妖怪，有辱门风，把他赶出门。来到镇子，干的是晌晌活，吃的是碗碗饭，比要饭的高一辈，比扛活的低一辈。用镇子人的话说，今天到这个字号撅尻子蛋（镇子的笤帚把横着，扫地要弯腰撅臀），明天到那个饭馆拉二尺五（烧火风箱杆长二尺五），后天再到炮坊大眼瞪小眼（穿捻子一类的小工），只图混个肚子不饥，晚上跟几个死狗烂娃挤在城门洞。瞎子五说：你那屎高的个头，又不用撅尻子蛋，赶紧拿笤帚把地上头发扫了。地老鼠取来笤帚就扫。柳拐子说：好好扫，扫不净不管饭！地老鼠扭过头说：我是真真正正帮忙来了，管饭有庙前里呢！瞎子五说：人碎鬼大，重说个啥，帮忙来了，还是剃头来了？地老鼠说：剃不剃头，不就是秤锤大个头，能剃几刀子？柳拐子说：哪怕剃一刀子，都算把头剃了。再说，剃头铺不是戏园子，不管个子高低，是按年龄收钱呢！大家听了哈哈大笑。

胖勺子边剃头边说：瞎子五，有个事想问你哩，一直没问成。要不是聋子染匠说，今天差点儿忘了。你用唢呐吹着说话那事，不能光让聋子染匠一个人知道，也得给大伙儿说说呀！大家一听跟上起哄。瞎子五说：这事情不能怪我，只能怪你们不留心，染匠是聋子都能听来意思，你们耳朵不聋还听不出来？说着拿起唢呐：我吹曲子，聋子说意思。

有了烦心事，他吹的是《犍牛流泪》。说着便举起唢呐，“哞——”吹一声牛哭音，然后用《哭长城》曲牌一连吹了四句“喂吥嘎嘬咕嗜哒呀咁——呔吥来嘟！”聋子染匠便说：

悔不该把鸡屎当洋枧——取不离手，悔不该把猴屁当灯盏——照不来明，悔不该把伤脸当挂匾——点子不清，悔不该把老年当青年——爱胡骚情！

有了高兴事，他吹的是《喜鹊闹枝》。“叽叽喳喳——”吹一声喜鹊叫，然后用《黄龙滚》曲牌吹了四句“咯咕唠，嘀哽咕”。聋子染匠又说：

瞌睡了，递枕头；放屁了，踢响尻；
肚饥了，有猪肉；瘾发了，泡（大烟泡）伺候！

有了紧急情况，他吹的是《叫驴亮嗓》。“啊噢啊噢啊——”吹一声叫驴叫唤，然后用《刮地风》曲牌吹了四句“叨咀唠啦啊唠，哙唉嗐哆嗐！”聋子染匠笑着说：

尿去了拉下了，快点儿拾掇屎！蹲去了裆扯了，赶紧换裤子！
门锁着房着了，等着救火哩！娃耍着掉井里，麻利捞人去！

大家不光赞扬字音吹得像，还说词编得很有意思。话音刚落点儿，门外响起了刘开科的快板声。

破例排队

日头再红要压山，红苕成了快拔蔓，苞谷熟透就得掰，人要老了死快点儿。不像甘蔗长着甜，不像陈醋放着酸，不像南瓜老了绵，不像刀子磨着残（锋利）……

今天不知道怎么回事，刘开科把老婆一个人撂在庙前里卖油茶，自己在剃头铺门前说起了《死亡二字比屁淡》。说完以后，竹板夹在胳肢窝，抹去嘴上的唾沫星，搓着双手，佝偻着身躯，嘴里吸溜吸溜，背顶着油乎乎的棉门帘进了剃头铺。

刘开科是镇子唯一一个说快板的。他解放前是个赌徒，没有哪个女人愿意嫁他，快三十岁了，仍然光棍一条、一条光棍。谁知道时来运转，有一天，赌运大发，竟然赢回一院大瓦房来。这个时候，有个后脑勺留着小辫的老头找上门来，要把女子嫁给他，刘开科高兴得手舞足蹈。谁知道老头却说：你先别高兴，我把话还没说完。刘开科说：你都愿意把女子嫁给我，还有啥话没说完？老头说：从今以后，你再也不能赌博了，不然我女子不进你的门！刘开科不高兴了：我刚说赢了院房，还没有地嘛，等我把地赢到手，立马金盆洗手！老头说：你现在金盆洗手，这院房还能保住，假若还想赢地，这院房就成别人的了！刘开科挽着袖子笑着说：看你说得害怕的，真格没见过个啥，这回我准备学手呀，看房子地亩是咋一块儿进账的！老头小辫一抡：权当我刚才放了个屁！说完转身就走。刘开科赶紧拉住说：你老人家咋是这，我是发家呢，又不是败家呢，还生啥气哩？老头呸了他一口：你睁大眼睛往世上看看，镇子前十年后八年，凡是出入赌场的，哪个是靠赌博发家的？刘开科为了成家，从此金盆洗手，不但保住了房子，还找到了媳妇。成家后，便卖起油茶来，不知道是心不在焉，还是一不留神，一心迷上了说快板。没人安排，没人写词，有时候自己编，有时候跟人学。起初，说快板是为了招揽生意，没客来说一阵，有客来忙生意。后来觉得说快板有意思，还能招揽生意，还能被人注意，边做生意边说快板。再后来就上了瘾，专门说起快板来。有时候，只顾说快板竟忘了做生意。快板说到热闹处，女人在女人卖，女人不在，买主自己放钱自己舀，如果钱大了，也是买主自己找零。大多时候，快板说了，生意做了，赚头还可以；很少时候，快板说了，生意影响了，没多少赚头；个别时候，快板瘾过了，生意耽搁了，只赔不赚。刘开科指头蘸着唾沫点完票子，哈哈一笑：没啥！做生意嘛，就是有赔有赚！第二天照样说他的快板。这一下女人不愿意了，专门扔下家务来到庙前里监工。刘开科不得不放下竹板，一心一意卖起油茶来。女人看他改邪归正，这才回了家。他看机会来了，又和听客一块儿商量好，由听客们轮番帮助卖油茶，自己专门腾出手说快板。好在油茶功夫在做不在卖，所谓卖油茶，就是把油茶倒在碗里，放麻花放配料，收钱找零，完全是简单劳动。后来老婆看刘开科狗改不了吃屎，一气之下，让他专门说快板，自己到庙前里经管生意。当然大家也不会亏待刘开科，一场快板说下来，也会挣来不少茶水钱。

正在剃头的胖勺子说：你这个刘开科也是的，不在庙前里说你的快板，可到这没庙处烧啥香来了？没等刘开科说话，柳拐子说：快板说乏了，还不兴来喝口茶！瞎子五说：人家哪里是来喝茶，是给剃头铺招揽生意来了！聋子染匠赶快把刘开科往火炉跟前让。刘开科也不客气，坐在甲长旁边，旁若无人地张开双臂，叉开双腿，独自一人抱着火炉说：你们别替我说好话，我在庙前里冻得撑不住，偷着跑到这里烤火来了。

正说着，油乎乎的棉门帘又被人掀起来。胖勺子看是高步宽，先是一愣，接着赶紧说：高达，你在家等着，这个头剃完了，就去叫你。高步宽边找地方边说：凡事都有先来后到，张甲长能等，我就能等！张甲长看见高步宽，赶快拿起凳子朝后挪了挪，后边的人跟着抬起屁股，只听咯里咯噔一阵响动，很快腾出位置来。

高步宽刚刚坐定，刘开科就说：高达叔，我在庙前里听卖纸烟的涎水娃说，最近以来，兀家（共军）节节胜利，致家（国军）兵败如山，用不了多长时间，蒋介石就成阶下囚了！高步宽笑了笑没吭声。谁知道胖勺子边剃头边冷不丁地说：猫不吃糨子，嫌在嘴上抓呢！大家听了这句没头没脑的话，不知道啥意思，一时面面相觑。刘开科憋不住了：要说就说完，不要尿尿尿不净，拉屎拉半截！他这一说，大家像开了锅，有的说他是信口开河，有的说他有先见之明，争得面红耳赤。柳拐子说：别争了，别争了！认得那么真干啥，都是胡吹乱谝呢，到底有个啥准头嘛！地老鼠说：不管兀家致家，只要叫我咥饱肚子，就是咱家！

别看高步宽一声不吭，但是心理活动却很激烈。激烈的结果是，前半句不好琢磨，琢磨来琢磨去，共产党肯定能打败蒋介石，但不一定能打死他。后半句容易理解，意思是共产党打下江山，肯定要把老百姓的吃饭问题摆在首位。

刘开科又说：高达叔，听说你要买兴盛宫，有没有这事情？高步宽说：说有也有，说没有也没有。刘开科说：到底咋回事？高步宽说：正在想，还没买。刘开科说：卖纸烟涎水娃说的有道理，兀家爱人穷，见不得人发家致富！眼看兀家要坐天下呀，买下这么一大院房，会不会惹麻烦？胖勺子想了想说：兀家不是爱人穷，是爱穷人！不是会不会，而是一定会惹麻烦的！刘开科说：不管是爱人穷，还是爱穷人，意思都一样。我想不明白的是，涎水娃能说这话，是因为涎水娃成天在街道转悠，眼观六路，耳听八方。你像坐监狱一样，圈到这四堵墙里，咋能和涎水娃比？胖勺子说：你听说过秀才不出门，便知天下事没有？刘开科说：咋没听说过，可你不是秀才呀？胖勺子说：我不是秀才，但我认识比秀才还秀才的人。刘开科问是谁，胖勺子说：我们蓝田的牛才子！刘开科惊呼道：人家是个大才子，把秀才算了个啥！胖勺子说：他说过，衣穿烂，饭吃好，房要小，地要少，喂头烂牛慢慢搞。饭吃得再好，全在肚子里，别人看不见，要是穿得好，房子大，地亩多，兀家不收拾你，那些蛇皮烂杆都不答应！

刘开科听到这话，勾起了他的快板瘾，不由得站起身，边掏竹板边说：牛才子要是说过这话，那我这里还有一段快板，你们大家听听，看是不是一回事。说着竹板呱嗒呱嗒响起来：

人怕出名猪怕壮，男怕露才女怕靓，
房是招牌地是累，银钱才是催命鬼。

刘开科快板刚说完，胖勺子接了茬：咱今天说了这么多，跟啥啥没说一样！大家不知道他想发表什么高见，睁大眼睛等着听下文。胖勺子这才说，高达要买兴盛宫，根本算不到这里边去。兴盛宫是个啥地方？是藏凶纳鬼的地方！别看我没房住，白给我都不要！所以高达买兴盛宫是拾破烂哩，不要说共产党不会计较，就连那些蛇皮烂杆也看不上眼！说完故意问柳拐子那四怪对不对，那四怪不但同意还说了理由，刚说完才想起上了当，便连说带笑扑上去，抓头挠痒痒，扳肩踢响尻。

唯独高步宽听了这几个人的议论茅塞顿开。兴盛宫不但要买，而且是立刻马上！一、它是自己的福地，机不可失，时不再来；二、买没人看上的凶宅鬼屋，得了实惠还不显山露水；三、只要在买法上多少想点儿办法，谁能鸡蛋里挑出骨头！想到这里，他突然意识到，再继续待下去，就有点儿多此一举了。刚说站起来要走，却被张甲长拦住：别着急走，这个人剃完就给你剃！高步宽拨开张甲长的手说：突然想起个紧火事情，不马上办还不成！转过身还像以前一样，给胖勺子说：没人了叫我一声！

高步宽回到家给渊家说：你把醋坊乡党苏有志叫过来，正式谈买房的事。渊家说：你这两天忙活来忙活去，到底忙了个啥名堂？高步宽把他听到的意思全部告诉了渊家。渊家说：那到底咋办呀？高步宽说：神的话不听不行，人的话不听也不行，只要把这两者往一块儿糅糅，事情才能办稳妥。渊家说：那到底是怎么个糅法？高步宽说：你先过去把苏有志叫过来，咋糅咱再慢慢商量。渊家说：硬要让我去叫，我就给他说咱不买了，让他找到下家赶快出手！高步宽问：为什么？渊家说：找上门买人家的东西，是要出大价钱的！高步宽说：咱俩想法一样。渊家说：那咱真的不买了？高步宽说：不买给他说这话熬胶呀？渊家想了想，说了句我明白了，很快拧着小脚出了门。

自从高步宽那天打过招呼，苏有志高兴得一夜没合眼。但是，心理很快发生了变化，原来没人愿意买的时候，为了尽快筹措资金恢复生意，只要有人出价就成交。自从高步宽打过招呼，他就不再这么想了。既然高步宽都有这想法，说明这房不但有买主，还有可能卖上好价钱！这两天，他高兴得在家里像热锅上的蚂蚁，站不是坐不是躺不是，不停前后院走步子。当发现去高步宽家的人像蚂蚁赶集，心里便扑腾扑腾打起鼓来。这些人是劝他抓紧买呢，还是劝他就此收手呢？有好几次，都想走出门去，把话给高步宽，让他赶紧办手续，免得夜长梦多。但是这一步不好往出迈呀，要是迈出去了，害怕给的价钱到不了位，卖了还不如暂时不卖；要是迈不出去，又害怕人家原本想买，现在等的就是他一句话，最后因自已杜门不出失去机会，岂不是悔之晚矣！正在进退两难的时候，突然发现渊家出现在门口，他赶快迎上去说：这事情应该高达来呀，你来算咋回事？渊家说：啥事情应该我掌柜来？苏有志说：买房的事情呀。渊家说：我掌柜打过招呼是事实，就没说过买房一个字。苏有志说：既然不买，来打招呼干啥？渊家说：那是给乡党帮忙凑人气抬房价呢！苏有志说：照你这么说，他真的不买了？渊家说：不是真的不买了，而是本来就没打算买！我再给你说一遍，赶紧出手吧，小心把你买主耽搁了。说着转身就走。

苏有志心想，土地别当神，女人别当人。渊家今天能来，有这么两个可能，一个是高步宽想买，渊家不让买，高步宽拗不过，不好意思面对他，只好让渊家来交差。还有一个是，高步宽想买，但是不想出大价钱，故意让渊家投石问路。又一想，高步宽就不是那种曲里拐弯的人，难道现在也学着给人绾环环了？想来想去，不管人家咋变，自己都不能乱阵脚，于是咬了咬牙，兵来将挡，水来土掩，不定谁扛过谁呢！紧跟着给渊家撂了一句：高达咋能这么做，等我把这个买主安顿好，就去找他讲理！渊家咧嘴笑了：一座人见人烦的凶宅鬼屋，还是啥稀罕东西，本来就没人要，还想卖大价钱，真是人心不足蛇吞象！

苏有志迫不及待地要出手凶宅，高步宽下决心要买凶宅，那么多人惧怕凶宅，不知道这座宅子，到底凶在哪里，鬼在何处？

凶宅鬼屋

兴盛宫就是西门里常说的那座凶宅鬼屋，坐落于赵家巷西边第二家，在高步宽现在住的这座房子的紧西隔壁。前后四进大房，二十间厦房。第一进是门面房，三间宽两层高，二层是木楼，一层是门面房。门前四棵树木，东边一梅一枣，西边一枣一梅。门面中间两个门柱上挂一副木质对联，上联是：兴旺发达承蒙鼻祖蔡公开天辟地；下联是：盛况空前仰仗衣食父母慷慨惠顾。

门面房的两个边墙象鼻高耸，顶端富丽堂皇，属于富顶中的富顶。侧脊顶脊高大挺拔砖雕遍布，中间花卉相连，两边鸱头高扬。第一、二进大房之间，两边各四间厦房，两边厦房中间有个小抱厦。第二进大房后面两个明柱之间，安了四扇落地大屏门，大屏门两边挂一副木质对联，上联是：传家有道惟忠厚；下联是：处世无奇但率真。对联上边横额前后面各有三个斗大楷书，前边是“和为贵”，后边是“平为福”。

第二、三进大房之间两边各两间厦房。第三、四进大房之间两边各四间厦房。前边三个小天井，后边一个大天井，全部围着铁丝网。第四进大房后檐墙安了后门，出了后门就是后院。后院分上、下两院。上院三间宽六间长，靠后墙两棵香椿树。后墙右侧有拱形小土门，出了小土门下土坡便是下院。下院比上院低两米多，六间宽八间长，靠西墙两棵青榆，靠北墙两棵老杏，靠东墙一桃一柳。

镇子盖房与别处不同。因为北方气候寒冷，少雨干燥，一般采取的是暗滴水。暗滴水就是大房和厦房衔接处互相咬合在一起，形成四十五度小沟，镇子叫窝角，雨水直接从窝角流下来滴进院坑。兴盛宫就是暗滴水。南方气候温暖，多雨潮湿，一般采用的是明滴水。明滴水是大房和厦房衔接处留有空间，地上修一条和院坑相通并呈九十度的窄长院坑，大房雨水滴进这里汇入大院坑。镇子明滴水寥寥无几。

这院房子是在镇子人气上升时期，由一个纸坊财东在乱葬坟上修建的。清同治年间，关中爆发了一场大规模回民起义。官家叫回民反正，老百姓叫跑回民，新中国成立后叫回民起义。暴动之后走偏了方向，矛头对准了无辜汉民，很快波及整个关中。当时在西门里杀人无数，尸首埋不过来，只好推倒院墙就地掩埋，连土坑都没人挖。后来，在这一片废墟上重新盖房时，为了安顿这些野鬼孤魂，刨出死者的骨殖，在后巷子城墙根挖了大坑，埋成墓鼓堆，保甲两级在墓前竖碑立石，以记其详，民间称为义墓。至今原样保留，杂草丛生，一片荒芜。房子建成以后，纸坊财东专门请人起了个吉利名字——兴盛宫，主要从事纸业，产销一体，批零兼营。总号和销售在镇子，造纸作坊在周围乡下。兴盛宫开业后，天遂人愿，纸坊财东的生意，伴随着镇子的辉煌鼎盛，也红火了相当长一个时期。

镇子逐渐衰落之后，纸坊财东的生意江河日下，同时，对兴盛宫也失去了兴趣，下决心要去铁路沿线发展，所以想尽快出手宅子。谁知道，打听价钱的人不少，实心实意出钱买的人不多。没人买不是嫌价钱高，而是嫌院子不吉利。为此大家议论纷纷，说啥闲话的都有。有的说，房子下边埋着几百冤魂，一有机会就会出来闹事；有的说，整个院子黑得像窨井，最容易藏神纳鬼；有的说，兴盛宫地方硬，命不硬财不旺的人，住进去压不住。街坊邻居也望而生畏，平时说个来回话，借东西还东西，不得不去时，都打发小孩去。小孩们战战兢兢去兴盛宫办完事，假装平静稳着步子朝出走。其实，老觉得身后有鬼魂跟随，吓得浑身筛糠，直冒虚汗。硬撑着忍到前门口，再也憋不住了，撒腿就往门外跑，边跑边失声喊：鬼来了！鬼来了！所以尽管那段时间三间铺板门上插满了干草，仍然是无人问津，门可罗雀。

天不转地转，遇不见碰见。醋坊掌柜苏有志生意十分红火，苦于场地不够，迟迟发展不起来。万般无奈之间，打听到兴盛宫急于出手，就想把它盘到手。结果那些闲言碎语很快传到耳朵，他觉得自己正在红火期，生意兴隆，老婆精神，四个孩子活蹦乱跳，那些神鬼奈何不了他，硬是力排众议，以比较低的价钱买到这座院子。谁知道，住进去没有多长时间，兴盛宫接二连三地传出叫人胆战心惊的怪事。有天晚上夜深人静，冷风飕飕，漆黑一团，不知道是谁竟把十几斤重像船桨模样的五尺长半尺宽三寸半厚的打纸板子，拖在地上咯吱作响，一路从前门响到后门。等苏有志老婆掌灯过去，看见板子放在地上，后门大开，就是找不见人。再有一次，苏有志搭了架宽尺余长的独木梯子，上楼寻找热水瓶外壳。楼上光线暗淡，到处是灰尘柴草蜘蛛网，翻来找去，终于发现热水瓶外壳被一堆杂物压着。当他要抽出外壳时，不小心把那堆杂物弄翻了，突然蹿出一只狐狸，那狐狸瞪眼龇牙，疯狂地向他扑来。他赶紧就朝下跑，谁知下楼梯时，踩空脚，一骨碌从楼上翻下来，要不是有人护着，早已命丧黄泉。还有一次，吃午饭时来了几个亲戚，苏有志老婆让大儿子给饭桌上端碗。大儿子端了个大老碗高高兴兴往饭桌跟前走，快要走近饭桌的一刹那，突然扔掉大老碗，一头栽倒在地，脸色乌青，口吐白沫。人们赶紧叫来寇腊梅疗治，原来是大儿子在给狐仙上供的地方撒过尿。有人说狐仙生气了，故意惩罚于他。

街坊邻居说，兴盛宫之所以凶事不断，就是这些被回民屠杀的冤魂兴风作浪。苏有志很伤脑筋，不知道怎么才能安顿好各路神仙。事到着忙，总有下场处。这天，一个打着半仙望子的算卦先生，当当敲着清脆悦耳通体油光发亮的铁梆子，响着磬一样的声音，嘴里念念有词，从西到东一路走来：

命运天定人难纵，
祸福降临我先知。

苏有志眼前一亮，躬腰伸手将先生请进门，上美味端佳肴，摆糖果瓜子，沏上等香茶。算卦先生吃饱喝好，先到前后院转了一遍，回来坐下便按照风水理论，摇头晃脑咿咿呀呀，像卖瓦罐的，各样等项，如数家珍：一是坐向当运，坐北朝南，土形正方，丁财两旺；二是阴阳平衡，阴为暗，阳为光，天井大小多少适中，窗户方位数目刚好，三阳开泰，隐喻福禄寿三全；三是水火相避，茅为水，厨为火，水火没走十字线，逢凶化吉，遇难呈祥；四是卦象极佳，门不直对，窗不相望，户不相冲，前后门不直通，人寿家安，事昌业盛；五是种树讲究，东桃柳、西青榆、南梅枣、北柰杏；柳喜暖，梅抗晒，榆挡光，杏怕阳。既顺阴阳，又合风水。住这样的房子，五世其昌，九世顺安。

苏有志一听急了：根本不是这么回事！他越是焦急万分，算卦先生越是冷静无比。只见算卦先生不慌不忙，递给他一支毛笔，指着桌面的纸张说：随便在上边写三个字。苏有志没接毛笔，反而恳求他说：别让我写字了，就说这房子到底是怎么回事。算卦先生笑着说：你不写字，我如何知晓！苏有志这才接过毛笔，想都没想，就在纸上写了“兴盛宫”三个字。算卦先生看过，心里默默念叨，兴为水，盛为金，宫亦为金；一水一金，金水相生；一水两金，金过为忌，非风水之因，乃建造所为。

算卦先生这才说，这是一个不吉祥的卦，预示着不远日子，各种灾难将接踵而来。赶快想办法疗治，不然遗患无穷。苏有志说：用啥办法能疗治？算卦先生说：得找贵人！苏有志问：哪位贵人？算卦先生又把笔递给他：再写个字来！苏有志刚好想到了纸坊财东，便信手写了个“纸”字。算卦先生略一思索，很认真地说：“纸”字形部绞丝，一蚕所吐为忽，十忽为一丝，绞丝为五忽也。绞丝本意就是细丝，丝通绸，细丝就是比较好的丝绸。“纸”字声部是氏，古代姓为女氏为男，后来又放在已婚妇女的姓后。比如说张姚氏，李赵氏等。现在普遍指已婚女子。这位女子穿绸着缎，非等闲之辈。苏有志赶紧双手抱拳说：请先生指点迷津！算卦先生说：去镇子西南八里地，碰见第一个女子，三拜九叩，留下礼物，啥话别说，转身就走。在回来的路上，碰上第一个熟人，把你心里话告诉他，他自然会给你说出解法。

第二天，阳光明媚，空气清新，柳暗花明。苏有志没敢耽搁，提着礼物，出城而来。只见深深刻着两道车辙伸向远方的黄土路上，骑马的邮差，铃声清脆；摇晃的牛车，吱吱呀呀；过往的行人，轻言慢语；路边的野花，香气扑鼻；阡陌纵横如锦如缎的田块里，辛勤劳作的身影，遍地点缀；田畔地头的树木，稀稀疏疏；蔚蓝如洗的天空，偶尔有各种小鸟匆匆划过，或发出舒心的欢叫，或留下多情的呢喃。陶醉在这田园风光中的苏有志，想到此行的差事，心花怒放，神清气爽。走了大约五里地，碰见一漂亮女子，穿绸裹缎，以为是仙人无疑，早把八里地的交代忘到九霄云外。赶紧把礼物放在女子面前，跪倒在地，行完三拜九叩礼，啥话不说，站起来拧身就走。大约走了一里路，远远看见一妇人头顶一方帕子，骑在老黄牛背上，手执带树叶的树枝，悬在牛头顶上轻轻摇曳似动非动。嘴里唱着当地流行的《小女子》，随着老黄牛沉重扎实的脚步，一摇一晃缓缓而来：

小女子，眼泪流，想起爹娘儿更愁。爹在东庄喝醉酒，把我卖到山里头。整天听见老虎叫，看见山水不断流。有心跟着山水走，不知何日是尽头。

苏有志听着这凄美悲凉的歌声，想着自家的心事，不由得伤感起来。因为他只顾听歌，忘了看人，等妇人走到近前，才发现这妇人，原来是西南安一个熟人，赶紧上前诉说心事。妇人一脸茫然：你是不是找错人了？苏有志说：这就出怪事了，你就是我回来碰到的第一个熟人，怎么会弄错了呢？妇人想到他说的心事，大笑不止：你要是这么说，还真的是弄错了。本来你碰到的第一人，应该是木匠弟，他才是这一行的懂家。刚才他骑着高头大马，一直走在我前边，谁知道路过小树林，拴住马解手去了，这样我就成了你见的第一人！话刚落点儿，木匠弟骑着枣红马四蹄翻滚，尘土飞扬，咯噔咯噔飞奔而来。妇人扬了扬树枝吁一声，木匠弟赶紧勒马止步。妇人用树枝拂了一下老黄牛：你俩说吧，我赶路呀！老黄牛伸长脖子哞的长叫一声，又迈开坚实稳健的步伐，载着妇人左一摇右一晃，悠闲自得地晃悠着走了。很快又有一首《童养媳》的歌声飘过来：

把住后墙把娘瞭，看见娘家柳树梢。柳树梢上公鸡叫，你娃挨打谁知道？一根头发一根丝，我娘听了心疼死。一根头发一根线，我娘听了心疼烂！

苏有志拦住木匠弟的马头，木匠弟赶快跳下马来。两人站在那里，不约而同地听着这首悠扬哀伤的歌子。妇人走远了，歌声消失了，木匠弟问挡他啥事？苏有志说了心事。木匠弟想了想说：这事找我找对了，我们木匠这一行有个规矩，就是给那些为富不仁，或者把木匠不当人的主家，盖房时都要做点儿手脚。苏有志赶紧问：到底做了啥手脚？木匠弟笑着说：一个是在套大梁卯窍时，既让它掉不了，又让它担不实，这样就会发出咯吱咯吱的响声；一个是在大梁接头部位提前挖好洞眼，偷着把刻好的木人，或者木人推车，或者各种动物，如狐狸、老虎、野猪等安放在里边。等房子盖好以后，这些东西就会不停闹活！人常说，房响锅炸，死婆娘死娃，就是这么来的。苏有志说：照你这么说，我这座房，难道是木匠做了手脚？木匠弟说：做没做手脚我不知道，但是我有办法疗治它。也就是说，做了手脚，能降伏它；没做手脚，能防止它。说完叹了口气，只可惜我不能告诉你！

苏有志一下愣在那里，好半天才问：为啥？木匠弟说：要是告诉你，就要坏木匠的行规，受到严厉惩罚，要不断一个拇指，要不就永远离开木匠这行！苏有志说：既然是这话，就不为难你了！说着，把木匠弟扶上马，在马屁股上砸了一拳，然后双手抱拳恭敬目送。木匠弟骑上枣红马，拧过半个身子，抱拳还礼，深表歉意。还过礼一手像砍刀一样朝马屁股上追鞭，一手鸡头高扬握着缰绳，嗒嗒嗒嗒，快步如飞。

苏有志无可奈何地走在回家的路上，觉得自己目前这个处境，原来是老天有意安排的，任何办法都改变不了！谁知道就在他彻底无望唉声叹气的时候，木匠弟骑着长声嘶鸣的马，咯噔咯噔飞奔到面前，跳下马突然问：你是不是在我老婆手里借过钱？苏有志一听火冒三丈：你看我像不像借钱的人？就是借只能在你手里借，咋能到你老婆手里借？木匠弟很耐心地说：看是不是哪个伙计，以你的名义借的？苏有志坚持说：不可能，我没有打发过任何伙计，也没有哪个伙计敢打着我的旗号借！木匠弟还是很耐心地说：有没有这事，你去跟我老婆见个面，不就啥都明白了？苏有志为了洗清自身，直奔木匠弟家而去。

见到木匠弟老婆，苏有志不停发火。木匠弟老婆不气不恼，反而扑哧一声笑了：你是不是要我掌柜给你拾掇房子了？苏有志怒气冲冲地点了点头。木匠弟老婆笑着说：我掌柜看你实在忠厚，想让我给你帮忙，才编了这个故事。苏有志说：要是这意思，就不打搅了，不要因为我坏了你们的行规！木匠弟老婆说：只要我给你说了，不但能给你帮忙，还坏不了行规！苏有志说：萝卜没有两头切的，我倒霉我认了，不想连累任何人！说着就要出门。木匠弟老婆一下躁了：让我把话说完再走，行不行？苏有志这才停下脚步。木匠弟老婆说：我掌柜是木匠，木匠自己不能告诉你，也不能明着让我告诉你，所以只好约定，真心想给谁帮忙的话，就编谎说谁借了我的钱。我又不是木匠，说了不存在坏行规的问题。苏有志赶紧抱拳致歉，木匠弟老婆便将解法和盘托出。

苏有志回到家，先叫人在三更半夜，分别给四个大梁的卯窍里砸进桃木楔子，不让大梁来回晃悠，起到辟邪和固定作用；又偷偷在四个大梁上缠上红绸子，然后再悄悄宰杀没有交配过的公、母鸡各四只，宰杀时还不能让鸡出声。把鸡血分别泼在四进大梁上，对那些木头人和动物起到震慑作用，使它们再也不敢轻举妄动。

苏有志以为这一下就可以万事大吉。万万没想到，不到一年时间，家人接连遭遇不测。先是大儿子让狼叼走了，后来是老婆暴病身亡。他续弦后，谁知道生了一对双胞胎刚刚四十天，她去后院上茅房，走到黑乎乎的厅房底下，突然房梁上嘎嘎作响。猛然间，一个血脸红头发的怪物，从梁上跳到她面前，吓得她像骨架离开了身体。就在她想跑回房子时，脚下踩了空，三折子窝进院坑，等苏有志发现，人已气绝身亡。时隔不久，他的双胞胎中的小儿子，也因得天花小命不保。苏有志叫天天不应，喊地地不灵。

当，当当——当当当——算命测字，避凶趋吉，卦若有失，分文不取！

这一天，苏有志独自一人坐在家里发愣走神，街道里突然响起了敲击铁梆子和念口歌的声音。他想看看是不是那个算卦先生来了，便起身走到门口探头探脑。一看果真是那个算卦先生，信誓旦旦，一路招摇。他失火似的扑上前去，先撕烂那黑底白字的卦幌，又撕烂那厚厚的卷了边的卦簿。正要撕他衣衫时，算卦先生不依了，问他为什么这么做。苏有志这才哭着说：我就是用了你的办法，家里才出了这么大乱子，你说说，你老婆娃要是死了，你会不会饶过他？算卦先生说：我的办法是好办法，谁让你不按我的办法办？苏有志不以为然。算卦先生说：我根据你写的“纸”字，让你在镇子西南八里的地方碰，你为什么要在五里那地方碰？镇子吃奶的娃，都知道西南八里地是桑楼村。你别以为桑楼村是用桑木做楼的地方，那地方自古就是藏龙卧虎之地。比如很古以前用桑葚做的酒叫桑落酒，比西凤酒还古老还有名。我要你碰的那个妇人，和老头在桑楼村口开了个绳铺。平时跟老头合绳，多数是老头合绳，妇人看铺子。如果见到这女人把礼物留下，她自然会给你想办法。然后再返回来，第一个肯定碰到的是骑马的木匠弟。用了木匠弟的解法，那合绳妇人就会如期赶到。就是因为你没走到地方，头一环错了，下来肯定环环都错！你说说看，不让你出事，让谁出事？！

苏有志说：那能不能重来？算卦先生心想，你已经泄露了天机，怎么能重来？又怕照实说了，人家不依，只好给他来了个云里雾里：真想重来，假想重来？苏有志躁了：哪有你这样说话的？算卦先生笑着说：既然真想重来，现在有两件事，只要你办成其中一件，咱马上重搭台子另唱戏！苏有志说：先说第一件。算卦先生说：舀一碗凉水来！苏有志端一碗凉水出来。算卦先生接过来泼在地上：赶快把它收到碗里。苏有志摇摇头：那第二件呢？你现在拿上镢头、锨，到墓地把你老婆刨出来，你老婆要说重来，咱就马上搭家伙上手！

苏有志的遭遇，街坊邻居议论纷纷。多数人认为，地下那几百鬼魂死不瞑目，故意给他找碴儿。也有些人认为，苏有志财不旺命不硬，压不住那些五王八侯。还有人不这么看，认为主要是苏有志费老婆。尽管苏有志身体瘦削，但是精神头极好，就是熬通宵，从来不知道乏困。说他个头不高，下身不短，平时上茅房解大手，害怕挨着地只好装在裤裆，不然会把地蹾出窝窝来。从此以后，苏有志不但娶不到老婆，也招不来相公伙计，加上几个孩子病病歪歪，生意一蹶不振。苏有志不服气，提着厚礼请来桑椧那个合绳老巫。老巫按照《封神榜》上“撒豆成兵”的说法，叫人扛来一口袋豌豆，倒在厅房地上，又找来几个车户，用长鞭使劲抽豌豆。那些豌豆被抽得活蹦乱跳，到处飞溅。最后巫婆吊表烧香，屈膝跪地，耳朵贴着地面，好像听着什么。没多大一会儿，巫婆站起来说：那些野鬼冤魂，叫这些豌豆兵全部杀光！说完取出十八根桃木楔子，叫人给厅房砸六根，上院砸六根，下院砸六根。砸完给苏有志说：这一下你放一百二十个心，用梅花桩把它们往地下这么一钉，几辈子都别想翻起身来！

巧买房屋

渊家回到家，说了苏有志的想法。高步宽说：人家在商言商，没有啥不对的。他有他的打算，咱有咱的安排。要糅好神和人的事情，我还得出去忙活一阵子。于是便竹筒倒豆子说了想法。渊家听了高兴得合不拢嘴，催他宜早不宜迟。

高步宽出了门，朝东没走几步，听见涎水娃卖纸烟的吆喝声，一路从李家巷响出来。他赶紧走上前，挡住涎水娃小声问：哼囔在什么地方？涎水娃白眼仁翻了翻：我还以为你是来买纸烟的，原来是找哼囔哩！找哼囔问哼囔去，人家又没拴在我裤腰带上！高步宽嘿嘿笑了，掏出一张钱拍在烟匣上：取一盒大前门！涎水娃这才有了笑脸，很快找好零钱，放在烟盒上一块儿递给高步宽。高步宽拇食二指像尖嘴钳一样，钳住烟盒把零钱倒在了烟匣上：都不嫌啰唆！这一回，没等高步宽问，涎水娃把高步宽拉进空无一人的赵家巷，烟匣子歪在一边，脚尖踮地伸长脖子，咬着高步宽耳朵说了阵儿悄悄话。

高步宽离开涎水娃，为了掩人耳目，假装去渊家娘家，故意一路朝东，进了渊家巷，到渊家堡打了个转身，又顺着东南安，拐弯抹角来到南街。走到半街朝西有条丁字巷，巷口路南有家铜匠铺，传来丁零当啷的敲铜声。他没有进铜匠铺前门，而是顺着铜匠铺北墙进了巷子。走完铜匠铺北边墙，朝南一拐就是铜匠铺后门，正好着一身皂的妇人出来泼水。他趁机就往进闯，妇人嫌他鲁莽，把他往出推，他靠着门框不出来。正在争执之际，阁楼上突然传出三下敲击声，妇人这才放他进去。高步宽来到阁楼，哼囔关好门还不放心，从窗户纸的洞眼里，观察了一阵子，才坐下来。高步宽问：咋回事？哼囔说：周鹞子要暗算我！高步宽说：这里保险不保险，不保险住到我那里！哼囔说：你那里目标太大，铜匠和我家是老亲戚，没有人知道。高步宽说：要不然，我给你点儿钱，去县上躲躲？哼囔说：这个时候，一动不如一静！接着又问，有啥紧火事嘛，这么着急见我？高步宽说：那天我听你话里有话，想来想去，准备按你的意思办，想请你帮忙给我找个人。哼囔故意说：按我的意思办？我的意思是啥意思？高步宽这才笑着说出自己的打算。哼囔听了嘿嘿笑着说：老兄还是高明，这个人不用找，因为只是应个名，我愿意给老哥垫背！高步宽说：你出面人不信，还是另找人为好！哼囔想了想说：那只有铜匠合适。高步宽说：合适是合适，因为这只是有名无实，容易走漏风声，最好不要在镇子找，越远越好。哼囔这才理解了他的意思，想了想说：那只能在我老家找，别的地方人不熟。高步宽说：北山最好！哼囔想了想说：那你派人尽管去，只要说是我的意思，你叫他尿两点，他不敢尿一点！高步宽说：派人不合适，我要亲自去！说着高步宽掏出铅笔头，在纸烟盒上记下那人姓名地址。

高步宽从铜匠家出来，又故意拐了几个弯，才弯七绕八地回到家。一进门，看见苏有志坐在厅房右边圈椅里一脸着急。渊家给他倒了茶放了烟，坐在左边圈椅里，正在陪他说话。看见高步宽进了门，赶紧站起来让开圈椅：掌柜的，我给苏掌柜说，咱不买房，人家不信，非等你一句话不可！还没等高步宽说话，苏有志欠起身说：高达哥，你那天红口白牙给我说，要卖这房先给你说，这才说有个买主，就先过来问你，为啥又不想买了？高步宽坐在左边圈椅里，拿起大前门，从中抽出一支，又拿起火柴点着烟说：先别问原因，赶紧回去卖你的买主，脱手房子比啥都要紧！苏有志听了这话，顿时愣在那里，心想，我说有买主只是一句应付话嘛，现在让我回去卖给哪个鬼呀！但是，人家不愧当了多年东家，脑子一转又给高步宽出了道难题：好我的高达哥呢，我这人，你还不知道，乡里乡党的，总不能胳膊肘往外拐。既然已经答应了你，就不能答应人家，这一女许两家的事情，我苏某人无论如何干不出来！没等高步宽说话，渊家说：苏掌柜，你咋能说这话，我刚才去你家，敲明叫响不买的。你说，你先把买主安顿一下，现在咋又说出这种话来，不知道你家到底来没来买主？苏有志说：渊家，咱也别打肚皮官司，我也别说来，你也别说没来，咱重搭台子另唱戏，就说你们到底买不买？渊家说：我们已经说过不买了，还想让我们说几百遍呀！苏有志说：高达哥，这么大半天，不管是渊家到我那边去，还是我到你这边来，不买这话都是从渊家口里出来的，没听见你高达哥说一个字嘛！买房是你高达哥到我门口说的，我现在就想听你高达哥一句话，不然，你高达哥还说我把你没当人！高步宽的烟已经抽了少一半，烟灰还连在烟上，这时小心翼翼弹去烟灰说：秃子头上的虱子明摆着的事情，非要让我说得那么明白干啥？苏有志说：既然知道是秃子头上的虱子，你当初就不应该说那话！没等高步宽说话，渊家又说：那话是啥话？说买了，还是说典了？我掌柜之所以说那话，是想给你凑人气抬房价，没想到给你帮个忙，还缠住我们不丢手了，真是狗咬吕洞宾，不识好人心！渊家这么一说，苏有志一下没话了。

高步宽看苏有志急得眼里有了泪花，心便软了下来：苏掌柜，你给我说实话，到底有没有人买房？苏有志还要辩解，被高步宽拦住了，他扔掉烟头接着说：苏掌柜，说句实话，有买主，你卖你的买主，没买主，就说没买主的话。不要既想让我买你这没人要的房，还想给我来个狮子大张口！苏有志说：照这么说，你是想买了？高步宽摇摇头：没有这意思。苏有志说：不想买，还说这话干啥？高步宽说：那你到底想不想出手？苏有志说：我咋不想出手？再不出手变现，我这辈子就翻不过梢了！

高步宽说：既然想出手变现，那我当下它行不行？苏有志猛地愣了一下，想了想说：既然想当，为什么就不能买，何必要脱裤子放屁？高步宽说：想当，咱现在就说当的价钱；想卖，你赶紧回去卖你的买主，别在这里耽搁时间！苏有志心想，要是有买主的话，我来你家是吃得多了？就是因为没有买主，我才低三下四求你来了。想到这里，无奈地说：要不是看在乡党面子上，我早拍屁股走了。现在啥话不说，想当就当吧！

高步宽问：多少钱当？苏有志赶紧起身解开对襟棉袄，右手塞在袄襟下，左手护着袄襟。高步宽也站起身，走近苏有志，右手不约而同地塞进袄襟握住他的手。苏有志心想，我当年是八百块买的，也八百块当给乡党，不加一分一厘；如果到期故意不赎，叫它成为死当，不买也不由他！所以就说：你准备出多少钱？高步宽毫不犹豫地在袄襟下用手给他比画了个六百块，说：我也不跟你兜圈子绕弯子，就这么多钱，当了当，不当了别当！苏有志说：我不想赚钱，你也不能让我赔钱！高步宽说：就这价钱，还是看在乡党在困难之中，要不是这情况，根本连当都不当；更不要说，我是和北山一个朋友合伙当呢，要是我一个，光渊家这一关先过不了！苏有志害怕高步宽不当，赶紧伸出两个指头，比画了二百块，祈求人家说：再加这么多吧！高步宽又比了个八字说：你当时总共才出了这么多嘛，如果我们将来住进去光景好，想买下来，给你加到位不就完了。要是不想买，我现在出得少，你以后赎得也少。

苏有志想了想，就这房子的名声，就现在江河日下的行情，六百块已经不算少了。就松开高步宽的手，扣好扣子坐了下来。尽管如此，还要装作很不满意地说：只要是给了你高达哥，今天就是把我疼死，也要把身上这块肥肉割给你！高步宽也坐下来说：啥时候写约？苏有志说：还没有说中人是谁。高步宽问：那你想请谁？苏有志说：老兄说谁就是谁。高步宽说：耿诚信怎么样？苏有志说：只有他了。高步宽说：啥时间写约？苏有志说：老兄说啥时间就啥时间！高步宽说：买卖不讲兄弟，讲的是公平！我定过中人，该你定时间了！苏有志说：宜早不宜迟，考虑到还有北山那人，一来二去要费周折，放到明晚怎么样？高步宽完全同意。

第二天，高步宽去北山，把合当人请来镇子，叫菜温酒，先小人后君子，很快达成协议。高步宽说：要你当房只是应个名，兴盛宫没你一砖一瓦，一物一件，应名酬金大洋五块。合当人说：有名无实，我心甘情愿，谁还不给谁帮忙？大洋实难从命，帮忙还要给我钱，成啥事了？高步宽说：我掏钱，你应名，有来有往，谁不欠谁！不收钱，你走人，应不应名，谁不箍谁！事已至此，恭敬不如从命，合当人便收了大洋。

当天晚上几对面写完约书，付完当款，高步宽又偷偷摸到铜匠阁楼上。见到哼囔说：这一回这事情头功归你。你别给兄弟戴安眼（牲口拉磨子时捂着双眼的罩子）了，我知道自己吃几碗干饭！哼囔摆着手嘿嘿笑着说，只知道老哥能干，没想到老哥这么能干！把买字变成当字，把一个人当变成两人当，事情就完全不一样了。兀家（共军）不来啥话不说，兀家来了，真的要共产共妻，这房是当的不是买的，而且不是一人当是两人当，再加上是没人要的凶宅鬼屋，一路折扣下来，秤锤一下子变成鸡毛分量，谁拿你也没办法！要是不共产共妻，还不是你一句话，这房子用不了一袋烟工夫，就会全部变成你的！说着就给高步宽倒茶。高步宽说：如果不是你提醒，我才想不出这办法！

两人边说边喝，不觉得过了大半个时辰。哼囔突然说：这两天，耿诚信没给你说过啥事？高步宽说：没有，他能给我说啥事？哼囔说：人家本来想先给你说，又害怕你说他多管闲事，就让我探探你的底。我看你忙着当房子，没好意思开口，今天借着你高兴，想让你把这忙帮了。高步宽说：究竟是啥事情？哼囔说：曹家庄何绅士，托耿诚信让你出面把他干女子何可人说给县府文案沈文奎。因为你在镇子人缘好，有头有脸，能给他撑起面子。沈文奎是官不是官，大小端的是衙门饭碗，害怕把一般人搁不在眼里。高步宽想了想说：帮忙都没有啥，只是我和沈文奎交往不深，不知道人家给不给面子？哼囔说：这你不要担心，何绅士已经打听过了，沈文奎说，他在镇子最看重的人就是你！高步宽说：再退一步说，就说人家给我面子，沈文奎的情况，何绅士到底知道多少？哼囔说：啥情况？高步宽说：托生转世没喝孟婆汤，知道阴阳两界的事情，县东有今世父母，镇子有前世父母，四个老人的养老送终，担子可不轻呀！加上他面相奇特，体型瘦高，性格孤僻，少言寡语，一般人不好接近。何绅士是人面前人，在不在乎这个？哼囔说：既然是这情况，你回去就找耿诚信，要是两相情愿你就说，要是有一方不愿意，权当没有这回事！

高步宽从铜匠那里出来，看上去脖子挺得很直，目不斜视，步履匆匆，凡人不搭话，但是心理活动却异常激烈。不但沈文奎的情况在他脑海频频浮现，就连对何绅士干女儿何可人的记忆闸门也很快打开。

沈文奎还真算得上个人物，因为其特殊的经历和异族的长相，一般人既羡慕又畏惧。

羡慕的是因为他早年留过洋。其实，所谓的留洋只不过是当年上私塾时，被国民党拉了壮丁。部队开往云南贵州一带，曾经因公出差缅甸。但是人们传起来，尽量把人家往好里想好里说，于是留过洋就成为沈文奎头上的光环。因为有私塾文化底子，有留洋的经历，又是一笔好写，再加上在县府抄抄写写进进出出，风光了得。

畏惧的是因为他的头上大下小，深眼窝，高鼻梁，薄嘴唇，长下巴，有点儿欧中混血的感觉，好多人不认为他是自己的同胞，还以为他是哪国来的传教士，无形中对他敬而远之。因为他没喝孟婆汤，知道阴间的一些秘闻以及一些镇子人的前世今生，人们害怕他抖搂自己的根根节节，一个个对他望而生畏。

沈文奎今世的家在县东，父母二老就守他一根独苗。前世的家在东南安宋家，有前世父母，一姐一哥，他是老二儿子。传说，四岁那年夏天，三人在涝池耍水，结果他不慎溺水而亡。因为在世上只活了四年多，虽然没行什么善事，却也没有一点儿劣迹，何况是溺水而亡。阴间便视同于行善之人，免去所有地狱刑罚，直接交与转轮王。转轮王这里有金桥、银桥、玉桥、石桥、木板、奈何等六桥。人家让他过了奈何桥，便来到躯忘台孟婆亭，逐个登记灌孟婆汤。因为他是小孩，个子比较低，那天来喝孟婆汤的普遍个头较大，他夹在队伍中，专司其职的孟婆根本看不见。特别是孟婆汤有一种摄取魂魄的诱惑力，味道好香，世间根本没有。他们闻到孟婆汤的味道比大烟鬼见到大烟还要疯狂，一个个拼命挤到前边抢着喝。他也拼着小命往前边挤，因为年龄小没力气，后边的大个把他挤到一边。他正要重新往队伍里挤，被维持秩序的小鬼拦住。人家以为他想喝第二回，不停用鞭子驱赶他，实在没办法只好口流涎水，心里猫抓，怀着对孟婆汤的无比眷恋，不得不跟着喝过孟婆汤的大队伍流水似的离去了。

何可人是何绅士的干女儿，实际上是何家的使唤丫头，原来叫杨霞娃。因为父母双亡，经人介绍来到何家。杨霞娃在何家干了两年，何绅士看这女子德行好有本事，能走到人面前，就收为干女儿，遂改杨姓为何姓，又将何字一分为二作为其名，于是杨霞娃就变成了何可人。何绅士外出时紧随左右。何绅士在家时，帮助老妇人把家事料理得井井有条。后来，何可人到了谈婚论嫁的年龄，何绅士视为己出，一再言明，一定要给她找个好女婿，还许诺把镇子一院房产陪嫁给她。

不知不觉，高步宽到了自家门口，他没有急着进门，而是站在门口朝斜对门铺柜里站着的耿诚信喊了一声：诚信！耿诚信听到喊声，看见高步宽的手势，给相公交代了生意，掀起活动铺柜去了高步宽家。进了高步宽的房子，高步宽啪地往方桌上扔了盒大前门，冷不丁地说：何绅士看得上沈文奎？耿诚信取着烟说：没看上能让我给你说？高步宽说：他可没喝孟婆汤！耿诚信抽着烟说：我也说这话来，人家也没说不同意。高步宽说：那是这，沈文奎再来镇子，记着给我说一声！

银贵催房

苏有志当掉兴盛宫，临时典住在庙前里那座破败不堪的永福祥字号。利用典当的钱，一边经营生意，一边给孩子看病，等生意彻底翻身后，再考虑重新买房的事。

高步宽拿到钥匙先雇人全部拆除了做醋的设施，彻底清理了角角落落的垃圾，便领着渊家和枣花，大概规划了一下，就和耿诚信商量起尽快搬家的事情来。刚刚商量完，还没离地方，王家老二的小儿子王银贵又一次找上门来，气哼哼质问高步宽：为什么迟迟不见搬家？高步宽抽着大前门，脸上没有任何表情，把烟盒的烟摇出来伸到他面前：自己取！耿诚信见王银贵出言不逊，猛地插在两人中间，很不高兴地说：说话咋这么占地方的，没看现在正准备搬哩？王银贵看见大前门，想得心里猫抓，结果拿烟的手被挡回来，眼看到手的大前门就是抽不到嘴里，便生了气，特别是看到耿诚信态度如此蛮横，说话就更难听了：我咋看不来准备嘛，不知道要准备半年嘛，还是要准备一年呀？高步宽听到这话，把烟盒装进口袋，依然一口接一口地抽烟，根本不想搭他的话。耿诚信寸步不让：不管半年一年，你总不能说没准备吧！王银贵说：要搬赶紧搬，再要故意拖延时间，我就把家具往街道里撇呀！耿诚信这时候猛然想起，王老大欠了高步宽好多钱，高步宽不但没要他还钱，还出钱葬埋了他。自己不如拿这事情，给他心里丢上一块石头，先把他的嚣张气焰打下去再说，不然，让他这个蛮不讲理的家伙，轻轻松松得到这院房子，有点儿太便宜这家伙了！于是针锋相对地说：你要是说话不踏犁沟，这房我们今天还不搬了，直接从王老大手里要下它，连你们王老二家理都不理！王银贵听到这句没根没底的话，冷笑道：你不想理我们，还想理谁嘛，还能理谁嘛！耿诚信毫不退让：那当然是房子的真正主人了！王银贵嘿嘿笑着说：只要你有本事把我大伯从棺材扶起来，这房子自然就姓高了，我立马拍屁股走人，连个屁都不放！耿诚信毫不退却，故意给他来了点儿云里雾里：我要是真的把老人家扶起来咋办？

高步宽见耿诚信如此有底气，弄不清他葫芦里卖的什么药，为了看个究竟，故意不去打断他，由着他继续往下进行，依旧抽着烟一言不发，还是像电杆站在那里一动不动。王银贵猛地一愣，很快又想了想，他明明是大白天说梦话，这还有啥害怕的？硬是梗着脖颈说：你要是能把老人家扶起来，这房子全部归姓高的不说，你拉多少我吃多少！万万没想到，耿诚信不但不退缩，反而越发来劲儿了：我不但能把他扶起来，还能让他开口说话！高步宽害怕耿诚信玩笑开过火了，本来想出面阻挡，又一想，真正到了那一步，自己啥也不顾了，自然会给他兜底的。现在先不急着挡他，想看看他到底有啥绝招，所以只是弹了弹烟灰，又把烟送到嘴里，继续像电杆站在那里。王银贵就不同了，翻了翻白眼，嘿嘿一笑说：是不是真的？耿诚信说：不管真的假的，除了吃我的屎，还给我弄啥？王银贵看到耿诚信咄咄逼人，心里咯噔一下，又一想，这明明是大白天说梦话嘛，还有啥害怕的？硬是壮了壮胆，咬着牙说：头割了碗大个疤，你说弄啥就弄啥！耿诚信心想，我就不信把你难不倒，硬着头皮咬着牙说：用舌头给我把尻子舔了！

舔就舔！王银贵也咬着牙说，要是不能开口说话，你可得给我舔！那是自然！耿诚信硬着头皮说，你娃把眼睁大，先看看王老大是怎么起来的，再看看王老大是怎么说话的！耿诚信看这一招没难住王银贵，就壮着胆子来了最后一招，赶快给高步宽说：哥，把王老大给你打的那个借条拿出来，看是他赶咱走呀，还是咱赶他走呀！这一回王银贵彻底蒙了，赶紧把目光投向高步宽，真害怕他拿出借条来。此时此刻的耿诚信也有点儿心虚，他的本意是让高步宽吓唬吓唬王银贵，这阵子看高步宽没有任何反应，还以为没有领会自己的意思，急得不知道怎么办好，不由得身上像浇了水。而高步宽呢，尽管早就有替他接招的想法，但是万万没有想到，他怎么会说出借条这样的话来？又一想，既然已经说出这话了，自己就不能继续装聋作哑。为了及时给耿诚信解围下台阶，必须赶快把这个烧把头接过来，便扔掉烟头笑着说：银贵，我看你还是回去吧，我尽快搬就是了。我要是把借条拿出来，你娃吃屎舔尻子事小，得不上这院房子事大！

王银贵看高步宽空里来雾里去，迟迟不见拿借条，并不认为他是好心好意，而是觉得他原本就没有什么借条，还要故意装着菩萨心肠把自己晃荡走，从而给耿诚信打个很漂亮的圆场。为了揭穿高步宽，打蔫耿诚信，王银贵坚持要他拿出借条来。这一下，耿诚信彻底乱了阵脚，甚至后悔自己不应该自作聪明。明明知道高步宽根本就没有借条，还硬要把这个烧把头塞给人家，让人家着急上火受作难，这一阵人家从什么地方能生出借条来？

高步宽呢，不但坚持不拿借条，而且态度很诚恳地说：银贵，你还是赶快回去的好，要是逼着我拿出借条来，这院房真就不是你的了！耿诚信见高步宽态度和缓神情自若，心里说，我今天这个空手道，就算要得够胆大了，没想到我们这位老兄，不但比我胆子大，还比我圈子转得圆！王银贵呢，聪明确实是聪明，完全能掂出这些话的分量，本来想见好就收，但是他的弱点是想问题一根筋，优点也是想问题一根筋——不见棺材不落泪，见了棺材泪不落。他依然认为高步宽在晃荡他，还是老主意不变：闲话少说，赶紧把借条拿出来！

高步宽被逼得实在没办法，无奈地说：看来你是铁心不想要这院房了！说着就往里间走，走到半路又转过身说，银贵，不要逼我绝情好不好？王银贵看高步宽迟迟不拿借条，越发认为他根本就没有借条，反而态度更加坚决：没有就说没有，别给我演戏！耿诚信这一回真的把心提到了嗓子眼，不知道高步宽接下来怎么表演。高步宽反而很镇静：年轻人，我不想把事情做绝，现在说个软话，还来得及！王银贵说：你看我是不是说软话的人！这一回高步宽毫不犹豫地进了房子。耿诚信急得头上冒汗，都怪自己把老兄逼到这一步，真想一头钻到地里去。王银贵心想，还会装洋蒜得很，故意把开柜的响声弄得很大，我叫你老家伙骗人，你现在进这房门门槛低，一会儿出这房门门槛可就高了！

正在王银贵要看高步宽笑话的时候，高步宽果然手举字条走出房子，给耿诚信说：本来我要把它带进棺材的，年轻人不知深浅，你把这字条拿去让他看清，这院房究竟是不是他的？王银贵目瞪口呆，但心里还不服气。耿诚信也莫名其妙，突然一想，终于明白过来，高步宽此时此刻，不是真的让他看借条，而是让他赶快接招，继续把假戏真演下去。他很快想出了办法，想给他捏个数目字，编个借条给他空念一下，不信他不低头。于是提起精神走过去拿借条。谁知展开字条一看，眼前突然亮起来，这哪里是让我演戏，分明是一张黑字白纸的真借条！我说有借条纯粹是胡说冒撂呢，谁能知道人家还确实有借条呢。他高兴得刚要说话，高步宽伸手拦住他：你先别急说话！接着又对王银贵说：银贵，我还是不想把事情做绝，也不想和你们年轻人计较，现在说句软话仍然来得及！王银贵心想，这两个老家伙实在太能演戏了，明明就没有什么借条，还要给我唱双簧，想让我上当，你们也太小看人了。便说：既然拿出来了，为什么不让我看？耿诚信说：你是不见棺材不落泪，我现在念给你听！高步宽一把夺过字条说：啰唆啥？白纸黑字写得清清楚楚，让他自己看吧！耿诚信说：我害怕他把借条撕了！高步宽说：他撕了省得我撕！王银贵拿到借条，上面白纸黑字写着：

> 本人王真子，从高步宽名下借现大洋壹仟块，内中包含他给我花的安葬费。今后有现大洋还现大洋，没有现大洋还赵家巷口这院房子。我知道这院房不值这么多钱，还请高达看在以往的情分上，多多担待。
>
> 王真子　指印　民国三十二年十一月初四

看完借条，王银贵愣在那里半天回不过神来。耿诚信说：愣在那里干啥，赶紧把借条拿来，拧身走你的人，这院房子早已经姓高了！王银贵把借条还给耿诚信，垂头丧气地走了。

耿诚信叫住他说：你就这么轻轻松松走呀？王银贵有气无力地回过头说：没吃一碗饭的工夫，把一院房子丢得没影了，还想让我干啥？耿诚信说：那我拉下稀屎糊汤，没人吃没人舔咋办？没等王银贵说话，高步宽拦住耿诚信：得饶人处且饶人，何必要赶尽杀绝呢！接着又对王银贵说：年轻人说话办事要讲德行，我要是想要这院房，就不会让你弟兄俩往回搬！一个，这是老大用性命换下的房子，与你们老二家没有任何关系。再一个，老大立了字据，千年的字儿会说话，我要这院房合情合理。但是，我看你弟兄俩寄人篱下，日子艰难，不管咋说，你们打断骨头连着筋。是这，要是你不逼我拿借条的话，啥话不说，既然你已经逼了我，就不可能啥话不说了。但是这房还归你们，我搬完你们就朝进住。有一条我要说明，今后你弟兄俩要是有钱了，还我一半即可，那一半权当我送了王老大人情！说着，把借条嚓嚓撕成碎渣渣。

王银贵走后，耿诚信说：哥，你撕它干啥，他们还没有还钱嘛！高步宽说：你说，他们会不会还？耿诚信说：这话我说不来！高步宽说：想还，拿啥还？就他弟兄俩那烂杆样，只要能吃到嘴里，穿在身上，就不错了。还不起和不还一个样，所以，这是个良心账，能还了还，还不了就算了，总不能逼疯他们！耿诚信说：一样两色，还不起，什么时候能还起，什么时候还；要是一直还不起，就让一直欠着。你把条子撕掉了，人家有了不还，你也没有办法！

高步宽说：耿达，你就没听明白我的话，这个账和别的账不一样，实实在在是个良心账。既然是良心账就要凭良心办事，只要我凭了良心，他们凭不凭良心，就是那么回事了。你说说，在这种情况下，我留那借条还有啥意思？当时，我从马家字号出来，要吃没吃的，要住没住处，是王老大收留了我。后来王老大染了病，生意一直由我照管，但是他看病，很快就把生意拖垮了。后来生活看病都是花我的钱，快死的时候，没有一个亲人在身边，一直由我照管。最后他要和我算账，我知道他想说还钱的事，还要我出钱安葬他。我就告诉账就不要算了，后事你不要操心，一切有我！咽气后我和张子善给他穿衣服，在枕头底下发现了这个借据，就偷偷装在口袋没吭声。安葬王老大的时候，王老二来了，我主动说了还房子的事，根本没有提借据一个字。王老二说，你不用给我说这话，啥情况我还不知道？除了你高步宽，王家人没脸要这房！不管王家人是什么态度，我的想法是，我不想要这房，因为只有间半门面，做生意有些窄巴。加上是巷口把边第一家。人常说，有钱不置边山。话再说回来，门面和边山不是主要原因，我自己不想住，卖给别人或者典给别人总可以吧！我这人和别人不一样，尽管我给王老大花了不少钱，费了不少心血，还给他办了后事，但是王老大对我不薄。人常说，滴水之恩，当涌泉相报！人活在世上活的就是情义二字。特别是他咽气时，一直给我伸两个指头，我说是不是操心王老二？他生气地摇摇头。又指着我膝下，我说是不是两个没房住的侄子？王老大这才闭上眼睛。本来，这个借条我当时就要撕掉的，害怕这弟兄俩跟我要租金，才一直保存到现在！耿诚信听完这段话，啥话没说非常感慨地摇着头转身走了。

从此以后，再没见王银贵催过搬家。高步宽没有食言，搬完家收拾好房子，就打发人去乡下叫王家弟兄拿钥匙搬家，王家俩弟兄死活不来。原来，王银贵回去给哥哥和父亲说了借据的事，父亲和哥哥日娘带老子骂了一顿。他俩的意思是，王老大给人家写的有借据，咱凭啥住人的房呢？高步宽了解到这些情况，又派耿诚信去催弟兄俩。耿诚信连吃带喝说：要去你去，我才不会那么低三下四！高步宽说：人常说，人情一匹马，买卖争分厘。假若我和王老大是正常的借贷关系，一分一厘我都要争，因为这是我的本分！我给王老大花的大洋何止一千块，不管多少这是给朋友花了。他尽管给我写的有借据，这说明他没昧良心！我要按着借据办事，也没有谁说的啥，但是我也不能不讲良心。王老大凭给人开城门挣下这院房子，临终落了个没儿没女没老婆，下场也够悲惨的了，就这还念念不忘两个可怜的侄子。你说，在这种情况下，我还好意思要王家仅有的家产？耿诚信说：你既然把话说到这里，我给你把人叫回来就是了。

耿诚信不辱使命，终于说服了弟兄俩。

但是，不巧的是，就在这时王老二一病不起，没有多长时间就离开了人世。办完后事两人很快搬回镇子。老大王金贵住前半院，老二王银贵住后半院。

其实，王家老弟兄俩原本都是穷苦人出身，老大长期在外扛长工，一个很偶然的机会得到了这院房子，从此弟兄两个落脚镇子做起生意来。谁知道生意刚刚好起来，王家日子走了下坡路。

王老大是被一家人的病拖垮的。先是一双儿女病病歪歪，钱没少花，命没救下。后来是老婆得病，又是看病，又是抓药，弄得家里好像开了中药铺，满屋子充斥着中药味。老婆一病就是十年，刚说把老婆送到地里，他又一病不起，不但拖垮了生意，还把房子抵了债。

王老二毁在大烟土上。开始大手大脚，哥们儿义气请朋友到富人烟馆海抽浪吸，挥金如土。王老大劝说不下，便反目成仇。后来，生意倒灶了，进不起烟馆只好在家里抽。先是用烟枪抽烟膏做的烟夹，一天多一半时间是在云雾缭绕的烟盘子旁度过的。后来钱实在不多了，不是噙着竹筒吸用铁扦烫着的黑烟，就是噙着竹管吸用火隔着锡纸烧的白面。再后来是借钱抽，直到借不上钱，只好回到乡下老家，抽光了祖产还卖掉了老婆，弄得两个儿子成了沿门乞讨的流浪汉。多亏亲戚恋念，一个他姑收留，一个他舅收留，王老大再偷偷给一点儿，后来两个儿子大了，又是王老大出钱给成了家。

成家镇子

此时此刻，沈文奎的前世父亲正在东南安家里，劝说前世儿子宋继武，尽快答应何可人这门亲事。原来，哼囔主动许诺耿诚信由他出面，请高步宽说服沈文奎接受何可人这门亲事。耿诚信等死等活迟迟不见回话，还以为高步宽不愿意帮忙，只好亲自到东南安请沈文奎前世父母说合此事，前世父母满口答应。

说起何绅士的干女儿何可人，前世父亲一再强调：继武，你别见怪，我一再坚持叫你前世名字，觉着顺口自然，没有别的意思！沈文奎说：谁怪你来嘛，想咋叫咋叫！前世父亲说：镇子问（娶：陕西方言）媳妇那四句老话，尽管说出来不好听，但是话丑理端：一句是“不看房子不看地，就看命里是不是”，意思是首先要看生辰八字。我找算命先生已经看过了，我儿有快婿之相，可人有旺夫之命，你俩相生相合。一句是“挑猪娃看母猪”，意思是，挑女子先挑丈母娘。养恩大于生恩，何家大门大户，老妇人千里挑一。一句是：“进门不看人，先看和面盆”，意思是挑丈母娘先看和面盆，何家不光和面盆光堂如洗，就连茅房也干干净净。还有一句是：“会找找人，不会找找门！”意思是找人比找门重要。大家惯骡马，小家惯娃娃。可人是大家出身，下得厨房上得厅堂，不管找人找门，没一点儿弹嫌的！想好了赶紧决断，过了这村没有这店！前世父亲说完，沈文奎半天不吭声。他不吭声不是不同意，而是对前世父母的喋喋不休无比感慨。到底有过前世那段骨肉情分，不然为什么会对他的婚事如此重视。这几年，沈文奎已经感觉到现有政权就要土崩瓦解，共产党坐江山已成定局。自己这个未来的旧政人员，不赶快找好退路，以后是何等下场，就很难说了。几年来，沈文奎经常来镇子公干，加上前世家在镇子东南安，实际上，镇子已经成了他心目中的故乡。在这种情况下，他乐意接受何可人这门亲事，就比较容易理解了。

前世父亲见沈文奎半天不说话，还以为因为溺水之事记恨自己，所以暂且放下提亲话题，不得不解释前世出事的原因：娃呀，不要计较前世那些事情，你要水淹死在涝池，大人有过错，你也有过错！更不要计较我们当初对你寻亲那么绝情，托生转世这种事情，只是听说过，谁也没亲身经历过。你明明是沈家老大，硬要说成宋家老二。先不说是不是事实，你究竟是人是鬼，我们还弄不清楚。在那种情况下，一家大小吓得魂不附体，连你见都不想见，别说认你这个前世儿子了！

沈文奎想到来宋家认门的那些往事百感交集，思绪又回到当时那种尴尬窘迫的情景之中，免不了又是一番唏嘘感叹。当初，沈文奎来镇子公干，去东南安调查土地纠纷。结果，进了巷子大惊失色，一时愣在那里，说啥也回不过神来。等情绪平静下来，想来想去才想起来，这地方好像就是他记忆中常常出现的那个地方，觉得这里亲切，那里眼熟，免不了泪光闪闪，思绪难平。那么，这地方究竟和自己有什么关系呢？又想了好大一阵子，突然意识到，自己是不是真的来到了前世生长的地方。原来，他托生转世以后，有一种记忆老在脑海挥之不去。好像自己还有父亲母亲，还有姐姐哥哥，还记得那个致他于死亡的涝池，还记得经常和姐姐哥哥玩耍的家门口，还记得那条经常往来的巷子，还记得那些经常玩耍的小伙伴。但是，这只是在记忆里，在梦境里，直到这次亲眼见到东南安，感到再熟悉不过了。他没有声张，忙完工作，回到县上交了差，直接赶到县东老家，找父母落实自己的身世。父母感到很奇怪，赌咒发誓还不算，又找来接生的老娘婆和一大堆邻居做证。他实在感到不可思议，便说了县西镇子东南安的事。父母感到很奇怪，并且告诉他，这只有一种可能，而且这种可能，只是听说过，没有谁见过。除非儿子在阎王爷那里没喝孟婆汤，否则，就没有办法解释。沈文奎这才说了心里话。他懂事以后，有两种情况老在他的脑海挥之不去，一种是好像还有个家庭，还有一大家人，还有一个熟悉的生活环境，就是因为在涝池耍水不小心溺水身亡。他很想到那个地方去看看，就是不知道在什么地方。一种是自己死了以后好像去过一个阴暗潮湿的地方，那地方暗无天日，除了绿色蓝色黑色和白色，根本看不到别的颜色。他在那里见到的听到的不但和这个家不一样，也和记忆中那个家不一样。当时，他并不认为这是他独有的经历，而是认为天底下的人，跟他一样都是这种感受。很快他从父母那奇异的表情上感觉到，这种记忆是独一无二的。并且已经有了明确的定位，他就是托生转世时没有喝过孟婆汤，镇子东南安那家人就是他的前世家人。从那以后，他就有了认亲的想法。等他要把这种想法变成现实的时候，才体验到其中的艰辛和难言。

沈文奎调查完土地纠纷，回到县上交完差，心里说啥放不下，又忙里偷闲专程来到镇子。一进入东南安，好像故地重游，没有费多少力气，就找到前世的家门口，一眼就认出前世父母。毕竟有过前世那段亲情，禁不住跑进门跪在前世父母面前，哭声撕心裂肺，喊声惊天动地。前世父母莫名其妙，一边扶他起来，一边问原因。沈文奎十分委屈地说：我就是你们的老二儿子宋继武！他这一说，前世父母吓得后退了几步。明明自己的继武已经溺水身亡，不在人世一二十年了。这个自称继武的，难道是从石头缝里蹦出来的不成？无意中，他前世父亲看了一眼沈文奎的面相，稀奇古怪，一脸鬼相，不禁毛骨悚然。心里说，这和我继武还真有点儿相像！想起前一段时间，镇子流传的关于他那一段说是胡话又像疯话，说是疯话又像鬼话，说是鬼话又像神话的奇谈怪论，好像说的就是这种情况。

何故天下苍生，地远千里，时隔数代，种分多类，人过亿众，无论长相、性格、美丑、胖瘦、高低，不过就那几种大的类型而已。比如，我们县东老家那几类长相的人，县城里就能够看到，镇子上也不乏其人，就连遥远的边陲都不例外，简直像一个模子铸的。其实，这是阴间的监刑官渎职所致。一天晚上，阴间对鬼魂用刑时，监刑官打起了瞌睡，等一觉睡醒，能完整转世者寥寥无几。监刑官害怕阎王问罪，偷偷借来玉皇大帝的宝葫芦，打开盖子，对着剩下这几个鬼魂，大声喊道：变变变！于是，这几个鬼魂，一变十，十变百，百变无数，才得以蒙混过关。

回想完这段话，前世父亲愈发坚定地认为，沈文奎之所以跟自己的继武有几分相像，肯定是借了继武的尸体还了他的鬼魂，立时感到毛骨悚然。但是，表面上还显得非常平静，很礼貌地伸出手，示意他往门外走：能不能借一步说话。沈文奎信以为真，顺从地出了家门。谁知道他刚跨出门槛，前世父母咣一声关死了门，没命似的在门里反复呼喊：乡亲们，救命呀！继武的鬼魂来了，赶紧打鬼来！街坊邻居听到撕心裂肺的喊声，提棍的，扛镬的，掂锨的，一边喊着打鬼，一边朝沈文奎扑过去。沈文奎见势不妙，撒腿就跑。

沈文奎回到县上，总结了前次失败的教训：主要是自己单枪匹马，没帮没扶。这一次，沈文奎不得不找到镇公所，要求安排甲长亲自出面主持认亲。前世父亲坚持认为沈文奎不是骗子，就是疯子，要不就是继武阴魂来要香火钱的。甲长对他前世父亲说：这是上峰命令，咱只是走个过场，你想认了认，不想认了不认，我们也不强行干涉！前世父母这才无话可说。

为了验明正身，弄清真假，甲长当场请族人和邻居验正。

第一步先叫来四十人，把前世家人混杂在里边，叫沈文奎逐个辨认。沈文奎走到前世父亲面前：大，不孝儿给你行礼了！鞠完躬将老人请出来。就这样，等他把认识的人全部请出来，宋家还有二十四个年轻人没认出来。甲长问原因，沈文奎说：我四岁多就死了，托生转世二十多年了，连他们见都没见过，哪能认出来？甲长说：此话有理！

第二步，让沈文奎到家里看房子，让他说清前世时，这些房子都是啥用途。前世父亲不同意，害怕引鬼入室。甲长说：这个过场不走，我不好给上峰交代！老人只好同意，但是提出四个条件，才能让他进门：一、石灰围身子撒一圈，二、干草围身子烧一圈，三、鞭炮围身子响一圈，四、清水往门外泼一碗。撒石灰、点干草、响鞭炮，本来是结婚娶媳妇、花轿到门口必办的三件事，意思是除病祛邪，用在这里就是驱鬼避害。泼水是寡妇出门的风俗，驱赶的是晦气霉运，用在这里就是要把沈文奎带来的不吉利统统拒之门外。沈文奎明明知道这是歧视他、排斥他，但是为了达到认亲的目的，揉了揉起伏的胸口，不得不按下心里的不平，泪流满面地来到前世家里，把当年的用途说了个八九不离十。甲长说：这一下出门不用泼水了吧？前世父亲不但坚持要泼水，还让前世母亲泼水时连碗一块儿摔碎，意思是不但要让这丧门星滚得远远的，还要让他像这碎碗块一样尸体不全粉身碎骨。沈文奎知道孰轻孰重，既然头能磕揖就能作，心里尽管不是滋味，打碎牙还得往肚里咽。

第三步没有争议，就是让他说出当年的邻居都是谁，沈文奎也说出了个大概差不多。甲长笑着说：老宋，这一下，该认这个儿子了吧？前世父亲摇着头说：谁只要有这个心事，多花点儿工夫，提前打听得清清楚楚，也能说得头头是道！甲长说：要不是这，你们自己出题目，让沈先生答，答上了非认不可，答不上，沈先生永远不进东南安！前世父母想了好一阵子才说：要不，今天先到这里，等我们想好以后，再让沈先生跑一回。甲长点头同意。

过了没有多长时间，沈文奎又一次来到东南安。前世母亲问：宋继武扔城壕的时候，穿的什么衣服？沈文奎说：贴身白衫白裤，外套一身黑棉衣，头戴瓜皮小帽，脚蹬布鞋，身裹小席片。甲长问：对不对？前世母亲点了点头。前世父亲问：继武身上有什么记号没有？沈文奎想了想说：小肚子上有个疤痕，是四岁那年玩镰刀划伤的。前世父亲不得不点头。前世母亲贴着前世父亲耳朵说：你悄悄问甲长，我奶头上有什么东西没有？甲长问过沈文奎，沈文奎贴着甲长耳朵说：我妈左奶下边有麻钱大个痦子。甲长如实说给前世父亲，前世父亲心里那块石头这才落了地，又贴耳朵说给前世母亲。前世母亲看说得一点儿不差，赶紧红着脸跑回家，咣地关上门再没出来。甲长故意大声说：都老嘴死脸的了，还有啥害羞的！你没听人说，一十七八金疙瘩，二十七八银疙瘩，三十七八铜疙瘩，四十七八一堆瓦碴。赶紧把人叫出来，当场解开纽子让街坊邻居看看，你老婆

“瓦碴”堆底下有没有麻钱大的痦子？前世父亲知道甲长开玩笑，故意拦了他：事情已经这么明白了，就说现在咋办呀？甲长指着关死的家门说：问你老婆去！前世父亲赶紧跑到家门口，扒住门缝故意大声喊：你是解开纽子让大家看呀，还是认这个前世儿子呀？前世母亲说：秃子头上的虱子，还问啥哩！

沈文奎回忆完那段曲折有趣的往事，猛地发现前世父亲一脸着急，才意识到他正等着自己表示态度呢，赶紧说：既然你们这么看中她，那就赶快把话给人家！谁知道，前世父亲却说：这事情不加我还罢了，要是加上我成不成还在两可之间。沈文奎问原因。前世父亲说：就我这身份，人家肯定会知道你没喝孟婆汤！沈文奎想了想问：那你叫我回来啥意思？前世父亲说：你现在啥话别说，赶紧去西门里找耿诚信，他知道咋给你说。

沈文奎来到西门里见到耿诚信，耿诚信直接把他领到高步宽家。高步宽办事很干脆，他让沈文奎在家等着，自己和耿诚信去了曹家庄。面见何绅士定了三件事，一、聘礼是一匹布、三捆花、六石麦、二百块光洋，并且声明，自己不要一分一文，结婚后让女子全部带走，就这，还绝对不往陪嫁里算。二、把家安在镇子，就住在他镇子那座宅子，省得典间住房，寄人篱下。三、女子老大不小，世事也不稳定，连订带娶一遍过手。谁知道在场的何家人一片反对声，理由是要找就找个堂堂正正的，找下这人不人鬼不鬼的，叫人家拿尻子都笑话了。高步宽害怕夜长梦多，赶紧拉上耿诚信告辞走人。就在何绅士定好日子，要打发何可人出嫁的时候，老人家突然一命归西。办完何绅士的丧事，何家人因意见不同，何绅士的承诺束之高阁。何可人也不计较，很快挑选好日子，净身出门和沈文奎在镇子简简单单成了家。

登门致谢

过了没有多长时间，王金贵、王银贵弟兄俩搬来镇子，稍加安顿收拾，便提了礼物感谢高步宽。高步宽自己一人住在紧挨第一进大房东边两间厦房里，听见脚步声，便出了房门，看见是这弟兄俩，就往第二进厅房让。高步宽心想，自己就准备找他俩说事情呀，人家自己就找上门来。路过渊家窗户很威严地说：把娃交给枣花，赶快出来招呼人！渊家带着俩儿子住在高步宽对面的两间厦房里，枣花带着女儿住在紧挨渊家的两间厦房里。渊家出来倒了茶放了烟，又回到自己房子忙活起来。王家弟兄把礼物放在方桌上，不停地说着感谢的话。高步宽坐在那里，面无表情，指着茶烟说：自己动手！弟兄俩一表人才，要个头有个头，要体型有体型。两人相差八岁，老大王金贵，和善稳重，中规中矩；老二王银贵机灵活泛，生性好动。老大虽然说着感谢的话，但话语中肯，入情入理，没有过分的言辞。老二只笑不说话，看得出他不是缺言少语之人，而是因为那天催房的事一直不好意思。多数时间，不是低头抠指甲，就是晃腿瞪瓷眼。偶尔抬起头来，也是胡瞄乱看的多，目光始终不敢正视。而高步宽呢，语言依然那么稀缺那么简练。

王金贵放下礼物，一再表示：礼物太轻拿不出手。高步宽很认真很诚恳：多此一举！紧接着，王金贵又不停地替王银贵承认错误，赔礼道歉。高步宽很随和很大气：那还算个事？王金贵接着一再表示：你老人家，不但为我大伯送了终，还把这房子送给我们，你的恩情我们永世不忘。高步宽很从容很淡定：应该感谢王老大！王金贵一再保证，有钱还钱，啥话不说；没钱还房，天经地义；就是到猴年马月，这院房子姓高不姓王！高步宽很果断很坚决：高某人没有这想法！王金贵听到这话，赶紧拉着王银贵双双跪倒在地，发誓赌咒，决不食言。高步宽很干脆很明确：再要说这话，要不立马还钱，要不立马腾房！弟兄俩趴在地上不停磕头，嘴里千谢万谢。高步宽很严厉很生气：还不赶快起来！

王金贵拉起王银贵说：高达叔，再没啥事，我俩就不打搅了，屋里还有好多事等着办呢。高步宽一愣：那你们干啥来了？王金贵感到很疑惑，笑着说：感谢你来了！高步宽一本正经地说：你们把捎带事当正经事的办呢，把正经事连捎带都不想捎带！王金贵一时摸不着头脑，想了想说：啥是捎带事，啥是正经事，我咋听不明白？王银贵眼睛翻了翻，一头雾水。高步宽说：我不要这院房，不是耍大方落人情，也不是可怜你弟兄俩寄人篱下，我是为了朋友王老大！王金贵赶紧说：高达叔，有啥想法你就说，我俩听着哩！王银贵眼睛扑闪扑闪，心里说，这个老家伙，不知道又要生啥六指子（六个指头，节外生枝），还是只点头不说话，只等着他的下文。高步宽说：王老大都能想到你俩，难道你俩成了家有了落脚，就没想到咋样报答王老大？王金贵说：我们知道啥意思了，节节期期我们到大伯坟上烧香化纸不就完了？王银贵看着高步宽仍然不吭声。高步宽摇了摇头。王金贵又说：我们过年过节，再把大伯相片敬上行不行？王银贵有点儿不耐烦，身子不停摇晃。高步宽还是摇了摇头。王银贵终于忍不住抢先一步说：高达叔，有啥话就直说，我们不就是住了这院房嘛，还拿上我们啥短处了！王金贵赶紧挡住王银贵，替他打圆场：高达叔，银贵不会说话，你说到哪里，我们就做到哪里！

高步宽这才说：你俩得有人给王老大顶门！王银贵说：我们已经答应干顶门的事了，再提这事情还有啥意思？王金贵刚要训斥王银贵，被高步宽阻止了：意思大着呢！王银贵不让王金贵管他，又抢着说：有多大？高步宽说：烧纸也罢，敬相片也好，说来说去，王老大只是你大伯，不是你大嘛！王银贵这一下不吭声了。王金贵说：那我给我大伯顶门。高步宽又摇摇头说：长子不离祖！王银贵急了：高达叔，你是不是要报那天的仇气？王金贵又一次训斥王银贵。高步宽说：我心眼没那么小！王银贵想了想，哄死人不偿命呢！顶就顶，这还不是一句话的事，又不改姓，又不改口，谁能知道个啥？于是大包大揽说：没见过个啥，我给我大伯顶门，这下没说的了吧？高步宽说：此话当真？王银贵说：君子一言，驷马难追！高步宽说：金贵，你是啥意思？王金贵说：我没意见！高步宽说：口说无凭，立字为据，现在，你俩谁去把甲长张子善和耿诚信叫来，咱几对面写个约书。王银贵说：我看还是以后再立吧，你没看现在兵荒马乱的，解放军马上就要解放镇子呀，要是国民党拉了我的壮丁，被解放军一枪打死在战场上，想让我哥一杠顶两门都不好办了，我大伯还不是照样成了绝户头！高步宽说：死了再说死了的话，趁着现在还活着，把该办的事办了，省得夜长梦多！王金贵说：我去叫人！说完就往出走。高步宽说：让银贵去叫人，你出去找笔墨纸砚。王银贵气哼哼地说：为啥非得让我叫人？高步宽说：那么聪明的，还问这话！王银贵又说：难道你这里就没有笔墨纸砚？高步宽说：一码是一码。王金贵赶快推着王银贵出门走了。

不大一会儿，先是王金贵拿来了笔墨纸砚，接着王银贵叫来张子善和耿诚信。几对面写完过继约书，又分别在立约人、中间人、执笔人等后边签了名。高步宽站起来，朝北拱手说：老大，高老弟给你尽心了！耿诚信说：再没啥事就散伙吧！甲长张子善突然站起来说：既然办就办得漂漂亮亮的，不要有头无尾。是这，今天晚上在王银贵家喝和邻酒，人由我叫，钱你来花！把过继约书当众念一下，银贵再当面把口改了，把王老大叫大，把王老二叫二大，你们住这院房就名正言顺了。王金贵想说话没好意思开口。王银贵说：我们日子本来就紧得八股拧绳，这又刚搬了个家，手里没有钱，等我俩给人打短工挣下钱再办，行不行？甲长张子善一听这话，想了想说：有钱是有钱的办法，没钱是没钱的办法，咱现在把街坊邻居叫来，哪怕光操个凉盘子喝口茶呢，都比以后喝那过时酒好！几个人面面相觑，没有一个人说话。高步宽心想，不图锅滚，只图气圆，人家和邻酒咋喝，这弟兄俩的和邻酒也咋喝。帮人帮到底，送人送到家，既然头能磕揖就能作，何况我能出面为王老大办事，这钱我就能替王老大出。所以赶紧表态：酒钱有我！

喝完和邻酒，王银贵改了口，高步宽从王家出来，时间不早了，再耽搁了一下，睡觉已经很晚了。高步宽睡在炕上，想起了刚才写约书的事，心里很不是滋味：说起来是给王老大办事，还不如说是帮着这弟兄俩拆王老大的台！想起王老大这院房当年来得那么蹊跷，现在又去得这么利索，不由得叹了口气。又一想，好赖总是给了人家侄子，总比给了别人强！想到这里，心里还能多少有点儿慰藉。说到两个侄子，因为和王老大关系好，对王老二这两个儿子的情况，多少也了解一些。王金贵一直寄养在他姑家，听说先是和他姑那个村子一个姑娘私订终身，后来姑娘的父母嫌他一贫如洗，就将姑娘许给一家有钱的。两个娃知道以后寻死觅活。姑娘父母害怕他们做出见不得人的事情，选了个良辰吉日，硬是将姑娘捆绑着嫁了出去，王金贵为这事情差一点儿发疯。王老大知道这事情，自己出钱，连订带娶给他办了婚事。王银贵什么都好，就是有两点叫人看不上眼。一个是脾气很大，动不动就暴跳如雷；一个是年纪轻轻的就对女孩子动手动脚。听说在他舅家，就睡过几个姑娘，有名有姓的就有三四个。不过需要说明的是，这几个姑娘大多数是看上王银贵长得漂亮，或者是经不起王银贵的引诱，糊里糊涂睡到一块儿的。王老大也是为了他能收心，出钱也给他成了家。

高步宽觉得，三岁看大，七岁看老。王金贵将来是个当家的。只要塞到辕里，套上绳索，驾辕是个好材料。理由是蔫蔫骡子踢死人！王银贵将来是个干家子，只要好料添上，鞭子抽上，曳梢子没谁能比过，根据是踢货骡子好曳手！

夜半救人

高步宽想着想着，迷迷糊糊睡着了。睡到大约鸡叫头遍，突然响起一阵枪声。这枪声时远时近，远时好像在庙前里一带，近时就像在西门里。时紧时稀，紧时像几十杆枪同时射击，稀时像一两杆枪嗖嗖作响；时高时低，高时像在房顶上响来响去，低时像在自家门前的街道里。按说，在这漆黑宁静的深夜，听到这些刺耳瘆人的枪声，人们早已心惊胆寒，或者东躲西藏。但是最近以来，兀家（共军）和致家（国军）打的是拉锯战，今天你把镇子占了，明天他把镇子占了。镰刀锤子和青天白日，交替在镇子出现。枪声对镇子人来说，习以为常，司空见惯。不信你听，打更的梆子声，公鸡的叫鸣声，狗的狂吠声，特别是枪声响得这么厉害，涎水娃像没事一样，依然有一句没一句地叫卖他的纸烟。所以高步宽翻了个身，连理都没理，照样睡他的觉。

高步宽哪里知道，现在之所以响起枪声，还多少与他有点儿关系。哼囔为了躲避仇人周鹞子的追杀，偷偷藏在铜匠的阁楼上，可以说神不知鬼不觉。就是因为高步宽先后去过两次，尽管小心了再小心，还是被周鹞子的眼线发现了蛛丝马迹。鉴于大白天不好下手，好不容易熬到后半夜，趁夜深人静风高月黑之时，周鹞子带了一帮人，直奔铜匠阁楼而去。

周鹞子他们顺墙根溜到铜匠后门，卖纸烟的涎水娃从南街吆喝着往前走，快要走到后门跟前，听见脚步声不对，掉过头故意大声喊：铜匠，你不是喊叫要买烟吗？烟都到你门上了，为啥不见开门出来？哼囔听到涎水娃的喊声，知道大事不妙，赶紧取出盒子枪，子弹推上膛，偷偷爬上房跑了。等周鹞子一伙翻过墙爬上阁楼，已经人去楼空。周鹞子很有经验，示意大家不要动弹，蹲下来侧着耳朵听了一会儿，发现哼囔上了房顶，便分开几路马上追赶。

哼囔虽然轻功了得，但是周鹞子也不是寻常之辈，还不要说他们人多势众，再加上又不想活捉，只要能一枪毙命就行，这就越发增加了哼囔逃脱的难度。只见哼囔在房顶上如履平地，时隐时现，周鹞子他们紧随其后，穷追不舍。当他们发现哼囔的身影时，一眨眼十几把枪齐刷刷打过去，火星乱溅，叮当作响，子弹打在房脊的瓦楞上嗖嗖响，打得砖瓦四处飞花。就在这个当口，哼囔趁人乱之时，很快几枪打过来，周鹞子就有弟兄毙命在房顶。他们还不知道咋回事，哼囔已经不见踪影了。周鹞子害怕哼囔溜走，给大家交代，先不要管死去的弟兄，打死哼囔要紧。周鹞子又仔细一听，发现哼囔往西街的房顶跑去，赶快就追上去。当追到赵家巷附近的房顶上，又有弟兄被哼囔打死。周鹞子看着死去的弟兄，好比火上浇油一般，越发对哼囔怀恨在心。可是，不管他们怎么打枪，就是打不到哼囔身上。就在这个紧要关头，再也听不见哼囔的枪响，周鹞子判断哼囔没有子弹了，于是站在房脊上大声喊道：康豹子，看你往哪里逃！刚要往哼囔潜伏的房顶围剿过去，不知道从哪里打来几声冷枪，周鹞子差点儿挂了花。他们悄悄向打枪处搜捕过去，连个人影也没有发现，只见卖纸烟的涎水娃，挎着纸烟匣黑麻咕咚叫卖他的纸烟。就是这几颗不知道从哪里打来的子弹，为哼囔逃跑赢得了足够的时间。

当哼囔发现枪里没有子弹时，已经来到高步宽房顶上。借着那几枪的工夫，他赶快跳进高步宽的院子。这个时候房顶上有人噔噔噔跑来跑去，加上呼啸的子弹打得房顶上瓦片飞迸，高步宽根本睡不着，只得睁着眼睛望着黑乎乎的顶棚瞪瓷眼。瞪着瞪着，总觉得哪里有点儿异样，再一听好像房子脚地有人。一想不对，房门关着，连响声也没有，进来人怎么会不知道？他下意识地抬起头朝脚地望了一眼，吓得差点儿失了声。脚地确实黑乎乎站着个人，没等他喊出声，哼囔小声说：高达，是我，周鹞子要害我……没等哼囔说完，高步宽捂了他嘴，弯下腰迅速拉开炕沿下边的假墙，小声说：这是个暗洞，刚好能藏个人。哼囔小声说：我有轻功，趴在方桌下，谁也发现不了！高步宽不容分说，就将他头压了下去，哼囔顺势钻进暗洞。高步宽刚刚关好假墙，周鹞子那帮人的子弹，就像雨点一样，从天井的铁丝网里扫射下来，打在砖上马上变成了麻点一样的窟窿眼睛，打在院坑边的石条上又反弹回来，在屋子砰砰乱飞，有的钻在墙里，有的钻进房子的木头里。子弹出膛的嗖嗖声和打到地上的噼里啪啦声，吓得两个女人和三个孩子哇哇乱叫。把娃哄住，有啥怕的！高步宽这一嗓子吼过，几个女人才消停下来。这个时候，周鹞子他们撕破铁丝网扑里扑通就从房上跳下来，横冲直闯，找不见人。最后找见高步宽房子，一阵猛砸房门。高步宽打开房门，躺回到炕上照样跷着二郎腿，头枕在双手上装睡着。周鹞子他们荷枪实弹冲进房子跟高步宽要人。高步宽一动不动，像训小孩似的：你们打枪那一阵子，说不定人家早跑了，要是其他人还有可能藏在这里，哼囔是弄啥的，会等着你们抓他？！

又是在这个紧要关头，后巷子城墙根义墓那里，又脆生生响了几枪。高步宽说：我说的怎么样，哼囔怕你们找不见他，故意用枪给你们引路呢！周鹞子知道高步宽戏弄他，又觉得他的话不无道理，赶紧出了门朝后巷子追去。到了后巷子又碰上卖纸烟的涎水娃，周鹞子问见到哼囔没有，涎水娃说：哼囔刚从我这里买了两盒烟，掏出枪朝天放了几响，说了声周鹞子给我拾鞋带都跟不上，就爬上义墓翻过城墙朝北塬上跑了。周鹞子看见周围黑乎乎的，只有义墓上的灌木和花草，好像人刚钻过一样，不停来回晃动着。他们没敢停留，就爬上义墓翻过城墙朝北塬上追去。高步宽下了炕，弯下腰隔着假墙给哼囔说：这两天先避避风头，就在里边悄悄待着，有我吃的就有你吃的，等外边风平浪静了再说。

天一亮，高步宽打开门，正在扫门外的地，张甲长贼撵一样从镇公所过来。高步宽停下扫帚，问：你急呼呼干啥去？张子善走到跟前小声说：昨天晚上，咱西门里响了一夜枪声，镇公所还以为是兀家（共军）攻城了，天明看到平安无事，就让保长把我叫去问情况。高步宽问：那你是咋说的？张子善说：我还能咋说，说兀家（共军）的坏话，将来兀家肯定要秋后算账；说致家（国军）的坏话，致家立马就要叫我领现成。两家我都不想得罪，就给他说是一群孩子，响鞭炮打群架呢！高步宽说：那你都不害怕人家下来查问？张子善说：他们吾身顾不了吾身，哪里还顾得上查问？高步宽说：现在这拉锯战也把你拉灵醒了。张子善说：这不是拉锯战的原因，我哥早都给我打过招呼，说他们当年在县中上学时，十七路军和中央军打拉锯战，十七路军占领县城时，有些学生娃画了只大王八，画了只大手，贴在街道上。大手抓着大王八，大王八身上写着中央军，大手上写着十七路军。等中央军占领县城时，学生娃又画了叫驴的生殖器，画了老女人，叫驴的生殖器对着老女人，叫驴生殖器上写着中央军，老女人身上写着十七路军。结果这些学生都没有好下场，不是被十七路军收拾了，就是被中央军收拾了。现在这情况和当年不能比，致家、兀家势不两立，而且兀家眼看要坐天下，谁不知道给自己留后路！说完又叮咛高步宽，这些天眼头放亮点儿，能躲在家里尽量别出门，操心有人记黑账，操心糊里糊涂挨飞子！尤其是年轻娃娃，走着走着就叫致家拉了壮丁！说完拧过身赶紧进了赵家巷。高步宽扫完地，把扫帚放进门里，就去拐角店忙活生意了。

晚上拐角店上了铺板门，相公们准备盘点，高步宽独自一人回了家。出了铺子门，便投入到街道的夜景之中。这个时候的夜景，完全不能和前几年相比，更不能和镇子兴盛时期比，只有庙前里附近的两个丁字街口，还留存了点儿商业气息，依然能看到有几家字号铺板门里灯光摇曳，人影晃动；依然能听到稀稀拉拉的报账声和噼里啪啦的打算盘声。离开庙前里，就完全是两个世界了。一片黑乎乎不说，在街上逗留的人也寥寥无几。就那么几个仅有的行人，也是来去匆匆，很快就消失在街道两边的黑乎乎的铺板门里，好像有人要拉他们壮丁似的。就连原先游走于街头巷尾卖小吃的，也很难见到了。整个街道，除了黑乎乎，就是静悄悄。只有涎水娃这个烂杆货，天不怕地不怕，黑漆半夜，还在穿街走巷，叫卖着他的纸烟。

不知不觉到了赵家巷和李家巷十字，突然从黑乎乎的李家巷巷道深处，传来孩子们奶声奶气的齐声呐喊。他们正在声嘶力竭地喊着最近镇子流传的算卦先生经常说的那几首民谣，在这宁静漆黑的夜幕下，尤其显得洪亮清晰：

> 贼如梳，兵如篦，匪如薅，官如剃；
> 民如水，官如舟，水如兽，舟如肉。

停了停，又喊道：

将驮草，江山倒；人撇竖，必去矣；一撇口，就要走！
撇二钩，坐龙廷；川四幸，进京城；一曰小，披龙袍！

停了停，再喊道：

一占戈，是害活；一里予，正义师。
一百二十八，眼看坐天下；两口加一戈，看你咋逃脱！……

这些民谣，高步宽早有耳闻，不光是孩子们传唱，就是算卦先生的原版，他也听到过好几次。但是真正用心听，用心想，这还是头一次。经过一番仔细咀嚼，觉得很有意思。现在确实是兵匪一家，官贼不分。但是，当官的要是作恶多端了，老百姓这水就会像猛兽一样，把像舟一样的官如嚼肉咬食似的吞噬掉！将驮草是“蒋”字，人撇竖是“介”字，一撇口是“石”字，意思是蒋介石马上完蛋。撇二钩是“毛”字，川四幸是“澤”字，一曰小是“東”字，意思是毛泽东要坐江山。一占戈是指国民党第一战区，一里予是指解放军一野，一百二十八是共军的共，两口加一戈是“國”军的“國”，意思是一野的共军一定会打败一战区的国军。水能载舟，亦能覆舟。人心至此，世道不变都不行！

国是如此，家何尝不是如此。就像他当年在镇子学相公的马家字号，生意遍及大半个中国，马家人出去根本不用歇店，光自家字号都住不过来，号称“马半国”。结果没有一两年天气，就倒闭得无踪无影。字号东家没脸见人，偷偷跑回老家，悬梁自尽。原配和儿子儿媳，落难张家祠堂，以乞讨为生。听说在镇子的总号快倒闭时，有人上门借桌子，连看都没看，就借给人家。账房回来说抽屉里还有几捆银圆。桌子还回来了，银圆却不翼而飞。高步宽不禁感叹道，真是期数没尽，想垮垮不了；期数尽了，想挡挡不住！

不知不觉，高步宽到了家门口，推开大门，赶快闪进去，咣当关死了门。

第二部

哼囔被捕

一九二九不出手，三九四九冰上走，五九和六九，河边看杨柳，

七九河冻开，八九燕子来，九九加一九，耕牛遍地走。

大地回春，风和日丽。西门里不光大人们高兴开心，就连小孩子也欢乐无比。有的荡秋千，有的放风筝，有的敲锣鼓。还有一群半大小子，荡秋千胆怯，放风筝太小，敲锣鼓没劲儿，只好成群结队，唱着《九九歌》，跑来跑去，打闹嬉戏。一会儿到荡秋千那里呐喊助威，一会儿跟着放风筝的奔跑撒欢，一会儿又钻到锣鼓堆里来回窜腾。其实，说他们“唱”并不准确，准确地说，应当是在“喊”。他们喊着跑着，跑着喊着，跑到哪里，喊声响到哪里。尽管跑来跑去，信马由缰，范围却超不出西门外、街道里和后巷子。他们来到义墓旁，发现几个老者，把那些长枪短炮似的旱烟杆，连同系在上边的烟布袋，或立插在后衣领里，或绕脖子吊在胸前，或一前一后搭在肩膀，或别在大腰带里，或满把攥在手中，或随手塞在袖筒，挤在城墙根说说笑笑晒暖暖。有的人烟锅叼在嘴里，涎水长淌，宽衣解带，袒胸露乳，眯眼寻虱，不时挤得棉衣缝的虱虮嘎嘣作响。这些半大小子触景生情，又喊出一段镇子的《九九歌》来：

九九八十一，老汉靠墙立，虽说不冷哩，可害肚子饥。

西门里那些所谓的人物尖尖们，在享受这美丽如画的春色的同时，喜中有忧，乐里带愁。他们感到疑惑不解的是，怎么镇子刚刚“解放”，哼囔就不知去向了。这里说的解放，指的是第三次解放。在人们的记忆里，镇子一共解放过三次。第一次，由于解放军战略转移，只是从镇子路过了一下，国民党闻风丧胆落

荒而逃，解放军离开后，国民党重新回到镇子。第二次，解放军围城打援，主要任务是消灭国民党的有生力量，因无暇顾及，没过多长时间，镇子再次回到国民党手里。第三次，解放军专门进行了战略部署，国民党不堪一击，镇子才真正回到人民手中。

实际上，镇子刚一解放，不知去向的不光是哼囔一个，还有三个人也无踪无影，杳无音信。一个是土匪头子霍蝎子，一个是为非作歹的周鹞子，一个是卖纸烟的涎水娃。没过多长时间，四个人先后就有了消息。霍蝎子自从和周鹞子分道扬镳，表面上大旗不倒，实际上暗中随了地下党。解放战争进入战略反攻阶段，他的人马编入解放军步兵师，师长就是西门里的郭姓后生。听说霍蝎子参加完解放镇子的战役，又随步兵师西进，在解放西安时不幸挂彩，回家养伤，结果小老婆缠的房事太勤，最后伤口复发不治身亡。哼囔追随霍蝎子，给地下党办事，完成了不少艰巨任务。比如，护送中共要人，传递紧急公事，押解重要物资等。后来当霍蝎子要他从军时，他害怕吃粮性命不保，便单枪匹马来到镇子混事，刚一解放就被逮捕法办。周鹞子知道共产党坐天下，没有土匪的好日子过，特别是自己作恶多端，血债累累，民愤极大，所以刚一解放就蛰居起来，一直不敢露面。卖纸烟的涎水娃今非昔比，人家现在是县公安局副局长，不可能在镇子继续卖纸烟。镇子人这个时候才恍然大悟，涎水娃卖纸烟是幌子，实实在在是为共产党筹措资金和打探消息的地下工作者。

哼囔被县政府逮捕法办，是他的死敌周鹞子做的手脚。开始，周鹞子见自己打不死他，便几次花钱雇凶，结果还是不能如愿。解放以后，仍不死心，但就是雇不到人，原因是人家看到新社会国法太硬，害怕以命抵命。他也想亲自动手，又害怕黄雀捕蝉螳螂在后。权衡来权衡去，想了个借刀杀人的办法。以给政府抓土匪的名义，重金雇人偷偷把哼囔捆绑起来，捂眼睛塞嘴巴，扔在县政府门口，给后背插了死人牌，上面写着大土匪、有十几条人命的杀人犯——康雨善。县政府这才把哼囔收押在监。

周鹞子听说涎水娃当了公安局的副局长，猛然间想起那天夜里追杀哼囔，为什么一直得不了手，肯定是涎水娃从中作梗。便给同伙说：那天晚上，我就觉得怪怪的，天色已经那么晚了，他还在卖纸烟？特别是一到紧要关头，他就出现在眼前。尤其是最后一次，在后巷子义墓旁边打听哼囔的去向，明明闻着跟前有火药味，最后还是让他骗了。同伙解释说：他不是说，哼囔刚打过枪吗？周鹞子拍着大腿说：当时就是因为有这想法，才让他钻了空子！实际上，哼囔早已经没子弹了，哪里可能打枪嘛！同伙说：那义墓上的花草不停摇摆晃动是咋回事？周鹞子说：涎水娃都能替哼囔打枪，就不能朝义墓的花草丛中撇砖头瓦块？大家这才明白过来。周鹞子害怕涎水娃给哼囔网开一面，便暗中操纵人不断写告状信，给哼囔落井下石。一共罗列了四大罪状：一、哼囔不但是个地地道道的土匪，还是土匪头的二掌柜，外号康豹子；二、哼囔身上一共有十二条人命，先前九条，最近三条；三、拦路抢劫，骚扰百姓，无恶不作；四、跟国民党民团混在一起，狐假虎威，骑在百姓头上作威作福。

哼囔被捕以后，高步宽焦虑不安，坐卧不宁，几个人合计来合计去，觉得不管新旧社会，不管这党那党，人情大于王法，便准备集体上县找涎水娃，想让他出面搭救。在高步宽他们就要成行的时候，涎水娃为了粉碎周鹞子的阴谋，一面托沈文奎来到镇子，让高步宽出头组织人联名具保，一面亲自写了书面报告，以党性和人格担保哼囔无罪。公安机关为了稳妥起见，决定由一名副局长牵头，彻底调查哼囔的问题，不冤枉一个好人，也不放过一个坏人。

高步宽为了保释哼囔，很是动了一番脑筋，他觉得光镇子人势单力薄，必须动员他老家的人参加，人多势众才能引起政府的重视。再者，镇子的人，光有头有脸的不行，还要有底层社会的代表，因为共产党最喜欢倾听贫苦人的呼声。他暗自庆幸，刚好西门里就有现成的五怪，正是发挥他们作用的时候。拿定主意以后，取出纸和笔，现拟了保书内容：一、哼囔当过土匪，也当过土匪头子霍蝎子的二掌柜，但是没有干过坏事情，基本上都是劫富济贫、打抱不平，还不要说这个土匪头子霍蝎子是对革命有功的地下党，现在成了解放军的烈士。二、打死十二条人命属实，但没有一个好人，都是有血债的坏人。老的九条命恶贯满盈，血债累累；新的三条命，也是因为跟着周鹞子追杀哼囔，他是在自身不保的紧要关头，自卫开枪的。三、根本没干过拦路抢劫的事情，相反，还制止过多起土匪抢劫和绑票行为。四、对革命有功，护送过中央领导，给地下党送过文件，往革命根据地押解过物资。五、他本人是个独生子、大孝子，九旬老母亲还要靠他养老送终。六、曾经接济过不少贫苦人家，还拿出银两供过贫寒子弟上学。

高步宽写好保书，先找来王金贵：你现在是咱这个组的组长，对哼囔这人怎么看？王金贵说：哼囔，谁不知道，那人披匪皮没干匪事，手里有人命不假，但是没伤过好人。高达叔，有话你就直说，侄子听你的！高步宽说：这是积德行善呢，与叔侄没关系。你要认为哼囔是好人，就把这个拿过去，让沈文奎抄上一份，让镇子那些有头有脸的人只管往上签名；要是认为哼囔是个坏人，就把它拿回去擦屁子，高达叔连个屁都不放！王金贵接住保书底稿笑着说：把这还算个事，我现在就去办！高步宽望着离去的王金贵，又交代说：多抄一份，抄完连底稿给我！

王金贵出去以后，高步宽来到门口，朝斜对过耿诚信铺子瞄来瞄去。耿诚信刚卖完一批货，就要端上茶壶喝茶，嘴刚噙住壶嘴，连一口也没吸上，看见高步宽向他招手，咣当放下茶壶，掀起活动铺柜，跑到对门。高步宽说：打发个伙计娃，赶快到北山跑一趟！耿诚信说：有啥要紧事吗？高步宽便说了保释哼囔的事。耿诚信说：这么大的事情，咋能让伙计娃去？我这两天没事，专门上去跑一趟！高步宽说：这样更好，你去沈文奎家找王金贵把保书带上。耿诚信说：再没啥事，我拿到保书就起身！高步宽说：记住，北山是关键！大后天县上遇会，一定要找哼囔帮过忙的那几个亲戚，多叫上些人，天不明就起身，把保书直接往县政府递！耿诚信转身要走，又被高步宽叫住了：回来多找几身长袍马褂！

没过多少时间，王金贵来到高步宽家，取出抄好的保书和底稿，刚说转身要走，高步宽拉住他：金贵，要让银贵注意呢，有人说他和党慧兰的闲话哩！王金贵说：说这话的人不少呢，我早都给银贵说了，人家说我是狗逮老鼠多管闲事。高达叔，你不知道，银贵说起来是我兄弟，其实，人家根本不买我的账！高步宽说：我是看咱俩连墙住着，才操这心呢，要是别人，也懒得管！王金贵说：没事了，我去让大家伙儿签名去！

王金贵走后，高步宽把抄好的保书装在口袋，又站在门口，老是朝剃头铺张望。望着望着，这才发现剃头铺门口已经换上了新对联：

新现象从头做起；
旧恶习用刀剃光。

王金贵拿着笔墨和保书从剃头铺出来，看见高步宽欣赏对联，高兴地说：大家听说是保释哼囔，没有不愿意签字的！高步宽说：剃头铺几个人？王金贵说：人不少哩！说完进了赵家巷。高步宽说：街道没签完，往后巷子跑啥？王金贵转过头说：先远后近，不走弯路！

高步宽出了家门直往西，刚出城门碰见瞎子五，扁担咯吱，担穗叮当，一路从骡马大店忽闪忽闪担水回来，走在城壕边沿窄窄的曲里拐弯的小径上，他不声不响地跟在后面。瞎子五在前边喘着气说：高达叔，你跟着我到城墙洞来，是不是有啥事情哩？高步宽在后边说：等你把水倒了，再慢慢说！到了城墙洞口，瞎子五咚地放下水桶，转过身双手托着水担，喘着气说：有啥事，只管吩咐！高步宽说：哼囔，你认得吧？瞎子五说：咋不认得，把他烧成灰都认得！高步宽说：那人怎么样？瞎子五说：那是个好人，谁不知道！高步宽说：愿不愿意出面保他？瞎子五说：高达叔说话了，愿不愿意都得保！高步宽马上沉下脸：既然是这话，就不劳你大驾了！说完拧身就走。瞎子五嗵地把水担扔在水桶上，快步绕到前边挡住去路：高达叔，我没有说不保嘛，你着急走啥？高步宽说：我不愿意强人所难！瞎子五说：我不光愿意，吃屎喝尿都愿意，看这行不行？高步宽这才把保书塞给他：找个人，用粉脸纸抄成大字，你、勺子、染匠、拐子、老鼠，衣服穿得越烂越好，赶县上遇会，到县政府门口替哼囔喊冤叫屈！瞎子五说：没问题！高步宽说：只说你能不能叫来他们？瞎子五说：谁要是敢不来，白事给他吹《入洞房》，红事给他吹《祭灵》。高步宽说：你要是没把握，我就单另寻人呀！瞎子五说：高达叔，你咋是这，就不兴跟你耍笑？高步宽说：光去不行。瞎子五说：啥意思？高步宽说了他的想法。瞎子五说：把这还算了个事？高步宽说：要是办不到咋办？瞎子五说：把我头拧下来当夜壶！高步宽临走又叮咛道：你给胖勺子说，他每回给我剃头，都想用全套本事，我从来没答应过，这一回少一样都不行！

高步宽离开城墙洞，又进了城门朝刘开科家走。刚走到门口，看见刘开科出来，便说了要他去县上保释哼囔的事。刘开科想了想说：这事情事关重大，你们该咋办咋办，别把我往数里算，能去了就有这事，去不了就没这事！高步宽也不想强人所难，很干脆地说：行！

征集签名的王金贵进了后巷子，径直来到王彩琴门口。他没有急着进门，而是站在门外，看着房屋想起心事来。因为王彩琴和他当年乡下的婚前相好同名同姓，所以来到镇子以后，他对王彩琴格外关注。王彩琴嫁的这家人，丈夫叫张继祖，已经瘫痪在炕上，成了名副其实的活死人。活死人就是现在说的植物人，除了呼吸、吃饭、排泄以外，其他和死人没有什么两样。实际上，只有婆婆张姚氏和她相依为命。张继祖有个弟弟叫张继宗，住在仅有一墙之隔的西隔壁，娶了个媳妇叫陈石榴，结婚多年膝下无子。从房屋的结构上明显看得出，这两家原来是一座四间宽的大宅院。分家以后从中间垒了道隔墙，便将这明亮亮的大院一分为二了。王彩琴的丈夫住在东半边，当然前门也是开在东边这间，迎门的厢房墙上新掏了个土地庙，前门是双扇黑漆大门。弟弟住在西半边，不用说，前门也开在东边这间，也安着像哥哥家一样的大门。因为从前门一眼能看到后门，只好在前房后檐处，新垒了个照壁，照壁上也镶有土地庙……

突然，巷子的尽头响起了脚步声，他这才收回思绪，赶紧朝门里喊：家里有人没？王彩琴听到声音，不但有点儿耳熟，而且非常亲切，赶紧出来看是谁，到门口才发现是王金贵，心里说，这两天，正想着咋给他说事情呀，偏不偏人家就自己找上门来。所以很热情地说：我就说，声音咋这么耳熟的，原来是组长驾到。王金贵问：你男人呢？王彩琴拉着王金贵来到房子，指着炕上躺着的男子说：这就是我男人，有这个人和没这个人一样！王金贵这才发现炕上躺的这个男人，确实除了有一口气，跟死人没有什么区别，便问起原因来。王彩琴突然压低声音说：现在不是说这话的时候，我前几天到你姑村里走亲戚，你姑叫你下个月初五到她那里，有重要事情给你说。到时候你一定要去，我已经给人家拍了腔子，千万不敢把这事情就了馍！王金贵满口答应，又问：你婆婆人哩？王彩琴说：到隔壁老二家去了，说不定马上就回来了。王金贵这才说了签名的事。王彩琴接过笔就签，刚签完名，婆婆张姚氏进了门。王彩琴随着王金贵边出房子边说：妈，王组长让签名救哼囔呢，我刚签过，就剩你了！张姚氏笑着说：你这娃咋忘性这么大，字认得我，我认不得字！王彩琴赶紧说：王组长，我替我妈签行不行？王金贵说：这有啥不行的！王彩琴签完字，王金贵就出门去张继宗家了。

这一天，县城遇会。县政府门前，一拨是哼囔老家的亲友邻居，跪在地上，手里举着保书，口里不停地说：青天大老爷为民做主！一拨是以高步宽打头王金贵等参加的所谓社会名流，一律长袍马褂，手里拿着保书，文质彬彬站在一边。还有一拨是胖勺子、瞎子五、聋子染匠、柳拐子和地老鼠，全部穿着破破烂烂露棉花絮的衣服，头上像柴草窝，脸上、手上、脚上锅底黑抹得像垢圿漆，胳膊上挎着笼，笼里装着东西，双手举着棍，棍上贴一张粉脸纸，一张纸上写一个大字，连在一起是“冤、情、重、大”。胖勺子举着保书站在一边。

只见耿诚信来回穿梭，一会儿走到北山亲友跟前，连吃带喝给大家介绍道：这是哼囔老家的乡亲，他们反映的都是真实情况，告哼囔那些信是周鹞子花钱雇人写的！接着又走到这些社会名流跟前，还是连吃带喝：这些人在镇子有身份，有地位，德高望重，能在这里为哼囔说情，就能说明哼囔的为人！最后又来到胖勺子等五怪跟前，仍然是连吃带喝：这些人一穷二白，全部住在城门洞，他们是政府的依靠对象，不会给政府说假话！

耿诚信刚刚说完，五怪把大字放在地上，拿出看家本领，很快表演起绝活来。聋子染匠端来热水盆，胖勺子给他闷完头，两手握两把割草的弯镰，每个手心握个生鸡蛋，一只小臂上放着一碗清水，动作极其夸张地剃起头来。瞎子五拿出五支唢呐，嘴里吹三支，一个鼻孔吹一支。不但吹各种有名的曲牌，还吹他自编的段子。一会儿是哞声长鸣的《犍牛流泪》，一会儿是叽叽喳喳的《喜鹊闹枝》，一会儿是啊呜啊呜的《叫驴亮嗓》。柳拐子踩着高跷，响着长鞭护场子。地老鼠不停打着车轱辘，围着满场子转圈。围观的人又是喝彩又是鼓掌，好不热闹。

就在这当口，不远处有竹板声一路响来。高步宽踮脚伸脖晃脑举目探望，才看清打竹板的是刘开科。竹板声越来越近，围观的人见他直冲五怪而来，很快让出一条路来，刘开科这才说起了快板：

竹板打得哗啦响，刘某开科到现场，今天别的都不讲，就想夸夸共产党！

旁边的人鼓起掌来。他见五怪们绝活耍得正欢，故意停在他们面前。

大烟赌博被禁光，邪恶势力全扫荡，分地分牛又分房，劳苦大众把家当。

正说着，声音突然停下来，但是竹板照常打着。打着是打着，就是打法不一样。只见他把竹板从右手抛向左手，又从左手抛向右手，不停轮换着抛来抛去。尤其吸引人的是，在抛竹板的过程中，竹板的频率节奏还能连续不断。大家不由得鼓起掌来。唯独高步宽他们不以为然，我们给哼囔喊冤叫屈哩，你来了不帮忙不说，老说这驴粪蛋两面光的话干啥？耿诚信气愤不过，悄悄给高步宽说：叫我过去把这家伙撵走，省得他在这里碍眼踅地方！高步宽挡了他：看看再说。刘开科把这些全看在眼里，心想，话有三说，巧说为妙，依然我行我素。说着说着，看铺垫得差不多了，便话题一转：

没料想，解放了，坏人仇恨还没忘，贼喊捉贼害哼囔，落井下石毒心肠！

高步宽和耿诚信带头鼓起掌来，引得现场掌声四起，呼哨声、尖叫声响成一片。刘开科受到鼓舞，高兴得双手抛起竹板来。抛着抛着，看见耿诚信竖眉瞪眼，尽管他知道他的意思，不但不理不睬，还要一意孤行。一来故意逗他玩，二来要的就是这阵势！没停又轮换着在左右胯下抛起来。看到围观的人越来越多，围观者情绪像火上浇了油，又拉开架势要起全活把戏来。一会儿是胸前抛，一会儿是背后抛，一会儿是胯下抛，一会儿是胸前背后抛，一会儿是胯下胸前抛，一会儿是背后胯下抛，一会儿是胸前、背后、胯下一块儿抛。直抛得掌声雷动，人声鼎沸，这才还原姿势言归正传：

哼囔雨善本姓康，人高马大黑脸膛， 迟早身别三支枪，一里之外能穿杨；子弹出膛眼睛亮，不是害货它不伤，一十三人把命丧，没有一个是善良。

说到这里，他想缓口气，又抛起竹板来。谁知抛着抛着，眼睛余光发现政府大院走出几个人来，眉头一皱，计上心来。为了引起这几个人的重视，极麻利地冲出人群，到停在路边的牛车上，借来用竹皮编织的半圆形网络状的牛笼嘴。与此同时，哇地放声哭起来，边哭边用牛笼嘴接眼泪，又引得围观者哄堂大笑。他哭了一阵，只见一手晃动牛笼嘴，一手竹板响起来。他的哭声和着快板的节奏，竟然变成一字一顿的喘粗气，好像冤大仇深的窦娥一样，难过得只有出的气没有进的气，很快扔掉竹板和牛笼嘴，眼看就要摔倒在地。高步宽他们一步跨到跟前，七手八脚扶起刘开科。围观群众情绪激动义愤填膺，“人民政府要明镜高悬！”“当官要为民做主！”“不能冤枉好人！”“赶快释放康雨善！”等口号声此起彼伏。刘开科看表演得差不多了，发现牛车车夫也挤进来看热闹，便拾起牛笼嘴抛给车夫，又捡起竹板继续说起快板来：

党的领导要北上，哼囔冒死去背枪，延安需要枪和粮，黑漆半夜运送忙，通风报信数他强，快捷省事又稳当。政府要是放哼囔，说明我党惜忠良。

由于刘开科的出色表演，耿诚信的推波助澜，再加上胖勺子双手双碗双蛋双镰剃头，瞎子五鼻孔吹唢呐，柳拐子踩高跷，地老鼠打车轱辘，现场气氛十分火爆，一传十，十传百，不胫而走，几乎把全县城街道上的人群，都吸引到县政府门口看热闹。一时间，县政府门前人山人海。

那几个工作人员，发现围观的群众情绪有点儿异常，害怕局面不好控制，弄出政治事件不好办，赶紧跑回去报告情况。身穿军装的县领导，听到汇报极为重视，亲自出来接了保书，当场保证一定要秉公办理，要大家回去等消息。

人群散去的时候，高步宽掏出大前门递给刘开科：你不是有事来不了吗？刘开科接过烟夹在耳朵背后说：应人事小，误人事大，因为要现编词，要现练手脚，成不成还在两可之间，不弄出点儿彩头来，来了还不如不来！高步宽扑哧地笑了，赶紧掏火柴要给刘开科点烟。刘开科挡住不让点：现在不想抽！高步宽这才恍然大悟，吩咐耿诚信：请大家往羊肉馆子走，先润嗓子后泡馍！

回到西门里，大家各回各家。高步宽留下王金贵说：你看城墙洞这几个伙计，今天表现怎么样？王金贵说：多亏了这几个伙计，不然今天这场面就哄不起来！高步宽说：解放这么长时间了，你好歹是咱这个组的组长，到现在还让他们住城墙洞，都不觉得脸上发烧？王金贵说：我不是没想过这事情，西门里又没有地主、资本家，想分都没有房子分，我有啥办法？高步宽说：咋能没有，剃头铺空房子有的是。王金贵说：那是戏台子底下的婆娘，有下家哩。高步宽说：下家是有下家，那要看是啥下家，现在正在斗地主分田地哩，他们连胖勺子的房租都不收了，哪里还顾得上要房！在便宜馆摆上席面，搭上请字，他们都不敢来！王金贵说：你的意思，现在咋办？高步宽说：你就给胖勺子说，村上说，这房子是资本家的，让城门洞那几个贫雇农住进去，他连个屁都不敢放。王金贵说：我咋把这一窍迷住了！

含泪收尸

让高步宽他们感到百思不解的是，县政府接受了他们的保书，不但没有放人出狱，反而在全县贴出布告，要在县城召开群众大会，公审一批包括哼囔在内的血债多民愤大的不法分子，会后立即押赴北门外刑场执行枪决。那些天，他们坐卧不宁，辗转反侧。周鹞子从眼线那里听到消息，高兴得手舞足蹈，但是又清醒地意识到，哼囔都是吃铅娃娃的下场，自己就更不用说了！至今之所以逍遥法外，关键是隐藏得比较深，不然，必将和哼囔一起去见阎王。为了继续隐藏下去，又让人故意放出风声，说是在追杀哼囔的那天晚上，哼囔打死的那三个人中，有一个就是周鹞子。县公安局知道，这是周鹞子放的烟雾，一方面内紧外松加紧调查，一方面将计就计放线钓鱼。这不，县公安局肖运来副局长，为了尽快落实这件事情正想找沈文奎呢，人家自己很快就出现在面前。肖运来问：看你急急火火的，有啥要紧事哩？沈文奎说：正在搬家呢！肖运来问：往哪里搬？沈文奎说：西乡镇子！肖运来说：为啥？沈文奎说：我是前朝人，前朝不复存在，还是离远点儿好！肖运来问：啥时候能搬完？沈文奎说：已经搬完了，给人家打扫完房子就走！肖运来说：你回去给高达捎个话，哼囔的事已经这样了，千万不要头脑发热，你们一定要相信政府，不会放过一个坏人，也不会冤枉一个好人！沈文奎想了想说：话我可以给你捎，事不能这么办！大家那样替哼囔喊冤叫屈，县上不理不睬，是不是践踏民意？再说周鹞子，明明罪大恶极，至今逍遥法外！真真正正的是，抓住的不饶，跑脱的不管，这和前朝有啥区别？肖运来说：老沈，你是旧政人员，政府不追究也就罢了，可不敢胡言乱语。沈文奎赶紧赔笑脸说：你放心，在别人面前，我什么都不会说。肖运来说：其实，你的心情我理解，只是政府有政府的难处。比如周鹞子，咋找找不见，一打听才知道，那天晚上追杀哼囔，早就被哼囔打死了。沈文奎说：是不是真的？肖运来点了点头。沈文奎说：照这么说，你们已经调查过了？肖运来说：刚刚解放，事多如麻，千头万绪，大事情多得能把人绊倒，谁还能顾上调查死人？政府和个人一样，没说法是没办法，这好不容易有了说法，谁还多此一举干啥？

沈文奎回到镇子，先去了高步宽家，一见面就说了肖运来交代的事情。高步宽说：咱们把皇历看错了，致家（解放后称共产党）到底和兀家（解放后称国民党）不一样，搬面子找腿系那一套吃不开了！咱们声势那么大的，把不用的办法都用了，县上不放人不说，还要公审枪决，咱就弄不清这里边究竟是啥原因？沈文奎说：涎水娃又没说，我也没想到问。高步宽说：人常说，官断十条路，九条民不知，只知道死路一条，哼囔是不是在外边干下啥掉脑袋的事情了？沈文奎摇了摇头：这谁说得清。高步宽说：但是有一点，咱还是满意的，不管咋说，周鹞子总是死在了哼囔前边！沈文奎说：那哼囔这事咱就没一点儿办法了？高步宽说：胳膊拧不过大腿，不听公家的不行！沈文奎说：那能不能还像上次一样，组织人再去县上闹活一回？高步宽说：上一次闹活，尽管是涎水娃的主意，主要是案子没有眉眼，政府给咱怪不了啥罪。这一次，涎水娃不让闹活不说，关键是案子有了眉眼，咱要是硬去闹活，救不了哼囔再多逮几个进去咋办？沈文奎说：照你这么说，哼囔是死娃抬出南门没救了？高步宽说：有救的话，我不比你积极？是这，现在啥话不说了，我和金贵商量商量，准备到时候给哼囔收尸，毕竟朋友一场！

高步宽送沈文奎出来，顺便把王金贵叫到家里，说完哼囔和周鹞子的事，最后交代说：公审枪决那天，咱到县上给哼囔收尸…… 王金贵问：那是阴历初几？两人掰指头一算，刚好是阴历初五。王金贵说：我现在给咱负责张罗，初五那天，我迟去一会儿，一个要紧亲戚给娃结婚，我到乡下行个门户（凑份子）就朝回赶！高步宽说：既然是这情况，你赶紧到估衣铺给哼囔订寿衣，初五一大早去取，钱到时候有我！你现在到对门把耿达叫过来。

不大一会儿，耿诚信提了只烧鸡过来。高步宽问：啥时候买的？耿诚信说：曾秀奇带来的，他让给你一只。高步宽说：人呢？耿诚信看着地说：和登菊在房子说话呢！高步宽很简要地说了哼囔和周鹞子的事。耿诚信说：天下乌鸦一般黑，说兀家不好，我看致家也好不到哪里去！高步宽说：哪儿来这么多闲话，赶紧准备给哼囔收尸，你再到北山跑一趟，寿衣我已经安排好了，让他们赶紧准备棺材，公审会那天就往县上拉！耿诚信说：往哪里埋？高步宽说：当然是北山老家。耿诚信说：事情已经到了这地步，也只能给哼囔尽最后一次心了！

耿诚信刚刚出了铺子，冯登菊和寇腊梅吵起架来。冯登菊人样出众，不光脸蛋漂亮，肤色雪白，尤其是条杆很好，惹得人眼馋口酸，美中不足的是有点儿爱张扬。寇腊梅长相一般，要身段没身段，要脸蛋没脸蛋，但是人很能干，又会一些装神弄鬼之事。时间一长，寇腊梅嫌冯登菊轻狂，冯登菊嫌寇腊梅拿捏。没有矛盾的时候，你好我好大家好；有了矛盾的时候，鼻子不是鼻子，眼睛不是眼睛。弄得街坊邻居看笑话，都说她俩是狗脸亲家，好的来了穿一条裤子，孬的来了针尖对麦芒。前些日子，曾秀奇给孩子带了新玩具，被寇腊梅孩子弄坏了，冯登菊孩子闹得没完没了。也怪冯登菊，把孩子叫回去哄哄算了，结果不但不哄孩子，还要给寇腊梅兴师问罪。这一下寇腊梅不依了，就拿曾秀奇说事。说起曾秀奇，冯登菊大打出手，结果两人互相揪头发，缠在一起倒在地上滚来滚去，最后是狗咬狗两嘴毛。事后，寇腊梅为了要报复冯登菊，提前给孩子买了食品飞机，又好看又好玩又好吃。刚好曾秀奇提东西进了门，不一会儿，冯登菊孩子啃着烧鸡腿过来。寇腊梅害怕孩子要吃，赶紧把食品飞机给了孩子。结果两个孩子玩着玩着，用飞机和鸡腿打起架来，打着打着把飞机打坏了。早就在旁边偷看的寇腊梅，吵着要冯登菊孩子赔飞机，冯登菊孩子吓得哇哇哭起来。正在房子和曾秀奇说话的冯登菊，一蹦子跑出来，看见寇腊梅训斥孩子，开口就骂：你这个人见人烦的丑八怪，骡子马我们都能赔起，一个烂㞞飞机，能值多少钱？这一下，寇腊梅找着机会了：我是丑八怪，我房子可不来野汉，你长得漂亮，三天两头野汉来得不停点！曾秀奇坐在房子，出来不是不出来也不是，脸上臊得直冒汗。正在这个时候，耿诚信从对门回来。说来也怪，寇腊梅一看见耿诚信，自己先不自在起来。她不是有啥短处捏在耿诚信手里，而是觉得耿诚信忠厚老实，见人不笑不说话，特别是对她和孩子很客气。再说了，冯登菊找野汉，他就够悲惨的了，自己再要说难听的话，有点儿于心不忍。冯登菊见寇腊梅让了步，也像没事一样把耿诚信拉到一边。耿诚信说：你俩吵啥呢？冯登菊说：没吵啥，说娃的事呢！耿诚信说：没事赶紧取点儿钱，我马上去趟北山！

时间过得真快，说话到了初五。这天早上，王金贵早早从估衣铺取回寿衣，交给高步宽。高步宽说：别给我，给耿诚信。王金贵说：这是裁缝找的钱。高步宽一看钱那么多，大概数了数：裁缝是不是弄错了，找不了这么多！说着就把钱往王金贵手里塞。王金贵死活不收：没弄错，是耿达、唐达和冀达帮你垫了份子！那你把这钱给耿达，他知道咋办。高步宽把钱塞给王金贵：赶紧去走亲戚吧，尽量早点儿回来！

人很快就到齐了，围在高步宽家门口，黑压压一片，叽叽喳喳交头接耳。耿诚信背着寿衣催着赶快走。高步宽说：再等等，金贵只是送个礼，用不了多长时间。又等了一会儿，还不见王金贵回来。唐新生说：人家送礼去了，为啥不吃饭？咱走咱的，去迟了咋办？高步宽也害怕误事，只好头一摆：走！

当高步宽他们急急火火赶到刑场的时候，北山那帮人已经拉着棺材等候在那里了。刑场上看热闹的人围得里三层外三层。公审会刚刚开完，就警笛嘶鸣，车声隆隆。拉着死囚犯的行刑车队，裹着大团大团的黄土尘雾，出了北门呼啸而来。刑场上那些挤得水泄不通看热闹的人群，很快闪出一条道来。只听吱一阵响，车队便停在人群中，由于惯性的作用，车上的死囚和押解的战士，不由得齐刷刷朝车头扑去。霎时，刑车带起的黄土灰尘，笼罩了整个刑场。紧接着那些插着死人牌的死囚，在荷枪实弹的战士押解下，整整齐齐在刑场的尽头排成一行。执行枪决的战士一对一站在死囚面前不远处，只等着指挥员一声令下，就会举起枪毫不犹豫地执行射击任务。高步宽他们看见哼囔中规中矩地站在死囚中，看着看着就不忍心看了，一个个低下头默不作声。突然行刑官大声宣读行刑命令。刚一宣读完，指挥官的指挥旗向上一举，战士手中的枪齐刷刷举起来瞄准。忽然，指挥员“放”字出口的同时，手中的旗子又向下一挥，战士手中的枪就噼里啪啦响起来。很快对面那些死囚犯便像软面条一样七拧八歪倒在血泊中，浓浓的血腥味迅速在空气中弥漫开来。

行刑车队拖着一团团雾蒙蒙的黄土尘埃离开以后，围观群众一拥而上跑到跟前看热闹。等看热闹的人散开，高步宽他们才动手给哼囔收尸。真是不见棺材不落泪，当他们看见躺在血泊中哼囔那长展展的尸体时，不由得一个个失声痛哭，数北山老家人哭得最恓惶。他们哭了一阵，看时间不早，就开始给哼囔收尸。不知道什么时候，涎水娃肖运来笑眯眯地站在面前。高步宽看见他那轻狂样子，气不打一处来，心想，你才把枣杆撂了几天，就忘了米是从谷里碾出来的，不想为朋友两肋插刀，也就罢了，为什么还要在人家遇难的时候幸灾乐祸！他故意走到跟前，用力把肖运来挤到一边说：好狗不挡道，挡道没好狗！肖运来不但不躲避，反而越说越来劲：我不指责你们也就罢了，你们还指责起我了，哼囔不得死叫你们要咒死哩！人家明明是大活人嘛，你们给人家收啥尸哩？高步宽不知道肖运来说的啥意思，一时愣在那里。肖运来说：不信，你们上前看看！结果没有拨拉几下，哼囔忽地坐起来，两手撑地直往后退，嘴里失声地喊道：我在阳间杀的是坏人，你们别把我下油锅！我在阳间杀的是坏人，你们别把我下油锅！高步宽耿诚信几个人以为哼囔变成鬼了，吓得转身赶快就跑。没有跑出多远，就听肖运来喊道：哼囔没有死，你们跑啥哩！肖运来这么一喊，他们又围过来看究竟。哼囔问：涎水娃，我真的没死？肖运来沉下脸说：你要是死了，我来干什么？哼囔眼睛瞪着，脸色很快变了：你说这话啥意思？肖运来说：检尸员检查以后，说枪手把你没打死，我是专门来给你补枪的！结果仔细一看，哪里是没打死，根本就没打上！说着掏出手枪打开枪栓，吓得大家伙儿大惊失色，不由得后退了几步。哼囔心想，刚才枪手把自己没打死，能多活这一阵子，已经很不错了，既然人家检查出来了，说明自己还有这屁时的寿数哩。这一次反倒很坦然，长展展躺在那里，想到屈虎子让他后心死的话，故意建议涎水娃：看在多年朋友的面子上，子弹不要打我脑袋，只管朝我前心打！说完便闭上眼睛，只等着肖运来补枪。肖运来突然锁好枪，插进盒子，双手拍了拍，哈哈笑着说：刚才沈文奎变了个苍蝇，趴在我耳边说，哼囔这狗日的，罪还没受够，阎王爷不收他！大家愣在那里半天回不过神来，肖运来这才说：我和你们开了个玩笑，哼囔压根就没进枪决名单，你们那天兴师动众送保书是原因；哼囔为革命做过工作也是原因。但是功是功过是过，功过不能相抵，他毕竟当过一段时间土匪，为了促使他痛改前非，也为了杀鸡给猴看，就决定让他来陪桩。今天陪完桩，就算给他把匪皮揭了。叫我没想到的是，这家伙壳子硬了一辈子，结果枪刚刚一响，被枪决的人还没有倒下，他这个陪桩的就吓成一摊稀泥了。大家扶起哼囔，哼囔拍着身上的土，看到自己尿湿了裤裆，笑着说：你说了个轻松，人家也没提前给我说陪桩，我能不害怕？就是说了，你来试试，那个王八蛋枪手故意对着我不停瞄准，手指头在扳机上试来试去，不吓个半死是假的！

西关枪声

哼囔从县上回来，又在镇子落下脚来，但是落脚和落脚不同。解放前，借住在涎水娃典的那间房里，涎水娃挎个烟匣子，早出晚归整天不着家，他是来无影去无踪天不收地不管，各忙其事，互不相扰，倒也自在。现如今，涎水娃荣升了副局长，镇子没了他的落脚之地，只好借宿在高步宽那里。尽管高家大小把他当自家人看待，一个人过惯日子的哼囔，老觉得这不是长久之计，便着手给自己张罗老伴。张罗来张罗去，就是张罗不出个结果来。因为他出身特殊，经历复杂，说是好人，要是把他逼急了，坏起来比坏人还坏；说是坏人，只要你能把他当人看，好起来比好人还好。加上没手艺没生意没地种没房住，哪个女人愿意跟他蹚浑水？

高步宽突然想到西门外骡马大店，跟他关系不错后脑勺留着半短白发的老贾头，儿子死了两年，自己风烛残年，寡居儿媳身单力薄，孙子还在吃奶。觉得这是个好落脚处，问哼囔愿不愿意。哼囔笑着说：只要能尽快有个落脚处，啥情况都不计较！没想到老贾头听说是哼囔，头摇得像拨浪鼓：咱这庙小，放不下那把把客！高步宽说：就因为是把把客，才给你提说这事来了，要是一脚踢不出屁的老实疙瘩，连你这门进都不进！老贾头不明白啥意思，高步宽说：你店里为什么这两年生意不好？老贾头说：你是哪壶不开提哪壶，我这老的老小的小，寡的寡孤的孤，镇不住那些乌龟王八，所以事情出得不停，不是偷东西，就是偷骡马，再不就是无缘无故打得客人血里捞骨头，谁就是胆子再大，也不敢歇我这店！高步宽说：有了把把客，你看他谁敢！老贾头说：你说这话，跟你不抬杠，但是，生意好了，最后全部成了人家的，还不如现在这不死不活，一天不管进入多少，起码全进了姓贾的腰包。高步宽说：你在世上，姓贾我相信，一旦不在世上了，就不一定姓贾了！母弱子幼，不说经营店了，日子能不能过前去，还是个问题。高步宽点到了要害，老贾头一下没话了。高步宽乘胜追击：我有三个办法，可以保证你这骡马店一直姓贾。一、保证让他把你养老送终；二、保证把你孙子养大，还不让你孙子改姓；三、日后他要不听你的话，你到我家踅躺顺卧净吃净坐！老贾头说：口说无凭，立字为据！高步宽趁热打铁，叫来耿诚信做中人，当着老贾头儿媳和哼囔的面，写好契约，然后大家签字画押。当晚在骡马店喝了和邻酒，哼囔就成了贾家的上门女婿。又过了半年，老贾头撒手人寰，哼囔就成了骡马店的老板。

哼囔过上了油和面的日子，街坊邻居和亲戚朋友很高兴，但是有一个人，却在暗中咬牙切齿恨之入骨。这个人就是无恶不作的周鹞子。周鹞子自从放出假死的消息，看到政府信以为真，很是得意忘形了一番。就在这个时候，又从眼线那里得到消息，哼囔不但死里逃生，又在一夜之间，有了老婆娃，有了骡马店，日子过得相当滋润，心里很不是滋味，老是盘算着伺机除掉他，可就是迟迟下不了手。说起原因，一个是政府知道他已经不在人世，怕公开露面自取灭亡；另一个是哼囔有了落脚，规规矩矩，从不胡跑乱窜，没有下手的机会。有好几次他打扮成歇店的想趁晚上动手，其中有一次都到了骡马店附近，结果发现情况不妙，多亏撤离及时，不然早就成了瓮中鳖。最近几个月来，感觉到政府好像把他忘得一干二净，想趁着这个时候，赶快除掉心头大患。而且越想越觉得，这个机会千载难逢，时不再来，甚至还做了最坏的打算。从目前形势看，自己躲过一时还有可能，想一直躲下去，连门儿都没有。他已经明显感觉到，由于剿匪和镇反风声越来越紧，好多老百姓已经和政府成了一个人，要是等到老百姓全部成了政府的人，自己插翅也难以逃脱。考虑来考虑去，收拾了哼囔不一定马上就死，不收拾哼囔终究免不了一死。与其束手就擒，不如鱼死网破！说句不吉利的话，哪怕收拾了哼囔当场被抓住，都比放过哼囔多活些时间好。他下定决心，世上没有卖后悔药的，要干必须尽快动手！

就在周鹞子自鸣得意准备对哼囔动手的同时，县公安局早已做了周密安排。一方面，继续传播周鹞子死亡的消息，麻痹他的思想；另一方面，加强侦查，严密布控，伺机抓捕。他们分析，周鹞子不除掉哼囔不会善罢甘休，所以一直在骡马大店周围埋伏设防。尤其是群众发动起来后，给政府提供周鹞子情况的人越来越多。县公安局这次行动就是根据群众的反映安排的。针对周鹞子罪大恶极、狡猾多变、反侦查能力强、不好对付等特点，经请示后决定，能活捉尽量活捉，不能活捉就当场击毙，绝对不能让他继续逍遥法外危害群众。为了确保万无一失，县上专门把这项艰巨任务，安排给与周鹞子打过交道的肖运来。

西关败落以后，到处一片破败景象。路南只剩下一个破破烂烂的骡马大店，原来那些房屋拆得无踪无影；路北是一片开阔地，开阔地的北端，有个六间宽、六间长、一丈多高的黄土高台。高台北边有六间长的土墙，豁豁牙牙，参差不齐，这里是财神庙大殿的遗址。镇子逢集，大殿遗址和马路中间这块开阔地，就成了人头攒动、热闹非凡的狗市，顾名思义，就是交易狗的场所。这里所说的狗，不是一般意义上的狗，而是渭北旱塬特有的撵兔细狗。狗市挪移之后，尽管这里已经成为混合市场，但不仅名称一直未变，狗市的影子还阴魂不散。不信你看，卖兔皮的身后背一串刚剥下来的、滴着血滴的兔子皮挤来挤去；兔肉摊子挂着故意不剔净兔肉，骨白肉红有头有尾工艺品似的兔子骨架招揽生意；身背褡裢的阉匠拄着大问号似的拐杖，拐杖头吊着一对风干的枣红色的叫驴睾丸晃晃悠悠；配种的双手背在身后，牵着凶猛威武剽悍壮实声音瘆人的种狗边看边走。

狗市的会刚刚圆起来，肖运来头上扣一顶烂草帽，穿着脏兮兮的衣服，很快来到骡马大店。哼囔看到他穿戴破烂，言辞闪烁，机警地问：今天是不是要抓周鹞子？肖运来说：让你小心，你小心就是了，问那么多闲话干什么！哼囔说：我是明人不做暗事，要是真的抓捕周鹞子，赶紧给我一把枪，不然你们拿他没办法！肖运来说：你是咸吃萝卜淡操心！哼囔知道自己犯了人家的纪律，打了一阵哈哈，趁他不注意突然问：要活口还是要死口？肖运来说：那当然是活口！哼囔说：要是抓不到活口咋办？肖运来知道上了这家伙的当，但是事已至此，只好据实相告，伸开手指比作八字样，狠狠往地下一点。哼囔心想，我原来说过，屈虎子是从前心死，结果没离地方，就叫我一枪从前心打死了。我还说过，周鹞子是从前后心死，只可惜我是没有这个机会了。

中午十二点，太阳火辣烤人，狗市进入高潮，叫卖声、呼喊声、讨价还价声，嘈嘈杂杂，不绝于耳。卖东西的、买东西的、闲逛的，摩肩接踵，熙熙攘攘。特别引人注目的是刘开科，周围密密麻麻围着老百姓，他顶着大太阳，鹤立鸡群一般踩在杌子上，一手拿着竹板呱嗒呱嗒不停地打着，一手拿个锯齿形的竹条，在竹板顶头嘚儿嘚儿“锯”着，晒得满头大汗，嘴角冒着白沫，一段又一段说着《婚姻法》：

男满二十岁，女长十八春，你我有情意，实行新婚姻。……

就在人们听快板看热闹买东西的时候，高度警惕的县公安局副局长肖运来，很快发现周鹞子头上扣个大草帽，帽檐四周耷拉着，出现在熙熙攘攘的人群中。他赶紧示意手下人员，准备按计划行动。结果，闲逛乱转的聋子染匠，看见肖运来穿着烂衣服，像兔子一样从身边一闪而过，见他连理都不理。心想，你肖运来不就是当了个烂屁公安局长嘛，有啥了不起的？见了这些熟鬼鬼子，还端起臭架子了。今天老子不抹洗抹洗你，你不知道啥叫目中无人！于是，故意涎水娃涎水娃不停地叫着。叫着叫着，开口就骂起来。骂起来就骂起来吧，谁知道他装聋子时间长了，养成了大嗓门的习惯，叫骂的声越来越高。周鹞子听见有人叫涎水娃，意识到大事不好，赶紧钻进人群拔腿撤离。肖运来知道聋子染匠暴露了他，眼看着周鹞子就要溜掉，赶紧举起手枪就要扣动扳机。突然哼囔像神兵从天而降一般出现在他面前，双手迅速握住手枪朝过一扳，只听叭一声枪响，子弹不偏不斜，将一个头上披破麻袋尖，拿着一副没有剔净红肉的兔子骨架的老者，从后心撂倒在地。肖运来吓得大汗淋漓，只见他脸色乌青，咬牙切齿，小声训斥哼囔：我看你是活得不耐烦了！哼囔赶紧松开手枪，站在一边也悄悄说：千万别吭声，他不是老百姓，真真正正是周鹞子！我要是不扳你，周鹞子逃之夭夭不说，今天这里还有可能躺两个尸首！

原来哼囔听见聋子染匠骂涎水娃，就知道要坏大事，赶紧跑出来看情况。多亏来得及时，要不然，后果不堪设想。等肖运来缓过神来，跑到跟前一看，死者是个毛胡子老头，根本就不是周鹞子。因后背中弹，长展展趴在地上，身边有一具兔子骨架，鲜血流了一地，血腥味很快弥漫开来。逛狗市的老百姓围拢过来看热闹。肖运来凶神恶煞般死死盯着哼囔。哼囔还是小声说：你再细细看看，要不是周鹞子，你立马毙了我！肖运来擦着头上的汗，硬是压下心头之火，弯下腰啪地翻过尸体，仔细查看着。哼囔撕掉死者的假胡须，肖运来这才看清，死者就是土匪头子周鹞子。再仔细一看，哼囔扳他手时，他本能地一抗拒，子弹虽然击中要害，但因为稍有偏移，并没有立即毙命。周鹞子奄奄一息，眼睛死死盯着哼囔，表情极其痛苦。哼囔很快明白了周鹞子的意思，便小声说：我想要他的命，还不想看见他受罪，毕竟同伙一场，赶快从心口补一枪吧，让他早些上路！肖运来还在犹豫不决，哼囔害怕周鹞子小看他，灵机一动便大声喊道：周鹞子罪大恶极，让肖局长再补一枪，好不好？周围老百姓齐声喊好。肖运来只好朝周鹞子心口补了一枪，周鹞子这才微笑着闭上眼睛。哼囔心想，自己当年说他前后心死，完全是为了震慑屈虎子，顺嘴随便那么一说，没想到，现在还真的按那句话来了。想来想去不知道啥原因，突然眼前猛地一亮，啥原因都不是，完全是他作恶多端的结果！

肖运来望着周鹞子的穿戴，心里疑惑：周鹞子明明戴了个烂草帽嘛，什么时候披上麻袋尖的？明明看见他没有胡须嘛，又是什么时候粘上去的？更没有看见手里拿东西嘛，这副兔子骨架哪里来的？哼囔看出了他的心思，还是小声说：周鹞子发现你追他，借着聋子染匠骂你的机会，赶快钻到人堆里，夺过别人的麻袋尖戴在自己头上，把自己的帽子扣在别人头上，又赶快掏出假胡须粘在嘴上，顺手从旁边摊子上抓了副兔子骨架，给你搞了金蝉脱壳之计。周鹞子看你上了当，又发现我来到你身边，很快掏出手枪放在胳肢窝下，眼看就要朝我扣动扳机。就在这个紧要关头，我看见你要打戴草帽那人，害怕伤及无辜放掉周鹞子，没办法给政府交差，我自己更不想死在周鹞子枪下，便一不做二不休才扳了你的手枪！肖运来再仔细一看，周鹞子的手枪就是夹在左腋下，右手食指还扣着扳机，立时吓得出了一身冷汗。便小声说：多谢伙计帮忙！哼囔一本正经地说：是你的枪法好，没有别人的事！说完很快拍着手大声说：肖局长的枪法太神了，一枪从后心要了土匪的命，感谢他为民除害！哼囔这一说，周围群众鼓起掌来。跟着肖运来执行任务的公安人员，忙着各司其职，根本不了解内情。

晚上聋子染匠邀胖勺子、瞎子五、柳拐子、地老鼠到骡马大店喝酒。大家问原因，聋子染匠说：到酒桌上你们自然就知道了。哼囔看到这情况，知道是聋子染匠的主意，但是还得装着不知道，热情地说：原来是几位恩人到了，不要说喝一顿，就是喝十顿，把你们恩情都谢不完！聋子染匠直摇头：哼囔哥，别看我们这些人不成样子，可个个顶天立地，不可能把你吃个没完没了。今天来喝你的酒，你知道，我也知道，等酒上了桌，我再给大家说。哼囔反应很快，拉着聋子染匠说：走，到房子挑酒走！来到房子，哼囔关上门，贴在聋子染匠耳朵说：你今天来是不是因为肖局长打死周鹞子的事？聋子染匠说：明明是你打死的，哪里是肖局长打死的！哼囔说：你真个活得不耐烦了，是肖局长打死的，我只是事后把枪拿在手里看了看，感谢人家为我除了仇家。聋子染匠纳闷起来：难道是我看错了？哼囔说：你就是看错了，我看人家枪的时候，枪已经响过了，你真的没听见？聋子染匠说：我要是听见，咋会出错嘛！哼囔说：啥话不说了，你一会儿就说是给我贺喜来了，因为肖局长给我把仇人除了！聋子染匠将信将疑地点着头，心里一直嘀咕，难道我耳朵不好使，眼睛也不好使了？

哼囔让老婆弄了几个菜，自己拿出了北山老家的拐枣酒。聋子染匠来了个开场白，大家就喝起来。喝酒期间，除了给哼囔贺喜，惊叹涎水娃的枪法，感谢共产党为民除害，更多的是对剿匪和镇反感到非常震撼。都说，别小看周鹞子今天挨的这一枪，比哼囔那一次陪桩震动大得多！啥原因？胖勺子解释说，一个是在稠人广众之中，一个是事先谁也不知道，一个是纯粹靠的好枪法；还有一个是，打死的是老奸巨猾罪大恶极非常难对付的土匪头子周鹞子！

忍疼割爱

镇子人把逢集不叫逢集叫遇会；把赶集不叫赶集叫上会；把集到高潮不叫高潮叫会圆。今天刚好镇子遇会，上会的人三三两两络绎不绝。会还没圆，沈文奎出了家门，汇入来来往往的人流中，去东南安前世家里办事情。刚好前边有个游走望子，晃晃悠悠一路朝东。“游走望子”，也叫“游走幌子”，也叫“游走招牌”，就是现在的“流动广告”。游走望子眼部涂着两片圆白色，头顶翻檐小丑帽，身着宽大短的兵卒戏装，格外显得细胳膊细腿。前后心缀着圆框大“碗”字。肩上是一米长的粗椽短担，前边留的担短，后边留的担长。前边担头双股麻绳，吊着特制大海碗；后边担头双股麻绳，吊着特制大花碟。右手牢牢抓着前边的麻绳，稳住短担和大花碗，左手握着小木棒很有节奏地，当当敲击着大花碗，嘴里咿咿呀呀用秦腔古调连说带唱：

古旌仕坊老碗店，东街路南有门面，油漆柜台金字匾，望子刺到街当间……

沈文奎虽然对这夸张有趣的望子和古韵古调的唱腔并不陌生，但是紧紧跟在身后，长时间近距离关注还是第一次，所以越看越有意思，越听越有味道，一直跟到东南安巷口才离开。

沈文奎进了东南安不久，街道里随即会就圆了。尤其是庙前里，人头攒动，摩肩接踵，犹如烧开的煎水锅滚汽圆。非常惹眼的是，一东一西有两个地方人多得挤疙瘩。一个是东边一天门底下茶水炉跟前的“搬闲噪”，一个是西边关帝庙隔壁北店子门台上的“说快板”。

“搬闲噪”是镇子人的土叫法，标准点儿叫口水战，形象点儿叫抬闲杠，通俗点儿叫鸡鸽仗。是镇子人在互相交往过程中，对争论鸡毛蒜皮一类话题的不屑冠名。按照镇子人的发音，应该念成“搬含嘈”。一言以蔽之，搬闲噪争论的话题，提不上串，够不着沿，当不了饭吃，顶不了衣穿。说得透彻点儿，就是胡吹浪谝。

可是，庙前里的搬闲噪，不能一概而论，它不同于左邻右舍为了鸡零狗碎事的红脖子涨脸，也不同于街头巷尾为了蝇头小利的吹胡子瞪眼，地点比较固定，骨干基本不变，时间常年不断，尤其是话题高端上档次。比如，奇闻野史、风流趣闻、早年逸事、当前热门等。别小看了这搬闲嗓，毫不夸张地说，从他们这里能捕捉到春秋战国百家争鸣的蛛丝马迹，能感受到历代思辨奇才者的仙风道骨，能想象出古时候稷下学宫擂台战的恢宏气象。只可惜因为曲高和寡，在一些讲究实惠的镇子老百姓眼里，仍然把它与那些提不上串够不上沿的低俗话题一样，统统打入当不了饭吃、顶不了衣穿的搬闲嗓一类。

早上一开市，镇子上那几个有闲时间、见多识广、争胜好强、喜欢论战，人们称作“肚子长牙（饱读诗书）”的人，与几个吃饭不管家事、乐于猎奇、爱看热闹、想听响声，人们称作“家里有嘎（钱）”的人，约定俗成地来到庙前里，通过斗言、斗智、斗法、斗文，直抒胸臆，张扬个性，挥洒才情。当然，也少不了临时加入进来的“散兵游勇”者，有在地里干完活扔下农具跑来“见缝插针”的，有在作坊干完活出来休息抽烟“忙里偷闲”的，也有字号里出来买完东西不想回店“顺手牵羊”的，还有在家里不想给老婆搭炭烧火找借口跑出来“偷梁换柱”的。赢者不赢房子不赢地，输者不输家当不输钱，他们享受的就是这个过程。争论双方在人圈中或坐或站，时而阐释观点，时而据理批驳，时而昂首问天。争论到激烈处，或烟袋锅咣咣互敲，烟灰四下纷飞，或一手拉袖一手点对方额头，唾沫到处乱溅。活脱脱两只斗红眼的大红公鸡，鸡头高扬，鸡冠血红，项毛撑伞，双翅响拍，声嘶力竭，镇子人叫他们鸡鸽仗再确切不过。

“说快板”本来没有什么特殊之处，但是经过刘开科苦心经营，也开始发生变化。过去，一直说的是党和国家的方针政策，现在，偷偷增加了姑娘开怀、小伙胡来、姐夫黏姨、干爸凌女、婊子无情、嫖客耍赖等内容；过去以说方针政策为主，现在是开头、中间和结尾说方针政策，有干部在场说方针政策，其他时间全说别的；过去是站在门台上自说自打，大家站在门台下被动接受，现在能根据现场的情况，尝试着现编现说；过去抛竹板一直是那老几套，现在也开始研究起新花样来。

沈文奎从前世老家办完事回来，走到一天门底下，看见茶水炉门前搬闲嗓的人不停地起哄，就围上去看究竟。这一围不要紧，原来两个搬闲嗓的像公鸡鸽仗似的，正在电闪雷鸣火花四溅地争论庙前里“庙”字的所指哩！

关于庙前里“庙”字的争论，就像世世代代恒久不衰，争论先有蛋还是先有鸡，白马非马等哲学命题一样，已经成了镇子人既古老又新鲜的话题。西半街人认为，既然是庙前里，肯定指的是关帝庙，哪有一天门的份儿？东半街人认为，一天门有门有庙，门庙相对，关帝庙望尘莫及！还有一些人比较公允，认为庙前里是个宽泛概念，已经不是专指哪庙哪门了，指的是两个丁字街口这一繁华地段。如果硬要较真的话，关帝庙、一天门兼而有之！尽管如此，多少年来，人们还要不厌其烦地、津津乐道地争论来争论去。事实也证明，这个老掉牙的话题，随着时代前进，能拓展开新领域，挖掘出新内涵。

庙前里是镇子的繁华地段。南街、北街都是丁字街，关帝庙、一天门各把一头，商店饭馆聚在一起，遇会人流锅滚，平时人不断头儿。在镇子人的心目中，它相当于县城的文庙，西安的钟鼓楼，上海的外滩，北京的王府井。

关帝庙，是庙前里西边的标志性建筑，坐北朝南，规模大，有特色。门楼两边的象鼻挺拔高大富丽堂皇，中间一脊两坡的屋顶豪华大气，主脊侧脊砖雕遍布，顶棚构图精美，大门两边两个大石狮，威风凛凛气势逼人。整个庙宇分两部分，一部分是供奉区，殿宇楼阁，雕梁画栋，如今神去殿空改作粮库；一部分是庙前区广场，场地平坦宽敞，戏楼雄伟壮观，现在成了戏园子。

一天门，是庙前里东边的标志性建筑，地处北街口，坐北朝南。顾名思义，它是一种门楼或牌坊的名称。有木雕、石垒、砖垒或者砖木石混制等。名字的来源有两种说法，一种说法是祝愿祈福，就是祈求吉祥渴望美好。人们建它具有很强的象征意义，把它当作攀登天梯的始发地，是人间到天堂的第一道关口。只要由此经过，人们就能得到心灵净化，觉悟升华，从而造福世人。还有一种说法是纪念表彰，就是追思故人弘扬功德。据说，南宋末年，蒙古监军王子铁木真，驻军川东要塞的璧山王来。一日率部从温泉沐浴回来，途经一汲水井，巧遇一女子，妙玉生香，才华不凡，部属便抢来献给王子。哪知过门刚一天光景，女子便自尽身亡。铁木真登基以后，为了追思这位女子，以她刚刚过门的那一天时间为纪念日，在汲水井旁边建了牌坊，赐名一天门。

镇子的一天门是木质的，四根并列的粗大木柱顶天立地，木柱用两道横梁连接，中间镶着门楣，上面支撑着重叠宏伟的斗拱群，斗拱群上面是三个歇山顶式的飞檐屋顶，呈品字形布局。四根木柱前后分别有四根斜柱支撑，下部有一人高两人宽的敦实厚重的耳形护柱石前后拥抱。一天门对面是一座庙宇，门前的砖雕玲珑剔透，传统式的屋顶超凡脱俗，朱红的门柱顶天立地，门柱上的楹联文采飞扬，门框上的木雕生动传神。整个建筑从前到后，是一间多宽一座高过一座的辉煌殿堂，依次供奉着木雕弥勒佛、泥塑元君、九莲菩萨、送子娘娘、眼光婆婆等诸位神灵。

镇子的一天门是哪种含义，已经无从查考。但是，有个传说流传至今。古时候，镇子有位名士建树颇丰，朝廷为了表彰其事迹，拨银修建了牌坊，名为“旌士坊”。相当长一段时间，镇子也以此为名。令人疑惑的是，旌士坊的名称流传下来，却没有旌士坊的任何遗迹。只有一天门这个木质牌坊，人们还能说得有鼻子有眼。究竟是旌士坊栖身别处，一天门古已有之；还是旌士坊摇摇欲坠，一天门借尸还魂；或者旌士坊毁于兵火，一天门原址新建等等，这一切已经成为历史之谜，如今只能按祝愿祈福的说法理解。

沈文奎听来听去，也没有听到他们争论的结果，由于有事在身，只好挤出搬闲嗓的人堆，急着往家赶。来到南街口的时候，刘开科宣传方针政策的快板声很快传到耳朵，一时竟弄不清现在没因没果的，他为什么不说那些七零八碎了？猛然一抬头，无意间发现前边晃悠着几个穿制服的人，这才恍然大悟。

> 旧社会，王法瞎，婚姻不能由自家。富人可以买俩仨，穷汉没钱难场扎。……

沈文奎听着听着，觉得有点儿不对头，也顾不得有事没事，一改往日那种矜持斯文，赶紧拉开步子豁开人群，往北店子门口一路挤去。挤到跟前把刘开科一把拽下台阶，小声在耳边说：能不能积点儿德？打人不打脸，骂人不揭短，高达就在拐角店坐着呢！刘开科正说到热闹处，对沈文奎这个莽撞的举动非常反感：你是狗逮老鼠多管闲事，我说快板哩与高达有啥关系？沈文奎说：俩老婆！刘开科猛地一惊，这才拍了下自己脑袋：我咋把这事情忘得一干二净！说完赶紧把竹板揣在怀里，说了声让我喝口茶去，豁开人群回到油茶担子跟前，挽起袖子帮着老婆卖起油茶来，但是眼睛不停朝拐角店瞄，发现高步宽真的在拐角店时，他好像犯了错误一样，低下头再没敢到处乱看。

刘开科这么自责是有原因的。最近，镇子为了贯彻新的《婚姻法》，对于一夫两妻，或者一夫多妻坚决进行清理，采取的政策是，政府动员，本人自愿，结合实际，男女两便。全镇子一夫两妻的一共有十家，大部分都是地主、资本家，就高步宽一家不是。除了三家因为当事人年事已高不便离婚，要求其他几家必须尽快行动。高步宽和那九家不同，成分不在地富范围之内，娶小老婆是为了生儿育女，不是讲排场图享受。所以政府对高步宽采取了比较宽松的政策。政府点到为止，本人自愿为主。说起是政府点到，不管是组长王金贵，还是妇女委员何可人，到了当面根本张不开口。原因很简单，还不是觉得高步宽为人正派，心地善良，自觉性强。

这几天，高步宽在家里把自己关在房子，睡又睡不着，坐又坐不住；在拐角店把自己关在掌柜屋，说又不想说，干又无心干。脑子反复涌现的是，渊家、枣花，儿子、女儿；女儿、儿子，枣花、渊家。少了谁都不成家，走了谁都舍不得！走上一个不行，一个不走也不行！硬是经过好多天痛苦、熬煎、折腾，才跺了脚，咬了牙，狠下心。这个时候的他，人明显瘦了黑了老了。离婚的决心下定以后，究竟离哪个比较合适，高步宽又犯起愁来。按理说，渊家没有子嗣，无牵无挂，让她离开再合适不过。但是，就是这个没有子嗣的渊家，没有功劳有苦劳，甚至苦劳比功劳还要大。可以说，渊家对高步宽，对高步宽这个家庭，做出了一般人想象不到的贡献，完全可以称得上生死相依，患难与共。

高步宽至今也忘不了他被土匪周鹞子绑票的事。当时，渊家很机智很冷静，一边稳住土匪拖延时间，一边搜肠刮肚设法救人。她很慷慨地给周鹞子派来的土匪承诺：家当零碎任你拿，土地房子由你挑！土匪说：我们是四海为家，浮财没办法带，底财给上一半就行！渊家说：要有底财早给了，就是因为这么多年挣的钱置了地，没有钱才给你说这话。我还不知道性命重要还是钱财重要？土匪说：那你就等着给高达收尸吧。渊家哭得一把鼻涕一把泪：能不能宽限几天，或向人告借或变卖家当，等我把钱凑下再说！土匪说：你准备凑多少钱？渊家说：这话不应该问我。土匪说：一千块光洋，或者二十两黄货！渊家说：只要能借到，不要说一千块，就是两千块也愿意给！土匪说：三天期限，不能再拖！渊家说：没问题！土匪离开后，渊家根本就没有借钱，而是去找哼囔想办法。哼囔想起周鹞子说过绑票的事，立马答应救人。

当时，周鹞子和哼囔关系不错。哼囔找到他说：高步宽那人，我知道，是个老实本分之人，所有钱财都是用血汗换的，底财和浮财加起来也没有多少。你这一票帮得不仁义，啥话不说，赶快把人放了！周鹞子面有难色：这个人你知底不知底，再有三天就成交了，眼看到手的生意，怎么能放手呢？哼囔想了想说：我说话你可以当耳旁风，但是兀家你不能不防呀！周鹞子说：这与兀家有啥关系？哼囔笑着说：兔子急了咬人呢，高步宽本来就没钱，你们把他老婆逼得没办法，人家已经找到西门里在兀家当团长的后生，这后生已经答应你要是不放人，他们马上带人来剿灭你们。到时候，见不上钱事小，要是把伙计们搭进去就划不来了！周鹞子知道兀家恨死土匪，更知道哼囔疾恶如仇，既然这人情不送不行，送给杀人不眨眼的哼囔，就等于送给了兀家那个团长！所以赶紧赔笑脸说：那个乳臭未脱的学生娃有什么害怕的，既然老哥能到兄弟这寒舍来，兄弟就把人情送给老哥！高步宽回到家，准备了几份厚礼，让哼囔送给周鹞子，此事才算了结。

渊家两兄长给高家跑生意挣钱，赔上老二性命的事，高步宽啥时候想起来，啥时候心里难过得像针扎。

当时，渊家看到高步宽生意忙得拉不开栓，提出让两个哥哥帮忙。高步宽就让两人到省外替他跑生意。一再叮咛，要奉公守法，公平买卖，不要贪图小便宜，生意所得三七分成。两人干得很卖力，生意也跑得不错。一天，弟弟给哥哥说：和咱俩一块儿跑生意的河南人，这两年发得不像啥了。哥哥问：人家做的啥生意？弟弟说：黄货和大烟土。哥哥吐了下舌头：不要说妹夫不愿意，国法也不允许！弟弟说：马无夜草不肥，人无外财不发。哥哥说：那咱把命搭进去咋办？弟弟说：人的命天注定，胡思乱想不顶用。该有你的阳寿，你想死阎王爷都不收；不该有你的阳寿，你不想死，阎王爷也会把你拽走。哥哥说：那你说咱俩试试？弟弟说：那我可有言在先，因为本钱是妹夫的，钱挣得再多，咱俩和妹夫依然是三七分成，咱俩的三成二一添作五。万一赔了，咱再挣钱给妹夫还，绝对不能让妹夫蚀本。两人信誓旦旦，一拍即合。在那个河南人的帮助下，两人干了三年，不光高步宽财源广进，两弟兄也发了家。直到老二在外地被抓杀头，高步宽才知道他们做的是黄货和大烟土的生意，追悔莫及。好在事发外地，老二又好汉做事好汉当，根本没有牵扯到哥哥和妹夫。

新中国成立前后这段时间，渊家的贡献更是功不可没。高步宽发了大财，原本想多置点儿房子地，渊家害怕人家说闲话，引来不必要的麻烦，劝高步宽耐住性子，说馍不吃在笼子放着。当时典当凶宅鬼屋兴盛宫就是例子，之所以由买到当，由一人当变成两人当，都与渊家有关系。尽管高步宽发了财，因为置的地亩不是很多，加上房子又是没人要的凶宅鬼屋，就这还是和人合伙当的。在定成分的时候，五怪又帮着说话，咋定定不上去，最后只好定了个小土地出租。定完成分以后，渊家又不失时机地建议高步宽，赶紧买田置业。高步宽先是扩大拐角店的股份，接着置了几十亩地，又拴了一挂大车一挂轿车，养了骡子马，那群羊圈在羊肉馆子，随杀随添。正好这个时候，苏有志生意不太好，把钱让粮食占住了周转不开，不得不向高步宽告借。渊家的意思是，也别说借了，把兴盛宫买下，给他补二百块钱。高步宽说了渊家的意思，苏有志连忙拱手感谢：我有这想法，就是说不出口。没有多长时间，买地的人多起来，地价长得很快，又是渊家做主，卖掉几十亩地。结果就是这一卖，就赚回多一倍的价钱。拐角店的杂货生意也不错，前两年增加的那点儿股，已经把本钱全部赚回来。大车和轿车除了自家用，还出租给别人挣钱，没出一年天气，也收回了本钱。

想到膝下的两儿一女，高步宽更是感激涕零。按说，他是准备抱养孩子的，压根就没想娶二房。可是渊家不行，虽然自己不生育，天下有生育的女人嘛。人家能娶二房，高步宽为啥就不能娶？硬是在渊家的一再坚持下，才有了膝下这两男一女。归根到底，主意是渊家拿的，功劳都是渊家的。现在，高步宽的日子如日中天，就是说破天也舍不得让渊家离开！

说起枣花，相比较而言，没有像对渊家那么纠结，但是心里也放不下来。要从母子连心来说，就是让渊家离开高家十回，枣花一回都不应该离开，因为骨肉分离是人间最悲惨的事情！但是人间除了骨肉亲情，还有情义二字。如果从情义上说，要离开的只能是枣花，要说这种做法有点儿亏人的话，也只能是亏枣花了。从眼前看，是拆散了他们母子，从长远看，枣花不管走到哪里，三个儿女永远是枣花的亲生。就是她重新跟个人，因为能够生养，还能继续生儿育女，到啥时候都不会孤单。如果把枣花留下，让渊家离开，他既开不了这个口，也狠不下这个心。其他姑且不说，就从不能生养说，渊家留在这家里，还有这两儿一女，不是亲生，情同亲生！一旦跨出这个门槛，光不能生养这一样，她就成了真正的孤苦伶仃了。说句不好听的话，就是嫁个有先头儿女的主儿，这妖娘的名声好背不好背，就不说那话了，关键是渊家这下半辈子有受不完的窝心气，流不完的伤心泪！高步宽好不容易拿定主意，等他准备向枣花提说时，竟然也遇到了和王金贵、何可人同样的问题，说啥就是张不开口。

竞相出走

不是一家人不进一家门。凡是能够成为一家人的，不光长相性格有许多相似之处，就连为人处世待人接物也有比较一致的地方。渊家和枣花就是这样，毕竟与高步宽夫妻一场，耳濡目染潜移默化，不可能不受到他的影响。这些天高步宽尽管没有给她们说过什么，但是她们能够看到王金贵、何可人进进出出的身影，能够感受到社会舆论千斤般的压力，也能够观察到高步宽坐卧不宁的烦躁情绪以及那憔悴的面容和消瘦了许多的身体。所以还没等高步宽正式向她们提出，姊妹俩已经多次私下交换意见，都主张自己坚决离开，对方无论如何要留下。而且此话一出，各持己见，矢志不改。商量来商量去，谁也说服不了谁，只好互相约定找高步宽表明态度。

这天吃过早饭，高步宽像往常一样，坐在厅房方桌左边的圈椅里，一脸严肃，眉头紧锁。他准备利用出门前这段时间，把渊家和枣花叫到面前，说完离婚的事情拔腿就走。谁知道刚要张口，又不好意思起来，只好稍作停留，酝酿酝酿情绪再说。没想到就在这个时候，渊家和枣花主动围拢过来，渊家坐在右边圈椅里，枣花抱着女儿水秀坐在渊家旁边杌子上。高步宽还没弄明白怎么回事，渊家先开了口：掌柜的，别为难了，只有我走了好！我是光杆一人，无牵无挂，一了百了！枣花有儿有女，打断骨头连着筋，无论如何走不得！渊家刚说完，枣花就抢着说：姐，你坚决不能走！凡事有个先来后到，你含辛茹苦这么多年，高家现在种的这地，住的这房，用的这家具零碎，哪一样没有你的操劳？如果让你离开，就是过河拆桥，就是卸磨杀驴！我生养儿女不假，要是没有你，我就不可能进高家门，就不可能有儿有女！还不要说你为三个儿女，抓屎抓尿，管吃管穿，情同亲生。人常说，养恩大于生恩。无论从哪方面说，只能是我离开。渊家也不让步：凡事不能光讲先来后到，还要讲轻重缓急。我来得早我没累赘，你来得晚你有牵挂。不管咋说，要留的只能是你，要走的只能是我！

高步宽看事已至此，忽地站起来，很威严地说：听我的，还是听你的？渊家还要争辩，又一次被高步宽制止了：渊家，你现在啥话都别说，赶快给枣花准备嫁妆，我这两天就给她找下家，只要她能看上，立马打发她出门！说完，高步宽害怕控制不住自己的情绪，流出眼泪难为情，赶快转过身去，背着手，仰着头，看着房顶不说话，让涌到眼眶的泪花尽快散失掉。枣花听到这话，眼泪唰地下来，不由得把水秀搂得更紧了。枣花之所以泪水涟涟，并不是嫌高步宽让她离开，而是觉得和孩子分离，就是立刻马上的事情，下意识表现出的一种母性本能。

渊家扑通跪倒在地，朝背手仰头的高步宽不住磕头：掌柜的，我知道，你害怕我离开孤苦伶仃，其实，你是多余操心，就我这心胸、性格和为人处世，根本不可能走到那一步！让我离开再合适不过，下半辈子不管我走到哪里，都忘不了你对我的好！当初，我能让你娶枣花进门，完全是为了高家好，我现在决定离开，也是为了高家好！因为我离开割舍的是夫妻情分，枣花离开不光要割舍夫妻情分，还要割舍骨肉亲情！就看在老夫老妻的分儿上，不为个谁，为了高家，为了三个孩子，千万不敢让枣花走！说完放声哭了。

枣花看见渊家这般情景，把女儿推到一边，也赶紧跪在地上，抱住渊家不松手，哭着说：姐，不要说为孩子的话，也不要说为高家的话，要离开也只能是我离开，我不但不恨你，还要替高家谢你呢！不说你过去对高家的功劳，就是我来到高家这些年，你为高家所做的事情，我看得一清二楚！现在，高家离开你不行，离开我没有啥。姐，我求求你了，为了高家，也为了你，不要再和妹子争了！说着，又转过身给背过身的高步宽磕起头来：掌柜的，你的想法是对的，也不要你准备嫁妆，也不要你找下家，为了能留住我姐，我现在就收拾东西走人！水秀看见妈妈哭得鼻涕一把泪一把，不由得也放声哭起来。

高步宽猛地转过身来，态度极其坚决地说：没有你俩多的嘴，我安排到哪里，你俩做到哪里！说完回了房子，咣地关了门，倒头平展展地躺在炕上。这个时候他才意识到，当初说完还想一走了之，现在看来，根本不是那么回事，害怕万一发生什么不测，根本没有心思去拐角店。

渊家站起身，用手掌根擦干眼泪，赶紧把水秀搂在怀里，哄了一阵。又扶起枣花：胡加啥热闹，你现在走，往哪里走？老老实实在家待着，要是敢走出这家门一步，看我怎么收拾你！她把水秀推给枣花，给，赶紧把娃照看好！枣花离开的决心已下，赶快接过水秀，紧紧搂在怀里，泪水又止不住往下淌，好像马上就和孩子分别一样。

渊家回到房子，等情绪平静下来，就意识到，既然掌柜的已经做出了这样的安排，自己要是不采取断然措施，只凭哭哭闹闹下跪求情，枣花离开的现实是无法改变的！为了迫使高步宽改变主意，她只能变被动为主动了。冷静想了想，唯一的办法是快刀斩乱麻，必须赶快回到娘家去，自己给自己找下家，尽快一嫁了之。她赶快擦去眼泪，悄悄收拾着衣服和日常用品，最后在带不带“高记”金元宝上犹豫了一会儿。犹豫的结果是，这是高家的镇宅之宝，甚至是命根所在，只能留在高家！她打开柜盖拉开抽屉，小心翼翼把“高记”金元宝，端端正正放在抽屉正中间，然后双手合十，很虔诚地作了三个揖，就在她盖柜盖的时候，眼泪又哗地流下来。以什么理由出这门，又使她作起难来。因为她面对的是心地善良的枣花，要是她一旦发现自己的意图，就很难出得了这门。她搓着双手，迈着小脚，在脚地来回走步子。突然，想到高步宽要她办嫁妆的事，便很快有了主意。于是抹去眼泪，停下脚步，简单准备好包袱，就出门去找枣花。厅房不见人，又去房子找，还是找不见，接着又去后边灶房找，果不其然，枣花就在灶房忙活。她小声给枣花交代：不管咱俩谁走，嫁妆都是少不了的，要不咱一块儿到庙前里看看嫁妆去？枣花不挡吧，又想挡，总害怕渊家是给人家自己买；想挡吧，又挡不得，万一渊家要是给她枣花买，咋办？所以只好顺水推舟：要去你去吧，我洗完锅碗，还要看娃哩！渊家看这一关过得很顺利，又假装上茅房，最后一次把这个屋子，从前到后，仔仔细细看了一遍，这才到房子拿了包袱，趁人不注意，赶快溜出门，去了渊家堡娘家。走了一路，眼泪流了一路。

渊家的为人处世，枣花再了解不过了。她觉得渊家能去看嫁妆，起码说明两个问题：一个是不管谁离开，离开一个人已成定局，而且离开高家就是这几天的事情；一个是渊家这么急着去张罗嫁妆，绝对不会是替她枣花去置办的，因为这么做就等于渊家口是心非，急着赶她枣花走。所以渊家能一个人去看嫁妆，说明人家自己离开高家主意已决！在这种情况下，自己要是不赶快离开，万一掌柜的要改变主意，会愧对渊家一辈子的。但是到什么地方去呢？枣花一时犯起难来。猛地一想，没有地方去，并不是说没有地方躲，不如先去骡马大店哼囔那里躲避一时，以后的事走一步看一步。于是她把东西简单收拾了一下，就把儿子、女儿叫进房子。先是把水秀抱了又抱亲了又亲，从怀里掏出糖块塞给她，不知不觉泪流满面。她强忍着眼泪往肚里咽，一点儿声音都不敢出，只害怕睡在炕上的高步宽听见。放开水秀，又一手抱一个儿子轮番狂亲起来，还没掏糖块泪水又像开了闸。特别要命的是眼泪流着流着，还抽抽答答哭起来。一想到要保守秘密，赶快紧紧咬住嘴唇，甚至咬得嘴唇有了血印。心里默默说，妈妈就要离开你们了，听大妈和爸爸的话……想到这里，又担心夜长梦多，赶紧掏出糖块一人手里塞一块，强忍着泪水推开孩子，小声哄着说：妈给你到灶房拿馍去！出了房子，一手拎包袱，一手捂嘴，低着头轻手轻脚出了门。

孩子们只顾吃糖块，不知道枣花离他们而去，根本没有什么反应。等吃完糖块没有什么玩了，先是两个哥哥出去到前边房子找大妈。结果，推开渊家门，房子没人，又出来到灶房找。两个哥哥一走，水秀在房子也待不住了，也去找大妈，到大妈房子不见人，以为哥哥去了灶房，没停又往灶房跑。谁知俩哥哥不见人，又去了后院。结果水秀到灶房不见两个妈妈和两个哥哥，便哭着出来。两个哥哥听到妹妹的哭声，赶快从后院跑回来。哭成泪人的妹妹说：两个妈妈都找不见了。妹妹一哭，惹得两个哥哥也哭起来。

高步宽躺在房子炕上，只顾想心事，外边的急剧变化，竟然一无所知。开始听到哭声，并没有太在意，因为有渊家和枣花在，哄哄也就没事了。没想到，孩子哭声越来越大，高步宽只好胳膊肘撑起身子，半躺着喊道：渊家，把孩子哄哄！又躺下睡了。结果渊家没应声不说，孩子哭声不但没有停下来，反而越哭越厉害，越哭越撕心裂肺，甚至嗓子都有点儿沙哑。高步宽觉得很奇怪，心想，平时根本不用叫，只要听到孩子哭，两人争先恐后。今天到底是怎么了，自己这么催促，竟然一点儿动静也没有？这才不得不坐起身子，对着窗外大声吼了一嗓子：渊家，咋还不见管娃？这一声吼过，依然是没有人应声，依然是孩子撕心裂肺的哭声。这一次高步宽喊完没有完全躺下，而是胳膊肘支在炕上听动静。当听到仍然没有任何反应时，赶快坐起身两手撑着炕面，三下五除二挪到炕边，靸上鞋扑踏扑踏出去看情况。

几个孩子哭得已经没劲儿了，看见高步宽好像看见救命稻草一样，一齐扑到高步宽面前，抱腿的抱腿，拉衣服的拉衣服，哭着喊着要大妈要妈妈。高步宽想哄哄不住，想走走不脱，只有原地站着喊了渊家喊枣花，喊了枣花喊渊家，声音都快喊哑了，还是没有人应声。这一下高步宽急了，赶紧钩上鞋，抱起女儿水秀，领着两个儿子，边安慰他们边找两个妈妈。两个房子、灶房、前后厅房、两个后院，角角落落找了个遍，连个人影也没找见。这个时候，高步宽心里发毛了，这两个人究竟干什么去了？要是出去没有什么事情还好说，就是害怕她们一时想不通，干出什么傻事来，那麻烦可就大了。想到这里不但哄不住孩子，反倒自己眼睛也湿润了。实在没有办法，便领着三个孩子来到大门口，叫来对门耿诚信。耿诚信看到这情况，边蹲下身哄孩子，边埋怨高步宽：这是咋㞞弄的嘛，咋让娃哭成这了？高步宽说：啥话别说，赶紧把登菊和腊梅叫过来，先把娃哄住，我再给你说咋回事。耿诚信叫来登菊和腊梅，很快把三个娃哄住了。高步宽说：你俩先把娃领过去，等我和耿达说完事，再说咋办。两个女人领着娃离去后，高步宽才说了事情经过，说完着急地说：你去找枣花，我去找渊家！

渊家改嫁

渊家回到娘家，见到娘家哥，说了事情经过。娘家哥说：高步宽这人够意思，只是你自己要离开，到哪里找高家这样的门楼，找高步宽这样的人品？渊家说：哥，只问你一句话，我这么做对不对？娘家哥想了想说：当然是你离开比较合适，枣花拖儿带女，咋好意思让人家骨肉分离？只是咱替人家考虑，谁替咱考虑？渊家说：你只要认为对就行，多余话就不说了，赶紧托人给我找下家，我现在就去坡底村舅家躲躲，不然，我掌柜来找我咋办？说着渊家拎起包袱便走。娘家哥挡住说：你总得喝口水呀！渊家取掉他的手：再不走，就来不及了！说完拎着包袱像贼撵一样，拧着小脚噔噔噔走了。娘家哥望着妹妹离去的背影，只觉鼻根一酸，差点儿掉下泪来。

娘家哥的难受劲儿刚刚过去，正要准备出去找本家族人商量渊家的事情，看见高步宽进了门，便装作什么都不知道，故意问他干啥来了。高步宽上气不接下气：我要和枣花离婚，你妹子不愿意，硬要自己离开，你看她傻不傻？娘家哥说：原来是这事情，这还不好办，她离你不离，谁能把你咋了？高步宽哭笑不得：我就是不愿意离，才专门找她来了。现在啥话别说，赶紧叫渊家跟我往回走，三个娃在屋里闹活得不行！娘家哥说：她不在有枣花哩，还有啥不行的？高步宽说：枣花也跑得不见人了。娘家哥说：那你还不赶紧去找！高步宽说：我已经说过让枣花走了。娘家哥说：那你把枣花留下，让我妹子离开吧。高步宽感到很惊讶：渊家是不是你亲妹子？娘家哥说：渊家人讲的是大理，要是遇事只考虑自己，我妹子绝对不会离开高家！高步宽说：我不管大理小理，赶快叫你妹子跟我回去！娘家哥说：她就没回来，我让谁跟你回去？高步宽哭笑不得：哄人都不会哄，她要是没回来，你能说出这些话来？说完，自己在屋里找起来。找来找去找不见，只好求他说：好我的哥呢，你到底把她藏到哪里去了？娘家哥说：我妹子又不是物件，我能藏得住吗？

耿诚信火急火燎，到处跑着寻枣花。该找的地方，不该找的地方，找来找去，不知道找了多少遍，连个人影也没见到。无奈之下，只好来到城门外边转边找。转着转着，抬头看见哼囔圪蹴在骡马大店门口，一口接一口地抽纸烟，就跑过去拉闲话。哼囔问耿诚信：你这大忙人，还有时间到城外来转？耿诚信说：转屁哩，我是寻人来了。哼囔说：寻人哩，寻谁哩？耿诚信说：高达哥家出事了，两个老婆全跑得不见人了！哼囔说：到底出了啥事？耿诚信这才说了事情经过。哼囔听了很感慨：高达这人太讲义气了，本来是渊家离开比较合适，他怕对不住渊家，硬要让枣花离开。谁知道渊家考虑到三个儿女，想留下枣花，非要自己离开不可。没想到枣花和渊家是一个想法，害怕渊家离开，自己便一走了之。耿诚信听了这一番入情入理的话语，没有佩服他的判断力，却从中看出了端倪，恍然大悟，双手一拍：这么说，你知道枣花的下落？哼囔故意说：我知道不知道，与你有啥相干？

耿诚信不以为然：你说了个轻松，高达哥叫我找人呢，我找不见人，回去咋给高达哥交差哩？哼囔说：交不了差，他能把你吃了？耿诚信说：吃是吃不了，关键是我心里过意不去。哼囔说：既然是这样，赶紧找人去，我还忙着有事呢。说着转身要进骡马店。耿诚信拉住他说：你不说出枣花的去处，今天要是能走脱，我不姓耿！哼囔说：吃屎的还把拉屎的箍住了，高达哥叫你找人呢，又没叫我找，你箍着我弄啥？耿诚信看哼囔不帮忙，故意给他来了个激将法：你俩还讲究是朋友，他能在关键时候帮你忙，你就不能在关键时候帮他忙？我现在算看清了，你哼囔也是好了伤疤忘了疼的人！说完气呼呼就走。这一回，哼囔反而被耿诚信感动了，赶紧拉住耿诚信说：我可以告诉你枣花的去处，但是你必须给我说实话。耿诚信说：什么实话？哼囔说：你是真为高达，还是假为高达？耿诚信说：你看你说的啥话，我什么时候给高达办过空空事。哼囔说：那你说说，她俩到底是谁走了好？耿诚信说：这还用说，当然是渊家走了好。哼囔说：这话你敢不敢在高达面前说？耿诚信手摞手比画说：谁不敢说，谁是地上爬的四条腿！哼囔这才说：那你回去给高达哥说，枣花在我这里。

耿诚信进了城，看见高步宽去了他家，便加快脚步往家赶。一进门看见高步宽站在厅房下，冯登菊和寇腊梅领着孩子玩耍。赶紧来到厅房说：枣花在哼囔那里。高步宽说：那你为啥不叫她回来？耿诚信说：人回来简单得很，关键是你要拿好主意。正在这个当口，冯登菊说：枣花要是走了，几个娃怪可怜的！寇腊梅也插话说：还是渊家走了好，一个人无牵无挂。耿诚信这才说：哥，我思前想后，你这一回主意没拿好，谁走都不应该叫枣花走！高步宽说：哼囔是啥意思？耿诚信说：他也不想让枣花走。高步宽想了想说：你叫哼囔赶快到我家来，我在家里等着你俩！

耿诚信叫来哼囔，三人坐在高步宽厅房，边喝茶边说话。哼囔说：我知道你对嫂子心思重，更知道你对孩子心思重。咱现在啥道理都不讲，就从把孩子养大说，要留只能留枣花。说完看了看耿诚信，意思是该他说话了。耿诚信说话算话：不要说，你对嫂子心思重，我和哼囔也对嫂子放不下，要是没有三个孩子，我们也舍不得让嫂子走！你刚才看到了，咱们三个加上登菊、腊梅，一共五个人，就有四个人是这意思。啥对啥错，还用我连吃带喝。高步宽说：不光你们四个，她娘家哥也是这意思。哼囔说：那你还不赶紧另拿主意！耿诚信说：叫我赶紧把枣花叫回来，省得她在骡马店流眼泪，几个娃在我那里流眼泪。高步宽冷不丁地说：我是说话哩，不是放屁哩！直到现在高步宽还坚定地认为，自己原来的想法是经过深思熟虑的，特别是刚才自己在心里，用人老几辈子的“四避”原则套了套，要多有理有多有理。从轻车避重车说，枣花分量重，没有他对渊家情意重；从炭车避瓮车说，伤了枣花伤筋动骨，伤了渊家伤天害理；从牛车避马车说，枣花年轻，来日方长；渊家年长，人生苦短；从贱车避贵车说，长为尊，嫡为贵，幼为卑，庶为贱。尽管枣花占着母以子为贵，渊家可有妻以夫为荣！更何况，说出的话，泼出的水，哪能说变就变？要是东倒吃羊头，西倒吃猪头，一时一个主意，今后怎么做人，如何做事？所以他是这么安排的，让枣花走是变不了的，但是现在不能走，也不能这么无声无息地走！等他把渊家找回来，给枣花找个不错的下家，高高兴兴、风风光光打发她走！想到这里，高步宽无比坚定地说：不需要你俩参加任何言语，只管按我说的去办！哼囔，你现在回去给枣花说，赶快回来啥话不说，要是再敢偷偷往出跑，不但要让她哭着出门，还让她永生永世见不到几个娃！诚信，你一会儿买点礼当，先到渊家堡跑一趟，要是能把渊家叫回来，哥给你有重赏！说完独自一人回了房子。

哼囔回到骡马店，给枣花交代完，去了洋车市场。枣花很听话，到耿诚信家领回孩子，乖乖回到家，不哼不哈，干着她应该干的事情。高步宽听见枣花回来，啥话没说，就去拐角店忙活生意去了。

耿诚信来到渊家堡说明来意，娘家哥很认真地说：耿达，咱俩将心比心，你说我妹子离开高家好，还是留在高家好？耿诚信说：当然是留在高家好。娘家哥说：这就对了嘛，那你知道不知道，我妹子为什么不回去？耿诚信说：这我咋知道？娘家哥说：就是因为高家对渊家好，渊家也应该对高家好。高家三个后人是大事情，不为这个不为那个，就为了高家这三个后人能有个亲妈，你就让高步宽无论如何把枣花留下。我正在给我妹子找下家呢，到时候很快把她嫁过去！耿诚信这个人就是这样，尽管被渊家人感动得不能自已，尽管自己的想法和高步宽背道而驰，但是他还要不折不扣地忠实执行高步宽的意图。所以很坚定甚至还有点儿要赖地说：反正我是领人来了，不是和你讲道理来了；领不到人，我就住在这里不走了。很明显，耿诚信想用自己的诚心，像感化哼囔一样感化眼前这位娘家哥。娘家哥知道他这么做，完全是受人之托、忠人之事，所以也不和他计较，好像没事一样，该干啥还干啥。两个人一直僵持不下，高步宽见时间已经很晚了，才派人把耿诚信从渊家堡叫回来。

高步宽听到娘家哥给渊家找下家的事，说啥也坐不住了。送走了耿诚信，就匆匆赶到骡马大店，要哼囔无论如何明天一大早到渊家堡跑一趟，坚决阻止渊家的这个举动。高步宽来骡马大店以前，还以为这事情难度大，哼囔不会接受这个差事，万万没想到，人家不但愿意接受，还一再表示肯定能马到成功。

第二天，哼囔换了新新一身，吃过早饭，碗一推，嘴一抹，骑着新买的英国老蓝翎去了渊家堡。他之所以答应得这么痛快，行动得这么迅速，像耿诚信一样是对高步宽的忠诚。不过，他的忠诚和耿诚信的忠诚不同，耿诚信忠诚是忠诚，但那是不辨是非的愚忠。哼囔正好相反，他一样也是忠诚，但可不是不顾眉眼的愚忠，他知道高步宽做法欠妥，为了高步宽今后的日子，不但不会落实他的意图，反而是专门为了颠覆他的意图去的。所以，他找到高达的娘家哥，没有劝他交出渊家，而是打听渊家找下家的事情。当他听说渊家自己已经在坡底村找好了下家，准备明天自嫁自身时，便很快跨上车子离开渊家堡，两脚没命地蹬着，屁股蛋左右拧着，直奔坡底村而去。当了解到确有其事时，竟高兴得给渊家说：你不要急着嫁，我回去给你掌柜说，给你找个比这更好的。渊家说：我掌柜不愿意，咋办？哼囔说：那我是吃干饭的？

哼囔告别了渊家，跨上车子又是一路狂奔。看见高步宽站在门口，把像风一样快的车子吱一声刹到他面前，气喘吁吁，直喊大事不好。说渊家找的这家人如何如何贫寒，男人咋样咋样不成器，渊家要是嫁过去，后半辈子就等于跳火坑了。哼囔这一手非常灵验，高步宽听了大惊失色，心想，眼下再要继续挽留人家，就等于逼着人家跳火坑，不想让人家跳火坑，只有给人家另找下家！所以他也不问真假，也不说咋办，赶紧让哼囔掉过车头带他到坡底村。害怕渊家嫁错人家追悔莫及，见面一句不提挽留的事，一再劝阻说：这样的人家，千万不能嫁，我保证给你找个好落脚，风风光光把你嫁出去。不然，我死了也闭不上眼！

高步宽从坡底村回到镇子，找一家他不满意，又找一家还是不满意。最后选中了镇子以东魏家庄叫魏发财的人家，老婆暴病身亡，有两儿一女，大儿叫魏双文，小儿叫魏双武，女儿叫魏双全。征得渊家同意，又让魏发财立了字据，保证后半辈子善待渊家。渊家正式改嫁时，高步宽给了五亩地和一些金银细软。渊家什么都收了，就是没有收“高记”金元宝。

渊家改嫁后，高步宽把她的房子原样保留，任何人不准占用，就连随便出入也不允许，钥匙一直由他亲自拿着。他把沈文奎放大的渊家相片摆在柜盖上，把“高记”金元宝原样放在板柜抽屉，每隔一段时间进去关上门坐一会儿，或躺一会儿，一个月至少睡一晚上。或坐或躺或睡，都要拿出“高记”金元宝来，和相片放在一起，默默和渊家对一会儿话。枣花非常理解，打扫晾晒一人操持。

高步宽要枣花把渊家当成亲姐姐，过年过节必须带着儿女去拜年走亲戚。高步宽自己每隔一段时间，也要抽出时间，带着儿女去看渊家。儿女进村以后，自己等在村口大槐树下。渊家送儿女到村口，嫌他不进家门。高步宽说：我到你村口，就等于进你家门了。后来，渊家后夫魏发财知道了，还专门到村口请过高步宽。高步宽答非所问：我在村口转着眼界宽展，你让娃们坐坐赶紧出来，我回镇子还有事呢！渊家后夫看高步宽执意不肯，只好作罢。

聋子赎妻

瞎子五、柳拐子、聋子染匠和地老鼠，搬出城门洞，住进剃头铺那座大宅子，高兴劲儿就别提了。这一天，几个人当着王金贵的面，先感谢共产党毛主席，再感谢高步宽、王金贵。感谢完，聋子染匠突然说：这样的日子会不会长久？王金贵说：现在没灾没祸的，说这丧气话干啥？聋子染匠说：昨天晚上在庙前里戏园子看哑巴（无声）电影，听人说斯大林死了！王金贵说：没说咋死的？聋子染匠说：苏联天气冷得太，斯大林一个人晚上出来偷着看电影，没戴帽子受凉死的。王金贵说：苏联能人多得是，死了四大林还有五大林，还不要说在咱中国，只要毛主席精神，好日子就完不了！瞎子五不以为然：想那么多干什么，过一天是一天！柳拐子说：今日有酒今日醉，明日没酒喝凉水！地老鼠说：人的命天注定，胡思乱想不顶用！聋子染匠听了这些话，琢磨起自己的事情来：借着新社会铲除丑恶现象，不出钱赶紧把翠仙领回来。不然，再要回到旧社会，就是拿上现钱，老鸨也不会放人！

第二天一大早，聋子染匠来到窑子，老鸨听说是领翠仙回去，笑脸迎着，软话说着，香茶奉着，好烟递着。聋子染匠太实在，老鸨对他一好，就不知道姓啥为老几了，便实话实说：本来我要拿钱来赎的，钱没攒够是原因，新社会不兴要钱也是原因，所以请你老人家不要见怪！老鸨听了笑得咯咯咯，手在他身上拍拍打打：看大侄子说的那落后话，这一解放，不要说你觉悟提上去了，我觉悟也像起火（蹿天猴）一样猛往天上蹿，赶快别说钱不钱的话了，只说准备啥时候结婚，我让翠仙穿戴打扮好，等着坐你的八抬大花轿，听你的全活响器，穿你的九身衣服！聋子染匠喜出望外，赶快表态：明天上午我来抬人！老鸨笑着说：八抬大轿少一抬，各种响器少一样，三单三夹三棉少一件，我可不让人上轿！聋子染匠拍着胸部：这还有啥说的！

当天晚上，在剃头铺拉闲话，聋子染匠说了娶翠仙的事。柳拐子说：老鸨是不是说反话呢，她要是不爱钱，狗都不吃屎了！聋子染匠赌咒发誓：社会变了，老鸨也变了。瞎子五说：老鸨给你用计策哩，不信你看，肯定像墙上拔木橛，摇去呼噜哩，拔去拔不下。聋子染匠看几个人拧拧跐跐不痛快，并没有意识到事情的复杂性，反而认为这几个伙计想图好处，便答应事成之后，让他们摸翠仙奶头。这几个看劝不下，勉勉强强点头同意。各种响器很快凑齐，三单三夹三棉很快买好，八抬大轿还真不好办。当时，娶媳妇普遍都坐的是四抬轿，八抬大轿根本找不到。无奈他只好花大价钱，临时凑合了八抬大轿。第二天，便雇人抬上八抬大轿，拿上九件衣服，又是唢呐，又是锣鼓，吹吹打打来到窑子。结果，窑子门上面贴了封条，写着“镇人民政府封”。柳拐子说：你看，老鸨变了没变？聋子染匠辩解说：这是镇政府封的，不怪人家老鸨！瞎子五说：你是不见棺材不落泪！

过了没几天，聋子染匠又去了窑子。老鸨一把鼻涕一把泪：政府这一封，封得客人不敢来，封得姑娘没生意，再这样折腾下去，我就要关门回家务农呀！聋子染匠说：那我这事情还办不办？老鸨又哭着说：你光知道办你的事情，咋不问我这生意咋办呀！说着又是一把鼻涕一把泪。聋子染匠还想问什么，被旁边一个伙计拉到一边：你是不是真想办这事？聋子染匠说：谁能拿终身大事开玩笑？伙计说：好可怜的你呀，你想翠仙想疯了，翠仙不想你是枉然！聋子染匠问咋回事，伙计说：翠仙看生意做不下去，已经自嫁自身了，今天中午就要上轿出门。聋子染匠赶紧问：人在什么地方？伙计说：在东街陈家巷东边第一家。你就坐在门口死等，什么话都别说。因为是偷着嫁人，没陪客送客，没乐人响器。等人家出门的时候，你掀开盖头赶紧把人叫走，然后告老鸨买卖婚姻，你就能和翠仙自由结婚。

聋子染匠按照伙计的交代，准时来到陈家巷东边第一家，悄悄坐在门外看动静。一直等到快吃中午饭的时候，还没见狗大个人从屋里出来。等得又急又饿，眼里直冒金星。就在他实在等不及的时候，一个穿着全身红的女子，迈着轻盈敏捷的碎步，顶着红盖头从门里一摇一扭走出来。聋子染匠又饿又渴，目光恍惚，越看红衣女子越像自己的翠仙。赶快跑过去一手拉住红衣女子，一手揭掉红盖头。结果发现根本不是翠仙，知道大事不好，赶快撒腿就跑。紧跑慢跑只听后边喊了一声：咬！不知道从哪里窜出一条大狼狗，呼一下扑上他身死死咬住胳膊不松口。要不是路过的好心人帮忙打狗，他受伤的就不只是胳膊了。

聋子染匠伤口稍微好点儿，胳膊用白布条吊在胸前，气势汹汹来到窑子。没等他兴师问罪，老鸨凶神恶煞，原形毕露：又干啥来了？聋子染匠晃着那只胳膊说：干啥来了，你自己知道！老鸨说：你不小心咋把腿弄坏了，我能知道啥？聋子染匠说：我这胳膊要是腿的话，你说话就是放屁了！老鸨说：你再敢嘴里不干不净，小心我叫人撕扯你嘴！聋子染匠说：你不骂我，我会骂你！老鸨说：快羞你先人去，你嘴上没骂人，手里做的那事，比骂人还可憎！聋子染匠说：我手里做啥事了？老鸨说：你还想做啥事？光你像土匪空手套白狼，我看你就是个势利小人！我只说解放前有土匪呢，没想到已经解放了，有人比土匪还厉害。喂个鸟还要撒把米呢，不要说一个大活人了。何况，翠仙还是我的摇钱树，光凭红口白牙就想把人领走，这是不是土匪干的事情？聋子染匠说：你把话说清楚，是你红口白牙答应我领人的。一次是高高兴兴，一次是哭哭啼啼！老鸨生气地说：哪里有你这号傻瓜蛋呢，我给你伤脸呢，不是给你挂匾呢！我看你这东西来者不善，就想教训教训你，让你灵醒点儿，谁知道你这记吃不记打的傻瓜蛋，一次折了财，一次伤了腿，到现在还不灵醒！实话告诉你，我第一次给你用的是“司马笑死人”，你看我喜眉笑眼的，我笑的是你这个可笑之人！怎么样，是不是自己折了财还要怨别人？第二次给你用的是“刘备哭荆州”，你看我哭得一把鼻涕一把泪的，赔本生意谁能笑出来？结果你伤了腿还不知道是怎么回事！撒泡尿把你弟兄俩照照，你弟兄俩才经了几年世事，我走的路比你弟兄俩过的桥都多！你知道我是干啥的？我承认我是开窑子卖肉的。你知道吗？镇子把卖肉的叫架子呢！什么才算是合格架子，不光能卖肉，还要能杀肉。比如，卖羊肉的要能杀羊，卖猪肉的要能杀猪，卖牛肉的要能杀牛。我卖的是人肉呀，不用说，我肯定能“杀”人，而且还“杀”的不是一般人。你想想，能来我这里“吃”人肉的人，除了你跟你哥只知道瞎眉子实眼地吃，不知道吃饱了放碗的傻瓜蛋外，多数人都不是一般人。我“杀”他们跟捻死个蚂蚁一样，还不要说你这号傻瓜蛋了！聋子染匠说：你说得再好，那是旧社会，现在新社会了，你再杀不成人了！老鸨哈哈一笑说：我说你是傻瓜蛋，果不然你是个傻瓜蛋！难道旧社会人是人，新社会人就不是人？实话给你说，只要世界上有人，就会有男人女人，只要男人女人身上长玩意儿，旧社会是男人压女人，新社会还照样是男人压女人！你今后要记住，只要男人想压女人，女人想让男人压，我们这一行就少不了！聋子染匠说：照你这么说，新社会拿你们就没办法了？老鸨说：这与你没关系！聋子染匠说：我的意思是说，我还能不能把翠仙领回去？有钱领人，没钱滚远！老鸨说，婊子没情，嫖客无义。窑子和衙门是一回事，天下衙门朝南开，有理没钱别进来；世上窑子为挣钱，有情没钱快滚远！

聋子染匠离开窑子，走在街上没精打采，不知道下一步咋办好。刚好耿诚信到东街办事，看到聋子染匠胳膊受伤，精神萎靡，愁眉不展，便挡住问情况。聋子染匠害怕人看见笑话，就把他拉进跟前一个巷道，鼻涕一把泪一把说了事情的经过。耿诚信想了想问：老鸨没说要多少赎金？聋子染匠说：原来说是二百块大洋，现在没说多少。耿诚信说：前两年我帮老鸨做过两笔生意，我回去给老鸨写个二百块大洋的欠条，你拿上给老鸨说，我原来借过你哥的钱，你哥写信要我帮你赎回翠仙，原来的账目一笔勾销，她肯定会给面子的。实际上要不了多长时间，用不着我还钱，政府就会让她停业关门。聋子染匠觉得这是个好办法，赶紧擦掉眼泪鼻涕，跟着耿诚信来到他家。耿诚信写好欠条，聋子染匠揣在怀里就去窑子领人。

耿诚信送走了聋子染匠，正在为自己的主意高兴，碰上回来取东西的高步宽，没等人家叫他，就高兴得跑到对门说了写借条的事。高步宽听了愁眉紧锁，他觉得老鸨毕竟在江湖上混了多年，头脑和眼光多少还是有的。应当承认，致家刚刚打下江山，像开窑子这种事情，肯定要连根铲除，只是因为没有腾出手来，这些人还能苟延残喘一阵子。老鸨就是个老油子，是见钱眼开、有奶便是娘、有钱不认奶的人，一定会利用这个断档时间，能捞钱尽量捞钱，绝对不会白送人。现在聋子染匠送欠款条，她能拿到现钱，给你人不成问题，要是拿不到现钱，就是天王老子写欠条，也不会买你的账！他现在担心的是，不买账还好说，就害怕她立马给翠仙打坏主意！

想到这里，高步宽撇下耿诚信，赶紧来到骡马大店，给哼囔说了聋子染匠的事。要他赶紧骑车到县上跑一趟，让县公安局肖运来副局长帮聋子染匠一把。同时带上他，路过撂到镇政府门口，自己亲自去报案。哼囔啥话不说，蹬上老蓝翎，带上高步宽就走。

高步宽推测得没错，老鸨拿到耿诚信的欠款条，高兴得眉开眼笑，要他在家等着，等她和耿诚信当面说好以后，就可以把人领走。聋子染匠刚出前门，老鸨恶狠狠地咬着牙齿：你有你的张良计，我有我的过墙梯！她很快将耿诚信的欠款条揉成疙瘩扔在地上，还朝纸疙瘩上呸了一口唾沫：擦尻子还嫌硬邦邦的！接着找来几个打手，让他们把翠仙蒙上眼睛，堵上嘴巴，捆住手脚，卖给北山一个瞎子。几个打手拿上东西，进了房子，没有捆人，而是交换了眼色，便悄悄关上门，准备轮奸翠仙。就在他们扒翠仙衣服的时候，翠仙使出了浑身力气，一边拼死反抗，一边呼喊救命。老鸨害怕出人命，眼看到手的银钱落了空，硬让他们打开门。看到这场面，生气地挨个打耳光，但是嘴里还说得很好听：你们把我女子高高兴兴送到染匠那里，回来一人给你分个姑娘，想弄多长时间弄多长时间！说完，头一摆使了个眼色，那几个打手很快将翠仙捆了个结结实实。不管老鸨表演得如何逼真，翠仙始终不相信。她也知道聋子染匠来了好几次，老鸨嫌不出钱始终不放她。今天能让人捆她，肯定是为了大价钱，不是把她卖给跛子，就是把她卖给瞎子！她心想，既然我嫁不成染匠，活在这世上还有啥意思？想到这里，趁几个打手不防备，一头向墙上撞去，霎时鲜血如注。老鸨害怕出人命，赶快让人往医院抬。刚抬到门口，被公安堵住出不了门。原来高步宽到镇政府报案后，镇政府立即让公安包围了窑子。当公安了解到真实情况，同意他们抬翠仙去医院治疗，但是必须接受公安监督，不能随随便便离开。

哼囔赶到县公安局肖运来办公室，肖运来看到他上气不接下气，笑着问：啥风把你吹来了？哼囔赶紧说了聋子染匠的事，要他赶快回镇子上解决。肖运来说：这事情县上已经做了部署，全县开窑子的只有县上和你们镇子，我估计你还没回到镇子，取缔工作就已经开始了。哼囔说：你是不是和我开玩笑？肖运来说：这么大的事情，我能和你开玩笑？

哼囔回到镇子先来到高步宽家。高步宽说：涎水娃就是说话算数，你还没回来，公安就把窑子包围起来，把老鸨和妓女全部带到镇政府去了。多亏报案及时，不然，聋子染匠那相好的，就让老鸨高价卖给北山一个瞎子了。哼囔说：这一回这事，不是涎水娃说话算数，就像瞎子五吹的《喜鹊闹枝》一样，是放屁去了踢了个响尻子，碰了个合茬！高步宽听了事情经过，咧开嘴只是笑。哼囔问：翠仙人呢？高步宽说：这个女人也算个烈女，知道老鸨给她没打好主意，就撞墙寻死，多亏抢救及时，现在已经没有什么危险了，聋子染匠已经把她接回剃头铺了，过几天就要正式登记结婚。

后巷奇闻

这天，后巷子突然传来一桩奇闻，一直是活死人的张继祖，下身竟然硬了起来。尤其神奇的是，还使守活寡的王彩琴怀了孩子。消息传出，晴天霹雳，舆论哗然。更为紧急的是，张家这一门的族长张子善，不问青红皂白，要把王彩琴吊在梁上执行族规。何可人听到消息，急急火火找到王金贵：赶快朝后巷子走，那里快出人命了！王金贵说：你说什么，谁家出人命了？何可人这才说起事情的来龙去脉。

后巷子张姚氏的大儿子张继祖，因为摔了个仰八叉，成了一个炕上吃炕上拉的活死人。这一下，小儿子张继宗和儿媳陈石榴，心里高兴得不知道说什么好。他们觉得，张继祖现在的寿命不过是三天两后晌的事，大不了人死了花点儿葬埋钱，这两院青砖到顶明亮亮新崭崭的大瓦房，自然而然就会两碗折一碗，全部成为他张继宗的家产。这个好梦没有做多少日子，母亲提出要给张继祖娶媳妇冲喜，说不定大儿子在媳妇的伺候下，还能苏醒过来。张继宗两口说啥也不同意，明面上理由很充分，哥哥既然成了这样子，说明他今辈子就是这命，千万不敢祸害人家大姑娘。暗地里却打着自己的小算盘，彩礼婚宴花销铺排不说，关键是害怕万一把活死人伺候醒来，要是添个一儿半女，自家就得不到这份家产了。张姚氏把这些看得一清二楚，骂他们见利忘义，骂他们蛇蝎心肠。硬是不顾他们的反对，在族长张子善的主持下，连订带娶吹吹打打，把媳妇娶进门。媳妇叫王彩琴，原来在娘家有心上人，因为拿不出高额彩礼，父母硬是拆散了他们。结果婚是结了，喜是冲了，儿子病情不见好转，还有加重的趋势。看到这种情况，张姚氏又起了心事，一天到晚就怕儿子死了。她不是害怕失去这个没用的儿子，是因为后巷子有个规矩，凡是死了人必须有孝子顶纸盆，如果没有孝子顶纸盆，就要把死人厝尸家里，等有了孝子，才能举办葬礼入土为安。当时，张姚氏还指望小儿子赶快生个一儿半女，老大就不会因为没有孝子顶纸盆埋不到地里了。可是小儿媳陈石榴肚子不争气，结婚多年一直没有动静。

最近不知道怎么回事，传出王彩琴身怀六甲。张继宗和陈石榴认为，哥哥是活死人，除了吃喝出气，拉屎尿尿，没有任何知觉，不可能和王彩琴同房。断定王彩琴怀的这个孩子，肯定是别人的野种，便义愤填膺怒不可遏地说给母亲张姚氏。他俩原以为母亲张姚氏和他们一样，会咬牙切齿恨之入骨。万万没想到，人家不但不咬牙切齿恨之入骨，反而心花怒放笑逐颜开，认为这个孩子就是大儿子张继祖的，竟然指责他俩胡说八道无事生非！并且一再警告他们，从今往后不准怀疑这个事情，更不能给外人随便乱说，不然就吊死在他们面前。夫妻俩尽管当面答应了张姚氏，但是一回到家里，就感到无比恐慌。不光是害怕拿不到老大的家产，更为可怕的是，假如他们要是一直不生育，自家这份家产还有可能两碗折一碗，折到活死人张继祖名下。正是这种切身利益的强烈驱使，夫妻俩这才把王彩琴怀孕的事，偷偷报告给族长张子善。

曾经甲长、族长一身兼的张子善，解放后当不成甲长了，便专司族长一职。张子善听了张继宗两口的叙说，想到王彩琴的一贯表现，头摇得就是不相信，让他夫妻俩该干啥干啥去，千万别拿这种事情糟蹋人。夫妻俩点头瞪眼咧嘴咬牙跺脚砸拳赌咒发誓，这事木板上钉钉铆窍上揳楔千真万确。张子善看到夫妻俩言辞恳切态度坚决，也开始对张继祖的能力心生疑惑。为了安抚他们，也为了安抚族人，顺便也消除自己心里那丝疑云，硬是逼着张继宗两口拿证据。夫妻俩说破天就是拿不出证据来，所以张子善一再言明，如果拿不出证据，我断到哪里，你们认到哪里！两人完全应允。张子善这才打发人叫张姚氏和王彩琴来他家过堂。最先叫来的是张姚氏。张子善问：你知道不知道王彩琴怀孕的事情？张姚氏说：知道。张子善问：孩子是谁的？张姚氏说：我继祖的。张子善问：继祖是那样子，连同房都成问题，怎么会有孩子？张姚氏说：你咋知道不能同房？人家两口同房，总不能叫你族长站在脚地看！张子善问：继祖下身能不能硬起来？张姚氏说：硬不起来，彩琴能怀孕？张子善问：就是能硬起来，能不能翻起身？张姚氏说：活人还能叫尿憋死，继祖压不成，彩琴还坐不成？

张子善想笑不敢笑，觉得事情已经问清楚了，就让老人家回去叫王彩琴过来。张子善见王彩琴进了门，为了避免瓜田李下，叫自己老婆来作陪。张子善进行了简单的问话以后说：你敢保证肚子这孩子是张继祖的？王彩琴说：蒸馍底是实的，包子底是虚的，为啥不敢保证？张子善说：你俩是怎么同房的？王彩琴说：你咋和你老婆同房，我就咋和继祖同房！张子善问：他下身能不能硬起来？王彩琴说：硬不起来，我能怀孕？张子善拍着桌子说：大胆淫妇，还不从实招来，你男人是个活死人，下身就不可能硬起来，这孩子分明是外姓人的！转过脸吩咐老婆，快叫几个侄男子弟来，把这个不守妇道偷情养汉的淫妇给我吊起来，非把她肚子的野种打下来不可！临走故意使眼色提醒老婆，叫人的时候不要声张，小心张姚氏听见了。老婆完全理解他的意思，故意在张姚氏门口呜儿喊叫，果不其然张姚氏听了个一清二楚。就在几个侄男子弟要把王彩琴朝房梁上吊的时候，张姚氏突然破门而进。看到这种情况，不容分说一头撞向张子善。张子善没有防备，被撞得一屁股坐在地上。几个侄男子弟赶紧放下王彩琴去扶张子善。张姚氏拧过身跑上前，抱住王彩琴死活不松手。并且警告他们：谁要是再敢动我媳妇一指头，我一头碰死在房柱上。张子善也寸步不让：谁要是敢阻挡族里执行族规，就连谁吊起来一块儿打！

张姚氏见寡不敌众，觉得硬碰硬阻挡不住人家，只好边纠缠边琢磨办法。就在这个时候，听见柳拐子在门外边说：看到继祖媳妇哭得跟红眼姑姑似的，心里怪不好受的！就是“红眼姑姑”，提醒了张姚氏，她很快改变了口气：他族长大，你要积德行善哩，红眼姑姑救了一条蛇，坐化成仙，万民敬仰；彩琴怀的是条人命呀，你打小产了，就不怕遭报应？红眼姑姑说的是古时候，当地有一村妇，成天围着线笸篮修线头。有天去地里挖野菜，看到一个蛋，无遮无盖，害怕被糟践，便拿回家暖在线笸篮。结果暖出来竟是条蛇，母亲叫她扔掉，她不但不扔，还害怕母亲扔了，边修线头，边日夜守候。蛇长成以后，趁她去解手，便衔着线头，一路朝北山疯跑。她发现后顺着长线，哭着一路追赶。来到北山根的石块边，蛇很快钻到下面洞里，她跑得筋疲力尽，顺便坐在石块上歇缓，结果羽化成仙。母亲顺着长线找来，气得指头在她额头戳了个坑。当地人不但用纯金填了坑，还给她修了庙宇，因为羽化时两眼哭得通红，就叫红眼姑姑庙，从此香火不绝。张子善心里本来就有想法，加上张姚氏这一提醒，便中止了行动，只是和张姚氏打口水仗。

王金贵听了叙说，脸色煞白无语，赶紧跟何可人往后巷子跑。一进后巷子，张子善那座四间宽的很有档次的没落大院，便映入了他的眼帘。此时此刻，那院子在他心目中越发威严越发阴森。这座没落大院，虽然经过多年风吹日晒，雨淋土溅，灰头土脸，仍然能够从中看出当年的辉煌。临巷道四间大房，除门楼这间，其余屋顶全部拆除，留下的磨砖围墙，厚重、坚固、精致。东边这间门楼，设计考究做工精细。漆黑的双扇大门坚实厚重，如今已经变成了浅灰色，留在上面的黑油漆，斑斑驳驳像扭曲的布纹一样。门槛很高，门脚两个石鼓饱满圆润，趴在石鼓顶端的小石狮，四肢舒展活泼灵动，只可惜被人摸成了黑青色，好在白色的刀纹深陷其中，看上去活脱脱像阴刻线条的拓片一般。镶嵌在大门两边的砖雕对联，陈旧破损，依稀可见。上联是：向阳门第春常在，下联是：积善人家庆有余；横批是：耕读传家。迎门的厢房边墙上，有一方砖雕围成的土地堂，镂空的砖雕，精巧细致，生动活泼。西边那间是个露天茅房，中间两间空着，方砖铺的地上，摆放着花花草草。门房后边，分别是东西四间厢房。厢房后边是一座厅房，高大宏伟，做工精美。厅房后边的建筑全部拆除，后院越发显得深邃宽敞，里边的树木挺拔高大，郁郁葱葱，遮天蔽日。

王金贵怀着忐忑不安的心情，来到张子善门口，门外边已经围满了人。张继宗和陈石榴双手叉腰，怒气冲冲，看见王金贵、何可人拨开人群要进门，赶快挡住去路，没好气地问：盐里没你们，醋里没你们，你们进去干啥？王金贵说：我俩进去干啥不干啥，你两口管不着！陈石榴辩解说：我们管不着，能在这里挡你？实话告诉你，何可人刚才一露面，我们就知道她要给你通风报信，族长专门叫我挡的就是你俩！王金贵边往前挤边说：我在西门里还没被谁挡住过，难道族长还能大过组长不成？话刚说完，张子善把门开了个缝，阴沉着脸站在门里，冲着王金贵说：这里是族里不是组里！王金贵说：听你的意思，好像族里比组里大？张子善说：谁大谁小我不管，我只管谁对谁错！王金贵说：女人怀娃，天经地义，有什么错？张子善说：寡妇怀娃是不是错？王金贵说：人家明明有男人呢，为啥说人家是寡妇？张子善一时答不上来，只好说：我还要执行族规呢，没时间跟你磨闲牙！说完咣当一声关死了门。王金贵在门外气得瑟瑟发抖：你也是当过甲长的人，把事情没弄清，咋能随便动用族规！王金贵说他当过甲长，纯粹是打比方说道理，没有一点儿其他意思。没想到张子善犯了心病，认为王金贵故意揭他的短，气得在门里怒吼道：我当过甲长咋啦，不是我这个甲长和高步宽忙前忙后，你老当家能顺顺当当埋到地里？你才来了三天两后晌，就不知道姓啥为老几了！你要是个明白主，赶快离开，不然，可不要说族里这些侄男子弟的拳头不长眼睛！夹在人窝里看热闹的柳拐子，悄悄在王金贵耳边说：强龙不压地头蛇，赶紧回去搬高达叔，不然王彩琴就惨了！王金贵这才明白过来，给身边的何可人悄悄说：你在这里看着，不敢让出人命，我现在就去叫高达叔过来。

王金贵见到高步宽，无比气愤地说了张子善执行族规的事。高步宽听了心想，寡妇怀娃不怀娃，张子善执行不执行族规，纯粹是人家族里的私事，你这个组长管得那么宽干什么？所以，不热不冷地说：该管的管，不该管的甭管！王金贵这才明白过来，自己反应确实过度了，便缓和了口气说：按说，这是人家的家事，组里可管可不管。但是他们快闹出人命了，组里再不去管，村里追究下来，我吃不了兜着走！还有一点，贤侄明着给你说，王彩琴和我过去爱死爱活的那个姑娘，同名同姓同样遭遇，看到她我就想起了那个姑娘，不由得就把她当成那姑娘了。高步宽这才噢了一声：那张姚氏是啥态度？王金贵说：张姚氏为了保护王彩琴，跟族长拼起命来！高步宽嗯了一声又问：那张继宗是啥态度？王金贵说：这事情就是张继宗两口挑起来的。高步宽说：我问的是张继宗，不是陈石榴！王金贵说：张继宗是男人家，肯定没有陈石榴激烈。高步宽心里有了数，婆婆死保，为了留后；弟媳死告，为了家产。接着又问：你是啥态度？王金贵先是一愣，接着赶紧说：我不是说过了，作为组长，不想出人命；作为邻居，不想让好人受冤枉！

高步宽心里盘算着，王彩琴之所以能够怀孕，不外乎三种情况：一种是张继祖确实化腐朽为神奇，一种是婆婆死缠活缠迫使王彩琴就范，一种是王彩琴自找的。不管是哪种情况，王彩琴在这种情况下怀孕，旧社会是万万不允许的！同样，王彩琴这种婚姻，新社会也是万万不允许的！本来在贯彻《婚姻法》时，何可人建议，解救王彩琴，让人家重新找对象。王金贵不同意，意思是多一事不如少一事，张继祖来日不长，等水到渠成以后再说；不要弄得鸡飞狗上墙猪嫌狗不爱，万一张姚氏想不通，出了人命不好收场。综合这几方面的情况，王彩琴怀孕的事情，只能按张继祖的孩子处理。一是有这个可能，二是张姚氏和王彩琴都很认可，三是方方面面都有这个共识，四是张继宗两口有说词没证词，五是可以免去一切难以预料的麻烦。高步宽感到疑惑的是，自己都能想到这里边的窍道，经常给人说是了非的张子善不可能想不到，那他为什么一上来就要霸王硬上弓呢？又一想，张子善能这么做，是不是欲盖弥彰，最后等走完过程，再把烧把头交给组里，自己就不担什么责了？想到这里，心里一下豁亮起来。赶紧给王金贵说：张子善那人你知道嘛，能挽起袖子撕破脸皮弄事，已经很不简单了！

王金贵不知道高步宽的意思，也不想知道他的意思，只害怕去迟了王彩琴有啥闪失，嘴里老是催得不停点。高步宽这才不紧不慢地出了门，回头一看王金贵跟在后边：你跟着我干啥？王金贵感到莫名其妙：到族长家去！高步宽说：你在家等着，我和族长私下说好了，你再出面来得及！王金贵无奈地双手搓着脸，很不情愿地停下了脚步。

张继宗和陈石榴看见高步宽，电杆似的朝族长门口移动，赶快挡在门口横眉瞪眼凶神恶煞。何可人走上前给高步宽说：现在还听不来啥动静，双方在里边僵持着，就害怕他们把张姚氏弄到一边，王彩琴就要倒霉了。高步宽仰着头，一脸严肃。说他没听吧，站在那里眼睛扑闪扑闪；说他听着吧，脸上根本没有任何表情。这时候，又是柳拐子故意吼了一嗓子：高达叔，你老人家干啥来了？张子善在家里听见高步宽在门外，赶紧打开门说：高达，我正忙着呢，你干啥来了？高步宽说：你要是闲着，我才不来呢！张子善豁开张继宗两口，把高步宽拉进去，边往房子让，边给几个侄男子弟大声交代：把人给我看好，千万不能让跑了，等我出来再收拾她！

两人走进房子，高步宽说：还看的是老皇历，真个是甲长当不成了，拿这个没多大用处的族长，当正经事地干开了！张子善说：好我的老兄呢，囟门没长严的王金贵糟蹋老弟哩，你也来糟蹋老弟了！高步宽心想，我不糟蹋你，你长进不了！原来当甲长的时候还差不多，像男女之间这种剪不断理还乱的事情，本来是明明白白的，还要故意往糊涂的办呢，现在干了个烂尿族长，本来是糊里糊涂的事情，咋硬往明白的办开了？所以故意戗他：你这么明白的人，咋能在糨子锅里打搅团？张子善完全明白高步宽的意思，也据理力争：这说明你对老弟了解得不完全，就说继祖媳妇这事情，我心里明得跟镜子一样，一个是生不了娃的怀了娃，一个是能生了娃的怀不上娃，对于我们张门来说，以保住娃为原则！一个是要娃不要命，一个是要家当不要娃，在这两者之间，以不出人命为原则！你说，我说得对不对？高步宽说：还算那么多年甲长没白当！既然这样，为什么还要拿麦秆当拐棍？张子善说：你的意思我清楚，不光你知道新社会族长是个啥不顶，我也明白新社会最不顶啥的就是我这个族长。但是也不能一概而论，咱不想用它的时候，它确实是个啥不顶；想用它的时候，多少还能顶个啥！继祖媳妇这事情，我要是撒手不管，谁也说不出个啥，但是弄不好会惹出人命来！为啥这么说，因为尽管现在是新社会，人的头脑还在旧社会。所以直接让组里或者村里处理下来，不管是啥结果，有可能大家嘴上不敢不服，但是心里绝对不服。还不是因为越过了族长这一层，留下了很多议论空间，从而使一些人有空子可钻。为了能有个既明白又糊涂的结果，我现在先把明白往糊涂的办。等组里接手以后，再把糊涂往明白的办。最后我和组里上下一结合，一定会把事情办得明明白白、糊糊涂涂。这样一路明白倒糊涂、糊涂倒明白，倒来倒去，大家就不会说三道四口服心不服了。我现在正把明白往糊涂的办呢，你这一来，我的任务就完成了！高步宽说：那我就不明白了，既然你是这态度，王金贵来为啥油盐不进，闲话生多？张子善说：就他那态度，没叫人打他还算留了面子！高步宽说：是因为态度吗？还是因为卖石灰见不得卖面的，担柴的见不得拉炭的？张子善说：咱是有身份的人，面子重要，行当倒算个啥！再说，我要是一接手就把明白的办成糊涂的，因为过场没走完，应该糊涂反倒糊涂不了，不应该明白的反倒明白了，这里边的窍道，你老兄难道不清楚？高步宽心想，不清楚就不到你这里来！嘴里却说：有话直说！张子善说：婆媳那边不能叫出人命，弟媳这边不能不叫出口恶气！我这个做法就是想让弟媳这边先把恶气出了，才能保证婆媳这边下一步出不了人命。高步宽说：那我现在就叫王金贵过来？张子善心想，你高步宽是聪明人，我张子善也不是糊涂蛋，我为啥拉满弓迟迟不射箭，还不是等着人家来接手？谁知道人家来了，一个字不提接手的事，一个劲儿摆他那组长的臭架子。现在刚好有了台阶下，他便很爽快地表明自己的态度：来可以，但不能要态度。高步宽说：这还有啥问题。说完抬脚要走，张子善拉住说：你走啥，叫个人跑腿就是了。高步宽说：怎么又糊涂起来，车走车路，马走马路，你的任务眼看就要完成了，我的任务已经完成了。说完取开张子善的手扬长而去。何可人见高步宽出来，问：你们没说这事咋办？咋办是你们的事！高步宽只走不歇。高步宽刚离开后巷子，张子善哐一声关死了门，然后高喉咙大嗓门吼道：各位侄男子弟听着，你们哪里都不要去，等我从茅房尿一泡回来，咱们就把这母子吊起来狠狠打！张子善进了茅房，就没有尿尿的意思，而是站在那里侧着耳朵听着门外的动静。

王金贵又一次来到族长家门口，张继宗和陈石榴依然鼻子不是鼻子眼睛不是眼睛，摆出一副大打出手的架势。何可人赶快迎上去，说她差点儿忘了，前两天打听到一种神药，能解决他俩生娃的问题，借着取药很巧妙地引开了他们。王金贵很有礼貌地朝门里喊：族长叔，金贵给你赔不是来了！张子善听到王金贵的声音，赶紧从茅房出来，两手塞在前襟下，在裤腰带上胡乱挖抓，装模作样系着裤带，小跑着直奔前门而去。侄男子弟问：现在吊不吊人？张子善边走边说：等一会儿再说！来到前门口打开门说：刚才有这么客气，早八辈子门都开了！王金贵走进门，看见张姚氏把王彩琴紧紧搂在怀里毫发未损，心里的石头才落了地。他说：族长叔，我不反对你们执行族规，我反对的是没有经过调查就执行族规！张子善说：谁给你说我没调查？你问问张继宗两口，他们只知道告状，却拿不出证据。整得我没办法，只好找来王彩琴婆媳落实，问来问去，人家说，这就是张继祖的孩子！我害怕这婆媳说假话，还准备把王彩琴吊上梁拷问，就这人家口供始终不变，看来，这孩子就是张继祖的！既然你组长现在来了，我就把他们交给组里。人常说，捉贼捉赃，抓奸抓双。等组里和村里捉住“赃”和“双”了，我们再执行族规不迟！如果没“赃”没“双”，就权当继宗两口放了个狗臭屁！说完，吩咐几个侄男子弟：先把这婆媳放了，等政府弄清楚以后再说！

王金贵和何可人从后巷子出来，直接去了高步宽家，问下一步怎么办。高步宽心想，这种事情很难查得清弄得明，唯一能弄清的只有一个办法，就是让医院做鉴定。但是，鉴定结果有可能比较理想，这是求之不得的；也有可能不够理想，那麻烦就大了。现在的情况是，宁愿不查，也不能叫出问题，所以一动不如一静。但是他又害怕人家两个还有更好的办法，既能查清真相，还不会出问题，那就求之不得了。于是便试探着问：你俩准备咋办？王金贵说：我现在也不知道咋办好，反正人家张子善已经把责任推给咱了，不管瞎办法好办法，总得有个说法，不然，要有个风吹草动咋办？何可人说：反正咱们已经把头磕了，不能因为这个揖作不好，叫人家说三道四、指指戳戳！高步宽想了想，这才说：我想来想去，这个揖能不能作好，县医院是一堵墙，能跨过去这堵墙，咱这个揖咋作咋好；跨不过去这堵墙，这个揖就是另外的作法了！我是这么想的，为了稳妥起见，金贵先偷偷去县医院了解一下，如果人家能证明张继祖有能力同房，咱就搭家伙上手请医生鉴定。如果人家说没能力同房，这就成了一笔不敢打动的糊涂账了，咱连联系都不联系，但是工作还要做。抽空你们简单开上几个调查会，动员大家提供赃证。其实，大家要是有赃证，早都拿出来八百回了，所以只要意思到了，就赶快顺坡下驴，以没有找到证据为由，来个一推六二五，到时候小孩生下来，生米做成熟饭，谁还管这事情干啥！

王金贵从县上回到镇子，见到高步宽，甩着双手说：事情麻烦了，这种事情人家一概不鉴定！高步宽说：他们不愿意鉴定不要紧，那他们对这事情到底啥看法？王金贵说：老大夫的意思是，一般植物人没有这种能力，但是只要苏醒了，就有可能。像咱们说的这种情况，有可能是人已经苏醒了，这就不用解释；也有可能是将要苏醒了，这种情况是个先兆。这种鉴定，县医院从来还没做过，今后也不可能做！高步宽心想，鉴定不鉴定比屁淡，咱们要的就是这种说法。西门里的老百姓，只要听见是穿着白大褂、挂着听诊器、戴着近视镜的县医院医生说的，哪怕说这话的人，是做饭的掏粪的，杀羊的宰牛的，或者阉猫的劁猪的，没有谁会怀疑的。再加上你金贵从中三搅和两不搅和，硬把这话说成是鉴定，就是天王老子拿你也没有办法。于是坚定地说：就请他来把这话说说！王金贵说：不知道人家来不来？高步宽说：我早就想好了，你和哼囔一块儿去，他去找涎水娃，给院长打招呼。你还去找老大夫。你们上下这么一结合，我估计老大夫不来都不由他！王金贵问：老大夫要是真的来了，咱到时候咋办呀？高步宽这才说出了早已想好的办法，王金贵听了高兴得赶紧就走。

果不其然，院长接到涎水娃的电话，哈哈笑着说：医院就是为人民服务的，既然是为老百姓普及医疗常识，那就让这个老大夫辛苦一趟。有了院长的尚方宝剑，老大夫也不敢耽搁，背着红十字诊箱，骑着出诊的公车，跟随王金贵很快上了路。哼囔先一步回到镇子，让何可人通知高步宽、张子善、张继宗两口及本家族人和街坊邻居，赶快到王彩琴家里参加鉴定会。王金贵领着老大夫来到王彩琴家，屋子里外都是人，到处挤得满满当当，议论声嗡嗡不断，像进了养蜂场。其中最活跃的，要数柳拐子等人了。王金贵挤进了活死人房子，让多余人员退出来，然后把老大夫等重点人物迎进来。啪啪啪拍了拍手，对着房门外边大声说：大家静一静，现在请县医院院长亲自派来的高级大夫开始对张继祖做性功能鉴定！老大夫本来想纠正王金贵的话，说自己只是个老大夫，不是高级大夫；这只是普通检查，不是什么鉴定。王金贵看出了老大夫的心事，没等他开口就按照高步宽事先交代的说：这话不是我说的，是县医院院长亲自交代的！

老大夫看组长说的是院长的话，而且态度这么正式隆重，话到口边只得咽了回去。老大夫穿上白大褂，戴上口罩手套，挂上听诊器，又是小榔头敲打，又是仪器摁压，很认真地给活死人张继祖做着全身检查。边检查边说：张继祖这种病，是典型的植物人，咱们老百姓叫活死人；如果护理得好，也有可能苏醒，临床也有这样的病例；但是，也有护理得很好，就是苏醒不过来的，这里边的因素太多了。像你们说的生殖器能不能硬起来的问题，其实很简单，一个是病人苏醒了，肯定能硬起来；一个是先硬起来，说明这是个先兆，这就意味着病人张继祖很有可能苏醒过来，他媳妇能怀孕，就是个很好的说明！当然先兆不光表现在生殖器上，只要是神经末梢的部位都有可能，比如，耳朵、脚趾、手指、眼皮、嘴唇等。总之，世间一切都是无穷尽的，一切皆有可能……

老大夫正说着，张继宗插了话：你说得不对，我这么结实的人，现在都没有小孩，我哥是个活死人，咋就能有小孩呢？老大夫不慌不忙：我先纠正一下，叫植物人，不叫活死人！至于你哥这样子，为什么能生；你很结实，为什么不能生的问题，这里边情况复杂，一人一个情况，不能简单类比。至于是什么部位，什么原因，男方还是女方，还是那句话，一切皆有可能……

突然，柳拐子插了话：你这问题不用先生费唾沫，我就能给你回答了。要不，就是你跟胖勺子一样铧插不进地里；要不，就是陈石榴跟组长老婆一样地肥不长庄稼！他这一说，屋子笑声一片。柳拐子之所以插话，还以为老大夫说完了，没想到他刚开口，老大夫缓了口气又说了一句：下边，我说说这个植物人的现状…… 老大夫看到柳拐子没有让的意思，不得不暂时停下来，等他说完再继续说。这个细节被高步宽捕捉到了，顿时吓得出了一身冷汗，只害怕老大夫说出活死人没有性功能的话来。还没等他反应过来，柳拐子这个天衣无缝的举动，给他做了个很好的铺垫。柳拐子刚刚说完，还没等老大夫开口，高步宽赶快伸出手阻止了大家的笑声：大家静一静，老大夫忙活了这么长时间到现在还没吃饭，我现在带人家到馆子吃羊肉去！本来老大夫还想说说这个植物人的现状，高步宽推着他只管往出走，想说都没机会。又一想，来这一趟原本就很勉强，王金贵又把他抬举得很高，心里很不是滋味，既然这个老头如此热情，再要啰里啰唆就没有必要了，只好顺水推舟边抱拳边离去。老大夫刚刚离去，王金贵给张子善说：族长叔，你说两句。张子善烟袋锅塞在烟叶布袋一个劲儿剜着装烟：县医院高级大夫都说话了，还有谁放的啥闲屁哩！大家哄地笑了。王金贵快刀斩乱麻，趁势宣布：今天医疗鉴定会正式结束，鉴定结果大家听得一清二楚，今后谁要再敢胡说八道，政府立即逮捕法办！

晚上，张继宗和陈石榴，说啥也咽不下这口气，嘟嘟囔囔说个不停。张继宗垂头丧气：眼看给咱两碗折一碗的事，眨眼间就折给了人家！陈石榴说：给咱折不成，也不能眼睁睁地折给她！张继宗说：人的命，天注定，折成折不成，由不了你！陈石榴恶狠狠地说：由不了我？我就要让你看看，到底由不由我！张继宗说：你这么凶的，究竟想干啥？陈石榴冷笑着说：你看见柳拐子，难道没有啥想法？张继宗说：我能有啥想法？陈石榴说：那你就能眼睁睁看着寡妇生儿子，眼睁睁看着活死人起死回生？张继宗没有吭声。陈石榴说：抽时间我偷偷到柳拐子他妈那里买点儿大烟土，到时候看给她寡妇两碗折一碗呀，还是给咱两碗折一碗呀！张继宗一下变得凶神恶煞：你要敢胡来，小心我打断你的狗腿！陈石榴吓得钻到张继宗怀里一声不吭。张继宗见陈石榴服了软，又缓和了一下口气说：真的不想折给人家，今天晚上就给我把娃怀上！陈石榴故意哼哼唧唧：关键你是摇耧不倒种子——干打耧核，可怪我这地的啥呢！

翠仙耍笑

今天是农历腊月十八，这是翠仙给她和聋子染匠亲自挑选的大婚之日。镇子这地方讲究的是，吉祥腊月，新春萌芽，除旧布新，天寿人丰。十八更是吉祥如意，三六一八，三阳开泰，路路事发。当初，聋子染匠的想法是，两人本来是那样的情况，这次回来又早已钻了一个被窝，既然领了结婚证，就已经成一家人了，举行仪式花钱费事，没一点儿用处。翠仙不以为然，不但要举行仪式，还要亲自选定黄道吉日。她觉得自己不是偷偷摸摸，也不是找不到下家，更何况，街坊邻居看中的是仪式，并不在乎什么证件。聋子染匠只好依了她。

镇子嫁女子娶媳妇，亲朋好友街坊邻居来喝喜酒，不叫喝喜酒叫吃汤水。凡是吃汤水的人，都必须行门户，也就是送礼物。除了嫡亲至亲抬拾箩担担子，干亲朋亲包干礼（现金）提笼子，不管任何人送啥礼物，其中必须有一方帕帕，或者至少也应该是一方帕帕，实际上，绝大多数人只送一方帕帕。人常说，吃汤水不拿帕帕，去空手打拳呀！

镇子解放这几年，也不知道什么原因，行门户的规矩悄悄发生了变化。吃汤水的只有亲戚朋友，没有街坊邻居。所以，吃汤水的亲戚朋友多是提笼子送帕帕等，不吃汤水的街坊邻居一律送年画。聋子染匠和翠仙也不例外，吃汤水送帕帕的人不多，不吃汤水送年画的人不少。他俩的新婚洞房，不管炕上脚地，墙面上年画一张挨一张，满房子贴得满满当当，猛地看去像卖年画的。每张年画左上角用毛笔竖写某某某新婚之喜，右下角竖写某某某赠及年月日。

聋子染匠举办婚礼，王金贵全权执事。瞎子五负责响器班子。街坊邻居欢天喜地，忙前忙后。一切安排得井井有条，依次例行着接媳妇、拜天地、入洞房、吃汤水、敬喜酒、送亲朋等程序。这个时间段，新郎聋子染匠黑礼帽，紫长袍，蓝马褂，胸前交叉了两道红。新娘翠仙凤冠霞帔，红盖头吊在脸前像红瀑布，裹着绣有金凤凰的衮身红。新郎新娘这些行头，全部是租赁的。

白天的婚礼程序走完以后，到了黄昏就要进行最后一道程序——闹洞房了。因为闹房要动手动脚，新郎新娘要身体力行，就不能穿租来的正规行头了，只能穿新表新里新棉花的中式衣裳。新郎一身黑，新娘一身花。说到新人的穿戴，聋子染匠老家的讲究是蓝新郎，红新娘。郎穿蓝，不作难；娘穿红，不受穷；红蓝配，永富贵。翠仙有自己的理论，男要漂，一身皂；女要俏，一身孝（浅色）。男穿皂，戴官帽；女穿孝，一世笑。皂可以答应，孝不能上身。尽管此孝非彼孝，也不能轻易应允。为了不伤和气，为了事能前去，于是各让一步：黑男花女，遂成事实。

晚上喝过汤，聋子染匠来到柳拐子窗前，嘴贴在窗棂上，给躺在炕上的柳拐子说：你给瞎子五他们说好，我原来答应你们的事情现在就来兑现，不要等晚上人多了才来凑热闹！那时候，叫谁摸、不叫谁摸都是话说。柳拐子说：你说的是啥事情？聋子染匠说：就是搭救翠仙时，许愿你们摸奶头的事嘛！柳拐子这才明白过来，赶紧翻身起来去叫那几个狐朋狗友。等叫出瞎子五、地老鼠，再去叫胖勺子的时候，看见王银贵在那里挤眉弄眼。胖勺子让他们坐下喝茶，几个人根本没心思坐。柳拐子说：啥话别说，赶紧走，聋子让咱摸翠仙奶头呢！没等胖勺子说话，王银贵开了腔：急着死去呀，人家叫你摸奶头，你福气就那么大的？不信你去试试，还不是隔裤子揣屎大约摸！柳拐子说：隔着衣服就不错了，你还想解开纽子下口呀？王银贵说：不下口，总不能便宜了她！柳拐子说：便宜不便宜，由不了你！王银贵说：反正不能把他们轻饶了！柳拐子说：看样子，你俩已经在这里商量好了？王银贵指着凳子说：立客难打发，等我把想法说完，你们愿意咋办就咋办！王银贵这么一说，大家伙儿才坐下来。王银贵说完想法，大家觉得很过瘾。柳拐子说：现在咋办？王银贵说：咱几个到我家睡觉走，后半夜再挽起袖子弄事！胖勺子年纪大了，尿多屁响呼噜大，爱钱怕死没瞌睡，让他找沈文奎做准备工作。

聋子染匠看房子里挤满了人，说笑声，争吵声，呼哨声，吵得人说话都听不清。加上人挨人，人挤人，虽然是冬天，一个个热得棉衣贴身满头大汗。聋子染匠更不用说，迟迟不见柳拐子他们来，急得身上像水浇。就在大家和翠仙纠缠不清之时，聋子染匠借口上茅房，用力豁开闹房的人群挤出洞房。凉意和清静很快包围了他。就在他要喊柳拐子的时候，猛地发现前边剃头铺亮着灯，便跑过去给胖勺子说：你们再不来，可不要说我说话不算数！胖勺子不紧不慢地说：迟摸早摸始终在那里长着哩，谁还能偷走不成！闹房要三天三夜呢，这才头一天嘛，那么着急上火干啥？聋子染匠还想说什么，硬是被胖勺子推走了。

聋子染匠出了剃头铺，来到洞房外边，听到里边依旧那样嘈杂那样混乱，没有急着进去，想在外边清静清静。突然里边喊叫起来：染匠咋还不见回来，是不是出去躲清闲了，赶紧派人去找，找回来非收拾他不可！聋子染匠害怕人家收拾，赶紧回到房子赔着笑脸说：本来是想尿尿来，尿着尿着又想拉了，这才多耽搁了点儿时间。突然有人发话了：原来是尿去了拉下了！大家回头一看，说话的是包子六。聋子染匠知道包子六瞎点子多，害怕吃眼前亏，赶紧附和道：就是，就是！包子六马上“变”了脸：你还编了个圆，真格人家那“粮食”不要钱了，还让你“连吃带喝”起来！对这种骗人的人，大家说怎么办？闹房的人异口同声：打！包子六故意瞎搅和：打肯定要打，只是打的时候，不要打断胳膊腿，闹不成洞房事小，翠仙晚上没人压咋办？有人起哄说：压的人有得是，就看聋子愿不愿意！大家哄地笑了。笑毕，拳头、笤帚把儿、甩子、擀杖、勺子、笊篱等，像雨点一样落在聋子染匠身上，还有掐的拧的挠的。聋子染匠护头护不了腿，顾前顾不了后，他知道这是包子六设的局，没办法只好说好话求饶。包子六看教训得差不多了，赶紧制止道：好了好了，看染匠的实际行动吧！

按说，包子六年龄也老大不小了，但是镇子闹房有个讲究，三天之内没大小，男女老少都可以。因为闹房本身就是让新郎新娘婚前热身，里边带有性启蒙的意思。其中有两层含义，一层是对新郎新娘说的，一层是对闹房者说的。让老的参加，是为了解决闹什么和怎么闹的问题，主要任务是动脑动嘴，从而使闹房始终围绕着性启蒙的正确方向进行。让小的参加，是为了解决由谁闹和闹到什么程度的问题，主要任务是动手动脚，让他们在动手动脚中，感受到活灵活现生动具体的性启蒙。这大概就是镇子人在繁衍生息的实践中，有意安排的一种神不知鬼不觉的性教育的有效形式吧！

可以想象，有了包子六这样的人掺和，加上聋子染匠和翠仙都是过来人，闹房不但能始终围绕性启蒙来进行，而且还会有意想不到的效果。等他们闹完房，不但把聋子染匠和翠仙折腾得筋疲力尽，就连那些闹房的小伙也被刺激得不能自已。就在喧闹的嘈杂声和拥挤的人群完全消失在街头巷尾的时候，聋子染匠和翠仙正要关门，突然传来一声：着啥急呢，又不是头一回！这时，由王银贵打头，胖勺子那几个活宝，说说笑笑拥进门来。翠仙反应很快，看见王银贵那淫淫的奸笑，知道这帮人来者不善，说要去后院上茅房，硬是从人堆挤出去。

聋子染匠说：叫你们早早来，就是不见来，人家闹完房了，你们干啥来了？王银贵说：他们闹完了，我们还没闹嘛！聋子染匠说：你们准备咋闹？王银贵说：等翠仙进来再说！他们正说着，翠仙端了一脸盆清水进了房子，腾地放在脚地说：有啥话现在往出说！王银贵看见清水，笑着说：你端那东西干啥？翠仙说：干啥不干啥，与你们无干！王银贵笑着说：我知道无干，这是你们的老规矩！翠仙听了，愣了一下，心想，这家伙是不是知道我的用意了？为了探明虚实，就问：啥规矩？王银贵还是笑着说：你是故意装糊涂，还是想让我说给大家听？翠仙心里更没底了，硬着头皮说：我真的不知道你是啥意思。王银贵说：那我说出来，你不要犯病！翠仙说：看我是不是犯病的人！王银贵这才说：听包子六说，过去逛窑子，嫖客和窑姐，脱光衣服，第一件事是端一盆清水，男给女洗阴，女给男洗阳，洗净以后，才能上炕弄事。翠仙见王银贵并不知道她的真正用意，便似是而非地说：那算个啥规矩，凡房事都得那样！

这时，胖勺子不愿意了：时间不早了，赶紧言归正传。王银贵这才说：我说个办法，你俩愿意了，咱就速战速决，你俩想早早睡觉，我们也不想点灯熬油。要是不愿意，我们硬下手不说，还要要到大天亮，你俩睡不成，我们也没打算睡。聋子染匠说：那是这，先让你们把翠仙奶头摸了，我俩就不欠你们的了，下来你们愿意咋要咋要。王银贵问翠仙愿不愿意，翠仙说：我听染匠的！聋子染匠从身后双手把翠仙紧紧抱住，让他们隔着衣服摸。柳拐子说：我们给你出了那么大的力，隔着衣服就把我们打发了？聋子染匠说：让人是个礼，锅里没下你的米，要摸，赶紧意思一下，不摸，过了这村没有这店！王银贵说：意思一下就意思一下，等一会儿再跟他们算总账！王银贵说完，他们就开始摸起来。虽然隔着棉衣，都想用足用尽这个机会，这样摸了那样摸，一只手摸还不满足，两只手同时摸起来。摸来摸去，就是摸不够，馋得一个个不停咽口水，直埋怨时间太短。后边等的人可嫌前边人摸得时间长，直催快快快！

好不容易隔着棉衣摸完奶头，王银贵说：我们今天闹洞房，和白天那些人不同，分文闹和武闹两种。现在文闹开始！文闹主要送对联，但是送对联不能乱送，还要结合他俩的行当，还要能听明白，还要合辙押韵。如果做不到这三点，你俩可以拒绝。胖勺子你先来！胖勺子拿出了早已写好的对联，故意摇头晃脑念起来：

云云雨雨两个过来人，实实在在一对旧家伙。

大家哄地笑了。王银贵问：写得咋样？聋子染匠不敢说，故意让翠仙讲。翠仙也不扭捏：狗嘴里能吐出象牙？王银贵说：胖勺子的通过了，就看瞎子五的了。瞎子五说：胖勺子的都能通过，我这保证没说的。既是染匠的营生，也是翠仙的行当，比他那有意思多了。

送进来，我量你的长短，取出去，你看我的深浅。

瞎子五接着说：染匠，客人送进来的布量不量长短？取布时看不看颜色深浅？翠仙，在你那里，客人量的是啥长短，看的是啥深浅，还用明说？

王银贵说：还有一副，这是沈文奎自己送的。

聋子手艺数一数二才情不输唐明皇，翠仙容颜倾镇倾城娇媚可比杨贵妃。

王银贵问：怎么样？没等翠仙说话，聋子染匠说：你们没这本事，十有八九是沈文奎写的。但就是这个才高八斗的沈文奎，替人家编的都是八九不离十，唯独他自己送的这叫人听不明白，特别叫人不舒服的是，咋敢和人家皇上贵妃乱比。胖勺子说：文奎是弄啥的人，只能说明咱一眼看不透，不能说人家写得不好！王银贵说：争竞这有啥意思，赶快弄咱的正经事！

接下来是武闹。在王银贵的指导下，很快玩起传统项目来。但是，项目是传统的，可玩法并不传统。不传统，不是说就很时髦很文明，恰恰和时髦文明背道而驰，说穿了非常原始非常野蛮！他们嫌棉衣棉裤太厚玩起来不刺激，就让脱掉棉衣棉裤。有些特定项目，不但要用绳子把两人面对面捆在一起，还要扒掉男女内衣，当然，为了避免不好意思，这个时候干脆吹灭灯盏。好在有约在先，尽管闹房的人苛刻野蛮，但是，这两口表现得非常主动，有时候主动得非常惊人，以至于玩的人，都产生了嫉妒。由于翠仙太主动，他们便失去了兴趣，很快各个项目就进展完了，没有半个时辰就结束了。

他们回到剃头铺，胖勺子提出，后半夜听房就算了，咱想耍人家呢，人家好像也在耍咱呢。因为除了王银贵和胖勺子，这三个至今还是童男之身。人家好像就是故意让他们看着眼馋，把有些一般人不好意思做的动作，不但做得非常到位，甚至还有点儿故意炫耀。在这种情况下，再要去听房，那两人都是轻车熟路，听不出新玩意儿来。后半夜天气又这么冷的，还不如不受这夜罪。王银贵不同意，新婚不如久别。过去，听的都是新婚的墙根，像这久别的还从来没听过。再说，翠仙在这方面见多识广，新鲜玩意儿肯定不少。天气冷算个啥，只要心里热火，能冷到哪里去？他这一说，大家无话可说。就在这时候，新房黑了灯，王银贵他们悄悄来到新房窗户下。

新房里，两人摸黑在脚地整理东西，迟迟不见上炕。窗下这几个比画来比画去，意思是天气这么冷的，这俩不抓紧钻被窝，老是在脚地磨蹭啥？王银贵双手做着洗下身的动作，意思是人家正在按照窑子的规矩，忙着在脚地互相洗阴、阳二具呢。

两人收拾完脚地，又收拾起炕上来。这几个已经冻得有点儿打战了，实在等得不耐烦，又胡乱比画起来。王银贵也冻得招不住，又是指胸部，又是指下身，意思是说，有人房事不利索，把房事的时间摸了奶头了，这俩家伙更不利索，把摸奶头的时间，收拾了房子了。

两人收拾好炕上，暖好被窝，聋子染匠开始脱衣服，翠仙跳下炕把一脸盆清水腾地放到炕沿上。聋子染匠说：今天刚洗过澡，根本不用洗！翠仙边上炕边阻止他。聋子染匠只好钻进被窝，看见翠仙关窗子，又说：我早都关好了，根本不用你费事！翠仙说：我不放心，害怕你给那几个狐朋狗友留路，让他们爬进来出我的洋相！实际上，翠仙根本不是去关窗子的，而是把聋子染匠关死的窗户，又悄悄打开了。聋子染匠催促说：你赶紧钻被窝吧，我等不及了！翠仙故意装着娇滴滴地说：你稍微等等，甭着急，我正脱衣服哩！说着就去端脸盆。门外那几个听到这话，以为人家马上就要开始了，不约而同地站起来，耳朵贴在窗棂上听动静，但是身子冷得直筛糠。突然窗棂有了响动声，他们还没弄明白怎么回事，一脸盆冷水当头浇下来。顿时，几个人成了落汤鸡。本来他们冻得就筛糠，再加上冷水这么一浇，差点儿没把人激死。

这时，只听聋子染匠说：你在那儿干啥呢？翠仙故意不紧不慢地编谎说：

我刚才在洗下身那水里尿了一泡，没想到臭气能把人熏死，害怕你等不及，为了节省时间，就从窗门把脏水泼出去了。这几个听了，骂又不敢骂，脚又不敢跺，蹑手蹑脚来到剃头铺门口的台阶上，对着街道弯腰伸脖张嘴，一边咕咚咕咚捶胸膛，一边啊呜啊呜吐脏水。

城郊访亲

这天早上，晴空万里，风和日丽。高步宽领着两个儿子，提着礼物去城东魏家庄看望渊家。他感到纳闷的是，最近好长时间不出门，今天好不容易走了一回亲戚，古怪事烦心事怎么就偏偏让自己遇上了呢。

刚一出家门，两个儿子就被街道两旁刚刚挂起的那些老鼠匣子吸引得走不动路。高步宽也弄不清什么原因，好像就在一夜之间，家家户户突然间兴起在门外挂起老鼠匣子来。这些老鼠匣子一经挂出，就成为镇子一个很有特点的景致。有的挂在象鼻头，有的挂在象鼻侧，有的挂在铺板门上方，多数挂在铺板门上。匣子有长方的，正方的，圆形的，正方的最多。颜色也不尽相同，有红色的，有蓝色的，有黑色的，有灰色的，有白色的，有本色的，本色最为普遍。每个匣子都有一个、两个或三个不等的钉着横格的活动滚筒，有的并排比肩，有的上下竖立，有的一匣一筒，大多数只有一个滚筒。基本上是一个滚筒一只老鼠，多数老鼠戴着小铃铛。横的是几只老鼠一左一右像大雁排开齐头并进，竖的是几只老鼠一上一下狗撵兔式的你追我赶。单的是一匣一筒一鼠一枝独秀。老鼠颜色也不尽相同，有灰色、褐色、白色等，以灰色为主。品种多样，有老鼠、黄鼠、松鼠等，以老鼠居多。哗啦飞转的滚筒，四蹄忙碌的老鼠，叮当作响的铃铛清脆悦耳，令人眼花缭乱，目不暇接，新鲜有趣。不光小孩们流连忘返，大人们也看得津津有味。高步宽催一下，儿子走一下，有时候这个走那个不走，有时候那个走这个不走，他只好满街道经布式地不停往返。等走出东门，累得口干舌燥，筋疲力尽。

好不容易出了东门，来到离镇子两里路的一个废旧砖瓦窑边。镇子这地方的砖瓦窑，分地上窑和地下窑。地上窑是在地面以上垒起来的，像圆圆的古堡一样，很有气势。地下窑是在地面以下挖成的，装窑烧窑时，要下到一面一丈宽的慢坡道，才能来到地下窑门。这个废弃砖瓦窑是地下窑。地下窑紧旁边就是做砖坯放成砖的一大片空场子，坑坑洼洼，杂草丛生，荒芜凌乱。

两个孩子头一次走远路，又在街道里逗留了好长时间，不是你喊叫乏，就是他直呼困，都说歇缓歇缓再走。刚好高步宽也想小解，就让孩子在空场子玩耍，自己去地下窑方便。谁知快走到慢坡底时，突然听到地下窑传来很熟悉的说话声，他不由得停下了脚步。这时候才听清声音，一个是隔壁的王银贵，一个是唐新生的老婆党慧兰。只听党慧兰说：跑这么远干啥，为啥不能在北沟窑里？王银贵说：远嫖近赌，懂不懂？党慧兰说：摸摸就行了，解衣服干啥？王银贵说：光摸摸跑这么远吃多了？党慧兰说：咱可说好，来这么远，是头一次，也是最后一次！王银贵说：你身上白得跟雪一样！党慧兰说：你也不是头一次见！王银贵说：不怪“四艳”里边有你哩！党慧兰故意问：啥是“四艳”？王银贵说：登菊的条杆，彩琴的奶，慧兰的脸蛋，可人的派。党慧兰说：咋不说“四瞎”里边有你哩，还不如我这“四艳”好听！王银贵也故意问：啥是“四瞎”？党慧兰说：卖包子的六儿，窑子的鸨儿，贩大烟的夜叉，你王小二的屌！王银贵说：那你今天就领教领教我这屌是怎么个瞎法……

听到这里，高步宽气得浑身发抖，心想，不是说王银贵跟党慧兰只是眉来眼去嘛，没想到他们早都搞到一块儿了，看来，这个王银贵还真不是个好东西！想到这里，真想跑下去给那两个狗男女一人一耳光。刚要抬脚时，突然清醒过来，先不说自己这身份干这种事情合适不合适，只是这突然一出面，王银贵记仇不记仇就不说那话了，今后咋进唐新生的门？想到这里，揉了揉心口，提起的心又慢慢放下来，转过身轻手轻脚上了慢坡，来到坡顶另找地方小解完毕，领着孩子一声不吭地走了。

这个王银贵，二十四五，个头魁梧，一表人才。当年有点儿眼光的老人说，三钱买个辘轳把，一眼把他看穿了，说他是个标准的“气死先生，兴死丈母”的主儿。还真的被老人们言中了，没结婚就在他舅家和好几个女的发生过关系。来到镇子以后，王银贵老毛病不但没改，反而有过之无不及。镇子人多自然漂亮女人也多，他见到有姿色的女人，主动上前跟人家黏糊。比如，西门里被称为“四艳”的那几个女人，他绞尽脑汁使尽手段想占有人家。但是在两个面前知难而退，比如，何可人，尽管身材窈窕，长相出众，但是人家是公家身子场面上人，经常打交道的是村里乡里和镇上领导。特别是说话办事不卑不亢，待人接物有章有法，舒眉展宇透露着雍容非凡之气，举手投足彰显着优雅大方之风。相形之下，他那非分之想和龌龊之举，简直就无地自容，哪里还敢轻举妄动！再比如，后巷子张家的大儿媳王彩琴，年轻美貌，胸大乳酥，因为三个原因，他望而却步。一是人家轻易不出门，他没机会下手；二是小叔子张继宗身手矫健，如狼似虎，他不敢随便放肆；三是他哥王金贵敲明叫响不让他打王彩琴的主意。在登菊和慧兰两个面前牛刀小试，先是在公开场合，假装开玩笑，戏弄猥亵投石问路，然后乘虚而入，想一举拿下。谁知，他在冯登菊身上使用这一手时，就被人家坚决拒绝。有天夜里，西门里一帮男男女女成群结伙去城外看焰火，王银贵借着夜色的掩护，趁机混到冯登菊身边，当着大家伙儿的面把冯登菊搂在怀里，一边啪啪地亲脸，一边手在身上乱摸乱揣。嘴里还说着，你看人家登菊这身子咋这么绵的，味道咋这么香的。大家伙儿以为是开玩笑，不但没人制止，有的还跟着起哄。冯登菊以为是开玩笑，就把这事没往心里去。王银贵误以为自己旗开得胜，反而得寸进尺。当他真的要在私下动真的时，冯登菊不但坚决不从，连搂搂抱抱的玩笑也不让他开了。

党慧兰就不同了，不但屡试屡爽，两人还成了露水夫妻。有一天，党慧兰、冯登菊、寇腊梅在刘红玉房子拉家常。王银贵独自一人在后院收拾农具，想到房子花枝招展的党慧兰，浑身躁动，心神不宁。突然，吱一声后门洞开，原来是党慧兰喜眉笑脸，扭着腰身晃着忽闪坚挺的胸部直奔茅房而去。他想搭腔又不知道说什么好，那么机灵的人竟也一时语塞，眼巴巴把人家从后门盯到茅房，特别是听到茅房小解的声响，馋得咕噜咕噜咽口水。在王银贵眼里，党慧兰堪称镇子第一美人，他评价美人的标准，不是古代的沉鱼落雁羞花闭月，也不是近现代的柳叶眉、丹凤眼、樱桃小口、瓜子脸，而是镇子常用的老五条：走路风摆柳，说话响银铃，皮肤麦子色，身形栒子条，容颜桃花貌。

王银贵正想得抓耳挠腮，党慧兰上完茅房走进后门，无意看了一眼柴房，吓得后退了几步。王银贵赶快跑上前问咋回事，党慧兰问柴房里那东西是狐狸还是狐狸皮？王银贵眼睛转了转，趁势把党慧兰揽在怀里，摸揣着绵软身子，热嘴唇紧贴耳朵神秘地说：千万不敢吭声，那是从高步宽家跑过来的狐仙，不然会给你降罪的。党慧兰吓得小绵羊一样再没敢吭声，任由人家摸摸揣揣，一直到进了后门，王银贵才不得不松手。党慧兰赶紧跑进房子。王银贵心情激动得久久不能平复，搓着奇痒无比的双手，突然脑子一转，心里就有了主意。他假装进了房子有事，正巧几个女人拿私处开玩笑，他便不失时机地说：都说党慧兰那地方像朵莲花，咱今天把她验了，看到底是不是莲花？党慧兰处在惊恐之中，还没有反应过来，已经被王银贵摁在炕沿上，那几个女人正在兴头上，也跟着趁火打劫，纷纷上了手。没有几下就将党慧兰裤子抹到膝盖处，王银贵扳起双腿，趁机肆意玩弄。寇腊梅问像不像莲花？王银贵故意把莲花听成镰把，边玩私处边笑着说：这是标准的黑风洞，不要说镰把，就是镢把都能进去！

有了这个天衣无缝的开头，接下来的事情就顺理成章、瓜熟蒂落了。有一天，王银贵在镇子城北边的沟里砍枣刺，准备罩在鸡窝上防黄鼠狼，突然听见沟棱上打麦场里传来了唐新生教党慧兰学自行车的声音。他边砍枣刺边胡思乱想，能把党慧兰弄到沟里窑洞睡一回多好。突然，他听见唐新生说：我还得去东街进货，你自己先慢慢练！那你得早点儿回来！党慧兰有点儿不想让他走。王银贵看有机可乘，赶快爬上沟棱说：唐达，你走你的，这里有我呢！党慧兰看见王银贵，兴奋得心脏怦怦跳。说实话，党慧兰早就看上王银贵，就是有贼心没贼胆。自从那天王银贵验过下身，不但不生气，反而期待着和他有更为亲密的接触。今天看到机会送上门来，心里说不出有多高兴，便趁机给唐新生说：你放心进货去，我练完自己回去。唐新生临走，给王银贵说：那我就不管了。王银贵说：你放心，我教得不比你差。

唐新生离开后，空空荡荡的打麦场里，就剩下他俩。党慧兰想起那天的情景，不由得红了脸。王银贵看在眼里喜在心头，赶快双手紧握后车架，让党慧兰上车子。党慧兰说会骑，要他护着就行。王银贵一看，果然党慧兰学会了，自己只是跟着跑。骑了一会儿，王银贵说：看到你骑车子，想起一句话来：女人骑瘦驴——磨棱搁缝。党慧兰不反对还故意迎合：磨棱不磨棱，搁缝不搁缝，你又不是没见过！王银贵嘿嘿笑着说：见过能咋，又没用过！党慧兰不知道咋回答好，只是嘿嘿浪笑。又骑了一会儿，王银贵故意挑逗：骑慢点儿，小心车座把钱匣子磨烂了。党慧兰得寸进尺：磨烂了怕啥，用你那肉针缝缝就好了！王银贵说：那你下来，我现在就缝！说着，把党慧兰拉下车子，紧紧抱在怀里，就动手解裤带。车子倒在一边，后轮呼啦呼啦直转圈。党慧兰挡住说：这里人能看见，咱到沟里窑洞走。两人把车子扔在打麦场，来到沟里窑洞，很快脱光衣服像蛇似的缠在一起。那一阵子过后，党慧兰紧紧抱住王银贵说：唐新生这么多年加起来，不如你今天这次过瘾！王银贵轻狂劲儿上来，又和党慧兰来了一次。党慧兰高兴地说：我只知道你厉害，没想到这么厉害！问你正经话呢，为啥你瘾这么大的？王银贵这才貌似正经地说：我从小练武着呢，小腿一直绑着沙袋。每天早上起来，先把头一泡尿的梢子放掉，然后握着下身往嘴里滋，直到滋不上去为止，天天如此，从不中断。党慧兰说：当初，我看上的是你，根本不是唐新生，要是知道你是给他当替身，我死活都不会嫁他！王银贵说：你把人弄错了，替唐新生的是我哥不是我！党慧兰说：你比你哥还漂亮！说着再一次投进王银贵的怀里。当下两个人约定，只要唐新生下乡跑货郎，党慧兰就隔墙往院子扔瓦碴。

高步宽领着孩子来到魏家庄村口，站在那里掸了掸身上的黄土灰尘，提着礼物照旧把孩子送到渊家门口，站在原地看着他们进了门，才转身去了村外站在村口老槐树下，像电杆一样高晃晃等在那里，一根接一根地抽纸烟，吐出的烟团，云雾缭绕。渊家接住孩子泪水汪汪，赶紧擦去眼泪，一头钻进灶房，吧嗒吧嗒拉起风箱，生火做他们爱吃的饭食。孩子吃好以后，又收拾了点儿东西，端着饭碗把娃送到村口。等把碗递到高步宽手里，满面都是泪水。高步宽以为谁欺负了她，要进村找魏发财说理。渊家挡住说，她这是高兴。高步宽再也不忍心看，埋着头吃完饭，递碗时偷偷给渊家手里塞了点儿钱，领着孩子转身就走。

当他们返回来路过砖瓦窑的时候，发现柳拐子鼻青眼肿浑身是土，一个人坐在砖场流眼泪。高步宽走上前问情况。柳拐子说，他母亲贩大烟烂包以后，被关进派出所。他就像变了一个人，以前能把母亲恨死，现在又能把母亲心疼死。为了给母亲尽孝心，坚持天天给她送饭。今天中午派出所告诉他，让他以后别送饭了，一会儿送母亲去县上受法。他一听当即要求派出所把他妈放了，把他绑了送到县上受法。派出所不同意，他就赖着不走。派出所把他妈五花大绑荷枪实弹往县上押送，从西街到东街，一街两行看热闹的人很多。特别是一些半大小子，前呼后拥呼呼啦啦跟了一大帮。公安人员走得很快，后边跟的人叽叽喳喳一路小跑。走上一段路，他就拐着跑到前边挡住公安人员，要人家放开他妈把他绑走，公安人员当然不允许，推开他继续赶路。又走了一段路，他好不容易赶到前边，又要让人家绑他，不用说又被推到一边。他就是这样多次跑上前拦住公安被公安推开，拦拦推推，推推拦拦，一直来到废弃砖瓦窑边，他还是跑上前拦住公安要替母亲受法。公安终于失去了耐心，用绳子把他捆了手脚丢在砖场，这才彻底甩脱。公安人员走了以后，那些烟鬼我传你你传他，一下来了几十人，挥拳就打，抬脚就踢，说他母亲心黑手辣，专门在戳子上做手脚，把他们坑扎了，今天就是专门来出气的！

柳拐子哪里知道，他妈之所以能东窗事发，多少与后巷子张继宗有点儿关系。张继宗媳妇陈石榴，嫌张继宗他妈抽大烟花钱，便鼓动张继宗去柳拐子家偷。张继宗觉得这种办法既是花钱还能尽孝，便满口答应。从那以后，张继宗整天趴在母夜叉家院墙外边一棵大树上，偷着看藏大烟的地方。有一天，张继宗刚爬上树，就有人来买大烟，他从窗户把一切看得清清楚楚。终于等到母夜叉出门办事，张继宗就爬上树，顺着伸向母夜叉家的树枝下到院子。抬开房门刚要把大烟偷到手，就听到门外有脚步声，一慌乱把大烟弄撒了，没有顾上收拾爬上树就跑。原来，母夜叉出门没走出多远，就让公安人员堵住，叫到派出所问话。她赌咒发誓说，自己没有贩过大烟。公安人员看她不招，就到她家里来搜。母夜叉说，她把门上钥匙丢了。公安人员砸门撬锁强行进到屋里，来到她的房子门口，一下就发现地上有黑乎乎的东西，捡起一看就是大烟碎块。再顺着地上的碎块，很快找到了藏大烟的地方。把她带到派出所以后，又想让她供出包子六，母夜叉咬死是自己一人所为。

柳拐子说完，又伤心地哭了。高步宽等他哭声停下来才说：既然疼也受了，眼泪也流了，那你下一步准备咋办？柳拐子说：本来，我想替我妈受法算了，谁知道死活还替不成，只有走一步看一步了。高步宽说：需要帮忙吭声！柳拐子眼泪一下流出来：我没脸给你说这话！高步宽知道他是啥意思，便说：那都是猴年马月的事了，还提那陈谷子烂套子干啥！柳拐子说：高达叔，你赶紧走吧，我歇歇就回！高步宽领着孩子前边走了，拧过头撂下一句没头没脑的话：媳妇有我！

高步宽刚进东门，碰见魁胜和三虎。这两人和高步宽是忘年交，当年魁胜大字不识能进教育系统，是高步宽托人给他帮的忙。三虎没钱葬埋他爸，他爸的尸体停在家里，就是出不了殡，他妈挺着大肚子求爷爷告奶奶，就是凑不够钱，最后求到高步宽才解决。高步宽问他俩在这里干啥？两人扑哧一声笑了。魁胜说：我俩看见你和柳拐子说事，就先进了城，一直在这里等着你，看你需不需要帮啥忙。高步宽摇摇头：不需要。接着又问，你俩出城去干啥？魁胜说：我俩跟漫泉河的戴师傅、田师傅学武呢。高步宽说：戴师傅我知道，哼囔解放前救过他妹子。魁胜说：话说到这里，我还要感谢你呢，要不是你介绍哼囔到我门前当经纪，戴师傅可能还要给我俩留一手呢！

高步宽走到家门口，让孩子把东西提回去，自己一个人来到骡马大店，见到哼囔说：你给包子六说，他和母夜叉好歹一场，无论如何给柳拐子把媳妇娶了，这一辈子就不欠良心账了！哼囔说：你操这心干啥？他爸原来没把你整死。高步宽说：你不愿意说，我就单另找人呀！哼囔赶紧说：我办能行，包子六要是不答应，就不是我的事了。高步宽说：这还不好办，你就给包子六明说，母夜叉的毒资是他出的，他和母夜叉白天贩土晚上鬼混，母夜叉关进监狱都不咬他，他给柳拐子娶个媳妇算啥！再给他说，柳拐子为这事拿上证据要去县上找涎水娃，到监狱动员他妈揭发包子六，是你把柳拐子挡了。看他是给柳拐子娶媳妇呀，还是和母夜叉同年同月同日死呀！哼囔笑着说：你都是有名的正经人嘛，也给人用起这种手段了。高步宽说：这是积德行善呢，又不是日鬼掏蛋呢，没有啥不正派的。哼囔说：涎水娃摊上咱俩这朋友，真是倒了八辈子血霉了。高步宽说：涎水娃的旗号打一天是一天，要是哪一天没权了，想打也打不成了！

惺惺相惜

第二天，已经吃过早饭好长时间了，还不见柳拐子起来，急得瞎子五在窗外走步子。有心叫醒他吧，害怕耽搁人家的瞌睡；不叫醒他吧，又害怕他为母亲受法的事情，想不开出个啥事情咋办？毕竟在一块儿多年，伙计一场。正在进退两难的时候，猛一抬头，发现聋子染匠站在房门口，掀起门帘向他招手。他赶快走过去问有啥事情。聋子染匠一把将他拉进房子：你没听拐子有没有动静？瞎子五摇摇头说：我从破窗户纸往里看了看，没有发现啥情况。聋子染匠说：那就叫醒他，翠仙锅里留着饭，叫他赶紧起来吃。瞎子五又来到柳拐子门口，边砸门边喊名字。柳拐子听见喊声，光着身子钻出被窝，赤脚腾地跳下炕，一瘸一跛跑到房门跟前，哗啦拉开门闩，说了声你进来！又转身刺溜上炕钻进被窝。瞎子五推门进来：人好着没有？柳拐子说：咱这号人，就是想害病，老天爷也不让害！瞎子五说：那赶紧穿上起来，翠仙锅里给你留着饭呢！柳拐子抬起身坐在被窝，边穿衣服边说：经常吃聋子的饭，恐怕不合适吧。瞎子五说：放心吃你的，没有啥不合适的，谁叫他先有老婆呢！柳拐子忽然停住穿衣服，两手撑在半空说：你说老婆的事呢，我猛地想起来，昨天下午，没人说个啥啥，高达叔不知道啥原因，说我的媳妇有他呢！瞎子五想了想说：是有这么回事。大前天，我碰上高达叔，他说染匠把媳妇娶了，你准备咋办呀？我说不着急，柳拐子还没娶嘛，等他娶了我再说。高达叔说，别看人家拐子，他妈伸出个指头，比你腰都壮！我说我就是那么一说，实际上像我这情况，根本就没打算娶！他说你别发愁，有合适的就吭一声，大家搭个手，就能给你把忙帮了。是不是你妈这一受法，高达叔可怜你，想给你搭手帮忙呢？柳拐子说：就是这么回事！瞎子五说：你要是娶了媳妇，可不要忘了让我暖脚！柳拐子说：高达叔就是那么一说，像我这拐子腿，没有哪个女人愿意跟。瞎子五说：我不管谁愿不愿意，只说让我暖脚不？柳拐子说：答应就答应，如果瞎雀能碰上个烂谷穗的话，我也和聋子一样说话不算话。当年，聋子染匠没娶翠仙以前，腔子拍得咚咚咚，许下让摸翠仙奶头呢，结果到头来跟没摸一样。我只听说过隔裤子揣尿，还没听说过隔衣服摸奶！

瞎子五说：别钻牛角尖了，人家不让摸奶头，可隔三岔五给咱管饭呢。柳拐子说：我宁愿摸奶头，也不想吃饭。瞎子五说：那你的意思是，你娶下媳妇宁愿叫我暖脚，绝对不会给我管饭？柳拐子说：那你娶下媳妇，让我干啥呀？瞎子五说：你愿意干啥就干啥，拔了萝卜坑还在呢！柳拐子说：知道你娶不下媳妇，说放心话呢！瞎子五说：你现在才明白，男人都是这样子，没结婚以前都说大话呢，真正结了婚，没有谁愿意让别人动自己的老婆。柳拐子说：这种事情就没有过去和现在一说，不用任何人教，只要是个男人，都想占人家老婆的便宜，又怕自己老婆的便宜叫人家占了。瞎子五说：你把衣服穿好了，翠仙这饭，你吃不吃？柳拐子说：摸不上翠仙的真奶头，再不吃她一顿饭，心里亏得慌！

两人出了房门，柳拐子高声喊道：翠仙嫂，你不是叫我吃奶（那）呢，到现在咋还不见露面？翠仙知道镇子人“那”字发的“奶”音，柳拐子故意利用似是而非的语言占她的便宜，也就随方就圆地开起玩笑来：既然想吃奶，咋能叫嫂子，叫妈都不行，得好好叫一声婆！瞎子五说：长短别让叫婆，一叫婆吃起来倒胃口。聋子染匠为了岔开话题，来到灶台上，把饭从锅里端出来，一手递筷子，一手递碗：这是搅料棍，这是猪食盆子，猪往前拱，鸡往后刨，想咋吃咋吃。柳拐子接住碗筷，用筷子敲着碗：搅料棍也罢，猪屎盆子也罢，你们能用，我就能用。

柳拐子吃完饭把碗筷递给翠仙，翠仙顺手挽起袖子，稀里哗啦放在锅里洗起来。瞎子五说：饭是吃饱了，还有啥事没干？柳拐子抹了嘴的手，对着手掌搓垢圿，瞪着眼睛想了想，眼珠骨碌一转，瞄了一眼洗碗的翠仙那忽闪晃动的胸部，扑哧一声笑了，指着瞎子五说：你这伙计不够人，说笑归说笑，真的叫我得寸进尺呀！瞎子五知道他理解到一边了，说：呸，我给你想美事哩，没想到，你想得比我还美！柳拐子看瞎子五认了真，便求人家说：那你给我想的是啥美事？瞎子五笑着说：你听前边胖勺子和刘开科抬啥杠哩？柳拐子这才拍了拍脑袋说：喝茶，喝茶！柳拐子这才叫上聋子染匠，与瞎子五一块儿去了前边剃头铺。刚走了两步，地老鼠迎面走来，柳拐子问：是不是把锅烧烂了，叫馆子掌柜撵断了？地老鼠说：馆子揭瓦（修缮）房呢，叫回来歇几天。柳拐子说：人歇几天，嘴就得歇几天！地老鼠说：你嘴一直歇着哩，也没见把你饿死！柳拐子说：别看我饿着哩，我可坐着哩。实际上，我不但没受饿，还吃的是镇子的名贵饭！早上是圣祖康熙王的“珍珠寿汤”，中午是法海老和尚的“水漫金山”，后晌是军师诸葛亮的“火烧连营”。地老鼠笑得前仰后合：屁名贵饭，“珍珠寿汤”是要来的稀米汤，“水漫金山”是给剩搅团里加点儿热面汤，“火烧连营”是一串烤熟的泥裹屎壳郎！几个人打了一阵哈哈，便去了剃头铺。

他们进门刚坐定，胖勺子说：你们来得正是时候，快来给我俩评评理。我给刘开科头剃得这么好的，让他说个快板，拧拧跐跐就是不愿意。没等大家说话，刘开科说：说快板可以，剃头可不能收钱！胖勺子笑着说：把这还当了个事，权当我这会儿工夫在茅房要了一回你兄弟！大家哄地笑了。笑毕，刘开科一本正经地说：刚才想说，没有人听…… 胖勺子不愿意了：是不是寻着挨打哩，没人听谁给你剃头来？刘开科扑哧笑了：怪我没说清，是听的人太少，现在人多了，不光给大家说快板，再送一段奇闻趣事。大家听说有奇闻趣事，一个比一个来精神。胖勺子问：啥奇闻趣事？刘开科说：你们大家说说，沈文奎那人怎么样？说到沈文奎，大家很快议论起来。大概意思是说，人咋样不咋样，先不说那话，就没喝孟婆汤这一样，人们提起他不是毛骨悚然，就是不寒而栗。前世的往事、今世的现情，全在他肚子包本着呢，弄得不好把你的根根节节枝枝蔓蔓抖搂出去，不说丢人不丢人，心里的阴影先急忙消失不了。再加上他那模样古怪、性格孤僻，活脱脱一个阴曹地府的鬼骷髅，一般人见了躲得远远的。

刘开科看大家兴致很高，很神秘地说：那人除了白天支应门面，一般根本不到谁家串门子。白天看起来阴死阳活像吊死鬼寻绳，晚上比谁都精神，像过了大烟瘾，独自一个人关在房子，坐在桌子前边，叫上几个小鬼，一边说悄悄话，一边写写画画，听说全部写的是阴曹地府的事情。前两天不知道从什么地方又传出关于什么“征兆”的一段奇谈怪论。刘开科说到这里故意停顿了一下，想看看大家反应如何。果不其然，大家鸦雀无声，只等着听他的下文。因为大家对沈文奎本来就有几分胆怯，现在又说到他晚上和小鬼对话，不由得一个个汗毛竖立，又好奇又揪心。刘开科见大家情绪饱满，聚精会神，这才把沈文奎那段话说出来：

征兆这东西，是阎王和玉皇提前商量好的。人类如此，动物如此，植物如此，国家社稷更是如此。一种是自然征兆。包括陨石、雷电、水灾、旱灾、火灾、蝗灾、地震等。一种是自身征兆。包括疑难病症、蹊跷语言、反常举动等。比如，“男怕穿靴，女怕戴帽”；比如，有人临终前还完所有账目；比如，有人说完绝情话之后就久别人世。还有一种是民意征兆。包括民谣、民间诡异举动等。比如，董卓快挂时，就有民谣：七里草何青青，十日卜不得生。比如，蒋介石败退时，镇子就流传着“蒋落草，江山倒；人撇竖，必去矣；一撇口，就要走”的民谣。上苍之所以安排征兆，是提醒愿意改过自新的人和组织，尽快疗治补救，以便转危为安，再图中兴；同时，也是惩罚死不觉醒的人和组织，加快他们的终结进程，以便摧枯拉朽，掀开新的一页。

听了沈文奎这段奇谈怪论，几个人半天回不过神来。因为他们对阴曹地府的事情，只有唏嘘感叹的份儿，没有议论评判的资格。加上对部分内容似懂非懂，不知道说什么好。还是瞎子五打破了这种沉默：这些事情听说过，就是叫法不一样。我理解这段话的意思是，好事坏事都有预兆，就看你看得出来看不出来。胖勺子说：你这说法，我赞成。别的咱不懂，就说街道两旁挂的那些老鼠匣子。现在明明是毛（猫）的一统天下，却让这些老鼠在光天化日下群魔乱舞张牙舞爪，是不是寻着寻着找死哩！再看看西门里这些山西人，共产党给了点儿颜色，就当大红的染上了。就像街道那些老鼠不停折腾，这个买地呀，那个置家具呀，一会儿添牲口呀，一会儿大拴车呀，忙活来忙活去，到头来还不是老鼠给猫攒呢！大家没听清意思，正在咀嚼回味。聋子染匠听出点儿名堂来，没说话扑哧笑了，心想，现如今老鼠满大街张牙舞爪，会不会像沈文奎说的，也是一种什么征兆？本来老鼠和猫就是死对头，还要这么招摇张扬，是不是预示着国家后边会有大动作？为了弄清究竟，就问胖勺子说这话啥意思。胖勺子说：我是说闲话哩，哪儿来的啥意思？聋子染匠听了个懵懵懂懂，一时不知道说什么好。瞎子五很快接了话茬：你是吃不上葡萄说葡萄酸。胖勺子说：我是看戏流眼泪，替古人担忧。人常说，眼是师傅手是秤，拃是尺子水是镜；妹妹穿着姐姐鞋，老二跟着老大来。苏联老大哥早都把样子摆在那里了，能不按人家的样子来？

大家七嘴八舌地问胖勺子，这句话里边又有啥讲究？没等胖勺子回答，刘开科却把话题岔开了：说起山西人忙着买田置产，我倒想起一件事来。这一次，冀志兴不但没买地，还准备全部往出卖呀，人家想回老家去，嫌镇子这里人生地不熟。我好好劝了一阵子，再没见说回老家的话。胖勺子问：你都说了些啥嘛，他回头这么快的？刘开科说：还能说啥，就是镇子那四个特点嘛！聋子染匠问：四个啥特点，我咋没听说过？刘开科说：除了我们这些老户，你们来镇子三天两后晌的人，能知道啥？说着就如数家珍地摆起镇子的四个特点来：

“发客不发主”是镇子的第一个特点。传说这是历史原因形成的。用现在的话说，镇子是个标准的移民镇店。古时候，这里虽然有人居住，大都是从外地迁徙而来，从来没有土著的。就是唐时迁来的张、渊、陈、王四大姓氏，先人也是来自周秦故地。事实也是如此，凡是在镇子多少有点儿地位和财富的人，很少是镇子本地人。比如，定为地主的几家老户，老先人不是外乡人，就是外省人，其中多数是从山西老槐树下迁徙过来的。最直接的证据是，这些人脚上的小拇指甲盖，全是一大一小，好像大娃背小娃。

第二个特点是“耐涝不耐旱”。好几代风水先生都说，镇子这地方，是一条平展展的大川，大川即大水大河，所以在建造镇子城时，根据风水先生的建议，建成了青龙绕大船形。千百年来，镇子不怕涝就怕旱。越涝庄稼越能收，越涝生意越红火。相反，庄稼就减产，生意就惨淡。比如，镇子一直有“好把式赶不出镇子街”的说法。镇子街道是土路，逢涝多雨，泥里水里，坑坑洼洼。过去不是木轮大车，就是胶轮大车，一旦走进镇子街道，就会陷在泥水窝里不能自拔。这时候，热心的车把式，牵来自家的骡马，套在陷落的大车上，无偿帮助往出拉。一个个赤脚挽袖，仰头张嘴，呜儿喊叫，胳膊使劲抡着，鞭梢噼啪作响，场面非常壮观。让人奇怪的是，街道两边看热闹的镇子人，不但没有丝毫不快，反而像过节一样无比开心。在他们看来，越是这种情况，越是说明镇子的前景越来越好。

“重商不重农”是第三个特点。镇子人把务农当成捎带事，所以才有了广种薄收，一年种一料、一料吃一年的粗放耕作习惯。把主要精力放在做生意上，一年四季，亲力亲为，励精图治，一丝不苟。镇子小孩的发展方向是当字号掌柜，所以从小就注意做好三门功课，四书五经、练毛笔字和打算盘。镇子小孩到乡下走亲戚时，一不留神就说出“贫而无谄，富而无骄”“关关雎鸠，在河之洲”“人之初，性本善”一类的文言词句。乡下人只能听懂后边这句，便讽刺笑话道：人之初，初人之，簇（往一块儿缝）你先生那尻门子！

第四个特点是“救贫不救懒”。谁家要是因天灾人祸，生活难以为继，镇子人都会慷慨解囊，帮助他们渡过难关。特别是对一些有培养前途的贫寒子弟，有些字号掌柜还会花重金扶持，包括学相公、娶媳妇、开字号。最见不得的是懒汉二流子，对那些馋嘴懒身子、腰吊肋子稀、干活怕出力，等着老鸦往嘴里拉的人，不但不会接济，还会像见到臭狗屎一样避而远之。镇子人口前一句话：娃娃勤，爱死人；娃娃懒，拿根棍棍往出撵！

聋子染匠说：怪不得冀志兴不回老家了，谁听了，谁都会在镇子待一辈子的！瞎子五说：开科在城里说话，你要在九龙塬上听哩！冀志兴是弄啥的人，能叫你一半句话哄住？真正的原因是，他们晋中那地方很苦寒，叫他回去他都不回去。地老鼠说：说话也很重要，一样的话，说的合适了，能叫人活命；说的不合适，能叫人送命！柳拐子站起来拍着屁股上的灰尘说：说这些闲淡事砍蛋呀，顶吃嘛顶喝？我出去还要寻晌午饭哩！柳拐子这一说，大家都抬起屁股要离开。胖勺子赶紧挡住说：先把正事办了，寻饭来得及。大家这才停下脚步，只等着听他有什么正经事要说。

特色快板

等大家坐下来，胖勺子才说：老刘不给咱说个快板，我给他这个头不是白剃了？瞎子五说：这对老刘来说，还不是小菜一碟。柳拐子见能听热闹，也不说出去寻饭了，跟上一个劲儿起哄：他要是不说，咱把他抬起来打夯！刚好这时候刘开科快板瘾发了，赶快给大家说：想听快板还不简单，不知道你们想听甜的嘛听酸的？胖勺子说：今天这快板可不好说，甜的酸的全不听，你不是对镇子很了解嘛，我们就想听镇子的事情。大家齐声叫好。刘开科说：要我说可以，那你们得出题目，不然，我不知道说些什么。胖勺子说：我第一个出题目，说说镇子上的小吃！话刚落点儿，刘开科打起竹板来：

> 便宜馆，水盆好，吃了两碗还没饱。北店子，扯面香，面条筋道嚼半晌。高门台，糊饽馍，香得买主把揖作。还有那—— 瞪眼锅盔呼噜面，咯嘣麻花咔嚓蒜，吸溜包子龇牙鸡，喝沫糊像进扯布店，嗞儿嗞儿声不断。

正说着，柳拐子搅了场：赶快停住，赶快停住，勺子也是的，镇子再没啥说了，咋能出这么简单的题目，这不是给豁豁嘴里喂豆腐嘛！现在我来出题目，说说镇子说话有啥特点。刘开科说：这又撞在我枪口上！说着又是一段快板：

> 十里乡俗不相同，五里言语也有差。镇东“挨㞗”嘴上挂，镇西爱说伢（niá）和咱（cá），镇南“这向”和“吩向”，镇北“老哥”辈分大，全镇没“cá”不说话……

瞎子五又挡了驾：停停停！胖勺子给豁豁喂豆腐，你这是给虎口塞羊羔……心急吃不了热豆腐，我的题目还没完嘛！柳拐子打断瞎子五，又对刘开科说，下面我说一句大众话，你说一句镇子话。刘开科说：随便！于是，柳拐子说前边三字，刘开科说后边两字，两人对答快板一气呵成：

> 严密叫——黏赞，能成叫——帮肩，撒娇叫——轻脸，

离开叫——撤火，耳光叫——扩破，折腾叫——出脱。

……

说到这里，柳拐子忙里偷闲抿了口茶，刘开科不愿意了：说完这段再喝，行不行？柳拐子咽了口茶说：本来我就像烧醪糟的，风箱吧嗒得就不停点，没想到你还是个狗撵兔，撵得我上气不接下气。这一回，再说说镇子的念字是咋发音的？刘开科看柳拐子把他比成狗，便针锋相对：狗说咋办就咋办！

刘开科说完，柳拐子很得意，以胜利者的姿态瞥了瞥瞎子五、聋子染匠和地老鼠一眼：我的题目出得咋样？你们谁不服气，也来试试？地老鼠坐在那里，两只胳膊抱在胸前，扭了个九十度：谁愿意说谁说，反正我今天是徐庶进曹营——一言不发！聋子染匠看瞎子五没吭声，便自告奋勇：没人说，我说！瞎子五不愿意了：咋能没人说，你想说就说，管别人干啥？聋子染匠不以为然：人不咋的，讲究还生多！开科，你不是能得很嘛，那你说说，镇子的主要行业是哪里人干的？刘开科竹板很快响起来：

老字号，造花炮，焰火留洋名声噪；当地人，手艺强，制浆造纸名远扬；山西人，会经营，布匹百货全统领；蓝田人，勺勺客，馆子做饭比不得；陕西人，脑子活，印刷染纸他老拓；河南人，干得杂，各行各业都有他；山东人，多务农，偏僻地方住草棚；小商贩，不消说，数目要比蚂蚁多。

刘开科刚说完，没想到聋子染匠夺过竹板，自己呱嗒呱嗒打起来：

商贩多，不算多，没有镇子啥啥多，又有响声又出彩，是啥老刘说出来！

说完，聋子染匠赶紧把竹板递给刘开科：不管能不能说出来，竹板不能停！聋子染匠这个突然袭击，搞得刘开科措手不及，只见竹板空响着，就是不见他说话声。窘得自己满头大汗不说，大家伙儿也跟上不停起哄。刘开科毕竟是刘开科，没有多大一会儿，竟能很快缓过劲儿来：

花炮多达七大类，各种花色百余种。焰火规模有三个，全架一百又担八，半架五十零个四，一角刚好二十七。进省就像走亲戚，京城也卖咱的货，足迹到过日本国，法国巴黎也去过，北京上过观礼台，洋人也说哈拉少！

刘开科这一说，大家确实长了见识。胖勺子很感慨：好我的乖乖，开国大典不是放了十个全架火嘛，整整一千零八十杆，一杆火就是一个中农的家当，洋人咋就那么贪心不足，还嫌放得少？刘开科笑着说：哈拉少是俄国话，意思是嫽得太！

柳拐子非常得意，故意瞄着瞎子五，意思是，你不是能得很嘛，能不能也像我这样，多少来上那么一下子，叫人也试火着开开眼界！瞎子五虽然一只眼睛不够大，但丝毫不影响观察效果，柳拐子这个无声的语言，他已经完全心领神会。于是便针锋相对：这才出了个烂屄题目嘛，就觉得自己没地方放了！说完问刘开科：今天是阳历几号？刘开科说：四号！瞎子五说：那咱就说四，竹板还是你打，我问你答！答的时候，不能太直白，不能太生涩，更不能拾人家的涎水尾巴！刘开科认可后，竹板又响起来：

说个四，道个四，看你能答多少四？
问个四，答个四，没有难住我的四！
四好吊在口头上，老刘你快说端详！
打下媳妇揉到面，煮烂牛肉砸黏蒜！
四好本来就简单，说说四艳试试看！
精明老耿会经商，不抵“条杆”见曾相。
新生姓唐跑货郎，“脸蛋”瓦碴撂过墙。
死人活着炕上躺，“奶头”竟把娃怀上。
文奎没喝孟婆汤，愣给“派头”种不上！
“四艳”确实说得好，说出“四歪”真英豪！

头歪命丧奶头上，二歪穿了三歪膛，四歪枪决西门外，二歪陪桩尿裤裆！

瞎子五看刘开科说得很利索，心里很不服气，让他现编个“四景”出来。这一下难住了刘开科，吭哧吭哧就是不吭声。霎时，那几个鼓起倒掌来，弄得刘开科很不好意思。胖勺子说：你不是能得很嘛，怎么会栽到瞎子手里！刘开科毕竟是刘开科，稍加思索，便出口成章：

别用四景把我吓，就是十景也不怕！东门外县城如画，犀牛望月空中挂，牛角就是唐塔宋塔；西门外车王党家，造车手艺顶呱呱，可惜不知姓啥叫啥；南门外川道窄狭，文昌魁星两头把，里边敬着孔达孟达；北门外北宫庞大，庙堂庭院变校厦，学生来自致（这）家兀（那）家！

瞎子五心想，别以为你老是过五关斩六将，这一次非叫你喝沫糊拉一炕不可：

> 刘开科，能吧嗒，说过四景说四瞎！
> 说出四瞎叫你哥，说不出来把头磕！

瞎子五说完先看了一眼刘开科，刘开科正在用眼睛恶狠狠地瞪着他。本来他为了在四瞎上出点儿彩，已经在心里打好了腹稿：

> 说出四瞎没有啥，关键要说瞎在哪？六儿手瞎不算瞎，
> 没有鸨儿心肠瞎，夜叉靠的昧心戥，小二屌瞎祸全城！

但是，想到母夜叉是柳拐子他妈，打人不打脸，很快放弃了这个想法。瞎子五又看了看柳拐子，意思是说，你不是以为你有两下子嘛，看看我这两下子，比得过你那两下子？因为你妈是四瞎之一，不但难为了刘开科，也不显山不露水，臊了你柳拐子的皮！柳拐子这一阵儿气得脸色乌青，恨不得把瞎子五当豆子咬碎嚼烂，吐在地上用脚碾成面面。大家伙儿笑得很开心。无论是叫哥还是磕头，他们都能看热闹，所以使劲儿起哄。刘开科没办法，只好告饶说：算你狗日的狠，在四瞎上我认输行不行？瞎子五说：能行嘛！刘开科见没提磕头的事，赶紧站起来要走。瞎子五挡住说：把头磕了再走！刘开科只好认真起来：我说了这么长时间快板，难道就抵不了磕头？胖勺子说：快板已经和剃头顶了杠，头不磕不行！刘开科说：你剃头已经把我便宜占了，不能一个萝卜两头切！胖勺子说：我占你啥便宜了？刘开科说：当老二！大家哄的一下笑了。瞎子五说：要顶杠可以，你再给咱说一段快板。

刘开科想了想，你们长辈我不敢乱说，把你几个砖头烟锅，不好好修理修理，我这口恶气出不了！

> 屎不顶瞎狗吃屎敢冒吞，灯不明能看清黑麻咕咚，路不平端尿盆从不仄楞，声不行耳朵比好人还灵，尺不盈好的不偷着吃屎，五个人没一盏省油的灯！

打呀！五个人异口同声。刘开科害怕挨打，赶紧揣上竹板撒腿就跑，只听刺啦一声，油门帘被他撞得撕下半片来。

有志犯事

第二天，高步宽吃过早饭，急急忙忙来到拐角店，快要上门台时，对过卖干果的冀志兴突然喊他。高步宽听见喊声，回身来到干果摊前。冀志兴站起来，在他耳边小声说：永福祥的苏有志出事啦！高步宽心想，他一个卖醋的能出啥事？冀志兴见他半信半疑，又说：他用你买兴盛宫的钱，买了好多粮食，准备今年过年，挽起袖子赚上一笔哩，结果几个孩子不是这个病就是那个病，把做醋的钱看了病不说，还占了好几个人，不但没翻过身来，还把烂子越弄越大。等几个娃病好了，生意进入了淡期。淡期就淡期吧，只要天天开门，生活也能维持。万万没想到存放了好长时间的粮食，因为天气回暖，加上房子到处漏雨，没有来得及晾晒，雨水渗进去全部发霉变质，有的还发了芽！高步宽问：一共多少粮食？冀志兴说：大小几十老瓮哩！高步宽说：这个苏达呀，真是把孽造下了！你让他赶快悄悄处理掉，千万不敢让人知道，正在统购统销风头上，弄不好会掉脑袋的！冀志兴说：现在处理已经来不及了，街道组织卫生检查，闻见他屋里霉味太大，掀开瓮盖一看，粮食霉得一塌糊涂。庙前里已经组织人去他家看过了，还开了一次斗争会，差点儿没把苏有志整死！听说下一步，还要在全镇开现场会，发动群众斗争他呢！高步宽说：这么大的事，我咋一点儿不知道？冀志兴说：因为咱们是乡党，没人给咱透风，我要不是拾人家的涎水把把，也和你一样是一帽子乌黑！

高步宽摇着头叹息道：苏达运气咋这么背的。冀志兴说：你在镇子结交的人多，能不能想想办法，不然，非把他整死不可。高步宽说：活罪该受还得受，谁让他干这种窝囊事呢？就看下一步能不能把死罪免了。说完转过身去了拐角店。别看高步宽说话冰冷生硬，但是他的想法比较切合实际。如今又不是旧社会，可以日鬼掏蛋寻情钻眼，当前，正在统购统销的风头上，就是天王老子谁敢往枪口上撞！退一步说，就是没有统购统销，糟蹋粮食本来就是天怒人怨的事情，政府不抓你不斗争你，会给你说好话不成？联想到解放这几年，确实有个别人不像话，社会安定了，日子好过了，好了伤疤忘了疼，就不知道俭省。怪不得政府要统购统销，怪不得政府要三反五反！又反过来想，杀人不过头点地，苏有志这事情，错也错了，罚也罚了，斗也斗了，接下来也应该具体问题具体对待了。苏有志在粮食霉变问题上尽管有错，但也不是没有具体原因，不能不分青红皂白，一棍子把人打死。于情于理于公于私，自己都应该给政府反映真实情况，以便政府在最后定案时，能够把握尺度不枉不纵。至于能反映到啥程度，最后能有个啥结果，只能是尽人事听天命了。

高步宽安排好生意，赶快回到家里，让枣花马上到永福祥，把苏有志没人管的几个孩子接到家里，管吃管住管上学。接着又去了骡马大店，要哼囔骑上车子赶快朝县上赶，无论如何，让涎水娃给镇政府做做工作，最好能给苏有志网开一面。他一再强调，苏有志粮食霉变根本不是对抗统购统销，而是房屋多处漏雨，五个孩子又接连有病，人忙得顾不上，眼睁睁把时间耽搁了。要不然，人家把这些粮食做成醋，不知道要多卖多少钱呢。没有哪个人，宁愿自己赔钱不想卖给国家的！哼囔推车子出门时，要他无论如何把几个孩子看病的证明和房屋漏雨的证明搞到手，不然口说无凭。高步宽让哼囔先去县上，证明和药方随后就叫人朝上递。高步宽硬是看着哼囔骑着车子出了骡马店，才急急火火赶到北店子门口的干果摊前，给冀志兴说：赶紧把生意交给腊梅，抓紧时间把那些证明送到镇政府，越全越好，越快越好！

翌日，现场会在庙前里如期举行。原来一街两行的小商小贩全部收了摊，取而代之的是大大小小几十口老瓮。每口老瓮外边贴着白纸黑字，内容是“对抗统购统销，糟蹋民脂民膏”等等。所有瓮里的粮食全部霉变。有的瓮里粮食已经长满了一层绿芽，有的瓮里粮食变成了乌青发黑的块状物，有的瓮里粮食全部沤成了金黄色的粉末子。霉变味充斥着庙前里的角角落落，熏得人掩鼻捂嘴。当时正是青黄不接的时候，不少人饥肠辘辘，吃了上顿发愁下顿。加上实行统购统销，食油和粮食定量供应。特别是购买的时候，天不明就要起来排长队。排队本来也不是什么大不了的事情，但是由于调运艰难，僧多肉少，排队的辛酸就可想而知了。有时候不光是受热受冻，好不容易排到跟前，不是货物断档空手而归，就是有的人把钱挤丢了，有的人把瓶瓶罐罐挤碎了。人们半开玩笑半发牢骚，说得最多的几句话是：“袖狗娃（排队），挤疙瘩，贼娃子看见笑哈哈！”“罐罐来，罐罐去，回去提个罐罐系！”“统购统销万岁，油葫芦站队！”就是在这种大的背景下，看到这种惨不忍睹的场面，有的人唉声叹气心如刀绞，心疼得止不住想流泪；有的人情绪激动咬牙切齿，生气得一个劲儿跺脚。站在高门台饭馆门口的主持人，手执大喇叭式的铁皮传话筒，一百八十度来回转着圈，一边批判苏有志对抗统购统销的罪行，一边宣传三反五反的重大意义。老百姓群情激昂，义愤填膺。追悔莫及的苏有志，弯腰弓背垂手低头，尽管站在粮食瓮后边，还有工作人员保护，但从人群中丢过来的瓦碴，砸得头上疙疙瘩瘩；唾过来的唾沫，溅在身上落雪飞花。

主持人突然拿着传话筒，大声喊道：老乡们！同志们！斗争苏有志的大会，现在开始！先把对抗统购统销的苏有志押上来！主持人话音刚落，苏有志很快被工作人员押到高门台饭馆门口。主持人接着说：今天这个斗争会，没有专门指定发言，谁想好了谁就说！主持人本来还想多说几句，给大家留点儿准备时间，没想到刚说完这句话，我发言！我发言！我发言！举起的拳头森林一般。经过主持人允许，发言很快就开始了。发言者有老有少，有男有女，有干部有农民，有识字的有不识字的，声音洪亮，义愤填膺。

发言正在进行中，不知人群中谁喊了一声：让苏有志站在板凳上！还没等主持人发话，一个长条木凳已经从高门台饭馆递出来。苏有志赶紧接住凳子摆在自己面前，很自觉地站上去。斗争会又开了一会儿，不知道谁又喊了一声：叫苏有志跪在凳子上！还是没等主持人发话，苏有志又乖乖跪在凳子上。这个时候，正在发言的一个退伍军人，突然连蹦带跳上了高门台，说着说着，说到激动处，猛地抬起脚踢倒长条凳，苏有志踢里垮塌连人带凳子从台阶上滚落下来，磕得鼻青眼肿鲜血直流。工作人员赶紧把他扶起来，帮他擦了擦，但是鼻孔血流不止，就用白纸团堵了两个鼻孔，问他要紧不要紧。他说了声不要紧，又跪在了凳子上。直到开完斗争会，苏有志腿疼得站不起来。工作人员硬是连架带拖，抬上马车，送到县上受法。

事后，冀志兴找到高步宽，说起现场会，还替苏有志落了泪：这次现场会使我想起了胖勺子。胖勺子这狗日的，嘴里确实有毒呢。他说猫吃不了糨子，在嘴上抓呢。现在这统购统销，就是真真正正抓的是嘴上的事情！高步宽没有接他的话茬，而是说着自己的想法：冀达，这几年你日子该不错吧，房买了，地置了，还有啥不满意的？不要把心往别处操，多想想啥时候能把摊子换成门面！冀志兴也不接高步宽的话茬，依然按照自己的思路往下说：就像这次现场会，苏有志有过错不假，但是也不能全怪苏有志呀，为啥还要罚了打、打了罚！高步宽说：不想挨罚挨打，就不要干挨罚挨打的事情。冀志兴说：解放前那么艰难的，人都为吃饭没排过队。那时候，镇子从东到西一街两行都是小吃摊子，好吃的多得数不清。到了夜深人静，还有卖小吃的在街上忙活。现在还讲究解放了，啥都紧张得排队呢！高步宽说：心里咋想都行，嘴里咋说最好掂量掂量！

没过多长时间，高步宽带着冀志兴去县上探望苏有志。苏有志痛哭流涕：要不是你们替我跑腿寻人，案子绝对判不了这么轻，你们的大恩大德，我永生永世忘不了！高步宽说：乡里乡党的，还说这些话干啥？有啥事你就说，我们帮你办就是了！苏有志这才说：麻烦你们把几个娃送回山西老家，我父母亲年轻能管了。高达给我管了这么长时间娃，我没有啥答谢，把我所有家当留给你。我从监狱出来就直接回老家，没脸再回镇子了！从县上回来，高步宽给冀志兴交代：你就给苏达费上一回事，安安全全把几个娃给送回去；他的所有家当，用得上了你用，用不上了你卖，卖多卖少，刨过路费花销，全部归你，我不要一分一厘！冀志兴刚要拒绝，高步宽举起手挡住说：不管愿不愿意，都得这么办，除非你不认我这个老兄！

盛世社火

镇子解放这几年，邪恶势力和丑恶现象很快绝迹，社会风气和治安情况空前好转，繁荣景象已经显现。当下镇子有三十多个行业，主要有焰火、花炮、杂货、百货、国药、熟食、车马店、菜果、照相、粟行、棉花、竹器、木器、缝纫、皮革、漂染、铁工、白铁、油漆、纸扎、银汞、麻绳、裱糊等。工商业二百三十多户，其中商业一百四十多户，手工业九十多户，从业人员七百之众。逢集遇会，赶集上会者多达万人。人们关系融洽，热情向上，确确实实是路不拾遗、夜不闭户。老天爷非常眷顾，需雨就下，不需就停，收成一年比一年好。各个字号门庭若市，商贩摊点挤满了庙前里。行人摩肩接踵，熙熙攘攘。特别是到了晚上，更具渭北风情、镇子特色。

黄昏，一街两行的字号灯火通明，家家户户继续着白天的辉煌。各个饭馆食客爆满，说笑声、交谈声、夸赞声、猜拳行令声不绝于耳。机关单位灯火辉煌，有的召开誓师动员会，口号声此起彼伏；有的排练文艺节目，器乐悠扬，歌声动人。

晚上，各种小吃、甜点、热汤、瓜果、饰品、玩具、小五金、针头线脑等，星罗棋布，应有尽有。热锅上摇曳的蒸气，灯光中晃动的剪影，影影绰绰，生动迷人。小商小贩的马灯、罩子灯、宫灯以及各式各样的纸灯，像天上繁星一样，散落在街道两旁，恍若火树银花，璀璨夺目。各个字号上好铺板门，点亮罩子灯，铺柜里传出悠扬的报账声和清脆的算盘声，向满世界诉说着经营者的喜悦。

子夜，劳碌了一天的人们刚刚坐下来休息的时候，突然想起还有什么事情没有做，顿时觉得寡味无趣无着无落。思来想去，却原来少了一道必不可少的美味小吃。恰在此时，空旷寂静到处漆黑的街道上就会传来游走于街头巷尾的各种特色小吃的叫卖声。试想，在这黑乎乎静悄悄的夜里，突然哪家铺板门传出吱儿的开门声和要小吃的呼唤声，卖小吃的就会挑着担子立即迎上前去，随后在萤火虫一样的暗淡灯光和薄纱似的蒸气水雾笼罩下，便是双方轻言细语的愉快成交。

在这政通人和、风调雨顺的太平年间，镇子即将迎来又一个农历新年。腊月二十这天晚上，王金贵来到高步宽家说：高达叔，这些天，在广大群众的强烈要求下，今年镇上准备大闹社火呀。初步安排是：初八到十四，外围乡村的社火来镇子展演；十五是镇子城内的镇东镇西，也不分哪村哪组，也不讲哪街哪巷，组织社火比赛。赛法还是老办法老规矩。咱们镇西商量了一下，都说有钱人在街里，能人在街里。街里又说，有钱人在咱组，能人在咱组，结果是巷里推街里，街里推咱组。人家说，只要咱们出面组织，他们保证出人出钱。弄来弄去，要社火成了咱组的事情了。现在大家把烧把头塞给我，你看，这事咋办呀？高步宽掐灭烟头说：只要有钱有东西，那没有啥组织的。王金贵愁眉苦脸：他们说出钱，那要从老百姓手里收哩，真正要靠这钱，还不够塞牙缝。高步宽说：钱我想办法。王金贵说：要是用你的钱，哪怕今年这社火不要呢！高步宽说：不全是我的钱，我动员几个字号出，但是钱我不经手，到时候你自己去拿。王金贵说：看把你害怕的，你高达叔弄啥，谁说过个不字！高步宽说：这种事情我经过，三反五反的时候，多多少少都有点儿问题，就我芝麻大的问题没有，有人不服气，说我难道就没尝过点心渣，硬要叫我掏尝钱，最后退赔的时候，为了少费口舌，尽管我一口没尝，还主动给人家退了几毛尝钱。所以这钱我绝对不经手！王金贵说：钱的问题解决了，那主意谁给咱出？包括都出哪些芯子，特别是自编芯子咋办？高步宽说：西门里有沈文奎、刘开科，就不愁解决不了这些问题！王金贵说：这么大的工作量，咋能忙得过来？高步宽说：到时候你只要把人供上，剩下的事不用操心。王金贵又说：这些还得保密，不然比不过镇东。高步宽说：我家地方大，锁上门做，到十五早上再在街道搭架子组装，那个时候，他们就是知道，也来不及了。王金贵又说：那几个组说，要比过东街，最好上血社火！高步宽摇着头说：大家高高兴兴过年看热闹哩，你们可让大活人坐在芯子上，拿着大砍刀，或砍头剜眼，或开膛破肚，或大卸八块，肠肚外流，血里呼啦，瘆人刺眼，像个啥样子！王金贵赶紧说：你说不上咱就不上！从此以后，凡是具体参与准备社火的人，很快聚集到高步宽家，关起门忙活起来。

很快新年就到了，人们高高兴兴张灯结彩，燃放鞭炮，辞旧迎新。特别是经过除夕团圆祭祖守岁，初一鸡日给本家邻居拜年祝福，初二狗日大包小包回娘家，初三猪日你来我往走亲访友，初四羊日全家老少守家祭灶，破五牛日烧香祭祖送穷开市，初六马日收拾农具清扫备耕，初七人日杜门不出居家养心。从初八谷日开始，就是一年一度最热闹的耍社火了。镇子的社火自古以来，在渭北这个汉唐京畿的大县，那可是闻名遐迩，就连以北寺唐塔和南寺宋塔闻名于世的县城也比不过。因为当时的县城，四街八巷尽是石头牌坊，高台社火是过不去的。

正巧，初八镇子逢集。镇子本来就是四八集，即初四、十四、二十四，初八、十八、二十八。初四是镇子年后的第一个集，因为初四羊日守家祭灶，赶集的人三三两两，逢集跟不逢集差不了多少。所以初八实际上就成了镇子年后的第一个集日，也是约定俗成的耍社火的起始之日。这一天赶集的，买农器家具的，看社火的，走亲访友的，卖灯笼的，看热闹的，新帽新衣，新裤新鞋，呜儿喊叫，蜂拥而至。镇子人为了迎接周围各乡的社火进城，街道两边的门台上，每隔几家，或点心麻花，或水果茶水，或瓜子花生，或鞭炮花火，不一而足。只要社火一到，就有人捧上点心水果，有人端茶送水，如果社火好，还有放鞭炮的。今年也不例外，一直从初八热闹到十四，几乎天天耍社火，日日像逢集。

人们翘首以盼的正月十五终于到来了。这一天晴空万里，阳光灿烂，气温明显回升了许多。天不明，镇西就在刘开科门前搭起了齐房檐高的脚手架，开始装扮社火。总指挥王金贵跑来跑去口干舌燥。高步宽坐在生着火炉摆着瓜子、花生、茶水的方桌旁，悠闲自得地边喝茶边抽烟。何可人、沈文奎、哼囔、耿诚信、唐新生、冀志兴、胖勺子、瞎子五，柳拐子、聋子染匠、地老鼠、王银贵，以及城门外街道里后巷子的男人女人，一部分忙着扎社火，一部分忙着化妆打扮。刘开科说着快板给大家鼓劲儿加油活跃气氛。

吃过早上饭，镇子周围四乡八村的男女老少，一色节日盛装，潮水般涌进镇子。镇子的商店字号和机关单位，全部关了门，门口放着点心、开水等，有专人管理。那些在街道两旁摆摊的小商小贩提前收了摊，专门给耍社火腾出了场地。满街道人头攒动，摩肩接踵，熙熙攘攘。三里长街成了人的峡谷，人的峰峦，人的河流。街道两边的门台上，靠门面的凳子上，二层木楼里，矮墙头上，站着人，骑着人；还有人架人，人背人，人抬人。人们都在期待着那一辉煌时刻的到来。

王金贵看了一眼高步宽，指了指天上的太阳，意思是社火该开始了。高步宽很肯定地点了点头。王金贵这才站起来，从方桌上拿起特制的信号起火，伸手从高步宽嘴里拔出烟火，举在头顶很快点燃捻子，手伸在一边，头歪在另一边，很快起火，唰的一声飞向街心。镇东镇西的铳手们看见信号，很快行动起来。只见柳拐子身上斜背着缠了几圈，用蒿草拧成的绿中泛青、青里透黄的火要子点燃铳眼，另一手握着铳杆，身子斜着，举得老远，脸避在一边，嘴巴大张着。周围大人小孩赶紧捂耳朵缩脖子。顷刻间，全镇子东西两街百十杆铁铳咚咚作响，惊天动地。人群中的呼哨声、欢呼声，此起彼伏；锣鼓声，鞭炮声，排山倒海。镇东和镇西的社火既像两条彩色斑斓的长龙，又像两艘庞大的巨轮，在人群的海洋中乘风破浪缓缓前行，他们将在庙前里展现精彩，一见高下。

走在镇西社火最前边的是齐刷刷的八个开道者。他们手中丈余长的麻鞭甩得啪啪脆响。八条长鞭像八条银蛇在人海中上下翻飞。开道鞭是由拇指粗的四股白麻丝编的，甩鞭的多是吆马车的高手，人高马大，体魄健壮。个个羊肚手巾，白褂褂，黑灯笼裤子，红缨缨鞋，白土布大腰带缠在腰间好几匝。满目粗犷美，一派阳刚气。其中最显眼的要数哼囔了，腰杆直挺，豹头环眼，机敏狡黠。原来的轻功底子姑且不说，因为新中国成立后一直经营骡马店，鞭子练得相当出色。鞭打一条线，梢子能切面，叫你往东走，不敢朝西看。最叫绝的是回头鞭，关键时候，还能打出许多杂耍花活来。社火还没有走多远，就被人群团团围住止步不前，好几个鞭手说啥也驱不散。哼囔一来，只见身子一纵，啪啪响鞭炮似的甩了两个“囊中探宝”，两个人的帽子就不翼而飞，人群很快闪出一条道来。从那以后，他的鞭子在人群的海洋里，一抽一道峡谷，一抡一个旋涡，一甩一排堤坝。

西街的唢呐队也没人比过，因为有台柱子瞎子五。他个子敦实，脸膛黝黑，眼睛一闭一睁，身上老是离不开连吃带拿油亮发黑的吃食布袋。那五支呜里哇啦的唢呐博得了人们的阵阵喝彩。一个鼻孔吹一支，嘴里吹三支，五支唢呐被红绸子绕着，随着脑袋有节奏地晃动，一路不停地画着圆圈。只见他脸憋得青青的，眼睛瞪得圆圆的，两个腮帮鼓得像猪尿脬。人们给他那黑布袋塞零钱吃食的同时，有的叫吹《犍牛流泪》，有的叫吹《喜鹊闹枝》，有的叫吹《叫驴亮嗓》，他是有求必应。很有意思的是，瞎子五吹着这些曲子，大人小孩却整齐地喊着那些很有意思的段子。瞎子五越发卖劲儿了。一直跟着社火队的高步宽，担心他身体受不了，一再示意瞎子五悠着点儿吹。

在戏曲人物中，青年男女最爱看耍丑的，边看边跟上跑。丑角中最逗人的要数聋子染匠男扮女装的媒婆子王妈了。那黄瓜似的脸型，好像刚钻过面缸煞白煞白；颧骨上两块红胭脂，像粘了两块红苕皮。嘴角那个黑痦子，黝黑发亮夸张显眼。一身绲边彩花黑缎子衣裳，袖子和裤腿又宽大，胸部捆着驴拉磨戴的安眼充当奶头。后脖上别了杆三尺长的旱烟袋，烟袋杆上吊着装烟丝的黑布袋，在头顶晃来晃去。一路上不停给两边人作揖耍怪：恭喜发财，不敢胡来！四季平安，别踩脚尖！见了大姑娘：想女婿不？见了小伙子：想媳妇不？想要只管开口，妈就是专门弄这事的！羞得小伙子、姑娘见他老远就躲。

当时，镇子的社火是人抬着走的。社火底部根据人物多少和架子高低，分别绑了四至十二根木杠子。那些抬社火的镇西人，在王银贵的组织下，虽然大汗淋漓，气喘吁吁，但是为了本街的荣誉，没有偷懒的。走到仄棱处：脚踏稳，手抓牢，低处撑硬高处猫！走到平坦处：不要闪，不要急，步子拉匀缓缓移！在喊号子协调动作的间隙，他们还不停打趣逗乐呢。一边喊：北边的牛牛快点儿走！一边对：南边的把把别乱瞅！铜子（铜圆又叫铜子，偕同志音）们哟，鼓些劲哟！麻钱（指方孔铜钱，与铜子相对应）们哟，别着急哟！点灯不用油，耕地不用牛！住的是洋楼，吃饭不发愁！洋楼（分头）一摆，媳妇几咻（几个）！钢笔一别，媳妇一些（许多）！呢子一穿，女婿一摊！辫子一抡，女婿如云！苦在其中，乐在其中。

社火队终于来到了庙前里。这里人声鼎沸，锣鼓喧天，真可谓火爆至极，欢快至极，整个镇子简直要被这欢乐的巨浪冲击得腾空而起了。说是比赛，没有裁判，没有评分员，也不发奖牌，确切地说，是镇子社火的大展演。比赛分初赛、决赛。初赛开始后，镇东、镇西所有社火，先是一对一在庙前里转一圈就离开，群众给谁喝彩，算谁赢；都喝彩，算平。最后挑选几台社火进行决赛。双方的同一台社火在庙前里转三圈，评判办法跟初赛一样。当然，比赛中少不了磕磕碰碰，甚至还有动家伙打得鼻青眼肿的呢！不管是演也好、看也好，乐也好、苦也好，吵也好、闹也好，骂也好、打也好，他们就是要通过这种形式，张扬个性，挥洒情趣，展现精彩！

最先进入决赛的是锣鼓队。队长是耿诚信，指挥是刘开科。鼓一排，镲一排，锣一排。镲锣一排各十人，鼓分大中小每排一个、两个和四个不等。鼓手们一划彩衣。打镲敲锣的，羊肚手巾白衣裳。进入场地后，阵容迅速发生变化，一面最大的鼓置于街道中心，四周中鼓小鼓星罗棋布，每个鼓周围都有一定数量的镲和锣。敲鼓的按大中小分别为四人、两人和一人不等。鼓手们有的自转，有的围着鼓转，还有的在鼓面上翻跟头，或者围着鼓边打车轱辘。敲鼓的好像面对的不是鼓，而是一汪透亮清澈的泉水，鼓槌一砸一个巨涛，一颤一涓细流，一甩一朵浪花；敲锣、打镲的，踩着鼓点，一会儿正转，一会儿反转。镲声排山倒海，锣声泉水叮咚。还有更绝的，捂着敲镲如鸭子呱呱叫，胳膊夹着打锣似狗汪汪咬，用手压着打鼓像是在锅里嘣苞谷豆。整个锣鼓队像个万花筒，变化无穷，气象万千。其古朴雄壮的气魄，虽然比不上冼星海的《黄河大合唱》气势磅礴，但也不乏雄浑恢宏。那声势，气吞山河，铿锵有力，夺人魂魄。这粗犷朴实的风格，尽管没有专业院团表演得洗练精致，可也称得上形肖神似。那节奏，跌宕起伏，激越狂放，令人陶醉。

最能反映镇子文化层次和社火水平的，要数自编社火了。有古有今，抑恶扬善，紧密结合对方街道的实际，挖苦得他们苦不堪言。用现在的话说，既有思想性，艺术性，也有批判性和挑战性。今年，镇西自编社火的名称是《陈秀才埋儿》，唐新生扮演书生，扛了一把锨，背口小棺材，边哭边诉，指桑骂槐，台词尖酸刁钻。说的是解放前东街一个晚清秀才贫困潦倒卖儿子的事情，借“埋”“卖”同声，挖苦镇东人穷志短，无情无义。镇东自编社火的名称是《河东人砸锅》。表演者是个生意人打扮，用木棍敲击一口锅，口中念念有词，借古讽今，用语辛辣刻薄。借用民初蒲城侠士郭坚在黄河岸边遭河东阎军突袭一事，取“锅”“郭”一音，讽刺镇西人吃谁饭砸谁锅，为富不仁。因为有约在先，又是礼尚往来，双方只好忍着受着强作欢颜。

自编的猜谜社火很有意思。先是镇西让镇东猜。社火内容是：胖勺子扮演员外，地老鼠扮演乞丐；乞丐表演动作，员外让猜四字。第一个动作是，地老鼠踩高跷。员外问哪四字？镇东指挥说：没高多少！员外说：没猜对，是取长补短。第二个动作是，地老鼠踩木屐。镇东人说：长进不大！员外摇摇头：自高自大！第三个动作是，地老鼠打哈欠。镇东人说：气儿不长！员外说：这一回瞎狗吃屎，吞到屎尖尖上了！第四个动作是，地老鼠打墙。镇东人说：一半是人！员外说：只有一半，你只说对了“一半”！第五个动作是，地老鼠放屁。镇东人说：底气不足！员外说：低声下气。最后动作节目全部猜对了，一个是地老鼠爬坡，谜底是步步高升；一个是地老鼠排队，谜底是倒数第一。

接着是镇东让镇西猜。镇东三台戏剧是三个字虎，让镇西猜个三位数字。第一个字虎是“子飘然去了”，戏名是《清风亭舍子》，戏剧人物是老生老旦小生。第二个字虎是“春日人不见”，戏名是《崔护借水》，戏剧人物是一小生，身后屏风上写有一首诗：去年今日此门中，人面桃花相映红，人面不知何处去，桃花依旧笑春风。第三个字虎是“分明杀人不用刀”，戏名是《钉呆迷》，戏剧人物是继母给先头儿头顶钉钉。三个字虎的功夫不在字虎本身，而在字虎和戏剧结合得天衣无缝，文字游戏水平一览无余。

这时，沈文奎赶快给王金贵递了个条子。王金贵撕开念道：二四五六七九十，数字巧妙藏戏里；没有学富五车书，哪来如此好功底。巧巧巧！

镇东指挥听了脑子发木、手忙脚乱不知所措，突然也有人给他手心塞了个纸疙瘩，镇东指挥撕开一看，笑着回敬了四句半：十个数字不说全，反把谜底当谜面；知道谜底不明吟，猜谜突变出谜人。妙妙妙！

最后是压轴社火。镇西是二十四台大转，顾名思义，由二十四人抬着，整台社火可以做三百六十度旋转。大转分三层，最顶端一层是《五女拜寿》，第二层是《八仙过海》，第三层是《十三妹大闹能仁寺》。整个大转活像一朵盛开的莲花，绚丽多姿，富有变化。最顶端的五女拜寿，是五个小姑娘荡秋千，秋千绳子像胡弦，肉眼看不见，看得人心提到了嗓子眼，身子不由自主随着秋千的节奏前后摆动。镇东毫不示弱，形式和镇西差不多，只是最顶端有个小平台，上边是脚踩短高跷的孙悟空，抱着铁柱金鸡独立，手搭凉棚，四下张望，好不得意。霎时人群中一片惊呼，一阵赞叹！就在这时，镇东指挥猛敲了几下锣，接着把传话筒套在嘴上喊道：老乡们，请看更精彩的，让孙大圣踩着高跷，原地给大家翻三个没底猫跟头！这一喊，人群中呼哨声、呐喊声、鼓掌声响成一片，一个个争着挤到前边看热闹，不一会儿现场就乱作一团。

这阵子，那一条条银蛇似的开道鞭又上下翻滚起来。表现最出色的仍然是哼囔，只见他那双环眼转来转去，好像又在酝酿着什么绝活，将鞭子轻轻向上一抛，又使劲儿一抡，鞭梢便在空中画了个水波浪浪。人群怕鞭梢伤着自己，一下子后退了很多。不巧的是，就在人群后退的一刹那，镇东的孙悟空哎哟一声从平台上跌落下来。只见哼囔一转身，来了个“双手捧月”，便将坠落的孙悟空一把揽在怀里。这时，镇东社火队乱作一团。人群中喝倒彩的，鼓倒掌的，打呼哨的，此起彼伏，不绝于耳。不知镇东谁喊了一声：镇西捣了我们的鬼，抓起家伙打呀！话音刚落，镇东、镇西的社火队立时剑拔弩张，眼看就要打在一起。在这千钧一发之际，镇东的指挥大声喝道：别胡来，我们栽了跟头，还不知道什么原因，说明我们功夫还不到家。今年不说了，明年再见！

晚上，关帝庙唱大戏放焰火。请的是县剧团，演的是传统剧目《黄鹤楼》；焰火是镇子人自己做的，放的是五十四杆半架火。人多得能挤破戏园子，哼囔也在看焰火的人堆中。他借着火光看见高步宽也来了，赶快豁开人群挤到跟前说：你看兄弟下午那一手怎么样？我就不信了，就兴他们镇东有孙悟空，不兴我们镇西有如来佛！高步宽早都想收拾他，一直找不见人，刚好自己送上门来，便冷冷地说：要社火本来是图高兴的，你这一使手段，谁能高兴得起来！

第三部

步宽淡定

高步宽正在大刀阔斧，紧锣密鼓，大踏步推进他的发家计划的时候，轰轰烈烈的合作化运动开始了。镇子上的生意人，又经历着一次新的选择。

高步宽经过几年的发展，家道殷实、生活小康，土地已经增加到四十多亩，有了一挂大车、一辆轿车、一头骡子、两头牛、一圈羊。土地全部让人租种，大车、轿车、骡子、牛供人租赁，羊还继续养在羊肉馆子里。拐角店的生意与公家合了营，他自己一夜之间由东家变成了账房。一个四十多岁的半大老头子，还要戴着滑在鼻尖露着双眼的老花镜，时而满把紧攥黄管、褐头、黑尖的小狼毫，中规中矩、一丝不苟地在账本上“描龙绣凤”；时而笔管夹在指根，几个指尖灵活自如，不停地跳跃在算盘上“玉指弄弦”。账房这个位置对高步宽来说，不高也不低，不高是比门市部领导低，不低是比一般店员高。门市部这样安排，是经过深思熟虑的。安排具体工作吧，高了不可能，低了不合适。不安排具体工作吧，手里没事干，害怕他嘴上接受，心里接受不了。所以安排他到账房，再合适不过了。说起来是要害岗位，不需要干要害岗位的事情。因为账房本来就有先生，根本用不着他埋头摇笔管，抬头拨算盘，忙里偷闲两个眼珠还要在石头镜后边上下翻滚。他只要端着袖珍茶壶，转转看看有那么个意思就行。现在，之所以披挂上阵，亲力亲为，完全是主动性和习惯性使然。公私合营的时候，他心情非常激动，主动性极其高涨。上级还没有动员，一听到消息，主动找着合营。正式合营以后，热情依然高涨，总想给门市部多做点儿贡献。所以常常以账房先生动作迟缓为由，自己亲自操起刀来。结果是，应该干的成了晃来晃去转着看的，应该看的倒成了吭哧吭哧埋头干的。账房先生有看法没办法，想说不敢说，逆来顺受。

铺子领导看见装没看见，睁只眼闭只眼，听之任之。

这一天，账房闲来无事，高步宽帮着干杂活。哼囔急急火火找上门，看见他手里拿着抹布擦铺柜，喉咙里哼哼囔囔说：国家让你当八贤王，那是句客气话，实际上就是不想叫你操心了，专门让你吃官饭放私骆驼哩，连这点儿眼色都看不来。你不是把牛轭头架在脖项，一人把犁曳跑了，就是丢下杈把摸扫帚，放下笸篮逛筛子，你是不是想踢人家店员的饭碗呢？高步宽放下抹布，笑着说：有事说事，别耍人来疯！哼囔这才一本正经起来：我刚才路过你家，听见里边吵吵闹闹，走进去才知道租车的给不够价钱，枣花不依不饶。你快回去看看到底咋回事？高步宽这才给店里打过招呼，跟着哼囔回了家。走在半路，高步宽说：既然找我有事情，说那些多余话干啥？哼囔说：你要是这么看，就说明你确实背时了。再者说了，请将不如激将，我不如此这般，你会乖乖跟我回来？

高步宽回到家，和哼囔一左一右坐在厅房方桌两边的圈椅里，你一根我一根抽起烟来。枣花见两人落座，赶紧倒好茶，一人面前放了一杯。高步宽问枣花：你刚才跟谁吵架来？枣花感到莫名其妙，刚要问咋回事，哼囔赶紧说：不是租车的和枣花吵来，是我和枣花吵来。我嫌她吃饭不管世事，眼看成立合作社呀，也不劝你赶快变卖田产。到时候一切入了社，后悔就来不及了！枣花这才说：他哼囔叔说得对对的。最近以来，有好多人家卖房的卖房，卖地的卖地，卖牛的卖牛。就你和那几个山西乡党，不但啥啥舍不得卖，还不停地置地置房置家当。到时候入了社叫人家一爪子抓了去，咱们这么多年不是白忙活了？高步宽说：你说完了没有？枣花说：说完了！高步宽说：说完了，赶快做饭去，娃一会儿就放学了！

枣花离开后，哼囔说：高达，要抓紧卖哩，再不敢耽搁了。你要是不便出面，我帮你卖！高步宽不置可否，还是照样抽他的烟。哼囔越发着急了：卖得迟了，卖不成咋办？高步宽仍然是一声不吭。哼囔急得脸色铁青：卖与不卖，你倒是说句话呀！高步宽这才弹掉一直带在烟上的烟灰，轻描淡写地说：不卖！哼囔问：为啥？高步宽说：我跟人不一样！哼囔知道他是说自己成分高，便劝道：土地买卖自由，与成分没关系！高步宽说：有关系不卖，没有关系也不卖！哼囔说：我明白了，你不相信能合作成，想等等再看，说不定这些地还能保住！高步宽摇了摇头。哼囔说：那你到底啥意思？高步宽心想，你原来老说我看的是致家的书，致家敲锣打鼓要按他们的办法办了，可我口是心非故意和人家拧麻花，那我成了啥人了？再者说了，合作化、共产主义，是好事情嘛，不愁吃不愁喝，谁还单干干啥？真格是心还没操够，苦还没下够？于是就说：你不要忘了，我看的是那家的书！哼囔嘿嘿笑着说：我咋能忘了嘛，书你照样看嘛，社你照样入嘛，只要卖上一半，只有共产党对不住你的，没有你对不住共产党的！高步宽只笑不说话。哼囔说：这一回，我看你还有啥话可说？高步宽说：我这人喜欢吃敬酒，不愿意吃罚酒，不像我乡党苏有志！哼囔说：成分问题本来就很牵强，现在怎么又冒出个苏有志来？高步宽说：苏有志要是不在统购统销风头上出那事，会被公家关监狱？哼囔这才想明白了，高步宽为人处世，追求的是十全十美，既然人家把话说到这个份儿上，自己就没有必要箍着人家在人品上打折扣了！便起身告辞说：你看，我只顾给你操心了，却忘了我店里的事，娃都快放学了，我得赶紧回去。先别急，高步宽挡住他说，你劝了我这么长时间，你到底是啥打算？哼囔说：啥打算？我还能有啥打算？我这行当就把我框死了，只能一边经营骡马店，一边干洋车子经纪。再说了，我一辈子没务过农，逛荡惯了，养下这馋嘴懒身子，天生就是在凉房底下待的命，不想黑水汗流下笨苦，在黄土窝里土不拉唧拨拉钱！

哼囔之所以劝说高步宽变卖田产，关键还是对高步宽的真实想法不太了解。高步宽从小父母双亡，由大伯大妈抚养，实际上，吃穿生活，本家大婆也没少操心。当时，在大伯的张罗下，经乡党引见，准备在镇子“马半国”的山西马家大字号当学徒。

临走，一向疼爱他的大婆，要他过来跟她睡一个被窝，说有事要叮咛于他。等大伯大妈给他准备好行李盘缠，时间已经很晚了。当时虽然已经过了正月十五，依然是春寒料峭，寒意浓浓。他赶紧来到大婆家，推开门，大婆已经吹了灯钻进被窝。听见他进来，大婆没有点灯，指着脚头说：炕热得很，赶紧往进钻！高步宽脱光衣服，钻进满炕是光席的滚烫滚烫的被窝，别提多舒服了。当时他们老家那一带睡觉，不管男人女人、大人小孩，根本不穿背心裤头，普遍是一丝不挂溜光席。婆孙俩开开心心说完家常话，最后，大婆突然说：娃呀，你这次出门学相公，为的是将来做生意，但是不要忘了，生意做得再大都是水上漂，庄稼收成再不好，都是一本万利！要想发家，就得好好做生意；要想牢靠，就得好好种庄稼。无商不富，无农不固！

大婆说完这段话，停了一会儿又说：还有一件事要给你交代，君子爱财，取之有道，千万不敢贪不义之财。过去，有个农人开荒，挖出一罐金条，金光灿灿，农人不想据为己有，原样埋回老地方。回来说给老伴，让隔壁后生听了去。

后生笑农人愚，到地里挖回金罐，结果竟是一罐蠕动瘆人的小花蛇。后生以为农人诓他，便揭去农人家瓦当，把花蛇倒在农人炕上。谁知道，小花蛇落到炕上丁零当啷，竟然变成黄灿灿的金条，气得后生从房上滚下来，差点儿丢了性命……就在这时候，高步宽伸了伸腿。不凑巧的是他这一伸腿，脚正好蹬在大婆私处，大婆生气地呵斥了一声。他尽管知道自己犯了错，并没有意识到这个举动的严重性。当地有个习俗，男人的东西女人不能随便乱动，包括自己的老婆，动了对男人不吉利。女人的私处及衣物用品，男人轻易不能碰，当然不包括自己老公，碰了对男人不吉利。他年纪轻不懂这些，所以根本就把这没当回事，还继续问：大婆，那你看我是做生意好，还是种庄稼好？大婆又不好把话说明，总感到这娃走呀走呀，突然来了这一脚，肯定是不祥之兆，不由得从心里替他担忧，很委婉地说：今天太晚了，赶快睡觉，有啥话明天再说！

一直到他离开老家，也没有听到大婆一句肯定的话。又过了两年，听说大婆在他离开老家不长时间就离开了人世。从那以后，他便暗暗下定决心，要牢记大婆的话，既要发家又要牢靠，绝对不贪不义之财，坚持一边经商一边务农！当他离开马家大字号，自己卖纸烟有了点儿积蓄的时候，一边继续做生意，一半买地让人租种。等自己有了门市部当了股东，又买了二十亩地。解放以后，还是用大婆的话做指导，君子爱财，取之有道，一边扩大生意，一边置地、置车、置房。

说起农业合作化，高步宽心里早就有了准备。且不说解放前他老早就抱着致家这本书死活不丢手，单就是解放后各种报刊关于苏联集体农庄的大量报道，大会小会关于合作化的反复宣传，就能隐隐约约感到农业合作化，不但会被中国效法，而且时间不会太远。后来在与朋友们的交谈之中，很快形成了这样的共识：农业合作化实实在在是中国农民走向幸福的康庄大道！特别是自己这个成分不算高也不算低的人，虽然没有正式被定为开明人士，但一直当开明人士对待。有时候在有些场合，比开明人士享受的待遇还高。凡事都得礼尚往来，人敬己一尺，己敬人一丈。不管别人怎么样，自己都应该是合作化的积极拥护者。这也符合自己既要发家又要牢靠的一贯想法，更符合人们普遍存在的求变心理和从众心理。所以准备继续沿用老家大婆一脚踩两只船的办法。自己一人在生意上继续打拼，能多挣现钱就多挣现钱；让两儿一女和枣花带着田地车辆牲畜入社，起码吃饭穿衣不用发愁。至于什么都舍不得卖，把那么多田地车辆和牲口家畜全部送给农业社，因有苏有志糟蹋粮食的前车之鉴，除了怕国家寻事情找麻烦，高步宽还有更深一层考虑：两儿一女未成年，给农业社出不了多大力；枣花是个妇道人家，家务缠身哪有时间下地？有了这么多家产做后盾，不管娘儿们四个干不干活，分粮分棉分红时，不但不会短斤少两缺这缺那，还没有其他人说的多余话。等两个儿子成人以后，能上学考到哪里供到哪里；上不了学，一个跟着自己经商，一个务农种田。一个手里有钱不发熬煎，一个手里有粮心里不慌，到什么时候，都是小康日子。

哼囔离开不大一会儿，高步宽的三个孩子放学回家。儿子高成钱和高成粮已经十三岁，今年完小就要毕业。女儿高水秀十岁，正上低年级。三个孩子扑到高步宽跟前说这说那，像活蹦乱跳的小兔子。高步宽心里高兴得不知说什么好。他还像往常一样，抱起女儿水秀，然后从口袋摸出糖块一一分给他们。就在他们父子嬉戏玩耍的时候，枣花在灶房喊了一嗓子：快到灶房吃饭！

高步宽和孩子们来到灶房，脚地摆了个小饭桌，饭桌上放好了饭和菜。高步宽坐下来端碗就吃。枣花坐在凳子上，经管孩子们吃饭，问：你和他哼囔叔说了半天，咱这地和车到底卖不卖？高步宽吃了一口菜，用筷子头点着她说：这不是你管的事！枣花点了点头，夹了口菜：我不是想管事，只是想知道一下。高步宽一手端碗，一手用筷子比画着说：一厘地、一根柴火棍都不卖！说完心想，好我的傻枣花哩，谁愿意把自己的东西白送人！但是不白送不行的时候，还必须高高兴兴地送，自觉自愿地送！啥原因？送给国家又不是送给哪个私人，咱还有啥舍不得的。迟早大家都得送，又不是谁一家送，人家能送咱就能送。解放前有些大财东，整院整院房，整顷整顷地，整箱整箱黄金，整匹整匹绸缎，捐给致家连眼都不眨一下，咱这连皮带毛才能送多少？咱置这些东西为了有吃有穿，送给国家照样有吃有穿，还留这些东西有啥用？高步宽的这些心理活动，枣花无论如何是猜不到的，仍然按照原来的思路说：要是不卖，就会白白送给合作社！高步宽说：宁愿白送，也不能卖！枣花问为啥，高步宽说：卖了我就有可能成为第二个苏有志。再给我多少搜寻点儿事，说不定还会成为周鹞子；不卖我永远是我高步宽！

枣花吸溜了两口稀饭说：看你说得邪乎的，事情真有那么可怕？高步宽心里直感叹，好我的枣花哩，你真是一勺一碗啊！下坡碌碡掀起快得很，事情没到那一步，你看远着哩，要是步子踏不稳，真正到了那一步，要多可怕有多可怕！镇子有句口头语说得再明白不过了，一步踏残（空）脚，步步踏残脚！不是我红口白牙说怕怕呢，那一年苏有志要是粮食不发霉，说不定还要发大财呢，就是因为粮食发了霉，违反了统购统销政策，不但生意做不成，还被扫地出门。看事情不能光看脚尖那一坨，要往远的看。钱财是人身上的垢圿，洗了一层还会生一层。眼下看是折了不少财，但是人始终在活处，将来挣大钱的日子在后头呢！如果把钱财看得太重，只想占便宜不想吃亏，到头来非落个人财两空不可！我这前半辈子，之所以还弄了点儿事，就是把事情看得很开。想到这里，高步宽用筷子头先点着自己和枣花：咱现在说话办事情，不能光考虑咱俩！再点着三个孩子，最根本的是要考虑他仨，留得青山在，不怕没柴烧！

枣花仔细想了想，也是这么回事，只好替自己辩解说：原来有大姐给你操心呢，她一走害怕你抱怨我，就学着给你操起心了，谁知道操来操去还没操到点子上。从今后是这，家里的大事我就不管了，一切你说了算，我给咱把娃管好就行了。高步宽听了枣花这些话，感触很深，心里说，渊家有渊家的长处，你有你的长处。渊家的长处你一时半会儿不容易学到手，你的长处渊家一时半会儿也很难学到手。我不会用渊家的长处要求你，你也别用你的短处难为自己。于是笑着说：你只要给咱把娃带大，就给高家立了汗马功劳！……

高达哥，不好了，登菊叫人砍了，耿达叫你赶紧过去呢！正在这个时候，寇腊梅失火似的喊着跑进门来。高步宽腾地放下碗，筷子咣地压在碗上：娃吃完赶紧叫上学去，我过去看看到底是咋回事？说完边往出走边喊：腊梅，别在外边乱喊！

登菊被砍

高步宽循着冯登菊的哭声，径直来到耿诚信房子门口，拨开透过门帘缝往里看的围观者，走进房子，一下愣在那里。冯登菊坐在脚地，两腿不停乱蹬，左手揉着眼睛号啕，右手血迹模糊，被蹲在旁边的耿诚信双手紧紧攥着，地上有血滴。曾秀奇背靠炕沿蹲着，双肘拄膝，双手捂脸，又是晃头又是叹息，面前扔了一把砍柴斧子，斧刃上有血印。高步宽怎么也想不通，平时看上去文质彬彬的曾秀奇，竟然能干出这种事情来！心里直感叹，人要是惊了，比高脚子牲口害怕得多！

高步宽走近冯登菊，弯下腰指着血手，给耿诚信说：先看伤重不重？伤要是重的话，赶快送东街卫生院！耿诚信朝曾秀奇摆摆头说：那家伙还算良心没瞎完，血是流了不少，只是蹭了个皮，不然我这日子今后咋办？高步宽这才转过身，走到房子门口，掀起门帘，给站在哪里看热闹的寇腊梅说：赶紧到我家去，跟枣花要点儿刀伤药来。

高步宽转过身，来到曾秀奇身边，冷冷地说：你都是走州过县的人嘛，究竟有啥事过不去的，还弄到了动家伙伤损人的地步？曾秀奇也不抬头，很委屈地说：高达，你不知道事情，我也是忍了再忍，实在忍不下去了，一气之下就弄出了这乱子！高步宽说：要是一般人说这话我相信，你是啥世面没见过嘛，还是啥事情没经过！不能说阅人无数，也交往过各色人等，怎么能像愣头小伙儿一样毛手毛脚！曾秀奇说：再能行的人，还有三昏六迷十二糊涂呢，还不要说我这事情，根本不是一般事情，要是放在你高达身上，也不一定能忍得住！

正说着，寇腊梅送来了刀伤药，高步宽让耿诚信取开手，才看清斧伤在冯登菊右掌根。伤口虽然不深但向外翻着，猛地看上去怪吓人的。高步宽把刀伤药粉撒在伤口上，让耿诚信撕了块白布包好，洗净血迹，把冯登菊扶上炕歇息了。

冯登菊坐在炕上，看着蹲在地上的曾秀奇，嘴里还在不停嘟囔。高步宽说：坐在那里悄悄的，是不是还嫌知道的人少？冯登菊这才安静下来。高步宽对耿诚信说：我这刀伤药是朋友从口外带的，这点儿小伤长起来快得很！耿诚信说：哥，你说今天这事情咋办呀？高步宽想了想说：咋办的事往后再说，先把脚地打扫了。耿诚信点了点头。高步宽又给曾秀奇摆了摆头说：你跟我来！说完，刚走了两步，冯登菊举着受伤的手说：血债要用血来还，这一回不能把他轻饶了！高步宽眼睛睁到额头，狠狠瞪了一眼冯登菊：一个巴掌拍不响，你也不是省油的灯！又转过身厉声问耿诚信：听我的，还是听你婆娘的？耿诚信说：当然是听你的！冯登菊说：听你的是听你的，你可不能用偏刃斧子砍！高步宽说：就是因为当年我用偏刃斧子砍了你们的事，才给我乡党惹下这么大的麻烦；现在再要用偏刃斧子砍，对得起你对不起你就是那么回事了，再要对不起我乡党，我都没脸见人了！冯登菊知道高步宽话里有话，害怕越说越多，赶紧表态说：我说的是气话，再信不过谁，还信不过你？

高步宽把曾秀奇叫到兴盛宫，径直进了房子，倒好茶放好烟关好门。然后，从烟盒抽出两支烟，V字形捏在手里，一支给曾秀奇，一支送到自己嘴里。曾秀奇赶快划着火柴，先捂着火苗给高步宽点烟，又捂着赶紧给自己点。高步宽坐在炕沿上，曾秀奇坐在靠炕沿的椅子里。高步宽抽了口烟说：今天这事情，到底是咋㞞搞的？

曾秀奇先吐了口烟雾，接着又狠狠吸了口气，情绪非常激动：高达，能发生今天这事情，怪来怪去都怪我当年太不理智了。那时候我要是稍微冷静一下，忘记原来和冯登菊的旧情，就不会一步走错步步错，以至于到现在落了个人财两空，要老婆没老婆，年近四十光棍一条！要相好没相好，两人明铺暗盖几十年，到头来却是人心隔肚皮，蛇蝎妇人心！要钱财没钱财，辛辛苦苦一辈子的血汗钱，打了水漂不说，连一点儿响声也没听见！你说我这几十年是不是白忙活了？说完竟哇地哭了。

高步宽没有急着回答他，而是一口接一口地抽烟。一边是一个大男人曾秀奇的哭声，一边是一个老朋友高步宽的沉默。曾秀奇的哭声终于停了下来，当他还要继续说话的时候，突然被高步宽抬手制止了。高步宽把烟头扔在地上，用脚狠狠碾了一下：秀奇，这事情起根发苗还是怪我。当初，你爸到镇子给你和冯登菊成亲，后来一直不见你回来，就把成亲的事托付给我。结果听说你在押货途中遇到土匪死在外边，冯登菊痛不欲生，说啥就是不相信，生生等你三年以后，还是生不见人，死不见尸，杳无音信，无奈心灰意冷，才和耿诚信结婚成家。就在这个时候，你却奇迹般地回来了。当你出现在我们面前那一刻，我真不知道怎么面对你，也不知道怎么面对耿诚信。当时，我要是能理智一些，或劝你忍痛割爱，坚决与冯登菊一刀两断，或劝我乡党釜底抽薪，和冯登菊马上离婚，成全你和冯登菊的旧情。不管是哪种情况，都不会是现在这样子。这事情要怪就怪我，要骂就骂我，都是因为我当时那种模棱两可的态度，既害了你也害了我乡党！说完抬起腿，一屁股坐在炕沿上，烟夹在指头缝，弯着腰双肘拄膝双手捂脸，一声不吭。只有那烟头冒出的青烟，像根纤细的小蘑菇微微颤抖。

曾秀奇看到这位比自己年长的老兄，这么自责这么愧疚，心里很不是滋味。赶紧站起来，很诚恳地说：好我的哥呢，你咋能说这话？我根本没有一点儿怪你的意思。要从我心里说，我和登菊这事，因为有你这棵大树罩着，别人敢不敢说三道四就不说那话了，关键是你乡党耿诚信也不敢对我有丝毫的不恭。这就为我和登菊的来往，创造了天大的方便，我感谢你还来不及呢，哪里还敢把责任往你身上推！我知道好女人哪里都有，可我心的女人，只有登菊一个！

高步宽好气又好笑，心想，你是夸我呢，还是骂我呢？我这种做法本来就欠妥，你还要给我不停戴二尺五，还不如扇我两耳光比啥都强。想到这里，直起腰抬起头在炕沿上弹着烟灰说：算了，多余话不说了，说说你今天为啥要动家伙的事情吧。

曾秀奇抽着烟说：今年以来，老家亲戚朋友不断写信来，催着我回老家加入农业社。说我们那里合作化来得很快，家家都入了社，日子滋润得很。家里不但给我留了庄基地，还备好了木料砖瓦，等我回去盖房呢。家里人看到我至今还是光棍一条，四处托人给我找对象，听说已经找好了两三个，就等我回去看订哪个合适。最近，镇子上有好多生意人，拾掇了生意回老家去务农了，我也有了回老家的想法，总觉得和登菊这么来往不是长法，年轻的时候还可以凑合，到年老体弱的时候，就凑合不成了。想到将来，终究要叶落归根，没有个家不行，该是和登菊分手的时候了。说着忙里偷闲抿了口茶。

曾秀奇习惯性地抹了把嘴巴继续说：我不是原来在她那里埋了几根条子嘛，埋的时候说好一人一半。这一次我要取回我那一半，她就把良心昧了，咋说就是不给。我就退了一步，说再把我那一半二一添作五行不行？她一口咬定条子花完了，连个渣渣都不想给我，你说我能咽下这口气？高步宽淡淡地说：不就是几个条子嘛！曾秀奇说：这不是条子不条子的事情，既然她对我不仁我也就对她不义了。幸亏我早有准备，不然我就委屈得不像啥了。高步宽说：你准备了什么？曾秀奇说：我提前把条子全部挖走了。登菊一听这话，还以为我吓唬她，揭开砖块一看，条子就是不见了，当时气得她脸色要多难看有多难看。她看脚地放了把砍柴斧子，抓起来就朝我头上劈来，我迎上去就夺斧子，在夺斧子的当口，没留神她的右掌根撞在斧刃上血流不止，于是就连哭带闹。耿诚信赶紧从前边铺子跑进来，害怕她流血过多，一边压住伤口不松手，一边让寇腊梅喊你过来，这就是事情的全部经过。

高步宽扔掉烟头说：曾秀奇呀，曾秀奇！我和你打了一辈子交道，没想到你这人表面上看起来还差不多嘛，心里咋就毒得跟七寸长虫一样！不要说冯登菊拿斧子砍你呢，就你这无情无义的家伙，放到我非拿刀剐了你不可！说句不好听的话，你这么多年只身一人在镇子闯荡，是谁给了你女人的温存，是谁给你生了孩子？你光知道你的条子，怎么不说登菊为了你，在耿诚信心里打了多少折扣，在街坊邻居中背的是啥名声？曾秀奇说：这些我心里有数，我想不通的是，既然她对我这么好，为啥还要独吞那些条子？

高步宽觉得事情也只能到此为止了，再说下去也没多少说头了，硬是压下心头的怒火，想很快结束这次谈话：今天这事情，别人问起来，你准备给人咋说？曾秀奇说：没想过。高步宽说：我给你想好了，啥事情都别说，就说递斧子没接住，撞在斧刃上。曾秀奇说：那为什么不能实话实说？高步宽十分生气地说：我想不到你这个走南闯北的人，竟然能问出这么幼稚的话来！你现在愿意咋说咋说，权当我多管闲事行不行？曾秀奇还想解释，高步宽食指朝外晃着说：给我说啥都没用！好事不出门，坏事传千里，赶紧回去吧，给大家解释解释，大家就不会胡说八道了。曾秀奇知道高步宽这么做是为了他好，这才出了房门。快出大门时，突然回过头说了句没头没脑的话来：我曾某人不是无情无义之人，总有一天你老兄会明白的！

高步宽送走了曾秀奇，觉着事情好像还没有办完，又急急忙忙去了耿诚信家，想好好劝劝冯登菊。见到耿诚信问冯登菊怎么样，耿诚信说：还在房子生闷气呢，你去劝劝她吧！高步宽进了房子，看见冯登菊坐在炕上嘴噘脸吊，便自己拉了个凳子坐在离冯登菊很远的门口，说：哥刚才错怪你了，像这种无情无义的家伙，不要说你想用斧子砍他，放到我还要用刀剐他呢！冯登菊说：谁也不怪，都怪我太相信他了，到头来钱没挣下人没认下。高步宽说：别胡说八道了，你也有不对的地方，你就不应该独吞那些条子。说句公道话，要说他有错在先，你就有错在后，不管谁先谁后，你俩都该挨屁板子！冯登菊说：高达哥，谁不了解我，你还不了解我？我吃在你家住在你家，在你跟前像亲生女儿一样，我会干那缺德事？高步宽说：难道曾秀奇说了假话？冯登菊说：话是不假，事情有假！我说这话不是想独吞条子，而是不想让他走。你没想想，我跟他好了大半辈子，又生了几个孩子，他说走就走，抬起屁股连土都不拍，我心里能好受吗？高步宽说：你要是这么想，也在情理之中。

高达叔，唐新生到你家去了，他是不是有事找你呢？突然有个相公在前边喊了一嗓子。高步宽站起来准备回家。冯登菊叫住他，说：曾秀奇今天这一闹还把我提醒了，那家伙都知道回老家入社，咱这几家现在到底咋办呀？高步宽站住说：这事情我们合计了多次，不加入不行，不光是国家不行，到时候高利贷呀，高税收呀等等，想活都没办法活！冯登菊也站起来说：冀达就没打算加入，你知道不知道？高步宽说：我咋不知道，不光冀志兴不想加入，唐新生也不想加入！冀志兴不想加入，是觉着镇子这地方脉气好，做生意能做出名堂。唐新生不想加入，是因为老家老的老小的小，想回老家养家糊口呢。冯登菊听了这话，态度马上来了个一百八十度大转变：如果是这情况，不管谁加入不加入，我们非加入不可，而且一分钱的生意都不做了！高步宽说：这啥没见啥，态度咋猛一下这么坚决的？冯登菊说：你不是说过，生意是水上漂嘛，这漂来漂去没有个根，说不定哪一天，诚信也像唐新生一样，硬要回老家咋办？只要入了社，给他把缰绳放开，想回都回不去了！高步宽心想，原来她心里打的是这算盘！于是说：我害怕你拿不了诚信的事！冯登菊说：前头有你提笼头，后头有我揭尾巴，就是头爱尥蹶子的倔驴，也得乖乖跟上走！

高步宽掀起门帘，朝前边铺子喊：耿达，你来一下！耿诚信进了门问啥事情？高步宽说：今天这事，就说他两人递斧子没接住，斧刃把登菊手弄出了血，没为个啥啥事情，明白不明白？冯登菊说：那就这样不明不白地便宜了曾秀奇不成？高步宽说：你便宜不了他，事情就便宜不了你。我现在还有事呢，有啥话以后闲了说。说完转身出了房门。冯登菊还想说啥，耿诚信赶紧挡住说：千万别逞能了，照高达哥的说，有事都没事；不照高达哥的说，没事都是事！

慧兰失踪

唐新生来到兴盛宫，急着给高步宽说事情，枣花说去了耿诚信家，便转过身往门外走，准备到耿诚信家把高步宽叫回来，捎带着看看冯登菊被曾秀奇砍得怎么样了。他边走边想，镇子人的话没说错，娃的干大，妈的麻达，果不其然，曾秀奇和冯登菊就是有那种事情哩！就在他快要出前门的时候，突然高步宽迎面而来。唐新生赶紧问：曾秀奇把冯登菊砍得轻重？高步宽边往房子走边说，你听谁说曾秀奇把冯登菊砍了？唐新生说：寇腊梅像传话筒一样，满街道不停地给人说着哩！

来到房子，高步宽坐在炕沿上，让唐新生坐在椅子里，掏出烟一人抽一支，说：谁也没砍谁，递斧子没递好，冯登菊手碰在斧刃上，撞破了手掌根，就这么简单。唐新生给高步宽点着烟说：原来是这么回事，哎呀你不知道，叫那些人添盐加醋一搅和，要多难听有多难听！高步宽抽着烟说：新生，既然把事情打听明白了，赶紧回去忙你的去，我一会儿还要去庙前里呢。唐新生给自己点着烟，这才扭扭捏捏说：我问登菊是个捎带事，说党慧兰才是正经事。高步宽这才明白过来：既然是这意思，为啥一见面不说你的事，可打听人家的事干啥？唐新生这才挠着头不好意思地说：耿诚信老婆已经闹得满城风雨，我老婆又出了这事情，把咱山西人的脸面丢光了。来的时候想得好好的，见到你就不好意思开口了。高步宽说：出不出事，事已经出了；丢不丢面子，面子已经丢了。该说的话要说，该办的事要办，想那么多没用！唐新生这才说：我老婆党慧兰住到娘家不回来了……

原来，唐新生听说镇子要动员生意人加入农业合作社，便开始打起自己的主意来。当年，他来镇子的目的，是为了做生意挣钱回去盖房，给自己和两个兄弟成家。既然在镇子做不成生意，就不能在镇子入社，必须尽快回到自己的老家。因为老家是自己的地界，就是啥事不干，出来进去也觉得气长。不像在镇子，背井离乡，寄人篱下，干啥事情要看别人的眉高眼低；老家家大人多，亲戚套亲戚，没人敢轻易欺负。不像在镇子，关键时候，除了几个乡党，没有什么人能指望上；老家父母弟兄都在一起，老的能护着小的，小的能伺候老的，骨肉亲情，天伦之乐。不像在镇子，父子母子，遥相思念，亲兄胞弟，天各一方。

这是明面上的原因，埋在他心底里的那个疙瘩，实在不好意思给人张口。党慧兰和王银贵的那些绯闻，在西门里传得沸沸扬扬，自己留神了很长时间，一直没有抓住什么把柄。话说回来，没有抓住把柄，还感到有点慰藉，要是真的抓住把柄又能怎么样？和王银贵公开闹吧，他哥是组长，他是亡命徒，自己身单力薄，根本不是对手。就算能打过他，能闹个啥结果？闹来闹去，到头来把王银贵怎么不了，还有可能把党慧兰逼走，留下这些孩子咋办？即就是党慧兰不走，把她抹得人不人鬼不鬼，一辈子抬不起头不说，自己还要跟着戴一辈子绿帽子！只要回到老家，这些烦恼就会烟消云散！

现在他犯愁的是，回到老家好是好，但是能不能顺利回去，始终捏着一把汗。要是没有成家的话，想留就留，想走就走，没有什么割舍不下的。现如今就不同了，拖家带口不说，就是因为他是外地人，岳母总害怕他中途有变，终于忧郁成疾一命归西。现在剩下老岳父孤身一人，党慧兰不可能跟他远走他乡。又一想，这只是自己的猜测，此一时彼一时也，党慧兰毕竟嫁汉为妻生子为母，不可能不顾家；老岳父过继了远房侄子，已无后顾之忧，只要自己把利害关系讲透，说不定人家还能想得通。

谁知道，就在他正式向党慧兰摊牌时，党慧兰不但没有商量的余地，还跟他拼起死命来。理由很简单：一、当初订婚时，说得清清楚楚明明白白，自己生是陕西人死是陕西鬼，不会踏进唐新生老家一步；二、父亲就自己一个女儿，还要靠他俩床前尽孝，养老送终，如果拍屁股一走了之，把老人扔给谁？三、孩子们这里生这里长，到老家人生地不熟受欺负咋办？唐新生也针锋相对回敬了三点：一、当年说这话的时候，是在镇子上做生意，现在生意做不成了，这话自然也就不算数了；二、嫁汉嫁汉，穿衣吃饭，汉富好过，汉穷孬过，汉走妻走，汉留妻留；三、老父亲的事情好办，养儿防老，要儿送终，既然过继了远房侄子，就有了养老送终之人。如果信不过侄子，干脆带着老人一块儿回老家。党慧兰一听火冒三丈：你是说话呢还是放屁呢？人常说，故土难离，老根难拔。老人家年纪一大把了，你好意思让他客死他乡！再说了，留下来你一个人有牵挂，回到老家全家人有牵挂，你说留下好，还是回老家好？唐新生想到聋子染匠给他嫂子灌蒙汗药的事，心里便有了主意，破天荒地展现了一回男子汉的气概：回也得回，不回也得回，婆娘的话要是能当话，天下狗都不吃屎了！

党慧兰见唐新生死心塌地，一气之下收拾了几件衣服，带着孩子回了娘家，一住就是大半年。在这半年时间里，一来二去和过继表兄勾搭成奸，后来发展到要与表兄谈婚论嫁。开始党老汉说啥也不同意，虽非亲生，毕竟是兄妹；时间一长，生米熟饭，木已成舟，只好默认了这桩婚事。更何况过继儿子不务正业，是个典型的气死先生、兴死丈母的主，家里又穷得揭不开锅，如果打一辈子光棍，自己百年以后香火无继咋办？眼下最要紧的是，假若女儿跟唐新生回了老家，他这辈子再也见不上女儿的面了，要把女儿留在身边，这桩婚事再合适不过了。

镇子人看党慧兰熬娘家久住不归，便在私下议论纷纷。有好心人问唐新生：这么长时间，为什么不见党慧兰回来？唐新生说娘家有事走不脱。这个时候，又有好心人说：看是有事走不脱，还是有其他原因，要是把他舅的娃生到炕上，后悔就来不及了！唐新生听到这些，顿生疑惑，便找来镇子赶集的党慧兰娘家人暗暗打听。结果遇到这么三种情况：一种是一问三不知，根本不想回答他的问题；一种是不说有，也不说没有，只是嘿嘿地笑；还有一种是说了跟没说一个样：人家住的是独家庄，既没在一个锅里搅勺把，又没在一个门里过日子，也不是连墙邻居两隔壁，不可能知道这些事情。后来还是好心人劝他，你到她村里人跟前打听不来啥情况，问问你儿子啥都知道了！

这一天，党慧兰回来取衣服，唐新生把儿子叫到街上买糖吃。走在半路问儿子：晚上你妈跟爷住个窑，还是跟舅住个窑？儿子说：跟舅住个窑。他这一问不要紧，儿子反倒问起他了：爸，小孩吃奶呢，你们大人咋也吃奶呢？唐新生说：你看见哪个大人吃奶了？儿子说：我看见你吃过我妈奶，我舅也吃过我妈奶！唐新生说：你舅在啥地方吃过？儿子说：在我舅的窑炕上。唐新生又问：光是吃奶吗？还干啥来？儿子说：还抱我妈亲我妈，和我妈压摞摞，弄得被窝老刮股股风！唐新生气得脸色铁青。

高步宽听完，只是眨巴眼睛，没做任何表示。唐新生实在憋不住：哥，好话，坏话，你倒是说句话嘛！又停了一会儿，高步宽才说：耳听是虚，眼见为实！唐新生说：这种事情，是在她娘家发生的，我咋能见到？高步宽仍然不紧不慢：你没长腿？唐新生说：你的意思是让我到她娘家去捉奸？高步宽又停了一会儿才说：不说你有没有这力气，先说你有没有这胆量？唐新生说：那你是啥意思？高步宽还是停了一会儿才说：党慧兰要是回来和你过日子，就蹴齐捏严，娃说的话，全部烂在肚里！党慧兰要是不愿意和你过日子，你再到她娘家打探虚实，真和娃他舅有这事，再说有这事的话；要是没有这事，再说没有这事的话！说着站起来，你喝完了再倒，我还有事要出去！说完，根本不管唐新生是什么反应，碾灭烟，转身出门扬长而去。唐新生也扔掉烟，赶紧站起来，跟着出了门。

等了一段时间，还是不见党慧兰回来，唐新生只好去岳父家打听情况。不认识的，有啥说啥，话很难听；认识的，吞吞吐吐，闪烁其词。这个时候又有人给他出主意，你要想知道事情虚实，晚上躲到窑洞窗户下，不就什么都明白了？好在党慧兰娘家是个独家庄，半坡腰有几孔接崖窑，院子没有围墙，也就谈不上安门了。这天晚上，唐新生偷偷来到娃他舅窑洞窗下。窑洞里，他舅拳头悬在儿子头顶说：你要是不赶快睡着，小心我一拳头砸死你！儿子说：赶紧睡就赶紧睡，你们可不能刮股股风！他舅说：嫌刮股股风，到外爷窑睡去！唐新生听到这话，害怕儿子出门发现他，赶紧去柴火窑躲起来。儿子刚出窑门，他舅就关死了门。等儿子进了他外爷窑门，唐新生又摸到窗下。他舅噗一声吹灭灯盏，就和党慧兰钻进被窝，唐新生气得牙齿咬得咯咯响。

咬着咬着，忍不住滚烫的泪水长淌不止。他怕哭出声来，捂着嘴撒腿就跑。一直跑了好几里地，才蹲在路边大哭了一场。哭完，又想起高步宽的话来，赶快就往回跑。回到家时间不早了，先上炕钻被窝睡觉。这半夜他度日如年，快天亮才打了个盹，起来简单收拾了一下，正要出门去找高步宽，却碰上从老家远道而来的弟弟唐新庆。

手足重逢

唐新生看到多年不见的弟弟，衣衫褴褛，形同乞丐，不由得眼泪像决堤的水唰唰直流。弟弟看哥哥泪流满面，想起家里人望眼欲穿的急迫心情，特别是担心哥哥还在不在人世，今天终于见到活龙活现的哥哥站在面前，没说话就扑上去，死死抱住哥哥不松手，激动得呜呜哭出声来。唐新生也把弟弟揽在怀里，哥儿俩痛痛快快地哭了一阵。唐新庆松开手说：哥，这房子是不是你的？唐新生点了点头。唐新庆又说：你住着这么好的房子，这么好的摆设，是不是不想回老家了？唐新生说：胡说啥呢，这房是财东买的，不要都不行！唐新庆说：那你到底是想要这房，还是想回老家？唐新生说：当然想回老家，这两天我正在和你嫂子商量这事情呢。唐新庆说：你把我当三岁小孩哄呢，我来了你说回去呢，要是不来你会不会说这话？家里像盼星星盼月亮，盼了一年又一年，一直盼到解放，就是不见你回来。你知道家里这么多年是咋过来的？说着又放声哭起来。唐新生说：家里人都好着没？唐新庆哭了一阵又说：家里人要是等着你的钱养家糊口，有多没少都饿死光了。你离开家以后，两个老人不是这个病，就是那个病，借得亲亲邻邻都没啥给了，只有把那两间烂房拆了卖了看病，连住的地方都没有！说着又哭起来。唐新生说：那住在什么地方？唐新庆说：住在村口那座破土地庙里，八面漏风不说，房顶还窟窿眼睛的，就这总比撂天地强。一年四季吃了上顿没下顿，一家人的饭全凭我们弟兄俩沿门乞讨。你还说挣下钱回来盖大房，给弟兄们成家娶媳妇，到现在谁见过你一分钱？要不是共产党、解放军，我们说啥也过不上好日子。咱村解放以后，给咱们分房子分地，小三参加了解放军，日子一天比一天好。咱家已经入了社，社领导知道你在外边闯荡，就是不知道闯荡得咋样，让我们写信问问，要是闯荡不下去，要你回来入农业社，好好过日子，不要在外边漂泊了。全家人一合计，多年不写信也不知道地址对不对，最为担心的是你是死是活，就让我一个先来找你，想到没有盘缠，又不让我找了。我给他们撒了个谎，说我在政府借了点儿盘缠，老人才同意我上路的。实际上，我是一边乞讨一边赶路，一心想的是手足情分，活要见人，死要见尸。

听到这里，唐新生又一次把弟弟揽在怀里，号啕大哭。哭毕，赶快安慰弟弟：啥都不怪，都怪哥心太贪了。哥是挣了点儿钱，但是老觉着不够家里用，就这样，一直拖到现在没有给你们寄。现在啥话别说，先到房子把我的衣服给你换上，再到街上馆子吃饭去。吃完饭给你理个发，有啥事以后慢慢说。唐新生说完要拉弟弟进房子，弟弟死活不去，说：嫂子在房子，我咋好意思进去换？唐新生这才恍然大悟：你嫂子带着娃熬娘家去了，房子狗大个人都没有，赶快进去换吧！来到房子，唐新生忙着取衣服，唐新庆看着女明星一样的照片，开始还不知道是谁，当看到哥哥的结婚照时，才意识到是嫂子无疑。不禁脱口而出：嫂子这么漂亮的，我说嘛你不愿意回家，原来这里有漂亮女人勾魂呢！唐新生把他的衣服取出来，扔给弟弟说：赶快抓紧换衣服，哪来那么多闲话！弟弟换完衣服，唐新生看着焕然一新的弟弟：村上有没有人给你说媳妇？唐新庆脸一红说：说得倒不少，就是没钱订。唐新生说：这一次回去，挑个好的订下来，我回去就给你结婚，我也想早早见侄子呢！唐新庆说：咱农村那女人，再好也比不过我嫂子！唐新生说：要那么好的脸蛋干啥，关键要看人地道不地道，你没听人说，丑妻近地家中宝。唐新庆说：你把样子立到那里了，我们敢不照着做？说着把他换下来的烂衣服往外扔。唐新生赶紧挡住说：扔掉干啥，你回去还要穿呢。唐新庆听到这话，心里很不高兴，心想，连一身衣服都舍不得给我，还说给我娶媳妇呢，就从不想让我找漂亮媳妇这一点看，说来说去还是舍不得花钱。

唐新生让弟弟先去吃饭，吃完饭再去理发，理由是一路上没吃过一顿饱饭，害怕身体支持不住。弟弟坚持要先理发再吃饭，理由是不理发头发脏兮兮的不好看。两个人话来话去走到门口，还没把话说明白。这时候，剃头铺没客，胖勺子端着熏得黑漆一样的茶缸，站在门口看人来人往。发现他俩吵吵嚷嚷，就问：这是不是你哥？要不是年龄显大，你俩简直就是双胞胎！唐新生赶紧说：胡说啥呢，那是我兄弟，才从老家来。胖勺子说：既然兄弟刚来，还有争竞的啥呢？唐新生这才说出实情来。胖勺子说：要是这事情，你弟弟说的对，你没听人说，饱了不剃头，饿了不洗澡。赶紧来赶紧来，借着铺子没人，叫我先把你弟弟这活做了。胖勺子这一说，唐新生不再坚持，领着唐新庆往对门剃头铺走。到了门口看见门上新换了副对联：

操天下头等大事，
做人间顶上功夫。

唐新生说：门上对联又换了？胖勺子转过身，欣赏着对联说：怎么样，还可以吧？那自豪的劲头，好像对联是他编的。唐新生说：你弄啥事就没有不可以的时候！几个人高高兴兴进了剃头铺。剃完头，从剃头铺出来，唐新庆说：哥，怪不得你不回家，你们这里光剃头这一样，就比咱村上好出几百倍！唐新生说：光从你这句话，我就敢断定，你要是到镇子来闯荡，肯定会变成陈世美的！我可跟你不一样，我根本不在乎这些，完全是为了挣钱。

来到庙前里便宜馆，唐新生点好菜让弟弟等着，他叫来了高步宽、耿诚信、冀志兴，既算给弟弟接风洗尘，也算弟弟拜见各位乡党。吃饭中间大家听说唐新庆很快就要走，直埋怨唐新生安排仓促。唐新生说：弟弟起早（徒步）过来，已经把时间耽搁在路上，两个老人眼巴巴等着他的消息，还是早日回去的好。大家看唐新生言之有理，就没有继续挽留。倒是高步宽说：既然是这情况，饭钱有我！唐新生说：早料到你会这样，我提前把账付过了。高步宽嘴唇动了一下，好像还要说什么，被唐新生干扰了一下，再一声没吭。

吃完饭回到家，唐新庆说：哥，你光说你回家呢，我咋看不来一点儿动静？唐新生说：好我的瓜兄弟呢，就是因为哥要回老家，你嫂子才跟哥闹离婚哩！我刚才为啥说让你找个好女人，漂亮不漂亮关系不大，你看你嫂子人长得漂亮，不实心和哥过日子是枉然！最近，镇子也让我加入合作社呢，加入合作社我就做不成生意了，这才下定决心要回老家。你嫂子坚决不跟我走，她不想离开故土我能理解，但是看不上哥这人也是实情。现在人家已经去了娘家半年，就是不回镇子来。唐新庆说：那干脆把她休了，在老家重新找，没有比她漂亮的，还没有比她丑陋的？活人还能叫尿憋死。唐新生说：到底没结过婚，说话天不够地不挨的，不说几个娃有没有亲娘，就从省钱这一样说，眼下家里这么需要钱，我这一离一娶，全要靠钱下场呢！要是娶媳妇像在集市上捉猪娃一样便宜，我早离过八百回了。唐新庆说：你这么在乎她，还能回成屁老家！唐新生说：文的不成，就来武的，我就不信猫不吃糨子！唐新庆说：还真没看出来，我哥这本分人，这一回还真的给嫂子用杀法呀？唐新生说：杀法也不是啥杀法，说来说去还不是想着法子把她往老家弄！唐新庆说：你还能想出个啥办法？唐新生说：镇子刚解放那几年，有好几个人都用过这种办法，大部分都成功了，出事的只是个别人。唐新庆说：究竟是啥办法嘛，还能出事？唐新生说：就是给女人灌蒙汗药，趁着她没醒，偷偷往回拉。唐新庆说：那还能出啥事？唐新生说：有一个是蒙汗药灌多了，拉回去死在半路上。还有一个是回去醒来以后，逃又逃不脱，待又不想待，一气之下悬梁自尽了。唐新庆说：那你可不敢给我嫂子灌多了！唐新生说：这你放心，我们这里有个聋子染匠，当年帮他哥把他嫂子往老家弄时，就是他给灌的药，没出一点儿问题。我已经给他说好了，到时候他亲自给灌。唐新庆说：那我嫂子要是回去寻短见咋办？唐新生说：你嫂子我还不了解？你就是把毒药买上，把上吊的绳递到手里，叫她死她都不死！唐新庆说：那咱啥时候动手？唐新生心想，你嫂子这事情要是不麻烦的话，借着你在这里还能不动手？就是因为要处理你嫂子这麻烦事情，不想连累你，只好找理由先把你打发回去。但是嘴里却说：现在不是动手的时候，你先把钱和财物送回去，然后再来把你嫂子往回弄，就不会拖泥带水了！唐新庆说：钱和东西在哪里？唐新生把弟弟领到后边茅房，指着茅坑说：在这底下埋着。唐新庆说：我嫂子知道不知道？唐新生说：她要知道，哪来咱的米汤馍！

到了晚上，唐新生和弟弟从茅房把钱财挖出来。弟弟惊呼道：哪里来的这么多钱财？唐新生说：我凭自己的真本事，给永福祥字号把钱挣扎了，这点儿钱不过是九牛一毛！说完便把金银缝在弟弟那身烂衣服里，把纸票子缝在裤头紧贴下身的地方，再把绸缎皮货以及细软等物包了一个大包袱。这个时候弟弟才理解了哥哥为什么要留下他那身烂衣服。为了安全起见，专门雇了一辆单套马车趁着夜色把弟弟悄悄送走。临别时一再叮咛，到家后赶快来信。送走了新庆回到家，他的心说啥也放不下来，老是操心着没见过世面的兄弟，操心着那些金银细软，眼巴巴等着他到家的消息，连做生意也是三心二意心不在焉。结果等来的不是兄弟到家的喜讯，而是财物遭劫、人被淹死的噩耗。

殒命黄河

唐新庆坐着单套马车，沿着崎岖不平绕来绕去、印有两条深深车辙的黄土古道，风尘仆仆一路颠簸好不容易来到渭河南岸。刚好有一列去潼关的火车就要到站，买好票等了没有多长时间，又急匆匆搭上火车呼呼一路东行。尽管唐新庆的穿戴，普通得不能再普通，说得准确点儿哪里谈得上普通，简直就像沿街讨要的乞丐一般。但是，此时此刻回老家的唐新庆，和从老家乞讨而来的唐新庆，简直就不能同日而语。来时身无分文，沿路乞讨，说是寻找哥哥，寻着寻不着，还在两可之间，甚至于哥哥在不在人世，都很难说得清楚。所以一路上心力交瘁，精神沮丧，满面愁云，目光痴滞。现如今就不同了，随身带着今生连见也没见过的金银细软，而且数量竟是如此之多。这些财富无形中使这个生活困苦的普通百姓，几乎全身所有的细胞，都呈现出一般人想象不到的兴奋和活力，甚至于连做人的底气和言谈举止都发生着很大变化。这些剧烈的变化与他的穿戴形成了强烈的反差，尽管他极力掩饰着，仍然无法抹去这种反差的极力表现。不要说乘务人员，就是心细点儿的旅客也能从中看出蛛丝马迹。

经过数小时的走走停停，停停走走，到达潼关火车站已经是灯火初起的黄昏时分。解放初的潼关火车站，还在峡谷似的黄河故道的港口镇。那里地势低洼无遮无挡，黄渭洛三水汇合，秦晋豫三省交界。南面是雄浑古朴的黄土崖畔千年风雨飘摇，北面是咆哮肆虐的三河之水一路汹涌澎湃。唐新庆一下火车，听到的是轰轰隆隆的河水咆哮声，呼呼嘶鸣带着哨子的风叫声，看到的是夜色朦胧，风沙弥漫，雾霭沉沉。路上行人，背驮手提，来来往往，行色匆匆。尽管他带着数额不菲的财物，心里怀着按捺不住的喜悦，但是，也为这些财物的安全担惊受怕提心吊胆。特别是处在这种险要陌生的环境中，心情越发沉重，甚至还有点恐惧。

尤其此时此刻，根本没有一点儿喜悦的意思，不能说风声鹤唳，草木皆兵，最起码也是忐忑不安，忧心忡忡。

只见两个船户打扮的人，头上包了方土黄色的头巾，一个肩上背着绳索，一个手里拿着桨板，看到要过河的人纷纷往旅馆方向走，赶紧迎上前去，劝阻他们说：明天风大浪急没船过河，今天晚上风平浪静，我们船就停在河边，有过河的赶快跟我们走！有几个旅客主动上前打听情况，愿意今天晚上走的，跟着那两个船户指定的人乘船去了；不愿意走的转过身继续朝旅馆走，准备在潼关歇一晚上。唐新庆就属于后边这些人当中的一员。本来他是想当天晚上回去的，考虑到临别时，哥哥千叮咛万叮咛，才决意住旅馆的。直到现在，哥哥那些唠叨好像还回响在耳边：宁走十里光，不走一里荒！宁多掏点儿钱，坐公家的慢车，也不要图省钱，坐私人的快车！哪怕自己扛行李重死，也不要图轻松把行李让别人带！不要轻易和生人搭话，特别是年轻漂亮的女人！饿了渴了自己花钱买，千万不要贪图便宜，随便喝人吃人的！

唐新庆跟着当天晚上不走的人，跌跌撞撞来到旅社，发现那两个船户和老板娘说说笑笑从账房出来，趁着老板娘分配房间的机会，又动员客人跟他们晚上走。有几个客人问老板娘：船户说的是不是事实？这几个客人哪里知道船户给老板娘塞的黑钱，比他们掏的住店钱多得多，所以老板娘才给他们编谎说：这话还用问？今晚上能走赶紧走，听说明天风大浪急，没人敢给你们撑船！说完觉着表演的有点儿过火，挠着头不好意思笑了，又赶快给自己打圆场，你看我咋胳膊肘朝外拐开了，我巴不得你们今天晚上不走呢，能多住一晚上更好！我主要是替你们考虑呢，出门在外，怪不容易的。为啥住我店的人多，还不是因为我的心肠好，宁可自己少挣点儿钱，或者不挣钱，也不能给客人说假话！还不要说，就是老板娘这几句暖心窝子的话，又有一批客人出去坐船了。

最后住进旅馆的没剩几个人，其中就有唐新庆。等这些人住进了房间，又有人在楼道叽叽喳喳，他们的说话声在房间听得一清二楚。一个说：你们这私人船，人家这几个客人不敢坐！另一个说：解放后你见过谁经营私人船？我们这船就是明天不准备开的公家船，想借着今天晚上风平浪静，把客人送回去，省得他们在路上耽搁时间。一个说：既然是公家船，我今晚也走呀，省得多花一晚上店钱！这个人刚出门，很快又有几个人退了房间跟着走了。

满打满算就剩下唐新庆一个人，还坚守在房间不为所动。他把哥哥唐新生临行交代的那些话，默默在心里念叨了好多遍。等吹了灯要钻被窝时，楼道又有两个人说起悄悄话来。一个粗声音说：看准了没有，就是这个房间住的那个人！一个细声音说：你是啥眼光，那人是不是穿得跟叫花子一样？粗声音说：就是跟叫花子一样，咋啦？细声音说：就他那身衣裳，把他连皮带毛吃干榨净，也控不出几滴油来！粗声音说：我说你眼里没水水，你还不承认，就他那说话的口气和来往的走手，就能看出他穿那身叫花子衣裳是专门欺骗人的，其实他才是一口真真正正的大肥猪！细声音说：那到时候他不给钱咋办？粗声音说：还能把事情办到那种程度？进去啥话不说，先一刀结果了他的性命，看钱是你的还是他的！细声音说：要是让我杀人，你就明说，杀他还不跟捻死只臭虫一样！粗声音说：你一定要把房子记准，可不要到时候把人捅错了！细声音走到房间门口，又返回来说：我已经看清楚了，绝对不会捅错人！粗声音说：那咱现在走，我什么时候叫你，你什么时候就进去捅。记住，一定要手脚麻利，叫他连一声都不能吭！

这两个人刚离开楼道，老板娘又在外边喊上了：刚才那条过河的船还没有走，谁要是想走还来得及！唐新庆赶紧在房间喊：老板娘，我要走，赶紧给我退房！退完房老板娘把他送出旅馆，并说了去码头的路线。他说：深更半夜的，能不能叫谁送送我？老板娘冷笑着说：你是敬酒不吃吃罚酒，刚才不但有人领路，还有人帮你拿行李，就是扭扭捏捏不走。现在倒好，人家已经上船了你又想走了！常言说，过了这村没有这店，我这里狗大个人都没有，你还是自行其便吧！唐新庆无奈，只好扛着行李，拖着疲惫的身子，顶着抽人的风沙，吭哧吭哧摸着黑，朝着码头高一脚低一脚找去。

唐新庆上气不接下气地赶到码头，感觉到这里的风明显比车站那边大多了。只见在暗淡灯光的反衬下，码头上的一切都是黑乎乎静悄悄的，唯独昏暗的河水哗啦哗啦不停晃动着，时而有星星点点的碎光散亮，在河面上闪闪烁烁。有一条木船开始缓缓朝河心移动，岸边的峡谷，天上的苍穹，除了黑乎乎一片，就是一片黑乎乎。只有木船的摇桨声，河里的水浪声，河面上的风吼声，在这静悄悄的码头上回响着。他这才意识到，船已经离开河岸，便放下行李，双手卷成筒套在嘴上，声嘶力竭地喊起来：船户老哥，等一等，我要上船！船户听到喊声，便停止了划船。唐新庆看船停在那里不动弹，又喊了一嗓子。船户说水不深，要他蹚水过去，要不船就开走了。唐新庆心里一惊，这个船户的声音，怎么和刚才旅馆那个粗声音一模一样？又一想，可能这一带人说话都是这腔调，所以再没有多加思量。就是这一犹豫，船户又喊：要走就麻利点儿，不走就开船呀！唐新庆赶快收起思绪，挽起裤腿，脱掉鞋袜，扛起行李，两腿哗啦哗啦划着冰冷的河水，慢慢腾腾走到船跟前，一手抓着船户伸过来的桨板，一手护着行李，朝船边艰难移动着。到了船边，几个船户把他连人带行李，像拽死猪一样拽上了船。

等他坐下来晾干腿脚穿好鞋袜，才看到这夜间行船，原来是这般模样。在漆黑暗淡的夜色笼罩下，船户们在两边不停地划着桨板，湍急的河水不时被桨板撩拨得水花飞溅，水声哗啦。河面上的风不停刮着，刮得河水斑斑驳驳，刮得船帆咯吱作响，刮得人身飕飕发凉。船体在水面上缓缓移动着，好像行进在薄薄的青纱帐里，此岸渐渐离去，彼岸步步逼近。河面上出奇地静，静得只能听到划船声和人的呼吸声，甚至连对岸码头的嘈杂声也清晰可辨。借着马灯那微弱晃动的光线，明显感觉到这船没有他来的时候坐的那船好，便低头看了看这木船，又用手摸了摸，原来是一条破船。船快要接近河心的时候，这里成了开阔地，没有什么遮挡，一船人完全暴露在风口浪尖。河面上风越刮越大，气温越来越低，船上的人像缩脖猴子，冷得一个个缩成一团。有的跺脚，有的搓手，有的晃动身子。

就在人们躁动不安的时候，突然发现有个小黑影缓缓移动过来。开始大家还以为是河心的小岛，随着黑影的步步逼近，大家才看清是一只小木船。只见那只小船黑灯瞎火晃晃悠悠向他们驶来。

就在这个时候，对面码头收工的船户在灯火辉煌的敞棚下喝酒解乏，突然吼出一段气势雄伟的船工号子来：

诸葛将台祭东风，三气周瑜在江东，祭起东风连三阵，火烧曹营百万兵！

等木船驶到跟前一问，原来是给对面县城送热醪糟的。船上客人一听是热醪糟，一个个馋得咽口水。舵手问：能不能给我们划船的一人来一碗？木船户说：醪糟本来就不多，要喝两个人分一碗！舵手说：那就赶快舀，我们冷得实在撑不住了！很快热乎乎的醪糟端上船来，香喷喷的热气很快在船上弥漫开来。船户喝得口甜心热，全身暖和。有的客人闻到香气，馋得要喝醪糟，很快得到大家赞同。木船户坚决不肯，舵手只好说：到县城是卖钱呢，在这里也是卖钱呢，赶紧卖给客人喝了，再回去做一次也能跟上县城人喝！木船户觉得言之有理，刚要准备舀醪糟，舵手说：先别舀，好像甜头还不够，再给里边加点儿糖，好好叫大家受活受活！木船户主随客便，给醪糟里加完糖，又搅动了搅动，就给大家舀起来。客人喝完，木船户收拾好碗勺，说想给大家唱个河东呱嘴（小调）《脏婆娘》。舵手说：要唱赶紧唱，我们还要赶路哩！在这黑漆漆的河面上，木船户声音压得很低：

呱呱嘴，胡呜啦，你骑公鸡我骑马，公鸡飞到半天里，马儿蹩到南山里。南山有个脏婆娘，缠脚布抹锅哩，洗脚水熬汤哩，脚在盆里和面哩，手在裤裆发贱哩……

万万没有想到，木船户刚刚唱完，大船上的客人们已经七倒八歪。原来木船户和舵手是一伙的，他们联起手来给醪糟里放了蒙汗药。舵手试着摇了摇昏迷的客人，一个个人事不省，这才带着船户逐个搜起身来。不管是交裆里藏的，衣服里缝的，包袱里包的，行李里裹的，哪怕是一个麻钱、一钱烟土、一件好衣服也不轻易放过。等他们把金银财物装上小木船，便弄翻了大船，扬长而去。

可能是对岸灯火辉煌的敞棚下那些喝闷酒的船户喝高了，想起了伤心事，又是一段哀怨伤感的号子声，回响在这空旷无人、冷风飕飕、死寂一样的河面上，很瘆人，很刺耳：

震天号子声声吼，满腔苦水吼不走，一年四季水上游，想起家来心伤透。野汉欺负额的奴，儿子叫额老黑叔，泪水混着汗水流，流到哪年是个头！

消息传回镇子，唐新生很快赶到黄河岸边。案子破得很利索，这是一个由当地土匪组成的犯罪团伙，解放前一直在黄河岸边为非作歹。解放后因为剿匪，蛰居了好一阵子，这两年又跑出来谋财害命。这些土匪很快被正法在他们经常谋财害命的黄河滩。唐新生赶快回到老家，给两个老人谎说他让新庆在外地经商，要他俩来镇子养老，老人说啥也不愿意。没有办法，只好让参军的三弟，给部队说明情况，尽快回家尽孝。经过部队批准三弟回到家，他连订带娶很快给三弟成了家。为了把新庆的事永远瞒住老人，唐新生打消了回老家的想法，下决心在镇子，一边务农一边做生意，准备每隔一段时间，以弟弟唐新庆的名义给家寄钱。

河边遇故

唐新生回到家，什么事都顾不上干，先去买了各种祭品，来到镇子东门外十字路口。用根柴火棍在地上画了个大圆圈，圈子东边留个豁口，为的是亡人收钱方便。然后，把祭品放在圈内，烧钱化纸焚香奠酒。边抽泣边叮咛：新庆呀，你命好苦！哥只说从今往后，你能过上好日子，没想到你竟然命丧黄泉！说来说去，都是哥害了你呀！因为你走得太早，黄河落水的事情，哥瞒着二老，不光现在要瞒，还准备瞒到二老升天。这么做也是出于无奈，请你谅解哥的一片苦心！今后节节期期，我们都会在这里给你烧钱化纸，或哥亲自来，或你嫂子来，或你侄儿来，不管谁来都少不了你的纸钱。要是钱不够用，就来镇子找哥，无论多少哥都满足你。千万不要回老家麻烦老三，他在家务农，手里没钱。更不敢打搅二老，他们风烛残年，体弱多病，经不起一点儿打击！

烧完纸钱，唐新生来到了庙前里，胡乱吃了点儿东西，回到家关上门倒头大睡。一直睡了三天，到第四天才想到要办正经事。就在这时，突然响起了敲门声，他赶快起身出去打开前门，原来是高步宽找上门来。他把高步宽让到房子，不好意思地说：我回来一直没动过烟火，现在我就打火烧水，熬壶酽茶好好喝喝！高步宽拦住他：别忙活了，我又不是外人！事情到了现在这局面，不知道你是啥打算？说着掏出大前门，抽出两根烟，V字形捏在手里，一根递给唐新生，一根送到自己嘴里。唐新生赶紧找来火柴给两人点着烟。然后抽着烟说：打死我也不回老家了，就是想回也回不去了！我是这么打算的，我跟冀志兴没办法比，老家又没有什么负担，人家做生意老婆娃当居民，能养活得起！像我这情况，就按你的意思办，先在镇子入社，让慧兰挣工分，解决全家的生活，然后我叨空做点儿生意，挣下钱以新庆的名义寄给二老，两头都能顾上。高步宽吐了口烟：兄弟，几天不见，我都不敢相信是你了！遇到这么大的事情，还能这么镇静，实在不简单！唐新生说：好我哥呢，快别夸兄弟了，就说党慧兰这事情究竟咋办呀？高步宽说：党慧兰在娘家不回来，究竟是啥原因？唐新生说：回来刚想给你说呀，谁知道我兄弟来了，就把这事情耽搁了。说着唐新生低下了头：慧兰和娃他舅准备结婚呀，老丈人已经答应了！

高步宽听到这话，把烟头扔在脚地，狠狠碾了一脚，生气地转身就走。唐新生也扔掉烟，挡住不让他走：你就是专门说这事情来了，刚说到正题上，啥话不说，拧身就走，没看走得了走不了！高步宽说：走了走不了都得走！唐新生一下蹲在地上，垂头丧气地说：照你这么说，我这事情你就不管了？高步宽说：刚把你夸了两句，就把你夸脱了！唐新生说：那你到底管不管？高步宽说：不管我就不走！唐新生赶快站起来，扑哧一声笑了：那你啥话不说转身就走，我知道你是啥意思？高步宽说：我这人一辈子就是这脾气，你也不是不知道。还不要说你是我乡党，就是人家旁人，你见我给谁紧要关头撂过套！

高步宽从唐新生家出来，直接去了西门外骡马大店，见到哼囔说了唐新生的事和他的想法。哼囔说：这种砸毛铁染血手开生茬的活路，交给我这号粗人还不是豁豁吃豆腐——软拿！高步宽说：大话少说，就说到时候咋办呀？哼囔说：你把咱西门里从东到西、从西到东挨门经过数数，除了我哼囔顶天立地，到底有几条咬狼的狗嘛！就那仨核桃俩枣，不是死老汉病娃马尾穿豆腐提不起，就是腰吊肋子稀做活怕出力，再不就是嘴硬尻子松树叶掉下来怕砸死。高步宽说：看来你要单刀赴会了？哼囔说：单刀赴会还要有摇旗呐喊的，不然没有点阵势咋行。高步宽说：那还有谁能去？哼囔说：看来看去还是剃头铺那五怪，尽管他们几个有点不利索，但个个都是热心肠！高步宽说：既然是这话，你叫谁不叫谁，要用啥办法，我也不想知道得太多，就是有一条，拔出萝卜不带泥才算本事。哼囔说：那在我手里还不是小菜一碟。临走，高步宽给哼囔说：请人吃饭有我。哼囔说：吃啥饭呢，到我笼里给一人摸俩白蒸馍，多夹点油泼辣子，比啥都好。高步宽回到家，没有急着进门，而是来到隔壁，见到王金贵说了唐新生的事，目的是让他知道一下，万一要有啥事情，到时候帮忙打打圆场。说完，又马不停蹄去了东街。

第二天下午，哼囔身上装了两把锁头，试着到街道里叫了几个人，结果，这个说有事，那个说有病，没人愿意去。最后只好来到剃头铺，果不其然，胖勺子、瞎子五、聋子染匠、柳拐子和地老鼠，一个比一个腔子拍得响。于是由唐新生带路，哼囔统领，每人揣了两个辣子夹馍，以去漫泉河耍水为名，悄悄朝唐新生岳父家赶。走到半路，唐新生悄悄问哼囔：咱晚上去来得及，走这么早干啥？哼囔说：借着这事情，让大家去漫泉河耍耍水，干起活来也有精神。再说了，人生地不熟的，不提前动身，到时候拿不下来咋办？唐新生又问：到时候咋动手呀？哼囔心想，就是想让你们动手，到底哪个能指望上嘛，只能是我自己赤膊上阵了，你们在旁边打个咧号号（跑龙套）还差不多。嘴里却说：心急吃不了热豆腐，等过了漫泉河再说来得及！

抽两袋纸烟的工夫，他们就赶到了漫泉河。漫泉河顾名思义，就是由许许多多小泉眼喷出的细流汇集成的。由于泉眼很细，水的流速比较慢，河水流量始终不是很大。严格地说，应该叫溪不叫河。发源地就是上游老董村崖下那汪清澈深邃的水潭。河边建有金仙、玉真两个公主出嫁的庙宇，名为二姑娘庙。平时泉水舒缓，潺潺南流，水中有鱼、小虾、水蛭、青蛙等。到了雨季这儿就成了排泄洪水的渠道，洪水咆哮如雷，凶猛如兽，势如破竹，一路南行，最后消失在南边的卤泊滩。河的两岸，芦苇丛生，夏季遮天蔽日，秋季蒹葭苍苍。今年以来，由于雨水一直很充沛，漫泉河始终处在饱和状态。镇子这地方缺水，漫泉河就成了镇子人看河耍水的绝好去处。完全可以这么说，漫泉河就是镇子人心目中的大江大河大海大洋！可想而知，这一干人马见到漫泉河的激动心情。他们很快脱掉鞋袜，下到河里耍起水来，直耍得尽了兴才上岸。大家穿好鞋袜，哼囔选了一般人不容易发现的地方，一块儿商量起行动方案来。商量来商量去，尽管大家兴致很高，但是要真正动起手来，只有他单刀赴会，其他人跟上只能敲边鼓。

商量完行动方案，正在抓紧休息，忽然见两个人晃晃悠悠过河而来。看到这两个人，哼囔一下来了精神，高兴得啥话没说，看见瞎子五没拿唢呐，就让他把《喜鹊闹枝》大声说一遍。瞎子五摊开双手：这没因没果的，说这干啥？哼囔说：它最能说明我现在的心情！无奈，瞎子五只好遵命行事：

瞌睡了，递枕头；放屁了，踢响尻；
肚饥了，有猪肉；瘾发了，泡伺候！

这时，两人过河的不同表现，引起了他们的注意。年纪大点儿的，穿着很周正，身材较瘦；年纪轻点儿的，衣衫褴褛，身材稍胖。只见两个人过河时，年纪大的，一步一个脚印，落地生根，非常稳健；年纪轻的，刚踩进水里，吱里哇啦乱叫唤，说水冰得受不了。过了深水区，看到露出水面星星点点的石头，两脚踩在上面，像踩在炭火上一样，蹦着跳着跑过河来。年纪大的说：你这个年轻娃，每一次过河，都是这没出息样子，还没我这老汉耐冷经冻！年纪轻的说：年轻人细皮嫩肉，谁像你这老茧厚皮，用锥子戳都觉不来！

他们这几个，你看看我，我看看你，也弄不清楚真正原因，便议论纷纷。哼囔这才说：你们想不想知道原因？唐新生害怕耽搁时间，不耐烦地说：什么原因，有人受得冷，有人受不得冷！聋子染匠说：原因年轻人已经说过了嘛！哼囔说：要是像你说的那么简单，我多这嘴吃多了！大家听到这话，好像这俩他不但认识，还知道里边的根根节节，就要他继续往下说。哼囔很自信地说：把他俩烧成灰我都认识，他们是东街里的熟鬼鬼！他们家门口就是洋车市场，我没少给他们买便宜车子，见了我不叫叔不说话。这个年纪轻的是个老汉娃娃，那个年纪大的是个娃娃老汉，这才是怕冷不怕冷的根本原因。哼囔一会儿是老汉娃娃，一会儿是娃娃老汉，大家弄不明白啥意思，不由得目瞪口呆。哼囔这才解释道：老汉娃娃就是他爸老年时生的孩子，娃娃老汉就是他爸青年时生的孩子，娃娃老汉肯定比老汉娃娃筋骨瓷实体格强壮，这才是怕冷不怕冷的真正原因。娃娃老汉名字叫魁胜，因为得了先人行善的好处，练就一身好功夫，抑强扶弱，一生行善。老汉娃娃名字叫三虎，因为吃了先人作恶的亏，专门跟着魁胜学武艺，想用打抱不平的实际行动，赎回先人的罪过。大家越听越糊涂，不停地抓耳挠腮。哼囔又解释道：当年，三虎他爸给老先人修坟，挖到别人坟墓上，形成重丧。按说应该赶快埋掉重挖，但是他爸没有埋，而是把人家的丧骨扔掉，给自己先人修起墓来，嘴里还说什么，拆了你这柴火棚棚，我们盖瓦房呀！后来他妈一直怀不上孩子，临老临老因为磕头烧香，才身怀有孕。有一天，他爸在一个柴火棚棚下买了一碗馄饨吃，正吃着不远处有房子着了火，棚子里的人赶快放下碗去救火了，他爸丢不下那碗馄饨，一直坐在里边连吃带喝，就是见死不救。就在这个时候，柴火棚棚哗啦一下倒塌了，唯独把他爸一个人砸死在里边。就是因为他拆了人家的柴火棚棚，没料想让这个柴火棚棚要了他的命！更可悲的是，他爸塌死以后，他成了蒙生子，出世以后不停生病，到现在还没有正经营生。魁胜他爸也是给先人修坟，也是挖了个重丧，但是人家赶快烧香磕头，很快把人家的墓埋好，另外找了块没有埋过人的地方重新修坟。他爸不但儿孙满堂，基本上个个出息。魁胜是个把把娃（排行最小），几乎就是个文盲，算最没出息的，但是人家偏偏进了教育这一行。因为他不识字，让他当了教工。

哼囔说到这里，看见两人走远了，就赶紧喊：魁胜，三虎，赶快过来，叔有事要你俩帮忙！两人扭头看是哼囔，便拉开脚步往跟前跑。唐新生说：叫他俩过来帮啥忙？哼囔说：你没看咱这几个人，到底有几个能顶人用嘛！再说了，要派人先去打探，咱们都是熟人熟脸，成不了事还坏事呢！哼囔看大家没话说了，这才说，这就是我让瞎子说《喜鹊闹枝》的原因。几个人看到身强力壮的魁胜、三虎，想起晚上那个即将到来的棘手活路，回味着《喜鹊闹枝》的词儿，笑得像抽筋似的七扭八歪。

魁胜和三虎来到跟前，哼囔问三虎：出师了吧？三虎说：离出师还远着呢，只能说能挨起打了，打人去还欠点儿火候！哼囔嘿嘿笑着说：哎呀，能挨起打，功夫已经不浅了！魁胜说：反正三两个人想拨拉倒他，还得多出几身水！哼囔这才说了请他们帮忙的事，没料想，两人一个比一个胸脯拍得响亮。

巧计捉奸

哼囔把唐新生、魁胜和三虎叫到一边，说：新生，你把党慧兰娘家的大概方位，家里多少人，给他俩细细说说。让他俩先去打探，看人到底在不在，不然，咱们扑空咋办？唐新生仔仔细细说完情况，最后一再叮咛：你俩顺着这条路一直往前走，快到村口有棵一搂子搂不住的大槐树。顺着槐树往北有条岔路，这条岔路是个下坡，走不了多长时间，就会下到沟口。到了沟口不要上北边沟塄，要顺南边沟塄上去，躲在那里把家里的情况看得一清二楚，还不容易被人发现。哼囔说：你俩听清了没有？魁胜说：听清了！哼囔说：是不是听清了？魁胜说：我俩是这里的常客，知道不知道？哼囔眼睛扑闪扑闪摇了摇头。魁胜说：这个村有两个族长德高望重，武艺高强，是我们的启蒙老师，每隔一段时间，我都要来研习武艺，对这一带早就熟得不像啥了。人家又说得这么详细，绝对不会误事的。哼囔说：既然是这情况，你俩赶快前边走，我们擦黑就到！两人没走出多远，又叫哼囔过去，好像有什么事情要给他说，三个人又嘀咕了一阵。

哼囔回来脱掉鞋搁在地上，屁股往上一坐，高兴地说：事到着忙处，总有下场处！只说我的运气好，没有想到竟然是如此之好！刚才我说的那种办法，是这两个人没来的办法，现在来了这两个人，就不能再用那个办法了。柳拐子说：那还有啥办法吗？哼囔说：咱那办法是没有办法的办法，撕破脸面，赤膊上阵，这个办法有可能把事弄成功，也有可能把事弄炸圈！为啥当时要采取这个办法，还不是根据咱来的这几个人定的。老唐那身体，风不吹都能倒了。你们几个不是灯不明，就是地不平，再不就是声不行、尺不盈，只有我这老头子单刀赴会了。我这个人弄事还不是凭的旧社会那点儿老底子，只知道挽袖子伸拳头，强攻硬取，再不行，就用铅娃娃说话！新社会，这一套吃不开了。就像致家打兀家，有时候人家不动一枪一弹，兀家就把江山送到致家手里了。咱好歹也吃了几十年馍饭了，为什么就不能学学致家，把活做得巧妙点儿，文明点儿，细发点儿！瞎子五说：到底是啥想法，你就往明里说，别拐弯抹角地折腾人！哼囔说：《水浒传》你们总听说过吧，梁山好汉为什么能把生辰纲弄到手，要是硬攻，连生辰纲一个渣渣都拿不去，所以咱也给他来个智取行不行？唐新生说：那到底是怎么个智取法？哼囔笑着说：铁匠没样，算打算想；世事没沿，边走边看。唐新生不服气，还在嘟嘟囔囔。哼囔说：你怕啥嘛，今天晚上，保证让党慧兰钻到你被窝！大家这才哄的一声笑了。

魁胜和三虎按照唐新生的指点，绕过大槐树来到沟口，很快上了南边沟塄，藏在隐蔽处，观察着党慧兰家的情况。尽管他俩对这一带比较熟悉，但是来去匆匆，并没有多么在意。所谓的熟悉只是蜻蜓点水，走马观花。今天仔细一看，发现党慧兰娘家这块地方，竟然具有诗情画意，一派田园风光。党慧兰娘家是个独家庄，镶嵌在沟北的半塄上。那里有一片自然开阔地，面积不是很大，住一家人绰绰有余。开阔地边沿布满了酸枣、荆条、杂草和各种灌木，微风吹拂，摇曳多姿，花草飘香。就在这些花草灌木之中，有条小路沿着沟边慢坡七扭八弯长蛇似的延伸下来。远远望去，宛若仙女手中的白色飘带，在慢坡的树木花草之中婀娜多姿，绕来绕去，时隐时现。开阔地里一搂粗的洋槐树、老国槐、香椿树，树冠茂盛，错落有致。透过这些树的缝隙，掩映在树荫中的窑洞依稀可见。很明显，东西两孔是住人的窑洞，半圆形的窗户格上糊着粉脸纸，门上挂着灰蒙蒙的打着补丁的白门帘。灶房窑上半边空着，被油烟熏得焦黑焦黑，中间那块竟然黑得像刚刚刷过沥青一般，起明放光，黑油欲滴。下半部半门半窗。柴火窑完全敞着，没安门窗。各种农具家具散挂在各窑洞的立面。窑洞上方的立面，还能看出盖房的痕迹，就连塞过椽的洞眼也一清二楚。这阵子，一个老者和三个孩子，在东边窑门前玩耍嬉戏。灶房窑有炊烟冒出，稀稀疏疏，丝丝缕缕，袅袅盘旋。突然，从灶房窑传来女人急切的呼喊：快进来拉几下风箱，我给咱扯面！喊声刚落，一个人高马大长相帅气的男子，猫腰从西边窑出来，又猫腰进了灶房窑。很快灶房窑传来节奏明快、响声沉闷、猛烈有力的拉风箱声，窑口冒出的炊烟霎时变得浓烈汹涌，浓烟滚滚。

观察完地形，魁胜说：看来，人全在家呢，只要吃了饭他们不出去，晚上就能瓮中捉鳖！三虎说：太阳已经搁到西山顶上了，他们还能到哪里去呀？魁胜说：有些事情说不来，千万不敢大意，我现在到村里和两个师傅商量事情去，你给咱在这里盯紧！

哼囔他们终于等到了太阳压山，那几个催着赶紧走。哼囔说：急着死去呀，现在明晃晃的，咱们熟人熟脸的，万一走漏风声，人家今天晚上不到一块儿去，咱这一趟不是白跑了？瞎子五说：后晌那两个辣子夹馍，早都不见踪影了，不是我们着急，关键是肚子饥得受不了！哼囔说：唐达，听见了没有，这是给你亮耳呢！唐新生拱起双手转着圈给大家摇着说：请各位兄弟忍一忍，等事成以后，或便宜馆，或北店子，你们随便挑！还不要说，就是因为画饼充饥这个小插曲，大家情绪一下稳定了许多。

天色终于黑严了。魁胜叫来了那两个师傅，一个姓戴，一个姓田。魁胜取出两个师傅借来的军衣，两人一人穿了一身。三虎换完衣服，左看右看，有点儿不习惯。魁胜说：一个劲儿地在那儿看啥哩，还不赶快去接哼囔叔！三虎转身就走，还没走出多远，哼囔他们迎面而来。哼囔看见三虎的军衣扑哧一声笑了，问：啥都准备好了？三虎说：万事齐备，只欠东风！哼囔说：你现在往回走，只要他俩在一个房子，不要管睡觉不睡觉，就赶快下来，我们在沟底等着。三虎上了南边沟塄，正在给魁胜和两个师傅说情况，突然发现，西边老人和孩子那个窑洞，已经吹灭了灯。没有多大一会儿灶房窑也吹灭灯，只见党慧兰从灶房窑出来，进了西边那孔窑洞，没有多大一会儿也吹灭了灯。

魁胜他们赶快往下跑，来到沟底和哼囔他们会合在一起，然后排成一行沿着慢坡小路，摸着黑轻手轻脚绕来弯去慢上轻攀。上到开阔地，哼囔示意他们先别动，自己一人先到西边窑轻轻用锁子挂住门，再到东边窑又轻轻锁死。然后走到魁胜他们身边，示意他和三虎往上冲。魁胜、三虎来到西边窑门口，魁胜先取下锁头，示意三虎踹门。三虎照着窑门，狠狠踹了一脚，只这一脚，窑门洞开。娃他舅仗着人高马大，很快向魁胜他俩扑来。三虎看准按稳照着他胸部来了个黑虎掏心，只听哎哟一声，娃他舅捂着胸口滚在地上。看到制服了娃他舅，党慧兰光着身子吓得披着被子筛糠。这个时候，两个师傅进了窑门，打着手电，让他俩穿好衣服。魁胜说：我们是县公安局的，根据你们村村民揭发，你们兄妹丧失人伦，勾搭成奸，伤风败俗，现在我们要把你们绑到县上去，准备游街示众，以正民风。魁胜说完，两个人赶紧跪地求饶。

戴师傅看他们服了软，便主动建议说：公安同志，我和你们商量个事情。这一对奸夫淫妇，在我们村民愤很大，你们光让他们游街，不受皮肉之苦，太便宜他们了。还是交给我们族里，让我们用那三件老家法教训教训他们，不然，他们不长记性。魁胜故意问：都是些啥家法？戴师傅说：一件是跪钉板！魁胜又故意说：钉板能把人膝盖扎成窟窿眼睛，千万不敢用，说说第二件。戴师傅说：第二件是抽枣刺，就是脱光衣服，用长满尖刺的枣枝狠抽身上。魁胜又故意说：这两件没一件好受的，再说第三件。戴师傅说：第三件是灌辣面。魁胜还是故意说：这一件比前两件更难受！田师傅说：不难受能叫家法？魁胜说：咱商量商量，你们能不能换个好受点儿的？戴师傅说：祖宗的家法，谁敢乱换？田师傅说：要不然是这，只要他俩能痛改前非，咱们族里不用家法，行不行？戴师傅和魁胜坚决反对。两个人赶快跪着挪到他们面前，泪流满面，苦苦求饶。戴师傅这才说：按说，现在解放了，再用封建那一套不合适，但是，你俩这狗男女，不给咱族人争气嘛！看在你俩要痛改前非的份儿上，我就给咱破上一回例，放你们一马，但是人家公安上是绝对不会放你们的！俩人又跪着挪到魁胜面前，不停地磕响头。魁胜说：你们族里是家庭私事，可以随便私了；我们公安上，是公事公办，咋能随便私了呢？田师傅说：你俩就说你们到这里扑了个空，就是天王老子拿你们也没办法！魁胜故意恍然大悟地说：我咋把这一茬忘了，但是这事得有个前提，他俩必须保证今后再不胡来，不然我们哄过上司，哄不过百姓，有人再要告状，就不好办了。戴师傅说：这好办，党慧兰，你说句话，愿不愿意好好和唐新生回镇子过日子？党慧兰说：咱车走车路，马走马路，好不好？今天这事保证不再重犯。唐新生要回山西老家，我不愿意跟他回去，咋能和他过日子？魁胜说：要是这事情，你放心，我们已经了解过了，唐新生已经决定了，不回山西老家了，在镇子经商到老。党慧兰说：要是不回老家，我就和他回镇子！

魁胜看时机到了，就说：三虎，你到外边看看，镇子人到现在咋还不见来？三虎还没出门，哼囔他们就一哄而进。哼囔给唐新生说：赶快给公安和族长磕头，好好谢谢人家！唐新生赶快趴在地上磕头。魁胜说：别来封建这一套，赶快把婆娘娃领上回！哼囔很快过去打开锁头，党慧兰赶快到老人窑里去叫娃。党慧兰领着孩子出来说：钥匙咋在你手里？哼囔说：公安同志给我的！这时，戴师傅趁黑把哼囔拉到一边，小声说：大恩不言谢！哼囔握着他的手也小声说：今天两清了！接着又说：多亏碰上魁胜他俩，要不然，还找不到你这贵人！戴师傅说：这不是碰上的，是高步宽害怕不保险，提前安排好的！哼囔在黑地里笑了笑，心里说，我就说嘛，我这快当爷的人了，高达咋还把我当愣头青小伙子使唤哩！

唐新生带着老婆娃，谢过两位师傅和“公安”同志，在哼囔的带领下匆匆上路了。柳拐子说：请我们吃饭那话还算不算数？唐新生说：还是那两个馆子，你们看着挑！哼囔故意说：还有公安同志和两个师傅，那两个馆子恐怕打发不下！唐新生说：那就上县吃！瞎子五说：你说了不算，嫂子还没答应嘛！党慧兰赶紧说：只要不让我爬锅灶，镇子、县上都行！大家高兴得拍起了手，数柳拐子拍得最响。

回到镇子，唐新生请大家在便宜馆吃饭，哼囔把酒杯举到高步宽面前：感谢老兄抬爱，还知道我是娃他爷的年龄！高步宽没接酒杯：只要你不怪我就是了，感谢不敢当！哼囔不解。高步宽说：只能说你这人运气好，不想指望你，只有指望你！想指望人家，人家不一定能指望上！哼囔这才心领神会，举起酒杯自己干了。

志兴如愿

这一天，高步宽从铺子回来得早，枣花把晌午饭还没做好，便打开渊家原来的房子，准备在里边眯瞪一会儿。眯瞪之前，还像往常一样，把“高记”金元宝从板柜取出来，与渊家的相片一块儿放到炕边，然后躺在炕上，便开始与渊家默默对话。谁知道刚刚对完话，正要闭上眼睛眯瞪，王金贵、何可人突然找上门来。高步宽一骨碌翻起身，先把金元宝放回板柜，锁好柜盖，又摆好相片，出来锁好房门，来到厅房。这个时候，枣花做好了饭，赶快端上方桌，无论高步宽怎么让，人家一口不吃。王金贵说：西门里的人，应该入社的都入了，就剩下冀志兴两口说啥不入，死心塌地要当单干户。何可人说：你抽时间再给他做做工作，不然，到时候对他没好处！高步宽吃着饭说：其实，经也没少念，就是没成正果！王金贵说：那这样行不行，你再辛苦最后一次，把乡党朋友的心尽到，我们把社里的心尽到，他要是还不愿意，那就是他自己的事了。

高步宽嘴上没吭声，心里并没有闲着。动员冀志兴入社，这是大事情，也是大方向，但是不要忘了，还有个自愿的原则。冀志兴不想入社，尽管是逆势而行，背道而驰，但是要知道，人家有选择职业的自由。所以对自己这个角色来说，一点儿工作不做不行，毕竟和组里关系不错，就是再难为情，也要给组里把腿跑了。同样，工作做得过火了也不行，冀志兴尽管和自己是乡党，但是毕竟不在一口锅里搅勺把。就是在一口锅里搅勺把的米面夫妻，也不能一个强迫一个。人家的主意还得人家拿，好了是人家的福分，不好了是人家的命运，自己绝对不能强人所难！

何可人看高步宽没表态，知道他有难处，很抱歉地说：真是不好意思，这事情本来是我俩的工作，我俩实在劝说不下，只有给你找麻烦来了！高步宽终于想了个两全之策，说：你们想完成社里的任务，我也得照顾乡党的难处，那能不能各退一步？王金贵说：高达叔，有啥想法，你说出来，要是不越外，我们会接受的！高步宽说：要是能做通工作，就再好不过了；万一做不通，能不能分两步走。第一步，先让他把土地和农器家具入社，他两口专门去做生意；第二步，等到合作化高潮来的时候，不用人动员，老婆娃自然会入社的。

王金贵与何可人商量了一下，高步宽两步走的说法，尽管是无法兑现的缓兵之计，但是，人家这种想法比较实际，啥事情不能一个模子往下套，硬要套来套去，套的人不知道要费多少心思，落多少埋怨。被套的人不知道要受多少难场，要伤多少脑筋。所以不如见好就收，两相方便。王金贵说：走一步是一步，总比一步不走强。何可人说：他选择啥职业是他的自由，只要土地不落在私人手里就行！

高步宽虽然给自己留了余地，但是真正做起工作来，钉是钉，铆是铆，一点儿都不马虎。他一上班，先去铺子转上一圈，看到没有多少事情，搬个小凳子，准备坐到冀志兴摊子旁边，边做工作边照看生意。提上凳子出了门，发现冀志兴和包子六吵得面红耳赤，周围围了一圈人。

包子六姓贺名老六，小名六儿。打小有人养没人教，跟上街皮二流子不学好，是个典型的街肋子（街皮）。不是到这个字号偷钱，就是到那个铺子偷东西。谁要让他到庙前里打酒，半路偷着喝了酒，还要给酒里加点儿水，叫人家看不出来。谁要让他去请医生，一不高兴就给你请兽医。谁让他帮忙抱娃，答应得好好的，不是转过身把娃捆在柱础石上，就是拿酒把娃灌睡着，自己跑得不见人。家人看他不成器，想叫他赶快收心，年龄稍大点儿，就让他干了卖包子的营生。他卖包子很简单，一只胳膊挎着包子笼，肩头扛个能开能合的支架，随支随卖，有客就停，没客就走。每天家人提前在家里包好蒸熟，然后装在铺着小块白棉褥的竹笼里，上边再盖条小白棉被，笼襻上挂个黑陶瓷油泼辣子罐，罐里放根小木棒，专门给包子淋油泼辣子用。

镇子“四瞎”里边他为首，怎么个瞎法，有劣迹在案。比如有女人买包子，他就问：爱硬的还是爱软的，大的还是小的？本来卖包子应该是他掰开夹好辣子递给客人。他对男客人是这样，对女客人先把包子递在手里，然后故意调戏说：想不想夹？或者是把蘸着油泼辣子的小木棒戳在女人面前：还不赶紧朝开掰！紧接着小木棒塞进包子边搅和边问：我搊饬得咋个向？他还把长得像男女生殖器的畸形水果和蔬菜，绑在笼襻上招摇过市。特别不能容忍的是，或者用红萝卜和大枣做的男性生殖器，或者用白萝卜做的乳房和女性生殖器，绑在他那笼襻上。他卖包子不想出钱还想占好摊位，遭到别人拒绝时，不是损坏人家名声，就是偷着给人家摊位上尿尿拉屎，丢死猫死老鼠。

包子六和他爸闹矛盾，老父亲以忤逆不孝，将他告到村上。他想起县东里有个父亲告儿子不孝，儿子用两句话打赢官司的事，灵机一动，便无中生有写了一封群众来信，塞进村部的门里。村干部一看，一句是“媳有貂蝉貌”，一句是“父具董卓心”，告状的事便没了下文。老父亲见告状没动静就去催办。村干部说：先回去把上梁弄正了再来！谁知道歪打正着，老父亲以为是说他曾经对老人不孝的事，便红着脸扭头走了。包子六万万没有想到，他虽然用这个办法解了自己的套，却给家族留下了洗不净抹不去的万年脏。不久，他父亲和儿媳妇如何调情的流言，很快在镇子流传开来。

他不但捉弄自己的父亲，在邻居之间，以邻为壑，起事灭事，落井下石。今天和冀志兴吵架，是因为摊位之间挤得很紧，几乎就没有什么空隙，他硬是挡在冀志兴前边，影响了冀志兴的生意。冀志兴多次向他提出抗议。包子六死皮赖脸我行我素。冀志兴抗议得实在不行了，他就满嘴胡说：你个单干户，落后户，还有你屁干的啥呢？冀志兴不依不饶：单干户咋啦，流氓户还不如单干户，你看你笼襻上吊的那些玩意儿，真格不知道丢人败兴！

两人正吵着，包子六老婆拨开买主，揪下笼襻上吊的红萝卜、大枣，照准包子六的脸上砸过去，接着又是一阵乱骂，骂了包子六不说，还捎带了他父亲。包子六看大事不好，挎起笼子，背起架子，撒腿往背巷跑。原来，高步宽看到包子六和冀志兴两人吵架，不知道怎么办好，进了铺子想了一阵，派人找到寇腊梅。寇腊梅跑到包子六家添盐加醋，包子六老婆一听火冒三丈，怒气冲冲奔庙前里而来。

包子六离开以后，高步宽让寇腊梅看摊子，专门把冀志兴叫到铺子账房长谈。两人刚刚坐下来，还没有说话，刘开科的快板声就传进了账房：

不入社的叫啥户， 封建主义单干户，殖民主义渣滓户，资本主义落后户，社会主义钉子户， 共产主义捣蛋户，齐心铲除落后户，社会主义家家户！

冀志兴说：欺负人也不是这么个欺负法，刘开科这个家伙，看我不在摊子上，就跟我叫起板了。他知道腊梅是女人家，不敢把他怎么样。你忘了，刚解放那年，他还说《婚姻法》的快板糟蹋过你！高步宽说：你这么说就不对了，老刘跟咱没冤没仇，人家说快板是宣传国家政策呢，咱无缘无故发这烧干啥，除了生一肚子闷气，解决不了一点儿问题。冀志兴说：不管他和我有没有冤仇，他说这样的快板，我就是不愿意！高达哥，你不知道，这个快板不光刘开科说，连冯登菊那几个娃也成天挂在嘴上。我不在家时，三男三女六个孩子，专门在腊梅窗户外边，单干户、落后户、捣蛋户，反过来喊，覆过去喊，能把人烦死！孩子在学校也不得安宁，在冯登菊那几个孩子的戳惑下，学生娃把这几句话当成口歌念呢，弄得几个孩子回来哭哭啼啼，抱怨我两口不执行国家政策！更叫人生气的是，每天放学后，学生娃成群结队过我的生意摊子和家门口时故意停一阵，又是单干户、落后户、捣蛋户，不喊三五遍绝对不会罢手！

高步宽说：那你现在想通了没有？冀志兴说：我根本就没想，哪里还谈得上通不通！高步宽说：志兴，不想不行！最现成的，你有三个关口过不了。一个是社会关，说快板算不了啥事，就是学生娃喊上几句口号也不要紧，哪怕是街坊邻居翻白眼也不要计较。问题是后边紧接着还会有情况，比如，帮助会、辩论会，甚至于斗争会，都有可能等着你！苏有志的事情就是活生生的例子。咱能安然的事，为什么要寻着不安然呢？还有一个是耕种关，我知道你那些地准备将来雇人耕种呀。要是放在过去可以，因为那个时候有的是闲人，也时兴这么做。现在就不同了，大家都入了社，没有闲人了，谁给你干？就是偶尔有个把闲人，也没人敢给你干，人家走的是社会主义道路，你走的是资本主义道路，谁愿意把头往你这胶锅塞。最后一个是孩子关，咱们已经是黄土埋到下巴的人了，孩子的前途是大事情。

冀志兴心想，我正准备找机会反驳你那老三点呀，没料想你今天就自己送上门来。特别让我开眼界的是，还没等我来得及反驳，现在又给我搞了个新三关！新三关我无话可说，老三点我得好好说说。想到这里他忽地站起来，激动地说：高达哥，你说的这些是实情，也是肺腑之言，兄弟能听进去。但是，听进去归听进去，想叫我入社办不到。为什么？因为到现在我还想不通！别的不说，咱就说说你那老掉牙的…… 还没等冀志兴下面的话说出口，高步宽也忽地站起来：志兴，你这人啥都好，就是有一样把你害得不轻，爱钻牛角尖！光凭你这口气，我就知道你后边要说啥话。头一个，你肯定要说致家、兀家的问题。当时咱们谈论这个问题，是因为两家在争江山，咱们老百姓参与进来，有个支持谁不支持谁的问题。前一向之所以旧话重提，主要是害怕你吃眼前亏。今天你再要争论这个问题，就有点儿不识时务了，因为在大陆就致家一家嘛，你不顺着致家难道要顺着兀家不成？再一个，你要说看哪本书的问题。你一直说我看致家的书看错了，说往左翻是迷信共产主义，横着看是倾向“八格亚路”。咱们都是从旧社会过来的人，那种担惊受怕的日子还没过够？难道你还要把兀家的书再拾起来，往右翻去念国民党的经，竖着看走封建资本主义的路吗？最后一个你要说丢不下生意舍不得家当的问题。你丢不下生意，谁能丢下生意？你舍不得田地家当，谁舍得田地家当？咱前半辈子做的是国民党的臣民，按国民党的政策干了大半辈子。现在做了共产党的臣民，就得按照共产党的政策办！全中国人都高高兴兴入社呢，好了大家好，坏了大家坏，咱个人还有啥担心的？为啥人说识时务者为俊杰，就是这个意思！所以国家叫你弄啥就弄啥，不叫你弄啥就不要弄啥，这么简单的事情，怎么到了你这里，就死活想不明白呢？

冀志兴万万没想到，自己本来要反驳人家，却叫人家批了个落花流水，好一阵子缓不过劲儿来，可是思想斗争非常激烈，他也知道高步宽是为了他好，也知道他的话是肺腑之言，可就是不想按他的话办。他有他的想法，他想种地，是害怕缺粮吃，但自己又不想下苦，想让别人种；他要做生意，生意来钱快，你高达哥能有今天这摊场，还不是经商的结果。如果加入农业社，日子好不好就不说那话了，别人能过，他也能过，可就是有一样他受不了——风吹日晒，汗流浃背。更为要命的是，他这一辈子就不可能发家致富了。

想到这里，冀志兴坐下来，在桌子上狠狠砸了一拳，很诚恳地说：哥，兄弟问你一句揭底的话，你那么大的世事，入社的入社，合营的合营，全部给了公家，好像办喜事一样高兴，难道心里就没打过一点儿绊磕？冀志兴这一问，高步宽心里像扎了一刀，一屁股坐下来，沉默了好一阵子。冀志兴心里说，劝我时头头是道，现在说到你的事情了，就看你咋给我回答呀！高步宽心想，不管是地亩牲口，还是布匹百货，都是血汗换的，不是做贼偷的。说不好听的话，为这事我把自己关在房子，躺在炕上想了三天三夜，等想好出房子时，人整个儿瘦了一圈。我是这么想的，我一直看的是致家的书，既然相信致家，就要跟致家走。不管是入社也好，公私合营也罢，那是把东西给了公家，又不是给了哪个私人，没有啥想不通的。再说，将来实现了共产主义，饭来张口，衣来伸手，要啥有啥，要这些东西干啥呀？再看看解放以来，土地改革、镇压反革命、三反五反、统购统销、公私合营、合作化，哪一个胳膊能拧过大腿！远的不说，击毙周鹞子，逮捕苏有志，谁能忘得了？与其鞭子挨了磨曳了，还不如顺风顺水落个积极开明的好名誉！想到这里，冷不丁很动情地说：你冀志兴的家当是家当，我高步宽的家当就不是家当？你冀志兴的家当是黑水汗流撅屁股挣的，我高步宽的家当难道是撬门扭锁翻箱倒柜做贼偷的？我是吃馍饭的人，不是受香火的神！说着朝墙上指了指，看看那两句话，就知道咋办了！冀志兴抬起头，墙上中堂两边的条幅耐人寻味：

看清世事金能语，听得人劝剑欲鸣。

听了高步宽的话，看了这两句诗，冀志兴作起难来：听高步宽的吧，心里那口顽涎唾不了；不听高步宽的吧，谁知道以后还要作啥难？正在左右为难的时候，高步宽又说：我还有个办法，不知道你能不能接受，你如果想做生意，还照做你的生意，要是人手不够，再把腊梅带上。但是，不能一个萝卜两头切，土地和农器家具必须入社。你给了政府台阶，政府肯定会给你台阶，不但不寻你的事，今后在农业社办啥事也方便。说句不好听的话，就是你百年以后，农业社不给别人墓地，无论如何得给你一块地方！

冀志兴心里说，你不提农业社还罢了，提到农业社，我不但不想沾光，这辈子要是能和它打交道，把我冀字倒过来写！又想了想，高步宽都能舍得那么大的家业，自己这点儿土地倒算多大的事？还不要说政府已经答应自己做生意了，只要生意能做，就有钱可挣，有了钱什么不能买！留得青山在，不怕没柴烧，自己差点儿把这一窍迷了！想到这里，扑哧一声笑了：我肚子的五脏六腑叫你老哥看得清清楚楚。高步宽说：不是我主意高明，是你小算盘打得精，这些话我不知道在你跟前说了多少遍，今天只不过是旧话重提罢了。冀志兴说：你早说出这个办法来，我都不会在人面前丢这么大的丑！高步宽说：照你这么说，今天真的是想通了？冀志兴说：那你给王金贵和何可人说，就按你刚才说的办，权当我买地的钱叫土匪抢了！高步宽说：你要是说这话，赶紧卖你的果子去，我不想背上儿媳妇朝华山！冀志兴看高步宽变了脸，赶紧承认错误。高步宽说：你还说这话呢，这个办法只是我个人的想法，王金贵和何可人说了都不算，西街农业社同意不同意还两说呢！再说了，你的土地和农具入社以后，还要按比例给你分红哩，又不白拿你的东西！冀志兴笑着说：那就靠老哥给政府多多美言了！高步宽说：这么大的事，不和腊梅商量商量？冀志兴说：女人家，头发长，见识短，能知道个啥？高步宽说：你原来不是说，不是你不愿意入社，是你老婆不愿意入社吗？冀志兴说：你咋光知道揭我短！高步宽说：不揭短，你不长记性！接着又说，还是和腊梅商量商量，把过场走圆点儿，起码今后不会落埋怨。冀志兴这才无话可说，出门时又说：记着给我把话捎到！说完掀起门帘就走。高步宽隔着门帘说：这话没人给你捎，自己的主意自己拿，你愿意了，农业社要是不答应，有我！你不愿意了，农业社要是整治你，我可帮不上忙！

离奇命案

西门里的生意人，除了冀志兴全部加入了合作社。为了公平合理，所有入社的财产，都要进行评估。土地分等级评，庄稼凭长势估，牲口看牙口算，家具按大中小论，所评定之分，折合成现金，计入各户名下。劳力分强弱，男女有区别，工分日清月结。牲口统一派活，分户饲养。粮食统一碾打，缴过公粮留够贮备，然后按劳五产三人二分配。后来队上靠城墙挨义墓建了饲养室，牲口和羊全部集中饲养。饲养员先是聋子染匠，后来换成张子善。就在农业合作化如火如荼的时候，后巷子张家发生了一桩离奇命案。

张家大儿媳王彩琴生了个大胖小子，长得又结实又好看，一家人欢天喜地。特别是奶奶张姚氏高兴得一天到晚合不拢嘴，老是念叨着要给长孙操办酒席。先是说要过二十天，后来又换成满月，再后来干脆放到百日。因为到那个时候，街坊邻居、亲戚朋友逗起来，孙子就好玩了。没过两天时间，又改变了主意，满月还要等三十天，百日时间更长！自己年龄不饶人，现在是活天天哩，说句不好听的话，今天晚上脱了鞋，明天早上能不能穿上还是问题。不赶快抓紧时间好好操办一下，万一哪天阎王爷叫了去，想操办都操办不成了。所以咬牙跺脚吩咐下去，现在就着手准备，热热闹闹给娃过个二十天。

人世间的事情就是这样，有人高兴就有人难过，有人快乐就有人忧愁。比如，新生儿的降生，张姚氏和王彩琴高兴得合不拢嘴，一天到晚就不知道累。特别是张姚氏，一大把年纪了，高兴得小脚拧进拧出，劲头大得不是干这就是干那，就这嘴里还不失闲，不停地哼着当地的《哄娃歌》：

太阳出来红艳艳，照到张家小院院；
喇叭花儿拉蔓蔓，葡萄结得吊串串；

苹果买了一篮篮，鸡蛋存了一罐罐；

耍猴放了一摊摊，点心糖果当饭饭；

都想抱起多看看，我娃是个倩蛋蛋！

街坊邻居听到张家传来的愉快歌声，都由衷的为这家人高兴。可是，孩子的叔叔张继宗和婶婶陈石榴，不但高兴不起来，还在暗地里咬牙切齿。同样是不高兴，同样是咬牙切齿，叔叔张继宗和婶婶陈石榴的心理活动和行为表现也不尽相同。张继宗之所以不高兴，主要是嫌自己两口健健康康的还不如死了没埋的人。人家都能生出大胖小子来，怎么自己就连个肉疙瘩也怀不上！他也为这小侄子的事情咬过牙切过齿，主要是关于他的身世的那点儿阴影，要是没有那点儿阴影，还真是咬不起来。无论怎么说，就目前的现实论，有了这个孩子就能一杠顶两门；没有这个孩子，一杠不杠，张家香火何人来继？还不要说后巷子有个说法，不管怀了谁的孩子，只要生到张家炕上，就是张家的。

陈石榴就不同了，她不高兴的是，同样是张家媳妇，人家风风光光，功高位显；自己灰头土脸，没人待见。更重要的是害怕两份家产，两碗折一碗折到这个小家伙碗里。尤其叫她咬牙切齿的是，这个小家伙还不一定是张家血脉，害怕折来折去没他弟兄俩的事，最后折到外姓人的头上！夫妻俩不同的是，张继宗咬牙切齿是排外不排兄，陈石榴咬牙切齿是排外又排兄！在陈石榴看来，要想确保两碗全部折给自己，就不能等到下一辈去实施，必须在自己这一辈完成它！想着想着，突然想起，当时给婆婆送大烟土时，婆婆高兴得眼睛眯成缝。看着看着，高兴地说：你要不说这是大烟土，我还能把那当成黑糖喝了，唉，到底上了年纪了，眼睛不行了！自己当时还附和道：这不是眼睛的原因，是现在把黑糖熬得跟大烟土颜色差不多！想到这里，心里便有了主意。陈石榴不是等闲之辈，要想把主意变成行动，还得找借口碰机会，莽撞行事是万万不行的。

侄子降生头几天，轻易见不上婶婶陈石榴。自从张姚氏决定大办二十天，陈石榴像换了个人，一天三晌朝嫂嫂这边跑。不是忙这就是忙那，一会儿帮着做饭，一会儿帮着洗涮，一会儿帮着抱娃，一天到晚高兴得合不拢嘴。就在忙忙碌碌之中，很快发现两个问题，一个是婆婆老喊叫身子骨不如从前了，晚上躺在炕上连身都懒得翻；另一个是小侄子是个稀屎屁子，婆婆不停用黑糖水给娃疗治。于是心里便很快有了主意，一天试着问婆婆：我看你一天到晚忙来忙去，怕你身子骨吃不消，原来还剩了点儿大烟土，还想不想抽？张姚氏像打了强心针，眼前马上一亮，可是没过多长时间，高兴劲儿便很快烟消云散。心想，你这个柳树精，不知道心里起了啥窍了，突然给我发起善心来？便漫不经心地说：真的嘛假的？不要在这里说话，让我要在城外北塬上听，哄得把我卖了，还要我帮你点票子！陈石榴心想，还算你没老糊涂，我今天就是专门哄得卖你来了！脸上却笑着说：就说，想不想抽？张姚氏也笑着说：是不是看我眼睛不好，想拿黑糖作践我呢，现如今啥地方能弄来那东西？陈石榴说：有卖啥的就有买啥的，有买啥的就有卖啥的，没有你买不到的，只有你买不起的！最后再问你一句，到底想不想抽？张姚氏想到抽烟的快感，特别是想到能疗治孙子的稀屎尻子，终究经不住大烟土的诱惑：你看，你说下那是啥话，我想不想抽，你不知道？更不消说，还要用它疗治你小侄子的稀屎尻子，不然，跟你磨这牙熬胶呀！陈石榴说：那我到时候给你准备好就是了！

婆媳俩正说着，何可人笑嘻嘻进了门：老人家，听说你添了孙子，我今天专门贺喜来了。张姚氏笑着迎上去：西门里人都来得差不多了，你们不来能行吗？还不要说，我用十二道金牌不停地传着呢，再不来我就打发人用轿上门抬呀！接着就把何可人往房子让。何可人来到房子说：王组长高兴得差点儿跳起来，他是男人家，不便前来，叫我给娃把礼钱带上！说着把一卷零钱塞进娃衣服口袋：王组长是两块钱，我是一块钱！王彩琴头上裹着大毛巾，穿着棉袄棉裤，高兴得合不拢嘴。何可人接着问：给孙子起名了吗？王彩琴说：还没顾上起。张姚氏也是逢场作戏：哪里是没顾上，只候候等着你和王组长给娃起呢！何可人惊讶地说：你咋知道他给娃把名字起下了？王彩琴说：我妈哪里知道，就是顺嘴那么一说，既然人家起下了，就赶快说出来吧！何可人说：其实，人家也是顺口那么一说，也不是正式给娃起名字的！王彩琴说：不管正式不正式，好了就给娃用上，不好了让他重起！何可人说：王组长说，这个娃生的是时候，大名应该叫高社，小名叫社娃。何可人刚说完，王彩琴就说：我看这名字好，就给娃叫上，妈，你说咋个向？张姚氏想了想说：高社高社，人多势众，叫上这名字，娃今后肯定能发市！何可人刚走出门，又听见张姚氏高兴地唱了一段新《哄娃歌》：

我娃的脸像满月，白白嫩嫩喜活活；
我娃的头黑油油，三天不梳光溜溜；
我娃的眼赛灯盏，又黑又圆扑闪闪；
我娃的手像圆馍，又虚又白胖嘟嘟；
我娃的腿是棒槌，扑里扑腾绊得美！

这天，陈石榴又早早过来忙活上了。灶房只有婆媳两人的时候，张姚氏问：石榴，我说你是个嘴儿客，还屁犟得不行，你在我跟前落了一阵好，谁到底见过你那大烟土黑的嘛白的？陈石榴愣了一下：你这人忘性咋这么大的，我早上一过来，就给你把调好的大烟水从瓶子倒在这边的黑瓷碗，连同大烟膏放到灶房墙窑窝了。这一会儿早把大烟抽过了，又想跟我要第二回了，就给我编起故事来！我也是忙糊涂了，看你刚才抱着娃耍呢，就想起用大烟水给娃疗治稀屎尻子了。张姚氏笑着说，真是娃他二妈没白当，还知道化烟膏水费时间，我没交代就早早张罗好了。那是这，我到外边折根竹棍截个竹筒，你再化点儿黑糖水，一会儿兑上，娃就不会嫌味道苦，闭着嘴唇不张口了。陈石榴又取了个黑瓷碗化好黑糖水，顺便给锅底下炭火里塞了双火筷子，看见张姚氏拿了根竹棍进来，便夺过竹棍说：黑糖水化好了，要多少你给娃兑吧，我给你截竹筒。说着拿起切面刀，把竹棍摁在案上，双手咯噔咯噔滚了两下就截好了。张姚氏重新取了个黑瓷碗，从陈石榴化好的大烟水里倒了点儿，又端起陈石榴和好的黑糖水碗，刚要往大烟水里兑，陈石榴夺过黑糖水碗，腾地放到案上，把她推着摁到灶火门前拉风箱的小凳上。又是递竹筒，又是递大烟膏，接着又用抹布垫着，从锅底的炭火里抽出提前烧好的、红得白火花爆溅的火筷子：我早都给你把火筷子烧好了，你先把瘾过了，就有精神给娃灌了！张姚氏笑嘻嘻地噙着竹筒，一手拿烟膏，一手握火筷子，火烧火燎地忙活起来。陈石榴看到张姚氏嘴里噙的竹筒口，贪婪而灵活地吞噬着大烟膏上的被火筷子烫得吱吱蒸腾的犹如七寸毒蛇的股股浓烟，说了声，我回家给继宗做饭去，便很快出了灶房。

吃过饭，陈石榴来到灶房，看见张姚氏嘴里哼着儿歌，精神抖擞地洗锅刷碗，无意中发现墙窑窝黑瓷碗边上有蚂蚁爬行，故意问：妈，窑窝碗里是啥？张姚氏说：剩下的大烟水嘛，还能是啥？娃稀屎尻子要是止不住，明天还能再灌一顿。陈石榴说：不对，大烟水咋会惹蚂蚁？陈石榴端起碗尝了尝，这是黑糖水嘛，哪里是大烟水？你是不是刚才把大烟水当成黑糖水给娃兑重了？张姚氏听了这话，赶紧把手从洗锅水里抽出来，顾不上擦手，扑到陈石榴跟前端起碗一尝，顿时眼前一黑，手里的碗啪地摔在地上，身子前后晃了几下，要不是陈石榴扶得及时，早就摔倒在地上。张姚氏在陈石榴怀里靠了一会儿才觉得好一点儿，流着泪说：娃要是把那些大烟水喝了就彻底完了！陈石榴说：这只是往坏处想哩，说不定你兑的就是黑糖水，我是不是以为剩下那碗大烟水没用处，顺手泼到炭窑窝了，这碗黑糖水可能是王彩琴嘴馋了，自己化了一碗没喝完剩下的。张姚氏听陈石榴这么一解释，情绪才勉勉强强安定下来。其实，陈石榴心里再明白不过了，正当张姚氏在灶火口贪婪无比抽大烟的时候，她便把倒剩下的大烟水和黑糖水掉了包，现在借着张姚氏年龄大，加上又在惊恐慌乱之中，头脑不是很清醒，便用似是而非的话语引导她步步就范。

太阳压山的时候，小社娃开始有反应了，昏昏欲睡，眼睛不睁，呼吸困难，脸色泛青，小便失禁。王彩琴让陈石榴去叫何可人，何可人又叫来了王金贵。王金贵说：我一个男人家，去合适不合适？何可人说：人命关天，还讲究那么多干什么？他俩跟着陈石榴赶紧就走。到了王彩琴房子，小社娃已经不行了。王彩琴死死拉住王金贵：王组长，你无论如何要救活小社娃呀！说着就往地上跪。王金贵也被感染得两眼泪汪汪。边抽泣边说：我和你的心情一样，无论如何都要救活他，小社娃可是咱农业社成立后出生的第一个孩子呀！说着，王金贵像发疯似的，抱着小社娃就往东街卫生院跑。何可人和陈石榴紧紧跟在后边。王彩琴哭得死去活来。张姚氏有气无力躺在炕上捶打着胸部，怪怨自己老不中用。张继宗穿梭在老母亲和嫂嫂之间，一会儿劝劝这个，一会儿安慰那个，忙得不可开交。

小社娃在家里已经断了气，到了卫生院医生一看，抢救已经没有什么意义了。王金贵像一头雄狮一样，朝医生怒吼起来：你们没有抢救，怎么能说没有意义？医生也理解他的心情，不但不生气，反而心平气和地说：不要说你是孩子的父亲，我们医生心里也像针扎一样！王金贵先是愣了一下，接着又怒吼道：我不是他父亲，我是他们的组长！何可人说：你别发那么大的火，医生也不是有意的。陈石榴哭着说：既然是这样，咱把孩子直接撂到城壕算了。王金贵又怒吼道：你这二妈是咋当的，没有弄清原因，就想把娃撂了！何可人说：金贵，你能不能冷静点儿，你想检查就让医生检查嘛，朝人家石榴发啥火呢！说完又给医生说：你们赶快检查，看究竟是什么原因死的！医生检查了孩子身上残留的呕吐物，很快告诉他们：可能是喝了大烟水中毒死的。

王金贵又咆哮起来：这事要调查，要坚决调查，肯定有人故意下毒！说完，睁着红红的眼睛，有意瞪了陈石榴一眼。陈石榴故意脖子一梗，不以为然地说：既然你心里已经知道是谁了，调查还不是脱裤子放屁，现在就把他五花大绑，送到监狱关起来多好！何可人说：别说气话了，看后边的事情咋办呀？医生说：先把尸首处理了，调查又没个迟早？王金贵说：尸首等他妈看过再说，现在先回去调查到底是谁放的毒！陈石榴说：要调查赶紧调查，不然，好人能叫冤枉死！何可人说：咱们这里的风俗是，月里娃死了就死了，不要让他爸他妈看！医生说：

这位女同志的意见是对的！王金贵抱起孩子说：我总觉得这太残忍了，能不能做个小木匣，大小埋个土鼓堆！何可人说：别说外行话了，镇子的风俗是，月里娃就不能当人看，撂到城壕狼一口狗一口就那么回事了，不然对上辈下辈都不好！他们三人把娃抱出城，撂到北城壕，何可人催着赶快走。王金贵坚持不肯，硬是流着泪用手给娃刨着埋了个墓鼓堆。

回到王彩琴家，家里围满了人。王彩琴看见王金贵，一下子扑上前拉住他：小社娃到底怎么了？王金贵只流泪不说话。王彩琴狠狠摇着王金贵，几乎能摇散架了，王金贵还是只流泪不说话。何可人这才说：小社娃在家就已经咽气了！王彩琴松开王金贵，又拉住何可人说：我娃到底是咋死的？何可人也不知道说了好，还是不说好，一时犯起难来。王彩琴说：我求求你了，你就给我说说吧！何可人还是不知道怎么办好。王彩琴几乎要发疯了：是不是有人给我娃下毒了？其他人还没有啥反应，王金贵突然哇的一声大哭起来。他这一哭，王彩琴就知道怎么回事了，一声没哭出来就晕倒在地，不省人事。霎时间家里乱作一团，陈石榴把王彩琴抱在怀里，何可人掐住人中不放手。有人搓胸有人捏手有人摇脚，经过一阵儿忙活，王彩琴终于哭出声来。哭了一阵儿看见自己躺在陈石榴怀里，猛地挣脱出来说：今天没有来任何人，你就是杀人凶手，你还我的孩子！陈石榴不慌不忙说：只要能替你报仇解恨，你说是我放的毒，就是我放的毒，任杀任剐由你！说着把头伸到王彩琴面前要她发落。

陈石榴摆出这个姿态，王彩琴不知道怎么办好，就连王金贵也愣在那里，满屋子人都发起呆来，一时屋子竟然鸦雀无声。既然你们不好意思发落，我现在就去政府投案自首！陈石榴刚要往出走，张姚氏披头散发摇摇晃晃从房子扑出来，撕心裂肺地喊道：毒不是石榴放的，是我这个瓜老婆子糊里糊涂放的！陈石榴说：妈，你不要胡说，今天我一直没离开过你，你哪里有机会放嘛。啥话别说了，一人做事一人当！张姚氏看到陈石榴想替自己抵命，心里感动得不知说什么好，又一想，自己土已经壅到下巴了，死了比屁淡！石榴正活人呢，咋能让她去死？于是赶快大声喊道：别听石榴胡说，我给娃疗治稀屎尻子时，一不留神把大烟水当成了黑糖水，糊里糊涂给娃灌重了。这事全是我作的孽呀，千万别把石榴冤枉了！张姚氏这一说，大家无话可说了。王金贵唉了一声，蹲在地上双手抱头不说话。何可人说：既然是这情况，还说个啥呀，大家该干啥干啥去，反正老人也不是故意的！王彩琴哇的一声扑到张姚氏怀里：妈，你咋这么大意的！陈石榴说：嫂子，你别怪老人，说来说去，还是我的责任，咱妈跟我要大烟土，我要是不给就好了！何可人说：事情已经出了，怪谁都不顶啥！石榴，我和王组长走呀，这里交给你和继宗了。说完推着王金贵出了门。

张家失去小社娃，一家人像失了魂似的，欲哭无泪，欲罢不能。张继宗心里也不高兴，老觉得疑点重重。心想，当时把大烟土全部给了老人家，就没有给自己留嘛，陈石榴手里哪来的大烟土？既然有大烟土，为什么早不给晚不给，偏偏这个时候拿出来？更为蹊跷的是，老人家怎么会糊涂到这种地步，竟然把大烟水当成黑糖水给娃兑了进去？那些天，他有一句没一句，不显山不露水地拷问着陈石榴。陈石榴也不是等闲之辈，完全能听出来话里有话。说不好听的话，既然能咬紧牙关害人，就会提前想好害人的退路。所以，她回答得头头是道，入情入理，滴水不漏：

当时，你给咱妈把大烟土送过去后，咱妈又偷偷把我叫过去，说全部放在她那里，很快就会抽完的，要我替她藏上点儿，到她需要的时候再拿给她，并且不让我给任何人说，当然也包括你！后来，老人家跟我要过几次，我看没有啥要紧事情，害怕真正需要的时候没有咋办，就以找不见为理由一拖再拖。这一次，小社娃出生以后，忙得老人浑身疼得受不了，小社娃的稀屎尻子急忙又治不好，老人家就给我提出要大烟土，问我到底找见没有？我一口咬死说完了，老人家不相信，便给我寻死觅活。逼得我实在没办法，为了给老人提神，也为了给侄子治病，便全部给了她。我现在想不通的是，她那么精明的人，咋能把大烟水当成黑糖水给小社娃兑重了呢？

张继宗听到是这情况，还真的为难起来。找老人家落实吧，要真是老人家的错，就会认为自己故意和她过意不去咋办？不找老人家落实吧，自己心里那个阴影老是挥之不去。权衡来权衡去，既然陈石榴解释得合情合理，无懈可击，就应该很快把这件事情放下来，再也不能疑神疑鬼了。要是因为这种无根据的猜忌，家里再惹出啥不好的事情来，就有点因小失大了。想到这里，张继宗无奈地说：当时，咱俩要是不用大烟孝顺老人家就好了。陈石榴虽然嘴上说：咱俩也是为她好，谁知道能出这么大的乱子？心里却恨恨地骂道，我用大烟孝顺你妈那棺材瓤子谝呀，还不是为了“孝顺”你哥和你侄子，才拿你妈那棺材瓤子当了个借口！

其实，张继宗自己也蒙在鼓里。自从王彩琴身怀有孕，陈石榴就想用大烟害死张继祖和孩子，便去找母夜叉买大烟。因为她是头一次买，又不是自己抽，母夜叉就多了个心眼，害怕她是公家的眼线，坚持说自己就没卖过。陈石榴看人家不愿意卖，就打起偷的主意来。但是让谁去偷又发起愁来：自己去偷吧，没胆量也没力气；请人去偷吧，害怕事情败露；让张继宗去偷吧，他不答应不说，还有可能要坏事情。想来想去，终于有了好主意。她差点儿忘了，张继宗他妈张姚氏爱抽大烟，为啥不打着老人家的旗号，让继宗出面呢！这种既省钱又尽孝的事情，张继宗肯定不会推辞。就这么着，张继宗不知不觉被陈石榴利用了。此后，后巷子再也听不到张姚氏那欢快的哄娃歌声了。偶尔在三更半夜，却有沉闷的如诉如泣声从张家小院传出来：不怪个谁谁，是我这老糊涂，要了我社娃的命！

大概过了半年时间，有一天，张姚氏去乡下熬娘家，王彩琴隔院墙喊着叫陈石榴过来做伴。陈石榴找到房子，看见哥哥活死人像往常一样平展展睡在炕上，嫂嫂王彩琴手里端着熬好的黑乎乎的汤药站在炕边。王彩琴刚要拿起勺子给活死人喂药，看见陈石榴进来，顺手放回勺子把药碗递给她说：你来得正好，我突然肚子一拧，难受得想解大手了；你哥这两天有点儿痰多，你看着给把药灌了，叫我赶紧到后院先把水火（解手）送了！陈石榴接过药碗，看见黑乎乎的汤药，心里很快拿定主意。再看王彩琴时，已经出了房门，火急火燎地朝后院小跑着。赶紧掏出早已准备好的大烟汁瓶子，很快倒进碗里又将瓶子装进口袋。这才搅动着走出了房门不停呐喊：嫂子，我这人记吃不记打，差点儿又干傻事情！啥事情都愿意干，这事情绝对不会干，要是把我哥喝死了，可说我给里边放大烟土来！憋着一泡屎的王彩琴，急着解手不但停不下来，还加快步子跑起来。陈石榴紧随其后，穷追不舍，一直追到后院茅房门口。王彩琴解开裤带搭在脖项，抹下裤子蹲在茅坑上，呼啦一声拉了一泡稀屎，才长长出了口气说：那你放到茅房墙头上，我解完了自己灌！王彩琴解完手系好裤子，从墙头上取下汤药碗，走出茅房。老远等在外边的陈石榴说：要不要到灶房添点儿热水？王彩琴说：不用，这个时候灌，热冷刚合适！看着王彩琴进了房子，陈石榴心想，我不采取这种办法一了百了，到时候再找借口给我生出个野种来，想哭都没眼泪！

果不其然，第二天天不明，张继宗两口就被王彩琴隔着院墙叫过来了，王彩琴一见张继宗就说：继宗，石榴可以给我做证，昨天你哥还好好的，睡了一晚上就成了这了。说着哭起来。陈石榴说：嫂子，别难受了，你伺候得够好了，要是放到我跟前，有他几个都没人了！张继宗说：有你这么说话的吗？陈石榴说：我这人说话是不好听，但是没有一句假话！他们三人给张继祖穿好寿衣，就派人四下报丧。张姚氏回来以后，征得王金贵和何可人的同意，在族长的主持下，给张继祖成殓。因为没有直系子嗣，只能厝尸在后院，等张继宗生了子嗣或过继子嗣后，再挑日子出殡发丧，入土为安。

张继祖百天没过，张姚氏由于过度悲伤，心力交瘁，一口气没上来，驾鹤西归。临终时一再叮咛张继宗：镇子上凡是没后代的，或者光景不好的，为了人财两旺，都给祖坟上盖皇家大冢的土哩，你也偷偷到上边挖些土盖在我坟顶，不沾沾皇家人多势众的脉气，我们下一辈还是人丁不旺！由于有张继宗摔纸盆，张姚氏很快入土为安。当天夜里，张继宗按照母亲的吩咐，偷偷到三里村雇了几个人，到皇家大冢上运了好多土方，把母亲的坟盖得像个大土包似的。

给张姚氏送完葬，陈石榴又动起心思来：这个王彩琴一日不除，她一日心里不干净！因为张继祖的棺材还厝尸在家，自己再要生不出个一儿半女来，不说香火有继无继，就是为了张继祖出殡，王彩琴再过继个儿子，那她这一场不是白忙活了？于是便采取无中生有、嫁祸于人等方法，故意折磨王彩琴。王彩琴呢，失去儿子本身就很难过，丈夫和婆婆又相继离去，这对她来说是雪上加霜。现在再加上陈石榴的折磨，精神一天比一天恍惚。陈石榴觉察到这个情况，就采取了更为恶毒的办法。先是说王彩琴耐不住寂寞，为了找野汉方便，狠下心相继毒死了小社娃、张继祖和张姚氏！气得王彩琴浑身发抖，就是说不出一句话来。

此后，王彩琴逐渐目光呆滞，神经错乱。为了加重王彩琴的病情，陈石榴又变本加厉：我说你毒死那几个人，全部是给你栽赃呢，就是想气死你，让张继祖这一门成为绝户，然后把家产给我两碗折一碗。王彩琴听了这话，一连睡了两天起不来。陈石榴眼看大功就要告成，便穷追不舍：你知道小社娃是咋死的？不是你毒死的，也不是他婆毒死的，是我陈石榴故意把大烟汁和黑糖水掉了包，让他婆亲手毒死的！他婆这个老糊涂蛋，叫我编派得自告奋勇给我当替死鬼！那你知道张继祖又是咋死的？也不是你害死的，是我给中药碗里放了大烟土，故意找理由让你亲手把他毒死的！王彩琴听到这里，精神彻底崩溃了，她忽地站起来，衣衫不整，披头散发，连哭带喊，朝门外跑去！陈石榴冲着王彩琴的背影冷笑着说：这一回她疯了，彻底地疯了！用不了多少日子，不是死在城壕里，就是死在荒郊野外，我给她预备的那点儿大烟土想用都用不上了！

瞎人损招

这一天，唐新生下乡跑货郎，党慧兰按照事先约定，手里握了块瓦碴，来到王银贵院墙外边，前后一看没人，赶紧伸手扔过院墙，转身跑回家打开后门，等着王银贵来幽会。王银贵正在上茅房，听见谁向院子扔了东西，提起裤子出来看动静。结果看见刘红玉手里拿了块瓦碴，跳着跳着朝院墙外边大声骂道：谁成天朝我后院扔瓦碴，是我男人睡你妈了，还是掐死你牛牛娃了？王银贵赶紧系好裤子，上前劝阻：红玉，你赶紧朝回走，我这就翻墙去找，不信把他瞎毛病治不了！刘红玉这才嘟嘟囔囔进了后门。王银贵翻过墙，左右一看，巷道没人，又翻过党慧兰院墙跳进后院。蹿进后门来到房子，党慧兰就扑到怀里。两人折腾了好大一阵子，才终于消停下来。王银贵穿好衣服，突然说：我哥可能知道咱俩的事了，这两天见我脸色难看得很！党慧兰说：别做贼心虚了，你哥心在后巷子王彩琴身上，哪里顾得上你？王银贵说：这话你可别胡说，我哥又不是我，说我见女人走不动还差不多，我哥跟我不是一路人！党慧兰说：不要忘了，蔫蔫骡子踢死人哩！王银贵害怕时间长了出问题，甩开党慧兰的缠绕，赶紧拔腿就走。等他满头大汗哼哧哼哧回到家，刘红玉问：扔瓦碴的人是谁，你是咋治毛病的？王银贵说：是个外乡人，我把他绊了个仰巴叉，差点儿把屎打出来！

两人正说着，王金贵在前院喊了一嗓子：银贵，你出来，给你说个事！王银贵出了房子，看见王金贵黑着脸站在厅房门口。找我啥事？王金贵说：你刚才出去干啥了？王银贵说：有人给后院撇瓦碴，我撵着打那人去了！王金贵说：别给我胡编了，我把啥都看得清清楚楚！王银贵说：你把啥看得清清楚楚，我也把啥看得清清楚楚！你作为组长，不为组上的生产点灯熬油，可为寡妇的事情熬煎发愁！王金贵生气地说：我又不是你！你是出去干坏事的，我关心人家是积德行善呢！王银贵说：别给我打烟雾弹，你哪里是行善，简直就是得了心病！王金贵说：就凭你说下这王八蛋的话，你要不是我兄弟，早都一胡墼骨斗（砸土块的木头疙瘩）把你闷死了！骂完又叹息道，咱俩明明像仇人一样，咋偏偏就成弟兄了呢！

说起王金贵弟兄俩的关系，一般人很难说清楚。说好吧，骂起仗来日娘带老子，打起架来血里捞骨头。说不好吧，谁要是说王金贵的闲话，王银贵马上就会翻脸不认人；谁要是敢动王金贵一指头，王银贵立马就会和他拼刀子。

有一次，两人说着说着翻了脸，你骂我一句，我骂你一句，骂着骂着就打在一起。打毕，王银贵去后巷子饲养室说闲话，谈起和王金贵打架的事。张继宗对王金贵偏向王彩琴有看法，故意附和道：王金贵不就是当了个烂屄组长嘛，张狂得就没领子了。不光你打他，我还想打他呢！话没落点儿，王银贵一拳头打过去，便把张继宗鼻血打出来。他知道张继宗力气大，害怕报复拔腿就跑。

还有一次，王银贵作风不检点，王金贵收拾了他。他就雇了几个人砸王金贵家的东西，并且一再交代，千万不能伤人。那几个人砸东西时，连秀玲挡住不让砸，就在互相推挡之时，擦伤了连秀玲手上一块皮。连秀玲气愤不过：你们现在到后边去，把银贵的东西往完的砸，我给的钱比他多！临走，还是交代了再交代，千万不要伤人。结果还是因为同样的原因伤了刘红玉。事后，王银贵找王金贵讲理：砸东西我都不说啥，我都不让人家伤你人嘛，你为啥要让他们伤我媳妇？没等王金贵说话，连秀玲跑出来伸出手说：你没让伤人，我这伤是哪里来的？王银贵一声没吭，出去找到那几个人：我弟兄俩给你的钱够不够数？那几个说：不光够，还给出了多头！王银贵一人抽了个大嘴巴。那几个问原因。王银贵说：千叮咛万叮咛，只砸东西别伤人，到头来不但伤了我嫂子，还伤了我媳妇！时间一长，街坊邻居非常形象地把这弟兄俩的关系比喻成烂锣浑声。在谈到原因时，普遍认为，年龄差距不大，小时候又不在一起生活，只有血缘关系，很少有亲情交往。

王银贵听了王金贵的话，扑哧一声笑了：仇人变弟兄算啥，还有对头变朋友的呢，你还讲究跟何可人出将入相，沈文奎早都把这个问题说清楚了！王金贵听说是沈文奎的话，神经一下紧张起来。别看他和何可人为了组上的事情形影不离，配合默契。比如，通知会议，王金贵拿着传话筒，站在豁豁牙牙的城墙上，身子来回朝城外、街道、后巷三个方向："社员们，老乡们！天擦黑准时到本组会场开会！"连喊三遍就算完事。何可人害怕有遗漏，还要敲着锣到旮旯犄角再通知一遍。再比如工作出错，是王金贵的责任，何可人要主动分担三分。是何可人的疏漏，王金贵也要朝自己身上揽。就是这种关系，也很少提说沈文奎的事情，更没有打听过什么。这并不是说他不想听不愿听，或者不相信那些毛骨悚然的奇谈怪论。恰恰相反，不但心里很期待，而且觉得新鲜、稀奇、实在、有趣。但是此时此刻，他不知道王银贵说的是沈文奎哪段话，便问：他又说什么了，我怎么不知道？王银贵说：沈文奎在阴间发现，鬼魂转生阳间，阎王爷故意把前世仇人，安排成今世的朋友…… 说到这里，王银贵挠起头来，不好意思地说：下面的话我记不起来了。王金贵心想，原来以为自己没听过哩，没想到刚好撞在枪口上，于是嘿嘿笑着说：重说个啥，是记不起来，还是说不出那些咬口嚼舌的文词？王银贵说：我承认我说不出来，但总比你不知道强！王金贵说：我早都听说过，说不定你还是拾我的涎水把把！但是心里暗暗骂道，说的人话，拉的狗屎！王银贵以为王金贵骗他，便说：既然我拾的是你的涎水把把，那你能不能说出来叫我听听！王金贵这才把沈文奎的那段话，完整无缺地说了出来：

阴间为了体现因果报应，在鬼魂转生和朝代更替时，一般都会做两种安排：一种是以德报怨，比如，前世的死敌，今世的君臣；前世的对头，今世的父子；前世的冤家，今世的夫妻；前世的仇人，今世的弟兄等。阴间就是要让凡人百姓知道，凡能同床共枕、同母手足、同校求学、同朝为官、同市经商者，都是缘分，要互相包容，取长补短，见贤思齐。反之，就会因小失大，得不偿失！还有一种是以怨报怨，就像秦灭六国，楚最无辜，楚虽三户，灭秦必楚；就像韩信杀死指路妇，路妇托生陈仓女；就像曹丕篡汉，司马夺魏；就像袁世凯逼宫清廷，后来却倒在讨袁的声浪中；就像国民党欲置延安于死地，结果被延安赶到了台湾岛…… 阴间就是要让志士仁人晓得，以史为鉴，知兴替；以人为镜，明是非。多施仁政，不施暴政；以民为尊，以己为卑；计天下利，求万世名。不然，君是倾覆者的过去，倾覆者是君的未来。

王银贵说：我还以为你能说出朵花来，弄了一来回，还是二道贩子嘛！王金贵说：你能得一个指头剥葱哩，为啥自己不贩上一回？说完转身去了前边。王银贵心里愤愤不平：要知道你给我扎这可憎品麻势，我跟你费这口舌？真是吃得多了！

时间一长，细心的人不难发现，这弟兄俩的烂锣浑声，多一半儿表现在王银贵身上。也就是说，王银贵在家里和哥哥吵架，在外边为哥哥护短。当然，不能说王金贵一点儿短不护，最起码比王银贵要好出不知道多少倍。尤其是对王银贵的男女作风问题，不但不护短还不停地敲打。但是不管怎么敲打，王银贵不仅没有什么收敛，还有过之而无不及。王银贵之所以在这个问题上屡教不改，除了他的天然条件以外，还与他那诡计多端的心术有关。不用说，西半街绝大多数人对他这种能力，不仅嗤之以鼻，而且深恶痛绝。也有少数人不是这样，他们出于好奇，故意和他开玩笑。每每遇到这种情况，王银贵不但有啥说啥，而且还要故意炫耀自己的能耐。

有一次，包子六几个人，在冀志兴摊子跟前，和王银贵开玩笑。包子六说：银贵，你敢不敢当着大家的面，摸漂亮女人的奶头？王银贵一本正经地说：敢摸怎讲，不敢摸咋说？包子六说：敢摸，我给你十块钱；不敢摸，你给我十块钱。王银贵说：谁要不给咋办？包子六手摞手比成王八样：不给是地上爬的这！王银贵也手比王八说：要是有人宁愿当这，不愿意给钱咋办？包子六右手中指戳着左手虎口说：他先人让人这样！王银贵说：要是有人舍得先人，舍不得钱咋办？包子六想了想，说：要不然咱俩都拿出十块钱，押在冀志兴手里，谁赢，谁全部拿走！说着掏出两张五块递给冀志兴。王银贵同意是同意，就是身上没带钱。冀志兴说：我先给你垫上！王银贵说：那你另外再给我掏五块钱。冀志兴说：要五块钱干啥？王银贵说：我又不是还不起！冀志兴只好掏出五块钱给了他。包子六说：咱把话说清楚，女的要翻脸，或者不漂亮，都算你输！王银贵张狂道：我既然敢说大话，就有说大话的本事！不是我吹牛，我敢保证漂亮女人不但不翻脸，还要给我说好话呢！至于漂亮不漂亮，摸之前听你们的，你们说漂亮就摸，不漂亮就不摸！包子六说：还有个条件，认识的女人不算，比如党慧兰！王银贵知道包子六故意使坏，便针锋相对：你咋不拿母夜叉打比方！冀志兴害怕他俩打起架来，看不上热闹，边装钱边说：闲话少说，赶紧开始！

正在这时，有个来街上买东西的乡下漂亮女子，屁股一拧一拧刚好路过。冀志兴用眼光征求大家的意见，大家点头同意。王银贵便喜眉笑眼迎上前，一手掏出一张五块钱笑着说：娃他姑，能不能给我换点儿零钱？女人看他长得挺帅，还没来得及回答，王银贵接着说，不白换，一块钱少给一毛钱！女人本来就对他有好感，现在又见有利可图，就开始掏钱。就在女人掏钱的当口，王银贵按着一个鼻孔，另一鼻孔对着女人高耸的奶头，用力擤了下鼻涕。黏黏的鼻涕不偏不倚正好喷到漂亮女人奶头部位。女人不知道怎么处理，王银贵一手按着奶头，一手就在奶头上擦，嘴里还不停地说着道歉的话。女人被王银贵这个举动搞得不知所措，没顾上换钱，说完感谢的话，红着脸赶紧走开了。

还有一次，王银贵在剃头铺说闲话，刚好“五怪”全在场。说完笑毕，聋子染匠突然说：银贵，听说你很会耍女人，能不能找个机会，让这个没沾过腥的地老鼠开开洋荤？地老鼠听到这话，很不好意思，一个劲儿怪怨聋子染匠多管闲事。后来一想不对，这家伙是不是因为他们几个帮助王银贵在地里顶了翠仙的牛斗，故意官报私仇呢？于是就说：你是不是嫌我们顶了你老婆的牛斗？

说到顶牛斗，王银贵扑哧一声笑了。自从那天翠仙从窗户给他们几个泼了尿水，王银贵就伺机报复。一直找不到机会，刚好那天埋完张继宗他妈张姚氏，走得就剩下王银贵、柳拐子、地老鼠他们几个，以及在旁边地里拔野菜的翠仙。王银贵看见翠仙就想起那天泼尿的事，给柳拐子和地老鼠说了想法。地老鼠就朝翠仙喊：嫂子，这边菜多得很，赶快过来！翠仙信以为真，等她赶过来，王银贵就喊：赶快报那天晚上泼尿水的仇气！声音刚落点，那三人就将翠仙的裤子扒到膝盖处，然后把头套在她的大裤裆里，再用裤腰带把两手绑在身后，最后放到继宗他妈的新坟头上。

这几个看王银贵要得有点儿过分，趁他不防备放了翠仙。翠仙穿好裤子，笑着对王银贵说：有你娃趴下叫婆的时候哩！

王银贵说：地老鼠，聋子染匠心眼没有那么小，你别在那里胡思乱想，我只害怕你那家具不够尺寸，在女人那里边摇了铃咋办？柳拐子说：你不了解情况，别看地老鼠个子低，家具一点儿都不小！要是不信，我给你们说个故事，你们就知道是怎么回事了。大家不知道他说这话什么意思，更不知道他要说的故事跟家具大小有什么关系。想来想去，还是想不出个所以然来。柳拐子故意咳嗽了两声，才如此这般讲起那段鲜为人知的故事来。

有一次，在城门外财神庙旧址前边的狗市演大戏，有老姊妹俩和全家人坐在大车上观看。正看到高兴处，地老鼠因为个头低，急忙找不到合适地方，就朝大车附近迂回。发现这地方虽然离台子远，但是看得比较完整，所以就不声不响地站在大车旁边看起来。这一看不要紧，偏不偏让大车上的老妇人发现了。老妇人见地老鼠是个小孩，还是个小男孩，就勾起了怜爱之心，一把拉上车让站在身边看，还一个劲儿给坐在身边的妹妹说着地老鼠的好话，妹妹却一言不发，她还以为妹妹看戏顾不上听。八十岁老儿爱小的，特别是小男孩，老妇人尤其喜欢。镇子人爱小孩方式很独特，不管男女，无论老少，见了小男孩便蹲下身子，或者一边摸鸡鸡一边说：叫婶子摸个鸡，看长大了没有？或者抓住鸡鸡，胳膊突然抡圆往空中一扬，嘴里喊到：呜——嗖！美其名曰放嗖子（麻雀）。老妇人看着看着，就想逗地老鼠玩。她把地老鼠拉到怀里，一把拽开裤腰，手便伸进裤裆，嘴里还念念有词：姑娘爱的是大公鸡，媳妇爱的是芦花鸡，老婆爱的是老母鸡，婆就爱摸我娃这小鸡鸡！地老鼠赶快腿夹手挡。老妇人一把抓住了鸡鸡，还没等地老鼠摘离手，老妇人触电似的缩回手，自言自语说：小孩子咋会长个大人的家具？妹妹说：那就不是个小孩，你看那抬头纹成了啥了？老妇人说：抬头纹能说明啥问题，猪娃生下来抬头纹能打褶子，你能说是老猪不？妹妹又说：不说抬头纹了，那面相你总能看来嘛！老妇人这才低下头，细细看了一眼地老鼠，发现他原来是上了岁数的侏儒，便一把推下车嘴里骂道：避远避远！不停朝摸了男人下身的手上唾唾沫，并且反复在腿面上擦来擦去。就这心里老是不干净，像吃了苍蝇似的，戏没看完，就叫人把她送回家去。

柳拐子讲完故事，聋子染匠赶快说：银贵，地老鼠的家具咋样，经验丰富的老妇人都验过了，你该放心了吧？他能不能尝到腥，就看你的安排了！王银贵说：那就要看地老鼠想咋尝了，是想过过眼瘾、手瘾呢，还是想脱光衣服真整呀！聋子染匠说：贪多嚼不烂，地老鼠毕竟头一次，先过过手瘾再说。王银贵说：地老鼠，那你就做好准备，不要到时候当松尻子！

这一天，西安一个秦腔剧团来镇子演出，镇子人翘首以盼。大家之所以翘首以盼，除了痴迷秦腔之外，还有两个不能公开的秘密：一个是这个剧团在县城演出时，演包公的名演员因为调戏妇女，被行政拘留，今天刚好到期开释。所以剧团专门安排，在镇子第一天就演《铡美案》，想让这个名演员戴罪立功。一个是在本戏开演前，特意安排了喜闻乐见甜中带酸素中有荤很提精神的折子戏《十八扯》，其轰动效应就可想而知了。

晚上喝完汤，镇上的男女老少拿着板凳，潮水似的涌向庙前里戏园子。王银贵什么也没有拿，在街道上晃晃悠悠，刚晃悠到戏园子门口，便碰见地老鼠夹杂在想看把把戏的孩子窝里装小卖嫩。所谓把把戏，就是等着看戏尾巴。一般都是演到最后一折戏，门口就不收票了。那些等在门口的孩子就会吆喝一声蜂拥而进，才能像过节一样享受一回戏剧大餐。看把把戏是镇子孩子常有的现象，也是孩子们很开心的娱乐活动。凡是有剧团来镇子演出，每天晚上都有成群结队的孩子，在戏园子门口晃荡。有的站在戏园子门口的人窝里，大眼瞪小眼，挤热闹寻机会。有的像苍蝇挤疙瘩一样趴在两个大石狮上胡吹乱谝，有的挤在背光处的旮旯犄角讲述懵懵懂懂的酸甜故经，有的像散兵游勇来回转着散心卖眼。能找上熟人的，就跟上进去了；找不上熟人，就趁混乱的时候往进溜。溜进去的少，溜不进去的多。有的等着等着不耐烦就自己回家了。戏演过一半逗留在门口的孩子就剩下一二十个了。

王银贵走过去钻进人窝，把地老鼠拉到一边说：咋没进去看戏？地老鼠说：想进没有钱，想跟没熟人，想溜没机会，只能等着看把把戏了！王银贵说：你咋这么外行的，千年古辈子，街肋子看戏谁还掏钱呢？地老鼠说：那你咋进呀？王银贵心想，我要是像你那低巴个，根本就不用买票，有十个都从这里进去了。别看我个子大，墙上给我专门留路着呢！但是嘴里却说：我不用你操心，我进去以后，看我的眼色行事！说着他把地老鼠叫到一边，交代完暗号就去上茅房了。

地老鼠咋等不见王银贵闪面，就挤进孩子窝里看热闹。看着看着突然发现了王银贵，在戏园子里边的过道跟三虎叽叽咕咕。心想，这个王银贵不光搞女人办法多，不买票看戏更加一等，所以只等着王银贵给他对暗号出主意呢。刚好有个中年女人拿个凳子走进人窝，他看见王银贵已经说完话，正在朝他递眼色。地老鼠心领神会马上走上前，拉住人家的手说：姑，把我领进去吧！那女人看到他那脏乎乎的手，非常厌恶地说：你认错人了！不一会儿，又有个老妇人挤进人窝，王银贵又赶快朝他递眼色，他又赶快跑上去：婆，叫我给你把凳子拿上！说着就要替老妇人拿凳子。老妇人以为他是绺娃子，紧紧抱住凳子不松手：快滚，快滚！这一次地老鼠彻底灰心了，连王银贵理都不理。王银贵气得在里边转圈子。就在他们都认为今天晚上地老鼠进不了戏园子的时候，高步宽出现了。他一手拿票，一手拿凳子，身上披了件黑夹袄，从拥挤得只能过一个人的夹缝中进了人窝。王银贵这一回示意他，什么也别叫，偷偷拽着夹袄大摇大摆地走。地老鼠按照他的指挥拽住夹袄就走。谁知检票时，由于心情过于紧张，高步宽检完票，已经起步了，他还在原地走神，结果高步宽的黑夹袄被他拽下来掉在地上。他看露了马脚，拧身要跑，高步宽看是地老鼠，扑哧一声笑了，知道他想看戏，拾起夹袄叫回他。进了戏园子，没走几步，东街三虎拉住高步宽去他那里坐，地老鼠这才脱身去找王银贵了。

开场锣鼓敲完，大幕徐徐拉开，折子戏就开始了。演《十八扯》的男丑女旦，一上台就打情骂俏，荤段子不断，逗得戏台下观众情绪激动。他们看效果很好，又来了一段更撩人的，只听丑角说：妹子也，哥让你猜个谜儿，咋个向？旦角说：哥也，猜就猜，你可不能胡说！丑角说：明明是猜谜嘛，咋能叫胡说呢？旦角举起手帕一甩说：只要你不胡说，没有妹子猜不着的！丑角双手一拍说：妹子，那你听着，哥开始说咧！圆圈是毛毛，中间是橛橛，是啥东西？旦角手遮着脸说：我不猜，我不猜，哥也，你说不胡说不胡说，咋就胡说开咧？丑角说：看这瓜女子，这么好的谜儿，不会猜就不会猜，倒打一耙干啥？旦角说：没吃过猪肉，还没见过猪走路，那东西我说不出口！说着双手捂着脸，身子摇来晃去。丑角说：我还说你是瓜女子，其实你一点儿都不瓜，不光不瓜，年轻轻个女娃娃，就往那旮旯拐角大腿叉叉想呢！旦角斜眼噘嘴说：你说的就是那东西嘛，可怪我的啥呢！丑角说：我说的是牛犄角，圆圈是不是毛毛，中间是不是橛橛。那你猜的是啥东西？旦角说：要是这么猜，就难不住我，不信，你再说一个！丑角咳嗽了两声说：上半圈是毛毛，下半圈是窝窝……没等丑角说完，旦角捂着脸说：你又胡说开了，我真的不猜咧！丑角赶快说：你这瓜女子，连耳朵都猜不出来，还要反咬一口。耳朵上半圈是不是头发，耳孔是不是窝窝！旦角说：那你再说下一个！丑角故意端起架子来，两手抱在胸前，紧闭双眼，仰起头一动不动。旦角不屑一顾：真个是鸦雀落到了花椒树上，品麻得不敢撞磕了！嗯……不想说，就早出声嘛，我还没工夫陪咧！说完扭着腰身要下场。丑角赶快上前拦住说：要我说能成，这一回我可真的说不好听的呀！旦角转过身说：我就没指望狗嘴里能吐出象牙！丑角说：进去是硬的，出来是软的…… 还没等说完，旦角又捂着脸不猜了。这时候，台下观众直起哄。丑角趁势走到台口，朝台下观众说：我妹子光往那歪地方想呢，我不想让她猜咧。你们大家说说是啥东西？一部分观众大声喊道：老大他兄弟！还有一些小伙子干脆直呼其名。丑角指头点着台下说：我还把你们高看了一眼，没想到你们跟我妹子一样不正经！又有一部分观众说：烤红苕！丑角又说：我原来只说世上就我这么一个好人，没想到台子底下好人还不少呢！

台下观众的情绪本来就被一个个荤段子调动得不能自已，再加上演员们的推波助澜，就给一些图谋不轨的人创造了机会。就在这个时候，王银贵架着地老鼠，煽动几个小伙子，一边喊着：赶快站起来，小心被踏着！一边盯着漂亮女人使劲儿往进挤。刚才还坐得好好的观众，顿时如起火一般，就像现在造人浪一样，一片接一片站了起来，不长时间台下的观众就挤成了一锅粥。和造人浪不同的是，这里不光是站起来，而是四面八方的身强力壮者，趁此机会拼命往中间挤，为的是占好位置。所以中间那一块人挤得像锅滚一样。在你挤我、我挤你的人群的上边，是一片举起的黑压压的板凳腿。就在混乱之时，有几个漂亮女人便被王银贵他们团团围住。尤其是王银贵一边架着地老鼠，一边搂着漂亮女人，又是亲又是揣的。经过一阵折腾，又把地老鼠放到女人怀里，让他尽情地摸揣。地老鼠开始还不好意思，王银贵又是摁头又是抓手往女人胸部塞。等维持秩序的那些壮汉用一根根长竹竿，将拥挤的人群举着的小板凳，噼噼啪啪打得坐下来的时候，王银贵坐在临时抓来的凳子上，抱着地老鼠看起戏来。看着看着，王银贵顺手从地上摸了块半截砖，塞在地老鼠手里，地老鼠不知道啥意思。王银贵说：你先拿着，等一会儿就知道了！

直到铡美案演到包公上场，王银贵说：今晚过眼瘾、手瘾来没？要是没过的话，等会儿还有热闹看呢！地老鼠不好意思地低下头小声说：高达叔和三虎离得不远，小心人家听到了。王银贵说：三虎咋啦，等一会儿他也得听我的指挥！要是有人今天晚上不好好表现，我就准备给他头上开口子呀！地老鼠抬起头问：给谁头上开口子？王银贵用下巴朝戏台上指了指：你看大家正在看谁呢，我说的就是谁！地老鼠说：大家正在看包公呢！王银贵说：我说的就是他，别看他在戏台上人五人六，下了戏台搞女人比谁都厉害。前一向在县上因为搞女人受了一个礼拜法，今天刚一出来就登台演戏了。等一会儿回到后台，说不定又和哪个女演员搞在一起呢！地老鼠说：把人家都说得跟你一样！王银贵说：真像我这样，还算好人呢，敢做敢当，人前人后都这样。他们这些人很扭捏，既想暗地里搞女人，还想在人面前当好人。我要是像他们这样，早拔一根屎毛吊死了，还在世上活啥味气呢！

王银贵刚说完，发现演包公的演员一个动作没做到位，忽地从地老鼠手里抓起半截砖，站起来就向台子上扔去，边扔边大声喊：大家赶快拿起家伙，打这个假包公！这个驴日的，在台上演好人，在台下当坏人，就这还不好好演戏，这种人不打行不行？王银贵事先动员好的那些狐朋狗友，看他打了头阵，很快半截砖、石头蛋、碎瓦块、木头橛、烂鞋子、破笤帚、熟红苕、烂水果，密密麻麻箭一般飞向戏台。那个演包公的演员被砸得遍体鳞伤，不得不溜下舞台，就这台下还照样朝台子上扔东西。团长没有办法，只好站出来向大家认错，并且承诺立马换人，继续演出。这时候三虎突然说话了：书坊戏坊，瞎娃的地方，换来换去能有个啥好货！团长说：那你们想咋办？三虎说：演不成退票！团长说：这个不好办！三虎刚要说话，被高步宽挡住了。他拽了拽夹袄站起来说：大家闹活的目的，不是不让你们演戏，也不是非要换演员，是要你们好好教育演员，不然，戏风不正，迟早还会出问题的！团长点着头问：那你老人家说咋办？高步宽心想，大家就是掏钱看名角来了，不让他演，钱不是白掏了？于是自作主张说：还让这个演员演，让他戴罪立功！但是要演就好好演，不然，大家把你们戏箱砸了，你们可不要后悔！团长害怕高步宽做不了主，就问三虎行不行。因为事情是王银贵预谋和挑起的，三虎只好朝着王银贵喊：银贵哥，你说咋办？王银贵看高步宽说了话，只好见好就收：老人家已经说话了，还有啥不行的！很快，锣鼓家伙急急敲起来，大幕重新拉开，那个演员又出来演起来。

正看着戏，王银贵突然发现，有好多家和他一样，男人看戏，女人看家。体内的痒痒虫，又骚动起来，顿时觉得剧情索然无味。便问地老鼠：想不想脱光睡女人？地老鼠说：戏刚看到热闹处，满嘴胡说啥哩！王银贵说：你既然想当正经人，就坐在这里好好看戏，我一个人去呀！这一阵，男人都在这里看戏呢，把女人一个人丢在家里，这么好的机会，不去白不去！说着把凳子塞在地老鼠屁股底下，猫腰低头两手豁开坐着的人，两脚寻着空隙艰难地走出人堆，很快离开热闹的戏园子。

夫妻夜话

何可人和王金贵检查完大家干的农活，又蹲在地头商量完队上的事项，进城时天色已经很晚了。当她黑麻咕咚来到家门口时，猛然想到给沈文奎压担子的事来，心里感到蛮欣慰的。找个事干把身子占住，他就没时间写那些没名堂的陈芝麻烂谷子了。但是要完成这个任务，还得讲究点儿方式方法。不然，按照沈文奎的性格，说不了几句话就没有下文了。没有下文都没有啥，只要他愿意接受，话说得越少越好，哪怕不说话都行。只怕到时候他不愿意接受，再要做工作就麻烦了。为了使他能顺顺当当接受下来，只好停在家门口，临时琢磨起办法来。为了不引起别人的注意，便躲在大槐树后边，伸脖仰头上身斜来斜去，假装查看自家房子。

说到沈文奎家的房子，还真有那么点儿意思。既不同于镇子街道的字号房，也不同于后巷子的农家院，而是两者兼而有之。前边两间门面房，安着铺板门，有点字号的味道；四间厦房和后边的院子，陋室棚门，窄屋浅院，用材和设计完全是农家院的感觉。这座宅子是沈文奎和何可人定居镇子不久买下的，坐北朝南，在西门里路北第二家。门前有棵半搂粗遮天蔽日的大槐树，门外的象鼻上挂着“沈文奎寓”字样的条形木牌，铺板门脑并排挂着沈文奎画的列宁、斯大林、毛主席和周总理以及齐白石等名人的头像。两间大房是沈文奎的写画间，四间厦房，前边两间睡房，后边两间厨房。

何可人琢磨好先抑后扬的办法，很快进了家门，看见沈文奎在房子挑灯伏案，便站在亮汪汪电影银幕似的窗子外边说：人家都看戏去了，你只管闷在房子写啥呢？沈文奎抬起头面向窗外，霎时，他那奇特古怪、阴森可怕、酷似骷髅的头部剪影，赫然印在明亮雪白的窗户纸上，要是外人能吓一跳。很快骷髅似的剪影上两片嘴唇嚅动起来：戏有啥看头，看来看去都是假的！就说演包公那个名角吧，在戏台上王朝马汉大义凛然，好像就他公正无私；下了戏台胡作非为，只有他厚颜无耻！何可人说：戏是假的人家愿意看嘛，你写下那真不真假不假，不看痒痒得心疼，看了怕怕得头疼，到底能起多大作用？沈文奎说：害怕不害怕，我又没请他们看！他们不但愿意看，还要传来传去。有时没啥传了，就到我这里搜寻打听，就这，我一个字也不给他们说！何可人说：不想给人说，你写的那些话，为啥隔一段时间传出一段来？沈文奎说：隔窗有眼，隔墙有耳。有些是咱无意中传出去的，有些是偷看的，有些是偷听的，有些是我们东南安前世那些伙伴给人说的，有些是假借我的名义瞎编乱造的。何可人说：要我说你当初就不应该写，阴不阴、阳不阳的，写来写去有啥意思？沈文奎说：咋能是阴不阴、阳不阳呢，明明是我的亲身体验嘛。现在再不写出来，等老了再想写，就力不从心了！何可人说：别只顾写来写去忘了吃饭！沈文奎说：我已经吃过了，饭在锅里留着，你赶紧去吃！说完那阴森可怕的头部骷髅剪影，很快在银幕似的窗户上消失了。

何可人脱去大襟衫子，从瓮里舀来洗脸水，又从暖水瓶倒了点儿热的，搓上洋胰子洗了手脸，就去灶房吃饭。沈文奎放下笔来到灶房，何可人已经把饭菜端到案上，坐在凳子上吃起来。沈文奎坐在灶前的矮凳上，手里玩着炭锨。何可人突然说：我还问你个事哩，你还讲究识文断字哩，给人家聋子染匠写下那叫啥对联，平头百姓咋能轻易跟皇上娘娘胡比？沈文奎说：你看我是不是胡写的人！何可人说：那你写的是啥意思？沈文奎说：啥意思都没有，就是写热闹哩！何可人知道沈文奎在这种事情上，轻易不说实话，再没有追问。倒是沈文奎为了岔开话题，主动问：你们今天检查得怎么样？就我干的那活，一般人谁能比上？何可人见沈文奎自投罗网，心里一阵窃喜，嘴里嚼着饭说：你干的活确实是没说的，不管是锄地也好，间苗也好，干活确实像绣花一样。就是一样不好，速度太慢！沈文奎说：慢工出细活，不管咋说，我还占了质量这个大头哇！何可人说：因为你不是一般的慢，所以，队上把聋子染匠、唐新生和你列为三个重点人物，准备给你们对症下药呀。沈文奎不以为然：你们干部是咋搞的，怎么连好坏都不分，这两个人哪个敢和我比？

沈文奎说得没错，聋子染匠和唐新生就是不能和他相提并论。比如，聋子染匠，染起布来手脚麻利得很，干起农活窝窝囊囊。组里相信他，把他放到饲养室，但他胆小如鼠，晚上连牛圈都不敢出，只管牛不管羊，把羊饿得乱叫唤。没办法只好把饲养员换成张子善。没想到当过国民党甲长的张子善，比他这雇农还认真负责，不但把牛喂得毛亮体壮，还把羊放得膘肥欢实。既然聋子染匠喂不成牲口，那你好好干农活吧，没想到农活干得一塌糊涂，拔棉花秆呀，挖玉米秆呀，把丑出扎了。至于铡草、扬场、摇楼等技术活，更是一窍不通。就说说今年夏天割小麦吧，人家都割到地头了，他还在畛子中间手忙脚乱。就这割一阵，还要直起腰歇一阵儿，不是用搭在脖子上的毛巾不停擦汗，就是用草帽当扇子一个劲儿扇凉，再不就是双手箍着腰部不停地晃来晃去。在一边搭伙拉麦的翠仙看到这种情况，心里实在不忍，就借了把镰刀在他前边帮着割。她看到人家割起麦来游刃有余，怎么自己割起来就这么艰难，心里一着急，身上的汗就像水浇一般。聋子染匠只顾替翠仙着急，一不小心被镰刀割破了手，血流如注。翠仙连忙赶过来，不但不知道给他止血，反而一扑塌坐在麦茬地上放声哭起来。大家听到哭声赶紧跑过来。王银贵采了一大把刺蓟，顾不上扎手，把刺蓟拧下的绿水往伤口上滴，血很快就止住了。又把拧黏的刺蓟粘到伤口上，用毛巾扎紧和翠仙一起把聋子染匠送到家。王银贵离开时，翠仙不停说着感谢的话。王银贵趁机说：说空话还不如让我睡一回！翠仙想起那次顶牛斗的事，脑子转了转，便很快答应。王银贵问啥时候，翠仙说：现在不行，啥时候能成，自然会给你说。

再说唐新生，做生意脑子好使得很，在庄稼活上却一窍不通，把青草和麦苗区分不开，有时候不锄青草锄麦苗；把棉花油条和枝条分不来，心里一急，扳掉枝条留油条等等。人们是这样猜测他的：要不天生就不是做庄稼活的料，要不就是人在曹营心在汉，再不就是故意挖农业社的墙角！就这还不好好干活，三天打鱼两天晒网，动不动就把他那安着像冒冒公鸡一样铃铛的车子尻渠子一夹，跑到外乡赶集做生意。刚开始这么做，社里领导很不满意，要王金贵开他的教育会。

王金贵问高步宽咋办。高步宽说：你把账好好算算，把他拴在农业社，先不说本人安心不安心，就他干活那质量，干得没有糟蹋得多，有他还不如没他。就这还要把工分记上，把一家大小的口粮分上，拾的还没有遗的多！放开让他跑生意，他不糟踏庄稼不说，组里还不给他记工分，一家大小的口粮还得用现金买。集体一年白白收入一二百块钱现金，大家能多分点儿红，你们手头也活便！说服了王金贵，高步宽又暗地给唐新生出主意，要想安安然然挣钱，就得方方面面散钱。社里书记、主任，组里组长、副组长，提一封点心，花钱不多，节节期期，看望看望，没有不高抬贵手的。唐新生付诸实施后，这一招非常灵验。从此以后，要是有集了，他骑上车子赶集；要是没集了，他拿起农具下地，两不相扰，相安无事。

何可人吃完饭，稀里哗啦洗起锅碗来，边洗边说：这两个人就是不能和你比，这个我心里有数！沈文奎说：你不见得有数，要是有数的话，能把我和他俩相提并论？何可人洗完锅碗擦干手说：就算我没说对，行不行？那你能不能说你是咱组上干活最好的？沈文奎说：不是最好的，也和最好的差不了多少！何可人说：你这么说就有点儿不讲理了，现在衡量是不是最好，要用四个字的标准，就是多快好省，你说你有没有这么全面？

何可人这么一问，沈文奎扑哧一声笑了，心里说，何止是不全面，就自己这长相、这穿戴、这性格、这习惯、这行为，简直和普通农民格格不入。不是沈文奎自我贬低，他的长相确实有点儿外国人的模样。个头较高，身形瘦削，脑袋上大下小，眼窝深陷，鼻梁高耸，嘴唇薄，下巴尖，一年四季剃着光头。没入社前，在门面房一边写字，一边画像。入社以后，上工干活，下工写写画画。出去干活时，从家里到地里，从地里到家里，一路端入端出。性格孤僻，沉默寡言，很少和人交流。就是偶尔说话，只是打招呼，和人寒暄。人家歇息说话，他当听客；人家打闹嬉戏，他当看客；人家开会发言，他当陪客。有人实在憋不住，想和他说几句话，他不是只笑不说话，就是言语很简单。时间一长，有他跟没他一样。下工回到家，只是在门面房、睡房、厨房和茅房之间出来进去，大门不出二门不迈。就是跟老婆何可人，也是各干各的，谁不干预谁。一般情况下，除了生活上不说不行时才说上几句，其他话题一概不谈。他的衣着不但在西门里，就是在全镇子，可以说算得上别具一格。一年四季中式衣衫，春秋夹衣夹裤，上黑下蓝，或者是上蓝下黑。夏天白衫子，蓝裤子。冬天是中式棉衣棉裤，内穿衬衣外套罩衣，不像一般人那样光着身子穿棉衣。颜色或者一身黑，或者蓝黑互换。他穿的布料，刚解放那几年，夏天不离绸子，后来成了洋布。他的衣服有两个特点：一个是不管衫子裤子，都比别人短一点儿，显得很精神。一个是衣服迟早干干净净，同样是在地里干农活，他的衣服白的雪白雪白，蓝的湛蓝湛蓝，黑的乌黑乌黑。一年四季头上扣个草帽，草帽也和别人不同，别人草帽又大又邋遢，他的草帽比礼帽稍大，比一般草帽小点儿，帽檐上翘，前低后高，有点儿牛仔味道。不管是本命年系的红裤带，还是平时系的黑裤带，系在白如雪的衬衣下，故意露出两个头来。他使用的农具，不管迟早明光锃亮。只要有闲工夫，别人抽烟说笑，他手里拿块瓦碴，老是低着头嚓嚓把农具磨来擦去。由于异类的长相，孤僻的性格，讲究的衣着，奇异的习惯，他一直和大家油水分离。大家把他看成空里来雾里去的下凡神仙，他把自己看成自命不凡的鸡群之鹤。

沈文奎想到这里，为了拦住何可人，反而将了她一军：不光我这个本来就有争议的阴阳人不可能很全面，就连你这个成天在人面前过来过去，好像很全面的公家身子，也不是没人在鸡蛋里边挑骨头！

何可人听了，没有一点儿抵触情绪，若有所思地点了点头。心想，自己干的这些事情，其中有好多，看从哪个角度看呢。要从公家的角度看，完全可以评上模范干部了；要从私人的角度看，不但要拉下马，还要打翻在地，再踏上一只脚！尽管如此，她不后悔，不退缩。在她看来，不干这差事不说，一旦干上，就别无选择了。何可人中等个头，头发乌黑，眉清目秀，容貌端庄；剪发头，列宁服，腰里扎条皮带，头上卡个宽发卡，头发迟早梳得整整齐齐，脸上汗毛拔得干干净净，红光满面，说话和气，难怪人们把“可人的派”列为“四艳”之一。别看何可人派头十足，却有一副热心肠。对社里的事很热心，就是对社员个人的事也从来不马虎。能帮忙的尽量帮忙，帮不上忙的，也能耐心解释，反复劝慰。整天忙得这家进那家出，从城里到城外，从家里到地里，从小组到大组，到处都能看到她那忙碌的身影。

比如，镇子有个习惯，爱给城壕里扔死娃和死猪死狗。后来有人还把生病没死的娃往那里扔。特别令人震惊的是，有人嫌女娃多，不是把刚出世的婴儿扔进城壕，就是把刚生下来的女婴溺死在尿盆。只要何可人看到，或者听到消息，不是悄悄把娃抱回来，趁晚上再送回去，就是砸开门把他们往镇政府拉，直到他们承认错误才肯罢手。镇子有个风俗，凡是扔出去的婴儿，不许再进这家的门。她趁夜深人静的时候，把娃放进篮子，扔娃的人家要是住在城墙根，她就悄悄爬上城墙，用绳子吊着把娃放回去。要是住在街道，就搭梯子从后院墙上放进去。有的领情，有的不领情，甚至有的她刚送回去，人家很快又扔回城壕。何可人只好抱回来自己养。那几年先后收养了两个孩子。后来，因为在一个组，低头不见抬头见，主家只好要回去自家养。他们要给何可人补偿，何可人死活不要，只好把孩子拜亲到何可人跟前。

何可人扑哧一声笑了，说：你这人报复心还强得很，我是为了严格要求你，是想让你百尺竿头更进一步，并不是说你就一塌糊涂。你怎么连话都听不来！沈文奎说：你也别严格要求我，我能保持现状就不错了，根本不想出人头地，只要你承认聋子染匠和唐新生没办法和我比就行了。何可人说：我什么时候不承认了？就是因为聋子染匠和唐新生没办法和你比，对他俩的处理就比你狠得多！对聋子染匠，要逼着他学习农活，还要限期学会。没学会以前，不能让他下地干活，只能安排点儿工分低的活路逼着他学。比如，夏天让他烧开水，冬天让他打扫卫生。对唐新生主要是加强教育，适当时还要狠狠敲打，不然他是不会改正的。说到这里，何可人故意停顿了一下。沈文奎赶紧问：那对我准备怎么处理？何可人说：组上准备提拔你呀！说着故意停顿了一下。沈文奎根本不相信，笑着说：你一会儿把我踩在脚底下，一会儿又把我顶在头顶上，能不能给我说句实话！何可人这才说：金贵把咱组上人拨拉来拨拉去，觉得你干会计再合适不过了。沈文奎大惊失色：真的假的？何可人说：谁哄你天打五雷轰！沈文奎头摇个不停：长短别让我干会计。这一二年，我光当了个记工员，还是小心了再小心，到头来唾沫星子都能把人淹死。要是让我把会计干上，不光我今世的父母不得安宁，就连前世的父母也要遭殃！何可人说：照这么说，你是不服从领导了？沈文奎说：我也不是坚决不干，主要是嫌组上人难说话，怕给你脸上抹黑。

何可人说：我就见不得你那缩头缩脑的样子，树叶掉下来砸不死人！沈文奎说：我也没说树叶能砸死人，但是唾沫星子真的能淹死人！去年夏收，在麦场打麦，全是我记的工。这你知道嘛，每一次记完工，我都要给大家念一遍，得到大家确认后，还让组长签名。就这王银贵还在组长跟前，说什么沈文奎这个国民党的残渣余孽，吃共产党的饭砸共产党的锅，我们在场里干了一夏，怎么才记了那一点儿工！你说，他是不是血口喷人？何可人说：你记的工要是有问题，队上就没有第二个人了！王银贵昧着良心说话，就是想让他哥给他多补点儿工分，并不是真心对你有意见。沈文奎说：王金贵是不是给他把工分补了？何可人说：补个屁，不但没补，还美美把他骂了一顿。所以说，你干你的。俗话说，家有千口，主事一人。不管社员说啥，领导不会冤枉你就行了。沈文奎想了想，很动感情地说：可人，你今天既然很认真地说起这事了，我就给你把我的心里话掏出来，不光是为我好，也是为了你好，说到底还是为了咱这个家好！何可人看沈文奎动了感情，便认真听起来。

沈文奎说：这两年我留意观察了一下，街道里的社员和后巷子的社员不能比，后巷子的社员和乡下的社员不能比。街道里的社员多一半是生意人，绝大多数是新户，七姓八辈，天南海北，人员复杂，一有情况就会有人兴风作浪。不像后巷子社员绝大多数都是老户，新户很少，没人能翻起大浪，更不像乡下社员基本上都是老户，几乎没有新户，不要说翻浪，连拧跳都没人敢！东南安我前世家，县东我今世家，我比较得不爱比较了。组长再好不顶啥，他的权力再大，一人捂不住众人口！所以就冲街道里的社员说，咱实在不敢蹚这浑水！何可人尽管觉得他讲得有道理，但是并没有从心里接受他的说法。只是说：还有啥，继续说。

我刚才给你说的是浅层次的原因，再给你说说深层次的原因。你虽然属于贫苦出身，但是毕竟在地主家待了那么长时间，又给地主分子鞍前马后，没有人说闲话啥事没有，一旦有人翻起旧账，没事都会有事！再说我的事情，我实实在在是前朝人，无论如何不能知今朝事。假如要知今朝事，会有三大弊端：一是咱们这个家马上会引起人们的注意。人常说枪打出头鸟，咱俩很快就会成为人们的妒忌对象。二是我本来能安生的事，不但不能安生，还要多出多少力。出力都不要紧，最可怕的是很有可能老账新账一块儿算。三是因为要清算我，城门失火，肯定要殃及池鱼，你也会跟着倒霉。只要我不知今朝事，咱俩就不会同朝为官，你就不会引起人们的注意，咱这个家庭就会平安无事！沈文奎这段话引起了何可人的重视，但是总觉得他有点儿危言耸听，联系到当下的太平盛世，始终是将信将疑犹豫不决。沈文奎看出了何可人的心思，为了彻底说服她，不得不说出心里话：

不管是生老病死，还是吉凶祸福，或者酒色财气，功名利禄，阴间都会让其保持基本平衡。不能让世世代代富有，也不能让世世代代贫穷。不能让顺顺当当一生，也不能让坎坎坷坷一世。盛极而衰，否极泰来。比如，“当一辈官，打三辈砖”“富不过三代”“福无双至，祸不单行”等等。我前世是个庄稼汉娃，今世在县衙摇笔杆，下辈子做个一般人就行了。要是没有足尽的话，到阴间会吃苦头的！你也是一样，前世是个大家闺秀，我在阴间见过你，咱这亲事就是在阴间定的。你自小父母双亡，尽管卖身为奴，过的还是富人日子，现在大小是个官身子，后半辈子差不多就行了，要是不适可而止，便会前功尽弃！俗话说得好，心急不耐老，儿多孙子少；贪多嚼不烂，伤身糟蹋饭。

一直不为所动的何可人，听了沈文奎这段话，感觉到很有道理，态度马上来了个一百八十度大转变：你要是这意思，那会计就不干了，但是今后再不要写那些乱七八糟的了，不然同样会给咱带来麻烦的。沈文奎心想，人敬我一尺，我敬人一丈。现在先答应上，到写的时候不让她知道就完了。所以很干脆地道：能行！

两人正说着，从高步宽家传来一阵瘆人的哭喊声。何可人说：是不是高家出啥事了？沈文奎说：能出个啥事情，要不就是被房底下那些冤魂通传，要不就是碰上狐仙作祟，听声音好像这次比哪次都厉害！镇子人说的通传指的是，鬼的灵魂附着到人身上，借着活人的口说着自己的事，达到传递信息的目的。有的地方叫鬼上身，有的地方叫鬼拿人。自从渊家离开高家后，枣花每隔一段时间，都要被房子底下那些野鬼冤魂通传一次。每次被通传后，像打摆子一样，滚来滚去胡闹腾，说着当年跑回回的时候，如何屠杀，如何奸淫，如何放火，如何灭门，要后人给他们复仇雪恨！何可人又听了听，赶紧穿上大襟衫子说：不对，这动静不像被鬼通传了，也不像碰上狐仙，肯定是出啥事了，不然哭声不会这么瘆人！沈文奎这才说：那咱先过去看看！说完两人一先一后跑出家门。

祸从天降

何可人和沈文奎来到街道，家家户户已经关了前门。黛蓝色的夜空，没有一丝云彩，密密麻麻的繁星，竞相闪烁。朝东看去，庙前里戏园子门前，汽灯照得亮汪汪一片。此时此刻，有两种声音形成了强烈的反差。一种是从明晃晃亮汪汪的戏园子飘出的清脆悦耳节奏分明的乐器声，以及酣畅淋漓激越狂放的秦腔声，一种是从高步宽家传出的令人不寒而栗撕心裂肺的哭喊声。他们加快脚步，直奔高步宽家。这时看见王银贵大摇大摆自东向西而来。本来，王银贵边走边思考着猎取对象，突然听到西门里哭声凄惨瘆人，好奇心驱使他暂且放下恶念，加快脚步跑过来看究竟。走到高步宽家门口，碰上这两口子。王银贵头往高步宽家摆了摆：你俩失急慌忙的，是不是他家有啥事呢？何可人说：这么大的哭声，你还听不出来？王银贵说：听是听出来了，我还以为是枣花妈妈被鬼通传了呢！何可人说：不对，鬼通传了，哪有这么哭的，啥话别说，赶快进去看情况！

三个人这才进了高步宽家门，老远看见厅房亮着罩子灯，枣花坐在地上，抱着大儿子高成钱号啕大哭，高成粮哭着在旁边摇晃枣花，小女儿高水秀坐在地上看着妈妈不知道怎么回事。他们三人跑到跟前才发现，躺在枣花怀里的高成钱，眼睛闭着，浑身稀软，已经奄奄一息。王银贵问：枣花妈妈，娃到底是咋回事，不行就往卫生院送，坐在这里哭啥呢？何可人说：银贵，啥话别问，把娃抱上，赶快往东街卫生院走！

说完，王银贵抱着高步宽的大儿子高成钱快步如飞，何可人和沈文奎一左一右扶头抬脚一路小跑，枣花披头散发跟在后边哭哭啼啼。身后还跟着一儿一女，响着踢里踏啦的脚步声。街道两边的字号和住家户听到凄惨的哭声和急急的脚步声，不时有人开门探出头来东张西望。

他们连走带跑，很快就来到了灯火辉煌的戏园子门口。刺眼的大汽灯，吱吱嘶鸣，等着看把把戏的孩子，被这突如其来的哭声和慌乱的脚步声惊动了，一个个拧过头来胡瞅乱瞄，很快就有许多孩子尾随着一路东去。

当他们离戏园子门口越来越远，黑色夜幕又渐渐吞噬了他们。也就是在这个时候，帮着扶头的何可人气喘吁吁小声说：我咋觉着孩子鼻子嘴里不出气了！王银贵也累得满头大汗，上气不接下气地问：那你说咋办？沈文奎说：现在啥话别说，咱又不是医生，到卫生院叫医生看了再说！

来到卫生院，把孩子放在病床上，值班医生看了瞳孔，试了鼻息，再摸了脖子的动脉，摇摇头说：心脏已经停止跳动，你们还是拉回去办后事吧！枣花像一头发疯的母狮扑到医生面前，声嘶力竭地连喊带闹，要医生无论如何救活孩子。何可人一边劝枣花，一边给王银贵说：你赶快去找高达叔，叫他赶快来，究竟咋办得要他一句话！枣花说：他去戏园子看戏了！王银贵说：我刚从戏园子出来，知道他在什么地方坐着。王银贵刚离开，枣花不死心，央求医生再想想办法，说不定还能起死回生。医生理解枣花的心情，为了稳定她的情绪，只好再做最后一次“抢救”。

医生快要结束“抢救”的时候，高步宽也赶到了，上气不接下气地说：需要什么药，无论花多少钱，只管吭声！医生本来准备停止“抢救”，看到高步宽心情迫切，不得不又“抢救”了一阵。然后停下手来，很抱歉地说：我已经做了最大努力，人实在是不行了。高步宽听到这话，望着无奈的医生，看了看躺在病床上的儿子，目光发直，脸色乌青，站到那里像木头人似的。尽管他个性坚强，情感轻易不外露，但现在，牙齿轻轻叩着，双腿微微发抖。枣花一边号啕一边诉说，大家这才了解到事情的来龙去脉。

晚上，高步宽准备带着两个儿子去看戏。吃完饭不见大儿子回来，高步宽有点儿着急。想到儿子女儿还要做作业，就放弃了这个念头，让枣花在家经管孩子，一个人拿了凳子去了戏园子。大儿子回来，背心裤头，大汗淋漓，外衣搭在肩膀上。枣花嫌他回来迟了，骂了几句。大儿子说，他在学校和同学们打篮球，一直打到天黑看不见才散伙。枣花说，饭在锅里留着，趁热赶紧端出来吃，自己安排小儿子和女儿到房子写作业。谁知道，大儿子到灶房没有急着吃饭，而是拿了把大铜瓢，伸进枣花刚刚从后院井里绞上来的清凉清凉的凉水桶里，像刚从地里割麦回来没有喝水的麦客一样，仰起脖子咕咚咕咚灌了个胃饱肚子圆，喝完胀得连坐都坐不下。枣花安排好两个孩子学习，以为大儿子快吃完了，准备催着他做作业，自己洗锅刷碗。谁知道到灶房一看，锅里的饭没动，刚才绞的那桶凉水，下去了大半桶。再一看儿子喝得东倒西歪，便扶着儿子来到厅房。刚想问凉水咋能把你喝成这样子，还没等她开口，儿子突然身子软瘫，直往地上滑溜。她一把揽在怀里连哭带喊，儿子就不省人事了。

枣花哭诉完毕，大家你看看我，我看看你，也不知道说什么好。其实，心里都在嘀咕，怎么凉水就能把人喝死？何可人把沈文奎叫出病房，安排他回西门里赶快办几件事。沈文奎离开医院，何可人回到病房，看见高步宽站在那里发愣，便说：高达叔，医生催咱呢，你看咋办呀？高步宽这才打了个激灵，像大梦初醒：银贵，你赶紧到我家拿门板去，顺便再叫上几个人来帮忙。何可人说：不用去了，我已经叫老沈回去拿了。

不大一会儿，耿诚信、唐新生、冀志兴，还有他们的老婆等不少人，跟着沈文奎，拿着门板等物急急火火赶来了。他们走着说着，意思是听见枣花连哭带喊，还以为和平时一样，或者叫鬼通传了，或者碰上狐仙了，就没太在意，谁知道能出这么大的事情！没过多长时间，哼囔用自行车带着渊家也来了。渊家看到成钱的尸体哇地放声哭了，她这一哭不要紧，引得病房里外一片哭声。还是几个男的能克制，他们七手八脚把尸体弄上门板抬着就走。来到街道上，熟人问情况，王银贵按照他自己的理解信口开河：刚刚打完篮球的热人，喝了半桶才绞上来的清凉水，把热肺激成渣渣了！把人抬到家，按照镇子的风俗，钉了小棺材，第二天晚上，趁没人的时候，悄悄拉到地里埋了。

没有半个月时间，高步宽的小儿子高成粮，得了红线瘤，没有及时发现，等人不行了才送卫生院，没到卫生院就夭折了。红线瘤在医学上叫什么名字，到现在还不清楚。只知道得病时，有个红点在中指末梢出现。接着红点很快沿着手掌，顺着胳膊内侧向心脏方向移动。只要没有到达心脏以前，在哪里截住都行。而且是截得越早，效果越好。所谓截住就是用中医的银针，刺破红线的头部，把红线里的血全部排出来，以红线完全消失为治好。不然，红线就会到达心脏，很快致人死亡。

高成粮丧命以后，还是像高成钱一样，钉了个小棺材和他哥埋在一起。不到一个月时间，两个儿子相继夭折，高步宽心里像针扎一样，他真想痛痛快快哭上一场，但是考虑到枣花，硬是强忍着没敢哭出声来。从表面上看，好像没有发生什么事情一样，出出进进，说话办事，仍然很刚强很乐观。枣花就不同了，成天哭哭啼啼不说，人一下瘦得不成样子，脸像黄表纸一样。就这还三天两头往娃坟上跑，有时候坐在坟头一哭就是大半天。开始时，高步宽还跑到地里往回劝，后来一忙就顾不上了。接着，冯登菊、寇腊梅、党慧兰、何可人和哼囔老婆等人又轮流去劝说。枣花说：你们不用操心，叫我去哭一哭，心里好受些！大家看她神志清醒，从这以后，再也没有劝过。

这个时候，各种说法不胫而走，最多的还是质疑高步宽当年买兴盛宫的举动。有的说，高步宽这么聪明的人，咋能眼睁睁办这种糊涂事情！有的说，人家买兴盛宫没有错，只是一个萝卜不能两头切，日子确实比原来好了，谁能知道人可不停出事！还有的说，事情还没到头嘛，现在评价这事情，有点儿为时过早！高步宽对这些说法不以为然，心想，凶宅的问题本来就是似是而非，人的生老病死，咋能和这联系在一起？他把问题看在了渊家身上，自己的日子从过去到现在，能从无到有，从小到大，从穷到富，一切的一切，都是因为有渊家的缘故。也就是说，自从渊家离开这个家以后，高家才一步一步从顶峰慢慢跌落下来，直到今天落到这么悲惨的下场。他当时之所以不让渊家改嫁，完全是从感情的角度考虑的，根本就没有想到，当年捡仙丹的渊家，竟然就是高家不可失去的命门！

想到这里，尽管时间已经不早了，但他仍不由自主地到庙前里买了礼物，出了东门想去魏家庄看看渊家。说起来是想看渊家，也仅仅是停留在想上。不想进村，也不想见渊家的面。说不去看渊家，已经买了礼物，正在往魏家庄方向走。他就是怀着这种非常矛盾的心理，踏上了东去的路途。所以想走走不快，想停停不下。走走停停，停停走走。一路走一路想，一路想一路走。想了渊家想枣花，想了成钱想成粮，想了水秀想自己。路途行人不愿看，田园风光无心赏。不知不觉来到魏家庄，天色已经黑得严严实实。他提着礼物走到村口那棵经常站立的大槐树下，独自在那里站了整整快两个时辰。有个把出村办事深夜晚归的人，看见他像电线杆黑麻咕咚站在那里，还以为有啥要紧事情和孩子到渊家这里来了，还像往常一样，孩子进了渊家门，他自己孤零零一个人等在这里。可能是害怕站久了人家看出破绽，也可能是因为站了这么长时间，目的已经达到，他才趁着夜色突然迈开步子，进了村把礼物放在渊家门口，直直站在那里，对着门里处在睡梦里的渊家，心里默默说了几句话，便掉头出了村，径直朝镇子赶。

出了村，天色越发黑了，高步宽一脚高一脚低，急急匆匆赶着路程。谁知道走了有五里路程，才发现走错了方向，又回到魏家庄村口，又看见那棵大槐树。这一次他使劲儿拍了拍脑袋，等看准方向后又重新起步。又走了有五里路的样子，万万想不到，起步时，看的清清楚楚明明白白，到头来还回到了那棵大槐树下。这一次他没有急着起步，而是拍脑袋揪耳朵掐胳膊，猫腰拧头眯缝着眼睛，把路途这么看了那么看，等确定无误的时候，再一次重新起步。就这样千小心万小心，最后还是走错了方向，还是来到了那棵大槐树下。

这个时候，他才意识到自己应验了镇子人说过的半夜三更赶夜路遇到迷糊，老在原地转圈子的传闻。自己今天晚上确实是碰到迷糊了。至于为什么会碰上迷糊，没有谁能说清原因。但是，他自己之所以碰上迷糊，关键是最近以来心里很不清静！他长叹了一声，能清静吗？两个活蹦乱跳、一把扳不倒的双生小子，说没就没了，就是神仙也清静不了！最后，他像那些传说深更半夜碰上迷糊的人一样，等到天快明的时候，迷糊害怕躲避不及被阳光照射遭遇灭顶之灾，才不得不放过他匆匆离去。迷糊离开后，他才发现自己围着魏家庄转了一晚上圈子。其实，每一次起步以后，走到岔路口不要往回折，一直往前走就不会出错。

回到家，枣花看到他疲惫憔悴尘土满身，还以为他给哪个砖瓦窑背了一晚上砖。无意之间撩起衣服发现他身上伤痕累累，才推测他有可能被人劫持殴打了一夜。这个时候高步宽才意识到，自己这一晚上不光是走了一夜冤枉路，还不知道摔了多少跟头，竟然摔伤了也不知道疼痛。他不想说出真情，嘴里只是支支吾吾。枣花知道他心里的苦楚，不再继续追问，一下子扑上去抱住他那疲惫不堪、遍体鳞伤的身躯泪水横流。但是她能感受到这个伟岸躯干的坚强，也能觉察到隐藏在其中的脆弱。其实，此时此刻，高步宽比枣花还要痛苦！所不同的是，枣花的泪水往面颊流，高步宽的泪水朝肚里流！

又过些日子，这一天，枣花心里不好受，想去儿子坟上哭两声，刚出城就让疯狗咬了腿。渊家知道后，赶快来到镇子，一边伺候枣花，一边把枣花那天穿的所有衣服，放到一个大瓦瓮里。害怕水秀动它，把瓦瓮放在凳子上，瓦瓮盖子用绳子捆紧，泥土封死。并告诉高步宽，至少要封七七四十九天，狗的毒气才不至于在枣花身上发挥作用。否则，毒气起了作用，枣花的性命就保不住了。

渊家离开不久，有天晚上，高步宽跟女儿水秀正在房子说闲话，枣花突然喊了一声，说家里进来一只大狐狸。高步宽放下水秀，就去撵狐狸。刚走到厅房，看到狐狸逃跑时把封着枣花衣服的大瓦瓮撞翻了，枣花的衣服撒了一地。终因毒气作怪，伤口复发，枣花不治身亡，只剩下高步宽和女儿水秀相依为命。经过这一致命打击，高步宽尽管进进出出，身子还像电杆一样挺得很直，最明显的变化是，人一下消瘦了许多，面容苍老了许多，话也比原来少了许多。

今天天气很好，女儿水秀上学去了，高步宽又想起自己的遭遇来，不由得就有了到渊家房子坐坐的想法。他取出钥匙，打开渊家的房子，这才发现，由于枣花得病，加上处理后事，有好长时间没人打扫房子了。他很认真地用鸡毛掸子，掸掉方桌上、柜盖上、相片上以及各种摆设和物件上的灰尘。又从板柜取出“高记”金元宝，和渊家相片放在一起，双手捧在胸前。再低头看了看金元宝，又看了看相片，睹物思人，这个情感很少外露的人，止不住泪水扑簌簌滚落下来。当然这泪水不光是为渊家而落，但因为渊家引起，却是千真万确的事实！试想想，一对双胞胎儿子先后夭折，接着枣花又遭遇不测，尽管他这个硬汉昂首挺立，铮铮铁骨，但在此时此刻，特别是在他一个人的情况下，又是在结发妻的故居里，几个月的辛酸委屈伤心痛苦，顷刻间像迸发的岩浆呼啸而出。就是钢打的汉子，铁石的心肠，那理智的闸门，无论如何也抵御不了这股汹涌波涛的感情冲击。

就在他要放声痛哭的时候，门口突然响起了脚步声。

结发反目

高步宽赶紧合上刚要张开的嘴巴，很快中断剪不断理还乱的思绪，迅速关闭了刚刚打开的感情闸门。侧着耳朵仔细听了听，忽然觉得这脚步声是那样熟悉，那样亲切。是不是女儿水秀回来了？他摇了摇头：不是！还没有到放学时间，孩子不可能这么早回家。从这脚步的有力、稳健和坚定的样子看，不像是毛手毛脚的孩子。想来想去，突然意识到，有可能是她回来了。因为给枣花办完后事，她一直守在这里。回去以后，放心不下自己这一老一少，一有时间就来镇子洗洗涮涮。他赶紧抹去挂在眼角的泪痕，调整了情绪，舒缓了呼吸，然后急急忙忙出了房子。

来人已经走到厅房，突然听到身后有脚步声，回头一看，惊讶地说：原来屋里没人，你也是刚进门的？高步宽说：我就猜是你回来了，我一直在屋里待着，根本就没出去！高步宽来到厅房，渊家这才发现，高步宽眼睛红红的，眼角还残留着泪痕，顿时心如刀绞。她太了解高步宽了，要让他开怀大笑，或者泪水汪汪，比登天还难！此时此刻竟是这般模样，可见这场事对他打击有多大！想到这里，她不由得眼睛湿润了，赶紧低下头来，假装要找地方放包袱，极力想把溢出眼眶的泪花挤回去。不知道眨了多少下眼睛，怎么挤就是挤不回去。无奈只好狠狠闭了几下眼，这才把噙在眼里的泪花，分散在眼边和睫毛上。她赶紧问：你和水秀脱下来的衣服在哪儿放着，让我赶紧洗！高步宽看出渊家的心事，知道她在为自己伤感，还害怕自己看出来，增添不必要的烦恼，只好装着什么也没有看到，赶紧回答她：登菊、慧兰、腊梅，这几个人不停过来帮忙呢，没有攒下脏衣服！渊家说：最近魏家庄那边有点儿事情，我就不能常来了，水秀一年一年大了，娃的针线本事让登菊、慧兰和腊梅她们多上点儿心！

还没等高步宽开口，冯登菊、党慧兰、寇腊梅叽叽喳喳进了门。渊家赶紧迎上去笑着说：刚刚说到你们，你们就进门了！冯登菊也笑着说：说我们好话来还是坏话来？渊家说：想说你们好话呢，你们没有好话让人说嘛！这个时候，她们已经走到厅房。寇腊梅说：难道我们就这么不招人待见的？党慧兰说：是不是嫌我们几个来得不是时候？还没等渊家说话，冯登菊挥着手说：那咱几个赶快走，给人家把地方腾下！渊家上前拉住冯登菊的胳膊说：别要人来疯，想走都走不脱，既然来了，不狠狠使唤使唤，还能让你们躲轻松不成！

党慧兰刚要问说了她们啥话，高步宽端着茶，笑着说：渊家的意思是，她是山高皇帝远，水秀的针线活要靠你们几个教了！冯登菊说：会打扮打扮十七八，不会打扮打扮屎壳郎，大点儿再教来得及！党慧兰说：成材的树不用剪，水秀那么聪明的，不用教都会！寇腊梅说：你们不用操心，七月七乞个巧，啥针线活都不在话下！高步宽说：你们这么说，我就放心了。现在是这，前一向你嫂子来，只顾忙枣花的事情，你姊妹也没好好坐坐。公家明天就要在厅房放粮食囤呀，你们想在这里说也说不成了。刚好今天你们凑在一起，就在这里宽宽展展说说心里话。我现在到房子算账去，想尽快给人家把手续清了。

高步宽离开后，几个人坐下来说闲话。说着说着又说到，像高步宽这么好的人家，为什么会接二连三地出事情呢？还没有说几句，几个人便难过得掉起泪来。沉默了一会儿，冯登菊揉了揉眼睛，突然说：嫂子，我看你还是回来吧，我哥和水秀怪可怜的！党慧兰和寇腊梅也笑着随声附和。渊家赶紧阻止道：千万不敢胡说，夫妻过日子，又不是孩子过家家，哪能说过就过，说不过就不过？冯登菊说：你跟老魏本来就是半路夫妻，现在回到结发夫身边，没有啥不应该的！渊家说：光想咱这边的难处，咋想咋应该，要是想想那边的难处，咋想咋不应该！党慧兰说：咱只能想咱的难处，可想人家的难处干啥，哪能一个萝卜两头切！渊家说：你们把事情弄清楚，我现在和老魏是一家，咋能丢了那头顾这头呢？寇腊梅说：嫂子你咋是这人，跟谁过日子就向谁说话！渊家说：这不是跟谁向谁，如果咱当年不跟人家的话，人家还能找别的女人；咱现在要是离开人家，人家这一辈子都找不到人了。冯登菊说：咱虽然想叫嫂子回来，那只是个想法。真正到了那一步，谁也不会逼着你！

党慧兰说：没人逼是没人逼，嫂子就是那么一说，其实，心里不比谁清楚，咱这边是啥江山嘛，那边是啥江山！高达哥啥人样，老魏啥人样！寇腊梅说：慧兰说一说，就胡说开了，这又不是年轻娃找对象呢，咋能和江山、人样扯到一起！党慧兰不依了：要照你这说法，老冀哥年轻的时候，就不应该和你成一家！寇腊梅拉住党慧兰就打，幸亏那两个拉得及时，不然就会打在一起。寇腊梅生气地说：我长得没你好，你老冀哥没人说闲话；你倒是长得不错，新生脊背能叫人戳成马蜂窝！冯登菊害怕党慧兰不依不饶，说了句模棱两可的话：红颜祸水，丑女洪福，咱说嫂子的事呢，你俩可吵啥呢！党慧兰刚想发作，听冯登菊这么一说，脑袋左右晃了晃，自己主动下台阶：大人不计小人过！

渊家赶快接了话茬：谁谁都不怪，都怪我！你们好心劝我呢，是我不识抬举，反倒让你们姊妹伤了和气。冯登菊说：到底还是老嫂子有担当！慧兰、腊梅，你俩别生气，有气就往我身上撒，都是我今天多嘴。渊家说：登菊，不是你多嘴，你是心直口快，就是今天你不说，我也不是没想过这个事情。枣花一出事，我心里就盘算过，这头父女俩没女人不行，那头父子四个没女人也不行。如果我是个独身女人，肯定会选这头的，只可惜我不是。特别是眼下这情况，那边比这边更需要我。话再说回来，就是我有回来的心思，你哥无论如何都不会答应。他的为人我知道，他不是对我这人有啥看法，而是不想做对不起人的事情。冯登菊说：你和我哥不愧是前半辈子一家人，你对他知根知底，他对你有情有意！渊家笑着说：都成了老汉、老婆了，还有啥情啥意呢，你不拿嫂子耍笑，就没话说了？冯登菊说：我不是开玩笑，我说的是实实在在的事实！咱啥话不说，就说你过去住的那个房子，我哥不但原样留着，还要让枣花每隔一段时间打扫一回。特别叫人眼红的是，不管有了高兴事、伤心事，都要关上门坐在房子，和你的相片说说话。党慧兰和寇腊梅感到吃惊，他们的意思是，高步宽这么要强这么硬朗的男人，还有这么细腻的感情？渊家也不相信，以为她是信口开河，说：登菊，你今天是咋回事，光想拿嫂子穷开心！冯登菊说：你们不信，咱们现在就到你房子看走，如果不是这么回事，你们朝我脸上唾！说完，两人便跟上冯登菊看房子去了，渊家却原地不动，以为冯登菊故意编派她。

冯登菊、党慧兰、寇腊梅来到渊家原来的房子门口。看见门没关，心想，平时门锁得死死的，今天怎么会忘记锁门呢？三人推门进去，一个个看得目瞪口呆，墙上的中堂对联、信插、十不闲（菱形挂钩），炕上的箱子、铺盖，地上的柜子、桌凳、相片镜子，一物一件，摆放如初，一尘不染。三人很是感慨，赞叹了一番。

冯登菊看渊家没跟着来，知道渊家以为是开玩笑，赶紧去厅房叫：老姐，你不去看，是不是不相信？渊家说：你嘴里能吐出象牙？冯登菊拉着渊家边走边说：能不能吐出象牙，你去亲眼看看就知道了。渊家来到房子，一下子愣在那里。她简直不相信自己的眼睛，已经过了这么多年了，房子里的一切竟然还是她当年的老样子。心里说，虽然过去来得回数不多，但也不是没来过。特别是最近以来，这边不停地出事，她在这边也没少待。因为高步宽一直把她安排在枣花房子，这个房子门始终锁着，她还以为做了仓库呢，万万没有想到会是这种情况！渊家这才信了冯登菊的话。联想到这么多年来，高步宽经常带着孩子，不停地到自己那个破屋烂院看望自己，还经常给他们带来钱物。要不是今天亲眼所见，怎么也不会相信，高步宽对她的感情竟是如此之深厚！把她过去在高家的一切，不但没有忘却和淡化，而且还要让自己的影子伴随着他。

还是冯登菊发现，渊家想心事的时候，脸上表情突然发生了变化，开始还以为是渊家好面子，看到房子以后不好意思低头认输，正在给自己找理由呢，就说：老姐，输了就输了，不要不服气！党慧兰和寇腊梅也随声附和。渊家突然低下头，眼泪唰地流下来，小声说：我不是不服气，我觉得，你哥对我这么好太不值得了，是我对不起你哥，对不起高家的祖祖辈辈！说完放声哭了。她们三人赶紧安慰，这一安慰不要紧，越安慰，情况反而越糟了。

高步宽在房子听到哭声，突然警觉起来，她们不是在厅房嘛，怎么会在她自己房子呢？这才想起自己刚才急着出房子，竟然忘记了关门。又一想，既然看见了也就那么回事了，他想不通的是，渊家为啥要哭哭啼啼？于是赶紧出来看情况。

冯登菊看高步宽进了房门，就劝渊家说：老姐，别哭了，我哥来了！渊家看见高步宽站在面前，情绪越发控制不住了：水秀他爸，你怎么越老越糊涂了，为啥要保留我的房子，保留我的相片？我不值得你这么做，我对高家不但没有功劳，还是个罪大恶极的人！你想没想过，自从搬到兴盛宫以后，我离开你改嫁了，两个儿子先后殁了，前不久枣花又离开人世。人常说，人有三大不幸，幼年丧父，中年丧妻，老年丧子。你小小殁了父母，老年又白发送黑发，现在又殁了老婆，水秀小小的就失去了母亲，三大不幸，只有多头，没有少头。你说说，今天高家有这下场，是谁的原因造成的？

高步宽看着渊家，脸上没有任何表情，既没点头，也没摇头。渊家哭着说：你是啥人，我还不知道，就是有天大的难处，宁愿自己承受，不愿意连累任何人！今天要不是亲眼看见你保留我过去的房子，我也不会说这些话；就是因为你保留了我的房子，把我抬举得太高，我才觉得，我对高家有罪！你可能不会忘记，当年娶枣花时，沈文奎说得真真切切，我就是听不进去，结果到头来弄下这事情！买兴盛宫我本来是坚决反对的，但是听了你说的白胡子老头的话，我一时鬼迷心窍！要是我坚持不让你买，今天高家就不可能有这样的局面！疯狗咬了枣花，我把枣花那身衣服封是封好了，为什么就不能把瓦瓮放到地上，而要放在板凳上呢，结果偏不偏让狐狸给撞翻了，让毒气出来伤了枣花。你说说，枣花是不是因为我才死的？

高步宽站在那里还是像根电线杆似的，一动不动，一言不发。突然渊家像发了疯一样，几个女人不知道她要干什么，一时愣在那里不知所措。等她们反应过来，渊家已经连砸带摔，把房子砸得一塌糊涂。她们赶紧拦住渊家。高步宽站在那里还是没有挪地方。她们几个把渊家拉出房子，高步宽咔嚓一声锁了门，还是一句话没说。

渊家弄乱了房子，这会儿反倒平静下来，什么话也没说，提起小包袱进了灶房，解开包袱把给高步宽和水秀带的好吃的放在案板上。然后把包袱塞进大襟衫子口袋，迈着坚定有力的步伐，出了高步宽的门。她们几个赶快追上去要拦她，渊家用手擦着眼泪说：今天这一砸，我解恨得很，就算给高家谢罪了，不然，把有罪的当成有功的，老天爷都不会饶过我，我现在的遭遇就是例子！冯登菊说：你现在不是好着呢嘛，总不能弹嫌鸡蛋没毛吧？渊家苦笑着说：家家有本难念的经，自己的罪还是自己受吧！不说了，我现在跟人不一样，还不能在外边待得时间长了。说着，捂着脸哭着走了。

渊家走后，她们几个又回到兴盛宫。高步宽问：你们说闲话呢，可到房子干啥去了？冯登菊说：我们也是多余给你操心，想让她回来继续给我们当嫂子，就说起你留她房子的事来！高步宽说：真是多余！党慧兰说：既然你说我们多余，我们就再多余一次！渊家刚才走的时候说，就是因为你把她对高家的罪孽当成了功劳，老天爷好像给她降了啥罪。高步宽突然想起渊家托付水秀针线活的事情，很吃惊地说：会不会是魏家庄那边出啥事情了？寇腊梅说：听口气，多少有点儿这意思！

随后，高步宽经过打听，才知道前不久，渊家的后夫老魏中风，瘫在炕上，生活不能自理。一家的生活重担全部压在渊家身上，三个先头儿女也很懂事，辍学回家帮助照看。高步宽领着水秀赶紧去看渊家。这一次破天荒地进了渊家的门。瘫在炕上的老魏，看见高步宽，泪水长流，只见嘴唇嚅动，就是说不出话来。高步宽一脸严肃地看着老魏，口气生硬，没头没脑地说：这个家今后有我！说完，渊家拉着三个先头儿女一起跪倒在地，不住地感谢高步宽的大恩大德。高步宽扶起渊家：三个孩子下跪，我不说啥；你这一跪，我实在承受不起！说着眼泪差点儿掉下来。他揉了一下眼睛，把渊家和三个先头儿女叫到门外，给三个孩子说：我不光管你们吃穿，也供你们上学，但我有个要求，你们必须把你妈当成亲生母亲，一直到她百年以后！三个孩子又齐刷刷地跪在高步宽面前，不停地发誓赌咒。高步宽说：我不光听你们说，还要看你们做，要是说到做不到，可不要怪我停你们的学费！

从此以后，除了过年过节，每隔一段时间，尤其是春秋两季开学以前，高步宽都要领着水秀去看渊家。他还照样等在村口，让水秀把礼物和钱送给渊家。三个儿女在时，渊家领着三个儿女，一块儿出来感谢高步宽。高步宽多少还能说两句话。三个儿女不在家，渊家出来送水秀时，高步宽一句话都不说，拉着水秀转身就走。好在渊家知道高步宽的脾气，只好摇摇头赶紧转身回去照看瘫在炕上的魏发财。

第四部

卫星旋风

镇子步入群情激奋的火红岁月，那些流传下来的老传统，迅速被体现着时代特征火爆热烈的气氛取代了。肩挑臂挽游走于街头巷尾的卖小吃者，连同他们很有特点的叫卖声，奇迹般地销声匿迹了。三更半夜冷清悠长的打更的梆子声，顷刻间无声无息，很快成为历史记忆。除了稀稀拉拉的公鸡打鸣声，就连狗咬声也几乎听不到了，因为狗也被打狗队打杀得所剩无几。平时街道两旁门台上人挤疙瘩的棋盘、牌桌、茶点、烟摊、话肆以及像幽灵般到处游荡的社会闲人，秋风扫落叶一样瞬息间也不知去向。扑面而来的是，县上开会、公社开会、大队开会、小队开会，动员会、誓师会、现场会、群英会、地头会、炕头会、老碗会、槽头会，大会小会，会接会，会连会。洋鼓、腰鼓、大鼓，誓师会敲、现场会敲、群英会敲、请战报喜敲、传经送宝敲、祝贺嘉奖敲，从小队敲到大队，从大队敲到公社，从公社敲到县上，不光白天锣鼓震天，晚上也不绝于耳，有时候甚至通宵达旦。大红旗、杏黄旗、淡绿旗、浅蓝旗，公社插、大队插、小队插、城头插、村口插、地头插，到处彩旗猎猎。大牌楼、中牌楼、小牌楼、柏朵牌楼、席牌楼、木牌楼、竹牌楼，各式各样，形形色色，交通要道，街头村口，试验田旁，随处可见。牌楼两边的门柱上写着豪言壮语，门楣上写着单位和项目名称。街道巷子的墙壁上，是满墙大的漫画和一人高的标语，鼓舞人心，催人奋进。“高山低头，河水让路，我们来了！”“十五年赶英超美！”“跑步进入共产主义！”漫画生动活泼夸张有趣。有白胡子老头目光如炬、开怀亮腔、汗滴如碗，坐在高耸云端谷堆冒尖的粮囤顶上，笑呵呵地咧开嘴巴悠闲地举起旱烟袋，在火红如血笑脸如花的太阳公公脸上对火打趣。有一边是种田的农妇举着从整齐的麦捆里飞奔升空的金色凤凰，一边是钢铁工人举着由沸腾的钢包中喷薄而出的火红巨龙，比喻工农业生产突飞猛进日新月异龙凤呈祥。有写着“社会主义”字样的火车风驰电掣飞奔而来，被远远抛在后边高高礼帽四下纷飞身着燕尾服的“美、英、法、德”四个惊诧无比的光头阔佬歪歪斜斜，身上分别写着“资、本、主、义”四个字。

自古以来，镇子逢盛世，庆丰年，最给力最尽兴最张扬的就是耍社火放焰火。如今这如火如荼的激情岁月，当然也不例外。比如耍社火，社火仍旧是社火，就是因为已经化整为零，各取所需，被分散肢解融入各种活动之中，就不再叫社火，而是随着哪个活动就叫游行、叫报喜、叫放“卫星”。总之，什么名字时髦就叫什么。内容也发生了变化，不全是古典折子戏，基本上是创高产、出新品、超英赶美和跑步进入共产主义等内容。就是仅仅保留的戏曲人物，也是薄古厚今，以古衬今。比如，白胡子老汉运肥放卫星，就用黄忠八十不服老；如花似玉的姑娘女子摘棉花创纪录，就用穆桂英挂帅；三八女子开荒植树搞绿化，就用十二寡妇征西；膀大腰圆的青年大炼钢铁，就用孙悟空大闹天宫等等。

再比如放焰火。镇子的焰火是传统的架子火，天长日久，焰火在老百姓口中便浓缩成一个字——火，所以民间一直把放焰火叫放火。镇子生产的火，是用火神爷创造的“一硝二黄三灰”的传统配方制作的黑色火药做原料，经过专业制浆，缠绕在铁棍制作的各种图案的线条上。点燃后的铁艺作品就像烧红的火树银花，辉煌灿烂，耀眼夺目。为了烘托气氛，还在架子上、架子之间、周围地上，安放着向上喷射的花火。现在的焰火，就是在花火基础上丰富发展来的。

新中国成立以来，镇子放的规模最大的焰火，是1956年农历正月十五，在关帝庙放的五十四杆半架火。为了渲染镇子的大好形势，这一次公社不惜血本，在镇子中学操场放了一百单八杆全架火。内容推陈出新，设计独具一格。有“毛主席说人民公社好”的图案，有“多快好省总路线”的图案，有“大跃进”各种卫星的图案等。比如，共产主义的图案是在火光闪闪的“共产主义”四字下，七组方块，上文下图：住的楼上楼下——一楼电话丁零零，二楼电灯明晃晃；用的要啥有啥——商品堆积如山，大家争先恐后往家搬；吃的猪肉鱼虾——山珍海味吃得一个个像临产孕妇；坐车不用掏嘎（钱）——乘客掏钱，司机不要；老的住在一块儿——敬老院老人安享晚年；小的老师如妈——小孩在幼儿园健康成长；管的整个国家——头裹白毛巾红衫蓝裤胸佩人民代表字条的多半身劳动女青年像。

这一切，好像给如火如荼的氛围上浇了油，劲爆、灼热、猛烈，激励得老百姓心潮澎湃，热血沸腾。很快，镇子的工商学各界以及四村八乡掀起了你追我赶的放“卫星”热潮。不用说，西门里的人也被这种氛围感染得坐不住了。因为看不到自己队上放“卫星”，都在私下埋怨队上领导不力。特别是经常在剃头铺拉闲话的那几个常客，话说得很难听。胖勺子说：平时能得一个指头剥葱，一到关键时刻咋不见出来显能了？刘开科说：你没看西门里都是些啥人嘛，死了没埋的，瘫倒起不来的，眼睛粘得睁不开的，抱着老婆丢不下奶的，蛇皮烂杆猪嫌狗不爱的，胆小怕事倒锁前门假装出门在外的，没有几个能出二帘子！瞎子五说：一个烂㞞寡妇，疯得没人样了，还当先人敬呢，放“卫星”这么大的事情，到现在连个屁都不放！柳拐子说：咱队上这些人，光会没人处放光，没庙处烧香！聋子染匠说：咱西门里人，面和心不和，驴曳马不曳！地老鼠说：谁谁都不怪，都怪“卫星”太少了！

冯登菊和寇腊梅也为放卫星争得面红耳赤。说起来也怪冯登菊，寇腊梅好心好意嫌队上不放“卫星”，冯登菊却说：驴槽里加了你这马嘴，没把自己掂量掂量，到底姓啥为老几嘛，我们说是我们说，凭啥也轮不上你这桃木楔子多嘴！寇腊梅寸步不让：凭啥？凭队里有我的土地，凭队里有我的农器家具！这话我在他队长面前都敢说，你倒算个啥砖头烟锅？耿诚信在前头房子听见吵架，赶紧跑出来说：你俩别争了，家有千口，主事一人，我和唐新生、刘开科商量好了，一会儿到庙前里拐角店找高达哥去。你俩现在是这，看咋给水秀教针线活呀，要不然高达哥问起来，我不好交代！冯登菊说：高达哥不光给你说了，也给我俩说了。我跟腊梅早都商量好了，今年七月七，就叫水秀乞一回巧，乞完巧，啥都会做，不用他操点点心！寇腊梅说：你一会儿给高达哥说，你们男人把心操在放“卫星”上，学针线有我们女人家，误不了水秀学本事。耿诚信这才出了门。

队上社员只看到西门里没有放“卫星”，却没有看到王金贵、何可人，正在为放“卫星”的事熬煎发愁。他们想来想去，农业不比其他行业，投入大、周期长、见效慢，无论哪种农作物，从种到收最短也得大半年，总认为没有“卫星”可放。就在他俩苦思冥想不知所措的时候，其他生产队脑子活办法多的人很快破解了这个难题。他们采取化整为零、边说边干的办法，提前掀起了一股“卫星”旋风。这个时候他们又发现，按照这些人的放法，该放的不该放的，人家已经放得没啥放了，真是一步赶不上，步步赶不上啊！

这一天，何可人愁容满面地来到王金贵家，没等她说话，王金贵便发起牢骚来：人家“卫星”放得不停点儿，咱咋就连一个也放不出来？何可人说：我就是为这事来的，连沈文奎这个平时不爱操心的人，不但洋炮砸得不行，还一个劲儿让我不吃凉粉把板凳腾下，实在在家里待不住，就跑到你这里来了！王金贵说：你还说文奎呢，连银贵都知道着急上火了，为了帮队上放“卫星”，已经跑出门打探消息去了。何可人说：后巷子张子善也急得不行，说农业上没有“卫星”放，还有文化上嘛，县上不是提出，镇镇要出李太白，乡乡要出郭沫若嘛，咱西门里的刘开科和沈文奎，就是现成的李太白和郭沫若，这样的“卫星”为什么不放？王金贵笑着说：咱是农业社，不是文化局！何可人说：萝卜快了不洗泥，顾不了是社还是局！

他俩正说着，高步宽进了门，开口就说：你俩真能沉得住气。人家不停放“卫星”呢，咱放不了大“卫星”，放个小“卫星”行不行？王金贵像热锅上的蚂蚁，不停地来回走动，看见高步宽进来，赶紧停住脚步：我俩正在为这事着急呢，也不知道放啥“卫星”好，刚好你来了，我就不信三个臭皮匠，顶不了一个诸葛亮！何可人说：高达叔，你在庙前里经多见广，有啥好主意赶紧说出来！

高步宽说：我也弄不明白是咋回事，帮人出了一辈子主意，这些天，我在炕上身没少翻，在脚地圈没少转，就是想不出来放啥好。相反，那些大家公认的二杆子，或者说话不着边际的人，摇身一变倒成了敢想敢干的英雄了！唉，有些明明不是“卫星”嘛，人家不停地放着呢，所以我来给不了主意，只能给一句话，我算把世事看透了，是不是“卫星”没人管，放不放“卫星”有人急！

突然，王银贵风风火火跑进门，上气不接下气地说：哥，别发愁，我有主意了！三人像久旱逢甘霖，几乎异口同声：啥主意？王银贵胸脯一鼓一鼓，挥着拳头说：咱种试验田，这不但是“卫星”，还是个大“卫星”！高步宽想了想摇头说：试验田才慢慢种呀，到明年夏天才能有结果，远水解不了近渴！王金贵、何可人也不停摇头。王银贵说：你们咋这么老实的，怪不得大家伙儿说你俩呢！那些敲锣打鼓报喜的乡下人就是样子，人家先商量好干啥呀，然后敲锣打鼓就把喜报上去，最后才慢慢干呀。有一点儿成绩报一点儿喜，显得人家“卫星”放得多、喜报得多，难道咱西门里这些街肋子，还不如城外那些乡胖子？王金贵想了想说：银贵，试验田的“卫星”，人家放得不爱放了，咱再拾这涎水把把，上边认事不认事？王银贵说：我既然能说这话，就有说这话的把握。他们现在放的试验田“卫星”，顶多放到亩产八百斤，咱们干脆放到一千斤，还有谁放啥屁呢？

高步宽说：咱镇子这地，能打四百斤就呱呱叫了，一千斤我看不敢放。王金贵问何可人咋办，何可人说：我也不知道咋办好。王银贵吼着大嗓门说：就凭你们这胆量，还想放“卫星”呢，你没听人家说，人有多大胆，地有多大产！不信你看，咱们前边敢放亩产千斤，后边就有人敢放亩产万斤！说的再害怕一点儿，说不定咱亩产千斤没放出去，人家亩产万斤已经跑到咱前边去了！

高步宽这才恍然大悟：兴啥啥不怪，银贵就是个典型的二杆子嘛，现在兴的就是这种人！所以口气马上变了：我现在算看明白了，银贵说的是实话，咱仨为啥放不出“卫星”来，就是没有人家这眼光和胆量，就照银贵说的赶紧放，再不敢忽悠来忽悠去，小心放迟了放不成了！王金贵和何可人这才拍了板。

谈到由谁耕种试验田，两个人又发起愁来。不管咋说，既然说了要亩产千斤，就必须按亩产千斤来耕种。现在的问题是，能种田的人不少，能种亩产千斤试验田的，不要说根本没听说过，连想都没人敢想。要不是王银贵今天壮着胆子说出这话，还没有人敢出这主意。其实，他俩一开始就想到了王银贵，就是不好意思说出口，因为人家出了主意，再把难题推给人家，谁以后还敢给队上献计献策？但是反过来一想，不让他去种，明显没人敢种。正在他俩左右为难的时候，还是王银贵自告奋勇，承担了这个任务。王金贵说：你能不能保证亩产千斤？王银贵说：我哥咋这么心实的，现在有尿没尿都要撑住尿呢，只要我们把心尽了，力出了，到时候能尿几点算几点！何可人赶紧说：就按银贵说的办，不然“卫星”就没办法放！王金贵同意后，王银贵提出，他一个人打不开转身，让柳拐子给他打下手。王金贵不同意，他觉得柳拐子是馋嘴烂身子，干活怕出力，到时候成不了事还要坏事呢。不如把聋子染匠叫上，干活踏踏实实不说，紧活了翠仙还能上手帮忙，搭个驴粪蛋还要轻一半哩。王银贵听到这两口子的名字头皮发麻，特别是惧怕翠仙上手，所以两臂交叉在胸前，态度很坚决地说：我说柳拐子就柳拐子，你们要是不同意，试验田我还不种了！他俩不知道咋回事，怎么问，人家就是不说。何可人只好说：他说谁就是谁，这也不是啥要紧的事情。反正柳拐子也没事干，也听银贵的话，让他打下手，队上还少操一份心。就这样人员很快落实。王金贵是挂职领导，王银贵是耕种人，柳拐子是协助。紧接着又划出一块地来，在四角插四面红旗，在地头立了责任牌。

马上要报喜时，意见又出现了分歧。王金贵要用时髦办法，王银贵要用传统办法。争论来争论去，因为王银贵是耕种人，王金贵只好依了他。王银贵之所以坚持传统方法，不是故意和他哥过不去，而是有他的想法。自古物以稀为贵，当下这些时髦办法，千篇一律，反复使用，已经没了新鲜感，西门里再要热剩饭，就落后老套了。传统方法，尽管传统，但是没人用，反而成了香饽饽。

王银贵要用的传统方法，就是效法镇子过去民间生小孩“报户口”的要法。因为经过千锤百炼，流传至今，不但有群众基础，还比用烂了的时髦方法更能吸引大家的注意力。再说西门里迟迟放不出“卫星”来，现在好不容易放了个“卫星”，不搞点儿响声出来，还真要让人家说三道四哩！后来，经过大家补充完善，报喜那天确实是独辟蹊径，别开生面。报喜队伍最前边是何可人，脸上抹着胭脂红锅底黑，头上扎两条小辫，小辫末端飘着红绸，身上穿着古戏装，一手提锣一手握槌，边敲边说着沈文奎编的词：报喜不分先后，报出花样才算报出水平；放“卫星”没有迟早，放得漂亮才算放得最好；亩产不在高低，别人赶不上就是奇迹！一条拧麻花似的皮缰绳，一头在何可人的腰间捆了几匝，一头拴在披红戴花长着一双长犄角的关中大犍牛的鼻环上。牛背上坐着一对童男童女，手里各举着一个“卫星”剪纸，分别写着“亩产”“千斤”。紧后边是四面锣鼓，锣鼓后边是八个老头牵八头黄牛，两头一排，八头黄牛身上分别驮着农业八字宪法“水、肥、土、种、密、保、工、管”的大字模型。最后是一帮排列有序穿戴整齐手执镰刀的青年男女，扭着秧歌踩着节奏齐声反复喊着：卫星，卫星，卫星！快放，快放，快放！亩产，亩产，亩产！千斤，千斤，千斤！干劲，干劲，干劲！冲天，冲天，冲天！目标，目标，目标！实现，实现，实现！他们说是给大队报喜，却故意在几条街道兜了一圈，风光占尽，风头出尽，西门里人虽然累得筋疲力尽，总算扬了一回眉，吐了一回气。王银贵没有说错，不但报喜形式在镇子空前绝后，而且亩产破天荒地冲破了千斤大关。

报完喜，四乡八村的锣鼓家伙还不愿意散去，不约而同地来到庙前里，摆开阵势尽情地敲起来。敲着敲着还觉得不过瘾，就互相摽着敲，一直敲到晚上还停不下来。镇子上的社员，被这热火朝天的气氛感染得无比激动。听见庙前里锣鼓喧天，便不约而同地前去看热闹。站在看热闹人堆里的何可人，艰难地挤出人堆，去戏园子上茅房。刚解完手，翠仙进来。看到翠仙，何可人不由得想起王银贵烦翠仙的事来，就想借着这个机会，问问到底是怎么回事。站起来系好裤带，出茅房时给翠仙说了声：你快点儿，我在外头等着你！何可人来到这空无一人、黑乎乎静悄悄的戏园子，想到过去演戏开会的时候，这里灯火通明、人声沸腾的盛况，觉得蛮有意思的。再想到自己这个莫名其妙的举动，不由得心里笑了。没有多大一会儿，翠仙从茅房出来，听了何可人的问话，捂着肚子弯着腰先哈哈笑个不停。翠仙也很大方，把这根本没当回事，嘻嘻哈哈说了事情的来龙去脉。

自从那天翠仙答应王银贵到北沟窑洞约会后，王银贵像盼星星盼月亮，心情激动，度日如年。有一天，翠仙终于有了时间，让王银贵自己头里先往北沟窑洞走，自己胳肢窝夹着东西老远跟在后边。进了窑洞，王银贵急着脱裤子，翠仙一把拦住：心急吃不了热豆腐，既然想弄这事情，就弄点儿名堂出来，也不枉你我斗一回色胆！王银贵点头同意。翠仙接着说：无规矩不成方圆，没弄以前，咱立个规矩。有了规矩，脱光衣服，摆开阵势，扇起抡圆，想咋弄咋弄！王银贵心想，还把你神道的，好像兀家、致家（国共两家）弄事一样正经八百地又是签协定，又是立规章的。王银贵是干啥的人，眼看到嘴里的食水，不可能让你跑脱，说着就下起硬手来。

翠仙看硬的不行，就动起脑筋来：要弄可以，那你解开裤子，让我把阳具洗洗。王银贵看翠仙服了软，主动解开裤腰带。翠仙弯下腰拿起带来的东西，取出个纸团。一手握着王银贵的手，一手用纸团擦阳具。翠仙撕开纸团，王银贵觉得有点儿异样，低头一看，便失声喊起来：你这不是要我命嘛！

原来，翠仙根本不是擦阳具，而是把提前准备好的三个毒蝎子给他放进裤裆里。那三个又肥又大油亮油亮腿腿金黄脊背黑褐色的毒蝎子，在又红又硬昂首抬头的阳具上虎虎生风爬来爬去。翠仙不慌不忙：你别怕，蝎子听我的指挥。你只说，今后还打不打我的主意？要打，我马上让蝎子蜇你的蛋，啥下场，你知道！要是不打，我就把蝎子捉了，咱各走各的路，就当今天什么事情也没发生过。王银贵吓得大汗淋漓浑身打战，刚才还昂首抬头的阳具一下子缩得枣儿大，不由得双腿咚地跪在翠仙面前：好我的婆哩，你赶紧把蝎子捉了，我保证再也不打你的主意了！

翠仙没有急着捉蝎子，而是故意问他：你知道镇子哪里狼最歪？当然是北山！王银贵颤抖着说，你赶紧把蝎子捉了吧，我求求你了！王银贵再急，翠仙不急，还是一字一板：我在窑子的外号就叫北山狼，是出了名的歪姐！这里的“歪”不是能踢能咬，说的就是床上功夫，别人最多咬三下，我能咬七八十来下。当然啦，客人也是形形色色，也有一些人不咋的，无奈，就学了几招专门整治他们。用蝎子蜇，只是一个招，还有用蛇咬的。我承认，我当窑姐时，千人跨万人骑，那我就是吃的那碗饭嘛！现在除了聋子染匠，你看他谁敢挨我的身！我结婚那天一见到你，光从你那眼神上，就看你是个好色之徒。后来你和我掐猫逗狗开玩笑，我不但不反感，还逢场作戏，但是，当你要做坏事来真的时，都被我一口回绝。我知道你已经清楚了我的脾气，谁知道你不自量力，还要得寸进尺，公然敢顶我的牛斗，逼得我不得不出此下策！这一次，我给你把话亮明，只是让你长个记性。如果胆敢有下一次，我就蝎子和蛇一齐上！

说着翠仙丢开王银贵的手，又一手握拳，一手把他阳具上那三个虎虎生风的蝎子满把捉的放在地上，喊了声滚，三个蝎子就赶紧各自逃命了。王银贵系好裤子，觉得很奇怪，蝎子不但不蜇她，还那么听她指挥？他掰开翠仙的手，要看她手里是啥机关。翠仙心想，这办法我会教给你？马上变了脸：你是不是还想领教领教蛇的厉害？王银贵这才乖乖地走了。

何可人听了哈哈大笑，笑毕问：能不能告诉我，你到底用的是啥办法？翠仙嘿嘿笑着说：这是我在窑子时，一个姐妹教给我的。其实，办法简单得很，就看你有没有胆量。要想让蝎子不蜇人，只要用大拇指甲十字掐紧食指第一个关节印；要让蛇听人话，就要掐紧中指第一个关节印。蝎子我原来试过几次，都没被蜇过，特别是这一次给王银贵用，非常成功。蛇我一直没试过，之所以在他面前说那样的话，是故意吓他呢！这事情说起来简单，真正做起来，还有好多功夫要练。光是掐指头，讲究就大得很。你没有练下我这功夫，千万不敢给老沈乱用！

银贵种田

王银贵耕种试验田，第一炮就打得非常响亮。试验田整整一亩大，四周围彩旗猎猎，靠路边一面的出口，用竹竿搭着彩牌楼，上边的豪言壮语鼓舞人心。上联是“社会主义已实现”，下联是“共产主义在眼前”，横批是“超英赶美”。牌楼左边立了块责任牌，负责人、耕种人、监督人，品种、亩产、社队，一目了然。试验田要种冬小麦新品种“蓖麻一号”。

麦在种，秋在管。王银贵觉得试验田不比一般田，不但要在“种”上下功夫，还要在“管”上用气力，用当时最时髦的话说，就是要坚决落实好水、肥、土、种、密、保、工、管的农业八字宪法，哪个环节都不能麻痹大意。他不但清楚这些环节不能顾此失彼，更明白眉毛胡子不能一把抓。有句谚语说得好，庄稼一枝花，全靠肥当家。长期以来，好多人把这句话当《圣经》念，却忘了后边还有一句话，整不好土地，谁当家都不顶啥！所以，王银贵一开始就紧紧抓住“土”这一环，把重点放在翻地上。当时翻地用一头牛拉手扶农家犁就能凑合，再好点儿套两头牛用双轮双铧犁就很不错了，最理想不过的是用拖拉机牵引大型机制犁多快好省。王银贵摇了摇头，这些都不想采用。他之所以看不上机械化和半机械化，不是嫌成本高，而是嫌翻地质量保证不了。他曾形象地比喻说，单套牛拉木犁等于给地挠痒痒，双套牛拉双轮双铧犁就像给地抠渠渠，拖拉机拉机制犁好比给地刨壕壕。他很迷信一句豪言壮语：深翻一丈五，下种一千五，亩产一万五。于是决定用人力翻地，而且还必须翻到一丈五尺深。

当时有三个人，对这个决定很不理解，一个是大队书记，一个是试验田名誉负责人王金贵，一个是王银贵的助手柳拐子。

大队书记害怕翻这么深，翻上生土来，亩产不要说跨长江了，恐怕连黄河都过不了！

王金贵的理由是，人的力量哪能大过机械，人用铁锨翻下去，最深一尺多，机械要翻两尺左右，为什么要弃好就差，舍快求慢呢？就这种落后干法还放“卫星”呢，放唾沫星子还差不多！

柳拐子和他俩想的完全不一样，他才不管你翻不翻熟土、生土，过不过黄河、长江，放的是“卫星”还是唾沫星，一听到王银贵要用人力翻地，立马觉得肩沉腰疼双腿发软。他怎么也弄不明白，自己的现实问题，王银贵怎么能视而不见呢？他本来就是个拐子腿，不能当十分工的全劳力用，更不能当十二分工的强劳力用！翻地用的铁锨和一般铲土用的铁锨不一样。直上直下中间没弯，长度一尺二到一尺五不等，宽度五寸到七寸不等，厚度三分到五分不等，再加上又长又重的槐木铁锨把，光铁锨重量就有十多斤。不说翻地，让他空人要上一晌午铁锨，不累得腰酸腿疼睡三天三夜算怪事！

高步宽对这些话的态度是：王金贵的话一句听不进去，柳拐子的话能听进去一半，只有大队书记的话，全部听进耳朵。因为镇子有史以来没见过地翻这么深，硬要翻这么深，翻上生土来不长庄稼咋办？想来想去，终于想出了个万全之策。这天晚上，他把王银贵悄悄叫到他家，熬了一壶酽茶，摆了一盒大前门，两人边喝茶边抽烟边说话。高步宽说：银贵，你知道你大为啥会得到这院房子？王银贵摇摇头：不知道！高步宽说：不贪心！他当时要是把人家的金银收了，不光金银保不住，房子也没他的事！王银贵点了点头。高步宽又说：后来为啥差点儿又把房子丢了？王银贵还是摇摇头：不知道！高步宽说：太贪心！为了发家致富，性急心沉，拼死挣命，累得老婆得了肺结核，又传染给孩子，埋完老婆孩子，自己又一病不起。王老二的贪心是抽大烟，而且抽饱了还不愿意放烟枪……王银贵说：高达叔，我啥事做得不合适，你就明着说！高步宽说：深翻地是力气活，要深翻一丈五，把地翻坏都没有啥，只怕把你小命搭上就划不来了！柳拐子没说假话，不说翻地，光铁锨就把他箍住了。说来说去，这些地还要靠你一个人翻哩！如果只放翻地一个“卫星”，不要说死你一个王银贵，就是死你十个王银贵比屁都淡！关键是后边还要放好多“卫星”，直至亩产千斤！王银贵说：你的意思，我全明白了，你就说，这地咋翻吧！高步宽这才斩钉截铁地说：地，翻个差不多就行了！生土，绝对不能翻在上面！

到了王银贵开始翻地的时候，大家才算真真正正开了眼界。只见王银贵穿了个粗布裤头，上下赤裸着，头顶草帽，肩搭毛巾，右脚穿木踏板，体格健壮得像个运动员。开始翻地时，双手举起铁锨瞄准按稳噌地扎在地里，同时扶住锨把穿踏板的右脚咣地用力踩向铁锨肩膀，只听铁锨噗的一声钻进地里，然后下腰弓步以右大腿为支点双手扳下锨把，趁势将翻起的土唰地抛向预定位置。一天过去了，两天过去了，三天过去了，他在前边翻，柳拐子在旁边倒，一条三尺宽、三尺深、与试验田等边的倒梯形鸿沟很快开成了。到了第四天，深翻地才算正式开始。王银贵还是那身行头，先把沟底一锨一锨翻虚，这就等于又翻深了一尺。然后把第三层并排翻三锨过去，再把第二层翻两锨过去，最后把最上边一层翻一锨过去。每翻一层，柳拐子给上面追一层底肥。就这样又翻了三天，深翻地的效果完全显现出来。本来，王银贵那身皮肤黝黑、健美发达的肌体和武术般的一招一式就很耐看，还有那整齐划一有棱有角有点波光粼粼的新翻地更是招人喜欢，再加上这种罕见的多层梯形翻地的方法，尤其令人叹为观止。

高步宽、哼囔、冀志兴等人物尖尖三三两两赶来开眼界。队上的男女老少成群结队前来瞧稀奇。别的队一传十十传百呜儿喊叫跑来凑热闹。有的说，王银贵的动作就像运动员一样好看！有的说，翻的地横看是样样竖看是行行斜看是水波浪浪，棱角分明得像尺子画过似的！有的说，这不是种庄稼，简直就是在做工艺品！柳拐子看见冀志兴，狠狠用身子扛了一下：没看咋个向？冀志兴知道，柳拐子是黄鼠狼给鸡拜年没安好心，故意说：真格是拉屎努得尿动弹，这是人家银贵的本事，要是指望你，把屁在地上弹得暴一下！柳拐子说，你不是说，永远不和农业社打交道嘛，今天咋尻子咬人（痒痒）了，跑到这里干啥来了？冀志兴说：我是皇上他妈拾麦哩，不为拾麦为了散心，不是来看你那乌黑子脸蛋的！

大家伙儿正在七嘴八舌议论着，高步宽叫来王金贵激动地说：翻地本身就是大“卫星”，不抓紧报喜等啥呢！王金贵这才恍然大悟，就安排何可人赶快回去组织人敲锣打鼓去大队报喜。这一报喜不要紧，大队书记当场给王金贵交代，把他的名字赶快加在试验田负责人前边。说完又组织全大队干部去公社报喜。很快大队领导全都来了，公社领导全都来了，县上领导全都来了。现场会开得不断头，报纸上登得不断头，披红戴花不断头。就这，柳拐子还发牢骚：披红戴花还不如杠子馍、老碗烩菜解馋！为了能长时间给省内外做示范，专门安排王银贵没人参观就回去睡大觉，有人参观再到地里来。有人担心这样晒着会跑墒。王银贵说：六月晒，七月盖，八月下种美得太！把底土翻上来，让大太阳一晒，又能杀菌又能增加营养，到七月份保墒来得及！

仅仅就是这一亩地，为了让人参观，一直从夏天翻到秋天才翻完。镇子周围种麦的时令是，麦不离八月土。意思是，最早早不过八月，最迟迟不过八月。所以队上经过商量，准备放在八月十五前后下种。

这一天，王银贵和柳拐子正在试验田忙活施肥整地，王金贵和何可人气喘吁吁来到地头，何可人不停地朝地里摇手，王金贵双手卷话筒套在嘴上喊话，让王银贵他俩停下手里的活，赶快到地头商量事情。王银贵提着砸土块的胡墼骨斗和柳拐子来到地头。王金贵说：今天下午抓紧把地整完，明天开始下种！王银贵眨巴着眼睛说：太阳这么毒的，离八月还有二十天时间，麦子旺了咋办？何可人说：大队领导也是的，他们在镇子土生土长，难道不知道“麦不二旺”的道理？王金贵说：大队领导咋能不知道嘛，关键是公社领导要提前来看苗情呢！王银贵说：那大队领导不会把情况给公社领导说说？王金贵说：大队领导咋能不说嘛，公社领导也说了，关键是县上领导说，省上从南方调来个新领导，听说咱们试验田种得好，月底要亲自来看苗情呢；不但他们看，还要拍成电影给全国放哩！县上领导一方面害怕得罪上级，一方面还想上电影，只好将错就错。何可人说：省上领导看过苗情，屁股一拍走了，咱这试验田就彻底泡汤了！王银贵说：哥，我把话撂到这里，现在要种，你到别的地里种去，谁想在我这试验田里种，看把他娃腰闪了！说完一手拉着胡墼骨斗，一手拉着柳拐子拧身就走。

王金贵急了，大声吼道：银贵，你站住，这是国家的地，你不种了滚远，能种地的人多得是！王银贵也不让步：你把事情弄清楚，我是试验田的耕种人，要滚的人是你！王金贵说：是你没弄清楚，还是我没弄清楚？试验田是大队书记和我说了算，你只是个干活的，想干了准备明天种麦，不想干了赶快拍屁股走人，离了狗屎还不长黄瓜了！王银贵一下躁了，抡起胡墼骨斗朝王金贵头上砸去，幸亏王金贵躲得及时，不然就出大乱子了。王银贵看王金贵跑了，提着胡墼骨斗在后边追。何可人抱怨柳拐子不挡王银贵。柳拐子说：我也想挡呢，我这腿不争气嘛！王银贵把王金贵赶远了，胡墼骨斗在地上拉得磕磕碰碰，回来给何可人上气不接下气地说：你给王金贵把话捎到，就是八月十五种，早一天不行，晚一天也不行，要不然，他把我弄死；要不然，我把他弄死！说完气冲冲地走了。

何可人从地里回来刚进城门，藏在城门里的王金贵看见何可人小声问：银贵在后边没？何可人笑着说：看把你吓成啥了，银贵回地里干活去了！王金贵这才抖了抖精神，不好意思地说：我不是怕他，那家伙是个二杆子，打起架来血里捞骨头！何可人说：既然银贵是这态度，麦子还种不种了？王金贵摊开两手说：现在的情况是，不种不行，种也不行！何可人突然说：银贵听高达叔的，让他出面劝劝，咋样？王金贵说：那赶快往庙前里走！

高步宽听到这事情，脸绷得紧紧的，一言不发。心想，这事情明明是上边胡整呢，我怎么好意思劝银贵干这蠢事情。憋了好一阵子，才像刀砍一样：这话我没办法说！王金贵说：好我的高达叔呢，你再不愿意说，我俩就没办法下台！何可人说：高达叔，你就把老脸拉下，赶紧去劝劝银贵吧！高步宽突然想起他们说的王银贵"要种到别的地里种去"的话，很快有了主意，说：要让我劝，你们就准备点儿烂麦种子吧！王金贵他俩听不明白什么意思。高步宽又说：咱现在就往地里走！

来到试验田边，王银贵顺手摸了根棍，不问三七二十一，就向王金贵扑来。王金贵吓得拔腿就跑。这一次柳拐子生了心眼，没等王银贵出手，就死死抱住后腰不松手。高步宽说：银贵，听我把话说完，再动手不迟！王银贵这才收起棍气哄哄地点了点头。王金贵站在原地不敢过来。高步宽说：在试验田旁边再收拾出一亩地来，先把牌楼、彩旗、牌子移过去，尽快下种，还以试验田的名义，还由银贵张罗。等省上领导看完苗情，拍完电影以后，再把牌子移回来，试验田该啥时候种，就啥时候种！王银贵一手握棍，一手挥着说：只要不在试验田种，叫我干啥都行！第二天，他们七手八脚连移牌楼，连翻地，连下种，一遍过手。因为天气比较热，小麦种下去苗出得很齐，拍电影的人来拍苗情时，地里已经是绿油油一片。省上领导检查完，不住地伸大拇指，大部分参观者都很满意。也有行家提出"麦旺"的问题。王银贵说：这是培育的新品种，就得提前下种，不存在"麦旺"问题！这一说，那些持怀疑态度的人也跟着说好。

应付完省上领导，在讨论试验田按什么标准下种时，王金贵弟兄俩又发生了分歧。王金贵的意思是，省上领导察看苗情那天，大队书记把他叫到一边美美训了一顿，嫌他把试验田种得太稀。事后，他说出了事情的真相，书记不但没有批评还表扬了他，一再叮咛种试验田的时候一定要密植，没有密植就没有高产！

最后还威胁他，再要在密植问题上阳奉阴违的话，你这队长就让给别人干！所以王金贵一再要求王银贵要多下种子。王银贵说：多种可以，但是不能种得太多，不然，还像上一次一样和你打个你死我活。这一次，王金贵总结了前次教训，和王银贵接触之前，先去了庙前里拐角店。高步宽听了他的意思，想了想说：你把要准备的种子全部准备好，然后称出王银贵要的分量，剩下的放到你那里，到时候，我咋说你咋办就行了。

说着八月十五就到了，王银贵到队上领回种子，又去保管室专门挑了个行距宽的耧，害怕自己不保险，专门叫耿诚信来摇耧。种完地，王金贵给王银贵说：我已经把礼品买好了，你代表咱两家给舅送到家去！王银贵心想，地刚种完，也该歇歇了，今天要是不去，就再没时间了，便满口答应。王银贵刚走，柳拐子扛个铁耙，晃晃悠悠往地里走。高步宽主动迎上去：拐子，干啥去呀？柳拐子说：给试验田搂畦子呀！高步宽说：吃了饭来得及，到饭馆吃饭走，试验田种得这么好的，也该慰劳慰劳了！柳拐子说：银贵去他外家了，就剩我了！高步宽说：那刚好能吃双份！柳拐子高兴地说：高达叔，种试验田以来，这奖励那奖励，都没你这奖励实在！

与此同时，党慧兰叫上唐新生、耿诚信，就往试验田赶。王金贵、何可人提前把牲口、耧、种子放在地头，人就走了。他们套好耧，倒好种子，唐新生牵耧，耿诚信摇耧，党慧兰在一边看人。因为王银贵用的耧行距宽，所以这次在他们种过的行距中间再套一耧。满打满算只有一亩地，很快就套种完了。在回来的路上，党慧兰说：你俩记着，这是大队书记交给我的任务，天塌下来我顶着。不管谁问，啥话别说！

柳拐子一边吃饭，一边嘟嘟囔囔，嫌没有酒喝。高步宽说，没想到，你还是个黑猫白嘴头！就在这时候，党慧兰在门口闪了个面。高步宽知道地里补种完了，想尽快打发柳拐子走，便说：肚子吃饱了没有？柳拐子说：离饱还远着哩，只能说是蔫饱肚子饥！高步宽心想，我再不了解谁，还不了解你拐子？成天饥一顿饱一顿，有一顿没一顿。要是碰上红白喜事，回回都是吃得撑得走不成路，让人用门板抬着往家送。所以好心劝他说：饭是人家的，命是自家的！谁知柳拐子却说：我早都问过文奎了，今辈子我不是个长命人，宁愿落个撑死鬼，也不愿意当饿死鬼！还不要说，我现在穷得干屎打得炕沿响，要是再没有副好下水，到阴间阎王爷都看不起！高步宽只好说：那你先到试验田把畦子搂完，回来再在这里吃一顿，到时候再给你把酒要上咋样？柳拐子听说还能吃一顿，特别是还有酒喝，便呼噜呼噜刨完碗里的饭，临走，又美美夹了一筷子菜送进嘴里，啪地把筷子撂在碗上，高高兴兴去试验田搂畦子了。高步宽出来见到党慧兰说：等他搂完畦子，啥也看不出来！你们赶紧进去吃吧！党慧兰笑着说：那你今天晚上，可得把门板和人预备好，吃完饭叫人把他朝回抬！

苗出齐以后，王银贵老觉着不对头，自己原来种的行子宽嘛，现在咋这么窄的？刚好这天唐新生到乡下跑生意去了，党慧兰朝他后院丢了个瓦碴。他去党慧兰家幽会，说出了自己的心事。党慧兰撒娇说：试验田把你种糊涂了，队上明明有个窄耧有个宽耧，你挑的可能是宽耧，背的时候稀里糊涂把窄耧背走了。现在啥话别说了，事情已经这样了，也没人追究你，何必要和自己过不去！说着把王银贵的头揽在自己丰满的奶头上，顺势倒在炕上，哼哼唧唧。王银贵一边急着“缭乱”，一边忙里偷闲说：麦行子宽窄是个啥事，只要你这二亩水田不宽就行！高步宽原来的想法是，只要王银贵知道是党慧兰干的事，就是有天大的事情，也不会声张的，没想到由于党慧兰的机智，事情处理得比预想的还要圆满。

人常说，麦成八十三场雨。意思是说，只要农历八月、十月和来年三月，能各下一场透雨，麦子丰收几成定局。这是过去镇子周围种庄稼，靠天吃饭广种薄收的懒办法。现在种的是亩产千斤的试验田，懒办法已经跟不上趟了。加上今年的雨水稀少，王金贵反复叮咛王银贵，要是麦地缺墒了，赶紧打招呼，他立即组织全队社员连担带端也不能让试验田受旱。王金贵说到做到，只要王银贵开口，他就立即兑现。

人不哄地，地不哄人。第二年开春，试验田小麦返青、拔节，一切都很顺利，麦秆将近一人高，长势非常喜人。王金贵高兴地说：多亏每隔一段时间组织全队老少浇水，不然麦子不可能长得这么好！王银贵不以为然：那要看浇谁种的麦呢，不信，你把筷子插在地里，就是泡在水里半年，要是能发出芽来，我颠倒过来走路！

就在人们为试验田小麦长势欢欣鼓舞的时候，令人头疼的问题又出现了：麦子不停倒伏，迟迟不见抽出麦穗来。经过分析，主要是因为密植过度，透风性太差，麦子营养跟不上。大队书记看到这么好的麦子倒在地里，心里无比着急。王银贵说：赶紧调上几台锅驼机，往试验田吹风，不然产量上不去！在大队书记的组织下，调来了四台锅驼机，四台鼓风机，日夜不停地嘟嘟嘟，从四面同时往进吹风。这一招还真管用，没有几天工夫，不但麦秆长直了，麦穗也出齐了。

小满过去是芒种，芒种到来收种忙。那些天，布谷鸟日夜在金黄色的麦浪上空，盘旋低回不停鸣叫，反复提醒人们及时收割碾打。蚕老一时，麦熟一晌。试验田的小麦先是一天一变，后来是一晌一变，最后是一时一变，开镰收割就是眨眼间的事情。王银贵他们大半年的辛苦终于有所回报了。但是，大家的心情却轻松不起来，反而把心提到了嗓子眼，特别是大队书记和小队干部都捏了一把汗。具体担负耕种任务的王银贵就更不消说了，带着柳拐子成天守着试验田不回家，吃饭都要老婆往地里送，只害怕收割不及时，把麦颗撒在地里凑不够分量不好交代。

凡是关心试验田的人也不停地到试验田问这问那，特别是高步宽来的次数最多。这一天，王银贵看见高步宽，赶紧就往跟前凑。王银贵说：高达叔，上一次喝酒我没在，这一次不能再跷我的尿骚（腿从头顶越过）。高步宽说：这话你没说对，反正我出的是两个人的饭钱，饭和酒一点儿没剩，最后吃得人走不动路，还是我叫人用门板抬回去的！王银贵心想，真是懒人有懒福，我应了个名，叫狗日的柳拐子分了个红！但是嘴上却笑着说：你一向是公道人，不能涝的涝死，旱的旱死！柳拐子隐隐约约听见喝酒二字，赶紧悄悄凑过来碰好事。高步宽笑着说：叔跟你说笑哩，只要亩产千斤，喝酒算个啥？王银贵说：别把话说得那么死嘛，谋事在人，成事在天，不管能不能亩产千斤，我们下了九个月苦，总没哄人吧？

开镰收割之前，队上就决定把试验田和大田的麦子分开收割分开碾打。麦子上场的第二天，万里无云，日头毒辣，社员们摊着大田的麦子，王银贵和柳拐子摊着试验田的麦子。晒了大约有一个钟头，就套上碾子碾起场来。先碾完大田的麦子，就抓紧起场，把麦秸推到一边，然后把留在场面的麦衣麦颗堆了个大堆，等起了风再扬场。不长时间，那边试验田的麦子也碾好了。因为到了吃饭时间，来不及起场，就原样摊在那里，让柳拐子留下来看场。因为他是光棍汉，拿的有馍，场房桶里有水，旁边地里长着葱和黄瓜，不愁没饭吃。

打麦场上空无一人，柳拐子从菜地摘来黄瓜拔来葱，用手擦了擦，又从场房窑窝拿出馍，一手三个馍，一手黄瓜、葱，就手蹲在地上狼吞虎咽。吃完用手把嘴上的馍花一抹，两手拍掉身上的馍花，又蹲着走到桶边，双手抓着桶梁，头伸进桶里，咕咚咕咚喝饱了水。出了场房，把一只裤腿拉到大腿根，照着墙根滋了一泡尿。放下裤腿回到场房门前，看着大田的麦粒堆想心事。想着想着，突然想起高步宽那天说的话来，便做出了常人做不出的事情。在火红的大太阳暴晒下，他用大簸箕把大田带麦衣的麦粒，揽着往试验田碾好的麦子里边不停地倒。尽管双手端着装有沉甸甸麦粒的大簸箕，气喘吁吁，汗流浃背，脸色乌青，脖子青筋如蚯蚓遍布，就这还咬着牙反复说着一句话：日他妈，啥啥都不为，就为了喝高达叔那一顿酒来！

最后打完场称过重量，一亩试验田竟打了一千二百斤。

诚信出山

王金贵从大队开完会回来，独自一人走在巷道，头摇得拨浪拨浪，心里直纳闷：古时候，镇子水多得用不完，百姓急着急着撵断水哩，谁能想到现如今，镇子的水不够用，公家又急着急着寻找水哩！唉，要知现在，何必过去！反过来又一想，还是自己少见多怪，啥叫世事？反过来倒过去，就叫世事！

王金贵这么想，是有根据的。古时候，镇子这地方，曾是一片汪洋，明朝时镇子以南，还是一片湖泊，现在遗存的卤泊滩，就是那个湖泊萎缩的遗迹。清朝时这里还是水浇田。镇子北边的浩泉渠，水量充足，灌溉面积很大，所以水足地肥，草美粮丰。当时，朝廷把田赋按地的质量分为金、银、铜、铁四种，这一带祖祖辈辈交纳的是金地田赋。人们不堪重负，牢骚满腹，怨声载道。于是七个秀才自发地组织起来给玉皇大帝写了祭文，成天跪在水田边，祈求上天把水田改成旱田，以便免去老百姓的沉重负担。七个秀才一跪就是七七四十九天，玉皇大帝终于派来神仙，神仙笑着说了声：水的去处不发愁，地上不流地下流！说着，手中拂尘在空中轻轻拂过，就听见水田里的水哗哗地流走了。七个秀才起身一看，水全部流进裂开的地缝里了。从那以后，“七秀才祭水”把水祭到地肚里的典故，就在镇子流传开来。也正是从那个时候起，镇子这地方，一直种的是懒庄稼。所谓懒庄稼，就是一年只种一料冬小麦，基本不种秋。就是这一料冬小麦，也是一种一收，除了中间雇短工锄地除草，根本不用操多少心，甚至连粪轻易都不用上。为了解决地力问题，一个是换茬，种一年小麦种一年豌豆；一个是歇茬，种一年小麦撂一年荒。尽管是广种薄收，亩产最少也在二三百斤。就这一年到头只吃麦不吃秋。解放以后，特别是合作化以后，多少把种地当了个事，加上麦秋都种，轻轻松松亩产六百斤没一点儿问题。

前不久，县上为了提高粮食产量，下决心解决缺水的问题，便下达了打大井的通知。大队为了贯彻县上的精神，决定在全大队土地的最北端，接近三里村的地方，打一眼大井。计划直径六十多米，需要打到三十米左右深才能见水。大井打成以后，安装几排水车，这样把水引上来，积少成多，汇流成河。再通过干渠、支渠，由北而南，从东到西，从上到下，能够浇遍全大队所有的土地。为此，大队很快成立了以大队书记和大队长为正副指挥的打井指挥部，下边以生产队为单位，成立了六个指挥分部。指挥部要求各分部正指挥必须是队长担任，副指挥要由没有任何职务的、有一定威信和能力的社员担任。因为队长要兼顾全面，实际上，由副指挥主要负责打井。

打大井的消息在西门里传开以后，大多数人听了很受鼓舞，也有极少数人不理解。这些人中就有经常在剃头铺拉闲话的那几个人。他们的意思是，见过挖涝池，听说过挖池塘，还没见过打大井的。涝池用的是下雨水，水源不发愁。南方挖池塘，是因为水位高，挖不了几下就能见水。大井用的是地下水，经过多年采挖，镇子水位下降，且分布不均，有的地方有水，有的地方缺水，有的地方没水，加上水位太深，土方量极大，风险也比较大。就是有水的地方，水源也不是很富足，不说到时候能不能打出水来，就算能打出水来，三抽两不抽，地下水抽干了咋办？

尽管有不同想法，况且还是最底层的不同想法，但这不可能改变打大井的决定。为了迅速组建西门里指挥分部，王金贵和何可人研究来研究去，觉得副指挥有两个人选比较合适，一个是耿诚信，一个是王银贵。

耿诚信的长处是，踏实认真，办事稳妥，方法较多。尽管是生意人出身，但是入社以后，一心扑在农活上，加上勤学好问，很快就成为农业活路上的行家里手。完全可以说“扬场使得左右锨，吆车打得回头鞭”，无论是犁耧耙耱、收种碾打，一般都难不倒他。

王银贵的长处是人年轻，脑子活，力气大，在农活上完全可以说是把难得的好手。特别需要说明的是，他还有个亩产一千二百斤 “卫星”的光环，比耿诚信更具优势。但是，王银贵已经露过一回脸，这一回，轮也轮到耿诚信了。提名时，何可人先提名耿诚信，王金贵不好意思再提王银贵，只好让耿诚信当了副指挥。何可人是精明人，一个槽上拴不住两个叫驴。既然没让王银贵当副指挥，就不能让他在耿诚信手下屈就。就这样，王银贵当了农业技术员，留在队上专门负责农业技术，才算避免了新的风波。

耿诚信不负众望，刚上任就表现得很出色。开工典礼那天，工地上人山人海，锣鼓喧天，彩旗飘扬。开完誓师会，各分部又进行了简单动员，多数还是重复誓师会上的意思，鼓足干劲，多装快跑！唯独耿诚信独出心裁：不打勤不打懒，打的就是不长眼！一定要记住，轻快、轻快，今天我要的就是跑得快、次数多！还特别关照装土的人：装平别装饱，装虚别装实！各分部刚动员完，大队书记一声令下，社员们便热火朝天地干上了。指挥部专门安排人统计监督。有三分之一的劳力挖土装土，有三分之二的劳力担土运土。挖土装土的，手握镢头、锨，头戴草帽，腿面裹护具。担土运土的，或担担，或推车，头戴草帽，肩套圆形棉垫肩。因为才开工，只是在平地上挖，所以显得活干得快。在锣鼓声伴奏下，挖土装土的镢头、锨在手里高速挥舞着，担土运土的飞一样来回穿梭。尽管汗湿衣衫，气喘吁吁，没有人叫苦叫累，还不停喊着口号激励自己：多装一锨土，大井早挖成！多担一担土，井水遍地流！多出一分力，麦苗笑嘻嘻！多流一滴汗，麦囤戳破天！公社领导、大队领导和小队领导高兴得眉开眼笑。参加典礼的男女老少不停地鼓掌，不停地呼口号，现场气氛热辣火爆，置身其中心潮澎湃，欢欣鼓舞。

上午收工吃饭时，指挥部召开现场会议，对工作进行了讲评。最后根据指挥部的统计，把西门里分部评为第一名。大队领导亲自发奖时，耿诚信头脑很清醒，硬是把王金贵推上去领奖。结果有的分部意见较大，说指挥部处事不公，西门里装得少担得少，当然跑得回数多。大队书记说：今天主要是看气氛，看势头，开工以后主要是看工作量；只要你们干得好，下一次第一名就是你们的！王金贵离开时给耿诚信交代：刚开始都没有经验，让咱们钻了空子，今后一定要组织好，不然第一就被人家夺走了！耿诚信笑着说：这就像开张做生意一样，不图赚钱，赚的是吆喝！开工典礼也是这样，要的就是热火朝天的气氛，谁管你装的多少呢！王金贵手指头点着他说：又把生意人那一套用上了！回到家，王银贵故意站在门口，等着看耿诚信的热闹。看见王金贵回来，迎上去打听情况。当得知耿诚信拿了第一名时，很不以为然地说：我还不知道生意人那毛病，多数是嘴儿客，前三下等不了，后三下来不了，出水才看两腿泥哩！

正式开工以后，指挥部改变了评比办法，全部是分片包干，不管装多装少，也不管运多运少，最后，凭土方量算进度、比高下。耿诚信根据改变了的情况，也改变自己的办法。其他分部要求多装快跑，耿诚信一再提醒大家：不怕慢就怕站！甚至还给大家交代，重担子跑快点儿，轻担子走慢点儿，这样体力可以得到缓解。其他分部强调，为了进度不惜人力物力，宁叫挣死牛，不叫打住车；耿诚信要求大家，要保证进度，也要注意身体，爱惜工具，不然就会影响工程进度，弄得不好，最后下来头比身子大。其他分部领导见了社员不是催赶就是训斥，耿诚信见了大家不是嫌装得太饱，就是嫌跑得太快，一再劝大家不敢累坏身子。其他分部都是统一做饭统一送饭，耿诚信坚持各家各户做饭送饭。

王银贵说得没错，接下来的两次评比，耿诚信连一回第一也没评上。王银贵找到王金贵说：好将不打头一仗，咋个向，生意人那两下子吃不开了吧？土方活是力气活，不是做生意凭卖嘴呢，过来过去就是靠他那老掉牙的五句话哄得挣人钱哩！高步宽也找到耿诚信说：耿达，实在不行了让银贵上，毕竟年龄不饶人！耿诚信说：是这样，叫我再干半个月，真的不行了，再让银贵上不迟！高步宽找到王金贵：耿达还不服输，还是给他个台阶下吧，不敢把我乡党那把老骨头撂到大井上了。王金贵说：我心里有数呢，他是老鼠拉木锨，大头在后边呢，根本不到山穷水尽的时候。要是真的不行了，不用你打招呼，我早早就把他换了。

疾风知劲草，路遥知马力。又过了一段时间，井深达到十几米，担土要走顺着圆形井壁挖的两条螺旋小路，上下时间长了，劳动强度大了，蛮干冒进那一套的问题逐渐显现出来。有的分部经过半个月的疲劳作战，人员不是今天病倒了，就是明天累倒了，施工队伍减员很大。

耿诚信他们因为一开始就采取了措施，节奏掌握得很有分寸，基本上没有减员现象。有的分部强调多装多运，不注意爱护工具，工具损坏比较严重，不但影响了进度，还加大了成本。耿诚信他们也有损耗，但都在可控范围之内，没有对进度造成影响。其他分部因为是集体做饭送饭，吃得不可口不说，有的因为卫生问题，不是大面积闹肚子，就是胃不好受。耿诚信他们是各家做饭送饭，不但吃得喷香可口，送饭的家属为了减轻亲人的负担，利用吃饭时间，帮助亲人干活。他们不光给亲人帮了忙、解了闷，还亲身体会到亲人的艰辛，反过来不但把饭做得很好，等亲人回家以后，为了保证他们有足够的休息，不让亲人干活不说，还把亲人伺候得很周到，有的连脚都给洗了。

翠仙就是最明显的例子。她往大井上送饭，不光能帮助聋子染匠干活，还能调动聋子的积极性，甚至于对其他分部打井的人都有激励作用。男女搭配干活不累是原因，翠仙的红尘身份更是原因。特别是那些干活“黄鼠拄拐”吃饭“兔子赛跑”的人，借着干活的间隙，偷偷挤到翠仙跟前凑热闹、问稀奇。黄鼠是镇子对田鼠的土叫法，比喻一些懒人，像黄鼠拄拐一样，拄着农具说闲话看热闹，就是不下力气干活。后来“黄鼠拄拐”便成了一些懒人的代名词。这些黄鼠拄拐的人凑过来，借着开玩笑胡说八道。好在翠仙已经司空见惯，把这根本没当回事。有的问：男的下身是不是都一样？翠仙笑着说：要知交裆，就看脸庞，粗看都一样，细看不一样！有的问：你一晚上最多接过多少客？翠仙想了想说：多少我没数过，只知道把那么多捆在一起，比你那头粗得多！周围一片笑声。还有的问：男人一次最多弄多少下？翠仙知道问话人的父亲解放前爱逛窑子，故意戗他：回去问你大，别看他现在鼻流涎水吊的，窑子上都说，数他一次弄的次数最多！翠仙这一说，不光那人羞得跑了，再也没人敢问这些事情了。

不知道是王银贵故意编派，还是聋子染匠确有其事，一时间工地上竟然传出他的一段风流韵事。因为耿诚信把劳动节奏掌握得比较到位，把家属调动得比较到位，相应的家属对劳力也照顾得比较到位，回到家斜棒不挪、顺棒不拨，吃得好，睡得足，所以西门里的劳力，始终精力充沛，士气高涨，干劲冲天。聋子染匠打了一天大井，回到家还不知道乏，由于精力过剩，忙里偷闲反倒箍着翠仙干那事。翠仙挡住说：把劲儿攒下好好打大井，大井打完了，天天让你打小井！

从此以后，第一名基本上都是西门里分部的。这个时候，耿诚信给高步宽说：你给金贵说说，银贵想干就来！王金贵听了说：高达叔，耿达生意做得也太精了，你给他说，想撂套不是不行，等啥时候我不当队长了，不撂套都不由他！后来王金贵问王银贵：你没看耿诚信出了水这两腿泥咋个向？王银贵只走不停，摇着头感慨地说：我现在就信一句话，蔫蔫骡子确实踢死人哩！

打井指挥部及时推广了耿诚信的管理办法，施工队伍才算稳定下来。就这一直打到年底才打出料礓石，结果发现根本没有水，耗费了多半年时间，动员了上千名强壮劳力，投入了大量的财力、物力，到头来还是一口废井。后来，上边又下达了大炼钢铁、修水库和修铁路等任务，只好把劳力全部调了上去。这口可以申请吉尼斯纪录的大井，到现在还废弃在那里。

疯子告状

王彩琴发疯以后，蓬头垢面，衣衫不整，整天游荡在外，很少在家里待。这天下午，王金贵、何可人来到后巷子办完事，路过张继祖家发现门开着，就顺便进去看看王彩琴的情况。进了门前后找不见王彩琴，就去了隔壁张继宗家，要他夫妻俩赶紧出去找人。张继宗满口答应。王金贵、何可人离开后，陈石榴说：你答应，你去找，我巴不得她死在外边哩！张继宗说：我现在看出来了，不怪嫂子说，你把咱哥和侄子毒死了，就凭你能说出这样的话，我看人家就没冤枉你！陈石榴说：别人说这话还差不多，哪有给自己人头上扣屎盆子的！张继宗说：不是我给你扣屎盆子，是你给自己已经把屎盆子扣上了！陈石榴说：你说你把我看出来了，我现在也把你看出来了。我原来还以为你侄子是个野种，从你一直护着你嫂子看，这个野种肯定是你的！说着咕咚一屁股坐在地上哭起来，边哭边骂：我忙活来忙活去，想两碗给咱折一碗呢，没想到折来折去，给你和王彩琴折到一碗去了！张继宗看陈石榴胡搅蛮缠，只好从笼里摸了两个馍，从辣子盆里给馍里塞了两筷子辣子，揣在怀里悄悄出门找王彩琴去了。

陈石榴一个人留在家里，越想越觉着不对头。刚才她骂张继宗那话，纯粹是不假思索，信口开河，现在细细思量起来，多亏这一阵胡撅乱骂，不然，让这一家三口，把自己哄着卖了，自己还要帮人家数钱哩！小社娃要真的是外姓人的野种，婆婆会那么高兴开心，王彩琴会那么理直气壮，张继宗会那么畏畏缩缩？族长向他俩要证据时，张继宗支支吾吾不说，还心虚地汗水直淌。特别是她提出要买大烟土，结果那小杂种的性命时，张继宗一反常态，凶神恶煞。那种凶狠劲儿，好像我害的是他的亲骨肉一样。到现在，她才彻底明白过来，如果说，此前那种恐惧，是害怕失去自家这份家产，如今的恐惧便是自己被张继宗一脚蹬掉，然后扫地出门，无家可归！想到这里，一不做二不休，要把两碗彻底折到自己碗里，就必须想办法尽快结束疯子的性命，不然，让他俩三黏糊两不黏糊，再要黏糊出小生命来，真的把自己一脚蹬了，一切都来不及了。

就在陈石榴挖空心思、绞尽脑汁、苦思冥想的时候，张继宗还真的从王彩琴娘家把人找回来了。他把王彩琴送到家，反锁了头门。回到家给陈石榴说：我把嫂子找回来了，已经锁在那边了，你要揭掉屎盆子，就一天三顿饭送过去！陈石榴感到很庆幸，自己正在琢磨着怎么加害王彩琴的时候，机会就自然而然地送上门来。所以很顺从地说：那我进不了门咋办？张继宗说：我已经想好了，马上在界墙上挖个小洞，你把饭放在洞里，她自己饿了知道取！说着找来镢头，走到界墙跟前，噼里啪啦抡起镢头，挖得尘土飞扬乌烟瘴气，三下五除二挖好洞，扔下镢头顾不得洗手，便去找王金贵、何可人汇报成绩了。

张继宗先去了何可人家，何可人听说是王彩琴的事，又一块儿赶到王金贵家。张继宗这才说了找回王彩琴，在界墙上挖洞，让陈石榴送饭的事情。王金贵还没说话，何可人就说：陈石榴光是嘴上答应嘛，还是真的动手做呀？张继宗说：当然是真的动手做！王金贵说：那她都不嫌麻烦？张继宗说：麻烦不麻烦，是我亲亲的嫂子，又不是人家旁人！…… 张继宗话还没说完，门口就响起了吵闹声。

很快，前边是蓬头垢面、衣服不整的王彩琴，浑身上下全是新黄土，边跑边喊：陈石榴毒死我儿子，又毒死活死人，现在还要毒死我！喊着跑着进了王金贵家。陈石榴跟在后边，腰里围着围裙，浑身是土，头发跟鸡窝一般，紧追不舍：别听疯子胡说八道，她在家里待不住，光想跑出来祸害人；你们都把门关了，小心她跑进去胡砸乱摔！

原来，王彩琴听到张继宗锁门，知道大事不好，赶快就往出跑，但是不管咋叫就是没人开门。突然听到有人挖界墙，还以为陈石榴想霸占房子，便取了把镢头，守在墙这边，等着挖倒界墙和她拼命。结果，人家只挖了个小洞，就再也没动静了，突然想到，这个小洞不正是最好的出路吗？便扔下镢头看了看，见那边没有动静了，便赶快从洞里往出钻。因为洞口较小，钻得并不是很顺利，硬是拼着全身力气蹭来蹭去。就在上身已经蹭过小洞时，麻烦出现了，只见身子悬在空中，手抓不上、脚蹬不上，进没办法进，退没办法退，只能手脚乱刨嘴里乱喊。正在灶房做饭的陈石榴听见喊声，发现王彩琴正在钻洞，赶快跑上前阻挡。两人没有撕扯几下，王彩琴反而把陈石榴作为支点，很快抽出双腿。陈石榴哪里是王彩琴的对手，没有撕扯几个回合，王彩琴就挣脱陈石榴，一蹦子跑出了门，找王金贵告状去了。

王彩琴看见人都在场，扑通跪倒在地，指着张继宗说：这两口子心黑得很，为了得到我们这院房子，毒死了我儿子，毒死了活死人，现在把我叫回来，又要毒死我。你们队长和妇女队长，一定要替我做主，不然，我死了都不知道是咋死的。不信，你们可以到家里看，他们已经开始挖界墙了！

陈石榴跟在后边，上气不接下气：继宗，还不赶紧把疯子拉回去，叫她在这里丢啥人呢！说着，上前一手抓住王彩琴的领口，一手揪住头发，往回就拉。尽管她把王彩琴拽得胸部半裸，头发生疼，但是王彩琴毕竟不是正常人，也不会计较丢人不丢人，用尽全身力气，用头朝陈石榴撞去。陈石榴没有防备，反倒被顶得坐在地上直喊腰疼，边喊边骂：继宗，你是个死人，咋不帮我呢？

陈石榴，你别要泼！这时，王金贵发起火来：当时社员们对你哥和侄子的死亡反映就很大，王彩琴多次反映就是你下的毒，还说是你亲口给她说的…… 陈石榴说：难道疯子的话你们也信？王金贵说：要是全信的话，你还能在这里说话！何可人说：你俩先回去，让王彩琴在这里待待，等一会儿我们送回去！

张继宗两口子离开后，王金贵说：尽管王彩琴是精神病，说话真假难辨，这种事情还得有个防备。我的意思是，我老婆也没娃也没事，叫她先和王彩琴住上一段时间，万一有人加害她怎么办？再一个是，要敲山震虎，防患未然。这事情我来给咱办！何可人说，我和你感觉一样，有啥事，你忙你的，我和你老婆到她屋里多操点儿心就是了！王金贵说：那你俩现在就帮王彩琴拾掇拾掇，我出去忙我的去呀！

王金贵来到庙前里拐角店，见到高步宽说了自己的想法。高步宽觉得他的想法很实际，便说：这事情宜早不宜迟，走，咱现在到自行车交易市场找哼囔去。来到交易市场，见到哼囔说明来意。哼囔说：啥话不说，我现在就骑上车子朝县上走，或能行，或不行，到晚上给你见话！高步宽说：那你就不用去了，我们单另寻人去！说着拉上王金贵就走。哼囔愣在那里：我正准备骑车子起身呀，又不是不去，还来这么一下干啥？王金贵想停下，高步宽拉着就是不让停。哼囔看人家只走不停，心里就明白高步宽害的是啥心病，赶快跑上前挡住说：我让涎水娃马上就办，行不行？我要的就是这句话！高步宽这才停下脚步，你还能看见疯女人可怜，我还以为你是铁石心肠！

肖运来现在已经升为局长，给哼囔说：这个忙不但给你帮，还要抓紧给你帮，但我必须把话说清楚，不是冲着你老伙计去的，是冲着可怜的疯子寡妇去的！哼囔说：你虽然不是冲着老伙计去的，但是起根发苗还是老伙计提起的，不管咋说，老伙计都领你的情！肖运来说：你还是原来那一套，哄死人不偿命！哼囔说：净胡说呢，我再哄谁，还敢哄你？肖运来说：我是和你开玩笑哩，你想想，人命关天呀，万一出个啥事，谁能负起责任，别看是个精神病，赖好也是一条人命呀！刚好西乡有个花案（强奸案）已经查实了，明天趁着逮捕那人，给她来个杀鸡给猴看，不信她不老实！

第二天，由县公安局一个副局长带队，一帮全副武装的公安人员，风尘仆仆来到镇子。

派出所很快将陈石榴传唤到案。副局长说：听镇子群众反映，前多年，你有投毒致人死亡的嫌疑，最近又想毒死一个精神病病人，如果属实，我们就新账老账一块儿算！陈石榴赶紧跪在地上，边磕头边求饶：那是有人给民妇栽赃，民妇绝对没干这些事，不信你们看着，那个精神病今后要是有个三长两短，任杀任剐，我连个屁都不放！

正在这当口，派出所所长进来，立正敬礼：报告局长，人犯带到，请指示！副局长也站起来还了个礼：立即宣布逮捕令！陈石榴被一起带到派出所院子，只见全副武装的公安人员押着一个壮年男子站在空地上。看热闹的人围得水泄不通。副局长宣布完逮捕令，又让本人签了字。公安人员当场就对嫌疑人五花大绑，绑得那男子龇牙咧嘴，疼得不住求饶。

临往县上送时，派出所所长故意说：把这个女人咋办？陈石榴吓得跪在地上不停磕头。副局长说：你能不能保证不再害人？陈石榴说：保证，保证，一定保证！副局长说：不光不害人，还要把人伺候好！陈石榴也完全答应。副局长说：那就放了她吧，她要是说到做不到，再绑她不迟！事后，王金贵感到不解恨，说：光吓唬吓唬，把陈石榴轻饶了，也没说把她捆上一绳，叫她也知道害人的后果！高步宽说：这已经够意思了，手里没赃没证，凭啥捆人家呢？何可人看王金贵脸上有点儿挂不住，故意打岔说：现在有陈石榴伺候呢，叫你老婆回去吧，队里这么忙的，没有人给你做饭不行。高步宽也说：可人说得对，你看今天那阵势，把她吓得都能尿裤子，现在借她个胆，都不敢胡作非为了！

尽管陈石榴经管着王彩琴的吃喝穿戴，看着不让她随便乱跑，但是，也不可能把她拴到裤腰带上，毕竟还有自己的事要忙活。在这种情况下，王彩琴偶尔跑出去一半次，也是不可避免的事情。

这一天，王彩琴趁着陈石榴上茅房的时候，披头散发，跑出了门。当她顺着庙后巷来到关帝庙的戏园子围墙外边时，听到有吵架声传出来。毕竟她脑子不太清楚，也判断不出来具体位置，就一个人在围墙外边胡乱转悠。

实际上，在戏园子吵架的不是别人，而是柳拐子和包子六。包子六卖完包子，想上厕所，就把包子笼和架子放在厕所外边，两手塞在前襟下拽着裤腰带，急急火火往厕所跑。偏不偏就碰上柳拐子边出厕所边系裤腰带，看到进来的是包子六，挡住死活不让进，伸手向他要钱，想到馆子解解馋。包子六提着裤子只管往进闯：叔今天没卖下钱，等哪天生意好了，哪怕多给点儿呢！柳拐子知道他是推辞话，又给他出了个难题：你要是不愿意掏小钱，就把娶媳妇的钱给我！包子六忍着尿说：你现在要是把那钱花了，到你娶媳妇的时候，我总不能给人家剁指头！啥话不说了，叫叔先进去尿尿！柳拐子还是寸步不让：我想媳妇，人家媳妇不想我嘛！

原来，高步宽看柳拐子可怜，愿意捐弃前嫌，让哼囔逼着包子六出钱给他订媳妇。包子六为了息事宁人，拍着胸脯说：你们大家给他找，出多出少，我一包袱包了！但是好多女家知道柳拐子他妈受法，他爸是死刑犯，他还是个拐子腿，死活没人跟。一年两年过去，柳拐子还想着娶媳妇的事；三年五年过去，柳拐子连娶媳妇的事想都不想了，于是就破罐子破摔起来。一天游手好闲，冬天两手缩在袖筒，不是圪蹴在太阳底下晒暖暖、捉虱子，就是靠在老槐树上来回蹭着脊背解痒痒。夏天光着脊梁，不是躺在树荫下乘凉，就是站在井台上，等着人家绞上来凉水，头塞进桶梁里咕咚咕咚喝着充饥。

现在，好不容易碰见包子六，怎能轻易放过他？柳拐子看包子六不出血，揪住领口像抡鸡娃子一样：你今天到底给不给？包子六两手提着裤子，憋着尿几乎是乞求他说：能不能叫叔先把这泡尿尿了？柳拐子说：你把钱给我，想咋尿咋尿，不给钱就往裤裆里尿！包子六叫尿憋得没办法，手塞到口袋摸了两块钱塞给柳拐子：赶紧避远！赶紧避远！柳拐子拿了钱，撒腿就往庙前里跑。

包子六从厕所出来，看见王彩琴进了戏园子后门。别看王彩琴披头散发，衣衫不整，但是，女人的特点还是挺吸引人的。包子六心里说，不怪人都说，她是"四艳"里边奶头最大的女人，不光奶头大，而且皮肤白，看着看着，不由得咽起口水来。突然他就觉得下身硬得不行，看到戏园子没人，就把王彩琴拉到僻静处，摁到地上，又是解衣服，又是抹裤子。王彩琴也不知道咋回事，只是嘿嘿地笑。突然，陈石榴猛地出现在面前，从地上捡起个半截砖，照准包子六砸过去。骂道：你这个缺了八辈子德的家伙，咋能打病人的主意哩？等她跑到王彩琴跟前，包子六早已经背着笼和支架跑得不见人了。陈石榴给王彩琴穿着衣服说：多亏我来的是时候，不然就没办法给王队长交代！王彩琴这阵子有点儿清醒过来，看见是她，连抓带打，陈石榴也不还手。王彩琴打了一阵骂了一阵，累得就不能动了，只好任由陈石榴给她穿戴。陈石榴把她领回家，又是做饭又是擦洗，完全变了个人。

王金贵听到陈石榴的报告，火冒三丈，握着两个拳头到处找包子六算账。咋找找不见，回到家只有把气撒给连秀玲：今后给王彩琴多操点儿心，她要是有个三长两短，小心我收拾你！连秀玲说：叫我操心就操心，还要收拾我，王彩琴又不是你当年那相好的，何必用这种口气和我说话！王金贵说：记住，因为她和我那相好的同名同姓，就当是我那相好的一般看待！

拐子造反

这一天，剃头铺顾客盈门，人声嘈杂。其中少不了西门里那几个老班底。胖勺子边剃头边说：最近这几天，把共产主义说得好像就是立刻马上的事情，不知道共产主义到底是啥样子？瞎子五说：这事情除了刘开科，没有谁能说得清！突然，柳拐子莫名其妙地故意扯开嗓子运足力气，似炸雷响地吼了一声，牛头不对马嘴的秦腔乱弹：辕门外，拴战马，牛皮吹破……

刘开科知道柳拐子对他最近说的快板有看法，不但没有退缩，反而还要故意拿捏一番：你们想听简单的，还是复杂的？简单的就四个字：幸福生活！人常说，人生在世，吃穿二字；人还说，享福就是吃香喝辣，共产主义不过如此而已！大家普遍不认同，刘开科不以为然：你们知道苏联人咋解释共产主义哩？比我们只多一个字，土豆烧牛肉！他这一说，大家不吭声了。刘开科又说：复杂的跟这大同小异，具体说起来仍然超不出吃喝拉撒睡。说着竹板呱嗒呱嗒响起来：

打竹板来哗啦响，我把共产说端详；
城市乡村一个样，车来车去由你逛；
楼上楼下很宽敞，电灯电话明晃晃……

又是柳拐子挡了驾：停停停！前两句不要说，就说后四句。你说一句，我接一句。刘开科不知道啥意思，只好硬着头皮说：城市乡村都一样！柳拐子问：猴年马月能做到吗？刘开科笑笑又说：车来车去由你逛！柳拐子又问：光逛不干吃啥呀？刘开科说：楼上楼下很宽敞！柳拐子还问：没钱拿啥盖呀？刘开科说：电灯电话明晃晃！柳拐子说：肯定是干部家！大家笑得前仰后合。

刘开科笑着说：都像你们这右倾机会主义思想，不要说共产主义实现不了，连社会主义也建设不下去！又想了想，觉得这种形式很有意思，便提出，这一次，我自问自答好不好？大家齐声说好。刘开科打着快板说：点灯不用油，耕地不用牛，吃饭不用愁，穿衣赛丝绸，这是原版。现在我自说自答：点灯不用油——有电灯！耕地不用牛——用拖拉机！吃饭不用愁——吃公共食堂！穿衣不穿绸——穿人工纤维！这时，柳拐子又说话了：食堂啥时候才能办，我现在就饿得前心贴后心！

刚说到这里，王金贵走进铺子就吵：没事了回家洗炭去，别在这里胡说八道！刘开科说：我们在这里宣传共产主义哩，谁胡说八道了？王金贵说：我刚要来通知你们，今天晚上在戏园子召开群众大会，没走到呢，公社书记可能想来这里剃头，听见你们满嘴放炮，气得就没进来，看见我过来，没等我说话，人家黑着脸把我训了一顿：你们要好好教育这些人，他们的思想不是一般落后！说完背着手到别处去剃头了。柳拐子站起来主动承认说：人家说的都是正经话，就我开了几句玩笑！王金贵说：你一天不干正经事，好好开你的玩笑，哪一天开到监狱去就不胡骚情了！说完转身出了门。柳拐子跟在后边说：别人拖家带口害怕进监狱，我这蛇皮栏杆还有啥害怕的，不要说到了监狱，我就提前进入共产主义阶段了！王金贵骂他胡说八道。柳拐子故意断章取义：苏联人都说共产主义是吃喝二字！王金贵看见柳拐子跟着他，就问：是不是开会要请假？柳拐子想了想，故意说：既然你思想这么好的，能不能叫我在你家“共产”一顿？王金贵狠狠瞪了他一眼：不干活还想吃饭，吃屎还没给你拉下呢！说完气呼呼地走了。

柳拐子站在剃头铺外边，不知道什么原因，竟然琢磨起坐监狱的话题来。他也知道，王金贵说坐监狱是恨铁不成钢的气话，自己说坐监狱是无可奈何的笑话，结果就是这两句气话和笑话，竟然歪打正着使自己找到了出路。思前想后，比来比去，就自己目前这种状况，啥办法都不好，只有坐监狱才能一劳永逸！而且越想越觉得这条路再合适不过，又有他母亲的例子摆在那里，监狱不但管吃管住还管看病送终，这等好事哪里寻去！想到坐监狱，又想起那一年，母亲因贩大烟土，被公家逮捕，他想替母亲坐监狱，被一次次拒绝的事，很是感慨了一阵子。当年自己争着坐监狱，完全是为了替母亲行孝，现在自己想坐监狱，完全是为了混饭吃。既然那时候“尽孝心”会被公家拒绝，现在想“混饭吃”，公家也肯定不会答应！这个时候他才意识到，监狱也不是谁想坐就能坐的，你干下了坐监狱的事了，不想坐都不由你；你没干下坐监狱的事，想坐都不让你坐！万般无奈，只好又琢磨起坐监狱的办法来：杀人放火没有那胆，贪污受贿手里没权，小偷小摸没看在眼，强奸妇女撕不开脸，反党反社会主义不知道咋反。正在他苦思冥想不知所措的时候，母亲贩大烟坐监狱的事情，使他受到了启发，于是贩大烟很快成了他想坐监狱的首选。而且越想越感到非它莫属，越想越觉得别无选择。能贩了就能挣下钱，有了钱就不愁没饭吃；叫人抓住就得坐监狱，坐了监狱也不愁没饭吃。总而言之，言而总之，不管是花钱买饭，还是坐监狱混饭，都得靠贩大烟下场！说起贩大烟，自然就想起包子六，想起包子六，就赶紧往东南安跑。

柳拐子见到包子六，劈头盖脸就问：叔，你看我那院房子能值多少钱？包子六看到他的穿戴和神情，想起在茅房要钱的事，一脸的不高兴，便问：你好好的，问这话干啥？柳拐子说：我想把房卖了贩大烟呀！包子六说：赶紧把你这心思收了，那营生你能干了？柳拐子说：我知道我干不了，要不拿我那院房到你这里入股，要不让我给你打下手，不管咋样，看在我妈脸上，想办法给我把这忙帮了！包子六说：公家把你妈抓了，我还敢拿鸡蛋碰石头？你妈坐了监狱，我就金盆洗手了，让我拿什么帮你？柳拐子说：瘦死的骆驼比马大，把你撒下那底财扫扫，我一辈子都吃不完！包子六说：你这娃说话咋没下巴，我要有底财的话，能满街道转着圈卖包子？柳拐子看包子六说啥不愿意帮忙，只好退而求其次：实在帮不了，我也不箍你！能不能帮我想想办法，怎么才能住到监狱去，那样我就不操心没饭吃了。包子六以为他说气话，一边骂他胡说八道，一边催他赶快滚蛋。柳拐子看他不相信，着急得又是指天发誓，又是跺脚赌咒，又是捶胸表白，情真意切，信誓旦旦！包子六心想，就是因为年轻的时候跟你妈不干不净，到现在一家人对我鼻子不是鼻子，眼睛不是眼睛，现在你又找上门来要坐监狱，我还不如来个顺水推舟，把你打发得远远的，眼不见心不烦。所以很认真地说：我还以为你想挣大钱，谁知道你是想坐监狱，既然是这个意思，叔给你出个主意，肯定马到成功！柳拐子问：那到底是啥主意？包子六说：不管事成不成，都不能把叔卖了！柳拐子说：你把事情弄清楚，我日子过烂包了，人可没烂包！包子六这才咬着柳拐子的耳朵说了一阵悄悄话。柳拐子心想，这个办法多少有点儿门，不然，王金贵在剃头铺能说那话？但是心里还是不踏实：这个主意到底行不行？不要让我要上一回二杆子，还不知道监狱门在哪里开着。包子六说：师傅领进门，修行在个人，成不成就看你娃的造化了，总不能让我连东（东家）带掌（掌柜），给你把媳妇娶上，再给你媳妇把娃弄上，最后还要给娃把名字起上！柳拐子听到这话，扑哧一声笑了。心里说，怪不得镇子说闲话呢，你家人老几辈公公爱打儿媳妇的主意，我要是有个漂亮媳妇，你巴不得连东带掌呢！包子六不知道他笑是啥意思，还以为信不过自己，就说：避避避，既然信不过老子，趁早滚远！柳拐子笑着说：哪里是信不过，我还以为光爷爱儿媳妇，没想到叔跟爷一样……包子六看柳拐子不但揭了自己的短，还把老先人捎带了进去，气得拿起屁股下的板凳朝柳拐子头上砸去：你还敢揭我的短，说不定你是我的种呢！幸亏柳拐子跑得快，不然，能把他脑袋砸成扁扁。

公社书记剃完头回到办公室，打电话叫来派出所所长：你现在带上几个人，赶紧去西门里剃头铺看看，那里有人散布消极言论。所长问：是行政拘押，还是传唤敲打？公社书记说：名义上是行政拘押，实际上是传唤敲打，真正落实下来，就是叫来问话。一般老百姓嘛，又不是地富反坏右！我主要考虑的是，今天晚上就要开群众大会，不吓唬吓唬他们，怕在会上出麻达！所长这才说：要是这意思，请书记放心，保证圆满完成任务！所长嘴上虽然这么说，心里不免打起鼓来：尽管是吓唬吓唬，但对老百姓来说，进局子不是好事情。他心里还有另外的盘算：不抓吧，显然给书记没法交代；去抓吧，瞎子五肯定在场，老岳父去世时，人家吹吹打打，没收一分钱，不留情面说不过去。

他就是怀着这种矛盾心理，领了几个干警全副武装，出了公社端往西走。一街两行的人看到这架势，交头接耳，议论纷纷，不知道又要抓谁。谁知道没走几步，看见瞎子五背着油布袋，提着唢呐迎面而来。所长突然眼前一亮，心里不免有几分高兴，走起路来也精神了好多。瞎子五看到这情况，不知道又有啥案子，出于好奇凑上前问热闹。所长高兴地说：多亏你没在剃头铺，不然和那几个一样，吃不了兜着走！瞎子五一听大事不好，害怕几个伙计招祸带灾，赶紧举起唢呐，朝着剃头铺方向，吹起了《叫驴亮嗓》。

大家猛一下听到啊呜啊呜啊的怪叫，以为谁把叫驴牵到街道上来了，纷纷投来诧异的目光，看见瞎子五吹唢呐才恍然大悟。聋子染匠在剃头铺也听见了，赶紧给那几个说：咱几个肯定要倒霉，瞎子的《叫驴亮嗓》歌词咱都能背过嘛，现在咋猛地变成：说笑哩惹下事，政府要收拾！拔萝卜不带泥，才算是本事！不管新旧社会，抓住了不饶！无论清官昏官，跑脱了不管！

大家七嘴八舌：王金贵说得没错，肯定是书记派人抓咱们来了！咱也没说啥，有啥害怕的？派出所也是人，不能不讲理呀！柳拐子把牛牵了，咱不能拔橛呀，得赶紧想办法！胖勺子喝住大家：啥话都别说了，都怪柳拐子胡说八道，一只老鼠害一锅汤！好汉不吃眼前亏，三十六计，走为上计，赶快从后院翻墙拔腿揭瓦（跑）！几个人很快来到后院，你扶他拉，连滚带爬，好不容易翻过墙去。

所长带领干警来到剃头铺，故意大声喊：赶快从四面包围，千万别让他们跑了，去个人把他们队长叫来！等他们跑进剃头铺，看见茶水还冒着热气，捻灭的烟头还冒着残留的青烟，剃头的家具放得乱七八糟。所长无意中往后边看了一眼，发现翠仙闪了个面又溜进房子，关上门躲在里边一声不吭。这个时候，王金贵和何可人进了门。所长想让翠仙传话，故意吼着嗓门说：现在形势热火朝天，今天晚上就召开群众大会，你们队还有人在光天化日下胡说八道，你们队长是干啥吃的？王金贵和何可人不停说好话。所长说：既然你们态度很好，我们也念起这几个人是初犯，今天我们就不追究了。下一次，再要听到他们胡说八道，就是跑到外国，也要把他们抓回来上法绳！

晚上，庙前里戏园子灯火辉煌，人山人海。戏台子就是主席台，两边是两幅鼓舞人心的长联。上联是“社会主义圆满胜利了你庆祝我庆祝大家都来庆祝庆祝他三天三夜！”下联是“共产主义眼看就来到山欢笑水欢笑举国一致欢笑欢笑上一生一世！”主席台两边各有两个锣鼓队，锣鼓喧天，振耳欲聋。会场左边的横幅上写着“跑步进入共产主义！”右边的横幅上写着“誓死捍卫三面红旗！”后边的横幅上写着“十五年超英赶美！”为了使标语口号引人注意，每个横幅都挂着汽灯。因为是全公社的群众大会，凡参加会议的群众，街道居民以行业为单位，农业是以大队为单位。每个大队都是支部书记打红旗，大队长举名牌。参加会议的群众热情高涨心情激动。会议没有开始前，各单位之间拉一阵歌，呼一阵口号，气氛搞得非常热烈。

书记做报告以前，先由各单位报喜，在锣鼓声和掌声中，各个单位报喜的金字红纸或黄纸红字的喜报在主席台台口摞了厚厚一层。报完喜以后，公社书记就开始讲话了。

同志们！我首先报告大家一个好消息，我们镇子和全县、全省、全国一样，很快就要进入共产主义了。（掌声经久不息）一个是吃饭不要钱，马上要办公共食堂，小队可以办，大队也可以办。再一个是要办敬老院，让所有老人，有钱的没钱的，有儿女的没儿女的，特别是鳏寡孤独的五保户，老了国家管，病了国家看，死了国家葬。（掌声经久不息）还有一个是要办幼儿园，让所有的娃娃从一生下来就受到很好的教育。最后一个是上学不要钱只要娃爱学，尽管让娃上。（又是掌声经久不息）这是眼前的，还有长远的，电灯电话，楼上楼下，好日子还在后边呢！所以大家要在健康长寿上好好放“卫星”！我在这里给大家表个态，带头放个百岁“卫星”，希望大家比我放得更多点儿。（还是掌声经久不息）

为了适应打上灯笼都难找的大好形势，我们要克服几个不良的习惯。首先今后大家见面，再不能问吃了没有。千百年来，我们镇子人，因为吃不饱饭，光害怕人饿肚子，不管是不是饭时，也不管是在啥地方，更不管是见到啥人，一见面就问吃了没有，有些情况下还问得人不好回答。比如大前天，机关一个干部刚从茅房出来，有人就问他吃了没有，弄得这个干部哭笑不得！今后见面要文明一点儿，比如早上好、中午好、晚上好等等，多高雅的，既然我们过的是共产主义生活，就要有个共产主义的样子！其次，是在一块儿拉闲话，要积极向上，鼓舞斗志，就是做不到这一点，起码能成为诸葛亮会、宽心会、消气会、鼓劲儿会，绝对不要低级趣味，不要消极颓废，更不能落后反动。现在有的大队、有的街道，已经形成了固定的聚会点，有的搬闲嗓，有的说闲话，有的开玩笑，当然，多数还是好的，有极个别的不行，根据他们议论的内容看，我可以叫他们放屁台！正是这些放屁台，混淆了是非，扰乱了人心，影响了党和国家政策的贯彻。凡是哪里有放屁台的，哪里的领导一定要坚决取缔，不能任由他们发展蔓延……

公社书记讲得正带劲儿的时候，突然有人呼起反动口号来：打倒共产主义！打倒三面红旗！……刚开始，大家还没有反应过来，所以你看我，我看你，正在思考这是咋回事。忽然有人喊道：抓住反动分子，别让他跑了！大家才反应过来，没等其他人来抓，光他身边的人就把他制伏了。说得准确点儿，何止是制伏，要不是派出所干警及时赶来，把他砸成黏黏还找不来是谁砸的。主持大会的带领大家喊了几个口号，公社书记又接着讲话了。

干警把喊反动口号的家伙带到派出所，大家才知道，喊反动口号的原来是柳拐子。经不住政策攻心，柳拐子说他没饭吃，想坐监狱让国家给他管饭，才故意喊反动口号的。查明情况以后，本来马上就要办公共食堂，就能解决他的吃饭问题，不想追究他的责任。但是，包子六听到消息，害怕柳拐子进不了监狱，成为他的麻烦，就以捍卫三面红旗为由，找人捏造事实，不断地给派出所写信。意思是柳拐子反动透顶，欺骗政府，编造动机，避重就轻，不捕不足以平民愤。派出所只好根据“民意”找大队落实。大队认为他好吃懒做，游手好闲，管吧管不下，不管不得行，实在是大队的负担，便借着“民意”顺水推舟。最后，案卷送到了公社书记案头，书记想到柳拐子那天在剃头铺的言行，认为他多少有点儿反动思想，便同意对他进行劳动改造。

水秀乞巧

冯登菊刚洗完锅碗，忽然听见后墙外边，有人哼唱乞巧歌，掰指头一算，再有半月时间，就是一年一度的乞巧节。想起让高水秀乞巧的事，双手在围裙上正反擦了擦，解下围裙朝案上一扔，出了灶房去找寇腊梅。其实，水秀的针线活就是高步宽不交代，她和寇腊梅也会想到的。

高水秀已经老大不小了，两个妈在的时候，爱的时候多，管的时候少，特别是女红这块，几乎就没有教过啥活路。两个妈相继离去，这些年父女相依为命，老的老、小的小，按说，烟熏火燎抓锅灶，缝补浆洗做衣服，七零八碎忙家务，水秀应该学得更多更好。但是因为高步宽溺爱有加，做饭不让上锅，针线不让沾边，家务不让搭手，一天三顿饭不是自己做，就是到庙前里买，就连镇子最简单的煎水馏馍，也是他亲力亲为。当然，水秀也不是没进过灶房，没摸过针线，没洗过衣裳，就是隔三岔五，有过那么一半回，也纯粹是出于女孩的天性，图新鲜要着玩，根本和家务活搭不上界。如果不借着乞巧节，让水秀学点儿本领，将来嫁到婆家咋办？冯登菊出了灶房，听见寇腊梅在房子数落娃，站在外边就喊：腊梅，七月七眼看到了，水秀乞巧的事咋办呀？寇腊梅赶紧从房子出来，手一扬说：办法有的是，看是像外地那样，小打小闹呀，还是像镇子这样，铺开大整呀？

寇腊梅的意思，冯登菊一清二楚。外地乞巧，一般是在七月初七这天晚上，在月光下设好香案，媳妇、姑娘们穿着新衣，在香案前展示女红，供奉瓜果、糕点、花馍、豆芽等。然后给织女星三拜九叩，对月亮穿七孔针。妙龄少女乞心灵乞手巧，成年妇女乞福寿乞子孙。这种乞巧方式，是被动的、平面的、单方面的，说到底是一厢情愿。至于天宫的织女星能不能收到她们的心愿，会不会把女红传给她们，把幸福赐予她们，只能寄希望于传统的心诚则灵了。

镇子的乞巧是人神互动。每次乞巧必须扶巧姑娘，所谓“扶”就是在老式靠背椅上，先用干草扎个草身，用葫芦做头，脸上有眉有眼有鼻有口，穿真衣真裤真鞋真袜。这就等于把拜天上的织女星，具体化到巧姑娘身上。乞巧时，和外地一样先进行祭拜完毕，就开始人神互动。主持人引导着乞巧姑娘，当场跟巧姑娘要针线活。巧姑娘当场布置针线活，乞巧姑娘们当场动手做，做好后交给巧姑娘检查。检查合格再安排下个活路，检查不合格，还得拿回去重做，直到合格为止。整个互动既传奇又神秘，人们看得见摸得着。这种互动不但会把人间对牛郎织女的虔虔诚意和美好祝福带去天宫，转达给这对感天动地的患难夫妻；还会把牛郎织女对人间的拳拳之心和精湛技艺带回人间，传递给对她们顶礼膜拜的媳妇、姑娘们。乞巧者不但不会有空落落的感觉，还能借景生情借题发挥，对遥远的天宫产生万千遐想。

冯登菊说：咱是镇子人，肯定要按镇子的办法来，不然巧姑娘还说咱心不诚。寇腊梅说：千锤打锣，一锤定音，你说咋办就咋办！两人很快商定：乞巧办法按镇子传统那一套来，乞巧地点放在高步宽后院。冯登菊负责联系人生乞巧豆芽、烙乞巧点心、买乞巧瓜果、蒸乞巧饦饦以及通知有关人员等。寇腊梅负责联系人扶巧姑娘所要用的头发、头饰、衣服、鞋袜、桌椅、葫芦瓢、芦席、香炉、蜡台、祭器、摆盘等。

时间过得真快，说话就到了农历七月七。这天下午，高步宽后院的下院中央，在冯登菊和寇腊梅的组织下，西门里的媳妇女子，七手八脚在一个老式靠背椅上扶好巧姑娘，留着眼睛仁先不画，到正式开始乞巧时，请有头有脸的人物点睛。接着大家又摆好供桌，供桌前边铺了两领大芦席，供姑娘们乞巧睡眠用。一切准备停当，寇腊梅让女儿看着，其他人回去净身沐浴收拾打扮，天黑以后开始乞巧。

到了夜黑人稀时，姑娘媳妇穿新衣，捧供品，一溜带串来到高步宽家后院。寇腊梅早已放好供品，摆好祭器，点着蜡台。开始乞巧时，供桌上供品满满当当。有五颜六色的乞巧瓜果，各式各样的乞巧花馍，五花八门的乞巧杂品，黄绿相间的乞巧豆芽。以象征“种生”的乞巧豆芽最多，有的长在碗里，有的生在茶缸，有的装在盘子；有的是半尺来高的豆苗，有的是平常吃的豆芽，有的是煮好的豆芽汤。半尺高的豆苗最多，这些豆苗亭亭玉立，黄中泛青，蓬蓬勃勃，生机无限。特别是拦腰束根红丝带，越发吉祥喜庆，引人注目。一切就绪，冯登菊领着何可人来到供桌前，何可人接过寇腊梅递来的毛笔，毕恭毕敬地给巧姑娘点完睛，双手合十给巧姑娘行了礼，转身出去忙公务了。

何可人离去以后，大姑娘小媳妇们，一个接一个在供桌前上香行礼祭拜，祭拜完毕，大家围着巧姑娘坐在院当中的空地上默默无语以示虔诚。这个时候，人神互动便开始了。那些愿意和巧姑娘互动的大姑娘们，洗得干干净净，穿着新衣新裤，低着头默默来到供桌前，哧溜一下头朝巧姑娘竖着躺在芦席上，不一会儿两领芦席躺得黑压压一片。

冯登菊带了几个年龄大点儿的女人，一半坐在巧姑娘身后的暗光处，每人手里拿两个大老碗，碗口对碗口不停摩擦，发出咯哇咯哇的声响，实际上，它是乡间野外一种原生态的催眠曲。另一半坐在芦席边，手执大蒲扇，不停给睡在芦席上的大姑娘扇凉送爽。同时，寇腊梅跪在供桌前，边烧纸边唱着乞巧歌：

天皇皇，地皇皇，我请七姐下天堂；
不用你针，不用你线，光学你七十二样好手段！
乞心灵，乞手巧，乞眼明，乞容颜；
乞我爹娘千百岁，乞我姊妹好过活！
巧芽芽，生得怪，又像花，又像菜，七月七日供出来；
姐姐妹妹围祭台，又烧香，又参拜，赐我儿孙满堂彩！

就是这三段歌词，寇腊梅一边烧纸，一边吟唱，直到这些大姑娘进入梦乡为止。

尽管时值盛夏，躺在芦席上的大姑娘，并不感到多么炎热。不可否认，除了她们怀着乞巧的虔诚之外，这里没有灯光刺激，没有蚊蝇叮咬，没有杂人打扰。

相反，有咯哇咯哇的磨碗声响催眠销魂，有几把大蒲扇扇凉送爽，再加上青烟袅袅，香气扑鼻，没有多久，大姑娘们就有点儿迷迷糊糊昏昏欲睡了。

此时此刻，黛蓝色的夜空群星闪烁，唯有织女星牵牛星分外明朗，上弦月独挂苍穹，把那像水银一样的光芒尽情地洒向人间。与这浩渺苍穹遥遥相对的是高步宽家下院那具有诗情画意的一幕。只见在桃树、老榆树和老梅树巨大树冠的掩映下，皎洁的月光铺满院子。院子中央，黑压压的人影之中，仙女端坐，烛光摇曳，香烟缭绕，乞品簇拥，碗声不绝，歌声朗朗。院子周围豁豁牙牙的土墙头，浓如黑墨的树荫中的树杈上，骑着趴着看热闹的半大小子。

忙活了这么长时间，估计躺在芦席上的姑娘们已经昏昏入睡了。但是，镇子把此时此刻此地的睡着不叫睡着叫乏下。之所以叫乏下，是取意乏困的乏，意思是处在睡梦之中，不省凡间之事。寇腊梅看见大家躺在那里没动静，估计应该是乏得差不多了，随即便停止了焚化和歌唱，同时，示意冯登菊她们停下磨碗扇凉。接下来，具有镇子特色的乞巧活动便正式开始了。

冯登菊和寇腊梅按男左女右的老规矩，先从右边第一个唐新生的大女儿叫起。冯登菊连拉带叫，唐新生大女儿起来，扑哧一声笑了，说了声我没乏下，不好意思跑了。第二个是冯登菊的小女儿，还没叫就起来说：热得人睡不着，也出去走了。第三个是寇腊梅的女儿，乏下是乏下了，就是因为冯登菊这一叫，反倒醒过来了，当时就气哭了，硬要躺下继续乏。接下来就轮到高水秀了，冯登菊小心翼翼地把高水秀叫起来，高水秀紧闭双眼，摇摇晃晃，喝醉酒似的。冯登菊和寇腊梅眉来眼去一阵窃喜。两人扶着高水秀，寇腊梅说：赶紧跟巧姑娘要活走！高水秀点了点头。来到巧姑娘面前，寇腊梅问：见到巧姑娘没？高水秀点了点头。寇腊梅说：赶快给巧姑娘施礼。高水秀双腿一屈，两手握着在左襟处，上下摇了摇。寇腊梅说：巧姑娘娘，万福万安，民女水秀，自幼离娘，女红荒废，心窍不开，启禀娘娘，不吝赐教，女红功成，定当万谢！高水秀闭着眼睛，展开双手，等着接活。寇腊梅唱道：

天皇皇，地皇皇，我请七姐下天堂；
不用你针，不用你线，光学你七十二样好手段！

寇腊梅问：巧姑娘娘给没给活？高水秀还是闭着眼睛，伸着双手，摇了摇头。寇腊梅接着又唱：

乞心灵，乞手巧，乞眼明，乞容颜；

乞我爹娘千百岁，乞我姊妹好过活！

寇腊梅再问：给没给活？高水秀还是摇摇头。寇腊梅又唱了一段：

巧芽芽，生得怪，又像花，又像菜，七月七日供出来；
姐姐妹妹围祭台，又烧香，又参拜，赐我儿孙满堂彩！

这一次，寇腊梅唱毕，冯登菊急着问：给没给活？高水秀脸上有了笑容，双手已经握在一起，明显手里有了东西，赶快朝冯登菊点了点头。冯登菊又问：什么活？高水秀小声说：纳鞋底！冯登菊她俩这才把高水秀扶到早已放在芦席后边的小马扎凳子上。高水秀坐下来，从来没有摸过鞋底的她，竟像模像样地纳起来。

突然，骑在东边墙头上看热闹的王银贵儿子，看到这个平时啥都不会做的娇小姐，竟然也像真的一样纳起鞋底来，不由得喊了一段《瓜女子》：

瓜女子，纳底子，纳不过，叫她婆，咋叫她婆不言传，把娃气得胡缭乱！

王银贵儿子这一喊，后墙外边的树杈上，张子善的大孙子跟着凑热闹，没目的地喊了一段《歪女子》：

大嘴女子生性烈，出了头门比狗歪，歪狗才咬一后晌，她歪一白一黑来！

高水秀听了很不高兴，但是始终紧闭双眼，举着鞋底一会儿点着墙头，一会儿点着树上，嘴里嘟嘟囔囔好像说着什么。冯登菊理解她的意思，仰起头大声骂那俩男孩：再敢胡说，小心巧姑娘把你那牛牛拧下来当咪吹！接着又低下头劝水秀：别听他胡说，我娃不瓜不歪，底子纳得比谁都好！这一说高水秀才有了笑容，继续一招一式纳起来。周围的人很稀奇，这女子就没做过活，纳鞋底的一招一式竟然像模像样！冯登菊说：名师出高徒，没看谁教的手艺？就在高水秀纳了一大半的时候，寇腊梅偷偷拽住高水秀甩过来的绳子不丢手。说是拽，其实，根本看不见绳子，拽只是按照甩过来的绳子轨迹，一把抓在手里罢了。高水秀拔出锥子，将针穿过锥眼，然后用牙咬着针使劲拉过绳子，又要用手一截一截往过拽时，说啥就是拽不动。急得高水秀头上直冒汗。冯登菊赶紧问咋回事？高水秀朝寇腊梅摆了摆手，意思是她把绳子拽住了。冯登菊剜了寇腊梅一眼，寇腊梅这才笑着说：我偷偷把绳子拽住了。说完便不声不响地放了绳子，高水秀这才继续纳起来。有人感叹：人家拽绳子，放绳子，她就没有看见，竟然知道拽了放了，你看奇怪不奇怪！

纳完鞋底，冯登菊和寇腊梅又扶着高水秀去给巧姑娘交活。冯登菊看见高水秀把活交给了巧姑娘，问：巧姑娘没说活做得咋样？高水秀还是闭着眼睛只笑不说话。寇腊梅说：巧姑娘夸我娃活做得好！高水秀点了点头。说完看见高水秀抱了一堆什么，便问：又给了啥活？高水秀比画着，冯登菊说：让娃经布哩！高水秀点了点头，很快被冯登菊和寇腊梅扶回原地。她仍然闭着眼睛，指着地上的人，手往外摆，意思是让大家腾地方。寇腊梅赶紧让那一块儿的人往后坐。等腾出地方，高水秀便开始做经布的准备工作。

这里所说的经布，主要是指整经这个工序。之所以用它代表整个经布阶段，是因为它很有代表性。整经就是把缠着经线的一尺多长的线筒，插在一丈多长钉着几十根一尺多长的铁芯子的钉板上。然后由一个妇人，拉着那么多线筒上的经线，边拽边整边走，一会儿由这个铁柱缠向那个铁柱，一会儿又由那个铁柱缠向这个铁柱。妇人手中握的根根巨大扇面的经线，像一张特别大的银色渔网，和着钉板上的线筒哗啦哗啦流水般的声响，随着身体的来来回回，忽而撒向这边，忽而撒向那边。那种优美，那种壮观，那种气势，真像仙女散花一般，与其说是在经布，不如说是在舞美。

就在高水秀扭着美丽的腰身，来来回回舞之蹈之的时候，又有好事者起身走到钉板跟前，偷偷揪断了经线，正在舞蹈的高水秀马上觉察到了，赶紧停下来走过去弯下腰接线头。刚接好拉起经线还没有走两步，又发现经线被人揪断了，只好又停下来，再次去接。这一次走了两个来回，再没发现人揪，就高高兴兴又舞蹈起来。过了一会儿，又有人揪断了经线。高水秀马上停下来，这一次她没有去接，而是站在那里哭鼻子。寇腊梅走上前，发现她的眼睛仍然闭着，但是泪水长流，便生气地说：谁再要揪线，巧姑娘就给谁降罪了！说着又劝高水秀接线头。高水秀接好线头，又继续舞蹈起来。

经完布，高水秀便给巧姑娘去交差，巧姑娘仍然很满意。这一次要她给自己洗风袍。高水秀把风袍放在盆里，一手把盆顶在腰间，又弯腰用另一手提起一桶水，颤颤巍巍回到原地。刚要提起桶给盆里倒水，不知道谁从树上还是墙头上，给盆里扔了块土疙瘩。高水秀不干了，坐在那里闭着眼睛长吁短叹地生闷气。又是冯登菊朝扔土人大喝一声，高水秀才拿出风袍，倒掉盆里的土，将盆涮了又涮，这才倒水放袍重洗，洗好后交给巧姑娘。冯登菊看高水秀汗流浃背，害怕累着她，就向寇腊梅要了一碗凉水，给巧姑娘说：娃累了，重换个人。说完，咬着碗沿美美噙了一口水，噗一声喷在高水秀脸上。高水秀清醒以后，就让人扶到外边休息了。好事的人问她，知道不知道刚才干啥来？她摇着头说，一点不知道！

天上黛蓝如洗，月亮皎洁，群星闪烁；人间供品簇拥，青烟袅袅，香气弥漫。镇子这种很有特色的乞巧活动还在继续进行着。只有那三段乞巧歌，字音清晰，传得很远。

凶宅狐影

枣花去世以后，高步宽当爹做妈，忙里忙外。拐角店领导为了让他多在家里少在铺子，故意把他从账房调出来，不再分配具体工作。还在铺柜与铺板门之间靠墙处安放了把圈椅，让他忙完家里事，想来铺子散心了，就坐在圈椅里歇歇脚、说说话。坐得时间长了，想活动了，就起身打打杂，跑跑龙套。可是最近以来，高步宽刚好是个反反，多在铺子少在家里。在铺子，忙的时候，忙得不可开交；闲的时候，也闲不下来，不是干这就是干那，屁股在圈椅上挨不了多少时间。

高步宽之所以多在铺子少在家里，并不是说他离不开铺子；在铺子只知道干活，不愿意停手，并不是说他不想歇息。主要是最近以来家里接二连三地出现一些奇怪的事情，而且这些奇怪事情，怪就怪在绝大多数都是些男女苟且之事，弄得他心烦意乱，坐卧不宁，不由得就想往拐角店跑，不由得就想找活路干。就这还岔不开心慌，干扰不了心事。叫他不可思议的是，每当他要查个水落石出时，往往看到的都是狐仙在作怪。他感到很纳闷，自古以来，不管是书上戏上还是阳间世上，狐狸假扮的基本上是女儿之身，勾引的不是农家少年，就是白面书生。像现在这样专拣妙龄女郎下手的事情，还是头一次经历。难道是自己过去忽略了狐狸的性别，还是书上戏上或者阳间世上，有意渲染母狐狸演变仙女，而忽略了公狐狸假扮男儿身？这些，他说不清楚，也不可能说清楚，但是，摆在他眼前的事实，明明是公狐狸一次又一次在滋生事端。

高步宽甚至还做了这样的假设：是不是国家在自己厅房囤放了粮食，狐狸没有吃的了，专门跑到这里吃粮食了，才顺手牵羊干了那些见不得人的勾当？要不然，没有放粮食囤的时候，狐狸来是来过，除了家里少了点儿零碎家具，并没有发现干过什么太越外的事情，相对地家里还安宁了一段时间。就是因为有了粮食囤，才接二连三地出现了这些苟且之事。想到这里，他猛一下有了新的想法：从狐狸最近的所作所为看，很有可能是枣花去世以后，女儿有了大姑娘的模样，家里没有人守着，它才有了非分之想。特别是经过乞巧以后，女儿引起了人们的注意，它便乘虚而入了…… 又一想，狐狸又不是人，这样的假设，未免有点儿牵强附会。万般无奈之下，便自言自语起来：假设归假设，说到底仅仅是一种假设。究竟假设得对不对，或者里边还有没有别的什么原因，自己一时半会儿也说不清道不明。

枣花刚去世那阵子，高步宽担心高水秀胆小孤独，一直让她和自己睡一个房子，为了预防不测，还在房子门后放了把马刀。睡了一段时间，高步宽觉着不太方便，关键是高水秀不但个头高挑，人样也很出息，加上有点儿早熟，比一般姑娘成熟得多。正想着找个什么借口和女儿分开住呢，突然有一天晚上哼囔要到屋里来说事，高步宽便顺水推舟，让高水秀一个人住在枣花房子。

尽管和女儿分开住了，但是仍然少不了给她操心。铺的盖的用的就不用说了，光这一晚上除了定时起来，提着马刀到房子看几遍外，一旦听见女儿那边有动静，就要问好着没有，或者要不要什么东西，还是肚子饿了想吃点儿什么，直到女儿嫌他烦人为止。

这天晚上，高步宽刚刚睡醒一觉，就赶紧起来出去看女儿，发现女儿睡得很香。正要准备拉上门离开时，突然意识到，自己考虑来考虑去，没想到还有这么大的疏漏：只图进出女儿房子方便，出来进去从来不关门，这样方便了自己，也就方便了贼娃子坏人。就想叫醒女儿关门，但又一想，女儿睡得这么香甜，叫醒实在于心不忍。于是就想了个临时办法，先到自己房子取了个锁头，从外边轻轻锁上门，想等天明再说关门的事。第二天便给女儿交代，一定要关好门窗，不要遮挡窗上那块玻璃，以便自己站在窗外就能看到房子里面的情况。

事实证明，高步宽这个办法效果很好。一方面，能给女儿操上心；另一方面，还能保证坏人进不了女儿的房间。谁知道防不胜防，这天晚上，大约有三更天光景，他刚刚到女儿窗户边看过，躺在炕上迷迷糊糊就要入睡的时候，突然听女儿说：爸，你不要在外边看了，我啥都好着呢！高步宽还以为女儿说梦话呢，就没当回事，翻了个身又闭上眼睛。这个时候，女儿又说：爸，你年纪还不大嘛，咋这么烦人的，赶快回房子睡去，别在窗子外边和我捉迷藏了！

高步宽听到这些话语，觉着不对头，赶紧穿衣服起来，来到女儿窗前。女儿说：你咋还在这里？高步宽说：你胡说啥呢，我才从房子出来！女儿说：爸，你确实老不中用了，过去胆子大得很嘛，现在咋这么小的，前后门关得紧紧的，你就安安然然睡你的觉吧，别为我操心了，好不好？女儿越是埋怨，他越是心里打鼓，不得不问：你把话说清楚，刚才看到什么了？女儿这才回过神来：你要是真的现在才来，说明刚才来过的人不是你！女儿这一说，高步宽心里一惊，身上汗毛立马竖起来。心想，这就出怪事了，前后门关得死死的，难道这人会飞檐走壁不成？又一想，现在新社会了，只要哼囔不来开玩笑，再没有人能进得了这门。想来想去，刚才在这里逗留的那人，可能根本就不是正常人，或许就是枣花阴魂不散，也像自己一样操心着女儿呢！想到这里，下意识地扫了前后院一眼，有意朝着黑暗处大声喊：枣花，你深更半夜别操心娃了，没钱用我们明天给你送！还不要说，高步宽这么一喊叫，只听后院一声响动，再也没有动静了。

第二天晌午，高步宽领着女儿水秀，提着祭奠品，带上饭食，到枣花坟上祭奠完，回来走到骡马大店门口碰见哼囔，便打发女儿提着空篮子前头走了，这才一本正经地说：康达，你昨天晚上半夜三更是不是到我家来过？哼囔感到莫名其妙：你大白天说啥梦话，我半夜三更到你家死去呀！高步宽说：前后门关得紧紧的，要不是你来，谁会飞檐走壁？哼囔说：到底是咋回事，别跟我开玩笑了。高步宽这才说了昨天晚上发生的奇怪事情。哼囔说：要是这情况，光给枣花烧纸不行，还得给前边那些五王八侯烧！

高步宽怎么也想不到，已经按照哼囔的吩咐，给前边那些五王八侯烧过纸了，事情还是不可避免地发生了。

这一天，渊家的继女魏双全来镇子办事，晚上回不去，要在这里临时住一晚上。高步宽满口答应，但是害怕万一那个鬼魂来骚扰，魏双全受了惊吓，不好给渊家交代，就让和女儿睡在枣花房间。深更半夜，高步宽正睡得香甜，猛地听到厅房有响动声，他下意识地赶快起来。心里暗自思量，人家女娃头一次睡在这里，千万不能出啥事情。更何况这个魏双全，亭亭玉立，长相出众，就得越发多操一份心。他出了房子，往前头一看，黑乎乎一片；朝后头一望，一片黑乎乎。偌大一院房子，就他们三人，猛地想起原来那些五王八侯，一下子觉得屋里阴森森的，不由得一股凉气直逼后背，很快吓出一身冷汗来。他侧着耳朵仔细听了听，确实没有什么动静。这才来到对面的枣花房子外边，因为炕上有魏双全，只好耳朵贴着窗户听动静，听到房子两个女孩的呼吸声很匀称，知道她俩睡得很实在，悬着的心才终于放下来。他折身回到自己房子，这一回害怕再有什么事情，没脱衣服就躺下了。谁知刚刚打了个盹，女儿惊叫了一声：爸，我看见有个狐狸，在我们窗前晃来晃去！高步宽忽地翻起身，从房子门后边提了马刀，开门走出房子，开口就问：水秀，你是说梦话呢，还是真看见了？女儿说：我哪里是说梦话呢，刚才到脚地提尿盆解手时，从窗户玻璃中看到院子有个狐狸影子，趴在我窗户上看来看去，我刚出声叫你，那影子就朝后头跑了。高步宽问：双全没醒来？高水秀说：可能是我叫你，把她惊醒了，看没事又睡着了。高步宽也是安慰女儿，也是给自己壮胆，故意大声说：放心睡你的，那是你睡得太实，猛地起来，血糊了脑子，眼前发花，就会出现怪影子，哪来的什么狐狸？

高步宽嘴里说着壮胆的话，心里却免不了扑腾扑腾。当听到女儿说狐狸时，兴盛宫过去那些可怕的传说，很快就浮现在眼前。他下意识地朝狐狸逃跑的方向望去，那容纳着四座大房和二十间厦房的所有空间，全部是黑洞洞雾蒙蒙，不由得后背又冒出一股凉气来。心想，要是跑出屋子还好办，如果还躲在哪个黑乎乎的角落，万一跑出来把两个女孩咬伤了，或者吓病了，或者…… 怎么了得！联想到枣花被疯狗咬伤，狐狸撞碎衣服瓦瓮的事情，又出了一身冷汗。为了两个女孩子的安全，无论如何要把狐狸撵走！

他赶紧回到屋里，划着火柴点亮罩子灯，一手端罩子灯，一手握马刀，圆睁着双眼紧盯前方，轻轻迈着步子，生怕漏掉一个空间。他先从前边门房看起，来到中间厅房，再围着麦囤细细看了一遍，每到一个黑暗的角落，不管发现没发现什么，都要百倍警惕地用马刀左刺右刺砍来砍去，直到不能再刺再砍为止。就这样，一直用马刀从前门刺到后门，又从后门刺到前门。最后又检查了后门，看到后门关得好好的，便断定要是真有狐狸的话，十有八九是从天井上下来的。搜完屋里还不放心，又打开后门，去搜后院。来到后院，光线比屋里稍微好点儿，但也是“席下好到席上”。搜完上院角落和树上，又搜完下院角落和树上，就在他一无所获，端着灯，提着刀，要进后门时，突然听到一声刺耳的怪叫。便扭过头朝着发声的方向望去，瞄来瞄去才看清楚，有一只大狐狸，蹲在西边的界墙上，不停地搔首弄姿，向他挑衅！他赶紧放下罩子灯和马刀，连磕了三个响头，才端着罩子灯，拿起马刀，赶快进了后门。

次日清晨，两个孩子起来，魏双全问：我昨天晚上睡得迷迷糊糊的，咋听你说有狐狸呢？高水秀说：那是我睡粘了，眼睛模模糊糊，嘴里胡说呢！我爸从前到后，拿着马刀，把屋子全部搜了一遍，连个狐狸影子也没见着！魏双全说：我当时就知道你说胡话呢，就没当回事，拧过身又睡了！

两个孩子出门以后，高步宽不声不响，来到自行车交易市场，见到哼囔说了昨天晚上的事情。这一次哼囔不像上一次那么痛快，支支吾吾就是不说话。高步宽催急了，哼囔才说：看来上一次，咱有可能把枣花和前边那几个五王八侯冤枉了，那天就有可能是狐狸在作怪。我现在感到纳闷的是，解放前说有狐狸人还相信呢，解放以后，狐狸就像土匪一样，一阵风刮得不见踪影了，为啥你家还不断地来狐狸？高步宽说：你这人怪不怪，我明明看见狐狸了嘛，你还有啥不相信的？我来找你，就看这事情咋疗治呀，不是来问你狐狸是不是真的，不然让狐仙知道了，还说我心不诚。哼囔想了想说：既然你是这意思，权当我刚才啥话没说，现在先按有狐狸的办！高步宽急了：咋能说先按有狐狸的办，本来狐狸就是实实在在的嘛，你就说现在咋办吧！

哼囔这一次学聪明了，再没在有没有狐狸的问题上纠缠，直接就说出了安顿狐狸的办法。事不宜迟，高步宽离开自行车市场，到庙前里架子上买了个猪头，又到酒铺购了瓶酒，再到杂货铺买了蜡烛香表，付过钱让他们包好，说好晚上送到家里。天色擦黑的时候，高步宽收到了所有祭品。一直等到夜深人静，出了后门来到上院，面对着狐狸蹲过的墙头，安放了张小饭桌，摆上猪头，又是烧香，又是化纸，又是奠酒，又是念叨，很是忙活了一阵子，然后双手合十，默默许了几句愿，就算祭奠完毕。

时间又过了几个月。这一天，高水秀东街一个女同学叫陈牡丹，父母亲闹离婚，提出要和高水秀住些日子。这个陈牡丹，人样很出众，打小街坊邻居就说她是美人坯子。所谓出众，就是说，在高水秀她们这一拨女生中，长得有些姿色的就那么几个人，当然高水秀也名列其中。但是要算拔尖的，就非陈牡丹莫属了。她的美集中在“细”和“秀”上，“细”就是细皮嫩肉，皮肤白得像抹了粉，细得一点儿纹路都看不出，嫩得像婴儿皮肤粉里透红；“秀”就是秀美娇小，身材长得很匀称，五官的布局很协调，眼睛、鼻子、嘴、耳朵，生得很精美，无不显露着一种逼人的灵气，简直可以用极致来形容。开始，高步宽还有点儿犹豫，总认为人家姑娘这么漂亮的，住在自己家里万一有个闪失咋办？又一想，自从那次安顿了狐狸，这几个月一直风平浪静。面对陈牡丹的遭遇，高步宽也很同情，便满口答应。陈牡丹住过来以后，果然名不虚传，西半街一片赞叹。大部分人说，漂亮女人见过不少，但是这么漂亮的女人还真没见过。地老鼠见到王银贵就说：你这一生弄了不少女人，有没有比陈牡丹更漂亮的人？王银贵说：能不能嘴上积点儿德，人家还是个学生娃！地老鼠说：哎呀，才两天没见，就成善人了？

就在议论陈牡丹的风波即将过去的时候，高步宽万万没有想到，这天晚上，狐狸差点儿把陈牡丹糟蹋了。那天，高水秀身体有点儿不适，回来吃过饭撂下碗，就进房子上炕睡觉了。高步宽问咋不见陈牡丹人？高水秀说，她妈叫她回去说点儿事就过来。天色完全暗淡下来的时候，陈牡丹才慢腾腾地进了门。原来她妈已经在乡下找好了男人，今天晚上就要过去成亲，叫她回去，主要是给她交代门户。陈牡丹看高水秀躺在炕上睡得很香，也就顺势躺在她身边，眼泪不住地往下淌。这时，只听高水秀模模糊糊说：尿盆还没提呢！陈牡丹想到，平时都是高水秀和她一块儿提尿盆呢，今天看到高水秀睡得迷迷糊糊，不好意思叫醒她，自己便一个人摸着黑去后院提尿盆。高步宽听到响动问是谁，陈牡丹说到后院提尿盆，高步宽这才躺下来继续睡觉。

陈牡丹来到后院，突然想解小手，就想到茅房解完小手再提尿盆。等她解完手，站起来系好裤带出茅房时，突然发现茅房门口站了个黑乎乎的狐狸，吓得她一时不知所措。等稍微平静下来，刚要张口喊人，嘴就被狐狸死死捂住了。只听狐狸故意瓮声瓮气地说：我是上天派来的狐仙，乖乖听我的，饶你一条命，要是不从，马上捅死你！陈牡丹再也不敢反抗了。

高步宽感觉到不对头，提尿盆咋能用这么长时间，赶紧披衣服往后院跑。狐狸听到动静，还没有来得及干坏事，赶紧撒腿就跑。等高步宽出了后门，狐狸跑得不见踪影了。陈牡丹穿好衣服，走出了柴火堆，站在那里只是抽泣。高步宽心里顿时明白了一切，说：赶快回屋！

高步宽叫女儿起来点着灯，陈牡丹衣衫不整，站在脚地只是流泪，吓得高水秀差点儿失了声。高步宽不让女儿声张，而是问陈牡丹刚才到底发生了什么事？陈牡丹这才说了事情的经过。高步宽问：你看清没看清，到底是人还是狐狸？陈牡丹说：我睁开眼睛，看到的明明是狐狸，怎么一闭上眼睛，就感觉到是个男人；反正吓唬我的时候是狐狸，扒我衣服的时候是男人！

高步宽听了这话，顿生疑惑，考虑到事情紧急，顾不上多想，悄悄到对门把冯登菊叫过来，关了前门说了一阵悄悄话，然后把女儿叫到他房子。冯登菊来到高水秀房子，关上门和陈牡丹说了一阵儿闲话，然后很不经意地问：你头疼不疼？陈牡丹说：一点儿都不觉得疼！再问：他那东西进没进你那地方？陈牡丹说：刚解开裤子，屋里就有了动静，他撒腿就跑。

冯登菊来到高步宽房子，高步宽让高水秀过去陪陈牡丹，冯登菊才说了情况。高步宽和冯登菊来到女儿房子，很严肃地说：牡丹，今天晚上这事，狐狸并没有得手，又跑得不见踪影。你是个姑娘娃，背不起这种名誉！你放心，你登菊婶不是外人，只要你不给人说，这边没人烂你的事！

新生艰难

尽管唐新生在社员眼里是个不务正业的人，在各级领导眼里是个不合格的农民，但是唐新生愿意做这样的人。因为只有这样，才能挣到钱，给老婆孩子花，给老家父母寄。不然，死靠农业社，一年三百六十五天，把日头从东山背到西山，一天到晚跟黄土疙瘩打交道，老婆娃缺吃少穿不说，老家父母花什么用什么？更重要的是，唐新庆的事包不住露了马脚，父母一口气上不来咋办？时间一长，习惯成自然，只要手里有钱花，咱这脸皮算个啥，队里人想说什么说什么，领导想咋批评咋批评。队上社员也能看出其中门道，有人在背后说，别看唐新生扎了个死狗烂娃势，名誉虽然不太好听，手里可没缺过钱。

其实，这些人只说对了一半，说他没挣钱，鬼都不相信，说钱挣得不少，也不完全是那么回事。公道点儿说，唐新生和队上社员比起来，各有各的乐趣，各有各的艰难。队上社员弯腰驼背，汗摔八瓣，面朝黄土背朝天，一天到晚辛辛苦苦风吹日晒土拉吧唧，虽然一年到头挣那仨核桃俩枣，但是名誉好听，心情舒畅，没有人敢在头上弹烟锅。唐新生虽然数钱时，唾沫唾得勤，指头点得欢，票子响得脆，但是除了领导敲打、群众指戳，一年四季风里雨里、泥里水里，四处奔波，险象环生，差点儿把命搭进去。

有一次，唐新生去几十里路以外的山区小镇跟会，凭着他那独特的卖货本领卖完货，看到猪肉卖的是跳水价钱，咬着牙割了一吊子，挂在身后的货郎架上，高兴地满载而归。出了小镇太阳已经搁在西山顶上，来到峡谷里的沿山道上，落日的余晖把峡谷装扮得辉煌无比。正好半山腰有个砍柴的小伙，背着小山一样的柴火垛，晃晃悠悠走在曲里拐弯的羊肠小道上，柴火垛和小伙身上的余晖像镀了金。只见那小伙背着柴火垛，左一绕右一弯，冲着谷底的小镇晃晃悠悠由远及近缓缓而来。嘴里咿咿呀呀哼着顺口溜：

爷压山，鸡上架，狗钻窝，狼打卦，路途君子快些走，家里还有老婆娃。

唐新生骑着车子，心里咀嚼着顺口溜，不知不觉绕过了一座山头。再看那西山顶上的太阳，多一半已经不见了，只有那很少的一点儿，血红欲滴，放射着耀眼的光芒。小伙的顺口溜虽然声音微弱，但仍字音可辨：

烙锅盔，煎油馍，样样数数端上桌，老婆等得双手搓，娃娃张嘴揉眼窝。

又骑了一段路程，太阳完全看不见了，天色很快暗了下来，小伙的顺口溜也遥远模糊了。此时此刻，他由小伙的顺口溜，想到了家里的老婆娃，由老婆娃又想到了山里的狼虫虎豹，想着想着，不由得心里打起鼓来。

果不其然，快到峡谷尽头时，有一只老鹰在黄昏的天色掩护下，由高而低，由远及近，后来干脆围着他盘旋起来。他心里直纳闷，这老鹰围着自己转，该不是有啥倒霉事情吧？刚想到这里，老鹰翅膀在他肩膀拍了一下，他还没弄明白怎么回事，老鹰就把拴肉的绳子叼断了，那吊肉啪地掉在地上。他紧刹慢刹车子刚停下，老鹰俯冲下来就把掉在地上的猪肉抓走了。望着远去的老鹰消失在天边的夜幕里，他无奈地骑着车子继续前行。

当他闷闷不乐地骑出谷口，想到前边就要进入深沟，不免心里又有几分胆怯。这条沟一路大下坡不说，而且还一直深陷在几丈深的大沟里，弯弯曲曲，坑坑洼洼，上边是曲里拐弯一眼望不到头的一线天，两边是荆棘丛生、阴森可怕的沟塄。本来卖完货就天色不早，由于天黑沟深，坡陡车急，越走天越黑，越黑越害怕，越怕心越乱。就是在这种草木皆兵、惊恐万状的情况下，飞奔急下的车子，来到一个大转弯，突然只听砰的一声，眼前一黑，就没有知觉了。直到他苏醒过来借着夜色，才看清楚碰在一个滚落下来横在路中央的大石块上，胳膊腿摔得剧烈疼痛。他忍着疼痛挣扎着站起来，扶起车子一看，前轮变成了麻花，车链崩得不知去向，货郎鼓掉在一边。他只好拾起货郎鼓，别在货郎箱上，忍着剧痛，扳正前轮，扶起车子，双手紧握车把，身子扛着货箱，凑凑合合绕过石块，一瘸一跛艰难下坡。因为前轮没有完全扳过来，车轮刮前叉的声音非常难听。人常说，上坡容易下坡难。没想到，推着车子下坡这么难，特别是摔伤腿脚黑着天推着负重擦圈的车子下坡，更是难上加难。他身子后倾着，用力扛着货箱，两只胳膊紧绷，两腿还要快步小跑，膝盖酸痛无力，心里说，像这么走下去，今晚出不了沟，这把老骨头就得撂到这里。

走着走着，猛地发现前方不远处蹲着个黑乎乎的东西。开始以为看花了眼，再仔细一看，那黑物有两点绿光晃动，他不由得打了个激灵，断定那是一只狼。

根据经验看，还是一只饥肠辘辘的饿狼，可能在这里已经等候多时了。他很快意识到，今天晚上在劫难逃，不是走路累死，就是被狼吃掉。好在他还多少知道点儿对付狼的办法，一手推着吱吱响动的车子，一手咕咚咕咚摇着货郎鼓，硬着头皮往过冲，只要侥幸冲过去，狼被镇住就不会再撵了。结果等冲到狼跟前，狼不但不退缩，还怒吼着向他扑来。他一急双手抡起货郎鼓，来了个三百六十度大转圈，就是这么一转，货郎鼓歪打正着，狠狠击在狼头上，狼像狗尾巴夹在门缝一样惨叫起来，他赶紧推起车子就跑。没有跑出多远，受伤的狼歇缓过劲儿，又怒吼着追上来。他知道今天晚上这一难躲不过了，就把车子横在路中间，使劲儿摇着货郎鼓抡来抡去，狼虽然害怕货浪鼓，但又不想放弃这顿美食，就你进我退，你退我进，不停互相周旋着。一直折腾了两个时辰，人和狼都筋疲力尽，不约而同地倒在地上。人看着狼，狼看着人，四目相对。一直到天色大亮，拉炭的大车路过，狼又是龇牙，又是吼叫，车户抡起鞭子抽死饿狼，才救了他一命。

唐新生为了保全性命，再没敢去山区跟会。不用说，他的安全再没有出过任何状况，但是钱财却一次又一次出现问题。

按照永福祥掌柜的本意，卖小商品，本小利厚，不占地方，不费气力，不招人眼红。但是，一经唐新生的手，事情就不一样了。一会儿是见钱就卖，一会儿是好货好价钱，一会儿是熟人好说话，一会儿是买一送一等等，货卖得多，钱回得快，时间一长，就成了人算计的对象。

有一次，唐新生到外乡一个集市跟会。又是凭着他那过人的卖货本领，不长时间就销售一空。谁知道市管人员把他抓了个正着，不但把口袋的钱没收了，还把装在裤头的钱搜走了。这一下唐新生不依了，一边在地上打滚，一边诉说自己的冤枉。一会儿说父母亲看病等钱用，一会儿说老婆没有换洗衣服要扯布，一会儿又说孩子还没吃饭，等着他回去买粮磨面。一直磨蹭到散了集，市管人员才象征性地退了点儿钱。

出了市管会，天色已经黑下来，唐新生跨上车子，贼撵一样朝回赶。来到镇子北沟，冷不防不知道碰上了什么，连人带车子一下摔在路边，趴在地上半天起不来。这时候，来了两个人，不说救人，在他身上搜来搜去。最后搜出五块钱，又打开货郎箱见什么也没有，把钱拿在手里说：深更半夜的，我俩来救你，也没说犒劳犒劳！

唐新生这才发现，人家给他绷了绊绳。这情况，他解放前跑生意遇到过，也知道人家的规矩和行情。干这一行的，比土匪小一辈，比小偷长一辈，人们叫他们“等路的”，只是解放以后再没见过。再说这么多年，在这一带没赶过夜路，也不了解情况。只是偶尔听说，有些烟鬼、赌徒或者要饭的，实在没钱了，就在这里等路弄钱，其实和抢劫没有什么两样。他也不知道这两个究竟是大烟鬼、赌徒，还是要饭的，心想，不管是哪路神仙，都不敢看人家脸面，要是发现你认识人家，就有杀人灭口的危险。所以一直低着头，如实说了他的遭遇。那两人一合计便说：念起你叫市管人员黑了，也怪可怜的，这一次这五块钱，我们也不嫌少，以后赚了钱，别忘了多给点儿。唐新生还是低着头，嘴里只管答应着。

等那两人走后，唐新生像坐炕一样，大盘腿坐在地上，此时此刻，除了铃铛不响，再啥都响的车子和年久陈旧当柴烧都没火焰的箱子，他一无所有。无奈，抬头看了看缀满繁星的夜空，又看了看两边长满荆棘枣刺的沟塄以及荆棘和枣刺掩映的黑洞洞的窑洞，自然就想起市管人员那双可怕的眼睛和那双鹰爪似的双手，又想到刚才连五块钱都不给他留的等路毛贼，欲哭无泪。

为了尽快恢复生意，唐新生和党慧兰翻箱倒柜，搜寻了家里的所有积蓄，还凑不齐采购商品的本钱。一方面钱都买了商品，另一方面还要给老家父母寄，再加上自家零用和岳父的花销，小本生意能如此这般，已经很不错了。无奈，唐新生又向高步宽暂借了一些，才凑合着把钱凑齐。一边佯装着老老实实在生产队干活，一边忙里偷闲加紧采购小商品，没有半个月时间，唐新生又开始骑着那辆羊角车子，一路响着冒冒公鸡头似的铃铛，丁零丁零又到镇子周围赶集做生意了。

唐新生今天来赶集的这个镇子，是个袖珍小镇。小到什么程度，丈夫在东门口喝茶谝闲传，老婆在西门口家里做熟饭，只消在家门口朝东门喊一声，丈夫就能听得一清二楚。

就是这个镇子，曾一度很富有，很辉煌。就遗存的这些建筑看，厅堂瓦舍，一砖到顶。那些高门楼的人家，上马石、拴马桩，一字排开。特别是挂在檐下的“文魁”“进士及第”等匾额，越发显得很有地位。

这个镇子有一种小吃很独特，样子像胡辣汤，酸甜苦辣味，人们给它起了个很不雅的名字——老虎尿。价钱不贵，味道独特，穷人喜欢，富人不嫌。一般人怀里揣两个馍，要一碗老虎尿，或泡或就，汤汤水水，有调料有菜，掏的茶水钱，吃的馆子饭。别小看了这很不起眼的老虎尿，不但受到当地老百姓的极度推崇，而且大家还把它当成圣物，尊为镇子的代表性食品。方圆几十里已经约定俗成，凡是来镇子的人必须喝它。否则，就像没拿到通行证一样，在镇子寸步难行。有顺口溜为证：进了镇子城，先喝老虎尿，不喝老虎尿，啥事弄不成！

平时，唐新生来到这个镇子，少不了要喝老虎尿。唯独这一次，压根就没有喝的意思，因为今天是一年一度的腊八会，为了抢占有利位置，实在抽不出时间去喝。尤其这是他出事后的第一次赶集，为了吉利，还没开张，不想先往出掏钱。加上原来每次都喝，也没见生意有多大的起色，想着今天偶尔一次不喝，也不会影响啥事情。

这里的腊八会，和别处不同，不是在城内的一街两行，而是在南门外的麦田，重新开辟了个大广场。所谓开辟，根本用不了多少人力，用不上什么工具，也用不着挖土，更不需要平地，只消市场管理人员一只胳膊挎只石灰笼，一手抓把石灰粉，顺着麦田小跑着撒个方方正正的白线框，就算开辟成功。

广场南边搭了临时戏台，自乐班轮流前来演出，场子四周全是商家临时摆的货摊和小商小贩的摊点。腊八会到高峰时，一拨人围着商家摊点，或买日用杂货，或买各种吃食，熙熙攘攘，好不热闹。一拨人黑压压一片汇集在戏台下津津有味地看戏，开心无比。在商家摊点逗留的人，买好了、吃饱了、喝足了，就钻到戏台底下的人堆里去看戏。看戏的看渴了看饥了看累了，又挤出人堆，去商家那里想吃就吃，想喝就喝。两拨人看看转转，吃吃歇歇，悠然自得。就连脚下的麦田，也被踩得像用碌碡碾过的打麦场一样，光滑平整得能晾凉粉。

对这个袖珍小镇来说，唐新生应该算是外来商人。可他是从远近闻名的镇子而来，货又全又好，价钱又不是很贵，加上特别会卖，所以生意相当火。快吃晌午饭时，已经卖了不少钱。为了安全起见，他让别人替他看会儿摊子，自己去茅房解手。来到茅房解完手，赶快把钱装到紧贴下身的裤头里。出了茅房看到还有大半天时间，就想看上半天戏再回家，他赶紧存了车子，就挤进戏台下的人堆里。

戏正演到高潮处，一个穿制服的人在人堆外边转来转去，手里拿着传话筒对在嘴上，不停地高声喊：老乡们注意了！老乡们注意了！去年过腊八会看戏，一个老乡把钱装在交裆里。结果小偷割包时用力过猛，把老头的蛋子割破了，不但钱叫人偷走了，而且人当时就疼死在现场。各位老乡一定要提高警惕，无论如何，把钱装到安全地方，不要只顾看戏，让人偷钱时割破蛋子，要了你的老命！

唐新生吓得立时出了一身冷汗，赶紧手塞进交裆把钱换了地方。看完戏一摸，钱还在，就取回车子，急急火火往家赶。

回到家见到党慧兰站在门口，他知道，这是自己出事后头一次赶集，人家始终放心不下，一直等在门外。于是赶快招手让她朝回走，意思是今天很顺利不用操心。回到房子，党慧兰高兴地问：今天能挣多少钱？唐新生掏出一沓钱塞给党慧兰：反正数目不少，你自己点吧！党慧兰接过钱吃惊地说：你是不是掏错了，这哪里是钱，明明是一沓纸嘛！唐新生也抓瞎了，以为掏错了，又在身上摸起来，什么也摸不到。唐新生这才反应过来，市管人员和小偷勾搭着哩，自己把钱调换地方时，被小偷偷走了，这沓纸是小偷为了迷惑他故意塞的。唐新生睡到被窝才明白过来，猛地砸了一下头：今天之所以出事，关键是进城没喝老虎尿！

唐新生的艰难不光是来自外部，有些还来自家庭内部。比如，党慧兰和王银贵明铺暗盖的事，他是从乡党朋友那里有一句没一句听来的。既没看见，又没抓住。要说还有那么点儿证据，还是党慧兰自己说出来的。当时的情况是，党慧兰烧得迷迷糊糊不省人事，一个劲儿在炕上乱折腾。唐新生一看大事不好，就急急忙忙找来寇腊梅。寇腊梅一看说是被鬼通传了，便要了一老碗清水、三根筷子、一把切面刀。先把三根筷子立在水中，嘴里念念有词：吃饭筷子水中立，是神是鬼你站住，有啥心事就明说，休要为难无辜人！寇腊梅这一说，党慧兰才安静下来。寇腊梅心里断定，这鬼不是别人，就是唐新生的弟弟唐新庆。便很有人情味地说：我知道你是新庆，节节期期，纸给你烧着，钱给你送着，香给你供着，还有你寻的啥事哩？她这一说，党慧兰忽地坐起来，说的全部是唐新庆的声音：我唐新庆不是多事的人，也不是来要纸钱的。就是因为我嫂子党慧兰太不像话，背着我哥和王银贵明铺暗盖。我知道，我哥配不上你，但是，你已经有几个娃了，就不能吃着碗里的看着锅里的！退一步说，就是你们要做露水夫妻，能不能在面面上对我哥好一点儿！……

唐新庆借着党慧兰的口，说出王银贵和党慧兰的事，不光唐新生很尴尬，寇腊梅更是不知如何是好。猛地一想，为了化解这难堪的局面，只有赶快制止他！想到这里，寇腊梅拿起切面刀，做着要砍筷子的动作：新庆，你胡说八道啥哩，这事情是有的人眼红你哥能挣下钱，故意瞎编的。你要是不听我劝，你哥这日子非要让你搅散不可！

党慧兰继续说着唐新庆的话：嫂子，你的意思我明白，但是我要警告我嫂子，她有这事没这事，就权当我没说这话，今后要是对我哥不好，我可对她不客气了！寇腊梅又一次举起切面刀：大家都是忙人，没事了，赶紧滚远！党慧兰还是说着唐新庆的话：你嘴上说叫我滚哩，有人不想让我滚嘛。寇腊梅说：你再要胡搅蛮缠，我就真的要你命呀！党慧兰仍然用唐新庆的口音说：我不是胡搅蛮缠，我哥压在我身上，我走不脱嘛！寇腊梅看了一眼坐在炕沿上的唐新生，心里不明白，人家咋会压着他？于是就把唐新生拉下炕，他屁股下边除了炕席，没有发现其他东西。再仔细一看，席边子露出一绺白纸边。她赶紧揭起炕席，才发现下边压着一张印着兔子的旧年画，于是便问：新庆属啥？唐新生说属兔。寇腊梅这才明白过来，赶紧吩咐唐新生，在头门外把旧年画烧了。唐新生要过年画笑着说：这年画是我早上从街道捡来的，想让娃耍哩，怕弄坏了，才压到炕席底下的。寇腊梅说：弄了一来回，新庆原来是你领回来的！唐新生烧完旧年画回来，党慧兰果然不再闹活了。

善良的唐新生知道这件事后，并没有把问题看在党慧兰身上，而是从自身找原因，认为主要是他的床上功夫不行造成的。因此一直闷闷不乐，一天到晚老是盘算怎么提高自己的床上功夫，以满足老婆的房事要求。刚好碰到东南寨子的四月一古会，他一大早就赶到会上，抓紧时间卖完货，推着车子来到壮阳药销售点，很快就被人家吸引了。之所以被吸引，除了能买到壮阳药，还有一个不可告人的秘密，就是等着想看看即将来现场试验壮阳药的、漂亮女人的奶头到底有多大！

看热闹的人围得里三层外三层。卖壮阳药的人站在人群中间，一身武生装扮。此时此刻，撩起腰间吊着的宽带子，绕一圈缠在腰里，翻了两个跟斗，突然来了个亮相。然后话题一转，说他今年五十有八，之所以这么年轻，这么健康，关键是他经常喝这种壮阳药。说着从药盒里取出一丸来，伸着兰花指捏在手里，介绍起壮阳药的功能来。好不容易介绍完，接着说：好钢不怕锻炼，好药不怕试验！说着，端起水仰起头，咕噜一声，将药丸灌进肚里，又借机说起药的价钱来。说完价钱，突然满面红光，眼珠外突，目光如炬。尤其惹眼的是，交裆里的下身硬得像根钢棍似的，将绸裤前裆撑得高高突起。按说，在这偏僻的农村小镇，尤其是那个年代，看到这种情形，或者年轻女子，或者老年人，很快就会悄然离开。

可是那天没有这种情况，这些人不但没有离开，而且看得津津有味。加上卖壮阳药的故意鼓着肚皮挺着裆部，满场子转着圈让大家参观欣赏，嘴里还一再说：我这壮阳药好不好，口说为虚，眼见为实！说着食指故意指着硬邦邦的下身：就这，我还给这家伙像牲口一样勒着叉子呢，不然早把裤裆顶破，戴着礼帽出来给大家行礼了。大家哄笑了一阵儿，他又故作高深地说：壮阳药名曰壮阳，实际上是一药两用，男用壮阳，女用滋阴。要是不相信，等一会儿我们那位漂亮女郎来了，要是吃了这壮阳药，奶头不膨大，奶嘴不颤抖，你们朝我扔石头，我躲都不躲！看到他那硬邦邦的下身，想到即将到来的大奶头漂亮女人，围观的男女被挑逗得不停咽唾液。卖壮阳药的看把大家调动得差不多了，便趁机卖起壮阳药来。唐新生因为没有亲眼看见那漂亮女人试药，一直站在那里只看不买。

等把这一轮药卖完，卖壮阳药的话题一转：大家愿意买药了，你一手钱，我一手货，公平买卖，愿打愿挨；不愿意买药了，你钱有钱在，我货有货在，谁不欠谁，各行其便。但是有一点要掂量清楚，既然舍不得买药，就要把钱装好，留着办其他事情。如果让三只手先生拿了去，还不如赶紧拿出来买药。这时，唐新生动起心思来，咱是男的，卖药的男人已经试验过了，就应该相信，如果现在不买，钱叫小偷偷了，后悔都来不及了。所以很大方地买了许多壮阳药。唐新生提着壮阳药，一直等到最后，也没见到什么漂亮女郎，眼见时间不早，回家还有不少路程，才骑着车子依依不舍地离开了。

吃完饭点上灯，给党慧兰交账时，唐新生就把那高高的一摞子壮阳药放在她面前。党慧兰不知道是什么东西，他就如实说了买壮阳药的事。党慧兰听了笑着说：这药和山一样高，你不说，我还以为是给饲养室老黄牛捎着买的药哩！说完要他赶紧喝药，试试效果如何。他就按照要求喝了药，不一会儿脸就红起来，觉着血管膨胀，下身坚挺，就像抖动翅膀转着圈要给母鸡踏蛋的公鸡，急不可耐地让党慧兰赶快上炕。党慧兰赶快脱光衣服，很顺从地躺在炕上，迟迟不见唐新生上来。原来唐新生解开裤子，把下身掏出裤裆，不但很快缩得像枣大，身子还晃来晃去，只觉得头重脚轻，东倒西歪，这才意识到那壮阳药是假的。

党慧兰看见他那窝囊样子，伸手抓住他的下身说：你给我说老实话，究竟把钱干啥了，竟敢拿假药来日弄我？唐新生心想，真是偷鸡不成蚀把米！于是给党慧兰发毒誓：我要说一句假话，就让我死在你面前！党慧兰看问不出什么名堂，哇的一声哭了：咱俩咋这么命苦的，好不容易挣点儿钱，还让卖当的一爪子抓走了！

吹灭灯，唐新生钻进被窝，觉着心口生疼，说啥也睡不着。一想不对，可能根本就没有什么漂亮女郎，是那个卖当的为了吸引买主故意瞎编的。谁让自己连家里的井口都盖不严，还想盖人家外边河口来！联想到这些坎坷经历，他深深感到人皮难背。难怪沈文奎前几天给人说：

人活在世上，受不完的罪孽，吃不尽的苦头，但是还不想死去。同样，鬼魂在阴间，阴冷潮湿，暗淡混沌，也不想转生为人。为什么孟婆汤的味道那么好喝？以至于鬼魂们来到孟婆亭，一闻到孟婆汤的味道，没等孟婆安排小鬼往嘴里灌，自己就会抢着去喝。不然鬼魂们是不愿意投胎转世的。阳间的最大误区是，把人干的坏事通通怪罪于鬼魂，比如日鬼、鬼头鬼脑、鬼心眼、鬼子等等的说法。凡事沾到鬼字，就没有好事情，这是千古奇冤！阳间把人死叫作变鬼，阴间把鬼死叫作变人；鬼比人真实。人还要描眉化妆，还要穿这戴那，还要花言巧语，还要说谎骗人，还要偷偷摸摸。鬼就不同了，就是这副骷髅架子，没有那些华丽的外表，说话办事真实可信，不虚伪不做作；鬼比人轻松。人为了面子要受累，为了吃喝要奔波，为了女人要拼命，为了金钱要黑心，为了权力要争斗，为了地盘要厮杀，鬼完全没有这种情况。

想到这里，唐新生心里说，人活在世上，一旦遇到难处，就认为当鬼最好。他这一阵儿想得最多的也是这个意思。但要真正让他撇下老婆娃，上吊自杀的时候，又回到鬼怕托生、人怕死的想法上来！想到身边的老婆孩子，想到老家的父母，想到第二天还要到外乡镇跟会卖货，便无可奈何地把头缩进被窝。

勺子解梦

这天下午，胖勺子正在用全套本事给沈文奎剃头。剃着剃着，想起沈文奎说的那些冥国逸事，便有了探听新内容的想法，一再要求沈文奎金佛开口吐露一二。他看沈文奎三缄其口，只好退而求其次：要不，透露点儿阎罗逸事冥国见闻；要不，说说西门里谁家的前世今生，再不然就是谁今后会发财，或者谁今后会倒霉。多少年以来，沈文奎遇到这种情况，不管别人怎么纠缠，绝对不会吐露一个字。今天有些不同，人家不光给自己用着全套本事，又是这么低三下四一再恳求，而且要求一降再降。神怕供，人怕敬，不说实在过意不去。反过来一想，要是真的说出来，不就违背了自己的初衷，放弃了做人的底线？想来想去，既要守住自己的底线，又不能不给勺子脸面，那只有胡编乱造了。想到这里，一时不知道编些什么好，胖勺子又纠缠不休，非听不可，难为得他实在没办法，无意中顺口说了一句：明天早上第一个到你这里剃了头的人，最近可能要发一笔大财！胖勺子问：这个人是谁？沈文奎继续编谎：你见了自然知晓，我要说出来，就不灵验了。胖勺子说：见到这人，能不能说透点破？沈文奎心想，既然已经编开了，干脆一编到底。便不着边际地说：反正昨天晚上已经有人给他托过梦了，你再点拨点拨，省得失去这次发财机会！胖勺子心想，尽管自己发不了财，能帮助别人发财也是积德行善嘛，所以心里盼着第二天快快到来。

终于等到了第二天，胖勺子早早生好炉子烧开水，擦完家具磨好刀。打开门准备迎客时，头不由自主地摇了三下，双手翻着花儿啪啪拍着，心里默默念叨：不知道今天第一个来剃头的是谁呀？刚刚念叨完，聋子染匠刮风一样，突然从后门闯进来，一屁股坐在剃头椅子上说：趁铺子现在没人，赶紧给我把头剃了，省得上火花钱吃药！胖勺子很是纳闷，没想到，这家伙王八兴了鳖运，哪一辈子先人给财神爷烧了碌碡壮的高香，染布的行业已经倒灶得没影了，他竟然也能发大财？又一想，人不可貌相，海水不可斗量，说不定，翠仙最近要把在窑子攒的钱交给他。但是嘴上埋怨道：看你说的那是啥话，只要你愿意剃，哪一回没先给你剃嘛！说着抖了抖罩布给他披在身上，就往脖项塞领子。刚把领子塞进脖项，只听翠仙在房子大大妈妈喊叫得不停点儿。胖勺子只好把领子咋塞进去，又咋取出来，唰地揭掉罩布拍了一下肩膀：赶紧四条腿跑回看去，是不是翠仙那地方叫蝎子蜇了？聋子染匠这阵子也顾不得许多，三步并作两步跑进房子。翠仙说：赶紧到庙前里给我买麻黄素去，我浑身疼得受不了了！聋子染匠拿上钱赶快去买，胖勺子问咋回事，聋子染匠说：咋回事？解放前没离过大烟，现在没地方买了，把麻黄素当大烟吃哩！聋子染匠说完夺门而出，胖勺子心里说，本来老天爷想让你发一笔大财呢，谁知道，你根本就没有发财的命！便高兴地用秦腔慢板，吼起自己现编的乱弹来：

> *翠仙吃豆没有劲，给驴说了驴不信，阿司匹林麻黄素；*
> *翠仙好像驴嚼豆，外加一粒大力丸，胜过灯盏把油添。*

冀志兴推着叫蚂蚱车子，吱扭吱扭去庙前里出水果摊。刚吱扭到剃头铺门口，听见胖勺子吼乱弹，吱扭一声停下车子，拿了带盖的大茶缸，敲着盖子进了剃头铺。胖勺子看冀志兴进来，心里很不是滋味。也不知道共产党的政策是咋搞的，一街两行的生意人，都成了下苦力的农民了，偏偏箍住叫这个不听话的家伙把钱往完地挣呢。就这还嫌人家挣得少，又准备让发大财呀。老天爷也是势利眼，旱的旱死，涝的涝死！冀志兴看胖勺子抖着罩布等他入座，吓得摇着手说：我不是来剃头的，老婆起来没烧水，到你这里灌水来了！胖勺子说：钱挣得都能把你埋了，连一缸子开水都舍不得烧！说着心想，自己现在闲着也是闲着，抓紧时间给这家伙把头剃了，省得欠他的钱。冀志兴倒了水，见胖勺子箍着要给他剃头，便说：我这头发不长，再长上半个月，剃一回顶一回！胖勺子说：都像你这么算计，我喝风拉屁呀！不行，你想省一回，我还想多挣一回哩！说着硬箍着把冀志兴摁在椅子上。冀志兴说：要剃可以，叫我把水缸子放下！胖勺子看缸子的水洒在他身上，就让他去放缸子。冀志兴借着这个机会，端着缸子转过身撒腿就跑，出门时帘子撞掉了缸子盖，丁零当啷从门台滚下街道。胖勺子望着他那仓皇逃窜的背影，心里笑着说，由此看来，老天爷还长着眼呢！但是为了吓唬他，故意举着明晃晃的剃头刀追出门去。冀志兴吓得赶快拾起缸子盖，盖在缸子上捏在手里，便弯腰低头，钻进襻带，两臂八字撑辕，屁股时左时右，推着叫蚂蚱车子一路小跑，车子吱扭吱扭叫个不停，缸子里的水哩哩啦啦洒了一路。

胖勺子望着冀志兴那狼狈样儿，笑得前仰后合。笑毕，转身进了铺子，放下剃头刀，习惯性地啪啪抖着没有发屑的罩布，抖完又习惯性地抓起笤帚，唰唰扫着干净的地面。刚扫毕，刘开科老婆领着娃来剃头。胖勺子心想，今天等来等去，等来了这个小家伙，他才是个一年级娃娃，能发个啥大财，发个硬柴还差不多！又一想，不对，往前的路是黑的，且不说人家孩子将来能不能高官厚禄，光是在人家这院大瓦房底下，挖出一窖金元宝来，几辈子都花不完！想到这里，就提起罩布，两手又习惯性地啪啪抖了抖，罩在身上就给娃塞领子。娃害怕疼身子歪在一边，缩着脖子闪着泪花龇牙咧嘴，说啥就是不让塞。他停下手说：这娃将来是个大孝子，自古以来，孝子小时候都不愿意剃头。没等到开科老婆说话，娃扭过头不以为然：我不是不愿意剃，我是怕疼。胖勺子笑了，好我的傻瓜呢，凡是不愿意剃头的，十有八九都是怕疼！说着他弯着腰低着头凑到孩子面前，摇着头很诚恳地说：叔再要剃着疼，镇子上就没人能剃了你这头！刘开科老婆说：娃不是怕你剃得疼，娃长了一头的烂疮，想让你用残火刀子把疮刮破，回去上点儿刀伤药，好起来能快一点儿！胖勺子这才直起身，开始注意起孩子的头来。望着那像锅底上钉满铁疤一样，青里渗白、白里透黄的满头烂疮，他眉头紧皱，心里发紧，摇着头不得不解开罩布，把娃拉下椅子，手不停地朝外摆：赶快到别的铺子剃去！刘开科老婆问，为啥不给娃剃？胖勺子说：我不敢剃这烂烂头！刘开科老婆说：大胆剃你的，出了事情有我哩！胖勺子还是摇头不剃。刘开科老婆说：小娃头给两个大人的钱，总该可以吧？胖勺子说：给娃不要钱都剃呢，关键是我心软得下不去手！刘开科老婆看胖勺子胆子太小，只好领着孩子悻悻走了。

胖勺子站在空无一人的剃头铺，有点儿迷茫了，到底谁算今天第一个剃了头的？聋子染匠是第一个来的，但是要剃没剃成。接着是冀志兴，人家是来打水的，自己箍着人家剃，人家都不剃。第三个是刘开科的儿子，娃确确实实是来剃头的，是自己怕剃出问题，说啥就是不给剃。按照沈文奎“第一个剃了头的人”

衡量，三人没有一个算得上！

那么，这“第一个剃了头的人”究竟会是谁呢？胖勺子心里说，我就不信三年等不来个闰腊月！说完，扑哧一声笑了，知道自己说的是放心话。结果连个放屁的时间都没用了，第一个剃头的人就自己找上门来。

原来，县工商联临时通知，今天要来镇子检查拐角店的工作。门市部主任害怕高步宽有事来不了，专门打发店员通知他，今天务必到铺子上班。果然不出门市部主任所料，高步宽今天就没有去门市部的想法。因为昨天晚上做了个水漫金山的梦，思来想去，不知道这个梦是啥意思。刚刚把钥匙拿在手里，正想到渊家房子坐坐，和渊家说说这事情，看到底是福嘛还是祸。刚走出房子就让店员堵了个正着。高步宽听到通知，只好回房子放下钥匙，两人准备一块儿走时，发现店员头发太长，害怕县上领导看了，影响小伙的前程，就推着店员去剃头铺剃头。

胖勺子见店员进了门，赶紧拉过去，摁到椅子上，又是苫布，又是塞衣领，心想，要说这个店员发大财还有可能，因为人家是做生意的，成天和银钱打交道呢！等端来脸盆架，倒好热水，放好毛巾，挽起袖子，要按下脑袋闷头时，高步宽从玻璃窗看见门市部主任往过走，赶快跑过去掀起门帘，喊住他问有啥事？胖勺子便多了个心眼，害怕再有变化，故意拖延时间，没有急着闷头。

果不其然，门市部主任看高步宽在剃头铺，赶紧转身进来：你在这里，店员人呢？没等高步宽说话，店员抬起头说：主任，我在这里！门市部主任赶快指着他说：起来起来，让高达剃！高步宽推辞说：我这头发，要剃有点儿短，不剃有点儿长。门市部主任说：县上刚才又补充通知，工商联领导要亲自和你谈话，你说，你这头不剃、脸不刮，行不行？高步宽心想，自己当掌柜的时候，方方面面都很注意，现在不当了，也不能马马虎虎呀，不然领导还会说自己思想有问题！想到这里，啥话再没说，就朝剃头椅子上坐。门市部主任这才带着店员离开剃头铺。没有多大一会儿店员气喘吁吁跑回来说：高达，县上领导下午才能赶到，主任叫你别着急，让大把式（高手）给你把活做细发点！

事情千变万化，实在难以捉摸。胖勺子给高步宽剃了一半头，一再提醒自己，要沉住气，防止再有啥变化，那事等刮完脸再说。没有剃完最后一刀，都不算剃了头！直到剃完最后一刀，才终于松了口气，没有急于刮脸，便开口说：高达，最近是不是有啥喜事呢，看你眉里眼里都是笑。高步宽吃了一惊，看了胖勺子一眼，愣在那里半天没吭声。心想，我昨天夜里做了个梦，梦见屋里发了水，水从那个暗炕洞流出来，漫得全屋里都是。心里正在为这事情打来回呢，胖勺子咋会说出这种话来？是不是听说县上领导要见我，纯粹是顺风顺水，锦上添花？又一想，这事情放到别人有可能，放到胖勺子根本不可能！镇子上人都知道，胖勺子说话猛地听来近乎胡说八道，仔细一琢磨不光很有道理，而且每一次都被事实证明，还不是一般的有道理！所以他想试探试探胖勺子，这一次到底灵验不灵验，便故意把话题支得远远的：不就是县上领导想找我谈话嘛，这倒算个狗屁喜事！

胖勺子放倒椅背，把高步宽轻轻放平：你把县上领导没在眼里搁，我也把县上领导没搁在眼里，照实说，昨天夜里有人给你送啥喜讯来？高步宽心里咯噔了一下，心想，这家伙难道能掐会算，他咋知道我昨天晚上做梦来？又一想，人家是顺嘴那么一说，自己怎么就跟着来了。本来想说做了个水漫金山的梦，刚要开口又想了想，这本来就是胡叫冒答应的事情，连虱大个影影都没有，人家故意说着玩哩，自己何必要顺杆爬！所以便冠冕堂皇说了个影影糊糊：没人给我送喜讯，只是做了个水漫金山的梦！胖勺子双手握着热毛巾问：水从哪里来，又到哪里去？高步宽说：从北山来，流经西门外，又到南川去！胖勺子用热毛巾给他擦着脸说：你不久就要发大财！高步宽说：此话从何说起？胖勺子擦完脸，又给脸上涂着肥皂水：人常说，兴了运了，梦山梦水；倒了运了，梦神梦鬼！梦见水肯定要发财！从北山到南川，绵绵数十里，土能生金，寸土寸金！再加上流经的是西门外，西门外是啥地方，是老财神庙的底子，才气旺得没办法说，老西门城楼上的匾额写的就是“金气独盛”，好我的乖乖，你发的这财，想小都小不了！

高步宽仰着满是肥皂沫的脸微笑着说：我是哄你呢，北山南川是我胡编的！胖勺子一手拉着鐾刀布，一手翻来覆去很艺术地鐾着剃头刀。偏过头，也嘿嘿一笑说：人常说，十报九虚。你问问自古以来，请算卦先生算卦的人，有几人说的是实话？可以说，九成九说的都是假话，但是为啥人家算卦先生偏偏就算得那么准？因为言为心之声，行乃思所控，你再胡编，编来编去，也脱离不了你的思考范围和性格特点！为啥中国人画的画像中国人，外国人画的画像外国人，就是这个道理。高步宽说：你原来是红萝卜调辣子，吃出没看出，肚里的学问还不少呢，解梦的学问可以和周公一比高下了。

胖勺子鐾好刀，来到他面前：我咋能和周公平起平坐，连一般咬文嚼字的算卦先生都不敢比。人家又是易经又是玄学的，紧火处摇头晃脑再给你来几句之乎者也，把你兜里的钱哄不走都不由你。高步宽说：那你为啥今天能说得八九不离十？胖勺子比画着剃头刀故弄玄虚：我今天给你用了三个办法，一个是“现逯现卖”。临天明我做了个梦，梦见要饭老者说，今天到我这里第一个剃了头的人，最近要发一笔大财，你就是今天第一个剃了头的人。一个是“拨云见月”。这个我已经说过了，虽然你编得很圆，云里雾里，但是纵横不出方圆，万变不离其宗。还有一个是“对号入座”。人常说，遍地是黄金，单等有福人。你高步宽就是镇子最有福的人！

高步宽想了想说：那怎么才能得到这些财？胖勺子说：解铃还得系铃人，哪里跌倒哪爬起！高步宽不解。胖勺子这才说：财在地下是会跑的，要想得到这些财，就要盯着财来的地方，或者财去的地方。比如，人走失或者丢了东西，不要绿头苍蝇乱扑，死死盯住走失或丢东西的地方，十有八九都能找到。

高步宽嘿嘿地笑了。胖勺子以为他不相信。高步宽摇着头说：我不是不相信。我现在才想清楚，你过去说的那些事情，为什么会八九不离十，关键是你肯动脑筋！胖勺子头摇得拨浪拨浪：你说得不对，我这人会动啥脑筋？纯粹是信口开河，胡说八道。就是屁干板刘开科说我那话，瞎狗吃屎——冒吞呢！但是，为什么有人说我的话特别灵验，其实，这是个错觉，因为大家光记着我说对的，没记我说错的，所以才会感到我说的话很灵验。只要你留心就会发现，要是我想好了再说出来，想得再周到，都不一定灵验。同样，能够灵验的，多一半儿都是不假思索，信口开河，说到哪里是哪里！想来想去，我觉得根本原因是：有嘴无心是真话，有嘴有心是虚话，无嘴有心是屁话！高步宽说：那两个话都好理解，屁话不知道怎么讲？胖勺子故意开玩笑说：不是从上边说出来的，那肯定是从下边冒出来的，不是屁话还会是啥话？高步宽扑哧一声笑了：别看你没上过学，说话的本事不在沈文奎之下。胖勺子说：不敢耽搁了，小心肥皂水干了！说着胖勺子随着手中刀起刀落，头一摇一摇给高步宽刮起脸来。

高步宽从剃头铺出来，心里一下亮堂了。原来还寻思着那个水漫金山的梦，不知道会给自己带来啥运气哩。听了胖勺子一席话，终于领悟到事情的真谛。运气不来，想来也来不了；运气来了，想挡也挡不住！有好事了，说明自己又有福气又有运气；没好事了，说明自己只有福气没有运气。人活在世上，只能是占一头不占一头，一个萝卜不可能两头切，凡事还是顺其自然的好，可遇不可求。胖勺子就是例子。他不用心说话的时候，说出的话就成了话王；一旦要用心说话的时候，说出的话就成了话盲。

从此以后，高步宽再也没想过那个水漫金山的梦，更没有琢磨会不会发什么大财，而是一如既往，平平淡淡过自己的日子，捎带着去拐角店说说闲话。就这样不知不觉又过了一些时日，这天早上起来，要下炕穿鞋时，发现鞋上沾有泥块，便弯下腰在炕沿上使劲儿磕。说来也就是奇怪，无论怎么使劲儿，就是磕不下来。于是换到暗炕洞的假墙上磕起来，刚刚磕了一下，不但把泥块磕下来了，还把暗炕洞的假墙磕开了。他觉得有点儿蹊跷，但是也没有认真思量，便顺手关起暗炕洞的假墙来。关了一下没关住，以为自己没用力，就使劲儿再关了一次，刚说关上又哗啦开了。这时候就觉得奇怪了，他专门蹲在洞口紧锁眉头，这啥啥都和原来一样嘛，怎么就突然关不住了呢？又试了两下，还是关不住。这时候他看着黑乎乎的暗洞，不由得想起心事来。想着想着，突然想到胖勺子说他要发大财的话来，特别是那句“一定要盯住财来的地方”的话，便想起那天梦里的大水就是从这洞里流出来的，这才坚定不移地相信，暗炕洞里肯定有名堂！于是一下有了主意，先把假墙关上，等晚上夜静人睡时，再到洞里看究竟。无意之间，轻轻把假墙推了一下，这一回倒关得严严实实，他越发觉得，自己的判断是正确的。

晚上整个镇子进入了梦乡，高步宽起来披上衣服，先看了看头门，关好着呢。来到女儿窗前，听到女儿轻轻的鼾声。又走到后门，后门也关好着呢。顺手到灶房取了把砍柴斧子，进了房子关好门窗，拉好帘子，端着罩子灯，打开暗炕洞的假墙，先把斧子扔进去，再低头弯腰钻进去。先用斧子齐齐往过敲，哪里空虚，哪里肯定有情况。敲完以后，发现中间有一块方砖是空的，就用斧尖撬那块砖，咋撬撬不起来。就在他束手无策的时候，下意识地在洞里打了个转身。谁知道就是因为这个转身打得过猛，后背把靠墙的几块砖挤了进去。好像是个洞口，他取开砖块一看，墙上凹进去一方窑窝，窑窝下方露出青石的边沿，青石上铺了一层砖做伪装，青石下边是洞口无疑。他先扒开青石上那层砖，又掀起那块青石，便传来唰唰朝下落土的声音，随后有股凉气扑面而来。这才看清是个黑乎乎的洞口，掌灯看了看，洞口下边是个能上下人的竖井。竖井三面是石板，相对的两面石板上凿有上下的脚窝，靠房子这一面是空的。他把罩子灯放在洞口边，两脚踩着脚窝，摸索着往下走，等下到洞底，才发现洞深刚好一丈。他伸手从头顶的洞口取下罩子灯，这才看见洞口下的真实面目。这是个一丈多高、一丈五宽、两丈长的地下石板库。库里满满当当放了二十多个坛子，坛子全部放的是银圆，上面覆盖的是一层石子。他这才想起那个水漫金山的梦，梦的就是这些数目巨大的银圆。又想到胖勺子解梦那些前言不搭后语的话，更加佩服他的歪打正着和言之有据了。由此还想到当初就是因为听了太上老君的话，才下决心买下兴盛宫，可能太上老君的意思是自己可以得到这些银圆。可是一想到已经去世的三个亲人，得到这些银圆又有什么意思？一下子对这些银圆失去了兴趣。又一想，人死不能复活，有这些银圆总比啥啥没有好，更何况，银圆的数量还不是一般的多。想到这里，心里多少还能得到些安慰。他不慌不忙，盖好银圆，出来又将洞口恢复成原样。

等他心情彻底平静下来的时候，反而决定要放弃这些银圆了。并不是说他这人不爱财，而是经过权衡利弊以后，总觉得放弃比占有它，对自己更为有利。想到当年离开老家时，大婆说的金变蛇、蛇变金的故事，他摇着头默默说：不贪不明之财，不受无功之禄！反而觉得这些巨额银圆有点儿多余了。联想到乡党苏有志坐监狱的事情，他不想为这些银圆挨斗受批，让女儿水秀这个唯一的后人，跟上自己没好日子过！想到这儿心里反倒还有点儿害怕了。特别是沈文奎的话提醒了他：自己前世可能是个坏人，阎王爷专门让托生成好人，今辈子就是给人还账来了。要是不明不白用了这些银圆，后半辈子没有好活不说，就是到了阴曹地府，也要让你受尽磨难。尤其是镇子上马家字号迅速倒闭的惨状提醒了他。这些金银财宝要是自己的，让它跑都跑不了；不是自己的，咋样吞下去，还得咋样吐出来！所以他是这么打算的，这些银圆要是有下家的话，一定要物归原主。要是真的没有下家的话，自己一个也不动它，也不告诉任何人，等自己百年以后，谁有财运，谁去享受！

为此，他先悄悄去走访纸坊财东，结果纸坊财东早已驾鹤西归了，只好给纸坊财东的后人说：我和老先生还有些账项，不知道老先生下世时，留没留什么话？后人说：人欠他的，他欠人的，交代得一清二楚，根本就没有提到你老人家的名字。他又说：老先生没说留没留什么金银财宝？后人说：你这老先生，咋这么糊涂的，账项都说了，金银财宝能不说？他为了试探这句话的真实性，不得不自言自语地说：噢，我晓得了，没有留下金银财宝！后人以为他神经有问题，怕一再纠缠这事情，在村里影响不好，反而生气地说：没有留下金银财宝，我们子女都抬不起头；要是留下金银财宝，我们早被当成地主分子，斗争过八百回了。

为了能找到这些银圆的主人，高步宽又经过一番筹划，准备亲自去山西找苏有志，正巧在这时，穷困潦倒的苏有志匆匆忙忙从老家来到镇子。因为当年把家当留给了高步宽，看高步宽现在能不能多少给儿子添点儿彩礼钱。这个时候的苏有志，经过当年那么一折腾，精神多少受了点儿影响。刚到镇子啥话不说，先把几个乡党叫到一起，公开质问高步宽：你这酵子罐是从哪里发的？高步宽不急不恼，反问他：你说是从哪里发的？苏有志说：是用了我的家当发的…… 还没等苏有志说完，冀志兴赶紧把他拉出去：你千万不要找人家高步宽的麻烦，是我变卖了那些家当，才凑够路费给你把孩子送回家的。苏有志进来又说：不说家当了，该说说这院房子吧！高步宽以为他说房子就会说到银圆的事情，没料想，耿诚信又把苏有志拉出去说：要不是你这院倒霉的房子，高达能两个儿子一个没守住，两个老婆一个没守住？苏有志这次进来一言不发。这一次，高步宽自己把苏有志拉出去：你最好把话说清楚，这房子到底是咋回事？高步宽的意思是想让他说出银圆的事，谁知道苏有志却说：我是想让你给娃添点儿彩礼哩，实在没啥说了，嘴里就胡说开了。高步宽以为他不想说出银圆的事，害怕引起不必要的麻烦，故意给他递话：要不，你原价把这房拿回去？或者价钱少点儿也行。意思是，他要是这些银圆主人的话，要不要这房子是一回事，肯定还会说其他话的。谁知道苏有志却说：你不是明摆着欺负人嘛！你看我现在干屎打得炕沿响，给娃连媳妇都娶不起，哪里还有钱买房？高步宽急得差点儿把话说明：那你一而再、再而三地提这房子，是不是在地下埋着银圆呢？苏有志生气地说：你一会儿叫我买房子，一会儿又说我埋着银圆，气不死我，你不甘心？高步宽见是这情况，觉得好歹一块儿在镇子混了那么多年，几个人多少给凑了点儿钱，便打发他回了山西。从此以后，高步宽再也没有打听过银圆的主人，好像压根儿就没有见到过这些银圆似的。

慧兰改嫁

自从王银贵成功释放了亩产一千二百斤的“卫星”以后，人们开始对他刮目相看了。不言而喻，那些风风雨雨的男女作风问题，也就随之被淡化忽略了。在这种情况下，和他有一腿的党慧兰，不但和他幽会的次数多了，还有了嫁他的想法。其实，这个想法不是现在才有的，是和王银贵交往了一段时间后，就已经开始酝酿了。当时想是想过，没敢往深里想。两家隔条巷道，低头不见抬头见；两人拖家带口，打断骨头连着筋。说得明白点儿，就是有贼心没贼胆。刚好在这个当口，唐新生又要她回山西老家，娘家哥不失时机地乘虚而入。她之所以愿意投桃报李，是因为娘家哥至今还没有成家，老父亲养老没有着落。当地有个媳妇换棺材的说法，自己嫁给娘家哥，不但替老父亲完成了给儿子娶媳妇的任务，老人也就不愁儿子不买棺材，而养不了老送不了终了。更何况，他们只是表兄妹关系，娘家哥又仪表堂堂。谁知道天不遂人愿，由于族人的强势干涉，自己不得不回到唐新生身边。为了另寻新欢，她一方面应付着王银贵，一方面又暗中和陕北的推销员你来我往。她在和这三个男人交往的过程中，反复琢磨着自己的定位。想来想去，还是王银贵适合自己。尤其是放了实验田的"卫星"后，这种想法越发坚定不移了。

说起王银贵，党慧兰越发觉得他不但人长得俊朗，脑子也比较聪明，农活干得也很出色。翻地、种麦、割麦、扬场、吆车，样样能干。喜欢养家禽、家畜，并且还挣了不少钱。比如，养鸽子、养奶羊、养兔子等。一只青色蓝兔子，价值八百元，这在当时已经是天文数字了。一般人养不起，也不敢养，害怕血本无归。有个别胆大的硬着头皮去养，没有养大就夭折了。他不但敢养，而且会养，还赚了不少钱。

他还特别会做生意，那时候叫投机倒把。为了逃避打击，每次都是速战速决，打一枪换一个地方，绝不贪心恋战，绝不拖泥带水。比如，倒化肥呀，贩粮食呀，卖棉花呀等，日子过得比较滋润，始终在两个方面领着潮流。

一个是领着手推车的潮流。先是老式叫蚂蚱车，那种车两个车把呈六十度，独木车轮出奇大，车身通体发红，负重以后发出吱扭吱扭的叫声。接着让木匠仿照河南人用的车做了胶轮车，两个车把稍微向内倾斜，中间有个木架高鼻梁，充气的胶皮轮，一半藏在鼻梁里，一半露在下边，鼻梁顶端有个挡架，鼻梁两边载东西。推车人把带子搭上肩，两手一百四十度撑把，身子前倾着，扭着屁股来回平衡。后来又因这种车子比较复杂，难以驾驭，又做起小木轮的简易小推车来。车的结构是，两个长木棍，中间打三个横撑，前边安个四方形小木框，木框中安个小木轮。再后来终因这种车子利用率较低，又被架子车淘汰。

另一个是领着自行车的潮流。这里需要说明的是，哼囔领的是镇子的潮流，王银贵领的是西门里的潮流。先是骑着从旧货市场买来的车把像牛角一样的外国杂牌车子，国产牌子兴起以后，又买了国产的新永久，接着是凤凰，后来是飞鸽、红旗、二六型飞鸽、加重飞鸽，从来不买一般牌子。用他的话说，刚解放初是"蓝翎好，三枪利，提起国产就着气"；再后来是"飞鸽好，凤凰俏，牌子不亮咱不要！"在大跃进放"卫星"的时候，又是他第一个站出来，不但有点子，而且肯实干，"卫星"放了个不停点儿。每一次领了潮流，风头出尽，风光占尽，迎来了不少赞誉声，也赢得了不少女人的青睐。

党慧兰又想到那个采购员，床上功夫不在王银贵之下，但绝对在唐新生之上。长相和王银贵能打个平手，但是由于人家老待在凉房底下，日头晒不着，野风吹不着，大雨淋不着，加上又特别爱干净，越发显得格外年轻。采购员有他俩比不上的三个特点，一是由于走南闯北见识多，经常给她讲一些新鲜有趣的故事，她感到格外兴奋。二是每隔一段时间，为了讨她喜欢，都要给她送一样稀罕东西，而且是她要啥人家给买啥，尽量投她所好。

尤其叫她感到满意的是第三点，采购员的床上功夫，从野蛮性上说，比不过王银贵。除了这一点，没有一样王银贵能比上的。比如，边房事边说着别人有趣的性事，要多快活有多快活。房事的花样也多，有时候多起来，能有十多样，比耍杂技还有意思。他还有一种特殊本领，就是把女的调动到高潮以后，可以控制住不失遗东西，有时候在两三个小时内，能把女的的高潮调动三四回，直到最后才失遗一回。正是由于这些，党慧兰才下定决心，宁愿和他保持露水夫妻，多享受点儿人间少有的奇特的性生活，也不愿意和他成为永久夫妻，油盐柴米地过日子！因为她对他看不透，不知道他的根根节节，害怕上当受骗；因为他长得太帅气，害怕人家把她甩到半路里，前不着村后不着店咋办？

提起唐新生，党慧兰气就不打一处来，他根本和人家两个无法相比。长相压根儿就是马尾穿豆腐，因为木已成舟，也就不说那话了。叫她感到特别窝囊的是，小本生意挣不了多少钱，成天骑辆羊角车子，前轮上方伸出像鸡头似的铃铛，拉起绳子，铃声响个不停，像个耍猴的，这个镇子走一圈，那个乡上跑一遍，累死累活。就这还要给山西老家寄钱，一年到头落不了几个子儿。嘴上老挂的是“和气生财”的生意经，胆小怕事，畏首畏尾。一些人看他是个软头好欺负，是人不是人都敢在他头上弹烟锅，活得没有一点儿男人味儿。床上那点儿事没办法和采购员比，更没办法和王银贵比，跑上一天生意回来，人困马乏，晕头转向，连应尽的本分都做不到，想要他的旱天雨和雪中炭比登天还难。她曾经在王银贵和采购员面前这样抱怨唐新生：我叫他十天半月来一回，他却月而四十不登门；我喜欢他抬头挺胸硬似铁猛如虎，他缩头缩脑绵软如泥；我要他春蚕吐丝轻抽慢拔九九八十一，他却像绺娃子做贼失急慌忙三下五除二。

党慧兰是聪明人，尽管自己有嫁王银贵的想法，但是要把它变成行动，并不是那么简单的事情。谁知道，就在这个时候，唐新生自己的遭遇为这种想法提供了催化剂。当时大队正在贯彻省上的指示，为修彬县水库征集第二批民工。征集第一批民工时，大队认为唐新生不好好在队上干活，成天屁股底下夹着车子到处跑生意，便点名非要他去不可。因为唐新生一直和有关干部私下有交换，又和小队有约定，王金贵好说歹说，大队书记这才不得不改变主意。社员看到当时去修水库的人，就在私下传了两句顺口溜：“调皮捣蛋，派到彬县！”“只要大队有腿，派谁都不派你！”所以这次征集工作一开始，群众呼声很高，大队干部拒收了唐新生的礼当，理直气壮地声明，派到谁就是谁，就是天王老子说情也无济于事。高步宽看这次风头太硬，就劝唐新生听天由命。果不其然，去彬县修水库的名单中就有唐新生。

唐新生去了彬县，王银贵就经常去党慧兰那里鬼混。突然一天，党慧兰说她怀孕了，王银贵不知道怎么办好，因为当时不像现在有打胎一说。党慧兰一不做二不休：这有啥怕的，我去年生的那个就是你的，加上这个能给你生两个娃，你还不打算和我结婚？王银贵说：你说这话不是一次两次了，你有胆量这么说，不知道有没有胆量这么做？党慧兰说：你有胆量，我就有胆量；你没有胆量，我还有胆量！王银贵说：那我心里就有数了。党慧兰说：那刘红玉死活不离，咋办？王银贵心想，只有打不跑的狗，没有打不跑的老婆！于是奸笑道：不用我吭声，她自己会离开的！

刘红玉在王银贵眼里，是生儿育女的机器，发泄兽欲的工具。兽欲发作的时候，不管刘红玉忙闲，不管生不生病，也不管来不来月经，凭着牛一般的大力气，或拽或搡或抱或扛，硬是要把她弄到炕上不可。有时一个晚上好几次，第二天起来还要接着折腾。刘红玉说：昨天夜里弄了那么多回，还没弄够？他无理狡辩：你昨天吃过几顿饭了，今天为啥还要吃？刘红玉说，白天明晃晃的，有啥意思嘛！他独出心裁：你知道啥，吃饭吃碗哩，弄这弄脸哩。晚上看不清脸，没意思！刘红玉说，你想咋都能行，我就害怕你身体受不了。他信口雌黄：十株麦一碗饭，十碗饭一滴血，十滴血一滴精，十滴精一个娃，我上世以来不知道吃了多少碗饭，精子多得放不下，不把它们放出来，憋死我，你再嫁个年轻的！刘红玉说，反正我把不说的话都说了，到时候你身体垮了，可不要怪我没挡你！他理比路长：只听说过这事情费老婆，还没有听说过费老汉！刘红玉说，那为啥皇上都命短？他恍然大悟：你说到皇上，我倒想起一句话来，说来说去还是怪你这骚货！好菜费饭，好婆娘费汉！我之所以瘾这么大，都是招祸你太骚情了。尽管刘红玉对他这种能力很不以为然，但是嫁鸡随鸡，嫁狗随狗，只有忍气吞声，逆来顺受。

后来他和党慧兰搞上以后，便有意无意反感起刘红玉来。这个时候，他尽管还是想什么时候搞就什么时候搞，但是方式和语言发生了变化，不断变换姿势和部位，还要用侮辱性语言鄙视她、贬低她。这种变化使刘红玉明显感觉到，外边那些风言风语不是空穴来风。他拿外边那些女人和自己做过反复比较之后，已经从心底里开始对自己产生厌倦了。所以当她受到折腾侮辱，心像刀剜一样疼，只有暗暗流泪。现在王银贵看到党慧兰一心想跟他结成夫妻，回到家就像变了一个人，性虐待很快升级。先是把她打得动弹不了，再脱光衣服想办法折腾她，折腾完再一顿毒打。刘红玉还以为他可能在外边有啥不顺心的事，故意拿自己出气，就没太在意。后来这竟然成了家常便饭，才意识到事情的严重性，为了逃脱这个魔掌，她曾经想一头钻进官井里一死了之。但是当她准备好要投井时，又丢不下几个孩子。死的念头打消以后，就想找何可人商量，能不能和王银贵离婚。善良的刘红玉哪里知道，人家王银贵要的正是这个结果呀！

何可人看王银贵把刘红玉打得遍体鳞伤，就去找王金贵说理。王金贵说：我们前后院住着，啥情况不知道嘛，就银贵那脾气，我不管，红玉还能少挨几下；要管，只怕她性命不保！何可人说：那这事情咋办呀？王金贵说：按你们妇女组织那一套，该咋办咋办，权当我不知道这事！说罢扭头就走。何可人挡住说：那我就让大队给他们开离婚证明呀？王金贵扭过头只走不停：只要能叫红玉逃出魔掌，愿意咋办咋办！

就在刘红玉和王银贵第二天要去公社扯离婚证的时候，唐新生摸着夜色突然回来探亲了。一到家没顾上洗脸吃饭，就拉着党慧兰要钻被窝，党慧兰死活不肯。唐新生看党慧兰不信，十分自信地说：我已经攒了大半年了，这一次肯定能行！党慧兰说：你能行，我不行！唐新生不知道啥意思。党慧兰说：肚里的孩子快四个月了！唐新生以为党慧兰逗他：哄人都不会哄，我半年不在家，你咋能怀上？党慧兰说：你不在家，不等于世上男人死光了！唐新生将信将疑。党慧兰挺着肚子说：不信，你摸！唐新生摸过，立马眼冒金星，抡起拳头朝党慧兰砸去，还没有等他砸下去，就被党慧兰一把抓住。唐新生一下愣在那里，一个怀娃婆娘咋会有这么大的力气？当他重新审视党慧兰的时候，才发现抓他拳头的根本不是党慧兰，而是他一直怀疑的王银贵。王银贵冷笑着说：明人不做暗事，不但她肚里这个是我的，前边那个也是我的！你现在说，怎么办吧？唐新生听了这话，气得蹲到地上抱着头呜呜哭起来。王银贵说：问你话呢，咋不吭声？唐新生停住哭声，无奈地朝王银贵摆着手说：你赶紧走你的，权当我没碰上你，不管这娃是谁的，生到我炕上就是我的！王银贵说：你说了个轻松，我的就是我的，咋会变成你的？唐新生说：那你是啥意思？王银贵说：赶快以党慧兰偷情养汉为理由和她离婚，而且是越快越好！唐新生心想，这才真正是吃屎的把拉屎的箍住了，我都不追究你了，你还客欺开主了。忽地站起来生气地说：你恐怕太过分了吧？王银贵啪地扇了唐新生个耳光，就把他扇得趴在地上，头脑发昏，眼冒金星，鼻子嘴里都是血。同意离婚，还能活在这个世上；不同意离婚，明年今天就是你的周年！王银贵说着抽出别在后腰的切面刀，一脚踩着唐新生的腰，一手把切面刀抵在他脖子上：到底离不离？唐新生自知不是王银贵的对手，想到几个孩子，想到死去的新庆，想到老家的父母兄弟，不得不闭上眼睛，把眼泪往肚里咽：离！

第二天，刘红玉和王银贵到公社刚刚扯了离婚证，唐新生和党慧兰找何可人开离婚证明。何可人感到很纳闷：那一对刚离了婚，这一对又来闹离婚？如果不了解内情，光看表面现象，就能断定王银贵和党慧兰终于要把他俩的关系由地下转到地上了。但是，奇怪的是，那边是刘红玉主动提出的，这边是唐新生主动提出的，这就不能简单地认为是王银贵和党慧兰的事情了。

究竟是偶然巧合，还是另有隐情，她一时也说不清楚。所以就问唐新生：你是凭人样呢，还是凭力气呢？慧兰不嫌弃你就不错了，你还嫌弃开人家了？唐新生说：有些东西不能光看面面上，如果里边的根根节节出了问题，面面上再好看，也是枉然！党慧兰一下躁了：你离了离，不离了别离，嘴里不要不干不净！何可人以为人家两个有啥秘密不便明说，又看到离婚完全是因唐新生而起，就没有再往王银贵那事上联系，只好给他们开了证明。

等王银贵正式要和党慧兰登记结婚时，大家才从团团迷雾中走出来。特别是刘红玉后悔得见人就说：我咋这么傻来，人家哄得把我卖了，我还帮人家数钱呢！这一天，见了高步宽说的还是这意思。高步宽说：生米已经做成了熟饭，说这话起不了一点儿作用！刘红玉说：我也知道不起作用，王银贵把我闪到半路里，前不得后不得，左不得右不得，嘴里再不说几句，心里憋屈得很！高步宽说：那你下一步准备咋办？刘红玉说：我还有咋办的啥呢？像我现在这情况，只有回娘家扎老女坟了！说着哭起来：我就是丢不下这几个娃！高步宽说：我给你说个人，不知道你愿不愿意？刘红玉说：谁？高步宽说：唐新生！刘红玉想了想说：人是个好人，就是觉着不好意思！高步宽说：这有啥不好意思的，你回去再想想，愿不愿意，给句话。

原来，唐新生和党慧兰离婚以后，坐在高步宽的拐角店，美美哭了一场。他倒不是对党慧兰有多么留恋，而是看到自己的几个孩子，不知道这今后日子怎么过。唐新生说了一上午，高步宽始终没说一句话，弄得唐新生急得哭起来。高步宽突然说：我已经给你把人看好了！唐新生先是一愣，接着又睁着泪眼问是谁，高步宽说：刘红玉！唐新生不停摇头。高步宽说：就你那情况，人家愿不愿意你，还两可呢，你自己倒端起架子来了！唐新生说：我不是端架子，这事情是我俩主动提出来的，大家要说闲话咋办？高步宽说：有啥闲话可说的，身正不怕影子斜，只要你肩膀能擎住自己的头，谁再说啥都是枉然！话再说回来，大家也想说你俩的闲话哩，只可惜你俩没有啥闲话让大家说嘛！唐新生这才答应下来。后来，高步宽又发动那几个人物尖尖，加上王金贵和何可人也从中间不停周旋，再后来全西门里的人几乎都有这个共识。在这种情况下，两个人才如释重负，很快成了亲。成亲那天，全队的人热闹了一天。倒是王银贵和党慧兰领了证，悄悄搬到一起，连吭声都没敢吭声。

人倒霉了喝凉水都塞牙缝呢。唐新生高高兴兴回到水库上，服从分配，干活卖力，工地上上下下都说他像换了个人。不幸在一次塌方事故中受了重伤，头部和双腿被塌，生命垂危，当时就被抬到县医院抢救。因为抢救及时，总算保住一条命，但是人还不清醒，双腿骨折不能动弹。工地上还不准家属看望，就是准许，刘红玉被孩子拖累得也去不了。后来在彬县住了四个月医院，人清醒了，双腿也长好了。工地上把他送回镇子，头上像包粽叶似的斜三顺四包着绷带，只露了嘴和两只眼睛，担架上放了一对拐子。队上给他记上工分，让睡在家里静养。高步宽到家里去看望，唐新生哭得泪人一般，双手不停拍着双拐说：我成了残废人了，今后就要靠它走路了，我这一辈子再也做不成生意了！高步宽扑哧一声笑了，唐新生停住哭声，不解地问：我都成了这了，你还能笑出来？高步宽拿起双拐说：这不是双拐，是俩瞎子儿！你后半辈子的福气就在这俩瞎子儿上！唐新生听不明白，一个劲儿眨巴眼睛。高步宽弯下腰在他耳边小声说了两句，唐新生这才点了点裹着纱布的头：嗯嗯，有道理！

第五部

登菊含辛

西门里生活最艰难的，要数娃多劳力少的耿诚信家了。耿诚信常年在外，不是炼钢铁，就是修铁路，一年到头很少在家待。冯登菊一个女人带六个孩子，其中四个为半大小子，分着小孩口粮，吃着大人饭量，尤其是两个大的学校太远，还要背馍上学，生活越发艰辛。

细细说起来，冯登菊的艰难生活，是从大食堂没落开始的。刚开始办食堂的时候，确实红火了一阵子。没想到还没一年时间，规模越办越小，先是一个大队办一个，后来是几个小队办一个，再后来是一个小队办一个；人数越来越少，先是从上千口人减少到数百口，又由数百口减少到百十口；标准越吃越低，开始时，确实是甩开膀子大干，放开肚皮吃饭。吃了一段时间，便以人定量，按户领饭。虽然不能放开肚皮，但是，也不会饿肚子。渐渐地就不是那么回事了，每人每天八两粮，平均每顿不到二两七，只能吃个蔫饱肚子饥。没有多久，主食迅速下降，每人每月平均不足二十斤。再后来连十多斤都保证不了，食堂实在办不下去了，终于回归到一家一户。

当时，西门里把在食堂做饭叫“大头冒烟”，把在家里偷着做饭叫“小头冒烟”，把一面公开在食堂吃饭，一面又偷偷在家里做饭叫“两头冒烟”。

队上为了确保“大头冒烟”，便对“小头冒烟”采取了断然措施。借着大炼钢铁收缴金属器皿，全部收缴了家家户户的做饭锅，打掉了所有的灶台。尽管如此，“小头冒烟”仍然屡禁不止。不过，这个时候的“小头冒烟”，做饭的锅只能用私藏的铁瓢或搪瓷脸盆代替，燃料是柴草秸秆，灶台是临时支砖块或土坯，调料仅仅是辣子盐醋。后来大食堂实在办不下去了，才彻底告别了“大头冒烟”，一夜之间“小头冒烟”成为普遍。

冯登菊就是在这种情况下，挑起家庭生活重担的。记得那年秋天，家里实在没啥吃，她听说北山柿子便宜，找了几个同伴，跑了二十多里路，结伴去北山背柿子。柿子是背回来了，也背回来一身病，全身浮肿，皮肤溃烂，瘙痒难耐，肿得连眼睛都睁不开。先生问过以后才知道，她为了背柿子不硌肩，折了根漆树棍扛着，结果漆木中毒。先生说：七木咬了找八木。八木也是一稀缺树种，属落叶灌木，树干对称，有四道硬棱，灰色无味，专治漆疮。当时镇子周围，树木本来就稀少，哪里会有稀缺树种八木！为了尽快找到八木，她又只身一人带病跑到北山，在当地好心人的帮助下，好不容易才找到。漆疮治好以后，为了生计，又领着大儿子去饭馆找活路。

谁知道没有找到活路，倒惹得心疼眼酸。就在她和饭馆人交谈的时候，突然发现大儿子在红案边，贪婪地啃着半扇生猪肉。看到儿子啃得津津有味，依依不舍，心疼得差点儿掉下泪来。平时孩子吃糠咽菜，连馍饭都吃不上，更不要说吃大肉了，所以见到生猪肉也不放过，还不要说生肉根本就啃不动，顶多不过是咂个味道罢了。她没吭声拉着孩子就走，只害怕饭馆人看见笑话。谁知道出了门，大儿子兴奋地说：今天才美美过了个肉瘾，越咂越觉得味道香！她什么话也没说，只是觉得心口针扎一样疼。心想，就是这生猪肉，你也一口没有吃到肚子呀！

不久，大儿子因为成绩优秀，完小毕业直接被县中录取。儿子没出过门，在学校想家，再加上饭量大，背一个星期的馍，三天就吃光了。肚子饿得实在扛不住，偷着跑回家来。冯登菊给儿子凑合做了一顿饭。为了儿子能成人，又把不多的面粉和菜混在一起给儿子蒸成馍，害怕耽搁儿子第二天上课，顾不上夜深人静，背着馍布袋，扛着铁锨，挎着粪笼，借着月色，边拾粪边送儿子去县上。走到漫泉河三孔桥附近，看见一只狼蹲在那里虎视眈眈。儿子吓得直往她怀里钻。冯登菊也是不寒而栗，但是还要装着不害怕，很平静地给儿子说：你眼睛看花了，那不是狼，是个反穿皮袄的看庄稼老汉。可能是冯登菊手里有锨有笼，也可能是狼肚子不饿，蹲在那里一动没动。说来也是奇怪，躲过这一劫，冯登菊没有感到后怕，反而心里很是高兴，这说明儿子将来肯定是个大学生！沈文奎说过，狼不敢吃大学生，天上有人家的星宿呢！想到这里，一下子来了精神，高高兴兴把儿子送到学校，又边拾粪边往回赶。这个时候，她就不像来的时候那么孤单了。黑乎乎的黄土古道上，有了稀稀疏疏起早赶路的行人和马车，微弱的灯光像鬼火一样，星星点点晃晃悠悠。人的说话声和马车的摇晃声，不时敲击着旷野的寂静。当她用锨把吭哧吭哧将满满一笼冒着热气的牛粪扛到自留地头时，天还没有完全亮。

想起寇腊梅那次在狗市侮辱她的事情，她就不由得心如针刺，泪水涟涟。当时的农业社社员，一年四季面朝黄土背朝天，风吹日晒，雨淋汗溻，一身衣服穿不了多少天颜色就褪成灰白色。再加上提倡俭省，新三年旧三年，缝缝补补再三年，衣服破烂陈旧、补丁摞补丁是普遍现象。特别是农村妇女，多数穿着蓝色、灰色和黑色大襟衫子和大裆裤子。基本上是老虎下山一张皮。时间一长，不管蓝的灰的黑的几乎看不出本色来。因为缺钱买不起，没有几件换洗衣裳，件件衫子胸前被奶头磨出两个破洞来，暗红的奶头一览无余。就这还要照样穿在身上下地干活、参加会议、赶集跟会。

那天在西门外逛狗市，寇腊梅向冯登菊借几毛钱，冯登菊本来就没有钱，又害怕说出来丢人，故意说身上没装钱。寇腊梅以为冯登菊不愿意借，就说起了难听话：原来不是口气大得很嘛，骡子马都没看在眼里，现在几毛钱都拿不出来！冯登菊知道自己日子不如人，害怕纠缠下去丢人现眼，就低着头想很快离开。寇腊梅看冯登菊要走，又提高嗓门追着骂起来：你当年口气那么大，凭的不是你男人，凭的是曾秀奇！现在曾秀奇靠不上了，又露出奶头在这里勾引新野汉了！冯登菊装作没听见，还照样走她的路。心里难受的是，人家明明知道自己没钱扯布做衣裳，还要故意血口喷人。想着想着，咬着嘴唇，偷偷掩面流泪。心里说，谁让我们当年一步走错当了农民呢！想到这里，忽然听到身后有吵闹声：我们都是故意露奶头的，就是看上你老汉的钱了，你老汉要是不来买，就不是他妈生的！冯登菊回头一看，是和她一样穿着胸前洞眼露着奶头衣服的西门里妇女连说带笑，正在路见不平撕扯着要顶寇腊梅的牛斗呢。寇腊梅见势不妙，撒腿就跑。

说起露奶头衫子，又想起那天晚上在北塬上拉玉米秆的情景，真是羞愧难当，简直想一头钻到地底下去。当时耿诚信在外边修铁路，家里的玉米秆没人拉，冯登菊只好趁队上下工不用架子车，没吃晚饭便和小儿子借来拉着，吭哧吭哧上了北沟陡坡，到了玉米地天已黄昏。玉米地属于北塬上的低洼地，由于那年雨水多，地里土湿泥软，一踩一个坑，拉着空车子都很费劲儿。到了地里，取下绳索，搭上挡门架子，就和小儿子开始装车。玉米秆本来就湿，她还在上边踩来踩去，压得瓷实不说，还装得宽装得高。等捆好玉米秆，稍事休息之后，就和儿子豁开割人的玉米叶，钻进车辕，背上曳带，手塞进稀软土里紧紧抓住车辕，儿子两手抬着车辕，两人用尽了全身的力气，才把车辕抬了起来。开始拉时傻眼了，发现轱辘已经陷在地里，怎么用力就是拉不动，只好放下车辕，和儿子抱来一大堆玉米秆，把车辕放在上边。然后用玉米秆垫在两个轱辘前边，跪在地上分别用手扳着把两个深陷在地里的轱辘移到玉米秆上。要拉车子出地，抬车辕时用力过猛，一不小心车辕呼啦一下翘起来。因为尾重辕轻，车辕死活压不下来。伸出两手拉，车子纹丝不动。双手撑到辕梢上用整个人的体重往下压，车子晃动晃动，不但辕压不下来，自己还被车辕吊在半空中，像吊猴子似的晃来晃去。无奈，只好松手跳下来。这时候，她大汗淋漓，上气不接下气，一屁股坐在地上，小儿子放声大哭，气得她汗水和着泪水不住抽泣。休息了一阵儿，缓过气来，又起身和小儿子从车后往上抬，一老一少硬是用尽九牛二虎之力，终于将车子抬起，车辕着了地，她这才和小儿子钻进玉米秆遮盖的车辕里，弯腰背上曳带，抬起辕，挣扎着一步一步往出挪。等挪出地，衣服像用水泡过，肩膀上的曳带几乎勒进肉里。

来到北沟边，下陡坡时，天色已经乌黑。又和小儿子把车辕掀起来，转过身用肩膀扛在两个车辕中间的车体上，一脚低一脚高，侧着身子，一步步磕磕绊绊慢慢挪着往下滑。滑到沟底要把车辕往下扳时，又出现了刚才玉米地压车辕那一幕。就在她用尽全身力气把整个身体撑到车辕上时，由于筋疲力尽，哗地从车辕上溜下来。整个身体被两只胳膊，长展展吊在了车辕上，刺啦一声整个上衣被缠了上去，白白的肚皮和大半个乳房裸露在外边。当她跳下来才发现自己露奶头的衫子，由于汗溻日晒纤维已经糟掉，再经过这么一折腾，前胸后背裂开几个大口子，根本无法遮羞，她护着胸部让小儿子回去拿衫子来换。

小儿子刚刚离开，听到不远处有脚步声，怕被人看见，就弯下腰往被玉米秆深埋的车辕里钻。紧钻慢钻，还是被偷偷到坡头镇卖包子，趁着夜色回镇子的包子六看了个清清楚楚。包子六情不自禁地咽了口唾液，笑嘻嘻地走上前：你们女人咋能干这活路？说着把笼和架子挂在辕上，两手抓住车辕，整个身子往上一缩，车辕就被压下来，然后稳住辕，让冯登菊从底下钻进来驾辕。在黑沉沉的夜色和玉米秆的掩护下，他一手护着车辕，一手塞进冯登菊衫子的裂缝里摸摸揣揣。冯登菊一手护着车辕，一手推挡着包子六伸过来的利爪，想到远在工地的耿诚信，眼里流泪，心里滴血。

提起今天刚刚发生的这件事情，冯登菊要多伤心有多伤心。耿诚信去修西侯铁路，已经离开家半年时间了，家里一分钱也没有。几个孩子头发长得能编辫子了，就是拿不出五分钱去理发。刚好冀志兴在家，冯登菊就向他借了两角钱，才到剃头铺让胖勺子给三个儿子理了发。不料，这事情让寇腊梅知道了，死活要冀志兴立马把钱要回来。冀志兴撒了个谎，说冯登菊把钱给了，并拿出两毛钱塞在她手里。寇腊梅心想，冯登菊一直喊叫没钱嘛，这一回咋还得这么利索来？于是就去问冯登菊。冯登菊本能地脱口而出：谁说我给你掌柜还钱来？寇腊梅听到这话，不是生气冀志兴说谎，而是害怕冀志兴讨好冯登菊，很快回到房子闹活起来。

很不凑巧的是，这个时候的冀志兴，正是情绪烦躁的时候。因为在庙前里跟包子六美美吵了一架，心里那口恶气急忙出不来，便折了根麦秆，一个人在房子抱着酒瓶子，用麦秆吸着喝闷酒。越喝心里越烦，越想心里越生气。当时，国家放宽了政策，市场很快活跃起来，包子六趁机又卖起包子来。这天早上，冀志兴拾到一沓钱，包子六发现要见面分半，冀志兴要原物奉还。包子六以为他想独吞，就上前撕挖起来。就在这个时候，失主出现了，包子六没有分上钱，把气撒在冀志兴身上，故意把包子笼支在冀志兴的水果摊前边。这下冀志兴不依了，走到跟前要赶他走。包子六扎得还是那死狗烂娃势，听见了装没听见，看见装没看见。一边手里不停地卖包子，一边嘴里不停地喊着："甭耽搁，快快来，热包子哩，吃了没涎水，不吃涎水流！宁叫没涎水，不叫涎水流！""烤火烤糟子，吃饭吃包子；包子味道香，能香一后晌；包子味道荃，金银都不换。吃了香死人，不吃人想死；宁叫香死人，不叫人想死！"冀志兴见说话不管用，就动手提他的包子笼。包子六这一下不依了，两人很快打在一起，旁边人推走包子六，事情才平息下来。

冀志兴想着喝着，喝着想着，眼看就把一壶酒吸得差不多了，脑子晕晕乎乎的。听说冯登菊露了他的底，心想，我都可怜你哩，你咋就不识好歹？于是手握酒壶，酒壶插着麦秆，边吸边出门，嘴里不干不净骂着冯登菊，一再言明，要是不立马还这两毛钱，今天就睡到你房子不出来！骂着骂着，越骂话越多，竟然骂道：曾秀奇能睡，我为啥就不能睡！冯登菊知道自已惹了祸，二话没说，就去剃头铺，要回一角五分钱，把账欠在那里，再把那五分钱放进去，还给冀志兴。然后跑回房子，拉开被子钻进被窝，呜呜呜伤心地哭起来。

冯登菊哭了一会儿，想了想，命里只有八合米，跑遍天下不满升。哭来哭去有啥用，穷日子还得穷凑合。刚好这个时候，耿诚信风尘仆仆进了门。冯登菊啥话不说，先问身上有没有钱。耿诚信赶紧掏出三块钱：这是我在工地上省的伙食钱！冯登菊说：你先洗洗去，我到剃头铺还钱回来就做饭。

冯登菊还完钱，就去灶房做饭了。冯登菊做饭是以野菜为主，很少见到主食。野菜麦饭、野菜疙瘩、野菜盒子、水煮野菜等。那时的野菜饭和现在根本不能相提并论。所谓的野菜盒子，它的皮儿可不是用精粉做的，而是只有极少的次等玉米粉，大部分仍然是野菜。说穿了是野菜包野菜，野菜就野菜，除了野菜还是野菜，顿顿饭离不开野菜，清苦味寡，缺少油水。就这，冯登菊总是给六个孩子尽量拣主食舀，把菜主要舀给她和耿诚信。两个大人端着碗低着头，呼噜呼噜，狼吞虎咽。六个孩子呢，一字儿排在自己这边院坑台上，三折子靠在墙根，把冯登菊端来的饭，放在面前院坑台上，双手搂着膝盖，目光盯着饭碗泪水直淌。对面冀志兴的几个孩子蹲在那边院坑上，端着面白菜绿味荃油香的连锅面，动作夸张，响声非凡，故意吃给对面看。冯登菊心里很不是滋味，只能看看自家孩子又看看耿诚信。耿诚信一声不吭，只是冲着冯登菊摇头。冯登菊看在眼里，气在心上，又埋怨起高步宽来：当年要不是听了高达哥的话，糊里糊涂加入农业社，咱们也是居民户，也能做生意，哪里还能让他那个丑得像猪八戒一样的婆娘，在咱面前说难听话！耿诚信说：单另说个啥，你是害怕我把你带到山西去，可给高达哥搁啥事呢！

他俩说完，冯登菊一狠心去了厨房，把仅有的一点儿主食给几个孩子烙了饼，拿出来分给孩子们，话里有话：赶紧吃，香得太，比那照娃娃的稀汤面瓷实多了！孩子们举着热腾腾的大饼，冲着对面刚吃完连锅面的小伙伴，津津有味地连咬带嚼起来。

面子是挣回来了，家里的主食却没有了。巧妇难为无米之炊，没了主食，不光饭不好做，吃进肚子也不顶饥，几天下来，把孩子们的皮肤吃成了菜绿色。冯登菊给耿诚信说：得想办法给娃们吃点儿硬扎饭，老是菜来菜去清汤寡水，一泡尿就尿得腰松腿软，娃娃能受得了吗？耿诚信吧嗒着旱烟锅说：我听后巷子人说，把玉米芯的瓤儿磨成面，多少添点儿面粉，烙成饼好吃得很。冯登菊说：那你赶快弄玉米芯子去，咱也试着烙一回。于是耿诚信从柴火房里拨拉了一堆玉米芯，取出其中的瓤儿，让冯登菊剁碎，就去饲养室的公磨子用牛磨面。饲养员张子善指着卧在地上无精打采的老黄牛说：这是你当年入社的牛，你想让牛给你拉磨子，牛还想让你把它背起来呢！它今天一共才吃了一次料，连站都站不起来，哪里有力气给你拉磨子？要不然，把你磨的那东西叫牛吃了，看它能不能站起来？耿诚信一声没吭，找了根绳拴在磨杆上，弓着背气喘吁吁拉起磨子来。磨好面拿回来，冯登菊和成的面像一包渣，说啥揉不到一块儿，只好把做面酵子的面用上，凑合着团成团，拍成周边全是裂纹的粗面饼。但是上锅烙好，又干又黄又脆又香，孩子们拿到饼子狼吞虎咽起来。

一连吃了三天饼子，孩子们美美过了三天饼子瘾。没想到的是，肚子虽然是填饱了，大便却成了困难，几个孩子一连几天拉不下来。这可急坏了耿诚信和冯登菊。耿诚信想了想，一手扳起脚，一手拿着旱烟袋，在鞋底上磕着烟灰说：啥话都甭说了，让娃们往后院走！冯登菊不知道耿诚信啥意思，耿诚信说：愣在那里干啥，你也往后院走！冯登菊只好跟着孩子们来到后院。不一会儿，耿诚信拿出早已准备好的两个铁丝钩，悄悄递给冯登菊一个说：你把三个女娃叫到那个茅房去，我和三个男娃到这个茅房去，用铁丝钩一疙瘩一疙瘩往出掏！正好在这个时候，寇腊梅急着上茅房，解开裤带搭在脖项，两手提着裤子，走进自己家的茅房，看到三个女娃撅着屁股，冯登菊用铁丝钩给掏大便；又提着裤子去了冯登菊家茅房，又看见耿诚信给三个男娃掏大便。她心里又气又笑，急得提着裤子在后院转圈圈。水火不留情，实在憋得没有办法，看到院子没人，只好对着墙角撅起屁股尿完，提起裤子回到屋里笑着说给孩子们。孩子们好奇地赶快跑到后院去看热闹。狗窝里藏不住剩馍的寇腊梅，说给孩子们还觉得不过瘾，又跑到街道上当笑话到处传播。社员们听了多数人笑不起来，只是无奈地摇头。

过继双武

尽管是困难时期，高步宽因为家境可以，人口较少，吃穿家用还说得过去。这天吃过早饭，高步宽给女儿高水秀说：马上开学了，你到学校问问，看今年各年级学费多少？高水秀说：我知道，你给我大妈那边准备钱呀，我早已经打听好了，不管哪个年级，一个人按五块钱准备，连一学期的零花钱都有了。高步宽说：那你在家等着，我现在就到银行取钱，等一会儿去你大妈那里。

高步宽取完钱出了银行，突然，邮递员把车子咯吱一声停在面前，双手握闸双脚蹬地。高步宽说：不赶紧送信去，停在这里干啥？邮递员笑着说：等的就是你老人家，再谁能有这资格？高步宽以为开玩笑，就没停步，绕过车子继续前行。邮递员便打起车铃说：高达叔，我等的就是你！高步宽扭过头说：是不是有我的信哩？邮递员赶紧双脚大步跨着把车子挪到跟前，掏出一封信递给他说：不是你的，是耿达老婆的！西门里就她一封信，你捎给她，我就不过去了！说完掉头蹬车，双腿夹着车子，身子轮换朝两边倾斜着，一溜烟去了东街。

高步宽看了一眼信封，原来是曾秀奇写来的。心想，既然你已经和人家翻了脸，还写信有啥意思？本来想先送完信再回家，害怕碰上耿诚信不方便，就回家把信放起来，想等从渊家那里回来再找机会给她。谁知道正要领着女儿出门，耿诚信急急火火走进门说：我刚去东街碰见邮递员，说有登菊一封信，让你带回来了。高步宽心想，事情也是该烂包呢，想遮盖都没法遮盖，既然事情往自己这里赶呢，我也没有必要躲躲藏藏。所以很痛快地把信递给耿诚信。耿诚信看是礼泉来的，又是曾秀奇的字迹，就说：哥，这封信你就不应该给我，现在倒好，我给她不是，不给她也不是！这个曾秀奇也是的，事情已经过去这么长时间了，还要写信过来，不是没事找事哩？高步宽想了想说：我压根儿就没想给你，你既然找上门了，再不给就对不住乡党了。你要是害怕出啥事情，就把信拿回去，想咋办咋办，我权当啥都不知道！耿诚信回到家，进了前边房子关上门，把信攥在手里，来回走步子想心事。给吧不想给，担心冯登菊看了生气起陈病；扔吧又不敢扔，害怕万一信里有要紧事情咋办？正在左右为难的时候，猛一抬头看见褐黄色的顶棚上有个破洞，便毫不犹豫地搬来杌子，踩着把信扔了进去。高步宽看耿诚信回到家，一直没有动静，这才一手提东西，一手领着女儿水秀，急急匆匆往魏家庄赶。

高步宽走到庙前里，碰见何可人，问她在这里干啥，何可人说：没啥事，地老鼠要文奎写了几个字，人家走时忘了拿，我撵到这里送来了。高步宽说：哎呀，太阳从西边出来了，连地老鼠也知道学文化了。何可人笑了笑：谁知道他人碎鬼大要干啥呢。接着又问，你领娃干啥去？高步宽说：到渊家那里去。何可人说：那你赶紧去，渊家也够罪重的！说完拧身走了。

其实，高步宽哪里知道，这些天魏发财和渊家，为了他的事正在闹别扭呢。魏发财患病以后，在渊家的精心照料下，终于有了转机，一只胳膊稍微能动，说话尽管含糊不清，但也能吐出一半个字来。前几天，本家几个兄弟来看他，说着说着，就说起高步宽的好话来。这时，魏发财那只能动的胳膊，手指着镇子方向，断断续续地给渊家说：要报……高达……恩情，你跟……高达，带我和娃……他有娃……我有娃！几个兄弟又反复问了几遍，这才给渊家说：我哥说高达对咱恩重如山，要报恩当下就报，高达有女没儿没老婆，让你跟他到镇子过日子去，把我哥和娃带过去，他有人烧火做饭有人知热知冷，你继续给我哥喂吃喂喝端屎端尿；然后，把老二双武过继给高家，两家都是一儿一女！渊家哇的一声哭了，边哭边说：你哥病得胡思乱想，说不出人话，我不怪他；你弟兄们结结实实的，咋也不说人话呢？你们把我当成啥人了，我是不是不守本分的人？你们又把高步宽当成啥人了，人家这么做，是觉得当初让我出了门，对不起我，为了补我的心，才不断头地贴补咱。不然，人家花钱填咱这穷坑干啥？你们今天说了这话，因为是第一次，我不怪罪你们，如果再敢说第二次，我非碰死在你们面前不可！

后来，魏发财害怕渊家寻死觅活，再一个字也没敢提说。没敢提说不等于放弃了这个想法，为了迫使渊家答应他的请求，他开始绝食了，做下饭不吃，送来水不喝，急得渊家只好叫来几个兄弟劝说。魏发财给他们使眼色，意思是让他们劝说渊家答应下来，他马上就吃饭。几个兄弟正在劝说渊家，高水秀进了门。渊家赶紧出来把高水秀让进另一间房子，问她想吃啥饭，自己马上去做。高水秀掏出钱说：这是我哥他们的学费；你别做饭了，我爸知道，你也没啥吃，他在村口等着呢！渊家边装钱边说：哎呀水秀，把你爸叫回来，再没啥吃，也不在乎这一半顿！高水秀像往常一样，到魏发财那里打过招呼，赶快出门走了。渊家追上去要送高水秀，站在门口的几个兄弟挡住说：我们去送水秀，你赶快给我哥热饭去！渊家听说魏发财要吃饭，高兴得竟然忘记和高水秀打招呼，就转身回去进了魏发财房子。

几个兄弟和高水秀来到村口，见到高步宽说了几句客气话，其中一个年龄大的把高步宽拉到一边，开门见山：我们几个受我哥委托，想和你商量一件事，不知道你愿意不愿意？高步宽笑着说：不管愿意不愿意，先说是啥事。年龄大的说：你对我哥这家恩重如山，我哥不知道咋报答好，就提出来和我嫂子离婚，让我嫂子回镇子跟你过！高步宽还是笑着说：那我要是不愿意呢？年龄大的说：你没有理由不愿意，一个是你一个人带个女儿，没人做饭，没人缝补浆洗，没人知热知冷；一个是我哥是个瘫瘫，跟没这个人一样，他不愿意让我嫂子受苦受累！高步宽说：你哥能替我想，我感谢他！但是我没女人也不是一天两天了，这么多年都过来了，今后也能过得去！你哥能替你嫂子想，我替你嫂子感谢他。但是，既然他俩能成一家人，就应该有难同当，有福同享，哪能一方有难，一方不管呢？年龄大的说：没有说不管呀，只要她把我哥带到你家去，不就两全其美了？高步宽心想，这家人也是用心良苦，这不就是有名的招夫养夫嘛，这些角色我已经扮演了嘛，何必要让它名正言顺呢？想到这里，便心平气和地说：说实话，这个主意猛一听确实是好主意，但仔细一想，就不是那么回事了。一个是你哥这家要关门锁院寄人篱下，对老祖宗不好交代，对街坊邻居也不好交代。一个是对你嫂子不公平，她要伺候你哥这病人，要管你几个侄子，还要操心我们父女，我担心这样下去，她一个女人家能不能承受得了？还有一个是我自己不好做人。现在这样，人家会说我积德行善；要是那样，人家会说我趁人之危！年龄大的说：你要是这个态度，我就想不明白了，我嫂子已经离开你家这么多年了，你为啥还原样留她的房子，为啥到现在还不见找女人？高步宽说：这话你听谁说的？年龄大的说：我哥刚才说的。高步宽说：我留房子是为了纪念你嫂子在高家的功劳，不是想和她再续前缘。我现在没找女人，是因为还没有到想找的时候，并不是不准备找。弟兄几个看高步宽说啥不愿意，只好知难而退。

又过了一段时间，几个兄弟又来看望魏发财。趁渊家不在房子，魏发财双手猴抓似的这样比画那样比画，嘴里哑巴一样长声短声呜里哇啦，意思是让几个兄弟给渊家说：这一次不说让渊家跟高步宽过日子，只说把二儿子双武过继给高步宽。因为绳子最容易从细处断，高步宽只有一个女儿，要是有个三长两短，谁给高步宽养老送终！让老二双武过去，娃不但有个好的落脚，高步宽也不愁没人续香火！几个弟兄经过合计，觉得哥哥这个想法合情合理。他高步宽再正派，再有钱，也是人呀，不可能不想自己百年以后的事情。这么做既可了高步宽的心，又报了高步宽的恩，他是不会反对的！再就是，渊家也不会反对，因为这一次完全是为了高步宽着想，涉及不到她的为人处世，她不但肯定会答应，还会努力促成。果不其然，几个弟兄刚刚说完想法，渊家表态说：这一次才算说了句人话！

渊家具体操作时，很是动了一番心思。她多次来到镇子，先背着高步宽，做通了王金贵、何可人、哼囔、耿诚信、唐新生、冀志兴等人的工作，然后，让这些人建议高步宽过继儿子，只要高步宽同意，下边的事由她来安排。果不其然，在各方的再三劝说下，高步宽只好答应下来。

渊家得到消息，赶快让魏双武用架子车，把她和魏发财拉到高步宽家。又到对门让耿诚信叫来西门里那些人物尖尖。因为中间那座厅房囤着国家的公粮，渊家把架子车推到院坑中间，两个轮子架在院坑两边的石条上。又取来小板凳，让大家围着架子车坐在两边，就让王金贵说话。王金贵说：这话我说不成，还是让我渊家妈妈自己说！渊家忽地站起来：我说就我说！我今天说的话，不是我的意思，是我掌柜的意思。我要说的对，掌柜的你点点头；我要说的不对，你摇摇头！架子车里的魏发财，连哼带哈不住地点头。渊家这才正式说：我掌柜的觉着水秀他爸对我们一家恩重如山，害怕他一旦有个三长两短，报不了水秀他爸的恩情，到阎王爷那里遭报应，主动提出要把小儿子魏双武过继到水秀他爸名下为子。既然是过继就改姓为高，本人永不反悔！魏发财又是呜啦又是比画又是点头。渊家又说：金贵，你们大家都看着呢，我说一句，我掌柜的点一下头，现在就看你们的了。王金贵说：高达叔，快刀斩乱麻，就等你一句话了。王金贵说完，那几个人就七嘴八舌非让高步宽答应不可。高步宽想了想，笑着说：你们把啥都弄好了，就等着我往进钻呢，这还有啥说的！渊家赶紧说：双武，还不赶快给你爸磕头！魏双武跑到高步宽跟前，可着嗓门叫了一声爸，就趴下磕响头。高步宽声音很洪亮地答应了一声，说：金贵，把街坊邻居叫全，现在我到庙前里便宜馆请大家吃和邻饭！

高步宽跟着大家往庙前里走，心里不停琢磨着两件事情。当时家里出事以后，有人说他给儿子起名字心事太重了，又要成钱又要成粮，钱粮都叫你家占全了，别人还活不活了？所以，他想给这个儿子琢磨个超脱一点儿的名字。还有人说他没有给儿子拜铁匠做干爸，因为没有命强体壮的铁匠护佑，孩子才相继丧命。所以吃过和邻饭就给儿子张罗拜铁匠做干爸的事。王金贵主持了和邻饭，当他宣布请主人讲话时，高步宽举起酒杯站起来说：我这个儿子，姓高名水生，是水秀的弟弟；水生初来乍到，烦劳大家多多帮衬，要有不到的地方，请多多包涵！水生，赶紧给大家敬酒！

吃完和邻饭，大家各回各家，只有张继宗和张子善，站在饲养室门口，黑麻咕咚地说闲话。说到高水生，张继宗说：人家明明是过继儿子，咋长得跟高步宽那么像？张子善说：不是一家人，不进一家门。张继宗说：这谁不知道，关键是想不来究竟是啥原因。张子善说：难道你没听到沈文奎最近说的那段话？没有！张继宗听到沈文奎的名字，一下子来了精神：他是咋说的？张子善这才说出那段话来：

阎王说过，为了保证阳间的秩序，在鬼魂转生阳世前，早就把父子父女母子母女夫妻兄弟姐妹的亲情、友情、姻缘、机遇、祸福、钱财、前程、肤色、性格、能力和爱好等，根据最佳组合方案，安排得合合适适停停当当。抱养、过继、入赘、改嫁，不是一脉，为什么面相、语言、动作，很像亲生？翁婿、婆媳、夫妻，没有血缘，为什么性格、爱好、习惯，如出一家？包括一些夫妻不到头的，父子母女早分离的，弟兄姊妹天南海北的以及黑配白，胖配瘦，美配丑，高配低等等，都是命中注定的！阳间把这叫缘分，阴间把这叫命相。

听完这段话，张继宗这才明白过来，尽管已经给祖坟上覆盖了皇家大冢的土方，也是远水解不了近渴，原来他和陈石榴生不出孩子，不怪他两口子任何人，是阴间早就安排好的！他两口子这辈子就像地里不结果实的光秆秆庄稼一样，只能活一辈人！

诚信受助

耿诚信家的困难情况，高步宽一直看在眼里。每隔一段时间，或给几个馍，或挖两碗面，或送一升小米，或提一布袋红苕。个别时候，到羊肉馆子找熟人，买一碗羊肉，多打几碗原汁汤，让耿诚信用大砂罐提回去，添点儿水烩点菜，捏细拉长，一家人能吃好几天。他们饭里缺油水，就买点儿羊油送给他们炒菜。高步宽所谓的送，多数情况下并不登门，只是站在自家门台，隔街道朝耿诚信喊："过来给你说个事！"或者"过来帮我搬个东西！"再不就是招手示意。他这么做，一方面，是给耿诚信留面子，另一方面，害怕有人眼红，在背后说闲话。时间一长，总觉得这种小小不言的办法，雨过地皮干，解决不了什么问题。一直盘算着通过别的什么办法，给乡党帮个比较大的忙，心里就不会那么不安了。

就在高步宽思考办法的时候，这一天机会终于来到了。他找到耿诚信说：你跟纸张打了半辈子交道，把它的性子摸透了，刚好最近拐角店水晶饼销量很大，你去给他们包货，工钱不会少给的！耿诚信心想，你自己在拐角店都是王小二过年，一年不如一年，先是由掌柜的降成账房先生，后来又由账房先生降到铺柜外边坐圈椅的，现在又把圈椅换成了三人长条凳，吾身都顾不了吾身，还要给我操心，我就是日子再过不前去，都不能给老哥增添麻烦。所以就说：这事情，我看就算了，现在又不是过去，我不想让你为了我看人家的眉高眼低！高步宽一下来气了：想那么多干啥？我能说这话，就有我的把握！耿诚信看高步宽发了脾气，只好答应下来。

那些天，除了两顿饭回家吃，耿诚信其余时间全部在拐角店包水晶饼。包完水晶饼，店里要他去领工资，大儿子跟了去。事后，店里给高步宽说：诚信这人咋是这，店里给他送了一包水晶饼，自己又偷走了两包，现在，账对不上咋办？高步宽找到耿诚信家，看见耿诚信和冯登菊正在说事情，单独把耿诚信叫到前边房子，掏出两包水晶饼的钱和粮票，塞给他说：听说你儿子拿了人家两包水晶饼，现在店里对不上账，你把这钱和粮票，赶快给人家送去，顺便替儿子给人家赔个不是！说完拧身就走。耿诚信好像受了莫大的侮辱，拉住高步宽把粮票和钱硬塞给他说：这钱，你不能出，我也不可能出，我儿子什么时候拿水晶饼了？他们不能随便冤枉人！耿诚信刚说完，冯登菊提着两包水晶饼进了房门：哥，你一来，我就知道啥事情。你俩的话，我在外边听见了。那两包水晶饼就是我儿子拿的，害怕他爸打，偷偷给了我，你拿去还给人家。原来，店里指名道姓是耿诚信偷的，高步宽为了给耿诚信留面子，才故意说是儿子偷的。万万没想到，还真是儿子背着耿诚信干的。高步宽一声没吭，装了钱和粮票，提着水晶饼，转身去拐角店给耿诚信恢复名誉去了。

叫人想不到的是，就连王银贵这样的人，也主动给耿诚信伸出了援手，但是他那种方法简直不敢叫人苟同。当时，正是镇子一带忙着播种小麦的时节。在那一望无际的一块接一块的土黄色田块里，赶着季节播种小麦的摇耧者和牵耧者，点缀在指纹似的浩渺如烟的黄土地上。尽管他们饥肠辘辘有气无力，但是，为了来年的希望，咬着牙忍着饥，依然在田块里辛勤劳作着。耿诚信和王银贵就是这些众多的摇耧者和牵耧者中间的一对搭档。这一天，在地头给耧斗倒麦种时，摇耧的耿诚信望着肥胖饱满的麦种子发呆。牵耧的王银贵问：你在想什么呢，怎么望着麦种子发瓷？耿诚信笑着说：不瞒你说，我一看见这肥肥胖胖的麦种子，就想起那几个孩子来，野菜把娃们吃得恓惶的，要是能用这样的麦子磨成面给娃蒸上一笼白蒸馍多好！王银贵说：当然啦，白蒸馍夹辣子，一咬一个豁豁子；娃娃吃着解馋，大人看着舒坦。你既然有这想法，回去把这给娃装上些，叫娃们解解馋吧。耿诚信以为说笑话，就没往心里去。王银贵说：给你说话呢，咋不吭声呢，回去给你把这麦种子装上些咋样？耿诚信说：说冒话呢，这东西敢装，不是寻着犯法呢！王银贵说：啥还没见啥呢，就把你吓得尻子没脉了。哎呀耿达，农民种粮食呢，吃点儿粮食算啥？你没听说有个顺口溜，偷一斗红旗手，偷一石是模范，不偷不逮，饿死活该。什么时候都是撑死胆大的，饿死胆小的。耿诚信说：其他东西偷偷摸摸还好说，偷吃麦种子，不光生产队不允许，老天爷也不答应。王银贵说：现在这年头，管他谁答应不答应，管他谁允许不允许呢，先把肚子咥饱再说。耿诚信说：要拿你拿，我无论如何不敢拿！你是贫下中农，谁把你咋不了。我跟你不一样，虽然头上没戴帽子，手工业者成分在那里放着呢，人家抓住不把我斗个半死才怪呢！王银贵想了想说：那我装上些，你就权当没看见，行不行？耿诚信说：没问题！

耿诚信回到家吃完饭，就去生产队开会了。开会回来，冯登菊说：你前脚刚走，人家后脚就送东西来了。耿诚信说：送什么东西来了？冯登菊说：麦种子。耿诚信赶紧问：谁送来的？冯登菊说：王银贵！耿诚信大吃一惊：你赶快拿出来，让我给人家送回去！冯登菊说：人家送来就让我抓紧把农药洗掉，把炕烧热赶紧暖上。我已经淘了好几遍了，这阵子在房子热炕上往干暖呢。等夜深人静了，用碾槽碾了，罗子罗了，明天早上就给娃们烙饼吃。耿诚信见事已至此，只好随方就圆。结果到房子一看，又吃了一惊，怎么全部送过来了，咋给他自己一点儿不留？他决定给王银贵说一声，等烙成饼以后送他一半，不然自己吃独份心里过意不去。他摸着黑找到王银贵，说了自己的想法。王银贵笑着说：我另外还偷的有。耿诚信将信将疑：你是不是在骗我？王银贵说：咱们种地歇晌的时候，我叫你到北沟解手，不是害怕闻臭气，是背过你偷着装麦种子！耿诚信说：那咋一点没看出来？王银贵说：不要说你这忠厚本分人，就是比你再刁钻十倍的人，也不可能看出来。你想嘛，这些天，我始终穿着两条裤子，里边那条的裤口用绳子扎着，装上麦种子根本看不出来，当时瞒你还不是因为你们这些成分高的人比较守规矩，不像我们这些贫下中农这么有胆量。最要命的是，害怕你给大队揭发告状。今天我试探了一下，你还不是那种人，我才可怜你不是贫下中农，没胆量偷，专门替你偷的。

耿诚信回到家给冯登菊交代：把麦暖干先放到那里，无论如何不能吃，咱和王银贵不是一路人！冯登菊说：不管王银贵是啥人，人家是为了咱好，咱领情也罢，不领情也罢，可不敢把人家出卖了。不然，大家伙儿会捣脊梁骨的！耿诚信说：我咋能干那事呢？明天我把这些种子偷偷带到地里，趁他去北沟解手时，再倒回种子口袋不就完了。冯登菊急得眼泪快流出来了：咱现在没啥做饭咋办？人常说，饥饿生盗贼。人没啥吃了，啥事都干得出来，偷偷摸摸算个啥事？耿诚信想了想说：你以为我不想吃，我恨不得把麦种子全部拿回来呢。水晶饼那事尽管是娃干的，但那是个一百张嘴都说不清的无头案，人家拐角店会信高达哥的话？这一次再要把麦种子吃了，咱全家就真真正正成贼了，最起码拐角店是这么认为的。冯登菊想了想哭着求他说：要不然是这，看在几个娃的分儿上，咱先用它把眼前的饥荒度了，等明年新麦打下来，我偷偷给队里双倍还回去！耿诚信也被感染得热泪横流，当想到饥肠辘辘的孩子们，无可奈何地把拳头往手心一砸：想那么多干啥，叫娃吃就叫娃吃，头割了碗大个疤！

不料，这些话被躲在窗子外边玩耍的冀志兴的大儿子听了去，偷偷到他们灶房摸了个饼，到大队部揭发了"资本家"耿诚信偷麦种子破坏集体经济的罪行。当时，正是阶级斗争年年讲、月月讲、天天讲的年月，大队部一直苦于没有现行的阶级斗争事例，现在有现行送上门来岂能放过？冀志兴大儿子前脚刚走，后脚全副武装的基干民兵就把耿诚信五花大绑押到大队部。耿诚信看见那块饼就明白怎么回事，审问时一口咬定是他自己偷的，与别人无关。王银贵知道后，主动跑到大队部证明耿诚信没有偷，那麦子是他借给耿诚信的。耿诚信害怕连累他，才说偷的是麦种子，结果两人互不相让，都说对方是胡说八道。大队部只好把他们暂时关押起来。可是王金贵、何可人不干，什么事情都能停，唯独种麦不能停。大队部只好放他俩回去种麦，但是明确要求，要他俩种麦可以，必须请大队基干民兵连派两个全副武装的民兵，跟着直接管理麦种子，他俩只管摇耧、牵耧，这事就算没发生过！

寒窑风流

那时候，一般人生活都很紧张，流浪在镇子的地老鼠就可想而知了。当时镇子出现了一股回乡潮，凡是老家在周围乡下的，因为住在镇子吃不饱肚子，基本上都搬回乡下去落户了。乡下人入社的时候，没地的人是少数，土地面积比较宽余，就是遇到自然灾害，凭着广种薄收，分的口粮就比镇子多。不像镇子人入社的时候，多数生意人没有地，只是肩膀上扛个头，人多地少，口粮短缺，到了困难时期，镇子人的生活就可想而知了。

地老鼠就是在这种很不利的生存环境下，随着这股回乡潮回到三里村乡下老家的。一样是回老家，他回老家和人家回老家不一样。人家回老家，车拉人抬举家动迁，亲戚邻居高接远迎。虽然说不上衣锦还乡，却也不乏亲情围绕。

他也算回老家，身背破烂脏兮扔在路上都没人捡的铺盖卷，肩搭穗子拖地乌黑发亮满是油渍的要饭褡裢，手拉比他个头还要高的麻花似的打狗枣杆。亲戚邻居见他像抽了风，竖眉瞪眼，嘴噘脸吊。人家害怕他要吃要喝，更害怕他吃饱喝胀，乐不思去，要分家产咋办？人常说，狗咬穿烂的，人爱有钱的。地老鼠在老家混了些时日，好像瘟疫一样，猪嫌狗不爱，谁见谁躲开。躲不过的，不是假装没看见，就是不给好脸色，就连狗见了不是怒吼就是龇牙。在这种情况下，待在老家，有家不如没家；离开老家，没家还能想家。回到镇子肚子饿，不回镇子饿肚子。思前想后，还是地老鼠人碎鬼大，终于想了个两全之策：离开老家不远走，回到镇子不进城。

这一日，地老鼠仍然背着那个破烂脏兮扔在路上没人拾的破铺盖卷，肩上搭着脏兮兮烂糟糟两头穗子拖地的要饭褡裢，拉着那根油光发亮麻花似的比自己还高的打狗枣杆，原来是咋样进的村，现在还是咋样出的村。只见他没精打采地拖着疲惫的双腿，千斤般重地朝镇子一寸一寸移动着。来到三里村和镇子犬牙交错地带，便停下脚步不走了。尽管他肚子饿得咕咕叫，还要耍点小聪明出来。往前走一步，站在三里村地界上，指着北边说：我虽然在老家待不成，但我并没有离开过老家的地土，谁能说我没在老家？接着又往后退一步，站在镇子地界上，指着南边说：我虽然没进镇子城，但是我来到了镇子地界上，谁又能说我没回到镇子？如此这般地自我安慰了一番，便竖着右手掌，紧贴右眼，闭上左眼，木匠单眼吊线似的对着北沟，在犬牙交错的范围内，伸出右臂手掌砍刀似的在空中画了一条线。毫不犹豫地下了北沟，找到处在那条线上的一孔窑洞，钻将进去，卸下褡裢，扔下枣杆，放下铺盖卷，像散了架一样，一扑塌坐在地上。此时此刻，此情此景，想到自己孤苦伶仃，孑然一身，竟落得如此下场，不由得落下泪来。想着想着，身不由己地用枣杆击打着地面，很伤感地唱起莲花落来：

诚诚娃你好可怜，住个地方像牛圈，没门框来没门扇，地上没席铺麦秸，被子烂得没里面，衣裳就像麻袋片，车轴脖项垢圿脸，睫毛粘得能擀毡，鼻涕涎水吊串串，肋条瘦得撇火镰，褡裢枣杆豁豁碗，天不收来地不管。

毕竟腹中空空，毕竟走了那么多路程，再加上声嘶力竭地唱了一阵莲花落，地老鼠实在是筋疲力尽，便顺地一倒，脱下鞋摞着枕在头下，睡起大觉来。

平时一倒头，就呼呼睡着了，今天就是有点儿怪，咋睡睡不着。睡不着不是因为“差铺”，因为他来到阳世上二十多年了，连个正经住的地方都没有，还有什么本钱跟人一样“差铺”呢！也不是因为窑洞条件差，他现在还敢讲什么条件，能遮风挡雨就谢天谢地了！更不是因为肚子饿得慌，吃了上顿没下顿是家常便饭，还不要说现在大家都饿着肚子，他要是不饿肚子，就有点儿不可思议了！关键是自己能落到今天这一步，心里老是想不通。

解放前，自己小小年纪，就失去父母，因为个子低相貌丑，被本家赶在门外，没法儿只身一人进了镇子城，吃百家饭，穿百家衣，睡百家炕，凑凑合合度过了童年。成年以后镇子解放了，因为他和西门里那几个伙计关系不错，西门里就把他们一起安排到剃头铺，又给他在北店子找了个“拉二尺五”的营生。进入困难时期，国家裁撤职工，北店子人手太多，裁减人员，他就首当其冲。丢了火头军的营生，吃饭就成了问题。实在没有办法，便学起学生娃的“勤工俭学”来。他捉过蝎子，逮过簸箕虫（土元），挖过猫眼根（甘遂），卖过硝土，掏过麻雀。谁会想到人要是倒霉了，喝凉水都塞牙缝哩。捉蝎子差点儿让蝎子蜇了蛋子；挖猫眼根中了毒，鸡鸡肿得像棒槌；卖硝土挖塌碱墙差点儿要了命；掏麻雀窝，却掏出来一条花毒蛇，差点儿没从梯子上摔下来。告别了“勤工俭学”，没有饭吃，怎么办？沿街乞讨吧，大家都没啥吃，拿啥出来打发他？不沿街乞讨吧，如果年纪大了，就是立刻马上咽气蹬腿㞞朝天，也不说那话了，活多少是个够？可是自己才二十七八岁，正是活人的时候，总不能眼睁睁当饿死鬼吧？

提起活人，他坐起身来先抽了自己个耳光：咱这还能叫活人，叫和泥还差不多。论吃住，刚从家出来那几年，尽管饥一顿饱一顿，总算吃过百家饭。懂事以后，有一顿没一顿，经常是饥肠辘辘。祖辈本来留的房产就不多，还让大伯占了去，根本没他的份儿。论穿戴，娃娃时，无论脏净浑烂尽管是拾下人家的把把，还有几件衣服可穿；进入少年就没有那么幸运了，经常是夏天精身子、冬天单衣裳。论钱财，听说过金子、银子，看见过人家点票子，可自己手里拿的，不是分分洋，就是毛毛钱，就这，装在身上没有暖热，不是叫小偷偷走了，就是自己看不住家当，放得找不见了，连个过路财神都没当过。论女人，没有人管他娶不娶女人，他自己也没想过娶女人，说完全没想也不是事实，不然为什么夜里会做梦娶媳妇！到现在眼看快三十的人了，还不知道女人是啥味气！论后人，没有女人哪来后人？看来，他这辈子就是绝户头的命！

没吃没住他不愁，没吃的了吃白面，专门讨白的不讨黑的；没住的了住大殿，不是庙院祠堂，就是搭上“请”字，还轻易不住；没穿没戴他不嫌，没穿的了穿绸缎，尽管是人家穿过的，扔到粪堆上没人要，不干不净不浑全，总不能说那不是绸缎；没钱没财他不想，吃住穿戴已经解决，再要钱财不但没用，还要操心梁上君子惦记光顾，还要防备草莽绿林图财害命！这样多好，头一挨半截砖，一觉睡到大天明，尿尿心不操；没有后人他不怕，没人给咱买棺材，烂席片到处都有；没人挖墓埋尸首，狼可不愁没肉吃。说句难听话，自己这辈子能不能打发到底，还是问题，再给后人盖房娶媳妇持家过日子，不累个半死不活，也要累得吐血岔气瘫痪在床。现在多好，一人吃饱全家不饥。唯独没有女人他想不通，人常说，一个萝卜一个坑，老天爷既然能长他这个萝卜，为啥就不能给他这个萝卜配个坑哩？

想到女人，越想越生气，越气越乱想。要不是跟上王银贵，趁戏台子底下人挤人，亲过几回女人背，抱过几回女人腰，隔衣服蹭过几回女人奶，再连女人边都没沾过。王银贵曾经给他说，想玩女人找他，但当他真正想玩女人时，王银贵嘲笑他说，我让你半年六个月跟我到戏台底下开上一回洋荤，就把你成全得不像啥了，你还想脱光衣服来真的呀！凭你有钱，还是凭你有相貌，或者凭你有个头？说着手不停朝外摆着：赶快把鼻涕擦了，哪儿娃多哪儿耍去！

从那以后，凡是涉及女人问题，便以自己的方式解决了。开始想女人的时候，扒着门缝偷看女人洗澡。有一回，发现翠仙在房子擦澡，扒着门缝看得正带劲儿，突然聋子染匠从身后抓住他，一拳打得他趴在地上半天起不来。

接着，又给官茅房墙上凿洞，看女人解手。看完后又用麦秸纸塞起来，准备下次再看。这一天发现有个漂亮售货员进了官茅房，他进了男茅房准备去看，结果那里蹲了个脖项搭着裤腰带的老汉，好像不用大半天时间就解不完似的，干着急就是看不成。好不容易等到老汉解完手走了，茅房就剩他一个人，便赶快解开裤腰带搭在脖项，蹲在茅坑上取开麦秸纸，拧过头眼睛就朝洞口贴。谁知道，那个漂亮售货员解完手早已经出去了，正好进来个担茅粪的。人家早就对挖墙洞的人深恶痛绝，突然听到墙洞响了一下，很快看到墙洞有个眼睛。于是就把粪瓢塞进茅坑，满满舀了一瓢茅粪，照准墙洞泼过来。地老鼠挨了误伤，想发作又不好意思，只得捂着眼睛出去找水冲。后来又偷着看女人给孩子喂奶。镇子女人给娃喂奶，都是上衣纽扣全部解开，裸露着两个大奶头。他躲在大树背后，馋得直流口水，猛然发现女人朝他看了一眼，赶紧扭过头去。女人以为他是个小孩，看见奶头口酸眼馋，就叫他过去一块儿吃。他害怕像那次在车上看戏露馅拔腿就跑，女人以为他不好意思，咯咯咯抖着双乳笑得很开心。这几个办法接二连三不停出事，他又琢磨出比较保险的办法来，那就是偷女人的裤头，偷女人的衫子，偷女人的骑马布。想到这里，他有点儿犯困，没多长时间，就呼呼大睡了。

地老鼠住在北沟窑洞的消息，传到西门里，高步宽动起心思来，念起地老鼠跟大家交往这么多年，在紧要关头乐于给人帮忙，到现在混得没有下场，落到了住北沟窑洞的地步，心里免不了有几分凄凉。于是便给王金贵交代：把地老鼠叫回来，还让他住在剃头铺。王金贵说：我早都叫过了，人家死活不来，说现在这么困难的，他不好意思再打搅西门里了。高步宽又一想，贫富一理，尽管他住的是烂窑洞，也算是入了新庄！既然是入新庄，就得上门道喜，也不枉他在西门里厮混一场。接着让王金贵喊上何可人、胖勺子、瞎子五、聋子染匠、刘开科，一块儿凑点儿钱，他拿大头，大家拿小头，专程去北沟窑洞看望地老鼠。

这一天，王金贵、高步宽他们在馆子炒了个大烩菜，买了一笼灰褐色的糜面馍，说说笑笑来到窑里，也不说脏净，也不嫌地方小，大盘腿坐在窑洞的土地上。地老鼠一看这阵势，哇的一声哭了，赶快趴在地上磕响头，边磕边哭边说：我哪一辈子积了德，遇到你们这些好人！王金贵赶紧把地老鼠拉起来：尿水子咋那么多来？大家高高兴兴给你道喜来了，你咋像哭丧一样，是不是不想让我们来？地老鼠赶紧起来，擦了眼泪说：我这是高兴得过火了，哪里是不想让你们来，像高达叔这种人，别人把请字搭上，把席面摆上，看人家去不去？现在你们提着肉菜，能到我这烂脏地方来，我能不高兴？说着又难过地流起泪来。高步宽给地老鼠说：给你道喜来了，你不捉筷子，谁好意思吃？地老鼠赶紧捉起筷子抄了一口菜，大家才动起筷子，有说有笑，拉起家常来。

地老鼠饿得皮包骨头，好不容易吃到一顿好饭，嘴上的功夫很快表现出来：胖勺子，你狗日的真格肚里长着牙哩，还没解放就算出老百姓要为口粮发熬煎呢！胖勺子说：别说得那么玄，我是瞎狗吃屎冒吞呢！瞎子五说：你说得不对，这是阎王爷故意安排的收生！大家用佩服的眼光看着瞎子五，难道你是沈文奎第二不成？瞎子五知道大家的意思，赶紧说：这话就是沈文奎说的，不信你听：

阴间为了保证鬼魂的转生质量，常常要多转生好多。如果成活得过多，给阳间造成负担时，又要把多余转生的收回去。有时候收得多，有时候收得少。这就好比农人种田一样，为了保证出苗率，下种时故意种稠一些，等苗出齐以后再要间苗一样。收生的手段是多种多样的，主要有病死、遭灾、下毒等。有时候，收生量大，就让集体出车祸，或出工伤，或得急症，或发生瘟疫。病死最能说明问题，由于阳间不断有好药出来，阴间就不断叫你生怪病。比如，原来肺结核能死人，有了盘尼西林，谁知道又冒出个癌症来，等有了治癌药物，肯定又要生出个啥怪病来。所以，这次大灾荒，实际上是阎王故意安排的大收生！

大家听了不停地点头，觉得沈文奎的话很有道理。紧接着便围绕着收生的话题，又你一言我一语，说了好大一阵子。高步宽看时间差不多了，给王金贵和何可人说：咱仨走吧，让人家几个再坐坐。说完三人起身走出窑洞，拍得屁股上黄尘滚滚。地老鼠一直送上沟塄，不停地说着感谢的话。临分手时，高步宽说：天阴得这么重，不要让他们坐得时间长了，小心下雨淋着！

地老鼠回到窑洞，几个人又继续说起闲话来。瞎子五说地老鼠：你年龄不是很大，不如赶快学个手艺，要饭不是长久之法。我们几个为啥能混前去，还不是多少有点儿手艺。地老鼠说：不说年龄大小，就我这低巴个，到底能学个啥手艺？瞎子五说：修个车子呀，配个钥匙呀，补个锅呀，再不行就给人看麻衣相，来钱容易，还不用出力气。地老鼠说：修车子够不着车子把，配钥匙买不起零碎家伙，补锅没跟翻砂的睡过觉，看麻衣相不会给人胡编乱造，你说，这手艺咋学？聋子染匠说：啥啥问题都不是，关键是懒把你害了！胖勺子说：说他懒，也不全对，听说前一段时间，他还经常到沈文奎那里学的认字呢！聋子染匠说：认字到底认了个啥名堂吗？胖勺子看聋子染匠说话太冲，故意岔开话题说：老刘，现在也没啥正经事，你能不能给咱说段快板让大家热闹热闹。话音刚落，几个人就拍起手来。刘开科看大家高兴，掏出竹板说：你们今天都想听啥？胖勺子脑子转了转，看到地老鼠落到如此地步，加上几个难兄难弟，除了聋子染匠和刘开科，不是光棍就是单身，便建议说：说点儿带腥的，让大家过过耳瘾吧！刘开科说：那我说段小寡妇上坟！说完竹板很快打起来：

奴的夫你好狠心，撇手撇下二八人。没你就没好日子，晚上流泪月偏西。那些地痞二流子，总想偷偷占便宜。白天不敢出家门，贼眉鼠眼盯奴身。你大是个老淫棍，深更半夜推窗棂，不是奴身行得正，绿帽早扣你坟头！

大家听了拍起手来。刘开科说：既然你们爱听这号的，我干脆说段酸的怎么样？霎时，几人手比刚才拍得还厉害。很快刘开科又说了一段：

昨夜与哥住在楼，娘在楼下磨香油。锅里剩饭轻轻铲，灶里拔柴慢慢抽。

说完问大家满意不满意，几个人几乎没有什么反应。刘开科生气地说：听快板只是能过个耳瘾，想干那事，赶快结婚！聋子染匠突然说：我咋闻着土腥气了，咱赶紧走，说不定马上要下雨！

四个人这才出了窑洞，抬头朝天上一看，果然阴得很重，潮气明显很大，土腥味也很浓。突然有羊叫声从沟北边传来，这才隐隐约约发现北边沟里，有只奶山羊东张西望。聋子染匠开玩笑说：张子善还说我的闲话哩，他放羊把羊丢了都不知道。胖勺子说：张子善那人谁不知道，说你丢了羊还差不多！不信，你去把羊牵回来，看有没有人管！聋子染匠说：要牵也是地老鼠牵，趁这个机会，让他弄上一火，也不枉来人世上一回！刘开科说：别只顾说笑话，赶紧快回，小心淋雨！

他们几个人刚回到剃头铺，雨声哗哗，雷声隆隆，白雨如注。地老鼠吓得不知所措，窑洞外边瓢泼般的大雨，已经变成一抹白了。窑脑上雨水和着泥块噼里啪啦地朝下砸。窑外水流不畅，一股脑朝窑里灌黄水汤。地老鼠赶紧把窑里的土往门口壅成堤，很快黄水就不朝进流了。就在地老鼠站在窑门口欣赏自己杰作的时候，突然发现混浊如墙的水幕之中，有只落汤鸡似的奶山羊，朝窑洞无奈望着，大雨已经把山羊激得站不稳了，再不管它，就有可能倒在大雨中。

地老鼠毕竟在西门里待过，对这里的一草一物还是有感情的。出于同情，他不管三七二十一，冲进瓢泼的大雨中，双手抓住奶山羊的双角就往洞里拉。等拉进洞里，自己也成了落汤鸡。他用手把脸上的水往下抹着，脱掉湿漉漉的衣服，用枣杆撑在窑壁上。谁知道奶山羊撑着四蹄拱起腰，扑棱棱地抖动着全身的水，溅得他满身都是泥水点子，他只好拿下一件衣服擦着泥水。擦着擦着，突然发现下身挺得硬硬的，他试图把它扳下来，谁知道越扳越硬，突然想起胖勺子说他没地方弄的话来，不由得怒气冲天，浑身筛糠。于是一手握着下身，朝着剃头铺的方向刺着，大声喊道：胖勺子老婆——你闲到那里，为啥不让我弄！翠仙——你让千人跨万人骑，多少也不在乎我这一个，为啥不让我沾边！

撒完野，看见奶山羊，便想起刘开科说的那些荤段子来，想起荤段子又想起聋子染匠要他弄羊的话来。想到这里，还怪怨自己有点儿乏味了。没过多大一会儿，一想不对，自己已经落到这步田地，还有啥脸面可顾，还有啥乏味可言，不如试着弄一下，也不枉在人世走了一遭！此时此刻，是人是羊已经无所谓了。羊也好像通着人性，不知道本能使然，还是无意而为，相当配合。

过了大半年时间，张子善给地老鼠送野菜包子，顺口说出那只羊生怪胎的事，引起地老鼠的警惕。他在心里算了算，猫三狗四猪五羊六，这才豁然开朗，便问：啥时候的事？张子善说：今天晌午！地老鼠又问：怪胎哩？张子善说：娃娃们拉着到处玩哩。地老鼠说他也想去看看，撇下张子善，从后巷子、街道里一直找到城门外，才看见一群半大小子，围着一个长着两条腿的粉红肉疙瘩，边用棍棍戳，边呜儿喊叫。地老鼠赶走那些孩子，双手捧起怪胎，回到窑洞放在地上。看着非羊非人的怪胎，不由得掉下泪来，便把张子善送来的包子，自己舍不得吃，全部供给怪胎。到了夜深人静的时候，给怪胎裹了一件好一点儿的露奶头衫子，偷偷埋到三里村祖坟里。

埋完怪胎不长时间，地老鼠不知道得了啥病，浑身稀软无力，总觉得自己可能不久于人世。这一天鬼使神差，硬撑着跑回三里村老家，找到本家大伯，说他要有个三长两短，替他把欠的钱还了。本家大伯应允后，他又到祖坟里看了看埋怪胎的地方，竟发现生出一棵柳树芽来。回来又进了镇子城，在西门里拉了一上午闲话。回到北沟窑洞心想，尽管自己今世没个好人形好过活，但是要有个和人不一样的下场。听说北山里好多老者，走到生命尽头时，关好门窗，穿好寿衣，睡在炕上，不吃不喝，双目紧闭，四肢蹬展，直到临终。他如果能像那些山里老者一样，轻轻松松、坦坦然然离开人世，也不枉来人世一遭！想到这里，赶紧翻开那些旧衣服，坏的里边挑好的，终于凑合了一身不露肉的衣服算作寿衣。然后用树枝挡了窑门，便脚朝外，头朝里，长展展躺在铺着麦秸草的地上。当天下午过得很顺当，到了晚上有点儿口渴，边忍边警告自己，好在交过子时，便昏昏入睡。到了第二天，口干腹空，饥渴难忍，浑身不适。就在他实在支持不住的时候，可能是诱发了病情，损坏了什么器官，便迷迷糊糊失去了意识。

当人们发现窑洞有臭味时，才知道地老鼠咽气多日了。王银贵安排人给他伯父报丧时，人家连理都不理。无奈，只好自己处理。清理遗物时，除了一堆女人裤头、女人衫子、女人骑马布，别无他物。凡是认识他的人，听到这些东西，很少指责，多有同情。最后按照西门里社员的待遇，简单给他做了身衣服，裹了张新席，阳宅阴用，只能算个“软埋”，连“钻堰”都够不上。

大家封好洞口，正要离开时，一大把年纪的张子善，面对窑洞深深鞠了一躬，说：那一天，我发烧起不来，大孙子硬要替我放羊，结果把一只羊弄丢了，多亏你收留送回来。要是让大雨喷死，或者叫人家牵走杀得吃了，我还不知道自己啥下场哩！胖勺子给聋子染匠悄悄说：你看我那天说的咋个向？聋子染匠说：果然不是老家伙弄的事！

人们散去的时候，高步宽、王金贵、何可人、哼囔、耿诚信、唐新生、张子善等人站在原地没动。突然，王金贵拿出两张字条，一张递给张子善。张子善发现这是一张由一个个剪贴的字贴成的条子，内容是：

> 张达叔，我只是给你送了只羊，你不停给我戴二尺五（表扬），不停给我送吃喝。我快见阎王了，得实话实说，我给你送羊是事实，我不是人也是事实！
>
> 路志诚

张子善看过条子，还以为说的是他混得没有好下场，很生气地说：这娃也是的，一个人一个命，那有个啥，不会写字就算了，何必要劳这么大的神？何可人不知道咋回事，要过来一看，原来条子上的字全部是剪贴的！再一看，怎么全是文奎的字？又想了想，这才笑着说：地老鼠住进窑洞以后，常来我家让文奎给他写字，我们还以为他知道学文化了，谁能知道他是为了贴条子。接着，王金贵把另一张递给高步宽：这是地老鼠给你贴的借条。王金贵这一说，不光高步宽发了愣，就连在场的人都觉得莫名其妙。内容是：

高达叔，我一共欠你二十块钱，我现在还不了了，我蹬腿咽气以后，你可以去三里村，我还有祖院祖屋，本家大伯见到借条，一定会还你的！

路志诚

高步宽这才想起，地老鼠这么多年，从自己手里借过好多次钱，每次最多五角，究竟借了多少次，自己也记不清，不是记不清而是压根儿就没有记！他给钱的时候，明明白白知道地老鼠的处境，根本就没指望还，所以就大大方方地有借必给。看到这张借条才明白过来，自己原来把地老鼠，不，把路志诚小看了！尽管他没有七尺之躯，却有七尺之志！想到这里，没离地方把条子嚓嚓撕了个粉碎，顺手朝窑洞上方撒去，顿时纸片像纸钱一样，在路志诚墓前飘飘洒洒，纷纷扬扬。

巧食牛羊

那个时候，不光人吃不饱，牛羊也饿肚子。羊还好一些，没有新鲜草，还有沟塄崖畔堰边的枯草残根。枯草啃光了，残根拔净了，还有贮存的绿草秆苞谷叶红苕蔓可以对付。牛就没有这么幸运了，它们光吃草不行，还少不了粮食作物。那时，人都吃不到嘴里，牛就更不用说了。羊因为有草吃，断不了顿，还有力气来回乱窜，时不时还能撒几下欢。牛因为没料吃，站起来卧不下，卧下去站不起。牛要卧下休息，人要是不帮忙，弄得不好，有可能四蹄朝天，会翻乱百叶失去性命。牛要站起来，要是人不搭手，根本起不来，硬撑着站起来，晃晃悠悠，还有可能再次摔倒。尤其是耿诚信入社的那头老黄牛，拉犁、曳磨、驾辕、盘水车，一直干的是重活，力气已经出得差不多了。再加上喂牛时撒的那点儿牲口料，叫犍牛顶的吃不上，越发显得特别苍老。卧在地上，有气无力，稀泥一摊；站在那里，摇摇欲坠，弱不禁风。

这一天，王金贵去后巷子办完事，路过饲养室，张子善堵住他吐苦水。说自己无论如何不干了，要求队上赶快换人。王金贵问原因。张子善说：巧妇难为无米之炊，缺草少料，把羊喂得不像羊，像细狗；把牛喂得不像牛，像牛犊。喂了多年牲口，都没叫人说过闲话，别最后落个老公公背儿媳妇朝华山！再说，饲养室离城墙太近，城墙豁豁牙牙，尽管上边用石灰水画满了吓唬狼的白圈，一到深更半夜，狼还是不停地来骚扰，最多时能有三四只。人常说，狼怕铁索狗怕摸。为了把响声弄大，我不是点火把烧，就是敲脸盆吓，要不就是用镬头、锨打，整得我整夜整夜睡不好觉。起夜熬眼都没有啥，就害怕万一睡实了，狼把羊吃了，或者把牛咬死了，不好给队上交代。西门里人多嘴杂，羊不像羊，牛不像牛，他们不说没料吃，却说饲养员把料偷得吃了。有人还编了顺口溜：牛哭哩，人笑哩，饲养员偷料哩。你说，我冤不冤？还有耿达那头老黄牛给西门里把力出扎了，现在一天不如一天，人心里难受得跟刀割一样。但是有人建议，不如把老黄牛杀着吃了，省得叫人看见流眼泪。我的态度是，你们要杀老黄牛，就把我换了，不换我，就别想杀老黄牛！

王金贵想了想说：你先喂着，队上考虑考虑再说。说完去找何可人。出来碰上高步宽，便说了张子善不想喂牲口的事。高步宽心想，这个张子善也是的，现在寒冬腊月的，人都饿得面黄肌瘦的，谁还顾得上牛羊？真的饿死了，或者被狼咬死了，社员还能开个洋荤。又一想，人家之所以能在这个时候提出不干，除责任心特别强之外，还多少与解放前当过甲长有点儿关系，害怕牛羊一旦有个不测，队上追究他的历史旧账。还不如换个成分好的，就不会有这个顾虑了，万一牛羊死了，只能说是它们的命尽了，与饲养员没有一毛钱的关系。顺势建议说：要不让子善歇歇，叫聋子染匠喂上一冬，等开了春再让子善回来。

王金贵不同意：聋子染匠也不是没喂过，就是因为把事不当事，才换成张子善的。要是让他再回饲养室，能叫狼把牲口吃完！高步宽说：你只知其一不知其二，聋子染匠那人，没事不惹事，有事不怕事！你还记得那一年要不是他胆大心细，他哥能把老婆弄回老家？再说了，饲养室是关键岗位，现在又是困难时期，人多嘴杂，无事生非。让贫下中农喂上，有事也寻不上你的事；要是还让过去的甲长喂上，没事也能寻上你的事！王金贵问：你是说笑哩，还是真想换人？高步宽说：真想换人。王金贵又问：你真的觉着聋子染匠合适？高步宽摇了摇头。王金贵又问：那为啥还要他喂？高步宽说：我是为了西门里的社员能吃上羊肉。王金贵说：吃羊肉跟他有啥关系？高步宽说：你知道羊和牛是啥东西？王金贵说：羊是集体财产，牛是生产资料。高步宽问：能不能随便宰杀？王金贵说：当然不能随便宰杀。高步宽说：那要是狼咬死或者病害死咋办？王金贵说：要是这么死，不要说死一只，就是死十只，谁拿咱也没办法。高步宽说：这就是我要他喂的原因。王金贵这才悟出：张子善过去当过甲长，只害怕羊和牛被狼吃了，队上追究他的历史责任，所以豁上命保护呢！聋子染匠就没这想法，因为是贫下中农，就是死上几只羊，谁也把他咋不了。想到这里，笑着直点头。高步宽问：羊和牛哪个重要？王金贵说：当然是牛重要，你没听人说，杀猪宰羊的时候，人们都要作揖念叨：猪羊猪羊你别怪，你是人间一盘菜！高步宽又问：人和羊哪个重要？王金贵说：这还用说！高步宽说：这就对了嘛，你没听最近沈文奎说啥，现在人为啥挨饿，那是阎王爷故意收生呢，让狼把羊吃了，一命抵一命，就把人替下了！不然叫谁家死人，谁家都不会愿意，还不要说狼咬了省得人杀。你没看西门里社员入冬以来受的啥恓惶？啥话不说了，明天就叫聋子染匠接手！王金贵说，那这事给何可人咋说？高步宽说：你俩狗皮袜子没反正。只要你说了，人家不会驳回的！王金贵笑着说：也是这情况。

王金贵征得何可人同意，正式通知聋子染匠走马上任。高步宽不失时机地找上门：羊，不拉磨子不拉犁，死上一半只说明命尽了。牛，是西门里的命根子，要是叫狼咬伤了，或者出了啥问题，小心社员打断你的腿！说完扬长而去。

聋子染匠心想，你害怕牛出问题，我还害怕我出问题。只要我出不了问题，牛就出不了问题。撵狼的问题还不简单，只要我把响声弄大，胳膊抡圆，剩下的事情，我就管不着了。

聋子染匠正式接手以后，悄悄把牛圈堵得严严实实，羊圈还是窟窿眼睛，故意给狼网开一面，只要狼有羊吃，牛就不会出问题。

这天晚上，天气阴得很重，风也刮得很大，后半夜果然有两只狼跳进羊圈，顿时羊群乱作一团。聋子染匠听了听动静，狼根本没进牛圈，自己连被窝都没出，握着搅料棍，把木板炕沿砸得山响，声嘶力竭地对着窗外的后巷子反复喊：“狼来了，撵狼呀！”“我日你妈，我叫你来吃羊，看我不打死你！”后巷子的社员听到聋子染匠为了保护羊和牛，与狼拼死命搏斗，觉得他好像变了个人。就是因为聋子染匠连砸带咋呼，吓得狼丢下羊赶快就跑。

第二天，何可人通知社员，昨天晚上来的狼太多，咬死了一只羊，咬伤了一只羊，赶快到饲养室领羊肉和羊肉汤。在这数九寒天，那些面黄肌瘦、饥肠辘辘的社员，能吃上香喷喷的羊肉，喝上热乎营养的羊汤，就好像是久旱逢甘霖，寒冷见阳光，好多人激动得不知道说什么好。每一次分到羊肉，都是细水长流，一次只放一点儿肉和汤，再配些野菜萝卜，能吃好几天。因为狼咬了三次羊，吃了三次羊肉，喝了三次羊汤，那个冬天好像过得特别暖和。

到了第二年二三月，聋子染匠说啥也不干了：现在狼咬死的是羊，没人追究什么，要是哪一天万一咬了牛咋办？再说，长时间这样担惊受怕，把自己吓出毛病，有个三长两短划不来。所以多次找王金贵，公开的理由是，他晚上不在家睡觉，翠仙一个人睡不着；还有人趁他不在，半夜三更敲翠仙的门。

王金贵给高步宽说了聋子的情况，高步宽很干脆：那就让聋子回去守着翠仙吧，通知张子善回来。王金贵说：我已经通知了，人家不愿意。高步宽说：为啥？王金贵说：人家没说，我也没问。高步宽说：这事交给我！其实那天王金贵一走，张子善就到剃头铺给胖勺子吐了实情：我不是不愿意，是害怕狼咬死羊，国家算我的老账。胖勺子说：你聪明一世，糊涂一时，把狼它舅请来，狼再敢来吃羊，你朝我脸上唾！张子善想起关于狼它舅的传说，笑着不停点头。

这个传说说的是，盘古开天之初，有窝狗，两公一母，母狗生了好多外甥，性恶食肉，残忍无比，与狗类差异很大，便呼其为狼。两个舅舅心生厌恶，放任不管，结果，骚扰得天宫和人间不得安宁。玉皇大帝便命其大舅值守天宫，赐名哮天犬，由二郎杨戬节制；命其小舅值守人间，赐名哮地犬，由土地爷节制，狼患才得以根除。没想到，玉皇大帝分封食物时，封遍了天下万物，唯独忘了哮地犬。哮地犬没有口粮，只好回到天宫，狼又无法无天。玉皇大帝接到土地爷告急，命令二郎杨戬：立即让哮地犬返回人间！二郎杨戬说：不是它不回去，关键是你把天下吃食封完了，人间没有它的口粮！玉皇大帝只好说：事已至此，那就叫它吃人拉下的吧！哮地犬这才回到人间，重新治理狼患。

这一天高步宽找到了张子善，说了要他回饲养室的事。话刚落点儿，张子善知道他无事不登三宝殿，便主动开口说：你来了，我就愿意！高步宽笑着说：我就知道你会给我面子的！张子善也笑着说：我不是给你面子，是看了狗的面子！高步宽眼睛睁到额头：咋说话哩？张子善说了胖勺子出主意的事情，高步宽笑着说：不管看谁的面子，只要你愿意就行！张子善重新回到饲养室，专门养了一只大狼狗。果不其然，狼还没走到跟前，听到大狼狗狂吠不止，只好改道去别处觅食了。

谁知道，没过多长时间，老黄牛就久卧不起，奄奄一息。王金贵、高步宽、何可人、耿诚信等都赶来了。王金贵赶紧叫来兽医，兽医看了摇着头说：现在青黄不接，把大肠头都快饿断了，赶紧趁着没咽气，杀了让社员吃肉吧！啪！兽医没有防备，被耿诚信扇了一耳光：说话呢，还是放屁呢？它给西门里出的力，没有哪个社员能比过！兽医看势头不对，背起药箱捂着脸，出门赶紧走了。

不一会儿老黄牛咽了气。耿诚信哇的一声哭起来，这一哭，引得在场的人泪光闪闪。最后，队上决定以西门里社员的待遇安葬老黄牛。给老黄牛梳了毛，用新芦席裹了身子。考虑到老黄牛为西门里出了大力气，把老黄牛抬上胶轮车，王金贵自己驾辕，其他人在两旁和后边推着，埋在远在三里村的公坟里。瞎子五一路吹着《犍牛流泪》，那阵势就像西门里给德高望重者送最后一程。

晚上喝过汤，王金贵领了个生人来到高步宽家。高步宽让进自己房子，给他俩散了烟。王金贵点着烟说：这是三里村的刘队长，他想用一头活牛换的吃咱那头老黄牛！高步宽说：老黄牛已经死了埋在地里了，拿啥跟人家换嘛。王金贵说：就因为死了埋了，人家才专门换来了！高步宽只抽烟不说话。刘队长赶紧说：这也是没办法的办法，我们有的是牛，一个是不敢杀，一个是不忍心吃，刚好，老黄牛你们也不吃，埋到那里，还不是白白浪费了？高步宽问王金贵啥意思？王金贵说：咱们埋牛像埋亲人一样，再让他们刨出来吃了，成了啥事了？高步宽想了想说：十八年年馑，饿得人易子相食。红军长征时，战士没啥吃，首长把自己的爱马杀了。现在青黄不接，命要紧还是死牛要紧？更何况，那还是头死牛！金贵，为了三里村的人，也为了咱西门里的人，就答应刘队长吧！王金贵只好说：你既然能说这话，我还有啥说的！高步宽说：我还有个要求，刨老黄牛时，放在后半夜，要神不知鬼不觉，特别是不能让我对门知道。把肉剥完，骨头架子要一件不缺地原样埋好它。刘队长感动得直给他俩抱拳：你们的要求，我们保证做到！我们也有个要求，我们这头活牛，你们马上要杀掉它，赶紧给社员分着吃了。因为我们给大队说，这头牛是自己跑出去丢了。王金贵说：这没问题。你们什么时候把牛送来？刘队长说：牛就在你饲养室外边拴着呢！王金贵说：那咱赶紧牵走！

王金贵刚走出门，高步宽觉着不对，不把这头牛的来路编好，社员们七嘴八舌说出是非咋办？边想边追出门去。王金贵也想到了这个问题，送走刘队长，让张子善把牛牵进饲养室，赶紧来找高步宽。两人到赵家巷刚好碰上，互相笑了一下，都明白了对方的心事。高步宽悄悄地说：就说是哼囔骡马店里跑进来一头没主的牛，一直没有人来找，他又没有草料喂，让队上杀了给社员吃吧！王金贵说：那你赶快去给哼囔说，我这就安排人杀牛！

就是因为这次换牛，高步宽、王金贵与三里村刘队长成了朋友。后来，高步宽托刘队长在三里村给瞎子五找了个寡妇。两人成家后的第一件事，是修建正规墓地，合葬了父母的骨殖，蒙在他心里的那块“软埋”的阴影，这才烟消云散。现在，一家两个地方，镇子不忙了，瞎子五回三里村；镇子活多了，寡妇来镇子。两人你来我往，忙忙碌碌，小日子过得滋润甜美。

哼囔打鬼

不知道是怎么回事，生活这么艰难的，狐仙还要隔三岔五到高步宽家滋生事端。事情还是高步宽的儿子高水生发现的。他住在第三进和第四进大房之间的西厦房里。那天夜里刚刚睡醒一觉，隐隐约约听到后门有响动声，紧接着又好像有脚步声进来。当初，他还以为父亲高步宽去后院有事，没太在意，次数多了才感觉到有点儿不对头：父亲住在前边东厦房，怎么这个人走到厅房里就不走了？不继续走不说，老觉着他在厅房里像老鼠一样拨拉东西。有了疑虑就有了好奇，这天晚上睡醒一觉，听到有人从后门进来，便不声不响地爬起来，摸着黑不小心把什么东西撞下炕去。他急于知道外边是啥响动，当时也顾不了那么多，赶紧用舌头舔破窗户纸，偷偷看着黑麻咕咚的窗外。这一看不要紧，差点儿把他没吓死：一只大狐狸瞪眼龇牙，伸着长长的舌头，冲着他不停怒吼。他只是尖叫了一声，便躺在炕上不省人事了。

这么大一座深宅大院，夜深人静到处乌黑，高步宽听到惨叫声，突然觉得格外阴森。一骨碌翻起身，从房门背后摸出马刀，不停地叫着水生、水生，赶紧朝后边厦房跑去。进了门不见人应声，心里一下毛了，顿时头上有了汗珠。赶紧把马刀夹在胳肢窝，双手在炕沿上摸火柴，咋摸摸不到。移动脚步时，脚被什么东西绊了一下，弯下腰一摸竟然是火柴盒。原来水生起身的时候，把火柴盒撞到了炕下。划着火柴点亮灯一看，大事不好，水生长展展躺在炕上，脸色蜡黄，不省人事。他赶紧放下马刀，上了炕一手扶起水生，一手掐住人中。好一阵子，水生才苏醒过来。当他看清是父亲抱着他时，哇的一声哭起来，边哭边说：爸呀，咱屋里进来狐狸精了，血脸红头发，一个劲儿朝我龇牙咧嘴，要不是有窗框挡着，我早没命了！说着呜呜哭起来。高步宽问：还看到什么了？高水生说：狐狸好像在厅房里拨拉什么东西。高步宽从暖水瓶里倒了杯水，放在炕沿。

等水晾凉高水生喝完入睡以后，高步宽才拿着马刀轻手轻脚，回到自己房子点着罩子灯，端在手里来到厅房里。他把厅房各个角落看遍了，没有发现什么异常，又端起灯朝房顶上细细看了看，还是没有发现什么异常。脖子看酸了，低下头活动着脖项，想来想去，就是想不明白狐狸在厅房里会干什么。就是因为这一低头，多看了一眼，这才恍然大悟。

现在正是困难时期，家家正是缺粮食的时候，这家伙该不是打囤里粮食的主意？高步宽赶紧围着三节芦苇席圈成的粮食囤看情况。结果在里边背人那一面，发现最下边两个囤的接茬处，粮站当初糊的那层泥皮，已经被揭掉原样放在地上，还没有来得及往上放。再一看这里的粮食囤明显比别处瘪了，高步宽一下脸色变了。心想，这要是让国家发现了，还以为自己偷了粮食，一辈子的好名声，一夜之间就会烟消云散。于是他想到天明以后赶紧报案，省得自己替人背黑锅。又一想，水生这一喊叫，偷粮食的人一定会警觉起来，人家要是把粮食藏起来，国家找不到赃物咋办？到时候不光自己脱不了干系，偷粮食的人还要跟自己过不去。君子报仇，十年不晚，自己这把年纪就不说了，儿子和女儿再要出个啥事，后悔就来不及了！想来想去，只要这个人不再光顾，国家现在损失这点儿粮食，也在合理的损耗范围以内，肯定不会追根问底。这样想着，一直到天明，他连一眼也没眨。

第二天吃过早饭，高步宽来到自行车交易市场找到哼囔说了有人装狐狸偷国家粮食的事，生气地说：我原来还以为是狐仙下凡呢，没想到竟然是人装的。你一定要替我美美把这坏蛋收拾一顿，不然他是不会收手的！

哼囔接受了这个任务，不停地问高步宽、问高水生、问高水秀，平时看到、听到过什么，问得很仔细很琐碎，不放过任何一个细节。问完以后又实地查看，重点看狐仙从哪里来到哪里去。终于有了三个重大发现，一是有人在后门上做过手脚。人家给门轴上膏了油，所以开门、关门几乎听不到什么响声。还给门闩上擦了一层厚厚的肥皂，不但拨动起来非常流利，也不容易听到响声。门闩上还有用刀子拨动过的痕迹。这些情况说明这个所谓的狐仙，是用薄镰刃拨开门闩进来的。而且他还断定这种薄镰刃就是割麦用的刃片。二是这个所谓的狐仙进后院和离开后院的路线，始终是后院的东西界墙。他发现东西界墙上有明显的脚踩的痕迹，东界墙最明显。为了弄清是不是隔壁人，他还到赵家巷看了王银贵东边的院墙，结果也发现有脚踩的痕迹。所以这个狐仙有可能是外边人，也有可能是本队人。三是从这么多年狐仙来往的时间和规律看，这个人对高步宽家的情况了如指掌，所以本队人占到百分之九十以上。

哼囔把这些情况告诉给高步宽，高步宽感到很疑惑：那你为什么不到东西隔壁后院看看？哼囔说：如果说真是外边人，不用看里边也有痕迹。要是本队人为了作假，里边也少不了痕迹，所以根本就不用看。如果硬要进去看，纯粹是脱了裤子放屁，还有可能打草惊蛇。高步宽说：那你下一步准备咋办？哼囔说：你这几天找地方躲一躲，让两个娃到同学家住几天，我想尽快抓到这装狐狸的坏人。高步宽说：你抓人家干啥？我是要你收拾他！哼囔说：不抓他，怎么收拾？你可要知道，贼没赃硬似钢！高步宽说：我不想把事情往明里弄。哼囔问：为啥？高步宽说：我家老的老小的小，害怕人家报复。哼囔说：你不想往明里弄，“土匪”啥时候把事往明的弄过！

过了两天，高步宽见人就说，他这段时间要去西安，两个娃到东街同学那里住，有啥事等回来再说。临走的时候，还专门和王金贵、何可人打了招呼。镇子人有个习惯，只要人不出远门，每家每户的门从早上起床一直开到晚上睡觉。高步宽这一去西安，不但要关门，还得锁上大锁头。明眼人一看，就知道这家人出远门了。

镇子进入困难时期，一般社员家庭，当然不包括高步宽这样的家庭，因为整天饿着肚子，根本没有精神熬眼说话，有些不得不说的话，也因为没钱买，或者有钱买不到煤油和火柴，只能是摸着黑简单说几句了事。一般情况是天黑看不见的时候，人们就摸着黑抽出一团柴草，撕一段用灰灰菜砸黏染的棉絮，压在火石上用火镰嚓嚓迸出火种，然后双膝跪地双手撑地，歪着头脸贴地面，嘴对火种，吹得房子烟雾弥漫，呛得大人小孩眼酸泪流。柴草引燃后，这才借着火光扫炕展被子，说话干家务。等柴草燃尽了，一家人就钻了被窝。

就在大家饿着肚子进入梦乡，家家户户笼罩在炕烟中的时候，哼囔趁着夜色，披着烟雾，轻手轻脚进了西门，顺着城墙摸到沈文奎门前的大槐树下。茂盛的树冠遮盖了大半个房顶，哼囔朝四下打量了一下，没有一点儿动静，便纵身一跳，伸手抓住树枝，猛地蹿上树去。整个过程只是一眨眼工夫。他躲在树上掏出两条黑帕子，一条裹头一条捂嘴，伪装好又摸了摸背在身上的短棍。确认一切完好，便很快顺着树枝，来到沈文奎的房顶。这才发现沈文奎的房子亮着灯，并且有自言自语声。心想，沈文奎的底子就是厚实，不怕费油又在写他那些鬼话哩。他无心留恋，更不想偷听，又一路轻手轻脚向东摸到高步宽的房上，分别到三个天井边，侧着耳朵听动静。确认没有人在里边，便来到最后一坡房顶上蜷缩起来，紧紧盯着两边的界墙，恭候着不速之客的到来。

一个小时过去了不见动静，两个小时过去了还不见动静。哼囔摸了摸肚子，下午那顿饭已经消化得差不多了，不由自主地张大嘴巴打了个哈欠，又挤了挤双眼。心里说，到底是年龄不饶人，年轻时候弄这事，就没有一点儿乏困的意思。正想着，隐隐约约听到赵家巷有人过来。尽管脚步声很轻很轻，还是让高度警惕的哼囔捕捉到了。那人走到王银贵的后院边墙根，就没了动静。忽然听见有什么东西咚的一声从外边扔进来，紧接着就听见王银贵的后门打开了。他定睛一看，原来出来的是党慧兰。她手里拿了一圈麻绳，走到挨墙的树跟前，手在树上轻轻拍了两下，便把一头拴在树身，然后拉长绳子，很熟练地把绳囫囵扔过去。那人听见暗号很快拽着绳翻过墙头，然后踩着党慧兰的肩膀，慢慢下到院子。

哼囔这才看清，那人原来是陕北采购员，专门住在镇子采购烟花炮仗的。早就听说两人眉来眼去，没想到他们还真有一腿呢。那人小声搓着手说：银贵要是今晚回来咋办？党慧兰收着绳心想，到底没有王银贵能耐，还没正经弄事哩，就把你吓成这了。要是王银贵，胆正洒脱不说，哪里用得上绳子和人，早自己翻墙过来了！所以，很不以为然地说：明天早上天不明埋他舅呢，还回来个屁呀！那人说：那你咋没去？党慧兰故意笑着说：家里不留人，贼把门背走，咋办？说着进屋就关了后门。不一会儿屋里就传出呢喃呻吟声。哼囔心里说，这个狐狸人非同寻常，跟过去自己那些弟兄一样，害怕万一失手，性命不保，每一次都是吃饱饭，过足瘾，睡过女人，换一身新衣服，才正经弄事呀！哼囔一直等到快天明，还没发现狐狸人过来，无奈只好从房顶上下来回家睡觉了。

第二天，哼囔仍然是原路原时间来到高步宽房顶上，仍然是在老地方守候。快到后半夜的时候，隐隐约约看见一个人手里拿了一张狐狸皮，蹑手蹑脚翻过东界墙，窜到高步宽后门，掏出刃片拨开门闩，便推开门进了高步宽家。一直候在那里的哼囔心想，捉贼捉赃，抓奸抓双，该是我出手的时候了。于是赶紧就朝厅房顶移动。

狐狸人进了高步宽家，轻车熟路，如入无人之境。很快来到厅房里的粮食囤后边，取掉塞在麦囤接口处的泥皮，轻轻放在地上，掏出面袋一手把袋口擩在囤里，另一只手只管朝里边刨着粮食。正在刨得欢实的时候，突然被身后的哼囔卡住了脖子。狐狸人的第一反应是赶快拿起狐狸皮，朝哼囔身上扑打。这一手对别人很管用，在身经百战的哼囔面前，简直就是雕虫小技了。哼囔一手死死卡着他的脖子不松手，一手夺过狐狸皮扔出老远，飞快抽出背在身后的短棍，照着狐狸人脚上狠狠抽了一下，只听狐狸人扑通一声跪倒在地。哼囔又趁他立足未稳，两手抓住他，高高举过头顶，又啪一下狠摔在地上。哼囔这才像武松打虎一样，骑在狐狸人身上，又是拳打，又是大耳光狠扇，可能是打掉了狐狸人的下巴，狐狸人呜里哇啦求饶。哼囔看把狐狸人收拾得差不多了，这才停下手来，喘着粗气厉声说：你仔细听着，我说的意思，你同意点头，不同意摇头！狐狸人很聪明，乖乖地点了点头。哼囔又说：你再偷谁，不能偷国库！国家发现以后，专门让我捉拿于你，你是跟我到公社去呀，还是让我放了你？狐狸人先摇了摇头，再点了点头。哼囔说：要我放你也行，但是你今后绝对不能踏进这屋里半步！狐狸人头点得像鸡叨米。哼囔说：我站在囤那边，你把这里收拾利索，赶快把你那一套拿上滚蛋！今后再要到这屋里来偷鸡摸狗，装神弄鬼，祸害好人，我就不会给你演《捉放曹》了，直接就给你演《二进宫》！狐狸人又头点得像鸡叨米。哼囔这才松开狐狸人，站在囤的另一边。狐狸人把面袋的粮食一点一点塞进囤里，又很快收拾好现场，再把泥皮原样放好，跛着脚，护着下巴，夹着狐狸皮，赶紧溜走了。

高步宽从西安回来，听了哼囔惩罚狐狸人的经过，想到女儿同学陈牡丹的遭遇，想到国库的损失，好像吐掉卡在喉咙的顽涎一样解恨消气。但是，那阵高兴劲儿一过，又想起眼下这困难情况，心里又觉得沉重起来。好多家庭因为揭不开锅，家有老人的另起炉灶，弟兄们另立门户。特别是这次回来，像王金贵、王银贵弟兄两个，尽管早已分开另过，王银贵还不相信王金贵，只好把中间大房拆掉，盖在王银贵的厦房后边，然后把这块空地作为王金贵的后院，再在齐厦房垒一堵界墙把前后院隔开。王银贵在老后院靠巷道的边墙上给自己开了个柴门。就是因为给半巷道开了这个柴门，方便了他们，也方便了陕北采购员。

过了两天，高步宽找到哼囔很认真地说：你想办法到北山搞点儿粮食，要不然西门里会饿死人的！哼囔手掌伸到他面前说：拿钱来！高步宽啪地打了一下他的手掌说：给钱不找你！哼囔说：那我总不能红口白牙说空话呀？高步宽说：这一回还就要让你红口白牙说空话呢！哼囔说：不要钱可以，得用你的名字！高步宽说：只要不要钱，名字随便用！

没出三天，西门里突然响起了急促的铃声，好像发生了什么重大事件。西门里家家户户跑出去看情况。只见打铃的王金贵说：赶快把口袋拿上，到队委会装粮食！进入困难时期以来，队上几乎就没开过什么会。不开会不行时，硬是把几个会合在一起开，真正开起来也用不了两袋烟工夫，就这还是你来他不来。今天听说是装粮食，几乎全家出动，好像是吃舍饭、抢粮食一样，没有多长时间，就把队委会挤得满当当的。何可人、高步宽、哼囔和大家面对面站着。大家心里犯嘀咕，社员们分粮食，高步宽和哼囔站在这里干什么？等一会儿，王金贵带着一阵风来到大家面前，征求完高步宽和哼囔的意见，就开始讲起话来：社员们，乡亲们！大前天，高达叔到骡马店和康达拉闲话，说起咱们队上社员揭不开锅。刚好康达托人到北山老家买牲口料，由于山里人粮食多得吃不完，就多给装了一车。说不要一分钱，因为他们经常来骡马店白吃白喝白住，权当是这么多年的店钱和饭钱。高达就让把这些粮食捐献给咱们，刚好每家一百斤。现在热烈欢迎两位长辈讲话！高步宽和哼囔两个人推来让去谁都不肯讲。还是哼囔精明：我说就我说，现在请高达代表我俩讲话！高步宽没办法，只好提高嗓门说了两个字：装粮！

拐子挖金

柳拐子很幸运，困难时期刚刚过去，就被解除劳动改造。他觉得劳改期间，比家里好的是，保证顿顿有饭吃。不像在家里，运气好了，有荤有素；运气不好了，挨饥受饿。不如家里的是，顿顿饭是两个汽车轮子轧不烂的黑面窝窝头，外加一大碗能数来米粒照出人影的霉米汤。就这，咋吃进去，还得咋吐出来。这边刚刚灌下肚，刚说打个转身，那边就全部送进茅房。更要命的是，一直以来，以为坐监狱是吃了坐，坐了吃，净吃净坐。结果进去才知道，哪里有时间坐，不是背砖块，就是抬石头，再不就是扛麻袋，起早贪黑，两头不见太阳，有时午夜还要起来放卫星。

人常说，好吃难克化。这说的是请吃请喝。万万没想到，监狱更加一等，吃的猪狗食，出的牛马力。他进监狱的目的，是为了解决吃饭问题，没想到能出这么大的力，能下这么大的苦。结果拾的没有遗的多，终了头比身子大。这个时候，后悔也来不及了。不像在外边，不想吃了睡觉，不想干了撂套。在这里身不由己，猪狗食还得继续吃，牛马力还得照样出。困难时期，听说外边少吃没喝，挨饥受饿，心里才得到些安慰。最近，听说要给他解除劳改，咋也不愿意出来，担心回去吃饭没着落。经过管教连哄带吓，才勉勉强强点头同意。

柳拐子刚刚回来，队上就给他分了口粮，让隔壁邻居隔三岔五给他捎的蒸成馍，一天不是煎水馍，就是馍煎水，还老老实实干了几天活。口粮吃完了又旧病复发，关上门睡在家里看顶棚瞪瓷眼，根本不下地干活。看着看着突然想起父母的发家史来。

当初父亲之所以能有这院房，能把母亲娶回家，能有贩大烟的营生，还不是因为父亲在北沟拾到金子的缘故。想到拾金子，他忽地坐起身，他要像父亲一样，也要想办法拾到金子！但是，什么地方最容易拾到金子呢，一时犯起难来。想来想去，突然眼前一亮，远在天边，近在眼前！想到两个老人，贩了那么多年大烟土，挣的钱有多没少，没见再置房置地置家当，能把钱干了啥？想来想去，觉得很有可能埋在家里啥地方。因为父亲客死他乡，又是那样的死法，根本来不及给母亲说。后来母亲和包子六贩了多年大烟土，肯定也没少挣钱。何况母亲也知道包子六的为人，不可能不留后手，很有可能把挣的钱偷偷摸摸埋在家里啥地方！话说回来，就是这两样都不存在，自家这院房子也是有钱人住过的，人家会不会埋着金银财宝？这三样只要一样是真的，自己都不会白下苦。要是有两样是真的，那就发得不像啥了。但是一镢头不刨，金银财宝是绝对不会自己蹦到手里来的！

就在他找来镢头，双手举过头顶，拼死往下挖时，响起了急促的敲门声和拐子拐子的喊叫声。柳拐子感到很扫兴，镢头悬在空中想主意。开门吧，耽搁了自己的好事怎么办？不开吧，自己刨金子的事要是让这家伙从门缝看见，一传十十传百，让贼娃子偷走咋办？想来想去，不如先把这家伙打发走，反正馍不吃在笼里放着，等没人的时候再挖不迟。只好把悬在空中的镢头，哐地扔在地上，双手上下翻转拍着土，很不情愿地去开门，边走边嘟嘟囔囔：叫得一声不赶一声的，是不是报丧来了！

开了门看见是王金贵，吓得直吐舌头。原来，王金贵发现柳拐子这几天不上工，害怕旧病复发，刚好借着安排活路，想来看看情况。看到柳拐子出言不逊，眉头一皱，计上心来：真格是把好心当成了驴肝肺，想给人家找个不晒太阳不淋雨钻凉房的差事呢，没想到狗日的死活不领爷的情！话说回来，不光是不晒太阳不淋雨，说不定挖着挖着，还能挖出金元宝银子锞什么的。既然是这情况，爷就单另寻人呀，我就不信离了狗屎，还不秧黄瓜了！说着就要转身离开。柳拐子听到金元宝、银子锞，就像打了强心剂，很快兴奋起来。心想，真是有命不在走得急，自己正想着金子呢，就有人寻着送上门来。哪有肉包子打狗，狗不吃的道理呢！就赶紧挡住王金贵：好我的队长哥呢，你大人不记小人过，就说是啥活路吧，我保证保质保量提前超额完成任务！

王金贵看到这家伙被调动了起来，故意不急着朝明的说，想借着这个机会，好好教训他一顿。谁知道进得门来看到家里那烂杆样子，差点儿没把他恶心死。想抓紧布置完活路赶快走人：后晌，你、继宗、银贵、开科，把剃头铺后边你原来住的那个房子的炕打了，然后和点儿泥把里边墙抹光堂，队上准备在里边办学习室呀。房门钥匙继宗拿着，你哪里都不要去，继宗他们会来叫的。说完，又一想，好长时间没来过，想看看院子啥情况。谁知道越看越生气：这个像“聊斋”一样的院子，陈旧斑驳的前门，坚守在秃了顶的孤零零的前墙上，没有任何庇护和支撑，任由风吹日晒。进了前门是一段拆去房屋的空院子，两边山墙里留存着墙柱的骨架和盖过房屋的痕迹，院坑的石条方框和星罗棋布的柱脚石依稀可见。地上疯长着一人高的蒿草，后边残留的半院房屋，破门烂窗，窟窿眼睛，歪歪斜斜，要紧处斜支着木头以防倒塌。穿过荒草来到空空旷旷的房间，里边挂满了蜘蛛网，几件破旧家具灰尘厚厚一层，漆皮掉得斑斑驳驳。炕上烂了边的光席上，扔了床烂网套，蹬得窟窿眼睛，已经成了黑灰色。当枕头用的多半截砖，也成了又油又脏的黑疙瘩。灶台上的铁锅只剩了多半个，还锈成红褐色。案板上，蚂蚁像撒满的黑芝麻，川流不息，一溜带串。嗡嗡的苍蝇，密密麻麻，起起落落。筷子碗上沾着厚厚一层剩饭，脏得看不出本颜色。

王金贵捂着鼻子，赶快从这脏兮阴森的破屋烂院中走出来，边走边给屁股后头的柳拐子说：像你这号烂脏货，一辈子就是打光棍的命！柳拐子不以为然：你也别把话说绝了，鸡不尿尿自有出路，没白面还能没黑面？王金贵说：还想黑面呢，麸子都没你的份儿！柳拐子说：没麸子了也罢，那我在心里想，谁总挡不住吧！王金贵说：挡是挡不住，但是，想和想不一样，人家想得家具硬了，扳倒老婆就能解决问题；你想得家具硬了，除了用砖砸，还会有啥办法？

送走了王金贵，柳拐子暗自庆幸，该是自家发市呢，心里刚说想了个啥，人家马上就来个啥，你说幸运不幸运？别看金元宝、银子锞是王金贵一句顺口话，可柳拐子不但顺竿爬，而且挖空心思地动起脑筋来。过去听老一辈人说，镇子这地方自古以来，有三个藏金银财宝的地方，一个是埋葬皇亲国戚的冢包坟茔，朝廷会有大量陪葬；一个是镇子北沟两边的荒郊野地，皇亲国戚路过失散的；还有一个是城内大小字号的椽马眼、墙窑窝、地底下，或者是暗窑窝、窨子里、水井壁，是字号掌柜害怕遭遇不测深更半夜偷偷藏的。剃头铺这院房原来就是大字号，埋点儿金银财宝很正常。现在让他们去打这家的炕，这不是天意是什么？当想到张继宗拿着钥匙又动起心思来，一旦要挖出金银财宝来，四个人肯定要四一二余二，四二添作五。弄得不好还有可能鹬蚌相争，渔翁得利，到头来让公家从空里一爪子抓了去，落个鸡飞蛋打，就冤枉得不像啥了。为了全部得到这些金银财宝，他紧紧咬着牙关，死死攥紧两个拳头，举在空中不停地摇晃着说：只能是我一个人被窝放屁——独吞了！

柳拐子都能想到金银财宝，那三个人没一个平地卧的，其心理活动可想而知了。特别是当他们听说有柳拐子参加，就害怕他捷足先登，专门让力大无比的张继宗拿着钥匙，而且约定几个人一同前往。

当他们吃过晌午饭，一块儿去柳拐子家叫人时，发现前门紧锁着。几个人感到情况不妙，赶快就往剃头铺跑。紧跑慢跑到了剃头铺，一看一下傻眼了：双扇门一扇被抬开，两个窗门大开着，土炕已经不见影了，而且连炕底子也被挖深了好多，挖起的炕土像用罗子罗过，小山似的堆在一边。几个人这才意识到，柳拐子专门就是冲着金银财宝来的，独吞了金银财宝之后，就给他们演起空城计来。想到这里，几个人丁零当啷扔掉工具，挽起袖子，怒气冲冲，去柳拐子家要金银财宝。

他们来到柳拐子家门口，看见门上没了锁头，就知道柳拐子刚回来不久，便推了一下门，门关得死死的。几个人挤在门口，乱拳咚咚砸着门，嘴里不停地骂着让柳拐子开门。柳拐子躺在炕上，就是不吭声。张继宗想到当年上树偷大烟的事情，就自告奋勇爬到院墙外边的树上看情况。当他在树上发现柳拐子躺在炕上装睡着，便手卷话筒套在嘴上小声给树下那俩说：那家伙躺在炕上，大腿压二腿睡大觉哩！你俩等着，我进去开门！他顺着伸进院子的树枝，越过院墙嗵地跳进院子哗啦打开前门。三个人像饿虎扑食一样，冲进房子抓住柳拐子往死里打，边打边要金银财宝。柳拐子打了炕、挖了地、筛了土，已经筋疲力尽，加上没有挖到金银财宝，越发像泄了气的皮球，根本提不起一点儿精神。现在人家三人向他要金银财宝，说没有人家不相信，说有从哪里给人家往出拿，真是有口难辩。无奈之下，只好双手抱头叫人家随便打。打不死，是自己命大；打死了，就算他们把自己孝顺了，省得一天再为吃饭操心劳神发熬煎。

这三人已经把柳拐子打得快没气了，也没有要出金银财宝来，就去找王金贵说理。王金贵又出面要，柳拐子一把鼻涕一把泪，反而揪住王金贵不放，嫌他说话不算话。他一个人把炕都打成了末末，还把土翻来倒去，就差没用筛子筛了，连金银财宝个影影也没见，白让他出了那么大的力！王金贵看柳拐子不像拿金银财宝的样子，就劝了那三人别再纠缠，时间一长，便不了了之。

柳拐子身体痊愈以后，不但不吸取教训，迷途知返，反而鬼迷心窍，准备大干一番。特别是想到老父亲捡拾金子的沟西塬上，那里有两个皇家大冢，大跃进时夷为平地。因为当时没有这方面的意识，遗留的金银财宝，时不时会被人捡到。这天，柳拐子吃完早饭，早早来到这里，突然发现有只狐狸出没，兴奋地想，早见狐狸，晚见兔，中午见到出溜溜（蛇），说明今天运气不会错。于是，目光不离地面，双脚不停乱踢，来回转着找金子。转着转着，便想起刘开科说的陕西快板《拾黄金》来，里边的道白很符合他此时此刻的心情，于是，边走着找金子，边摇头晃脑地念起来：

> 有了这么多黄金，看我吃啥呀，喝啥呀，穿啥呀，戴啥呀？吃香的，喝辣的，穿绸子，挂缎子，扯绫子做面子，先把这一伙伙事都给我撇到一岸子！当下最最激动人心的，最最等不得的是，给咱先娶上一个漂漂亮亮、大大方方、能能行行、心心疼疼，一掐一包水的，花不棱登的大姑娘！

就在柳拐子陶醉在梦境的时候，谁能想到，打扮得花枝招展的党慧兰，刚刚与采购员在北沟窑洞幽会完，听见沟塄上有人说《拾黄金》的快板，以为他俩幽会的事被这家伙发现。两人经过商量，采购员顺北沟朝北先迂回离开，让党慧兰上来探听虚实，好采取补救措施。党慧兰看见柳拐子说着《拾黄金》，像丈量土地一样来回在地里走步子，突然想起他老先人拾金子的事，这才明白过来，这家伙是子承父业来了。便故意问：拾到金子了吗？柳拐子知道说走了嘴，害怕她也来拾金子，连头都没抬，白眼仁瞥了一眼：我是没事乱转哩，拾啥金子哩？党慧兰看到柳拐子想理不理的样子，便断定他不知道幽会的事情，便摇头晃脑地说：真是吃惯了嘴，跑惯了腿，你先人靠拾金子发了家，你也想靠拾金子度日月？不要说兔子没在老窝卧，就是偶尔卧上一半回，好事也不能叫你家全占了！再说，遍地是黄金，单等有心人！像你这号没心没肺的东西，就是金子把你绊倒，也认不得金子啥模样！说完，很放心地扭着腰身走了。

柳拐子转了多半天，转得腰酸腿疼，喊得口干舌燥，下堰时没留神，差点儿被小石块绊倒，气得飞起一脚，小石块便滚下沟去。石块是踢跑了，脚却被踢疼了，便抱脚独立，像狗尾巴夹在门缝，原地转圈干号。结果从北沟传来骂人声：这是哪个贼挨刀子的，敢给老娘使坏！万万没想到石块击中了熬娘家路过的寇腊梅。柳拐子听见骂声，以为占了便宜，顾不上脚疼，赶紧仰躺在犁沟，哧哧捂嘴笑。寇腊梅感到很奇怪，一般石块跑这么远早没劲了，这是个啥东西嘛，劲儿还这么大的？不经意捡起磕了磕，一看金光灿灿，赶紧揣在怀里走了。

事后，柳拐子听到寇腊梅拾金子的经过，自言自语：没想到，这金子也嫌贫爱富，冀志兴在庙前里独食吃的，钱在银行压摞摞呢，金子还往那里跑呢！真是树大散枝枝，钱多聚堆堆！

柳拐子心还不死，想到那次能踢着金子，说明离拾到金子不远了，如果半途而废，就会前功尽弃。一不做二不休，这一天又早早来找金子了。找着找着，找到了北沟边，隐隐约约听见沟底有响动，便蹑手蹑脚到沟底看情况。竟然发现党慧兰在一个窑洞外边贼眉鼠眼，便大摇大摆走过去说：你个狐狸精，不在家里给银贵暖被窝，又跑到北沟干啥来了？

原来，党慧兰那天幽会时，陕北采购员送了个银箍子给她，回家以后咋找找不见。今天突然想起那天幽会，是不是丢在窑洞了？这才想起柳拐子在那里瞎转悠，害怕被他捡了便宜，赶紧就朝北沟跑。果不其然，刚说来到窑洞跟前，就碰到了这家伙。她眼珠很快转了转，笑着骗他说：刚才去乡下说了个媒，七碟子八大碗把人吃的，出了村就想往后走。前后就是找不见地方，憋得实在没办法，走到这里想到沟底窑洞方便方便，又害怕窑洞里有长虫，你说急人不急人！柳拐子一听这话，紧绷的神经松弛下来，笑着说：还把你文明的想去窑洞解手，外边那么大的地方，看是尿黄河呀，还是拉井绳呀！你又不是十七嘛十八的，害怕人看见你那黑尻子不成！党慧兰看柳拐子信以为真，又故意开玩笑说：你说的是实话，像咱这老嘴死脸的，不要说在塬顶上拉屎尿尿，就是在庙前里脱裤子变脸，人家谁愿意看嘛！

说着进了窑洞，一眼就看见银箍子，赶快捡起装在身上。心里骂起柳拐子来：到手的金子你踢跑了，现成的银子你捡不到，你还在这里转啥冤枉哩！为了应付柳拐子，她便抹下裤子解完小手，才系好裤子出了窑洞。柳拐子问：你进窑洞干啥？党慧兰说：还能弄啥，尿了一泡！柳拐子走进窑洞一看，地上只有一点儿尿水印，便开玩笑说：不是说憋得不行吗，尿的没狗多，时间比狗短（狗记路抬腿瞬间只尿一点儿）。党慧兰害怕时间长了，柳拐子起邪心，转过身赶紧就走：尿尿是个意思嘛，还想指望它省肥料钱呀？

柳拐子回到沟西塬顶，越想越不对头：既然是说媒路过，尿尿的地方多得是，为啥偏要到窑洞来尿？既然害怕长虫，赶快蹲在外边尿一泡算了，为啥要把窑洞看来看去？尤其让他疑惑的是，不是憋着尿嘛，为啥才尿那么点儿？突然想到这家伙那天说自己拾金子的事，是不是她跟自己想到一块儿了，也是来拾金子的，不然她会说得那么准？想到这里，转过身就往党慧兰家跑，看能不能从她口里套出点儿实情来。

党慧兰边往家走边想，这半个月老在北沟碰见柳拐子，要是柳拐子在王银贵跟前无意中说破此事，她和陕北采购员幽会的事烂包了咋办？不如给王银贵编上一段故事，先把这事情蒙混过去再说。至于将来能不能得到金银财宝，还不是自己这两片嘴唇吧嗒个啥是个啥！

真是无巧不成书，本来党慧兰是给王银贵编故事呢，没想到让柳拐子听了个正着。柳拐子刚刚走到王银贵家院墙外边，听见院子有说话声，便停下脚步偷偷听墙根。你刚才干啥去了，浑身上下土不拉唧的，是不是钻谁家柴火堆了？这是王银贵的声音。看你说得难听的，我又不是十七八的黄花闺女，就是想钻柴火堆，哪个男人能看上嘛！今辈子你娃想吃软饭，坐飞机恐怕也撵不上了！这是党慧兰的声音。那你干啥去了？干啥去了，给你寻金银财宝去了。你是不是抽疯了，也想学柳拐子呢，一天到晚财迷转向，做梦都想拾金银财宝呢！你别笑话柳拐子，那家伙是没找对地方，要是找对地方，早发得不像啥了。这么说，你找对地方了，你这瞎狗还吞到屎尖尖了？我就是找到地方了。什么地方？北沟！那你究竟找到没有？别提了，贩石灰碰见卖面的，担柴的遇到拉炭的，我不愿意看见谁，谁就专门朝我眼里钻。刚说到北沟看出点儿门道来，就碰上柳拐子那瓷核愣种，把我像审贼一样问来问去，我要是给他说了实话，金银财宝能有咱的米汤馍……

柳拐子听到这里才恍然大悟，原来党慧兰和自己干的一个营生。他冷静地想了想，党慧兰能说北沟有金子，绝对不是空穴来风。他想到老一辈人关于北沟的传说，越发坚信不移。北沟原来和两边北塬一样高。唐朝皇帝在北山挖陵建墓的时候，因为这座丘陵挡道，就在这里开凿了一条西南东北向的沟作为通道。因为皇帝每年要经过这里祭奠安葬在北山的祖先，便赐名为奉先道。由此，各种传说不胫而走。比如，夜里不打灯路面都有亮光，常常在沟里能见到金银财宝，走这条路贼不偷匪不抢等等。经过改朝换代，这条路便没有先前那么风光那么辉煌了。后来由于历朝历代的军队驻扎在这里，两边打满了窑洞。军队撤走后，这条路就完全废弃了，荆棘丛生，枣刺遍布，野兽出没。民国年间，城南修了公路，渭南有了铁路，这条废弃的路又红火起来。达官贵人、富豪商贾川流不息，自然而然毛贼和土匪就成了这条道上的常客。因此，富人走到这里，一旦有风吹草动，就把金银财宝埋在沟里，准备日后来取。就这样不断有人埋，不断有人取。当然也有好多没取走的，时过境迁，永远埋在这里。

想到这里，柳拐子折回身赶快往家跑，找来镢头，扛在肩上没命地往北沟跑，只害怕党慧兰抢在前边。到了北沟不管三七二十一，先用镢头发疯似的遍地乱刨，一天过去了，两天过去了，除了一身一身地流臭汗，啥也没刨到。后来便有点儿心灰意冷了。就在这个时候，突然想起寇腊梅“遍地是黄金，单等有福人”的话来，就不再像前几天那么卖命的刨了，而是采取了守株待兔的办法，也像寇腊梅一样，等着金子把他往倒的绊。后来也照样扛着镢头来北沟，镢头扔在地上，还真像用步子丈量土地一样，不停地在沟里走来回。

走了几天仍然是一无所获。这一天，实在走累了，便长展展躺在地上，脸上盖个烂草帽，想起心事来。想着想着，突然想到家里的金子还没刨呢，便一骨碌爬起来，拿起镢头往家跑。

柳拐子回到家，回身关死前门，就在家里胡刨乱挖起来。整整挖了一个礼拜，凡是有地面的地方，都让他挖得窟窿眼睛的，满屋子都成了坟包一样的土鼓堆。谁知道，他只顾挖金银财宝，却掏空了房子的根基。不巧下了几天连阴雨，一天夜里，房子轰隆一声坍塌下来，将柳拐子压在底下。瞎子五晚上给人家吹完丧事路过发现后，情急之下，一边用手刨着寻找柳拐子，一边噙着唢呐啊呜啊呜不停吹着《叫驴亮嗓》，在这阴雨连绵冷风飕飕的黑夜里，一会儿是紧急呼唤：

尿去了拉下了，快点儿拾掇屎！蹲去了裆扯了，赶紧取裤子！
门锁着房着了，喊着救火哩！娃耍着掉井里，麻利捞人去！

一会儿是高台劝化：

下雨哩房塌了，人埋在土里边！虽然说是拐子，好歹也是命呀！

一会儿是正话反说：

有良心的快来，没良心的算啦！能动的麻利点儿，瘫了的别动弹！活着的搭个手，咽气的不强求！

好在聋子染匠听见《叫驴亮嗓》早早赶到，一边不停刨人，一边嘴里大声翻译着。大家听见内容，都害怕把自己家人当成没良心的，或者瘫痪的，或者咽了气的，赶快跑回去叫来家人。就这样，你传我，我传你，想来的来了，不想来的也来了。在大家的共同努力下，柳拐子才捡回一条命来。

正好在这个时候，传来党慧兰跟着陕北采购员私奔的消息，柳拐子才彻底断了金银财宝的念想，一下子变得老实起来。

银贵夺印

过了没有多长时间，全县开展了社会主义教育运动。当时采取的是人海战术。抽调了大批干部，集中在两个公社进行试点，其余公社开展面上教育。因为试点就在毗邻公社，镇子也不同程度受到一些影响。镇子中学配合“社教”，排演了革命现代戏《夺印》，巡回演出后，反响比较大。

《夺印》是二十世纪六十年代初，江苏扬州地区根据《人民日报》的一篇通讯编写的革命现代戏，反映了江南农村在社会主义建设中剧烈尖锐的阶级斗争。主要剧情是：以陈景宜为代表的阶级敌人，掌握了陈村生产队的领导权，生产一落千丈，社员生活受到严重威胁。党派来了支部书记何文进，与狡猾的阶级敌人陈景宜展开了一场激烈的夺印斗争。陈村生产队的领导权最终回到人民手中。

西门里对《夺印》反应最为强烈的要数王银贵了。那些天他激动得坐卧不宁，见人就说，逢人就讲。他反应最强烈，并不是认为这个戏的艺术水平有多么高，而是认为这个戏演的就是西门里。甚至认为西门里的阶级斗争，比起《夺印》演的那些事情来，更具有典型性和特殊性！

所谓典型性，他觉得西门里就是戏里的陈村生产队，他王银贵就是戏里的村支书何文进，王金贵就是戏里的大队长陈广清，高步宽就是戏里的反面人物、队委陈景宜；何可人是一人担两角，一角是会计员陈广西，另一角是陈景宜老婆“烂菜花”。西门里的领导权，从农业合作化起，就不在以他和他哥王金贵为代表的贫下中农手里，而在以高步宽和何可人为代表的地主资产阶级手里，他们才是西门里的实权派。所谓特殊性，高步宽比陈景宜还要更加一等，不但不是队委会成员，更不是队上的社员，而是个货真价实的漏划资本家。他不老老实实在拐角店经商，却把黑手伸到生产队来瞎搅和。何可人也不是地主家的长工丫鬟，而是陪伴在地主分子左右的贴身小老婆。她和高步宽里应外合，狼狈为奸，兴风作浪。原话是这么说的：王金贵当家不做主，拿着贫下中农的烧饼，让漏划资本家高步宽咬鸟儿；高步宽荒了拐角店的“地”，种了西门里的“田”，一只老鼠害两锅汤。并且一再声称，他王银贵要像《夺印》里的何文进一样，在西门里演一幕黄河流域的夺印大戏，坚决把西门里的领导权，从高步宽、何可人这伙地主资本家手里夺回来。

王银贵怎么想怎么看并不重要，说穿了不过是一家之言，而且还是非主流的一家之言！但是，现在的情况和过去不能比，自从开展“社教”以来，贫下中农的地位一跃成为相当时髦的主流角色。王银贵这个西门里唯一的贫农成分，就不能说他的想法和看法不重要，也不能简单地把他归结为一家之言了！

此时的王银贵，为什么要煞费苦心，把一个描写江南乡村的艺术作品，硬要和十八杆子打不着的北方小镇上一个很不起眼的生产小队联系在一起，而且还要对号入座、指名道姓呢？一方面，他想以实际行动证明，自己这个贫农成分货真价实，无懈可击，另一方面，想要做出点儿新的贡献来，看能不能像包子六一样混个贫农代表当当。至于为什么要把攻击的矛头指向高步宽，里边还夹杂了不少私心杂念。

王银贵曾私下埋怨说，高步宽在党慧兰和陕北采购员私奔问题上没起好作用。采购员长期通过拐角店采购焰火花炮，经常和高步宽有联系。党慧兰又是高步宽家的常客，一来二去两人就对上了眼。高步宽看见装着没看见，甚至有意用党慧兰演美人计，让采购员多买拐角店的货。

再一个是哼囔早就发现采购员和党慧兰私通，高步宽不但不管，还让哼囔替人家保密，诚心拆他的台。尤其叫他不能容忍的是，党慧兰临走临走，还去过高步宽家，高步宽竟然一声不吭。其实，党慧兰之所以跟采购员私奔，主要是她自身的原因，和高步宽没有任何关系！党慧兰和王银贵结婚以后，才感觉到景里不如景外，看景不如听景！人确实长得没说的，但是，结婚过日子是柴米油盐、吃喝穿戴。长相再好，舍不得让她吃，舍不得让孩子吃，在一块儿过，有啥意思！话再说得难听点儿，长相好倒有可能招蜂惹蝶，自己就是例子。性事能力的确比唐新生强得多，她也得到过满足，但也不能当饭吃！时间一长，反而心生厌恶。她知道王银贵挣了不少钱，但是从来没见到这些钱，更不要说拿到这些钱了，就连平时过日子的钱也是抠抠搜搜。

人常说，嫁汉嫁汉，穿衣吃饭。总想说跟上他吃香喝辣、穿红戴绿，没承想还没有跟上唐新生自在。再加上两家的孩子，王银贵总要分个亲的蛮的，真的假的，她实在受不了这种折磨！她把唐新生和王银贵做了比较。唐新生对她百依百顺，王银贵对她气势汹汹；唐新生挣多挣少，全部进了她的腰包，王银贵从来不让她沾钱的边；唐新生就她一个女人还不停让人偷后营，王银贵吃着碗里看着锅里还要瞄着地里。所以不久又与集唐新生和王银贵优点于一身的陕北采购员厮混到一起。当人家提出要娶她为妻时，她吸取了改嫁王银贵的教训，提出了三点要求：一是要跟他回陕北一次，看看他究竟是不是个单身汉；二是必须把所有钱财交给她管理；三是结婚以后不能跟其他女人明铺暗盖。采购员一一应允，能马上兑现的，很快付诸实施；不能马上兑现的，信誓旦旦，以待来期。党慧兰这才终于下决心，选择了一个风高月黑的夜晚，跟着陕北采购员私奔了。

王银贵特别不满意的是，高步宽在推举贫农代表的关键时刻，没有给他大包大揽，结果使他名落孙山。当时给大队推举贫农代表，王银贵只是人选之一。西门里多数社员有不同意见，说他是没落资本家的孝子贤孙，不是真正的贫农后代。理由是他不但继承了资本家的房地产，还过继给人家为后，证人就是高步宽。大队书记便亲自找高步宽落实，高步宽实话实说。王银贵他爸王老二，当过资本家不假，但那是解放前的事。到了解放前那三年，抽大烟已经把家当卖完了，连两个儿子都养不了，只得寄人篱下。王银贵和王老大没在一块儿生活过，搬过来的时候，王老大已经入土作古了。过继的问题是他操办的，王银贵是被动的。所以王银贵和他哥王金贵应该是贫农！王银贵也知道高步宽没说瞎话，但贪心不足的是，嫌他没有隐瞒这个事实。特别生气的是，他当年多此一举，又是写契约，又是请和邻饭，又是改口，要不然哪里会有这些麻烦事！

王银贵把夺权的想法反映给大队书记。大队书记心想，说他胡说八道吧，肯定心里不服气；说他说得正确吧，自己这一关先过不了；拖着不表态吧，不是自己的风格；马上刀下见菜吧，也不能那么盲目。思来想去，只有先把他稳住，再慢慢想办法解决。所以笑着说：你关心生产队是对的，阶级斗争的弦绷得紧也是对的，但是夺权这事情，可是个重大的原则问题。不光大队没有这个想法，就是公社也没有这方面的安排。

王银贵看大队书记给不了肯定话，转过身就去公社反映问题，结果到公社门口碰上包子六。包子六今非昔比，人家现在不但是他们大队的贫农代表，还被抽调到公社搞面上社教。包子六这个被认为是“四瞎”的人，为什么能当上贫农代表？用东南安人的话说，这家伙是王八行了个鳖运。一个是筷子里边拔旗杆，他们大队属于贫下中农范围的人家，老的老小的小，弱的弱病的病，除了包子六没有谁能上台面。另一个是千亩地里一棵苗，全大队真正的贫农成分，只有他一家。尽管也有不少下中农和小商小贩，虽然也当贫下中农看待，要从正宗和纯正说，不让他当说不过去。包子六听说是高步宽的事，咬着王银贵耳朵说：给谁反映都不顶啥，高步宽的问题在我肚里包本着哩。公社这两天就要派我去你们大队搞面上“社教”，到时候，哥给你把这忙帮了！

果不其然，包子六被派到了西街大队。但是，他不是工作组的领导，只是一般成员。王银贵心里不免打起鼓来，怀疑他这个身份能不能兑现承诺。包子六看出了他的心思，非常自信地说：事看谁办哩，法看谁犯哩，一样是成员，就看是谁干哩。别小看我这一般成员，成员跟成员不一样！包子六的话没说错，别看他是卖包子出身，但是他这个卖包子的，跟别的卖包子的不一样，喜欢拉大旗作虎皮，善于拿麦秆当拐棍。镇子人评价有没有本事有句很形象的话：有本事的能把草绳要成龙，没本事的能把龙要成草绳。包子六之所以能借调到公社搞社教，就是因为他能把草绳要成龙。他们大队有些人讽刺他说，包子六这号人，给他个社员能当成副队长，给他个副队长能当成队长。听说他到西街大队“社教”时，又有人讽刺他，能把成员当成副组长，能把副组长当成组长。包子六来到西街大队，借着人们对工作组的敬畏心理，很快和大队领导、贫协机构、民兵组织拉上了关系，又是凭着这个能耐，很快得到组长的赏识。这个时候，他提出了西门里高步宽的问题，主动要求为工作组放阶级斗争的“卫星”。组长虽然也想搞出点儿名堂，但心里没底，抱着试试看的态度，没有点头也没有摇头。人家是这么盘算的：弄成了，成员卖力，领导落好，毕竟自己是一把手；弄砸了，谁拉下谁收拾，一把手没点头，你咋敢自作主张！

组长有组长的主意，包子六有包子六的想法。要是弄砸了，咱本来就是修地球的农民，谁还能把咱的球籍开除了？要是弄成了，虽然不能一步登天，但是，揭掉这身农民皮是迟早的事情！说句不好听的话，船烂了还有三千钉子哩，如果真正把事情弄砸了，你有来言，我有去语！米饭凭菜哩，官司靠赖哩，谁赖过谁，还说不来哩！但是有一点是肯定的，啥事不弄，自己永远都是修地球的！所以便坚定不移地让王银贵以他的名义，联系各队的贫农代表，联系贫协机构，约好时间落实高步宽的问题。包子六为了确保高步宽按时到场，便以找他谈话为借口，让高步宽按这个时间点准时赶到他办公室来。

高步宽按时来到大队部，发现包子六办公室空无一人。正在纳闷的时候，包子六从厕所出来，双手塞在裤腰里系着裤带出现在办公室门口。他喜眉笑眼地说：大队干部全部去公社开会了，咱俩是在这里谈呢，还是到外边院子谈？反正咱在庙前里是老朋友了，你说咋办就咋办！高步宽说：真的假的？包子六说：当然是真的！高步宽心想，既然你是这话，就由我不由你了！二话没说拧身出了办公室，就朝大门口走，准备回去睡大觉。包子六笑了笑，连管都不管，拧身进了办公室。

高步宽刚刚走出大门，就被王银贵领着的一帮人挡住了去路。王银贵冷笑着说：想溜，恐怕没有那么容易吧？高步宽理直气壮：笑话，我走我的路哩，有什么溜的！包子六都不敢挡我，你们凭啥要挡我？王银贵说：我就不信核桃皮缠不下你这烂筛子，现在又不是前多年在庙前里，包子六是你随便叫的？王银贵刚说完，那些人便呼起口号来：打倒高步宽的嚣张气焰！把西门里的领导权夺回来！包子六听见外边接上火，知道自己的目的达到了，赶快从后门溜走了。他也知道给自己留后路，到时候万一把乱子弄下了，一级赖一级，擀杖怪棒槌！

王银贵说：把高步宽押进去开斗争会，不信他不交代问题！很快呼呼啦啦就把高步宽推进了大队部，围着高步宽吵吵嚷嚷。王银贵让大家静下来，然后大声说：高步宽，你今天老实交代，你这个漏划的资本家，这么多年把持着西门里的生杀大权，把王金贵当成傀儡，把我们贫下中农踩在脚底下，和地主的贴身丫鬟何可人明铺暗盖，通同一气，为所欲为，今天要老老实实交代你的罪行！

高步宽个子高，站在人群中，明显高出一头。看到王银贵血口喷人，眼睛微闭着，根本不正眼看他。王银贵又喊道：高步宽不交代问题行不行？不行！那些人呼应着。高步宽这才睁开眼睛：想让我交代啥问题？王银贵说：篡权的问题！高步宽说：篡权是胡说八道，帮忙确有其事！王银贵说：帮倒忙还差不多。你不让聋子染匠当饲养员，队里的三只羊能叫狼咬死，五只羊能叫狼咬伤？高步宽说：那是狼咬的，不是我咬的，要问问狼去！王银贵说：你不要满嘴胡说。那我再问你，何可人是不是你的篡权帮手？高步宽说：我就没篡过权，哪来的帮手？王银贵说：唐新生投机倒把，是不是你支持的？高步宽说：说你投机倒把还差不多，唐新生就不会干那事情！王银贵说：党慧兰投敌叛国，是不是你戳惑的？高步宽说：党慧兰和我非亲非故，我凭啥戳惑人家哩？你是她男人，你应该老实交代才对！王银贵害怕引火烧身，赶快举起拳头，呼起口号来：高步宽不老实交代行不行？不行！那些人又一呼百应。

很快就有人拿来长板凳，那些人七手八脚把高步宽弄上去。王银贵说：高步宽，现在交代你的问题！高步宽说：要说帮忙，我是帮过忙。我的家在这里，不帮忙不由我！要说问题，我没问题，我把不操的心都操了，还能有啥问题？他这种态度激起了这些人的怒火，突然有个民兵猛一脚蹬倒凳子，高步宽咚地摔在地上迟迟起不来，鼻子嘴里都是血。很快就有人呼口号：高步宽装死狗行不行？不行！那些人呼喊过，又把他拉起来推来搡去。王银贵看到高步宽摇摇晃晃，站不起来，一下慌了神，毕竟自己做贼心虚，毕竟受过人家的恩惠，害怕继续斗争下去出了人命。他赶快朝大家摆手说：今天斗争会就开到这里，大家先回去休整休整，以后找时间接着开！大家伙儿散去后，他赶紧把高步宽背回家。

王银贵把高步宽放在炕上，舀来水给他洗了脸，才发现他的脸磕得烂烂糟糟。王银贵假惺惺地说：高达叔，你要是把啥事都说了，咋会受这罪？高步宽一声不吭。王银贵说：高达叔，你知道我为啥生你的气？高步宽还是一声不吭。王银贵说：你千不该万不该，知道党慧兰出走，为啥不告诉我一声？高步宽突然愣了一下，很快意识到王银贵误会了他。党慧兰临走时，到他家说过狐狸的事情，压根儿就没提出走这一个字，这事情怪他没道理。但是这话又不好明讲，只有气呼呼地说：谁要是知道党慧兰出走，天打五雷轰！王银贵知道高步宽不说假话，准备结束话题就此离开：你身体要紧不要紧？不要紧的话，我就走呀！高步宽很干脆地说：要走赶紧走，我死不了！王银贵说：你看你说下这话，叫我咋从你这门里往出走嘛！高步宽翻过身给了他个脊背，生气地说：西瓜咋走，你咋走！王银贵这才红着脸出了门。

王银贵离开以后，高步宽才觉得浑身疼痛起来。其实，他最疼的不是身体，而是他那颗为西门里操了多年的心！他咋也想不通，合作化、大跃进、困难时期，那么多坎坎坷坷，连滚带爬都过来了，为什么光景好了，事情顺当了，不饿肚皮了，反倒自己和自己过不去了？他还想不通这么多年，自己把相当一部分家产给了西门里，家里的事情，一个接一个地出，还净是些人命关天的事，放到一般人，早都被击垮了，但是自己咬着牙，挺过来了不说，几乎把全部精力和心血放在了西门里。为什么有些人昧着良心颠倒黑白，把自己比作阶级敌人陈景宜？

特别叫他想不通的是，自己一生清清白白走得端行得正，这个王银贵竟然无中生有，血口喷人，说自己和何可人如何如何。你哪里咬人（痒痒）哪里挠嘛，为什么要用这种事情糟蹋人？话再说难听一点儿，我已经一大把年纪了，你就是泼些脏水，已经无所谓了。人家一个女人家，正是活人的时候，咋给沈文奎交代，咋在人前说是了非？放到谁能咽下这口气？这个时候，他觉得眼睛有点儿困，不由自主地伸手揉了揉，这才发现自己这个一向无比硬朗的汉子，竟然有泪花涌了出来。

高步宽挨斗被打的消息，很快在西门里疯传开来，来看望高步宽的人不断头。数瞎子五、柳拐子骂得最凶。高步宽说：瞎子，不怪人家谁谁，怪我自己多管闲事！柳拐子离开后，瞎子五还要发牢骚，高步宽抬手挡了他：有这闲时间，还不如赶紧让你媳妇给柳拐子在三里村找个实受女人过日子，就算给高达叔把忙帮了。瞎子五刚要怪怨他爱管闲事，看到高步宽一脸真诚，想起柳拐子的处境，只好点头答应。魁胜和三虎也来了。三虎说：高达叔，只要你说一句话，我俩能把王银贵砸成粘粘！高步宽生气地说：有那闲力气，还不如回家洗炭去！魁胜为了缓和气氛，赶紧说：三虎现在调到街道办了，市场上有啥事情，尽管找他！三虎把胸脯拍得砰砰响：这还有啥问题！

大家看完高步宽，说啥也咽不下这口气，便成群结队怒气冲冲地跑到王金贵家，要他为高步宽主持公道。王金贵答应后，他们又去向王银贵兴师问罪。王银贵看情况不妙，只有给他们说好话。大家根本不吃这一套，七嘴八舌日娘带老子，把王银贵骂了个狗血喷头。

高步宽一直在炕上躺了三天。第三天晚上不知道什么原因，猛然想起魁胜和三虎看他的时候说过，漫泉河戴师傅所在的试点公社，民主革命补课搞得很厉害，像他这种家庭情况，十有八九都要补定成地主资本家，还被分了家财。想到这里，王银贵他们的做法就是些毛毛雨了，自己不但不应当计较，反而应当感激庆幸了！

也就是在这个时候，他才意识到，是非曲直已经不是那么重要了，关键在于人的家庭出身。按照这样的逻辑思维，人家批斗自己就不是多么越外的事情了，说不定还有比这更加厉害的事情在前边等着自己呢！想到这里，他长长地出了一口气，刚才还觉着全身疼痛的身体，好像这一阵子也不那么疼了。

高步宽忽地翻起身，出了房子先去关好前后门，又打开渊家的房门，提出一包袱高档绸缎，回到房子关好房门，再打开板柜取出金银首饰，然后打开暗炕洞门弯腰钻进去，把金银细软全部藏到石库里，出来把一切恢复成原样，这才放心地拍起了身上的土。心想，到时候，要是能躲过这一劫，小心也不为过。万一被补定为地主资本家，好歹就是这一院房子了。我和女儿就住我这间，其他有多没少，人家愿意咋分咋分！他看时间不早，很坦然地吹灭灯，很快上炕钻被窝睡觉了。没想到，这是高步宽这几天来，睡得最香最甜的一个晚上。

事后，王金贵把大家的呼声反映给大队书记，说这事是工作组戳惑王银贵干的，他出面级别不够，让大队书记无论如何把这忙帮了。大队书记很生气，认为工作组把大队没放在眼里，便到公社去理论。公社书记和大队书记是挂褡亲戚，说话直来直去：这事情你要想得开，点上比面上还厉害。你说人家把他冤枉了，可能还有人等着给他提高成分呢！现在的情况是，走到哪一步再说哪一步的话，没到那一步，咱先按部就班。你真的想保护高步宽，就想办法从内部解决问题，不就是那个王银贵闹得很厉害吗？你可以把这个问题交给群众，让群众来教育他。如果正确了，你好我好大家都好；万一错了，法不治众，谁拿群众有啥办法？但是，有一点是肯定的，王银贵绝对不敢再胡踢乱咬了。只要他不胡踢乱咬，不管到哪一步，谁把谁也咋不了。因为民不告，官不究，不管哪个朝代都是这个弄法！包子六的问题好解决，最近县上来了通知，因为点上“社教”到了关键时刻，需要补充干部，公社准备把西街大队的工作组全部调过去补充点上。

王银贵受到大家的指责，感到很冤枉，找到大队书记说：夺权的事情是我组织的，弄倒凳子摔伤他不是我干的！大队书记很干脆：摔伤他，人多，法不治众，啥话不说了。夺他权，是你的事，你还有啥话可说？王银贵说：你说咋办就咋办！大队书记说：咋办还是让群众说吧，我没有这么大的权力！现在马上让你哥通知晚上开会，我亲自主持，你把想法说出来。大家认为你说的对，就按你说的办；大家认为你说的不对，就按大家说的办！王银贵说：那得把高步宽叫上。大队书记说：叫人家干啥？你们想叫人家帮忙了，人家还继续帮他的忙；不想叫人家帮忙了，人家不帮就完了！王银贵离开后，大队书记找到耿诚信，交代了晚上开会他要办的事情。耿诚信说：这还不是木匠割他爸的牌位子哩，轻车熟路，不用操一点儿心！

晚上西门里队委会灯火通明，听说王银贵要夺权，不光全队社员到得很齐，其他队的社员和一些居民户也来看热闹了。大队书记来了个开场白，王银贵就把他那一套全部端了出来。刚说完，会场就像炸了锅。瞎子五首先站起来说：在咱们西门里，要说贫农，没一个人贫过我；我就弄不明白，大队怎么能让你这个资本家的孝子贤孙胡乱斗争人？我现在强烈要求，坚决撤销王银贵的贫农成分！瞎子五这一说，全队的社员都喊叫同意，好多人要求大队书记当场宣布。

大队书记没办法，只好解释道：瞎子五说的是事实。要从赤贫程度说，瞎子五确实是你们队第一个。但是，王银贵确确实实是贫农成分，既然当时已经定了，就不能随随便便撤销…… 瞎子五又发言了：谁说不能随便撤销，试点公社不是撤销了不少吗？补定成分的人不在少数，王银贵明明是漏划资本家，为什么就不能撤销了重新补定？大队书记说：王银贵确实不是漏划资本家，尽管两个老弟兄当过东家，但人家王银贵本人解放前三年还是受了苦的。咱街上和乡下不能比，大部分家庭的情况比较复杂，不能不分青红皂白乱扣帽子！瞎子五又站起来说：是我给王银贵扣帽子，还是王银贵血口喷人？高步宽明明是小土地出租，为啥说人家是资本家？何可人明明是苦出身，为啥要说人家是地主的小老婆？他见了漂亮女人就走不动了，还要给人家高步宽无中生有！耿诚信也站起来说：王银贵当众糟蹋人，乱给人扣帽子，这样的贫农成分不撤销行不行？社员们连呼了三个不行。大队书记很严肃地说：银贵，赶紧站起来承认错误，不然大队要立案调查你的成分问题！王银贵赶紧站起来检讨自己。王银贵检讨完，大队书记说：下边主要围绕西门里的领导权是不是被地主资本家篡夺这个中心发言！

何可人站起来说：西门里咋能和《夺印》比，陈景宜是阶级敌人，高步宽不是阶级敌人；陈景宜破坏农业生产，高步宽关心农业生产；陈景宜当权，社员生活受到威胁，高步宽在社员生活极度困难的时候雪中送炭！王银贵，你睁着眼睛说瞎话，是不是良心叫狗吃了？柳拐子也站起来说：银贵，不是我说你呢，你说谁的闲话，都不应该说高达叔的闲话；人家把钱贴上，把工夫摊上，到底图了个啥？聋子染匠说：就冲人家白白给你弟兄俩这院房子，你不报人家的恩情也就罢了，说啥都不应该落井下石！唐新生也坐不住了：何可人也够辛苦的，既要干好会计，还要干好妇女委员，这么好的人，打上灯笼哪里找去？大家你说一句我说一句，越说越气愤，越说越尖锐。

大队书记看大家把要说的话说了，点名让王金贵发言。王金贵坐在那里一直低着头，看书记点了他的名，很不情愿地站起来说：书记，我把这队长干得够够的了，谁想干，你就让人家干吧。我不但不反对夺权，还感谢人家夺权呢！说完又坐下了。大队书记说：金贵，现在说正经事呢，闹啥情绪嘛！王金贵又站起来说：我不是闹情绪，我是心里觉着委屈得很。这么多年，高达叔为了帮衬西门里，为了帮衬我，把不该操的心操了，把不该出的力出了，到头来，还有人给人家老汉泼了一身脏水！好我的书记哩，别的队队长都换了好多茬，我为啥能从解放干到现在？凭的还不是高达叔的家底和威信嘛。我一想起老人家这一次受的委屈，就想…… 说到这里，擦起眼泪来。

王银贵实在坐不住了，站起来说：杀人不过头点地，我已经承认错了，你们咋得理不让人？大队书记示意王银贵坐下，说：今天晚上的会就开到这里，我现在把大家的意见做个总结。一、高步宽、何可人不是地主资本家。二、西门里不存在阶级敌人掌权问题。三、高步宽作为西门里在外边工作的职工，这么多年对家乡西门里所做的贡献是有目共睹的，不但不应当说三道四，还应该给予肯定表彰。四、你们西门里有高步宽这样热心家乡的在外职工的支持，是你们西门里的福气！如果咱们大队每个小队都有这样的在外职工，我们大队的工作就好做多了。只可惜，这样的福气，只有你们西门里有。从这个意义上讲，你们西门里确实具有典型性和特殊性。五、银贵这个举动，从反面给我们提了醒，既要警惕阶级敌人篡夺无产阶级领导权，又不能不分青红皂白乱给人扣帽子！

大队书记讲完，大家鼓起掌来。

书记释疑

事后，耿诚信找到大队书记说：王银贵根不红苗不正，他不是受阶级剥削的真贫农，是老一辈抽大烟抽垮的假贫农。特别是为了富人的家业，甘愿当人家的孝子贤孙，哪里有一点儿贫农的骨气？更不要说…… 大队书记伸手挡了他，心想，现在应该是说明真相的时候了，不然，社员们告到公社去，给王银贵个人造不成多大影响，再给大队找点儿麻烦就划不来了！于是说：你对王银贵有意见，就说王银贵的事，没有必要牵扯王老大。你光知道王老大做生意当富人的历史，可不知道王老大曾经也是苦出身。之所以能有这院房子，不是做生意挣的，是给杨虎城开城门有功奖的。人家当年在我外家扛长工，和地主老财做斗争的故事，已经在当地“社教”中当先进事迹宣传呢！耿诚信以为书记把人弄错了，头摇得说啥就是不相信。无奈，大队书记这才讲起了王老大那段鲜为人知的传奇历史来。

王老大的小名叫真子。尽管父母处在社会最底层，却总想着望子成龙，连做梦都想让儿子步入上层社会，于是乎把真龙天子简化为真子，作为王老大的名字，又简化为龙子作为王老二的名字。

尽管这样的名字有几分生涩几分牵强，却真实地反映出劳苦大众渴望改变命运的迫切心情。真子成家得子，父母相继离世，本来就捉襟见肘的家庭生活越发雪上加霜，不得不远走他乡靠扛长工养家糊口。

真子不识字却聪慧过人。见啥学啥，学啥会啥。年龄不大，地里犁耧耙耱，家里缝补浆洗，锅上蒸煮煎炸，没有能难住他的。真子扛长工的这家财东吝啬小气待人刻薄，但是为了养家糊口，真子只能逆来顺受。后来财东越来越不像话，真子心想，像我这么好的长工，打上灯笼都难找，你还贪心不足。端着人家的饭碗，不好直接对抗，只好变着法子巧妙周旋。

一天晚上吃饭，天色昏暗，真子没等财东吭声，便主动点燃灯盏。谁知道财东嫌费油，噗一口气把灯吹灭了，嘴里还说：我就不信，谁摸黑能把饭吃进尻门子！这个时候，真子故意用筷子从辣子盆盆美美剜了一疙瘩油泼辣子，瞅准按稳朝财东眼睛塞去。辣得财东捂着眼睛嗷嗷直叫：这是谁在捣乱，吃饭不朝嘴里吃，往人眼窝塞啥！家人点着灯赶快给财东洗眼睛。真子照样吃他的饭，不紧不慢地笑着说：我都没怪你，你还怪上我了。要是点上灯，那么好的油泼辣子我能吃不上？财东挨了整，考虑到他干活没人能比得，何况还是第一次，就没往心里去。

这地方和镇子的习惯一样，把一块庄稼地的长度叫一畛地，叫着叫着就把整个地块也亲切地称为畛子。这年夏天，小麦空前丰收，财东家地亩太多，又舍不得雇人，只好跟真子一起下地割麦。割到畛子中间，财东直起腰，一手摘下草帽扇凉，一手捶着后腰仰天长叹：啥啥都能受了，就是这腰疼得受不了！

财东喊完，真子也学着财东直起腰感叹了一番。这一下财东不依了，嫌他伸懒腰耽搁时间。为了杜绝类似情况，便训斥道：别在那里作精作怪，大人有腰哩，年轻娃哪来的腰？真子指着自己的腰反问：那你说我这地方不叫腰叫啥？财东说：娃娃那地方不叫腰，叫“中间里”，记下没有？真子眼珠骨碌转了一下，心想，既然你说那叫“中间里”，我就叫你尝尝“中间里”的厉害！

割完麦要回家吃饭，财东要他捎一担麦捆回去。他担上麦捆出地时，财东背着手握着镰刀乐滋滋地跟在后边。无意中握了握镰刀，猛地想起真子担着麦子，怎么没见镰刀？他怕真子把镰刀丢了，跟在身后边跑边喊：真子，没见你拿镰刀，镰刀哩？真子头朝后一拧，故意捉弄他：别怕，丢不了！财东不放心：这娃，光说丢不了丢不了，到底放在哪里啦？真子只走不歇：让你放心你就放心，在真子“中间里”放得好好的！财东心想，畛子中间里咋啦，咱人一走，照样有人偷。所以边朝畛子中间里走，边自言自语：年轻人弄啥事就是毛手毛脚，多亏我多了个心眼，不然，今天就把贴赔事干下了！

真子把麦子担回家，摊在院子晾晒，吃完饭要歇晌的时候，才发现财东满头大汗呼哧呼哧喘着粗气赶回来，脸上颜色很不好看地说：给你说镰刀不能在畛子中间里放，就是不听，结果咱人还没离地，就是死活找不见。大热天那么长的畛子，你知道我打了多少个来回？你娃今天这工钱都买不下那一把镰刀！说着解开衣服，胸前的汗水像决口的河流。真子故意装聋卖傻，本来他把镰刀塞在麦捆里，却指着后腰说：我给你说镰刀在我的“中间里”别着，你可跑到畛子中间里干啥去了？财东狠狠在地上跺了几脚：你这个娃呀，腰就叫腰嘛，可叫“中间里”，白白日弄我在大太阳地儿跑了那么多冤枉路！真子说：不要忘了，娃娃那地方不叫腰叫“中间里”，这可是你教我的！财东自知理亏，尤其是镰刀没丢，也不好再说什么。

有一次吃午饭，财东嫌他菜吃得多，当时就骂他：看你那小家汉样子，好像八辈子没吃过菜。你知道，菜是干啥用的？那就像中药引子，只要把饭引下去就行了，你咋一筷子接一筷子当饭馍往饱地咥开了！真子一声不吭，又美美夹了一筷子菜送到嘴里使劲儿往烂地嚼。接着把嚼烂的菜汤汤水水从嘴里夹出来放在菜碟子里，然后再吃馍饭。财东看见气得吹胡子瞪眼：你这不是明摆着砸摊子哩，把你嚼过的涎水把把放到盘子，别人还能不能吃下去？真子不服气：你不是说菜是饭的引子嘛，只要把馍饭引下去，还把它咽到肚里干啥？

这一次财东不高兴了，准备想办法整治真子。一晃过去了好多天，财东还没有找到整治真子的借口，不免心里有点儿着急。这一天突然下起雨来，真子睡得烂泥一般，好不容易被尿憋醒上茅房时，知道下雨天自己高兴财东恼火，就想故意气气财东。走到雨地，仰面朝天，双臂伸展，任由雨淋，得意地喊着顺口溜：

> 大雨下得唰唰唰，婆娘串了十八家。男人回来要吃饭，老婆才往灶房钻。脚烧火，手擀面，两个奶头踏辣蒜。尿充醋，鼻当盐，吃到嘴里香半年。

财东躺在炕上越听越来气，心想，你已经睡得够意思了，厅房腰檩上鸽子窝旁边那块薄方砖已经离了位，怕掉下来砸着人，叫你把它收拾一下，就是身子沉得不动弹。还找借口说，那是泥水匠的活，你干不了。就这，起来还不安安静静的，在那里张狂啥呢？他想发泄一下，只是老虎吃天没处下爪。心里说，家里穷得干屎打得炕沿响，还想摸奶头那号美事呢！无奈，家里人多，这种话又说不出口，只好隔着窗子骂：一屋里的婆娘女子娃，你在那里胡说八道啥呢？嘴要是痒了不会捉个蝎子蜇一下！

晚上，财东觉得那口恶气始终没出，又到长工房听墙根儿，准备抓话把儿整治他。偏不偏真子踢掉鞋子爬上炕的时候，嘴贱的又是一段顺口溜：

> 睡觉睡觉，眉喜眼笑；起来起来，嘴噘脸吊。

脱去裤子坐进被窝的时候，高兴的又是一段：

> 长工活，慢慢磨，干得多了划不着。

脱了裤子算一天，工钱谁敢缺豁豁。

财东一听火冒三丈。真子说完刚钻进被窝躺下，财东把窗户拍得啪啪啪，接着很威严地吼了一嗓子：真子，把裤子穿上，赶快起来到镇上担炭去！真子嘴对着窗户说：雨这么大的，天黑路滑去不成！财东说：干活像吊死鬼寻绳，吃饭像李闯王攻城，咋去不成？睡了一天还没睡够？真子说：不是，因为下雨天路烂得走不成！财东说：哄谁呢，下雨才是利水辙，跑起来比晴天还快！那天，炭是担回来了，但是真子被雨浇病了，所以他要找机会报复财东。

过去有个口头语：财丁不会两旺。意思是说，有钱的人娃少，娃多的人没钱。财东家就应了这个口头语，连续三代单传。到了他这一辈，好不容易生了两儿一女，没想到大儿子是个傻子，说啥也找不下媳妇，跟单传没有什么两样。最让财东头疼的是，小儿子结婚后，大儿子成天闹活得不行。一次弟兄俩因为娶媳妇比大小，一个不让一个。大儿子说：是我从咱妈交裆先出来，还是你先出来，为啥非要先给你娶媳妇？小儿子说：你先出来不假，那你知道是咋出来的？我要不是看你是个傻瓜，一脚先把你蹬出来，还能轮上你和我比大小？

财东发现真子在旁边，只是一个劲儿摇头叹气：老先人不知道哪里亏人了，让我要下这号东西，真真正正是石灰窑里撇一砖——白气冲天！哎，那是个张口子货嘛，要是一泡屎的话，不言传早都把它吃到肚里了，省得丢人败兴！真子突然想到，为什么不借着这个事情，给老家伙头上多少捏点儿面面土（找碴），让这院子好好热闹上几天。

有一天，真子碰上财东的大儿子，故意火上浇油：你说大麦先熟嘛小麦先熟？大儿子说：肯定是大麦先熟！真子说：既然是大麦先熟，你那家具也不比你兄弟差嘛，为啥给他娶媳妇，不给你娶？大儿子说：人家谁愿意把女子给我嘛！真子说：不给好女子，还不给瓜女子？大儿子说：瓜女子我都不嫌，咱这方圆贵贱寻不下！真子说：世上的事情就是这样，没吃的了吃白面，没穿的了穿绸缎。寻不下瓜女子，就寻好女子嘛！大儿子以为他说笑话，顺口说了句：人家连瓜女子都没人给，谁还舍得好女子！真子说：我看不是别人舍不得，关键是你大舍不得！大儿子说：我大舍得舍不得，由不了我大！真子说：要是由得了你大咋办？大儿子说：那我就缠住他不丢手！真子说：你妹子长得那么好的，娶她做媳妇多现成的！大儿子扑哧地笑了：我就知道你日弄我呢，哪里有自己人日自己人的？真子说：你是屎塞到被窝装睡着呢，你大你妈是不是自己人？大儿子这才明白过来，赶快跌跌撞撞跑去找财东吵着闹着要和妹子结婚。吵过闹过之后又前后院子撵着妹子要摸要揣，惹得街坊邻居议论纷纷，弄得财东丢人现眼。一大把年纪了还要跟着瓜瓜儿子前后院子狗撵兔一样上气不接下气地跑着转圈圈，最后多亏小儿子搭手才制服了他。财东又赶快跑过去好言相劝：你妹子是自己人，娶谁都不能娶她！大儿子说：你跟我妈是不是自己人…… 财东一听就知道有人在背后使坏，脸沉下来问：这话是谁说的？大儿子说：我真子叔……

快吃晌午饭的时候，财东把真子叫到跟前：先去把铺盖卷好，一会儿吃完饭把工钱拿了，我这庙小安不下你这大神，赶快出去另攀高枝吧！真子不愿意走，想找借口让财东把他留下，便故弄玄虚：我看你这阵子脸色不好看，还是把我留下比较合适。我这人虽然调皮捣蛋，却能给主人消灾祛邪。要是非撵我走，妖魔鬼怪就会要你的命，弄不好，你连今年这新麦都吃不到嘴里。财东哈哈大笑：你是大白天说梦话，实话告诉你，娃他妈今天给咱擀的那宽面，就是用新麦磨的。临走临走，小鸡还想给老鸡踏个蛋！

真子，赶快来端面！正说着，财东老婆在厨房一声呐喊。真子赶快跑进厨房，端出头一碗面先递给财东。财东也怪，为了彻底戳穿真子，故意把面碗端在手里来回翻搅，就是一口不吃，非等真子在场不可。真子给全家端完面，最后给自己调了一碗，坐在一边挑起一筷子正准备吃，财东用筷子哐哐哐敲着面碗：真子，我就不信离了狗屎还不秧黄瓜了，吃了饭赶快给我滚！现在，你娃把眼睛睁大，看我老汉能不能吃上今年的新麦？说罢，财东这才把一筷子鲜红如血的面条高高挑过头顶，仰面朝天圆瞪双眼张大嘴巴，眼看红红的长舌头伸出来，马上就要揽上那一筷子面条。就在这时候，腰檩上的鸽子被财东的敲碗声、喊叫声惊得扑棱棱飞来飞去，结果翅膀把那块移了位的薄方砖带了下来，刚好砸在财东囟门上。财东一声没吭长长仰躺在地上，那一筷子血红血红的辣椒面条掉在前胸上原样没动。

真子见状愣在那里，心想，我说下那话是故意转着圈子吓唬财东呢，根本就没有什么准头嘛，谁还能想到有这么巧的事情呢！当时财东的小儿子大声喊：这肯定是真子搞的鬼，你们把他看住，我叫甲长来抓他！财东的小儿子刚出门，真子借口上茅房从后门逃走。刚跑到一个有钱人家的坟墓的柏树林里，族长领着一群族人扛着镢头锨气势汹汹地追过来。他正好躲在一个下沉了的坟墓背后，坟墓的下沉处有个黑洞，透过黑洞棺材板清晰可见。眼看那帮人就要将他团团围住，他赶快钻进墓坑藏起来。这时候那帮人找不见真子，就围着下沉的墓坑又是喊话又是砸土。发现没有什么动静，只好呼呼啦啦到别处去找。

真子一直在下沉的墓坑里待到天黑，听到外边确实没有动静，才从墓坑里爬出来，然后沿着沟底一直往南跑。最后翻过一道梁，来到一个小镇。城门早已关闭，他连热带饿睡着在城门洞里。睡得迷迷糊糊，突然觉得身上一阵疼痛，睁开眼睛太阳已经冒花。再一看，守城门者凶神恶煞、怒目注视。真子赶快爬起来磕头求饶：老总，我不是刁民，是个穷要饭的。守城门者给同伴说：把这个穷汉收留下，剩饭管饱，白天打杂，晚上替咱守城门咋样？同伙们想到天天晚上守城门蚊叮虫咬，没有不赞成的。

守城的驻军司令姓冯，听说杨虎城率部避难陕北，便调集兵力设卡阻击。杨虎城要副师长率一路佯装突围，自己亲率一路偷袭敌人驻地，断其后路。打前站的人来到城门洞从门缝给守城门的农人塞了黑拐。农人问：你们是谁的队伍？打前站的说：杨虎城的队伍！噢，原来是杨九娃到了！农人赶快把黑拐推出来：既然是乡党回来了，就不用送这！杨虎城就这样不费一枪一弹拿下了这个镇子。冯军为了换回驻地不得不放弃阻击。杨虎城北上时顺便带上了守城门的农人，这个农人就是真子。真子受不了陕北的苦焦要求返回镇子，杨虎城给他写了手谕，要他去镇子东街找一个商行老板。真子到了镇子，老板根据杨虎城的意思给他买了一院房子，送了一些银两。王老大这才把老婆孩子和兄弟龙子一家接到镇子。

新生经商

唐新生出了工伤，生活非常艰难，本来自己就四个孩子，再加上王银贵那三个不停过来混饭，大大小小九张嘴，哪张不填满都不行。不说吃饭穿衣，也不说上学看病，光这七个孩子的经管就是问题。刘红玉为了掌握孩子的情况，采取韩信乱点兵的办法，每顿吃饭时，舀好七碗饭，一字儿摆在院坑台上。如果碗端完了，就说明孩子全都来了。要是还剩的有碗，很快就能知道还有孩子没吃饭。为了解决好这么多人的生计，唐新生思来想去，只好让刘红玉把他那些剩货摆在外边门台上换些零花钱。

刘红玉摆摊的头一天，就遇到了麻烦。市管会嫌她没有营业执照，把货物全部收走了。刘红玉害怕唐新生生气，自己偷偷找到拐角店，见到高步宽，老称呼不变：高达叔，我在门口卖货哩，让市管会没收了。听说你贤侄在里头干事哩，赶紧给我要货走！高步宽说：做生意为啥要你出面呢？我不是早就给新生说过了，他那双拐杖就是营业执照，你让他架上双拐坐到那里卖，谁要是敢到你门口放个屁，来朝我脸上唾！刘红玉说：新生根本下不了炕，你让他咋卖？高步宽说：活人还能叫尿憋死？你和娃把他抬出来，把铺盖卷铺到门台上，把双拐放到一边，他养他的病，你卖你的货。街道里这些人，不但没人找麻烦，只要看到新生这架势，在哪里不买，都要在你这里买。刘红玉破涕为笑：那你先赶紧到市管会给我把货要回来！

高步宽来到市管会，一进门就碰上三虎，气呼呼地说：你们谁刚才把这女人的货收了？还没等三虎说话，刘红玉小声说：就是他收的！高步宽说：真格是阎王不嫌鬼瘦，他男人唐新生为国家修水库，差一点儿塌得没命了，日子实在过不前去，卖点儿小零碎，你们都不放过！三虎笑着说：高达叔，她明明是王银贵的老婆，咋能跟唐新生扯上关系？刘红玉不好意思地低下了头。高步宽说：这事情有时间再给你细说，反正人家现在就是唐新生老婆，你把东西拿出来，赶紧让人家走！三虎说：高达叔，东西保证给她，但是，今后再不能在门口卖东西。街道里人多嘴杂，说啥的都有，她能卖别人就能卖，我们实在不好管理！高步宽说：咋不好管理？镇子能不能找出第二个为了国家拄双拐的？三虎想了想说：要是这样的话，还有谁说的啥呢！今后谁要是给我们提意见，我们就给他说，你想做生意也行，不管为公还是为私，先像唐新生一样，把双腿砸断，再把自己砸个半死，我们不但不阻挡，还给你帮忙呢！高步宽问刘红玉，听见了没有？刘红玉说：听见了！高步宽又给三虎说：就按你说的办，赶紧把货给人家！

果然，头上斜三顺四绕着绷带、双腿箍着石膏的唐新生，躺在门台的铺盖上，长声短声地呻吟，两个丫字形拐杖明晃晃靠在门台上，身边摆着小商品摊子。唐新生的呻吟是有选择的，老远看见有人过往，就闭着眼睛大声呻吟，故意做给人看。要是发现没有人过往，就睁开眼睛停止呻吟，以逸待劳。刘红玉呢，有顾客来买东西，就忙前忙后张罗卖货，要是没有顾客来，就给唐新生捏捏这儿捶捶那儿。不管是街坊邻居，还是来往行人，看见此情此景，没有不同情怜悯的。特别是一些心眼好、同情心强的人，不管自己急需不急需，都会主动到这里挑挑看看，尽量买点儿回去。

一连卖了三天，不但没人找事，生意还特别的好。这一天高步宽路过，正好没有顾客，走到跟前一屁股坐在唐新生身边，跷起二郎腿问情况。唐新生高兴地拉开缠在已经痊愈的嘴巴上的绷带：你说得一点儿没错，多亏这俩拐子，没执照比有执照还有理气强，现在一天能挣不少钱！这是看得见的，还有看不见的，往门台这么一睡，还能晒太阳，还能看热闹，伤口比窝在炕上还好得快。说到这里，又赶快把绷带盖在嘴上，闭上眼睛说：市管人员来了，我跟你说不成了。说着又长声短声呻吟起来。高步宽看来人是三虎，笑着说：还不放心，过来检查检查？三虎说：这有啥检查的，又不是故意装的。光人往这里一躺，双拐往门台一靠，谁就是想说啥，也不好意思说了。高步宽说：那你干啥来了？三虎说：照顾我新生叔的生意来了！我们领导叫我来给他买个东西。说着拿了要买的东西，给摊上扔了两块钱。刘红玉刚要收钱，被高步宽一把挡了，顺手拿过来握在手心，给三虎塞进口袋。三虎说：我们领导真的是…… 高步宽不容分说，把他推出去老远。转身朝回走时，手在自己口袋摸出两块钱来，走到摊子跟前，扔在摊子上说：我贤侄说，他们领导有交代呢，非要给钱不可。既然人家要公事公办，你们就把钱收了吧！说完拧身就走。

刘红玉做了半年生意，发了半年小财。唐新生的伤口也好得差不多了，但是头上还照样缠绷带，腿上虽然不再打石膏，还故意用纱布把双腿缠得像箍着石膏一样。刘红玉不理解，唐新生说：现在把没有执照做生意的当资本主义尾巴割呢，不这样办，生意还做不做了？刘红玉再也没吭声。从此，他们白天铺盖铺在门台上，还是让刘红玉和孩子抬出门，故意脸不洗，头不剃，眼睛粘粘的，身上脏脏的。依然是头缠绷带，腿打“石膏”，长声短声地呻吟。晚上回到家关上门，拄上双拐，跑得个欢实。

这一天，胖勺子、瞎子五、聋子染匠，在剃头铺说闲话说到唐新生，趁铺子没来顾客，便约好出来开唐新生的玩笑。

胖勺子说：新生，人常说，伤筋动骨一百天，你这伤半年多了，咋还不见好，是不是叫我们几个把你这纱布解开，看看到底是咋回事？唐新生说：你们又不是医生，看来看去，还不是狗看星星一片明！瞎子五又说：我昨天晚上在门口小便，从门缝里看见你在屋里头，拄上双拐噔噔噔跑来跑去的，一到白天出了门，咋还是一步不能走？唐新生说：你是用下边那只单眼看来，当然要胡说八道；要是用上边那两只眼看，就不会说这话了！聋子染匠走到唐新生跟前，取开嘴巴上的纱布说：你俩来看，这嘴巴上光光堂堂的，包这纱布明明是骗人呢！唐新生盖上纱布，生气地说：你们砸洋炮的砸洋炮，看伤口的看伤口，今天来到底是啥意思？瞎子五说：到底还是明白人！聋子染匠说：两对门住着，你把钱挣溢流了，也不上税，也不交费，给弟兄们买一盒烟总能行吧？刘红玉听到是为抽烟而来的，心里的石头才落地，埋怨道：想抽烟就说想抽烟，一会儿这事一会儿那事，差点儿没把人吓死！你们等着，我这就去庙前里买烟！胖勺子赶紧拦住说：

意思到了就行了，这一阵儿我铺子没客人，专门和新生开玩笑来了。

刘红玉为了岔开话题，故意抬起头，看起天空来。这一看不要紧，天上阴云密布，像扣了一口锅。云厚处浓如泼墨，层层叠加的云团，好比用久的锅底，乌黑乌黑；云薄处淡似薄纱，依稀可见的阳光，宛若婴儿的皮肤，粉嫩粉嫩。于是便顺口埋怨道：最近这天气怪得很，好几个月都过去了，老是雾蒙蒙的，一坨红一坨黑的，把人能憋屈死！胖勺子说：天气雾蒙蒙，朝有大事情，黑云有红点，天下兵火燃。刘红玉说：你嘴里胡说啥呢？胖勺子说：现在谁嘴里敢胡说，我说的是镇子的一句谚语。刘红玉说：噢，你说的是谚语，听你的口气，好像国家要改朝换代一样！瞎子五说：前边是谚语，后边不是谚语，说老实话，世道是不是变呀？胖勺子说：这事谁说得清楚，我只知道人老几辈说，宁愿父母双亡，不愿改朝换代！哪一代人碰上改朝换代，哪一代人就要遭罪受难！聋子染匠说：别拉起管篮斗动弹，共产党现在是铁打的江山，没有谁能翻起大浪！

胖勺子为了尽快岔开话题，故意说：我听高达给王金贵说，柳拐子马上要结婚了，让他通知队上人，能去的都去一下。唐新生说：柳拐子早都去五里桥了，听说把媳妇肚子都弄大了，还结啥婚呢？刘红玉生气地说：你看你这人，自己不利索，嘴上还不讲德行！柳拐子好不容易找了个媳妇，你还这么刻薄的干啥？更何况，现在这姑娘娃，有几个不是没过门就提前把娃揣在裤腰里了！胖勺子说：事情虽然是那么回事，该走的过程还得走，毕竟还是西门里出去的人。唐新生说：瞎子，听说媳妇是你妻妹子，尽管是个哑巴，模样长得很漂亮。这事就是你从中撮合的？瞎子五点了点头：高达叔安排的任务，谁敢不完成！

刚说完，胖勺子扑哧地笑了。刘红玉问：笑啥？胖勺子说：瞎子，听说你俩当年许诺娶下媳妇，一个让暖脚，一个让钻被窝，现在你俩成了连襟，到时候咋好意思兑现呀！瞎子五脸红得像关公，刚好这个时候，看见剃头铺门上有人探头探脑，赶紧说：勺子，铺子来客了！他们这才回了剃头铺。

第二天，快吃晌午饭的时候，唐新生看高步宽路过，招手让他停停。高步宽走到跟前问他啥事？唐新生说：你看我这生意，就继续这么干嘛，还是另想办法呀？高步宽想了想反问他：你病到底好了没有？唐新生先是摇头再是点头。高步宽说：你一辈子身在曹营心在汉，就是丢不下你那生意。现在借着你这病说好没好利索，说没好可又能动弹，赶紧把生意朝庙前里做，一个劲儿小打小闹还能行？唐新生说：那到底做啥生意好？高步宽又想了想说：就你现在这情况，还想做啥生意，还能做啥生意？还是那句老话，生意做遍，不如卖饭！冬天卖羊肉烩馍，夏天卖凉粉稀饭，另外再捎带把馍蒸上，不显山不露水就把钱挣了。

从此以后，唐新生和刘红玉就在庙前里卖起饭来。唐新生除了冬天戴顶只能盖住头顶的帽子，大部分时间故意露着他那满是伤疤好像地球仪上爬满曲里拐弯红蚯蚓的光头，胳肢窝架着双拐噔噔噔出来进去，摆出一副残疾人可怜兮兮混饭吃的样子。他的全部任务是站在一边当幌子，刘红玉坐在正位上担任主刀。实在忙不过来，几个孩子就上了手。可别小看了他这个幌子，虽然只是转转看看，但是转来转去，身影始终不离饭摊；看这看那，心里一直牵挂着生意。一旦老婆孩子账算慢了，便很麻利地说应找买主几块几毛几分，有整有零分厘不差；要是哪种调料用完了，一时又找不到，不等老婆孩子张口，他就很准确地取出调料摆在他们面前；万一有个别难说话的买主争多论少弹嫌味道，不等老婆孩子表态，自己便赔着笑脸，硬是要来买主的碗，又是添肉又是夹菜又是调调料，弄得买主很不好意思，一再表示今后只来他这里吃饭。在全家人的苦心经营下，生意做得也算红火。又过了两年，他的腿已经痊愈了，但是，他那双拐仗却始终不离身。开始是拐杖架着人走，慢慢地人和拐杖同步走，后来是人拖着拐杖走，拐杖倒成了负担。有时候事情紧急了，就小跑着提着拐杖不挨地。再到后来，基本上是提着拐杖跑来跑去，忙前忙后，拐杖完全成了累赘。

尽管如此，他始终是身不离拐、拐不离身。有一次，两个胳肢窝夹着拐杖和人对火抽烟说闲话，说着说着，竟然忘了夹拐子，拐子靠在腋窝下，成了多余物件。聋子染匠从身后悄悄抽走拐杖，他都不知道。旁边人提醒以后，便满街道跑着撵着跟聋子染匠要拐杖，逗得街道上人笑得直不起腰。聋子染匠把拐杖还给他说：你前半辈子像耍猴的一样，骑个像帽帽公鸡的羊角车子，四乡八村来回乱窜；后半辈子又像耍马戏的一样，手里拿着两个打狗棍子，满庙前里疯来疯去！现在人已经欢实得像驴驹子一样，还不赶快把拐杖扔了，做那样子有啥意思？唐新生要回拐杖，宝贝似的看着它，不是弯下腰用嘴吹吹这儿吹吹那儿，就是用手够着抠抠这儿摸摸那儿。忙里偷闲小声说：别小看了这副拐杖，有了它，到底不一样！

秀玲出事

这天傍晚，高步宽关上前门，在阁楼上搜寻东西。最近，破“四旧”风声很紧，他害怕人家万一从家里搜出什么来，自己吃不了兜着走。特别是前边这阁楼，当年搬进来没有彻底清理过，总担心遗留下什么不合时宜的物件。尽管他是这么想的，但是还抱有一丝侥幸，总认为这只是走个过场罢了，实际上哪里会有那些乱七八糟的玩意儿，不然他不会把这么重要的事情，安排在这个时间段。谁知道怕处有鬼，还多亏这一搜寻，结果就在阁楼的拐角处，墙上脱落的大片泥皮底下，埋着一大堆陈旧发黄霉变的字画。特别要命的是，里边还有一面破旧发霉的国民党青天白日旗，吓得他出了一身冷汗。他没多想，卷起来夹在胳肢窝下了阁楼，到房子摸了盒火柴直奔后院茅房。

等把那堆字画烧完进了后门，就听见有人敲门，便拉开脚步赶快打开前门，原来是何可人和王金贵，他把二位让进房子。何可人说：你这死老汉，咋这么早就关门了？王金贵说：你刚才干啥来，身上咋像钻了炕洞一样，灰头土脸的。高步宽说：刚才到楼上找东西来，没找着蹭了一身灰！说着，拿起甩子，到院坑边，啪啪一阵抽打。回来挂上甩子说：你俩来有啥事情？王金贵说：我也不知道有啥事情，是何可人叫我来的。何可人这才掏出一卷纸递给高步宽说：最近，金贵老打听我家文奎深更半夜在家里写什么，我今天趁文奎没注意拿了一卷纸，想让你俩看看，心里有个数。不然大家伙儿为这事议论纷纷，好像我家文奎干了什么见不得人的事。高步宽接过那卷纸，戴上老花镜，伸长双臂，老远展在灯下看着，内容全是给小孩教字用的。其中有这么几段：

“待”先生，“特”立“侍”，不“恃”才，专“持”志。

“刁”了“刀”，人夺气，“失”了“矢”弓无济……

有个天，大无边；有个添，垒成山；有个鬼，不见腿；有个诡，哄得美；一个兄，比我大；一个凶，真害怕……

长为长，亦未长（掌）；夏日长，田禾长；分为分，亦为忿；大家分，都有分；钉为钉，亦为定，买个钉，把箱钉……

两物均，曰相当；理宜做，曰应当；看明白，曰的当；事办成，曰停当；

安放好，曰稳当；这当字，读作珰；止他来，曰阻挡；事合宜，曰得当；

受人骗，曰上当；错认字，曰只当；茶抵酒，曰权当；这当字，读作当（去）。

高步宽看完递给王金贵，心想，何可人和自己想到一起了。之所以能把这种东西拿出来，关键是现在正在如火如荼地批判“三家村”“四家店”，看到形势越来越紧张，害怕有人揭发沈文奎散布封建迷信，故意用这些东西掩人耳目。所以含糊其词地说了一句：文奎还是有才！王金贵就不同了，他没有理解何可人此举的真正用意，反而高兴地说：到时候，再把文奎写的阴间那些东西也拿出来让我们开开眼界。何可人反应很快：文奎根本就没写过那些东西，镇子上传的那些似是而非的东西，有些是文奎说的，有些是别人说的，但是到头来都安到文奎头上。你是一队之长哩，不能狗拉的都是文奎拉下的！文奎真真正正写的，就是我现在拿的这些东西！王金贵又糊里糊涂地说：我现在明白了，文奎写这些东西，是准备将来教你娃呀，那你咋到现在还不见给文奎生孩子？是种子不行，还是地不行？何可人看王金贵上了路，心里有说不出的高兴，也就说起心里话来：我俩不像你俩，种子地都没问题，关键是我自己这么些年没积下德行！本来我这一辈子还能生个两男一女，因为我犯了天条，阎王爷不让我生了。高步宽说：你犯了什么天条？何可人说：该收的时候不收，该放的时候不放。刚解放那一阵子，有的人嫌娃多，有的人嫌女娃多，或者嫌娃有病，一生下来，不是把娃活活往城壕撂，就是把娃活活溺死在尿盆。我把撂了的娃，抱回来不是自己养，就是从城墙上、从院墙上给主人往屋里放。特别是对那些把娃溺死在尿盆的人，送到镇上关禁闭。文奎劝我说，这一辈子不生，下一辈子阎王爷要让我加倍生。王金贵看何可人有点儿伤感，故意岔开话题说：高达叔，听说你准备嫁水秀呀？高步宽说：正准备找时间给你俩说这事呀，你倒先提起了，到时候办事就全靠你俩了。

刚刚说到这里，张子善提着搅料棍跑进门说：我正在喂牲口哩，听说王彩琴疯疯癫癫的，不知道跑到什么地方去了。现在眼看天就要黑了，他们已经派出好几路人找去了，到现在还不见人面。你们赶快想想办法吧。我就不待了，还急着回去喂牲口哩。王金贵说：知道了，你赶紧忙你的去吧！张子善离开后，王金贵给何可人说，王彩琴往出跑是家常便饭，你把我家秀玲叫上，再去找找，肯定能找回来，我和高达叔说说其他事情。

何可人从高步宽家出来，天已经黑下来，便急急忙忙走进王金贵家。见到连秀玲正在菜油灯下做针线，一口气说完了王彩琴失踪的事。连秀玲停下针线，吃惊地说：平时出去一找就回来了，今天是什么时候出去的嘛，咋到现在还找不回来？何可人说：现在说那么多没用，赶紧把手里活放下，先去找人要紧！连秀玲收拾着针线说：你不知道金贵那人多事得很，他老是让我给王彩琴多操点儿心，我就没敢马虎，见天到她家里去呢，就这还今天不见了、明天不见了！今天早上我还去过她家，谁能知道我前脚刚走，人家后脚就跑了！我也不知道这心到底咋操好，难道还要我把她拴到裤腰带上不成？何可人说：金贵根本就没说啥，是你自己想得太多了！看到连秀玲又是梳头又是换衣服又是取手电筒，又埋怨道：这是寻人去呀，不是上轿去呀，收拾得那么光堂，深更半夜叫谁看呀！连秀玲说：我在金贵心里，连疯子都不如，我再不心疼我，想让金贵心疼我，这一辈子是没指望了！何可人把连秀玲连推带搡：别说丧气话了，疯子要不是咱队的人，金贵管她是吃得多了！

两人来到街道，天色已经黑严了。何可人回家放下文奎写的东西，取了手电筒，两人高一脚低一脚，顺着赵家巷来到后巷子。王彩琴家门口黑压压挤满了人，三人一堆，两人一摊，都在议论着王彩琴失踪的事。她俩听到情况，觉得王彩琴和平常出去有点儿不一样，这才意识到事情的严重性。当这些人知道她俩是来帮助寻人时，都自告奋勇要一块儿去寻。何可人就挑了八个年轻力壮的，让他们取来手电筒，分成两组。在连秀玲的一再坚持下，一组是何可人带队，在城里找，全是女社员；一组是连秀玲带队，到城外北塬上去找，除了连秀玲，全是男的。

连秀玲带着这四个人，出了城门，上了北塬，一字散开，在黑乎乎的北塬上地毯式地搜寻着。只见五个手电筒射出的光柱，像五支利箭刺破黑色夜幕笼罩的黄土高原。那些交叉乱晃的银色光柱，一会儿平扫，一会儿远刺，一会儿看点，一会儿画圆，光柱变化莫测，时远时近，时聚时分，时高时低，时有时无。在这空无一人的旷野上，一声声彩琴、彩琴的急促呼唤，打破了这空旷原野的宁静。他们上上下下左左右右打了好几个来回，最后还把北沟作为重点，又细细找了一遍，连烂土窑、枣刺窝都不放过。最后找到北沟尽头的时候，一个个人困马乏，筋疲力尽，都说肯定不在塬上，要求回城里找。

就是在这种情况下，连秀玲借着地光，猫着腰无意往西北方向看了一眼，隐隐约约看见边沿长满荒草、已经废弃多年的大井。心里一下吃起紧来，彩琴会不会走累了睡着在废弃的大井边？想到这里心跳突然间加快了，睡着在大井边还好办，万一要是踏空脚，掉下大井摔死咋办？她越想越害怕，越害怕越是想去寻找。这一阵儿她早把王金贵对王彩琴的特殊关心抛在了九霄云外，完全是出自于女人对女人的同情，女人对生命特有的珍惜！但是她也清楚，就现在大家这情绪，绝对不会同意去那里找的！于是眉头一皱，计上心来。突然说：我肚子不好，想解大手，你们四个在这里等一会儿。那四个听说人家要解手，很自觉地躲在了堰塄下。

连秀玲害怕他们发现，一个人摸着黑，悄悄向大井边迂回。来到大井边，才体会到荒郊野外是啥感觉。原来在地里干活，老远看见这里花草繁茂，郁郁葱葱，很有一番诗情画意。现在走进去，遍地是枣刺、荆条和构木枝丫，好像青面獠牙张着血盆大口的野兽，人就无法接近它。她不得不打开手电筒，先大概围着大井转了一圈儿，又是叫又是看。堰塄下那四个人，听见叫彩琴的声音，心里还赞赏道：到底是队长的老婆，责任心就是比一般人强，解手都不忘找人！连秀玲眼看就要转完一圈儿的时候，突然发现一小块开阔地通往大井，心里又突突跳起来。心想，真格是怕处有鬼痒处有虱，说不定王彩琴就从这里掉下大井了。她走到大井边，刚要用手电筒往下照，猛不防脚下的土轰隆一声垮了下去。她连一声都没来得及吭，就掉进了大井里。原来大井的边沿，由于多年的风吹日晒雨淋水冲，早已经成了窟窿眼睛，岌岌可危。不要说一百多斤的人踩上去，就是一点儿风吹草动，随时都有垮塌的可能。

堰塄下那四个男人听到沉闷的轰隆声，不知道怎么回事，正准备上堰看情况，发现有两道手电光，晃来晃去从城里晃上塬来。紧接着一声紧似一声，轮番喊着连秀玲的名字。他们这才听出是张继宗和陈石榴的声音，赶紧迎上去。碰上面，还没等他们开口，张继宗就说：我嫂子已经找到了，何可人正在家给做饭呢，让我俩叫你们赶紧回去！他们四人异口同声地问：彩琴跑到哪里去了？陈石榴说：在东街陈家祠堂睡大觉呢！张继宗问：不是说秀玲和你们一块儿来了，咋不见人哩？他们几个这才说了连秀玲解手，不见回来的事。陈石榴问：秀玲在什么地方解手呢？他们说，就在前边不远处。

他们几个赶紧就找，找来找去就是不见连秀玲的人影，连解手的气味也闻不见。那四个人便说了听见响声的事。几个人这才慌了手脚，又是用手电筒照，又是不停喊秀玲的名字。照了一阵儿喊了一阵儿，心里就发起毛来。心里一发毛，手电筒的光束就发起抖来，喊秀玲名字的声音也有点儿声嘶力竭。陈石榴说：继宗，我们几个在这里找，你赶快回去告诉何可人，叫她赶紧再动员一部分人来找！张继宗说：要是这话你赶紧回去，我们几个男的在这里找。陈石榴说：这么远的路，又是黑乎乎的撂天地，秀玲找不见了，是不是还想让我也找不见呢？张继宗这才一声不吭赶紧就朝城里跑。

张继宗来到哥哥家，看见王金贵在场，一时不知道怎么说好，随口就问：你也在这里？我在高达叔那里忙完，回到家不见秀玲回来，刚才赶到这里的。王金贵看见张继宗躲躲闪闪的样子，还以为嫌他往王彩琴这里跑呢，就顺水推舟地回答了他的话。何可人说：我叫你找人去了，你咋还在这里？张继宗赶紧把何可人叫到一边小声说：出事了，连秀玲找不见了！何可人听了不相信，又把张继宗往没人处拉了两步：你嘴里胡说啥呢？张继宗说：连秀玲就是找不见了。我害怕王金贵知道，只好背着他悄悄给你说！何可人半天缓不过神来，也不知道给王金贵说了好还是不说好。王金贵只顾看王彩琴吃饭，根本就没有发现他俩说悄悄话。

就在他们犹豫不决的时候，陈石榴带着那四个男的风风火火赶来了，看见张继宗和何可人正在说话，高喉咙大嗓门说：北塬上狼多得很，不赶紧发动人找秀玲去，还在这里磨蹭啥呢？王金贵听到这话，跑到跟前失声地问：我秀玲怎么啦？何可人看纸里包不住火，就实话实说。王金贵狮吼一样喊道：赶紧打铃，动员人点上火把，拿上家具，赶快上北塬去找！

很快，漆黑一团辽阔无际的北塬上，近百十号人，一手举着火把，一手提着大刀长矛，火光点点，人声嘈杂。大家像用篦梳篦头发一样，把北塬上来来回回篦了好几遍，还是找不见人。正在大家束手无策的时候，不知谁说了声，大井那里容易藏狼！这一下嘈嘈杂杂的人群，举着熊熊燃烧的火把，很快朝废弃的大井边汇聚。大家在大井边仔仔细细找着，仍然是一无所获。就在他们准备转移地方时，王金贵在大井边，发现了自家的手电筒。王金贵突然哭着喊道：秀玲可能踩空掉进大井里边了！大家用手电筒往大井底照，井底被各种植物笼罩得严严实实，根本看不清什么。为了防止意外，耿诚信派了几个人，到保管室拿绳拿滑轮拿竹竿。东西拿来，大家七手八脚架了摆臂。又挑选了几个年轻人拿着砍刀下去，在茂密的植物里仔仔细细地寻找着。当找到连秀玲时，人已经气绝身亡。

按照镇子的习惯，人死了是不许进城的，只好停放在打麦场的场房。王金贵考虑到连秀玲终生无子，更考虑到人家替他辛辛苦苦照顾王彩琴，最后连命都搭了进去，便不顾镇子的习俗，坚持披麻戴孝，坐在厚厚的麦草上，亲自为连秀玲守灵。王银贵也赶来了，自已戴了孝不说，也让他那几个孩子披麻戴孝给大妈一块儿守灵。高步宽给连秀玲上完香，把王金贵拉到一边说：需要钱言传！王金贵双手抱拳：什么都不需要，心领了！心里却默默说，有钱埋钱，没钱埋人！

高步宽从场房回来，正要下坡进城，三里村的刘队长急急火火迎面而来。没等他问，人家先开了口：王队长咋遭了这么大的事？高步宽说：你是咋知道的？刘队长说：我是来找他有事情才碰上的！高步宽以为他要去场房祭奠，就准备自己离开。谁知刘队长拦住说：我找你有急事哩！高步宽说：啥急事？刘队长说：路志诚死了以后，隔三岔五通传其伯父，把老人家折磨得死去活来。说伯父霸了他的家产，把他赶在门外，在世的时候不给他娶媳妇，逼得他跟羊睡觉哩，直到死了也不知道媳妇是啥样子，结果死了以后也不得安宁，小鬼们成天笑话他，说你伯父是个大啬皮，占了你那么大一院房，连个阴亲都舍不得给你配。一再警告伯父，再要不给他配阴亲，不光继续折磨他，还要烧掉这院房子。他伯父不得不答应。刚好五里桥有个未婚女子暴病身亡，他伯父赶快定下这门阴亲，准备了一大一小两口棺材，大棺材给女娃用，小棺材装路志诚的骨殖。因为要搬他的骨殖，坟茔又在你们地界上，就让我来给王队长打招呼。现在王队长遇到这么大的事情，我实在不好意思开口，你老人家能不能想想办法？高步宽很干脆：你们想啥时候搬就啥时候搬，谁要敢说个不字，你让他来找我！刘队长赶紧抱拳感谢。高步宽又说：既然是配阴亲，把女的棺材拉下来和路志诚埋在一起算了，还多费那道手续干啥？刘队长说：他伯父的意思是，鳏寡孤独无钱修墓，没办法才“钻堰”“软埋”哩；他们路家是个大家族，不借着配阴亲挖坟修墓装棺材埋进祖坟，路志诚再要因为“钻堰”和“软埋”闹活起来，人受不受折磨不说，光做二遍活下来，头比身子大。高步宽说：要是这情况，搬骨殖的时候，提前打个招呼，我们也来帮帮忙。刘队长说：这话我一定带到！我先去庙前里买点儿香纸去，到场房给金贵老婆吊完孝再回去。

过了有半个月时间，高步宽问王金贵：三里村刘队长要搬路志诚的骨殖哩，咋到现在没见给咱打招呼？王金贵说：人家不想打扰咱，当天夜里就悄悄搬走了！高步宽哦了一声，又说：他伯父还算运气好，刚好就碰上个阴配，不然，老家伙就安宁不了！王金贵头摇得拨浪拨浪：哪里有那么巧的事，老家伙害怕受洋罪，偷着把亲亲的瘫瘫外甥女用蒙汗药灌死了，他妹子不知道，以为是病死的。后来事情败露，他妹子不依不饶，要把他往县上告。族人为了息事宁人，要他出了不少钱，才把这事压下去了。

第六部

麦场起火

镇子这地方，说起来是两塬夹一川，实际上，南边是一条鲸鱼背似的土梁，中间是一道东高西低南北狭窄的洼地，北边是一面一堰高过一堰的长畛坡地。不管土梁也好，洼地也好，坡面也好，分布在上面的麦田，基本上是正南正北且东西长南北短的长方田块。在这些面积大小不一，地势高低不平的长方田块里，半人高的黄里透青香气扑鼻的麦子，像金色的海洋一样，已经将它们的边界淹没得无踪无迹了。一阵阵燥热的夏风吹拂，这些融合在一起的黄色，在梁顶、在洼地、在坡面，忽而似汹涌翻滚的惊涛骇浪，忽而像缓缓流动的涓涓细流，忽而如波光潋滟的一湖静水。麦子的清香浸透了镇子的角角落落，熏醉了各色人等，就连催促人们及时收种的候鸟，也被熏得在镇子上空发疯似的来回穿梭，声嘶力竭拼命呼叫，为本来就很紧张的气氛，又增加了几分紧迫。

麦收时节对镇子人来说，最紧张最辛苦最激动人的，要数割麦、打麦和晒麦了。镇子割麦有自己的特点，不同于省南的跑镰，人站着伸开双臂大幅度甩着钐子割麦；也不同于省西的走镰，人猫着腰边走边割边捆；更不同于北边山区的坐镰，攥把割压把放。镇子割麦是围镰，就是蹲着割麦。割完一镰，往前推去，又割一镰，再往前推去，割够一抱，无须捆绑，便手捉镰搂，堆在身右。很快这些麦堆，就会被一帮壮汉用杈拦腰挑起，举在头顶装进胶轮马车、架子车、手推车等。满载着沉甸甸的麦子的各种车辆，在麦田和打麦场之间，川流不息，首尾相接，像条流动的黄龙，浩浩荡荡，煞是壮观。

打麦是大兵团作战，成百号人聚集在场面上，说说笑笑，好不热闹。摊场、起场时，队上铃声当当响过，男男女女，老老少少，有多没少，呜儿喊叫蜂拥到打麦场。那些身强力壮的男劳力，或捞麦钩，或拿木杈，或推秸杈，经过一阵七手八脚的紧张忙碌，或者把没碾的麦秆扒下麦垛，蚂蚁搬家似的运到场面的各个角落，由一帮妇女老弱手持木杈，连端带推，然后抖乱挑虚均匀摊在场面上。或者把碾好的麦秸收拢成堆，用秸杈运到场边临时码堆成垛。再把碾好的麦粒和麦衣的混合物堆在场面中间，等起了风再扬场。扬完场，把扬好的麦粒临时囤在场边，打麦子才算基本结束。

接下来，最开心最有成就感的就是晒麦子了。男劳力们在打麦场或扛口袋，或端簸箕，或木锨撮，七手八脚，来回小跑，很快把囤在场边灿若碎金的麦粒薄薄一层摊在偌大个场面上。每隔一段时间要用宽齿木耙，像犁地一样一耙挨一耙不停地耙来耙去。远远望去，整场的麦粒像一面金色的湖泊，星光点点，水波荡漾。晒好麦子，便收拢成星罗棋布的金灿灿的若干麦堆。那些扬场使着左右锨的老把式，光着黑油油的脊梁，双手握木锨开始扬麦，嚓嚓一锨一锨，把金灿灿的麦粒逆着风向唰唰地抛向空中。只见无数麦粒组成的一道道金色的弧线像一架架半圆形的彩虹，斜三顺四地飞扬在场面上空，此起彼落，错落有致，煞是壮观。铲麦的嚓嚓声，扬麦的唰唰声，麦落的哗哗声，扫杂物的欻欻声，声声不断，动听悦耳。女劳力们在家烧火拉风箱，揉面烙锅盔，剁馅包饺子，支架轧饸饹，洗面蒸面皮，柴火熬稀饭，煎炒蒸炸，烟熏火燎，风箱欢叫，火舌喷吐。到了开饭时间，付出汗水和技能的汉子，围着妇人送来的饭食，选好对自己口味的，然后仨一摊俩一堆蹲在场面上。一人手里端个大老碗，不是鼓堆冒尖辣椒鲜红的面皮儿，就是七缠八绕筋道味香的凉饸饹，或者造型美观晶莹透亮的大蒸饺。端碗的指缝夹一块白锅盔，面前再放一碗能照出人影的扁豆稀饭。他们高挑着一筷子面皮儿，歪着脑袋用舌头搅到嘴里，呼噜呼噜吸进肚里，辣得吸溜吸溜，不得不咬一口味香酥松碎渣迸溅的白锅盔去辣遮味，再端起稀饭碗嘴噙碗边呼噜噜左旋右旋着利口勾缝。

叫人揪心的是今年的麦收时节，本来是应该高兴的事，但西门里说啥也高兴不起来。一个个愁眉不展，心似油煎。眼看就要开镰割麦呀，红二司三天两头派王银贵来劝降。意思是说，只要西门里退出红造司加入红二司，不但能保证他们人身安全，就连小麦也会安安全全颗粒归仓。不然红二司就要放火烧麦，看西门里老老少少今年的口粮咋办呀！

本来王银贵是替包子六传话的，只要把话传到就算任务完成了。可是王银贵不是这样，为了进一步取得包子六的信任，添盐加醋，火上浇油。放火烧麦就不是包子六的意思，是王银贵为了显示自己的能耐，故意别出心裁瞎编的。他是西门里的社员，吃的是西门里的口粮，就是不给西门里干活，整天跟在包子六屁股后头晃来晃去。党慧兰和陕北采购员私奔以后，三个孩子名义上跟着他，实际上睡在他这边，吃在刘红玉那边。“文革”开始后，按说，他是个地地道道的农民，脸上核桃纹斜三顺四，但竟然是十几岁红卫兵的打扮：光脊梁穿着军衣军裤，光头顶着军帽，帽檐斜在一边；腰间勒了武装带，一边斜背着印有“红军不怕远征难”毛体字样的黄挎包，一边斜挎着飘着红绸带的老式盒子枪，右臂上戴着印有“红二司”的红袖箍；光脚穿了双旧的发白的军用黄胶鞋。一天到晚不着家，整天跟着包子六在公社造反司令部出来进去。无奈孩子们不但吃在刘红玉那里，大部分时间还睡在那里。

王银贵传完话，回到司令部。包子六不在，副司令值班，他便显摆说：这一回，西门里叫我吓唬得尻子没脉了，不投降都不由他们。副司令问咋吓唬的，他便说出烧麦子的事。副司令说：他们真要不投降咋办？王银贵说：那我就没办法了！副司令说：你不是说要烧麦子吗？王银贵说：我那是吓唬他们哩，谁还敢真的去烧！再说，那里边也有我家的口粮哩，不要说我不会烧，就是有人烧，我也会跟他们拼命的！副司令心想，平时你把包子六尻子皮能舔破，这一回非让你舔到痔疮上不可！你既然把这话说出去了，就要想办法叫你把这黑锅背了。于是阴险地笑了笑：司令在会议室开会呢，赶快给他汇报去！

包子六是普通农民，怎么摇身一变，竟然成了造反司令？那一年，包子六去点上“社教”，又是他那种不顾眉眼的干法，喜欢搞非组织活动，结果被“社教”工作组退了回来。从那以后，风光不再，成了一名普通得不能再普通的农民。谁知道“社教”还没搞利索，“文革”踩着脚后跟来了，他又主动跑到县上毛遂自荐，在红二司指挥部跑腿打杂。又是凭着爱出风头的毛病，得到县造反派头头的赏识。人家知道他是镇子人，就委任他为镇子红二司的副司令。时隔不久，总司令升到县上总部，他便取而代之。包子六当了司令，因为当年那点儿关系，王银贵自然而然就成了给他背枪的随侍副官。

要说王银贵给包子六背枪，是为了解心慌抖威风，那就小看王银贵了。实际上，王银贵有他自己的打算。当年他对贫农代表垂涎三尺，后来才发现那是个猴子的差事，上边愿意要了，拉出来耍一下；不愿意耍了，连理都不理，还得在地里黑水汗流，把日头从东山背到西山，跟普通社员没有什么区别。就在他琢磨新出路的时候，包子六给他提供了机会。他心里盘算着，涎水娃当年参加了地下党，一解放当了公安局长；自己跟上造反派，说不定也能脱掉这身农民皮，混个这长那长当当！实际上，从这几年的实际情况看，他不但出了风头，抖了威风，还从“破四旧”中得到不少好处。

尤其让他心满意足的是，利用手中的权力，玩弄了不少女人。有的女人是为了找他办事自投怀抱的，有的女人是他利用手中权力引诱人家半推半就的，还有的女人是他故意罗织罪名抓走男人乘虚而入的。当然，也有极个别女人，是看上他一表人才风云一时心甘情愿的。王银贵喝醉酒曾给人炫耀说，有三个女人，他这一辈子忘不了。第一个女人是造反总部做饭的，他看上了那女人，就给人家送“破四旧”时偷的小物小件，那女人见有利可图，又看上王银贵一表人才，白天用猪肉喂他的老大，晚上用人肉喂他的老二。第二个女人，家在苏坊，漂亮得出奇，但她守身如玉，不受诱惑。不幸的是，她丈夫因反革命罪被关，王银贵以救她丈夫为条件奸污了她。后来这女人领教了他的床上功夫，不但不记恨他，还主动送上门来。第三个女人是王家庄的，这女人美就美在下身：樱桃小口，坐地吸土，上床狮吼，不光梆子打得响亮，紧火处咬住不丢手！

这一天吃过早饭，王金贵来到何可人家，一进门就说：银贵说的那事情到底咋办呀？何可人说：能拖就拖，别信他要烧麦子，心眼再坏，也不能干出那缺德事情，那纯粹是银贵给咱说怕怕哩！王金贵说：你把那些人看得太简单了。人家都敢把县委书记押着游街，还有啥事不敢干的？停了一会儿又说，不是人家折腾哩，县委书记也太不像话了。有一次他要上台做报告，小儿子抱住腿不让去，无奈只好让小儿子坐在主席台上，给全县干部做了一回报告。何可人说：现在说这些没用，咱不如让高达叔给哼囔说说，让肖局长给包子六说句话，看能不能网开一面？王金贵说：那还不赶快走？高步宽听了两人的意思，知道这一料麦子，是西门里父老乡亲的命根子，便斩钉截铁地说：能成！

他俩出了拐角店，刚走到关帝庙门口，就被王银贵堵在当街道上。王银贵还是那身红卫兵打扮，摘下帽子用手旋转着说：连皮带毛就三天时间了，那是多大个事情，到现在还给不了一句肯定话？王金贵说：我俩要是能做主的话，当时就把话给你了。我们还要和全队社员商量呢，大家伙儿要是坚决不答应，我俩也是干着急没办法！王银贵冷笑着说：别拿社员做挡箭牌。我知道你们又去找高老汉了，他给你摇的是啥鹅毛扇？王金贵故意说：想让人家老汉摇鹅毛扇呢，人家老汉还没时间摇。我们跑来跑去，白跑了一趟！何可人说：银贵，你哥又不是旁人，能不能再宽限几天？再说了，队上也有你家的口粮哩，把麦烧了，你几个娃喝风拉屁呀？王银贵说：哥，你没看社员们会不会按我说的办？王金贵说：我看危险，头一天咱们分手后，我稍微给大家透了点儿口风，他们歪得能把我吃了！正说着，刘开科来到面前，他猜测王银贵是黄鼠狼给鸡拜年，没安好心，心里说，你不是说我们是保皇派吗？我就给你说个保皇快板气气你！于是故意当着他的面，打起竹板说起《十保歌》来：

一保毛主席……二保党……三保……

王银贵知道刘开科是冲着他来的，故意把手里的帽子戴在头上，调整了一下手枪背带，又这里拽拽，那里压压，不停地整理着衣服，很轻蔑地说：像刘开科这种货色嘛，靠赌博才赢了院房子，他狗嘴里能吐出象牙？怪不得人家说在咱镇子上，造反派和保皇派有个规律，在外边工作的造反派多，在镇子工作的保皇派多；贫下中农成分好的造反派多，地富反坏右成分不好的保皇派多。你把咱西门里这些做生意的奸商挨个往过数数，看一个个都是些啥东西，不是出身不好，就是歪瓜裂枣，像我们王家这真正的贫农没有几家！那一年我要把西门里的领导权夺回来，就是这些做生意的奸商，硬是搅骚得没夺成！现在，我才看明白了，亲不亲阶级分，原来这些人就不是真正的无产阶级……

王金贵和何可人对王银贵这种侮辱人格的语言，早已忍无可忍了。但是王金贵为了稳住他，一句话也不说，听见权当没听见。何可人就不同了，直接就打断他的话：别给自己脸上贴金。你那贫农也不是阶级压迫的贫农，是你先人抽大烟把江山抽倒灶了，日子过不下去了才成了贫农的！不是王八兴了个鳖运，贫农成分能轮到你家？王银贵看何可人揭起了他的老底，赶紧就说：我还忙着呢，没时间跟你们磨闲牙。下一次再不给肯定话，我们就不客气了！说完，抡着胳膊，迈着军步，雄赳赳气昂昂地走开了。

第二天，王金贵、何可人准时来到高步宽家。高步宽表情很严肃地说：事没办成！王金贵说：是人不在，还是不便帮忙？一直低着头的高步宽，突然仰起头像刀砍一样说：人、不、在！何可人说：这眼看就要搭镰收麦呀，不赶快想办法，万一那些人耍二杆子咋办？

高步宽想了想说：我有个想法，不知道行不行？人常说，兵不厌诈。做生意和带兵打仗一样，讲的是实则虚之，虚则实之，这事情也应该讲个虚虚实实。咱们现在面临的情况，是大家坚决不愿意背叛红造司，更不愿意投靠红二司，但是又害怕红二司烧了麦子。我的想法是，民以食为天，首先要保住咱的庄稼。因为这是大家一年的口粮，千万千万马虎不得。咱不如学习我们运城乡党关羽，来个身在曹营心在汉，先把红造司的旗拔了，换成红二司的。等把麦子收了，公购粮交了，口粮分到社员家，再来个反戈一击，杀回红造司。这样既保住了粮食，又不失气节。王金贵说：这个办法，我不是没想到，关键是害怕队里社员通不过！何可人说：咱这事情也是该瞎呢，偏不偏这个时候，就是找不见涎水娃人嘛！

其实，涎水娃并不是找不见，而是找见还不如找不见！原来，哼囔听说是烧麦子的事，没敢耽搁蹬着车子就去了县上，结果到公安局门口一看傻眼了。

那里正在召开批判大会，涎水娃和几个副局长，挂着大牌子，戴着高帽子，分别被压成喷气式跪在地上。周围围满了人，口号呼得不停。突然有个人冲到涎水娃跟前，指着他的鼻子问：你有罪没有？涎水娃回答得很干脆很坚决：没罪！那人咣一个耳光扇过去，涎水娃鼻血流出来。那人又问：你解放前是不是土匪？涎水娃口气还是很干脆很坚决：不是！那人又一拳打在涎水娃脸上，涎水娃一只眼睛很快就肿成一条缝了。那人还问：你是不是要坚持与人民为敌？涎水娃尽管眼睛看不见，血迹满脸，口气仍然很干脆很坚决：与人民为敌的是你们！那人又照准涎水娃胸部踢了一脚，这一脚疼得涎水娃倒在地上直打滚。

哼囔再也看不下去了，躲在人背后悄悄抹起眼泪来。等了一会儿，涎水娃终于缓过劲儿来，突然大声喊起来：我不当这烂屁局长还不行吗？我回镇子卖我的纸烟还不行吗？他这一喊不要紧，几个戴红袖箍的人像饿狼一样扑上去，猛一阵拳打脚踢。会场上不停地呼着口号："打倒阶级敌人的嚣张气焰！"突然有个人在哼囔身后悄悄地说：那个批斗涎水娃的是个劳改释放犯！哼囔听到这话，头脑嗡一下像要爆炸一样，紧紧握着两个拳头，想扑进去把涎水娃救出来。那人看出了他的意思，赶紧拉住他，悄悄地说：不光你想进去打抱不平，我也想进去打抱不平。咱们要是冒冒失失的进去，肖局长很有可能被他们立马打死在现场；咱们要是不进去，他们可能还不敢把肖局长怎么样。哼囔气得只有大口大口地出气，救又不方便救，看又不忍心看，只好一手捂着像刀扎一样的心口，一手推着车子痛苦万分地摇着头离开了。想到涎水娃把头别在裤腰带上闹革命，坐了江山却又被打得死去活来，回来一路眼泪没干。到了镇子东门外的砖瓦窑跟前，实在难过得忍不住了，放倒车子，钻进地下砖瓦窑，美美地放声哭了一阵儿。回到西门里见到高步宽，又是边说边哭。高步宽脸色铁青，嘴唇紧闭，半天才憋出一句话来：怪不得胖勺子说，云里有红片，天下兵火燃！其实，这比改朝换代还厉害！

当天晚上，西门里召开了社员大会。王金贵原原本本说了高步宽的想法，结果形成了两种截然不同的意见。

一种是年龄大的社员，同意高步宽的办法，民以食为天，西门里这几百口子人，就凭这一料夏粮过活呢，要是让人家把麦子烧了，大家喝风拉屁呀！红造司能咋，红二司能咋，说的好听了都是革命组织，参加哪个都一样革命哩；说的不好听了，都有长处，都有短处。你们没听人说，“红二红二，破鞋一袋；红造红造，臭肉一吊！”鞋袜有样，世事没样。咱们认为咱们坚持的是气节，人家还认为咱坚持的是派性。咱认为咱不愿意投机取巧，人家还有可能认为咱不会运用革命策略。另一种是年轻社员认为，革命不是请客吃饭，更不是做生意，绝对不能投机取巧，丧失气节。人家早就把咱们西门里看透了，说咱们绝大多数是生意人，完全可以说没有什么革命立场，关键时候投降变节是生意人的拿手好戏。

持这两种意见的人，唇枪舌剑，互不相让。最后还是年龄大点儿的人建议，既然谁都说服不了谁，就先别冒冒失失做决定。这事情是王银贵说的，就找人做王银贵的工作，只要他能保证人家不烧麦子，咱就再不用操心这事了。

那些年轻人的话传到高步宽耳朵里，特别是说生意人投机取巧的话，深深刺痛了高步宽。他心里说，我这么想还不是为大家来，你们何必要往我心里捅刀子？再说了，不管是红造司、红二司，都造的是资产阶级的反，弟兄两个斗来斗去斗个啥意思呢？反过来一想，心里又宽展起来：涎水娃对革命贡献那么大的，都耳光扇、拳头捅的，差点儿把老命要了，说我投机取巧算个蛋事，只要西门里人有麦吃，谁愿意说啥说啥去！

这一天，何可人找到王金贵说：这些老社员和我想到一块儿去了，为了做到万无一失，我想了个两全其美的办法。解铃还得系铃人，只要做通你银贵的工作，咱啥啥心都不用操了！王金贵虽然点头承认，但是面有难色：银贵那脾气你又不是不知道。别人劝还有可能，我要是出面，越劝越麻烦！何可人笑着说：谁倒指望你来嘛，啥没见啥呢，后门还关得快得很！银贵那脉我比你号得准，天不怕地不怕，就怕翠仙说句话！王金贵吃惊地问：翠仙手里是不是抓着银贵啥把柄呢？何可人知道自己说走了嘴，赶快改口说：刚才和文奎说起过翠仙，一急就把包子六说成翠仙了。我现在就去托人让包子六把银贵制止了。背过王金贵，何可人找到翠仙，人家满口答应。第二天，何可人给王金贵说：原来是虚惊一场，让咱们反戈一击有这事，烧麦子是银贵自己信口胡说哩！王金贵将信将疑：银贵是不是这么说的？何可人说：不要说你不相信，开始我也不相信，人家说这是你银贵亲口说的。为了证明这些话的真实性，银贵用右手中指不停戳着左手虎口发誓说，谁要说一句假话，谁他先人让叫驴这样！

王金贵高兴得长长出了一口气，就拉上何可人去拐角店给高步宽报告好消息。高步宽忧心忡忡地说：银贵当时要是不说这话，这事情就有可能是由人不由事；既然他说出了这话，这事情就有可能是由事不由人了！因为说者无心，听者有意。他不干这事，不等于别人不干这事！尽管王金贵和何可人觉得高步宽言之有理，但是总觉得这种事情不好把握，也不知道采取啥办法好，两个人一时语塞。高步宽看他俩面有难色，也理解他们的处境，只好说：唉，事情已经到了这个地步，现在说得再多也起不了啥作用。还不要说往前的路是黑的，谁知道谁说得对？既然大家伙儿都是这意思，你两个也尽到了当领导的责任，只能是走一步看一步了。

王银贵和何可人清楚地意识到，队上人能够形成共识的那些办法，不是隔靴挠痒痒，就是远水解不了近渴。反而只有釜底抽薪改旗易帜最直接最有效，但是大家伙儿说啥就是不愿意采纳。再加上开镰收麦就在眼前，时间也不允许他们纠缠来纠缠去。特别是王银贵跟包子六一直在县上参加学习班，再没见来催过这事情，大家慢慢就把这些事情淡化了。

烈日似火，龙口夺食。经过几天的抢收抢运，麦子全部上了场。第二天就要开始碾场的时候，当天晚上，打麦场突然起了火。全队的人拿着脸盆担着水赶到场里，就连邻队的社员也赶来了。真真正正是干柴烈火，风助火势，火借风力，来势凶猛的大火，烧得半湿不干的麦子噼噼啪啪一片爆响。打麦场像一座座火焰山，把黑乎乎的夜幕照耀得如同白昼，不论怎么扑救就是扑不灭。大家边救火边流泪，一个个脸上像抹了锅底黑，遮眉盖脸，五马六道。眼睁睁看着整场整垛的麦子，烧成了焦炭一般。最后一个个筋疲力竭，心力交瘁，一扑塌坐在地上放声号啕。瞎子五趁着黑夜，离开了打麦场，到家里拿来唢呐，跑到城墙头上，流着泪吹起了唢呐来。悲壮凄凉的唢呐声，很快传到打麦场上。正在呜咽的聋子染匠说瞎子五又吹了一段新词：

> 举起唢呐泪两行，心里好比煎油烫，一季夏粮全烧光，百姓日子咋下场；贼本人生父母养，为啥心肠狠如狼，狗贼得手别猖狂，总有一天要还账！

听到聋子染匠的翻译，好多人捶胸顿足，边号啕边念叨。有的说：谁谁都不怪，就怪咱自己。吃饱饭才能革命，没饭吃了哪里来的精神革命？真是死要面子活受罪！有的说：高步宽说得明明白白，不听人家的不说，还要说人家的难听话！还有的说：瞎子吹得没错，十有八九是红二司放的火，我看见有辆摩托从场边过了一下就起火了，然后朝县上开走了。

高步宽拿着手电筒，来到打麦场边，打开手电一照，看到黑乎乎的麦秸，烧焦的麦颗，还有从那上边冒出的丝丝青烟以及空气中弥漫着的扑鼻焦煳味，心如刀绞一般。特别是看到那些和自己朝夕相处、情同手足的男女老少，一个个哭得天昏地暗，尤其是瞎子五那凄凉刺耳的唢呐声，如诉如泣，催人泪下。这位饱经沧桑，历尽磨难，不管遇到多大事情都很少流露感情的老者，霎时间失去控制，老泪纵横。他关掉手电筒，直直站在那里，除了默默流泪，也不劝慰哭者，更不理会劝者，目光老是不离烧焦了的打麦场那些忽明忽暗的残留火星。因为是夜晚，大家看不到高步宽的身子在瑟瑟发抖。后来高步宽为这事大病了一场。

王金贵气愤不过，以孩子生病为由，把王银贵从县上叫回来问情况。王银贵感到很吃惊：放火烧麦，是我自己胡说的，与包子六无关。谁知道让人钻了空子呢？王金贵说：你说的可是实情？王银贵发誓说：有一句假话，天打五雷轰！后来西门里又一纸诉状把红二司告到了县军管会。因为当时公安机关已经瘫痪，县上局势完全由红二司掌控，便以没有真凭实据为由，大事化小，小事化了，最后不了了之。亲戚朋友和好心人忍痛割爱，把自己打下的新麦匀出一点儿来接济西门里。

这一天，在高步宽病榻前，有人抹着泪说：今年二三月，要饭的就不少。人家现在把新麦匀给咱们，咱可勉强度日，人家明年二三月春荒怎么办？有我！高步宽拖着病体硬挣扎着坐起身，一字一顿地说，今年吃了人家的麦子，明年二三月给人家还银子！大家以为高步宽疯了，说的不是胡话就是梦话，就没往心里去。

第二年二三月，当西门里一些人多劳少的社员准备出去讨饭时，高步宽给王金贵说：让大家不要出去要饭了，赶快朝哼囔的骡马大店走，那里有他老家拉下来的粮食，先分给大家吃。王金贵说：大家没钱咋办？高步宽说：那是我一个朋友早些年欠的钱，一直还不上，刚好今年粮食打得多，就连本带息折成粮食拉来了。王金贵说：人家的钱是钱，难道你的钱就不是钱？高步宽说：钱要紧，还是命要紧？

哼囔出手

尽管有人烧了西门里的打麦场，西门里仍然不加入红二司。副司令建议包子六，不行就派敢死队血洗，让西门里出上两条人命，看他们投降不投降？！包子六正准备下决心的时候，县上红二司总部打来电话，要求尽快派一个枪法好有功夫见过大世面的人，参加县上的敢死队，攻打保皇派红造司总部。包子六把红二司这些头头脑脑拨拉来拨拉去，硬是派不出个合适人来。不是枪法不行，就是胆量不行，至于功夫根本就谈不上。王银贵给他出了个主意，让在民间找，一来自己这一派不会因为武斗损兵折将，二来还能给上边邀功领赏。包子六觉得这个办法好，就让大家推荐。推荐来推荐去，最合适的人选莫过于西门里的哼囔了。包子六也知道哼囔的本事和经历，很快拍了板。

王银贵通知哼囔尽快到县上红二司总部报到，并且派两个荷枪实弹者给他当护兵。哼囔知道人家害怕他中途开小差，专门派人武装押送。他偷偷找高步宽商量对策。高步宽问他的想法。哼囔说：我还能有啥想法？像我这陪过桩的人，知道国法的厉害，打死也不想参加武斗！他们明明给我绾笼头呢，我能乖乖往里钻？三十六计，走为上计。我准备先拿话稳住他们，然后回来尻子一拍拔腿揭瓦呀！高步宽问：往哪里跑？哼囔说：往北山老家跑！高步宽心想，跑是要跑的，但是不能这个时候跑。这个时候要跑，跑了和尚跑不了庙，他们不但会寻你哼囔的事，还会因此报复西门里。还不如痛痛快快应承下来，先跟上他们去，然后自己派人把事情安排妥贴，再让他金蝉脱壳。于是毫不犹豫地说：这个时候不能跑！哼囔问：那什么时候跑？高步宽说：到半路上跑！哼囔说：那还不是把猫叫个咪！高步宽说：半路上跑和现在跑不是一个跑法，人没到以前绝对不能跑！哼囔说：什么人？高步宽说：漫泉河戴师傅、田师傅那帮人！哼囔头摇得拨浪拨浪：那不合适，一人做事一人当，连累人家干啥？高步宽说：我已经想好了，不会连累他们。不然，半路跑和现在跑一个样！哼囔说：那你到底是啥意思？高步宽说：到时候，你就知道了！哼囔说：照你这么说，到时候我就跟他们起身？高步宽说：具体什么时候走？哼囔说：明天！高步宽说：为了不连累人家，你必须在戴师傅他们赶到时，很快把押你的那两人制伏了，千万不能给戴师傅他们带灾！记住，不能早也不能迟，必须听到人家自报家门后动手！哼囔回了骡马店，高步宽去东街找魁胜到漫泉河忙活了。分手时，故意激他说：这出戏能不能演好，就看你娃的能耐了！

第二天，哼囔跟着两个荷枪实弹者，沿着公路来到漫泉河附近的慢坡上。突然从公路边林子里传出女声羞涩多情委婉的唱腔：

出门走路想起哥，好像哥把妹手拖，羞得朝哥那边挪，一挪挪到烂泥窝，紧躲慢躲躲不过，扑通一声踩空脚，妹子变成跛脚鹅！

端碗吃饭想起哥，好像哥在碗里坐，喜得把哥用眼瞄，瞄来瞄去瞄不着，赶紧捉起筷子戳，咯嘣一声瓷片落，饭碗戳个大豁豁！

穿针引线想起哥，好像哥看妹做活，急得给哥挤眼窝，哥只看活不看我，难道妹子不胜活？哎呀一声出了错，针把指头当活戳！

黑来上炕想起哥，好像哥睡妹被窝，兴得揭开被窝摸，只见光席不见哥，眼泪不停往下落，哧溜一声钻被窝，妹驮被窝当驮哥！

两个荷枪实弹者，不由得停住脚步，竟然听得发起呆来。平时，听惯了“文革”那一套震耳欲聋慷慨激昂的“革命”歌曲，猛一下接触到当地有名的《想哥哥》这种民间小调，再加上《砰道情》古老别样的唱腔，新鲜活泼动人有趣，很吸引人。

《砰道情》是镇子这一带的古老唱法，旋律和关中道情有点儿类似。别小看了这《砰道情》，不但行腔有说道，而且历史久远。行家说它是东路梆子的头，合阳线腔的尾，北路道情的身子，富平阿宫的腿。为秦腔的产生和发展，起到了至关重要的作用。关键是其中的三个感叹词，缠绵悠扬，荡气回肠，余音绕梁，很有镇子特色。说穿了就是半戏半歌。镇子人唱歌拉后音，不像现在讲究的是啊哇呀哪，那时候统统是“昂”“啊”“咹”。

刘开科对镇子人这三个后音有他自己的解释，尽管有点儿夸大其词，但是很形象很能说明问题。“昂”起来就像戏上打樵的刘海担担子，一步三忽闪，七步两换肩；“啊”起来就像镇子庙前里单眼明搓麻花，不是三扭六转圈，就是七拐十八弯；“咹”起来就像井底的蛤蟆钻进长虫尻子，不知道多深多浅，也不知道多长多远。再加上那位唱歌的女子，用情竟是如此缠绵，歌声又是这样甜美，两个人很期待她尽快走出林子，一睹芳容，过过眼瘾，也不枉今天辛苦一趟。

就在他俩想入非非的时候，林子里窜出一帮人来，一个彪形大汉大声喊道：

红造司爷爷在此，红二司孙子休走！哼囔听到喊声，眼疾手快，还没等那两人弄明白怎么回事，就把两个荷枪实弹者的枪下了，交给那帮人说：他俩是替人当差的，和我一样身不由己；念起他俩家里有婆娘娃，请好汉网开一面！彪形大汉故意说：你是不是叫哼囔？哼囔说：正是本人，好汉怎么晓得？彪形大汉说：县红二司有我们的眼线，昨天晚上得到消息，害怕你给他们帮忙，我们准备把你抢过来，为我们红造司所用。我们在这里已经等候多时了。说着让人搜了那俩荷枪实弹者，又退了枪里的子弹，然后把枪还给他们：回去给你们头儿说，我们把哼囔带回县上，让他给我们红造司打头阵；等我们打退红二司的进攻，一定完璧归赵！那俩背着没有子弹的空枪，掉过头撒腿就往镇子跑。彪形大汉领着那帮人，带着哼囔佯装沿着公路去县城。直到那俩荷枪实弹者跑得不见踪影了，才离开公路回到林子。哼囔跪地就谢，戴师傅赶紧扶起他说：一家人不说两家话，我们也是红造司的！分手后，哼囔独自一人钻进庄稼地，一路朝北奔北山老家而去。

那俩荷枪实弹者回到镇子，给包子六说了被劫持的经过。包子六马上给县红二司总部摇电话，狠狠埋怨了他们一通，嫌他们走漏了风声，让红造司捡了个大便宜。县红二司信以为真，不但不追究责任，还说了好多安慰他们的话。最后一再要求他们，继续做好说服西门里的工作，尽快实现镇子山河一片红。万一“文攻”不下，只有靠“武卫”解决。包子六放下电话，突然想起副司令建议他血洗西门里的话来，刚好趁着哼囔不在，先把西门里这几个要害人物关起来单兵教练，不信他们不改弦更张！想到这里，很快把任务安排给副司令，让他出面组织。当天晚上，副司令就秘密把王金贵、何可人抓了起来。

王银贵听到消息十分生气，嫌抓他哥把他跷了尿骚。心想，不说打狗看主人，起码打驴也应该喊醒吧！我虽然没当一官半职，但给你鞍前马后，没有功劳也有苦劳哇！所以就去找包子六要人。副司令知道后拦了他：你是瞎子点灯白费蜡，人家为啥要瞒着你干这事，就是害怕你徇私情！不信，你可以去试试，口头上肯定说马上放人，但是一推再推，直到他们同意西门里加入红二司为止！王银贵说：那你说咋办好？副司令说：有两个办法可以试试，一个是做做你哥的工作。红造司能咋，红二司能咋？一样是革命组织，加入红二司就加入红二司，咱们是一帮一穷二白的黑斑头烂农民嘛，又不是机关干部还想得空朝上爬哩，认的那么真干啥？王银贵说：这不是生产队和机关单位的问题，我哥跟我是一个脾气，一旦认准了的事情，十头牛也拉不回来！副司令说：这个办法不行，还有个办法。听说西门里，表面上是你哥和何可人说了算，实际上他俩是一对臭葫芦，高步宽才是墙里的柱子，你哥和何可人都听他的。俗话说，擒贼先擒王，你让包子六把高步宽圈起来，把你哥和何可人放了。只要高步宽思想通了，你哥和何可人还会有啥问题？王银贵觉得有道理，就去找包子六。包子六说：你不说这事情，我还差点儿忘了。那一年，刚说和高步宽接上火，公社就把我调走了。躲过初一躲不过十五，现在怎么样，还不是逃不出我的手心？既然是这情况，你让副司令再把高步宽请进来，给他们好好办个学习班。铁到炉里自消呢，不信他不改变主意！当天晚上，副司令就把高步宽抓了进去。本来王银贵的意思是抓了高步宽，就得放他哥和何可人，谁知道人家不但不放人，还多抓了个人进去。王银贵心里明白，名义上是办学习班，实际上就是关起来，变着法子严刑拷打，直到他们同意加入红二司为止。想到这里，才明白不想让哥哥受罪，首先不能让高步宽受罪，这才硬着头皮去骡马大店，偷偷打听哼嚷的下落，想找他看能不能想办法，让涎水娃把这个忙帮了。

谁也不会想到，王银贵来到骡马店，哼囔也是刚刚才从北山老家回来。他故意问：你狗鼻子尖得很，咋知道我从县上才进门？王银贵说：我哪里能知道，我是来打听你的下落来了。谁还知道红造司眼睛叫杈齿戳了，能把你这大能人轻易放了！哼囔说：哪里是他们放的，是我偷着跑回来的！接着又问：你是包子六的大红人，到我这寒舍干啥来了？王银贵这才说了高步宽几个人被抓的事，并且一再强调，一旦关起来，就朝死的打呢。想让他给涎水娃下个话，让他给包子六打个电话，把这几个人放了。哼囔听说高步宽被抓走了，一下坐不住了，刚说要发作，心里又逮起鬼来。心想，谁知道他的话是真是假，要是说谎把我骗到司令部，再把我捆得送到县上，我不成了冤大头了？于是就问：你到底算哪边人？王银贵说：别管我是哪边人，先说王金贵是不是我亲哥？哼囔嘿嘿笑着说：想骗我了，当然认他是你亲哥！王银贵看哼囔不信，便发誓说：谁骗人，谁将来不得好死！

哼囔看他说了绝话，但心里仍然不踏实，于是想到了解放前整治地痞流氓的办法，想继续探探这家伙的虚实：你要让我相信，就要照着我的说法，在我这院子跑几个圆场。王银贵说：怎么个跑法？哼囔说了跑法。王银贵牙齿一咬说：只要能把我哥救出来，把这还算了个事？

说完，哼囔吩咐老婆拿出红花、脸盆和粉盒。王银贵又是搽粉，又是戴花，最后把黄军衣反穿在身上，提了个铜脸盆，捡了根木头棍，在场子边转边跑边敲边喊：

搽粉粉，戴花花，我是包子六的狗尾巴！

敲盆盆，响声声，我是包子六的绿头蝇！

跑腿腿，转圈圈，我是包子六的心尖尖！

跑了三个圆场，敲了三个圆场，骂了三个圆场。

就在这个时候，三虎哼着乱弹小调，眼睛朝四下瞄着，步子朝骡马店移着。

饱了别吃过肚食，吃了害的是自己；老来别娶少年妻，娶下也是人家的……

三虎来到骡马店门口，嘴里停止了哼调，站在门口侧耳听了听，发现里边响声不对头。他知道哼囔被红造司抢走了，以为有别的什么人，就想把哼囔老婆叫出来说话，便故意朝门里喊：哼囔叔在不在？我想请他给我看辆车子去！哼囔听见是三虎的声音，赶快就朝门外走。三虎看见出来的是哼囔，心里很是纳闷，又见他示意家里有人，便小声问：你不是让…… 哼囔摆着手示意他有事说事，现在不是说这话的时候。三虎心领神会，便小声说：包子六知道我武艺好，让我给他巡营瞭哨。我高伯在里边押着，他趁人不注意，从窗子塞了张条子，我撕开一看是给你的，就偷偷给你送过来。哼囔接过一看，上面写着：

哼囔，盐里没你，醋里没你，别把手往磨盘底下塞！

哼囔看完条子，这才踏实下来，把条子揉成蛋蛋，塞到嘴里嚼烂噗一口唾了。又故意大声说：看车子又不是啥紧火事，后天遇会来得及！三虎也大声说了句遇会就遇会，转身又哼着乱弹小调走了：

破锅自有破锅盖，丑女自有丑男爱，只要双方看对眼，麻子也能放光彩……

哼囔回屋看见气喘吁吁的王银贵，沉着脸说：杀鸡焉用牛刀，不用给谁谁下话，我康某人就能把这活做了！老婆一听急了：你不要忘了，自己是陪过桩的人！哼囔说：那事情一辈子都忘不了。只要不关我的事，两派愿意咋斗咋斗，我才懒得管呢！现在他们折磨的是我的生死朋友，我就不能不为朋友两肋插刀了！说着便问王银贵：包子六的软肋是什么？王银贵说：跟你是一个样，谁的话都不听，他妈的话可没有不听的！哼囔想了想说：这事情就难办了。拿人家母亲当人质，我康某人干不出这事情！说完又问：还有啥软肋？王银贵说：只要敢提他的头，啥问题都好解决！哼囔老婆说：银贵，说话哩，还是放屁哩？关的是你哥，你不去杀人，为啥戳惑别人杀人？哼囔说：谁都不能杀人。现在是这，咱俩偷偷去他家一趟，求求他母亲咋样？哼囔老婆说：老人家愿意了说，不愿意了，别难为她老人家。哼囔点完头走了。

走出骡马店门，哼囔停住脚步问：能不能把你的手枪和子弹借我用用？王银贵吐着舌头说：你真的开杀戒呀？哼囔说：只说想不想让你哥受罪？王银贵说：当然不想！哼囔说：既然不想，乖乖把手枪和子弹给我，别的事不要你管！王银贵说：包子六要知道咋办？哼囔说：这在我手里还算个事？王银贵说：枪和子弹在我家锁着。哼囔说：我到你家去取。王银贵说：什么时候？哼囔说：想让你哥少受罪，最好是今天后晌！王银贵还是心有余悸：包子六要是知道，我就彻底完蛋了！哼囔说：赶紧走你的路，我这人弄事，不会拖泥带水！王银贵又说：你不是要找包子六他母亲吗？哼囔嘿嘿笑着说：那是哄我老婆呢，没想到把你这瓜㞞哄了！

送走了王银贵，哼囔便倒在炕上呼呼呼睡了一个时辰。睡醒起身到外边把一圈麻绳夹在胳肢窝，就去王银贵家取枪了。王银贵取出枪和子弹，一再叮嘱说不要把他卖了。哼囔问好包子六办公室的位置，便装好子弹别好枪，拿出麻绳说：只要用上它，谁把你都卖不了！王银贵还没弄清咋回事，就被哼囔用绳的一头结结实实捆住了双手。想起这小子装神弄鬼奸污妇女，想起红二司欺人太甚，又重重在他脸上扇了几耳光，打得鼻青眼肿鼻血长淌。王银贵说：你下手咋这么狠的，是不是官报私仇？哼囔说：这还是轻的，重的还在后头呢！说完扒下他的裤子，把他的头硬塞进了他的裤裆，接着把他抱着放在房子门口，臀部冲着门外担在门槛上，最后结结实实捆在了门槛上。王银贵腰硌得受不了，挣扎着让松开他，哼囔理都不理。心想，你不是爱顶别人的牛斗嘛，今天让你尝尝被人顶牛斗是啥味道！临走在他屁股蛋上狠狠踢了一脚说：你知道啥，不见红，不受疼，能叫苦肉计？

哼囔出了王银贵安在半巷的柴门，先去了一趟沈文奎那里，受霍蝎子当年那四句话的启发，让沈文奎用毛笔在纸上写了他想好的四句话，径直来到了公社。快到公社门口，竟然发现两个身穿军衣，胳膊戴红袖箍，身背长枪的站岗者。他怕进前门打草惊蛇，便来到一棵大槐树下，说时迟那时快，眨眼工夫，哼囔就爬上了大槐树。看见伸进院子的一根粗枝，哼囔转过身两腿夹住粗枝，身子往下一斜，来了个倒挂金钟。然后像雄鹰展翅，上半身像眼镜蛇晃来晃去，试了试身手，这才抬起头，手搭凉棚，猴子似的四下观察情况。当从窗户看见包子六在办公室看报纸时，双手伸长身子轻轻一跃，便像鲤鱼跳龙门一样，神不知鬼不觉地从窗户钻了进去。

包子六正在低头喝茶看报纸，突然觉得身后脚地站着人，不由得屁股挪动了一下。又一想，身为堂堂造反派总司令，还害怕你个小毛贼不成！于是故作镇静，纹丝不动。哼囔看见包子六装贼不像绺娃子，进去啥话没说，先给桌面上啪地扔上写有那四句话的纸张。包子六仍然故作镇静，只是用眼睛余光扫了一眼，发现上边写着："他贼关人，你贼不管，我贼枪响，你贼命短！"包子六心想，谁这么胆大的，竟敢在我这里撒歪，头仍然没抬，反而气势汹汹：你是谁嘛，不打招呼就朝进闯，镇子还没人敢这样无礼！哼囔说：我是谁？我就是你让红造司关了几天的哼囔！别人有这胆量，恐怕也没这本事！包子六听到这话，心头为之一震，扭头一看确是哼囔，心里咯噔一下，但仍然沉着脸说：你来有啥事？这时候窗外大槐树枝头，落了个乌鸦吱哇乱叫。哼囔背对窗子，掏出手枪，担在左肩，连看都不看，朝身后树上放了一枪。乌鸦应声掉下树来，翅膀扑棱了几下啪地摔在地上，很快一股血腥气扑进窗户。

包子六一下慌了，心想，听说过这家伙枪法很神，没想到能神到这么个程度！马上意识到，来者不善，善者不来！一面想着怎么脱身，一面继续假装镇静，还是司令架子不倒：你想干什么？哼囔说：赶快把西门里那三人放了，不然明年今天就是你的周年！包子六赶紧喊救命。一下子来了好多人，哼囔很快卡住包子六的脖子，还是背对门口，冲着带头进门那个人就是一枪，那人的黄军帽便应声而落。哼囔背对着他说：再往前走一步，你就得把命放到这里！这个人就是受包子六指示，关押高步宽他们的副司令。看到哼囔竟有如此好的枪法，害怕继续顽抗丢掉性命，吓得跪倒在地直喊好汉饶命。哼囔用枪点着包子六说：我再说一遍，马上把西门里那三人放了！包子六实在无计可施，赶紧给副司令说：跪在那里干啥？还不赶快放人去！哼囔说：放人要让我看见！

不一会儿，三虎领着高步宽、王金贵、何可人进了门。哼囔说：你们赶快朝回走，我随后就来！三人安全离去后，哼囔说：你们造谁的反与我都没关系，就是不能欺压老百姓！今后再敢动老百姓一根汗毛，我就不会是今天这么个干法了，直接就送你们上西天！说着把枪和子弹啪地摔在办公桌上：枪和子弹是我抢王银贵的，人让我打得血肉模糊，顶了牛斗绑在他家门槛上。赶快派人去救吧，再要耽搁时间，猪要啃了下身，他小命就没了！说完大摇大摆走了。

勺子作怪

今天，剃头铺特别热闹，顾客比往常多得多，多得好像要溢流出来。人多了闲话就多，闲话多了话题自然不少。时而古代趣事，时而今世奇观；一会儿国家大事，一会儿家长里短；要么英雄气短，要么儿女情长；或者扶危济困，或者偷鸡摸狗。说着说着，从古时说到近代，从民国说到现在，从西北说到东北，从一野说到四野，从彭老总落难走背，说到林老总飞黄腾达。

就在这个当口，胖勺子莫名其妙地感叹了一句：林毕了，看是谁呀？一些了解胖勺子的顾客，尽管知道他是信口开河，随意而为，但往往是话无闲言，语有深意。本来这句话是镇子人口中普通得不能再普通的口头语，意思是“临完了看是谁呀”。为了弄清他此时此刻的意思，大家要求他说明白一点儿。胖勺子说：饭不能尝，话不能详（想）。我就说了句闲话，林副主席完了，看是谁呀，这倒有个啥意思？他这么一解释，好多人吓得吐舌头，心想，这个胖勺子真真正正是说疯话呢，人家林副主席现在红得发紫呢，轮到谁完都轮不到人家完！也有一些人不同意这种说法，认为胖勺子说得有道理：毛主席曾经说过，林彪同志什么都革命化了，就是身体没有革命化，说不定将来问题出在身体上。胖勺子看大家认了真，赶快声明：我是胡吹浪谝呢，你们出了这门，我什么也不承认！前一向，铺子门外贴了一副烂㞞对联，土得掉渣的王银贵学着北街人，爬到驴尻子上咬文嚼字，差点儿把我送到监狱去！大家便七嘴八舌地安慰胖勺子：西门里只有一个王银贵，其他人绝对不会干这种缺德事！

正说着，王银贵风风火火闯进铺子。人家还是那身全副武装的红卫兵打扮，还是那一种趾高气扬、盛气凌人的德行。一边卸帽子露出乱如鸡窝的头发，一边旁若无人高喉咙大嗓门：勺子，这个剃完给我剃，一会儿我还要到县上开会呢！胖勺子剃着头不热不凉地说：哎呀，什么时候高升司令了？王银贵以为谁给他瞎传消息，便问：谁给你说我高升司令了？胖勺子说：噢，原来你没升成司令？那开会是司令的事，你去县上凑啥热闹？王银贵这才意识到胖勺子和他开玩笑，便拍了拍屁股上的盒子枪：光司令一个人去，没有这家伙跟着，司令面子上不好看嘛！胖勺子说：说来说去，你原来是给人背枪的狗腿子！王银贵摆着手说：不管是啥腿子，先给我把头剃了，就像那些红卫兵学生娃一样！胖勺子心想，这一直剃的是光头嘛，今天心里起啥窍了，竟然要理学生娃那样的"洋楼"了。想着想着，想起这家伙揭穿那他副对联的事情，便气不打一处来。

"文革"开始后，胖勺子心里很是疑惑，好端端一个社会咋能叫这伙打砸抢的人无法无天，胡作非为？白天要斗谁，等不到天黑；晚上想抓谁，到不了天明，闹得鸡犬不宁，人人自危。自己暗暗感叹道，阎王爷也是的，你为啥要让这些劣迹斑斑的鬼魂转世投胎，搅得人世间不得安宁哩？想到这里，心里一惊，这个问题沈文奎前些天好像说得再明白不过了，自己还在这里犯啥迷瞪哩！

当阴间把坏人放出来，集中搅乱世事的时候，说明这种世道快到头了，不久就会被另一种世道所代替。这不是把人间朝乱的搅呢，恰恰是为了推动人间向前走，故意这么安排的。庸人保守了，坏人搅局；坏人弄乱了，能人治理。光有好人，世道不会前行；光有坏人，世道不会安宁。这就像人间所说的，辣椒要香，盐对半上；饭食要饱，粗细两搅；社会要好，黑白两道；世事要旺，花花样样。但是必须有两个前提，一是好人要占大多数，不然大体不会稳定；二是坏人必不可少，不然不会有人搅局。所以人间一直说，所有托生转世的生灵，全部是性本善不对，全部是性本恶也不对。而是多一半是性本善，剩下这少一半中，分三停，一停是善恶参半，一停是恶七善三，一停是纯恶无善。

胖勺子回忆完沈文奎的话，突然觉得自己肩上有了担子：既然这些坏人能胡作非为，自己这好人就有义务揭露他们。他想发泄不满，还不想让人抓住把柄，就挖空心思绞尽脑汁。忽然想起解放前剃头铺门上经常贴的一副对联来，好像揭露的就是当下这种情况，赶紧从抽屉翻出来，叫沈文奎写好贴在门外。

举起刀个个没发，拉下水人人低头。

路过的人看了赞不绝口。王银贵听了，也跑来看热闹。那种年月，别看这些人没有文化，但是绝对不缺鬼心眼。他边看边听边想心事，正愁没地方下蛆，突然有人边看边赞许：这副对联太好了，挖苦了造反派，同情了老百姓，还不显山露水。说者无心，听者有意。王银贵如获至宝，便添盐加醋胡拉乱扯，越想越觉得这副对联，不是一般的恶毒："个个没发"会不会是说造反派个个没有王法，"人人低头"会不会是说造反派胡批乱斗人人抬不起头?想到这里，觉得邀功领赏的机会到了，便一蹦子跑进司令部，给包子六告了黑状。胖勺子因为写"反动标语”，很快就被隔离审查。

西门里人围在剃头铺门前，只是甩手跺脚唉声叹气，眼睁睁束手无策，特别是瞎子五、聋子染匠等人。高步宽听到消息，一下坐不住了，心想，这副对联他解放前就见人贴过，咋会成为反动标语呢？当时他还佩服过写这副对联的人，把剃头过程表现得生动形象，淋漓尽致。但是再往深的理解就说不上所以然了。突然想到舞文弄墨的沈文奎，就去登门求教。等把沈文奎的话背得滚瓜烂熟，便直接找到包子六：啥话别说，赶紧先把胖勺子放了，你们干下这没文化的事情，叫人拿尻子笑了！包子六有了那次和哼囔的较量，再见到西门里的人客气多了。何况今天找他的还是高步宽，越发显得和颜悦色：我们干下啥没文化的事情了？高步宽说：一个是把解放前的对联当成现在的，没一点儿常识。你问问街上的老人，谁不知道这是解放前剃头铺用得不爱用的老对联，咋能说是现在编的？再一个是把写剃头过程的对联，硬要说成是诬蔑“文化大革命”的“反标”，没有一点儿知识。我刚才问过这一行的懂家，人家先没说对联的意思，直接就说，你知道对牛弹琴是啥意思？我说不知道。人家说包子六就是一头牛，人家胖勺子才是弹琴的文化人！包子六满脸通红：那这副对联到底是啥意思？高步宽说：这副老对联，采用的是谐音双关法。上联在“发”字上大做文章，初读没法，即没有办法。这里指的是没有头发的意思，说的是剃头过程。下联虽无谐字音，依然一语双关，拉下水会被人误解为受人贿赂、动摇思想之意。综观此联，全部说的是剃头过程，没有一点儿别的意思。品味此联，除了欣赏对联作者的概括提炼功夫，还会对我国的汉字妙用叹服不已！包子六说：你这一说，我就明白了。高步宽说：既然明白了，就赶紧放人！包子六眼珠转了转：我们不是因为对联抓的他！高步宽说：那是因为啥事情？包子六说：散布反动言论！高步宽说：啥反动言论？包子六说：他说猫（毛）吃不了蒋介石，还要留个台湾岛；说加入合作社是老鼠给猫攒哩；还说“文化革命”是改朝换代等等。高步宽说：胖勺子承认了没有？包子六说：要是承认的话，早把他法办了！高步宽说：这些话你是听谁说的？包子六说：满街道的人说了好多年了！高步宽说：满街道的人是谁嘛，光脸嘛麻子，黑的嘛白的，姓啥嘛叫啥？包子六说：也光也麻，黑白两搅，啥姓都姓，啥名都叫！高步宽看他蛮不讲理，也眼珠转了转：你要是不讲道理，就应该先把你法办了！包子六瞪起了眼睛：凭啥？高步宽说：你和柳拐子他妈白天贩大烟，晚上在一起鬼混；你因为做不成生意，在庙前里跳着跳着骂共产党；你蛊惑柳拐子反对三面红旗；你在戏园子强奸女疯子…… 包子六一听急了：你是血口喷人！高步宽说：你再嘴硬，我现在就把当年在场的人全部叫来，不信把你整不死！别的人不说，光柳拐子一个人，就能证明你贩大烟和私生子的问题！包子六这才嘴软下来：看在你老人家的面子上，今天就把狗日的饶了！他今后再敢胡说八道，我们就对他不客气了！

胖勺子剃完头，招着手给王银贵说：还不赶紧过来，是不是像杀猪一样，等着我拿铁挽子把你吱里哇啦往跟前挽哩！

镇子这地方开玩笑骂人，故意把剃头说成杀猪。杀猪的第一道工序就是挑猪，屠夫只要在猪圈里挑好猪，就会双手握着一米来长的铁挽子，身手矫健快捷准确地在猪群里钩起挑好的猪的下巴，往杀猪台上拖，猪就会发出撕心裂肺的惨叫声，直至一刀毙命。

王银贵知道胖勺子故意作践他，边往椅子上坐，边给他提条件：你既然能这样糟蹋我，我今天这头也不好剃！没拿刀子那只手心必须放俩生鸡蛋，拿刀子这只胳膊上必须放两碗水，刮脸必须用蹦刀技术，最后还要做全套按摩。要是蛋破了，水洒了，或者脸烂了，就别想要剃头钱！胖勺子说：这还不好办？只要把价钱给到，我要是剃不好，你说咋办就咋办！王银贵眨着眼睛说：你想要多少钱？胖勺子很认真地说：不会多要，也不会少要，就杀一头猪的价钱！王银贵气得呼哧呼哧，没办法发作，只好说：就说多少钱吧。胖勺子说：给下水五块钱，不给下水七块钱！王银贵惊呼道：杀人呀！胖勺子不气不恼：杀人？杀人这点儿钱把我打发不了！没听清再给你说一遍，这不是杀人的价钱，是杀猪的价钱！王银贵说：你是说笑话，还是真要这么多？胖勺子说：一半笑话，一半真话！见你是熟人，收你五块钱，还不要你的下水！王银贵实在没办法，因为急着要去县上开会，只好说：你就看着随便剃吧，那三个条件不要了！

王银贵看见胖勺子举起理发推子，才放心地闭上双眼，摆出一副任人宰割的架势。胖勺子心想，你这个羊屎蛋装枪不是子的家伙，抬头纹都能打起褶子来，还想学年轻娃赶时髦。我今天就是要让你这时髦赶不成！胖勺子这么做不光是为了报那一箭之仇，还有一层不能明说的原因：害怕把他打扮得漂亮了，镇子上一些姑娘媳妇会遭殃。想到这里，便毫不犹豫地举起推子，照准他那辛辛苦苦长了好长时间的乱如蒿草的黑发，从额头中央咔嚓咔嚓开了一推子上去。

胖勺子刚开完这一推子，王银贵像大梦初醒，梗着中间有一条沟壑的头颅，怒不可遏地站起来，大声喊道：我叫你给我留"洋楼"，谁叫你给我剃光头？胖勺子不慌不忙：你刚进铺子给我说的啥话，是不是说把这个头剃完给我剃？是不是要我握鸡蛋放水碗用蹦刀？王银贵说：说是说了，但那不是说要剃光头！胖勺子说：不是剃光头，还说那么多干啥？王银贵说：既然是剃光头，我为啥要给你说，要像那些学生娃一样！胖勺子说：你说过像哪些学生娃一样，谁知道像学生娃的啥一样？后来不但再没说留洋楼，还左一个剃头，右一个剃头，到最后明明白白告诉我，那你就看着随便剃吧。你说我不给你剃光头给谁剃光头？王银贵说：我还不知道你那鬼心眼，就像剃眉毛那事情一样，故意想着法子编派我！大家听到剃眉毛的事情，不约而同地笑出了声。

剃眉毛的事情，早都当成笑话在镇子传得妇孺皆知了。那还是两个月前，王银贵来铺子让胖勺子剃头。因为红二司有人烧了西门里的打麦场，王银贵正好是跨队加入红二司的，胖勺子便故意把气朝王银贵身上撒。第一次刮脸时，胖勺子问王银贵：要眉毛不要？王银贵不假思索地说：当然要啊，眉毛谁能不要！胖勺子手脚麻利，刀到眉除，顺便把剃下来的眉毛，抿在手上，递给王银贵说：这是你的眉毛，千万拿好，别弄丢了！王银贵差点儿没气傻。

上个月王银贵又来剃头，刮脸前，一再声明，这一回你听清楚，我不要眉毛！胖勺子说：今天刮脸，叫你见识见识两手同时用刀！胖勺子先用热毛巾焐热胡子，然后用刷子涂上肥皂泡，极麻利地刮完胡子，就准备开始刮脸了。只见他一手握一个剃头刀，两手很娴熟地同时刮着额头。快要刮到眉毛跟前时，又追问了一句：要不要眉毛？王银贵只害怕他把眉毛剃下来递给他，赶快就说：不要！不要！胖勺子又双手食指和拇指把两个刀柄捻了一下，两个剃头刀像风车一样哗啦啦转。说时迟那时快，双刀由印堂同时向外一抹，只听刺一声轻响，像一丝凉风刮过，两道眉毛便不翼而飞。王银贵知道剃掉了眉毛，质问道：我已经说不要眉毛了，你为啥还要剃掉它？胖勺子不慌不忙说：既然你说不要眉毛，我还留它干什么！

王银贵听到笑声，心里很不是滋味，只好坐下来，让胖勺子继续剃。剃完头快要刮脸时，王银贵借着这个空当，刚张开口说出红二司三个字，胖勺子就知道他要说红二司的好话。眼珠转了转赶紧说：我给你要蹦刀技术呀，千万不敢吭声！胖勺子使用蹦刀技术是假，故意捉弄他是真，于是朝大家伙儿大声说：你们大家说，红二司坏不坏？大家心领神会反复齐声呐喊：红二红二，破鞋一袋！王银贵不依了，突然大声喊：红造红造……早已有准备的胖勺子，还没等他“臭肉一吊”出口，故意给他嘴角开了个小口：给你说，我要蹦刀哩，别说话，别说话，就是不听人说，看把嘴角划破了没有。王银贵知道胖勺子故意捉弄他，心里恨不得弄死他，但是为了面子，突然站起来，举着拳头呼起口号来：革命不怕死，怕死不革命，出血不要紧，只要主义真！

胖勺子看王银贵嘴角出了血，觉得自己做得有点儿过火，赶紧捏一撮头发够着够着贴在伤口为他止血，并且很诚恳地说：对不住，包涵点儿！王银贵也实话实说：剃眉毛的事，我听人当笑话说过，谁知道你会用在我身上！我知道你是因为烧麦子的事情，气没地方出，只有朝我身上撒。既然已经过去了，就不说那话了！这一次，不是留不留“洋楼”的问题，它关系到我今后的远大前程！包子六给我说，像我这光头他带出去土得掉渣，再不赶紧留“洋楼”，就另换人呀！胖勺子说：我现在啥话不说，你让大家伙儿评评，你能混到现在这程度，已经很不错了，是不是想给后辈打个铁乌纱哩？再说了，咱已经光头了大半辈子，不说儿孙满堂的话，就这年龄一大把，留个帽帽公鸡头，看你今后在镇子咋混呀？王银贵说：海水不可斗量，人才不可貌相。说不定我闯一闯，比他涎水娃还混得好！胖勺子说：不提涎水娃还罢了，提到涎水娃，你赶紧把脚蜷了，趁早回西门里种地去！你知道涎水娃现在干啥哩？王银贵眨着眼睛说：人家不是在县上做官哩？胖勺子没好气地说：做官哩，在监狱背砖哩！王银贵嘿嘿笑道：你真是眼睛睁得大大地哄人哩。胖勺子说：我哄你没屎耍了，涎水娃因为解放前跟土匪扯不清关系，已经当成残渣余孽下大狱了！

旁边的熟人看王银贵将信将疑，也连说带骂地劝起来。有的说：你骚情得把丈母叫姨哩（镇子人把丈母叫姊子）。咱是地地道道的庄稼人，可留学生娃那帽帽公鸡头干啥？有的说：少看贼吃饭，多看贼挨打。跟上那些打砸抢的瞎混，总有一天吃不了兜着走！有的说：你娃记牢，记吃也要记打，说不定勺子这一推子，要给你帮大忙哩！王银贵想了想，听人劝，吃饱饭，只好坐到椅子里，无可奈何地说：那你抓紧刮脸吧，是福不是祸，是祸躲不过！

瞎子发飙

这一天，包子六舅父过三周年，又是抬罗，又是担子，又是响器；蒸碗献碟，猪头羊腿，香表纸扎，样样数数，一应俱全。随行的人特别多，前呼后拥，一溜儿带串，好不威风。不用说，常随左右的副司令、王银贵等一干人马倾巢而出。

包子六知道，这里是红造司的势力范围，害怕有人刁难他，专门多带了几个保镖。为了给自己撑面子，还特意请来瞎子五，一路吹吹打打。开始，瞎子五不愿意来，又一想，不来白不来，吃鳖喝鳖不谢鳖不说，到时候再出鳖个洋相，看鳖面子往哪里放！果真，包子六在开始祭奠前，提出他专门带有高手，祭奠不要别人吹。又亲自找到瞎子五：一定要把绝活拿出来，给街里人长长脸面。瞎子五嘴里答应得很痛快，心里却不停给他谋划事。包子六说完装模作样，胡乱转悠了转悠，回到房子看见副司令感慨道：西门里这地方藏龙卧虎。就像镇子这有名的五怪，要是放到其他队，死娃娃一堆，但是，在西门里个个呱呱叫！可惜一个个又臭又硬，就是不愿意跟咱一伙儿！副司令说：不怕杀人的就怕递刀的。西门里之所以又臭又硬，除了高步宽和哼囔以外，沈文奎也是个不可忽视的人物。剃头铺那副对联谁编的谁写的？高步宽替胖勺子辩护，谁给提供的炮弹？再加上沈文奎说自己没喝孟婆汤，今天传上一段鬼话，明天传上一段神话，搞得人心惶惶。甚至还有人说他偷着写反动书籍，不满共产党坐江山。高步宽和哼囔咱惹不起，收拾他还不是豁豁吃豆腐！其实，包子六也不是不了解这情况，只是因为沈文奎没喝孟婆汤，害怕人家在阎王那里给他寻事，一直敬而远之。既然副司令有这想法，那就一不做二不休，叫他连报复的机会都没有。于是恶狠狠地说：等我舅这事一过，咱就开始收拾他。一定要把在哼囔那里丢的面子从沈文奎身上捡回来，不然叫西门里人拿尻子把咱笑了。

隔窗有眼，隔墙有耳。包子六万万没有想到，自己的话偏不偏就让到处踅摸纸烟的瞎子五听见了。瞎子五心想，那边还没压下瓢，这边又漂起葫芦来，一时急得原地团团转。托熟人给沈文奎报信吧，害怕走漏风声坏了大事情。不托人报信，沈文奎就有可能遭遇灭顶之灾。更为可怕的是，还有可能连累西门里。正在左右为难犹豫不决的时候，便不由自主地拿起唢呐胡乱吹起来。吹着吹着，又不由自主地用《刮地风》曲牌反复吹起了《叫驴亮嗓》。周围的人听到驴叫声，觉得新鲜有趣，纷纷围过来听热闹。

就在此时此刻，碰巧聋子染匠到邻村有事路过。听到唢呐声有点儿耳熟，便停下脚步仔细听起来，果然吹的就是《叫驴亮嗓》。这才意识到瞎子五遇到麻烦事了，便拉开脚步急急忙忙奔唢呐声而来。走到跟前，果不其然，吹唢呐的是瞎子五。又看见红二司那些人戒备森严，就知道瞎子五要说的事情与这些人有关系。为了引起瞎子五的注意，又不至于暴露了自己，便故意脱下两只鞋，拍得啪啪作响。瞎子五听到响声，本能地看了一眼，拍鞋的竟然是聋子染匠，高兴得不知道说什么好。脑子转了转，便举起唢呐，吹着只有聋子染匠能听懂的新段子。

瞎子五刚吹完，聋子染匠便完全领会了，转身就往镇子跑。

聋子染匠走后，瞎子五动起脑筋来：你包子六想害谁就害谁，我今天就要给你新账老账一块儿算！等你一会儿祭奠时，立马给你把绝活用上。专门给你吹《刘备招亲》，吹《社会主义好》，叫你今天好好风光风光！就在这个时候，村上一个红造司的头头，把瞎子五叫到隔壁给他塞了个红包说：你的功夫名不虚传，把我们那乐人班子比得没一点儿颜色。紧接着又问你是红造司的，还是红二司的？红造司的！瞎子五把红包装在油布袋，边回答边心里嘀咕道，今天是白事嘛，咋发起红包来？红造司头头说：明人不做暗事，我们也是红造司的。和尚不亲帽子亲，能不能给兄弟帮个忙？瞎子五心想，我一个吹唢呐的，能给你们帮啥忙？又一想，神怕敬，人怕请，不管啥事情先把人接承住再说：有啥事只管讲！红造司头头说：包子六一会儿祭奠时，把办喜事的曲子吹上！瞎子五突然警觉起来，他咋和我想到一起了？为了稳妥起见，故意说：这恐怕不合适吧？红造司头头说：咱这说起是白事，实际上老一辈是高寿，完完全全算得上是喜事。今天又是三周年，更是喜上加喜！不然我们给你发白包的事，为啥要给你发红包？瞎子五故意头摇得拨浪拨浪：我不敢吹，主家要打我咋办？红造司头头说：主家也想收拾他哩，就是找不下借口！瞎子五说：你们要是有这想法，干脆挽起袖子把狗日的捆起来打一顿算了，为啥要脱裤子放屁？红造司头头说：今天不是过事嘛，硬下手害怕惹出别的事，我们村里长辈也不答应。瞎子五觉得人家说的有道理，害怕继续纠缠下去，没有这个借口，还得自己担沉，所以赶紧见好就收：要是吹出事，你们可要给我做主！红造司头头拍着胸脯说：全包在我身上！瞎子五暗暗高兴起来，这才真正是想睡觉哩，就有人递枕头了，哪里有这么合适的事哩！这时候，瞎子五才意识到，这个村是红造司的老窝子。包子六过去就没人见得，现在又干下这不得人心的差事，不光自己想捉弄他，就连亲戚朋友也不放过他！要是没有替死鬼的话，自己就准备赤膊上阵呀。现在好不容易有了替死鬼，能解心头之恨，还不用承担责任，这等好事哪里寻去！于是高兴得没离地方就吹起了《喜鹊闹枝》。

没有多大一会儿，便轮到包子六祭奠了。只见他披麻戴孝来到灵堂，一边提袍甩袖，一边忙里偷闲，给瞎子五递眼色，意思是把活做得漂亮点儿！然后作揖打躬，前三后四，跪地举酒，就哇哇干号着祭奠上了。瞎子五举着五支唢呐，“欢音慢板”套“麻底鞋”的秦腔曲牌《刘备招亲》，便婉转悠扬地响起来。红造司头头害怕大家听不懂，故意火上浇油，捏细嗓音，学着花旦的腔调，摇头晃脑一字一板地唱起来：

孙尚香（咹）——在画阁自思自叹！……

副司令越听越不对劲儿，自言自语地说：这明明是糟蹋人嘛，这个时候咋能吹《刘备招亲》！便从人堆中挤过去，找那几个保镖要收拾瞎子五。结果保镖让人家叫去喝酒了，无奈只好亲自来到瞎子五面前。瞎子五知道他的目的，闭着眼睛不理不睬，还是两个鼻孔两支唢呐，嘴里三支唢呐，吹得十分卖劲儿。周围人想笑不敢笑，只是叽叽喳喳议论着。副司令让他停下来，瞎子五不但不停，吹完《刘备招亲》，又吹起雄壮有力的《社会主义好》来。红造司头头便换成男中音，边唱边朝长辈们身边迂回：

社会主义好！社会主义好！……

当《社会主义好》的曲子响起时，村里那些长辈终于明白过来，便找到主家问咋回事。还没等主家说话，早就来到跟前的红造司头头答了话：这还有问的啥哩，肯定是包子六故意让人家吹的！趁势吼了一嗓子，包子六今天故意砸摊子来了，把这个打砸抢头子，给我往死里打！话音还没落点儿，那些红造司成员和侄男子弟揪住包子六，就噼里啪啦狠狠打起来。副司令赶紧找保镖救驾，咋找就是找不见。这才恍然大悟，叫那几个保镖喝酒是假，被人家控制起来是真！等重新组织人把包子六抢出来，包子六已经被打得鼻青脸肿，遍体鳞伤。他叫来瞎子五兴师问罪。瞎子五说：我这么吹，不是害你是为你哩！人家拿事的人说，要是不这么吹，就让你们司令立着进村，平着出村！为了保住司令这条老命，我才自作主张依了人家。要不然，司令早被人家砸成肉泥了！包子六知道人家胁迫了瞎子五，只好捂着被打伤的眼睛，给自己下台阶说：回回回，这一伙看我比他们混得好，心里一直不服气，逼着瞎子五给我弄了个鸿门宴！

回到镇子司令部，包子六气没地方出，就撒在沈文奎身上，给副司令说：这一回看清了吧，红造司这一伙，人还在，心不死，一有机会就想反攻倒算，对他们绝对不能手软！你现在就带人去搜沈文奎的家，赶快把他抓起来，因为他能下阴曹要人命，要整就把他整成活死人，不然后果不堪设想！

副司令带了一帮人，来到沈文奎家，找不见沈文奎的人，就翻箱倒柜，挖地三尺，仍然是一无所获，只好无功而返。包子六说：活人还能叫尿憋死？到他老家和亲戚那里找，只要跑不出中国，藏到哪里，也能把他找出来！副司令他们先去沈文奎前世家里找，没找见又派人去县东老家找，还是找不见人。最后亲戚家都找了个遍，连沈文奎的影子也没找见。这个时候，包子六动起脑筋来，肯定有人提前走漏了消息，不然怎么会跑得活不见人死不见尸？想了想又说：这次我舅过三年，红造司想借机收拾我，瞎子五也想看我的热闹，说不定就是他报的信他藏的人！副司令说：人常说，心眼，心眼，心脏跟眼睛是连着的。眼睛肯要麻达的人，或者眼睛不好的人，十有八九心术不正！包子六吸取了上一次的教训，这一次啥话没说，就各忙其事了。

沈文奎在三里村瞎子五老婆家藏了一个星期，看到风平浪静就认为平安无事，一再带话要求回镇子去。瞎子五连忙赶回去说：你急着走啥？那些人不会善罢甘休的。你就住到这里，有我老婆吃的，就有你吃的！沈文奎说：我知道你们对我好，只是这孤男寡女，待在一个屋里不方便！瞎子五说：你咋是这人，我都不害怕你偷后营，你还害怕坏了你的名声？是名声重要，还是性命重要？沈文奎无话可说。

这天晚上，瞎子五刚吹灭灯，忽然听见有人跳进院子。瞎子五说：大事不好，包子六他们来抓人了！夫妻俩赶快点亮灯，穿好衣服打开房门。沈文奎忽地闪进来，赶紧回身关上门说：我瞒着你们，趁着天黑想回镇子，谁知道刚一出村，就碰上包子六的人。多亏我跑得快，不然就被他们抓走了。就在这时，又听见有两个人跳进院子。瞎子五反应很快，边脱衣服边小声给沈文奎说：赶紧往炕里边睡！又给老婆说：咋还不见脱衣服，老夫要提枪上马！老婆见他用起房事语言，不知道啥意思，愣在那里不知如何是好。瞎子五用右手中指戳着左手虎口说：不这样老沈逃不脱这一劫！老婆这才心领神会，赶快脱衣服。沈文奎看见他俩脱了衣服，背过身不好意思上炕。瞎子五赤身裸体跳下炕，硬把沈文奎推上炕，让他躺在炕里边，再把被子盖上身。

跳进院子那两人，一个开门，一个放哨。等人全部进来，看见亮灯的房子，不约而同地包围过来。从窗户纸破洞里发现，瞎子五两口正在忙房事，身上的被窝忽高忽低。他们急着看西洋景，早就把沈文奎忘到脑后了。还是放哨那人给旁边一个人比画着，让他去院子赶紧找人。这个人也想看西洋景，不去又不行，只好去应付差事。果真没搜几下就回到窗下，给放哨的摇着手，意思是找不见。放哨的一边让他围拢过来，一边指着窗户里，意思是找不见别找了，一块儿看西洋景吧！

这阵子，只听老婆在被窝故意朝外边说：你几个蛇皮二流子，真真是瞎眉子失眼，你哥不在不见你的来，你哥一回来就跟尻子来了，光丢下着急流涎水了！

瞎子五想起翠仙那天晚上泼脏水的事情，故意笑着给老婆说：你先等一会儿，叫我先尿泡尿去！那几个在外边听了这话，以为这两口把他们当成本村的人，便断定沈文奎跑到别家去了。他们怎么也不会想到，瞎子五下得炕来，尿完尿端起尿盆，猛地推开窗子，就朝窗下泼了出去。嘴里继续打马虎眼儿：看你们一会儿回去咋上老婆的炕呀！这几个人被泼了尿，还不敢声张，赶紧夺门而出。

那几个人跑出门，瞎子五穿好衣服，尾随他们出了村，一直监视着他们的动静。不大一会儿他老婆和沈文奎也摸着黑赶来了。瞎子五对他老婆说：我在这里监视着他们，防备他们杀回马枪，你赶紧把老沈送到五里桥柳拐子那里去，明天他们肯定要来寻事！

第二天，这几个人见到包子六，一口咬死是瞎子五把人藏在别人家，但只字不提偷看人家两口子睡觉的事。包子六给副司令说：咱不跟他捉迷藏了，铁到炉子自消哩，把瞎子五抓起来，用上大刑，不信他不吐核！

副司令很快带了一帮人，骑着自行车赶到三里村。抓来瞎子五吊在村口的大树上，几个打手边打边拷问。瞎子五嘴硬如铁，过来过去老是三个字，除了不知道还是不知道。副司令看问不出口供，便自己夺过鞭子打，抽一下问一句。瞎子五被副司令抽得全身血印，不但一个字不说，还怒目而视。副司令狗急跳墙，猛地一拳头照着瞎子五那只好眼打过去：你不是爱给我瞪眼睛嘛，我把你这只好眼睛打瞎，看你拿啥瞪呀！副司令这一拳打得瞎子五那只好眼很快肿起来，疼得瞎子五牙齿咬得咯咯响。副司令问：你把沈文奎藏在什么地方了？瞎子五气愤地说：藏在你婆被窝里，正给你种叔父哩！副司令又是一拳打过去，瞎子五顿时七窍出血。副司令在手心摩擦着拳头说：看你的嘴硬，还是我的拳头硬！瞎子五忍着撕心裂肺的疼痛，突然说：你们别打了，我说就是了！副司令哈哈大笑：这才没打几下嘛，就想缴枪投降了？说完走到跟前伸长耳朵，准备听沈文奎的下落，没想到瞎子五噙着满口血水，噗一下喷了副司令一脸，接着愤怒地骂道：你是狗眼看人低，我眼瞎了心不瞎嘛，想让我出卖朋友，等下一辈子吧！副司令擦着脸上的血水说：赶快撕烂他的嘴！赶快撕烂他的嘴！

就在那几个打手，像野狼一样一哄而上，要撕瞎子五的嘴的时候，突然，村里的男女老少，手里拿着镢头、锨，呜儿喊叫围了过来。原来就在副司令拷打瞎子五的时候，瞎子五老婆就叫人去五里桥找柳拐子帮忙，自己亲自去求刘队长救人。不大一会儿，柳拐子带了一帮人从五里桥赶来。

副司令看情况不妙，想拔腿逃走，没想到村民把他们围得水泄不通。一部分人把副司令一伙儿狠狠打过之后，又全部捆了个结结实实；一部分人把瞎子五从树上放下来，抬回家里放在炕上，还专门派人照料。同时刘队长和柳拐子又通知了好多人提着镢头锨，押着副司令一伙儿去镇子找包子六算账。等这几百人赶到司令部，包子六早跑得不见影儿了。副司令一看不对，害怕拿他开刀，赶紧下跪求饶，那一伙儿帮凶也齐刷刷跪倒在地。刘队长和柳拐子看副司令服了软，也不想把事情往大的闹，这才带人很快离开了镇子。

事后，县上红二司的头头听了副司令的汇报，亲自给包子六打电话说：不吃凉粉把板凳腾下。没实现县西一片红不说，差点儿让人家把你的大本营踏平了！说完啪地扔了电话。包子六咽不下这口气，发誓要举全镇之力，血洗三里村，来个杀鸡给猴看，不信把红造司那几个村子镇不住！三虎偷偷把这个消息告诉了高步宽，高步宽怕人发现只好偷偷到东街，派魁胜到三里村告诉了瞎子五。

拐子刺六

躺在炕上养伤的瞎子五，听到包子六要血洗三里村的消息，心如油煎，愁眉不展。实在想不出有啥办法能够化解眼前这场危机，只有躺在炕上唢呐口对着顶棚，发泄着焦躁不安的情绪。刚开始还吹了几个像样的曲子，吹着吹着有点儿不耐烦了，啊呜啊呜啊，啊呜啊呜啊，像叫驴发情似的，不成曲不着调的。这天晚上，瞎子五老婆没钱抓药，去五里桥娘家，找妹夫柳拐子借钱。柳拐子问姐夫最近身体咋样，瞎子五老婆说：病是没有要命的病，都是些红伤，只要把药用上，等些时间就能长好。关键是不知道他害了啥心病，成天拿上唢呐像叫驴一样，长声短声地乱吱哇，把人能烦死！柳拐子听到叫驴二字，一下警觉起来，于是就问：他都吹了些啥？瞎子五老婆便照实说了。柳拐子心想，这是有名的《叫驴亮嗓》嘛，明明是他心里有啥要紧事情哩！想到这里，赶紧给哑巴比画说：快点儿给大姐取钱，我得马上去见姐夫！就在哑巴取钱时，瞎子五老婆突然问：咱说了这么大半天话，咋不见沈文奎闪面？柳拐子说：为了保险起见，我把他安排到西头舅家了。

柳拐子拿着哑巴取的钱，拉上瞎子五老婆，就往三里村赶。走在半路，听到《叫驴亮嗓》的唢呐声越来越响。见到瞎子五，问到底是咋回事，老吹那烦死人的《叫驴亮嗓》干啥？瞎子五让老婆给柳拐子打火烧水。趁着这个机会说：你还算个有心眼的。我最近烦得要命，包子六要血洗三里村，我不知道咋办好，就拿上唢呐乱吹哩！柳拐子说：这事情你没给刘队长说？瞎子五哇的一声哭了：刘队长完全是为了救我，才跟包子六结了死仇，我咋好意思给人家张口。更重要的是，不说，他们要来血洗，村里没有准备，吃亏就在眼前；说了，两军交战，厮厮杀杀，杀敌一千，自损八百。这些青壮劳力没了命，丢下那么多孤儿寡母咋办？

柳拐子觉得瞎子五说的有道理，想来想去，只有一条路能走得通，就是擒贼先擒王，打蛇打七寸！只要把包子六的人头提了，事情才能一了百了！这个时候，他想到当年要不是瞎子五发现，叫来邻居们帮忙，自己早死得没影了。要不是人家主动把妻妹子说给自己，哪里来的婆娘娃！人家因为搭救沈文奎遭到报复，是刘队长挺身而出，动员三里村的老百姓，才惹怒了包子六。想到包子六，他就气不打一处来。这坏蛋就不是从人门里出来的，当年睡了他妈不说，还把挣的钱独吞了。就这为了断掉他这个后患，还动员人写信落井下石，硬把他往监狱塞。无论新仇旧恨，也无论报恩报仇，都应该结果了包子六的性命！狱友经常说，有仇不报，没血性；有恩不报，没人性！现在报仇报恩的时机到了，要死就死自己一个，要苦就苦自己的婆娘娃！于是他便说出连夜去镇子刺杀包子六的想法。

瞎子五听了死活不答应：你现在不是光棍一条，大小两个娃哩，把哑巴闪到半路里咋办？突然，柳拐子扑通跪倒在炕前，泪流满面：我这条命就是你给的，那天要不是你发现我埋在房底下，叫人把我救出来，我早都见了阎王爷了！后来在高达叔的关照下，又是你做主，把你妻妹子哑巴说给我，我这一辈子还能有婆娘娃！要不然我最后连地老鼠都不如，人家还有他大伯给配阴亲哩，谁管我嘛！兄弟我今天有一事相求，万一我要有个三长两短，你们无论如何要把哑巴和两个娃照看好，我就是在九泉之下也安心了！

瞎子五行动不便，想拦他，手够不着；想下炕，起不了身。考虑到事关重大，顾不上身体疼痛，整个身子骨碌一翻，人啪地平着滚下炕来，忍着剧烈疼痛牙齿咬着，死死抱住柳拐子哭着说：咱要走只能走活棋，千万不敢走死棋！能不能再想想其他啥办法？柳拐子说：要是有其他办法，我何必走这步险棋！瞎子五说：咱现在不光是患难兄弟，还是骨肉亲家，我不能眼看着你去送死！柳拐子说：死不死还在两可之间，就是把我这条命要了，才哑巴一个寡妇，不然就会有好多寡妇！瞎子五说：一动不如一静，咱现在是往坏处想哩，说不定，事情还会往好处变哩，到头来只是虚惊一场！柳拐子心里说，人命关天呀，还不要说这次血洗下来，不知道要伤多少条命哩！我有个经验，对好事情，宁信其无，不信其有；对坏事情，宁信其有，不信其无！这就和花钱托人办事一个道理，宁叫撂了，别叫冒了！他也知道瞎子五为了阻止他，故意给他说宽心话，于是脑子一转，又编出个理由来：我是明人不做暗事，我能下决心这么做，是因为沈文奎已经说了，我今辈子没有几天活头了；杀了包子六是一死，不杀包子六还是一死，与其死到炕上，不如死到阵上！杀了包子六，一了百了；不杀包子六，后患无穷！瞎子五听说是沈文奎的话，惊讶得不知道如何应答。就是他这一犹豫，柳拐子趁机挣脱他夺门跑了，临出门回过头叮咛的还是要他照看好哑巴和两个娃！

柳拐子出了门，先去找刘队长。为了做到万无一失，只说了包子六血洗三里村和联合几个村共同应对的事情。刘队长说：我们拼是一死，不拼还是一死，不可能当软骨头！你给那三个村说，吃住我们管，他们只要把人带来就行！随后柳拐子就去动员那三个村了。刚一出村，就听到瞎子五家里传来如泣如诉的唢呐声。在这夜幕笼罩空旷无人的黄土高原上，格外悲壮，震撼人心，好像呼唤他平安归来，又好像祝福他旗开得胜。

等柳拐子动员好那三个村子，鸡已叫起鸣来，他赶快回家做准备工作。谁知道一脚踏进家门，瞎子五老婆出现在面前。柳拐子脸色一下沉下来：你来干什么？瞎子五老婆说：我不想让我妹子当寡妇！柳拐子说：你妹子不当寡妇，你就有可能再一次当寡妇！她一个人不想当寡妇，三里村就会有更多的人当寡妇！你看哪头轻哪头重？瞎子五老婆一下没话了。柳拐子不容分说把瞎子五老婆推出门，又咣一下把门关得死死的，隔着门大声说：赶紧回去照看好我哥，这里没你们女人家的事！

柳拐子知道此一去凶多吉少，赶快换掉身上的脏衣服，从笼里摸了两个冷馍，掰了一大老碗馍块，又从热水瓶倒了一碗煎水，调了油泼辣椒，辣子血红油花汪汪，汤汤水水呼噜呼噜刨进肚里。又取出两个野菜包子，找来大砍刀，用指头试了试刀刃：杀死包子六，绰绰有余！

柳拐子叫来哑巴，先指了指镇子方向，又用砍刀在包子上比画了比画，意思是他要到镇子去刺杀包子六。再指了指熟睡在炕上的两个娃，不由得泪流满面，扑通一下双膝跪地，咚咚不停地给哑巴磕响头。哑巴明白了他的意思，也跪下来死死抱住他，头不停地摇着，泪不住地流着，呜里哇啦，声嘶力竭，意思是死都不能让他走！柳拐子指着房顶说：再不走，天就明了。仇不报可以，恩不报咋行？说罢甩掉哑巴，揣着菜包子，背起砍刀，反锁了前门，便大踏步地投入到黑乎乎的夜幕中。出了村，他才发现东方已经露出晨曦，又掏出野菜包子，大口大口咬着。想到此行的目的，劲头越发足了，很有一番“风萧萧兮易水寒，壮士一去兮不复还”的悲壮。但是，耳边老是回响着哑巴那撕心裂肺的哭喊声，面颊总是流淌着割舍不下亲情的泪水。

哑巴的哭声惊醒了街坊邻居，大家七手八脚抬开头门，天色已经大亮。问哑巴发生了什么事，沈文奎泪流满面，心想，要搭救柳拐子、瞎子五和乡亲们，只有自己下阴曹，让阎王收了包子六全家的性命，才能釜底抽薪。但是，下阴曹是真是假，自己都说不清楚。又一想，现在顾不了真假，反正包子六信这一套。他担心的是，要是这次包子六万一不信，救不了柳拐子、瞎子五和乡亲们，自己还有可能被包子六打死。想到这里，他羞愧地扇了自己个嘴巴，正是柳拐子、瞎子五这些乡亲为了搭救自己，把不用的办法都用了，自己这条没有几年活头的命，才能值几个钱？尤其内疚的是，自己原来对这几个人还有点儿不太好的看法，没想到正是这些看起来仄楞半坡，有点儿残疾的人，关键时候总能挺身而出！他拳头往掌心一砸：假戏要当真戏演，哄死人不偿命！更何况，兵不厌诈。于是便决定在家里设坛造势，自己躺在坛前假装下阴曹，同时让人去找南安的前世伙伴，赶快给包子六通风报信。考虑到事不宜迟，趁人们不注意，赶快偷偷跑回镇子。

柳拐子进镇子时，家家户户已起了床。他把砍刀取下来，别在裤腰带上，装着啥事没有。快到公社门口，突然看见三虎边走路边用筷子一疙瘩一疙瘩剜着竹壳上的甑糕往嘴里塞，吃得伸脖张嘴瞪眼睛。忽然看见柳拐子，赶快停下筷子，嘴里嚼着甑糕含混不清地问：这么早的，回来有啥事？柳拐子害怕人听见，赶紧把三虎拉在一边：包子六要血洗三里村，我是专门来挡他的。三虎说：这事就是我说出去的，人家还让我去哩；能挡赶紧挡，我也害怕把命丢到那里！柳拐子害怕连累无辜，让三虎先走了，然后一个人进了司令部。两个站岗的挡住他，柳拐子说：我找总司令有急事！人家说：总司令还没起床！柳拐子说：我是他儿子，给他报丧来了！站岗的这才通报给包子六。包子六听说儿子来报丧，大惊失色，边穿衣服边说：赶快叫人进来！柳拐子来到房间。包子六坐在桌子旁边，阴沉着脸色：为啥冒充我儿子？柳拐子说：谁冒充来？要不是这，咱俩往街道里走，大家要说我不是你的种，你唾到我脸上我擦都不擦！包子六害怕丢人，故意不理这一茬，又问：有事说事，为什么要糟蹋我？柳拐子一想起他要血洗三里村，不由得血往脑门直涌：糟蹋你把你轻饶了，老子今天就是结果你这条狗命来了！说着掏出砍刀向包子六砍去。谁知道从他发火到掏大砍刀，时间稍微拉得有点儿长，再加上腿不利索，包子六很快躲到一边。柳拐子由于用力过猛，砍刀扎进桌面急忙拔不出来。包子六趁势扑上去，从身后抱住柳拐子往地下摔。柳拐子急中生智，用那条好腿使劲儿把桌子一蹬，就将包子六的头重重磕在后边墙上。包子六疼得赶快松开手，抱着头连呼救命。柳拐子转过身骑在包子六身上，像武松打虎一样往死里打。门外站岗的听见喊救命，赶快冲进房子，一个抱住柳拐子不让打，一个用枪托照准那条拐子腿就是一阵猛砸。疼得柳拐子惨叫了一声，便躺在地上不省人事。包子六被站岗的扶在椅子上，一边揉脖子一边喊：赶快把这家伙捆起来！

柳拐子醒来以后，尽管被捆得死死的，腿疼得站不稳，依然骂骂咧咧。包子六整理着衣服嘟嘟囔囔，三虎突然进来报告，故意有的说上没的捏上：一、北边四个村的人准备进城砸司令部；二、西南几个村也行动起来了；三、镇子以西门里为首，也组织人准备做内应，听说哼囔也上了手…… 三虎还没说完，包子六的老母亲急急忙忙走进门来，哭哭啼啼说了沈文奎下阴曹，要要他全家性命的事，要他无论如何放过北塬上的那些人！包子六听到沈文奎这名字不寒而栗，更何况是让阎王爷提前结束他们全家的性命，便越发心急如焚，坐卧不宁。后悔自己打蛇不死，反而给自己家带来灭顶之灾。一边是兵临城下，一边是阎王要命。人在屋檐下哪能不低头？他很无奈地说：我现在就是有心放过他们，也远水解不了近渴！陪他母亲来的沈文奎的伙伴看事情有了转机，赶快说：沈文奎的事包在我们身上！三虎反应也很快：农民进城的事包在柳拐子身上！

三虎组织人把柳拐子刚刚抬到门口，北边那几个村的人扛着镬头锨，呜儿喊叫蜂拥而来。三虎赶紧上前拦住说：包子六不血洗你们了，赶紧把人抬回去！大家抬着柳拐子来到村口，早早等在那里哭成泪人的哑巴，以为是柳拐子的尸体，一下扑在上面，喊了一声：你丢下我和娃咋办呀！便不省人事。大家放下柳拐子，赶紧抢救哑巴。好一阵儿才明白过来：哑巴会说话了！

艰难打井

现在所说的打井，是指打机井，也叫打深井。说到打机井，就得说说镇子这地方的水情。镇子的水情，王金贵再熟悉不过了。含水层颗粒细，埋藏较深，厚度较薄，水质较差，含氟较高，吃得男女老少满口牙齿好像服过四环素似的。就因为水资源短缺，水的身价跟油一样金贵。以至于有些地方，洗了菜的水洗脸，洗了脸的水饮羊，一盆洗脸水洗一家人。有些地方，要饭的来了，宁给一个馍，不给一口水。所以镇子这方圆，一直是靠天吃饭，靠麦过活。“靠天吃饭”就是种庄稼靠的是老天下雨，雨水好了好收，雨水少了少收，雨水缺了绝收。“靠麦过活”就是一年只种一料麦，一料麦就够吃一年，基本上不种秋庄稼。麦子收成好了，啥话不说。万一歉收或者绝收，主要是以丰补歉，以商补歉，根本想不到以秋补歉。合作化以来，为了解决口粮的问题，打破了靠天吃饭、靠麦过活的老传统，普遍开始重视秋庄稼，同时千方百计开辟地下水源。

当时的开辟办法主要是打井。说到打井，王金贵了如指掌。掰着指头细细算来，他先后组织社员打过三次井。第一次是刚刚合作化的一九五六年。人们为了解决干旱问题，在地头打过为数不多的几眼浅井，那个时候主要是人力开挖，用的是木头井架摇着辘轳绞水，一人担，或两人抬，一瓢一瓢往地里泼着浇。没有浇多长时间，老天就下起了连阴雨。第二次是公社化的一九五八年。嫌人工浇水效率低，又多打了几眼井，仍然是浅井，深度都在七八丈，还是人力开挖，但是安了机械化的水车，或牲口拉，或多人推，还真解决了不少问题。第三次，是嫌单井抽水效率低，又独出心裁打起大井来，结果没有打出水，便不了了之。这个时候，人们才意识到，镇子的地下水位下降了。最近，镇子周围为了解决水源问题，纷纷雇钻机悄然兴起打机井来。

王金贵想不通的是，自从镇子周围兴起打机井以后，老天爷好像故意和没打机井的西门里作对。今年过了芒种，一直没见下过雨，尤其是进入农历五月以来，天气炎热骄阳似火。按说农历五月不下雨也属正常，问题的要害是，不管五月旱到什么程度，五月二十六不见雨就不正常了！更为严峻的是，今年五月不光是不下雨，而且多日高温，气候干燥，划根火柴都能把空气点燃。就连本来是连阴雨的六月天，不但没有下过雨，比五月旱得还厉害。眼看大暑过去就是立秋，大片大片的田块不是一片接一片起明放光的红地，就是闪着金黄色的麦茬爹得遍地白光刺眼，轻易看不见绿颜色。只有个别小块田地，是四月底种的早秋，也被旱得只长秆秆不长穗子。那些收了麦通过担水抬水点种的秋作物，还没等个头长起来，就被旱得不是叶子扭麻花，就是整株整株枯萎。要是立秋以后，再来上几个秋老虎，今年这些少之又少的秋庄稼，只能是眼睁睁等着割来当柴烧了！

其实，镇子这种天气已经是第二个年头了。去年就是收完麦子以后，来了个百日大旱，结果到了秋季所收无几，还好夏季麦子打得好，对对付付连滚带爬，也就这么稀里糊涂过来了。今年的情况就完全不同了，夏季麦子全部被红二司烧成了灰烬，还是高步宽想办法给大家搞了点儿粮食，队上社员才没断顿。现在秋季已经指望不上，如果来年的麦子再安顿不上，西门里这些人的生活咋办呀！实际上，西门里遇到的这种严酷现实，其他生产队也未能幸免，就连镇子周围的乡下也叫苦不迭。好多生产队为了缓解这种局面，自己动手打起机井来。当然，打机井是要付出巨大代价的。因为缺乏科学手段，完全是队上领导拍脑袋，凭经验确定井位。所谓的专业人员，只管技术操作，不管勘探井位。所以，井打成有没有水还在两可之间。加上机井深达数十米甚至上百米，不仅工程量大，而且还需要资金上千元之多。这对一个生产队来说，已经是不堪重负了。再算上专业人员的报酬、社员工分等，一个机井打下来，几乎要耗尽生产队一年的积累。西门里人脑子不笨，见事也不迟，积累也不少，之所以迟迟没打机井，关键是红二司那帮人，左一个干扰，右一个干扰，整得队干部根本无暇顾及。现在好不容易安宁下来，他们才有时间和精力考虑打机井的事。

高步宽对这些情况了如指掌，但是他有侥幸心理。因为去年是百日大旱，今年又多日不见雨，镇子这地方有个规律，久旱必有久雨，说不定扛一扛就过去了。具体扛到什么时候，他和大家一样，心里是有底线的，就是等着看五月二十六这天有没有雨。

镇子人判断每年农历五六月的天气，有两个很有名的谚语，一个是“有钱难买五月旱，六月连阴吃饱饭”。意思是说，只要五月老天不下大雨，人们就能颗粒无损地收回夏粮，从容不迫地种好秋粮。到了六月份，只要雨水供上，秋庄稼就会在雨水的滋润下，尽情地吸收欢快地成长，到了秋季肯定是好收成。但是，六月份会不会有连阴雨，秋季能不能有好收成，关键要看五月二十六日这天。这就应验了镇子人的另一个谚语：“秋季庄稼收不收，就看五月二十六，五月二十六滴一点，耀州城里买老碗。”五月二十六这天要是不见雨，后半年就很难风调雨顺，秋庄稼也就很难有好收成。相反，只要五月二十六这天，老天爷哪怕能像狗记路尿尿一样滴上几点雨星，哪怕只是一星半点儿，后半年一定会风调雨顺，秋庄稼肯定丰收无疑，人们就会纷纷赶到耀州城里买大老碗放开肚皮吃饭了。这就是镇子人的智慧，这就是镇子这地方的奇妙。

耿诚信摸透了高步宽的想法，劝他早点儿收了这心思，赶快让王金贵和何可人下决心打机井。理由是眼看五月二十六就到了，天上蓝得一丝云彩也没有，就是老天爷想下雨，到时候拿啥下嘛！高步宽不以为然，他觉得天气是千变万化的，只要愿意下，没有云彩会生云彩，小云彩能连成大云彩。他清楚记得一九六四至一九六六年那三年，也是一连三年五月天旱，但是，那三年之所以风调雨顺，关键是五月二十六都滴过雨滴。一九六四年五月二十六日那天早上起来，看见东边天上霞光万丈，西边天上乌云密布，高步宽心里很高兴，东晴西暗等不到吃饭。果不其然，八点半不到便哗哗地下起雨来，只是这雨来也匆匆去也匆匆。尽管下了个屁时，不能说不是一场雨呀！一九六五年五月二十六日那天是晴转多云，但就是一直不见下雨，到了晚上人们感叹今年的秋庄稼完了。谁知话没落点儿，街道有人说刚刚滴过几滴雨星。他不相信，端着罩子灯，手遮着灯光，弯下腰到街道看，黄土流淌的车辙里明显有麻点，尽管是一星半点儿，总不能说不是雨！一九六六年五月二十六日那天更奇怪，街上游行造反，乱咕隆咚，人心惶惶不知所措；天上万里无云，天蓝如洗，根本没有下雨的迹象。就在人们快要绝望时，到了中午，头顶飘过来一块薄如蝉翼的白云，大家看到这块不会下雨的白云，无奈地摇了摇头。谁能知道就是这块不会下雨的白云，在骄阳普照的情况下，像狗记路尿尿一样，神不知鬼不觉地滴了几滴雨星。尽管是雨点洒尘埃，秋季还是好收成。因为镇子还有个谚语：“雨点洒尘埃，必定饿死人。”但是这个谚语并不包括五月二十六日。所以高步宽坚定地认为，今年五月二十六不可能没有雨！

好不容易盼到了五月二十六日这天，高步宽眼睛瞪得比谁都圆，硬是瞪了一个白天，就是滴雨未见。接着又从黄昏瞪到晚上睡觉，眼看快要交过子时，还是不见老天下雨。就这还心不甘，只害怕老天爷偷偷滴雨星，又端上罩子灯，偷偷打开前门来到街道，把铺满车辙的黄土尘埃左看右看，这儿看那儿看，无论咋看就是不见雨星的面。他这时才感到问题严重了，赶紧回家放下罩子灯，到对门敲开耿诚信的门。耿诚信披着衣裳出来问有啥事情？高步宽说：后悔没听你的话，果然今年老天爷来了个大瞪眼，到现在就是滴雨未见，白白耽搁了这么些时日。耿诚信说：你是啥想法我清楚。一个是知道西门里攒点儿家底不容易，能不折腾尽量不折腾；不折腾不行时，能迟折腾一年，尽量迟折腾一年。再一个是你只知道久旱必有久雨，怎么就忘了久雨必有久旱！一九六四、一九六五、一九六六三年风调雨顺，从一九六七年算起，这才旱了一年半，怎么可能有雨嘛！现在啥话不说了，我陪你去找金贵吧！

王金贵和何可人看到五月二十六这天没下雨，也坐不住了，这阵子正在王金贵家商量打机井的事。看见高步宽和耿诚信进了门，四个人没说话，不约而同地笑了。何可人笑着说：咱们是一个想法，都等五月二十六这天呢！高步宽说：从今往后别指望老天爷了，咱该弄啥就弄啥。不然一步跟不上，步步跟不上！王金贵说：既然大家都想到一块儿了，趁人都在跟前，马上刀下见菜，就说这第一口机井在哪里打！高步宽说：诚信，这方面你有经验，你先说。耿诚信想了想说：我的意思，咱先在西北角挨着老大井那里打。人往高处走，水往低处流，那里地势最高，能浇遍全队的地。再一个是，机井浇了远处，剩下近处，咱们肩担人抬，就不跑冤枉路了。王金贵说：我同意诚信的意见，你俩看咋样？何可人说：我没意见！高步宽说：家有千口，主事一人。地方你们定，钱和材料我想办法！何可人说：高达叔，就是队上没钱，都不能麻烦你了，不要说多少还有点儿底子。王金贵说：那我明天就联系钻机，人家有时间咱马上开工！

开工那天可热闹了，西门里像过节一样，成群结队去地里看稀奇挤热闹。高步宽、哼囔、耿诚信、唐新生、刘开科，就连冀志兴也让儿子出摊自己跑来了。冯登菊、寇腊梅、陈石榴、翠仙等人，一路说说笑笑叽叽喳喳。胖勺子、瞎子五、聋子染匠拿着唢呐锣鼓家伙，边走边吹打，好不热闹。王金贵和何可人亲自挂帅，组织了十来个男女青年，专门让他们推钻机。

井位确定以后，要安钻机的时候，就让瞎子五他们摆开吹打，让刘开科说快板。没用多长时间，就把钻机安起来，又把王金贵提前准备的红旗插了上去。红旗在高空呼呼啦啦，人们在下边欢声笑语。一切准备好就到了吃饭时间。高步宽说：让大家往便宜馆走，一人一碗水盆羊肉！胖勺子说：打机井的人剃头不要钱！冀志兴说：全队的人剃头也不要钱！胖勺子说：那我记在你的账上！聋子染匠小声说：锣鼓听声，说话听音，你的意思是想管大家的干果呢！冀志兴也小声说：能成是能成，那你也得干个啥！聋子染匠说：那还用说，我给大家把衣裳染了！冀志兴说：谁要你染衣裳干啥，让翠仙把大家那家伙染了！聋子染匠说：那是个啥事，只要腊梅愿意染，翠仙就愿意染！……

那些天，一想到机井打成以后，年年就会有好收成，再也不会为没粮食吃熬煎发愁了，大家伙儿要多开心有多开心。尽管地层中石头较多，进度一直上不来，但是，打机井的社员们不怕疲劳，日夜奋战，有的甚至连家都不回。其他社员也为机井操着心，干完农活还要主动到机井上帮忙。

聋子染匠两口子最为突出。翠仙义务给机井上送水，忙里偷闲还要帮忙打杂；聋子染匠害怕电机发热，担上水一碗一碗给竖着安的电机散热槽上浇水冷却。万万没有想到，打井的人辛辛苦苦打了整整一个月，全队的人高高兴兴盼了整整一个月，打来打去，竟然是个没有水的干窟窿！

高步宽跑到机井上，看见大家伙儿蔫不唧唧，给王金贵、何可人说：好将不打头一仗。别害怕，继续打，钱我出！王金贵说：还不到油干捻子尽的时候！何可人说：高达叔，你回吧，队上没办法了会向你开口的！高步宽说：那是这，没有功劳有苦劳，现在往便宜馆走，我还请水盆羊肉！

他们吃水盆的时候，经过反复研究，决定在这口废井的最东边开始打第二口。开工以前，在王金贵、何可人的主张下，全体打井人员统一口径，这口井打完后要是有水，啥话不说；万一还是干窟窿，就说地下是石头打不动，然后悄悄选地方打第三口井。要是第三口井还是干窟窿，那就说明，咱西门里人天生就是受苦的命，在我俩手里哪怕大家要饭呢，再也不提打井的事了！

万万没有想到，还没等第二口井开钻，就出了一桩重大伤亡事故。就在急着收拾第一口井现场的时候，翠仙看到这五黄六月打井的人汗流浃背，心里很是过意不去，这天中午专门熬了一锅绿豆汤，一罐一罐提着往井上送。井上的人因为第一口井没打成，普遍思想负担较重，一个个心事重重，愁眉不展。但是看到翠仙一罐一罐送绿豆汤，知道队上人对打井很支持，不但喝起来格外香甜，就连干活也来了精神。

就在翠仙送完第三罐，要回去提第四罐时，高兴得忘了绕道直接抄近道走。一没留神，脚底踩空，掉进上面苫着席子的附井里。等救上来送到卫生院，已经气绝身亡。聋子染匠悲痛欲绝，井上的人哭得乱作一团。那些天西门里人笼罩在悲痛之中，好长时间从这阴影中走不出来，一提起打井就泪水汪汪。

聋子染匠说啥也想不通，老天爷为什么对西门里这么不公，硬是在家里躺了好几天。高步宽心里也不好受，想不通翠仙主动关心打井，为什么老天爷还要置她于死地呢？他到聋子染匠房子看过好几次，自己也殁过亲人，有切肤之痛。聋子染匠说：这与她支持打井没啥关系，只怪她自己福薄命浅！高步宽说：我理解你的心情，是难过极了，嘴里胡说哩。聋子染匠说：我不是胡说哩，沈文奎早就算出来了。高步宽很吃惊：这与沈文奎有啥关系？聋子染匠说：我结婚那天，沈文奎送了副对联，我还认为人家写过了头。昨天听何可人说，他当年把我俩比作唐明皇和杨贵妃，就是暗示翠仙会像杨贵妃一样死于非命，说我和翠仙只能做个半路夫妻，结果我还错怪了人家。高步宽听了好久无语。聋子染匠突然抹去眼泪说：你不要在我这里浪费时间了，有这时间，你给金贵捎句话，机井该打还得打，耽搁一天是一天的事！高步宽说：我的心就够大了，没想到你比我还心大。有啥话你直接给他说，我捎不合适！

高步宽前脚刚出房门，聋子染匠后脚就去质问王金贵：第二口井咋还不见开工？王金贵说：翠仙刚走，大家思想还没转过弯！聋子染匠说：人死不能复生，日子不过不行！第二口井再不开始，后半年秋庄稼就没指望了！说完拧身就走，只害怕当着王金贵的面流眼泪。王金贵望着聋子染匠离去的背影，特别是发现他偷偷抹眼泪的动作，不由得鼻根一酸，泪水夺眶而出。

就在大家拿着工具朝第二个井位出发的时候，突然发现，聋子染匠也拿着工具，泪流满面地挡住了去路。大家不知道他要干什么，一时愣在那里。聋子染匠心平气和地说：你们叫不叫，我都得跟你们去打井！你们放心，我一分工不要，只想用我亲手打出的井水到坟上祭奠翠仙！说着又泪水汪汪。

就是在这种巨大的心理负担下，打井的人不声不响，只是默默埋头苦干，但在心里一直祈祷，这口井千万不敢是干窟窿，打井的人千万不敢再出啥事情！其他人该干啥干啥，也没人再往机井上跑。生怕去了井上再出啥事情事小，把井底的水吓走负不起责任。就这样，打井的人提心吊胆，队上的人诚惶诚恐，谁知道这口井还是没有打出水来。好就好在大家有言在先，只好把眼泪咽到肚里，接着又在最南端选好井址，偷偷开始打第三口井了。

这一次，他们是人歇钻机不停，汗水和着泪水，一天二十四小时拼着老命干。有一天，高步宽在门口碰上两眼红肿的王金贵，问：咋还没打好？王金贵说：有石头不好打。高步宽嘿嘿笑了笑说：好事多磨，这一回可能有情况！谁知道打完还是干窟窿。不光打井的抱在一起痛哭流涕，就连那几个开钻机的人也失声痛哭。哭完，何可人说：队上的钱虽然用完了，还有高达叔呢，咱再继续打，不信老天爷真的要灭西门里不成！王金贵说：不敢再麻烦高达叔了，人家帮了咱好几次忙，我估计把他过去那点儿老底子也腾撤得差不多了，咱总不能让人家揭瓦卖房吧？何可人说：那咱今后咋办呀？王金贵说：今后的事情现在顾不上说，先说当下的事情！你赶紧把钻机钱付了，到沈文奎前世家里躲上几天，我去我姑家躲几天，剩下这些社员群龙无首，高达叔就是有想法也没办法！等这事情凉下来，队上有资金了打，没资金了别打！说完大家伙儿眼含热泪散了。

高步宽知道这些情况后，心里像刀割一样，难受了好几天，但是机井不打不行呀！无奈他硬着头皮把那些打井的社员一一请到他家，对大家说：王金贵和何可人躲出去不闪面，他俩的心情我能理解，放到我也会这么做。但是，他们不了解情况，这几次我帮助队上渡过难关，根本不是拿我的钱，我也没有那么多钱。就是有点儿救命钱，还有我的家人呢。我拿的这些钱，是哼囔在解放前，救过一位中央首长，那位首长为了报哼囔的恩，专门让省上拨了专项费用，原来拨的那些钱还没花完，打几口机井绰绰有余，不花白不花！现在是这，先去上两个人把钻机的人叫回来，让人家给咱看地方，需要多少钱到哼囔那里取。再派人把王金贵和何可人找回来，帅还由他俩挂，事还得他俩办，群龙无首不行！最后一个是，队上连续打了三口废井，差不多要用去全队三年的积累，还不要说投放的劳力了。三口机井打下来，将生产队的家底花光不说，还背了不少债务，家家户户穷得叮当响。听说后巷子有几家实在没啥吃，已经出外靠讨要度日。所以我想让耿诚信用哼囔那钱到黑市上买点儿粮食，一家分上点儿，先让大家把饥荒度过。在高步宽的运作下，人心很快稳定下来。王金贵和何可人回来以后，第四口机井已经开钻了。

安葬风波

不知道是被人们言中了，还是像王银贵这样的人，就应该有这样的遭遇。那天胖勺子给他头顶上开了一推子没有留成“洋楼”，当天包子六到县上开会果然没带他。王银贵只好待在造反总部，干着打杂剜烟锅、吆鸡关后门一类的琐事。后来，包子六给自己物色了个女秘书，王银贵就被踢出造反总部，回到西门里务农种庄稼了。明面上的理由是嫌他土里土气，不能登大雅之堂，真正的原因是包子六看上了这个女秘书，想调到自己身边，据为己有。王银贵不知道个中情由，反而头疼在脚上挠，为开除的事，把胖勺子骂了个没遍数。胖勺子又不知道其真正原因，不管人家怎么骂，就是不还口。从此以后，王银贵到他这里剃头，再没掏过一分钱。

到了第二年春天，中央下了三、五、六号文件，专门整治在造反夺权过程中浑水摸鱼搞打砸抢的人，当时称为“三五六”运动。经过调查取证，包子六和那几个打手，不但多次打砸抢，还私设公堂、刑讯逼供、草菅人命。最后按照罪行轻重，很快判了刑。其中那个副司令，由于唆使人烧了西门里的麦子，被判了重刑。逮捕人那天，那些家长和亲属，后悔地流着泪说：谁谁都不怪，就怪我们大人，当时只知道叫娃闯一闯，没想到事情没闯成，还被关了监狱！也有人骂包子六是老二尿，年龄一大把了，还跟冒头年轻小伙子一样，疯疯癫癫，张牙舞爪，共产党不收拾他收拾谁？不用说，反映王银贵作风问题的人也不少，就是因为他离开得比较早，没有多少真凭实据，便躲过一劫。知道内情的人说，他跟包子六百股六成，没想到到头来还落了个干身子。王银贵这个时候才意识到，要不是胖勺子给他头上开那一推子，自己就会越陷越深，也和那些人一样会穿上麻绳甲甲，这一阵儿也在监狱里喝稀米汤啃窝头，哼哧哼哧汗湿衣衫背砖哩！从这个时候起到剃头铺剃头，尽管胖勺子不说要钱的话，自己也能主动拉开抽屉把钱撂进去。

就是因为这次整治打砸抢，王银贵老老实实待了几年。在外边有贼心没贼胆，在家里又当爹又当娘，就这么心急火燎地憋屈了两年，终因耐不住寂寞，开始给自己办起女人来。很快打听到乡下有个寡妇，漂亮贤惠，便偷偷到那个村子暗见了一次，果然名不虚传。漂亮寡妇看见王银贵一表人才，两人很快结合到一起。入洞房时，两人都觉得对方有点儿眼熟，想了好久才想起来，原来这个漂亮寡妇就是王银贵当年以换零钱为借口，趁机摸人家奶头的那个女人。因为那点儿缘分两人相敬如宾，尽管是半路夫妻，小日子过得还算甜蜜。过了大概有三年时间，又生了个小孩。人常说，江山易改，本性难移。王银贵虽然是上门女婿，寄人篱下，人生理屈，但随着时间的推移，那些清规戒律早已被他扔到脑后，那两个老毛病又慢慢浮出水面，一个是淫乱好色，一个是极左好斗。

王银贵的淫乱好色，还是沿用过去那老办法，借着长相优势，利用一些冠冕堂皇的理由，公开摸摸揣揣、搂搂抱抱。甚至还以开玩笑为借口，公开脱女人的裤子顶人家的牛斗，总想给人一种只说不做的印象。然后通过开玩笑投石问路，从中掌握了哪些女人容易得手，哪些女人不容易得手，再有针对性地施以小恩小惠。经过这样三番五次的试探，暗度陈仓的成功率就相当高了。尽管他做得天衣无缝，再能瞒过谁，却瞒不过漂亮寡妇。开始漂亮寡妇比前比后，好言相劝，他指天发誓，阳奉阴违；接着漂亮寡妇指东打西敲山震虎，他听见装没听见依然我行我素；后来漂亮寡妇骂骂咧咧，摔碟子绊碗，他暴跳如雷，甚至威逼恐吓；最后漂亮寡妇不给做饭不让上炕，他就拳脚相加棍抽刀逼。俗话说，有再一再二，没有再三再四。漂亮寡妇有心就此分手，考虑到自己这再嫁之身，害怕人家说三道四；不分手吧，这口气咽不下去。想来想去，为了几个隔山娃娃（同母异父），只有打了牙往肚里咽。

说起王银贵的极左好斗，就那种坚定那种执着，一般人不佩服还不行。有一年生产队分红苕，队长给在村里搞路线教育工作队的领导说，刚从地里挖出来先不要急着分，让水分蒸发蒸发，取取土就不会亏大家了。王银贵知道了，坚决不同意。他的意思是不能为了私人利益，损害集体利益，坚持现挖现分。官司打到路线教育工作队，领导为了息事宁人，要按王银贵的意思办。在给王银贵分红苕时，装红苕的人气愤不过，全部装成带土的红苕，王银贵不但不气恼，还自言自语：私人吃点儿亏不要紧，只要集体不吃亏就行！漂亮寡妇听到议论，本来就很生气，再看到自家分的全是带土的红苕，气得眼泪都流出来。吃饭时，专门带土蒸给他。王银贵不但不生气，反而笑着说：宁吃集体的土，不吃私人的苕！人家把带土的红苕皮揭下来，反卷起来送到嘴里，连咬都不咬，眼睛一瞪，脖子一梗，囫囵咽下喉咙。

王银贵之所以好斗，也是事出有因。因为他是个外来户，经常受到本村人的歧视。王银贵深知两个诀窍，一个是打蛇打七寸，擒贼先擒王；另一个是要搞臭干部，必须抓住贪污盗窃和乱搞女人的短处。特别是乱搞女人，他在这方面深有体会。

当时，正逢青黄不接，社员们三三两两去泾阳、三原换粮食，队长根本不管社员的生活，还借着男人去换粮食的机会，偷偷往漂亮女人家里钻。王银贵气愤不过，悄悄跑回镇子让沈文奎帮助自己编对联和写大字报。回村以后，把大字报贴在路线教育工作队的门口，把对联贴在队长家门口。

社员成群结队深更半夜泾阳三原，
队长单枪匹马洞房花烛炕上枕边。

在这个关头，有人匿名揭发了队长。民不告，官不究，路线教育工作队这才处理了这个队长。还不要说，就是因为王银贵这一斗，平时那些欺负王银贵的人，再也不敢轻举妄动了。

王银贵年近五旬的时候，由于他的放荡不羁毁了他。这个村子有个姑娘，人样相当出众，就是因为家庭成分高，一直要不上理想的聘礼。父亲很是着急，因为两个儿子还等着妹妹的聘礼娶媳妇。不用说那姑娘也心急如焚，如坐针毡，害怕错过了好小伙儿，嫁不上好女婿，所以经常生着法子给父亲出难题，不是不给做饭，就是不给洗衣裳。父亲责怪她，她却理直气壮：女儿到这世上来，只是你的一门亲，不是你的活财神；天生就是为婆家做饭、洗衣的，不是为娘家做饭、洗衣的！就这样三耽搁两不耽搁，姑娘早已错过了出嫁的年龄，同伴们早已嫁人生子，她待在娘家成了嫁不出去的老姑娘。女大不当留，留下是对头。那姑娘经常故意坐在门外，解怀亮腔，搔首弄姿。父亲发现了赶快朝回撵，骂她不守本分，丢人现眼。女儿不以为然：就兴你给儿子找媳妇，就不兴女儿找女婿！后来提亲的仍然不少，父亲还是嫌聘礼少。姑娘生气地说：我今辈子再也不嫁人了！父亲说：不嫁人，难道要在娘家扎老女坟不成？姑娘说：你不是急着用钱嘛，我就在娘家给你接客挣钱！父亲说：姑娘家说那话，都不怕人笑话！姑娘反唇相讥：你舍得女儿的青春，我就舍得这张没用的脸！

父亲以为姑娘说气话，就没往心里去。没想到，姑娘还真就破罐破摔起来，自然而然就找到多次想对她图谋不轨的王银贵。姑娘说：你不是早就想占我的便宜吗？王银贵说：你一直不愿意嘛！说着就动手动脚。姑娘啪地打掉他伸过来的手：先说有没有那本钱？王银贵淫笑着说，八十八还结个瓜呢，我才五十啷当！姑娘说：我说的是人民币，不是别的，不然，我不会找你这半截子老汉！王银贵说：我这人干脆，一次十块钱！姑娘说：我这人也不粘牙，因为我不是小媳妇、剩寡妇，头一次一百块，不还价！以后每次二十块，连个豁豁都不能缺！王银贵想了想，咬了咬牙说：行！姑娘说：那得现钱！王银贵说：只要你是现货！

当时农村娶媳妇的彩礼，普遍是一份一百二十块；少数好一点儿的是两份二百四十块；极个别的，最多是三份三百六十块。这是一般家庭的行情，成分高的家庭刚好是个反反，娶媳妇要出高价彩礼，嫁女儿却要不下多少彩礼。当姑娘把七百二十块的彩礼钱摆在父亲面前说：看我挣的这是不是钱？父亲眨着眼睛问：干啥能挣这么多钱？姑娘说：我还能干啥嘛！父亲眼冒金星，把钱扔在地上：这是谁的钱？姑娘拾起钱说：你不要，我就一把火烧了它！父亲赶紧夺过钱说：这究竟是谁的？姑娘说：想要钱就别问是谁，想问谁就别要钱！父亲没办法，只好守株待兔。将王银贵捉了现行以后，父子仨气愤至极，又是扇耳光，又是挥拳头，好一阵拳打脚踢。王银贵不服气：你们打我没道理，我不是干指头蘸盐，是掏了大价钱的！王银贵不吭气还好说，正是因为不停辩解，那父子三人下手更狠，直到把王银贵打了个半死。王银贵从那时候，就卧床不起了。可能是打坏了内脏，病情每况愈下，眼看没有几天活头了。

消息传到镇子，说啥的人都有。有人说：银贵也是的，老了老了，没说早早把腿蜷了，这一下倒好，老牛光想吃嫩草，结果把命搭了进去！也有人说：银贵生来就有桃花运，一般人运气好了，一辈子才一个女人；运气不好了，一个女人还到不了头！人家光明媒正娶就三个，只搞不娶的，一个连都挡不住！

病危时，王金贵带了几个人去看王银贵，看到他那狼狈样子，痛心疾首地说：你呀你，真是…… 话到口边不好意思往下说。王银贵知道哥哥的意思，反而笑着说：我俩买卖公平，一个现钱一个现货，有啥丢人的？王金贵气得自言自语：只有不要脸的人，才能说出不要脸的话！说完唰地揭起门帘一阵风走了。王银贵挣挣扎扎支起半个身子，可着喉咙朝王金贵离去的背影，声嘶力竭地喊了个顺口溜：男欢女爱，人间常态，谁不沾腥，世上白来。

没过几天，王银贵就气绝身亡。姑娘家那父子三人，串联了本家人，不让往村子地里埋。漂亮寡妇本来就对王银贵怀恨在心，加上又是这么死的，也顺水推舟，要把王银贵埋回镇子。没等王金贵表态，西门里社员先不答应。王金贵没办法，只好去找高步宽。高步宽说：这事有我！王金贵离开以后，高步宽一家一户做工作。理由是：一、王银贵在西门里当了那么些年社员，咱对他没有感情，就给点儿同情；二、王银贵在西门里不是没干过好事，这个时候，就应该多想他那些好事，少想或者不去想那些坏事；三、人死如灯灭，王银贵在世时再有多坏，那是在世的事情，现在人已经死了，西门里人再小气，也不能和一个死人计较！最后大家的意思是，西门里人也不小气，西门里人也不大方，今天也不说有理没理，看在你高达叔的面子上，就让朝回埋吧！

镇子有个习俗，死在外边的人，不能进镇子城。等把棺材直接拉到地里下葬时，薄板板棺材经不住一路折腾，里边的臭水不停往出渗，熏得人就不敢往跟前去。好在有十八年年馑埋人的经验，凡是送葬的人都发一条用酒渗湿的毛巾，捂着嘴绑在后脑勺上，才凑凑合合把人埋了。有人砸洋炮说：人家埋人戴孝像戴帽，埋王银贵嘴上捂毛巾像给牲口勒叉子。很有意思的是，瞎子五吹过《洞房花烛》以后，还吹了《犍牛流泪》和《喜鹊闹枝》。特别是《犍牛流泪》，大家都说好像是专门给王银贵写的：

悔不该把鸡屎当洋枧——取不离手，悔不该把猴屁当灯盏——照不来明；
悔不该把伤脸当挂匾——点子不清，悔不该把老年当青年——爱胡骚情！

埋完王银贵，聋子染匠在庙前里碰上高步宽，想让他高兴高兴，便说了瞎子五在坟地给王银贵吹了《洞房花烛》的曲子。没想到高步宽沉下脸说：你给瞎子五把话捎到，就说我骂他哩！聋子染匠说：就他做下那些恶心事，瞎子五没给他吹《贺后骂殿》，就算把狗日的轻饶了！高步宽很不高兴地说：你这个聋子呀，多劝说人积德向善，别煽惑人刻薄尖酸！

水秀早逝

高水秀嫁的这个主家，是父母双亡的贫家孤儿。高步宽比谁都清楚，没有钱，女儿的日子过不到前边去！他很快兑现了给水秀底财的承诺并反复提醒她：死水怕勺舀，细水能长流！要求女儿俭省点儿，要勤俭持家；告诉女儿，若忘了本，她的德行会打折扣！特意把渊家和枣花的相框，当嫁妆陪过去，一再告诫女儿，你有两个母亲，让她永远保存，一同纪念。水生这孩子也懂事，只要从西安回来，都要确保办好两件事情，一件是去魏家庄看望生父、继母和姊妹，一件是给姐姐水秀家送这送那。给姐姐家送东西时，高步宽让送啥就送啥，有时候看姐姐家缺啥还主动送。有的街坊邻居说：水生，不敢太傻了，送出去就拿不回来了！水生根本不理会，照样把水秀当亲姐姐一样，该咋送还咋送，从不争多论少。水秀也很关心水生，操心他喝，操心他穿。特别是去西安以后，越发牵肠挂肚。街坊邻居都说他俩就像亲姐弟。

水秀结婚一年后，生了个白白胖胖的大小子。第三年，水秀的第二个孩子就要临产了。高水生不放心，每隔一段时间都要回来看望姐姐。这一天，高水生又从西安回来，正好姐姐家里没有别人，水秀挺着笨重的身子，先关了前后大门，又关了房子门。上了炕打开箱子，让高水生上炕去看。高水生惊呼道：哪来这么多绸缎，颜色这么好看的！水秀锁好箱子，说：这是咱爸留给我的。说着又下了炕，打开脚地的立柜，拿出一个小木匣，打开锁头，拉开盖，揭开一块苫布，便露出了金光灿灿的金首饰、金条和金砖等。高水生一下傻了眼，愣在那里不知道说什么好。水秀笑着说：咱镇子上，差不多的老户都有银圆呢，人都知道咱家有钱，怎么连一块银圆都没有？高水生也笑着说：咱爸可能看金子比银子贵，就把银圆没看在眼里！高水秀说：你个年轻娃知道个啥，还会替爸打圆场！说完，赶快盖好苫布，锁上匣子，放进立柜，上好锁，便说：水生，好好孝顺咱爸。今后，咱爸要是老百年了，有姐吃的，你就饿不了肚子！高水生说：姐，你别说这话，今天你能叫我看这些东西，天底下再没有比你亲的姐了。咱爸已经给我留了那么大一院房，我不可能再想别的！

水生刚刚回到西安，水秀就生产了，万万没有想到，她是产后大出血。当时，赶紧就往镇子卫生院送。由于失血过多，走在半路气绝身亡。大家知道消息后，纷纷赶来吊唁帮忙。王金贵、何可人、渊家、哼囔、耿诚信、唐新生、冀志兴、冯登菊、寇腊梅、刘红玉等，忙前忙后，不声不响。

特别是渊家，在水秀灵堂前哭得死去活来。由于心情过于悲伤，回去在路上受了风寒，没出三天，因心绞疼，一命归西。高步宽赶快回到镇子，到家里打开渊家那个房子，取出“高记”金元宝，揣在怀里急急火火赶到魏家庄。渊家入殓时，高步宽把“高记”金元宝偷偷放在渊家手里，才让钉死棺盖。

安葬完渊家，高步宽回到镇子买了点心、干果，开了锁进了家门，啥都没顾得上干，先打开渊家的房子，用鸡毛掸子掸了各处的灰尘，又扫了脚地。把渊家的相框拿起来，四指绷着衣袖来回擦拭。擦着擦着，丧女的痛苦，丧妻的辛酸，一股脑儿涌上心头。这个很少落泪的老人，顿时失去控制，不由得抽泣起来。等情绪镇静下来，又给渊家相框敬了点心。然后作了揖，擦去泪痕锁好门，又去了女儿坟上。

刚刚走到庙前里，看见水生回来了。高步宽问：你咋回来了？水生说：前一向把脚崴了，老觉着心里慌得不行，脚刚好就想回来看看。高步宽问：哪天崴的脚？水生说了日子。高步宽声音颤抖着说：你姐就是那天殁的！高水生像雷击了似的，站在那里发呆。高步宽说完水秀的情况，又告诉他：还有一件事，你姐死后，你妈因伤心过度，突发急病，也离开人世，今天才把人埋了。我是刚从那里赶回来的。水生一下子精神崩溃了，刚刚听到姐姐早逝，还没回过神来，又听到继母亡故，不由得蹲在当街道双手捂脸大声哭起来。哭了一阵，高步宽拉起他说：我娃不哭了，赶紧到商店买点儿东西，回魏家庄到你妈坟上看看吧！等你回来，我陪你到你姐坟上去。人们看到这一老一少，有的摇头不语，有的扼腕叹息，有的抬手拭泪。

高水生从魏家庄回来，买好祭品，跟着高步宽，来到水秀坟上，水生一下扑到坟包上，哭得天昏地暗。高步宽觉得水生哭得时间太长，硬是把他拉起来。等水生烧完纸奠过酒，高步宽说：人死不能复生，一会儿吃了饭，你就回西安，公家的事情不敢耽搁。

高步宽带着高水生来到女儿家。一进门，水生看见水秀的灵堂，特别是那和善可亲、年轻端庄的遗像，又泪流满面。给灵堂上完香、行过礼，吃了点儿饭，就离开了。

高步宽留在女儿家，白天坐在坟地，目光老是凝视着正前方，一声不吭。饿了啃个干馒头，渴了喝口凉开水，风吹日晒，尘土飞扬，一坐一整天。一连坐了三天，还是不愿离去。女婿不忍心，害怕他一大把年纪，吃风受凉，恐有不测，劝他节哀顺变，赶快回家。高步宽瞪着眼睛说：你走你的！因为还有嗷嗷待哺的孩子在家，女婿只好先走一步。

亲戚朋友和街坊邻居看到高步宽不回镇子，害怕他出啥事情，便成群结伙到水秀家看情况。一路上难过得默不作声，多数人心里都认为，水秀这一死，就是高步宽的生死关头！

他们来到水秀家，听女婿说老丈人还在坟地，大家心情沉重起来，又急着往坟地赶。老远看见高步宽孤零零地坐在坟地，守着女儿的新坟包，大家不由得流下泪来。他们实在不想惊动这位怀着巨大悲痛的老人，不约而同地悄悄停在地边。高步宽坐在那里，凝视着天边发愣。新坟上的纸扎，被风吹得呼啦作响。时而有被吹落的纸片，吹打在老人的头上脸上，老人好像一尊雕塑一样一动不动，任由吹打。他身后站着的这些街坊邻居，特别是那几个女人，看到这心碎的一幕，不由得哭出了声。

高步宽听到哭声，扭过头一看，原来是自己的街坊邻居，泪水夺眶而出。他努力平静下来，用手抹掉眼泪，朝大伙踉踉跄跄走过来。大家伙儿也迎着他跑过去。他们跑到一起，大家伙儿围上去抱着他那伟岸的身躯，就放声哭起来。高步宽这时也顾不了那么多，直挺挺站在那里，让大家抱着任由泪水长流。哭了一阵子，好不容易才停下来。经过大家一再劝说，高步宽只好跟着大家伙儿回了镇子。

谁知道他只在家睡了一个晚上，第二天给渊家相片作过揖，又偷偷来到女儿坟地。街坊邻居发现以后，准备再去找。张子善说：不要去找了，叫他去坐坐吧！高达那人我知道，那一阵子过去了，就不会有多大的事情了！要是还不放心，派人让他女婿勤去坟地看看就行了。高步宽这次回到坟地，情况大不如前。只见他表情凝重，目光发直。同样是啃凉馍，喝凉水，前两天，馍渣落在胸部还知道拍打拍打，现在落得满胸前都是，连拍打也懒得拍打了。前两天，喝水还没洒过，现在洒得胸部湿漉漉的。前两天，还知道洗脸刮胡子，现在脸也不常洗，灰头土脸，胡子拉碴。前两天，只坐不说话，现在竟然自言自语起来。就这样，高步宽一直在女儿坟地坐了一个礼拜。

要回镇子时，高步宽把女婿叫到跟前说：你把那两样东西给我，我回镇子呀！女婿说：东西那么沉的，我给你送回去！高步宽说：两个相框能有多沉，还值得你送一趟！女婿原来以为他要的是金银细软，一听说是相框，禁不住鼻根发酸，流下泪来，哽咽着说：要是相框，你就不要拿了。水秀在，我们敬；水秀不在，我们还照样要敬！高步宽说：我又没有说你不敬！女婿还要解释，高步宽口气很坚决：赶紧给我取！女婿这才取出相框绑好递给高步宽：既然你是这想法，你给水秀的金银细软，我哪一天抽空专门给你送回镇子。高步宽看了一眼女婿：你都不觉得多余？说完，抱着相框拧过身电杆似的直挺挺走了。

品茗论世

这天，刘开科站在北店子门台上，呱嗒呱嗒变着花样打竹板。打了一阵子，便一字一板说起了自己编的《人生》来：

> 好人一生多磨难，瞎人红透半边天。出力的人不挣钱，
> 挣钱的人不动弹。灵人哄吃笨人饭，笨人给瓜人绾环环。

说完《人生》又说起了《世事》来：

> 朋友围着酒肉转，夫妻凭的米和面，商人分厘看在眼，
> 粮子图的肚子圆，千里做官为吃穿，没钱英雄气也短。

冀志兴见刘开科的快板停下来，端起茶缸朝他晃了晃：看你嘴角牛沫冒的，润润嗓子再说！刘开科从门台上走下来接茶缸说：是不是叶子不好，才想起让人了？冀志兴夺过茶缸：嫌不好，喝好的去，干吃枣还嫌核儿大！刘开科趁冀志兴不注意，夺过茶缸：我就爱喝这不好的！说着饮牛似的把茶缸吱吱咂了个底朝天。冀志兴接过茶缸，看见只剩茶叶，笑着说：还算良心没瞎完，知道给我把茶叶留下！刘开科抹掉嘴角的茶水摇着头说：我刚说的这两段咋样？冀志兴从暖水瓶倒着水说：伙计，你知道我为啥叫你喝茶呢？刘开科说：茶叶不好嘛！冀志兴说：绊屁的话，我是怕你招祸，啥快板不能说，为啥要说这种快板？你看见没看见，何可人刚从这里过去！刘开科说：没想到你还有怜念穷人的时候呢！我又没说啥反动话，别说过去一个何可人，就是过去十个何可人，把我看上两眼半！冀志兴说：问你正经话呢，我就弄不明白，原来都是宣传党的政策呢，就是说些酸的荤的也是偷偷摸摸藏藏掖掖的，这一向说起这些来咋没完没了？刘开科说：你

是真不知道还是假不知道，林彪摔死在蒙古国了！冀志兴说：哪里是摔死的，明明是导弹打下来的！刘开科说：不管是打下来的，还是飞机出事的，反正林彪死得是无论如何扶不起来了！冀志兴说：林彪摔死与你说快板有啥关系？刘开科说：世界上最忠于毛主席的人，原来是最想害死毛主席的人，你说我不感叹几句能行？冀志兴说：你说起这事情，我倒想起一件事来。那一年，林彪红得发紫的时候，胖勺子却说，林毕了看是谁呀。大家还说他大白天说梦话，说林副主席活得旺旺的，谁死了他都死不了。结果怎么样，人家谁也没死他倒先死了。刘开科说：胖勺子这狗日的，嘴里确实有毒呢。就这还说他是有嘴无心，要是有嘴有心就没别人活的路了！说完好像想起了什么事，你知道胖勺子这两天又说了句啥话？冀志兴摇着头说：不知道。刘开科说：人家说现在之所以怪事不断头，关键是猫（毛）老不逼鼠！

冀志兴知道这句话是影射毛主席来日不长，吓得直吐舌头，赶快把话题又引回来：我听你那快板的意思是，人为财死，鸟为食亡，就是人生；灵人哄笨人，笨人要傻人，就是世事！刘开科说：你说的不错，我就是这意思。冀志兴说：那你知道灵人、笨人是咋来的？刘开科说：咋来的？当然是他妈生的嘛，还能从石头缝蹦出来！冀志兴说：阎王爷造的！刘开科说：这一不留神，你这个卖干果的还像沈文奎一样，干上神学事业了！冀志兴说：我干啥神学事业呢？这话就是沈文奎自己说的！刘开科听说是沈文奎的话，就知道是阴间的私密事情，只等着听他的下文。冀志兴看刘开科上了路，便把沈文奎的话和盘托出：

阳世间往往有这样的情况，那些灵人，灵得什么都会做，结果就他们费的心思最多，下的苦最多，实际上是命最苦的人！相反，那些笨人，笨得什么都不会做，结果就他们费的心思最少，下的苦最少，实际上是最有福的人！世上那些好人，光知道对人好，到头来，就他吃的亏最多，落的埋怨最多。同样，那些坏人，只知道损人利己，到头来，就他占的便宜最多，得到享受最多！那些文明人，严以律己，宽以待人，受约束的是他们，受委屈的是他们。那些野蛮人，宽于待己，严于律人，自由自在的是他们，高高兴兴的是他们。从这个意义上说，灵人是笨人，笨人是灵人；好人吃亏，坏人受益；文明人受屈，野蛮人自在。阴间觉察到这种情况，便采取了果断措施：少一半让你现世报，或中途出事，或家人灾病；多一半让你来世报，前世的灵人，今世让你当笨人；前世的好人，今世让你当坏人；前世的笨人，今世让你当灵人；前世的文明人，今世让你当野蛮人。就是要用这种办法，让大家均甘苦、共荣辱。

刘开科听完，连连说：沈文奎这家伙，确实是没喝孟婆汤，说得太好了。冀志兴给刘开科添了茶：这一下，你就能看清人生和世事了。说得透彻点儿，人生就是有喜有忧，酸甜苦辣、悲欢离合。世事就是翻过来倒过去，三十年河东，三十年河西！刘开科说：不管人生也好，世事也好，天生就是两种人的天下，一种是灵人的天下，一种是歪人的天下，不歪不灵少吃没喝，只灵不歪够吃够喝，只歪不灵有吃有喝，又灵又歪海吃海喝！冀志兴说：那你说，咱这镇子上，有没有又灵又歪的人？刘开科想了想说：有，咋能没有呢？冀志兴问：是谁？刘开科说：咬枣核儿咯嘣，喝水咕咚，走路哼哼。冀志兴扑哧一声笑了：猪咋能跟歪和灵扯在一起？刘开科说：咋扯不到一起？只说你是不是属猪，面面看起来是不是笨得像猪？你把全镇子人挨个往过数数，哪个人能灵过你嘛，哪个人能歪过你！冀志兴说：你这家伙，再没话说了，拿我开啥心呢！刘开科说：不信，我给你说事实。镇子有名的“四歪”你总知道吧，不管吃谁的铅娃娃，有三个吃了铅娃娃，一个虽然没有吃成，也叫铅娃娃吓得尿了裤裆。就你这个看上去不歪，实际上歪得了得的冀志兴，不但毫发未损，还发了大财，成了镇子的首富。再说说当年合作化的时候，不说镇子城圈以外，只说镇子城圈以内，几千户人家，有哪一家敢说他不入社？就你冀志兴一个人吃了豹子胆，不但敢说不入，而且到现在还没入，你说你是不是名副其实的歪人？冀志兴说：这咋能叫歪，这叫主意正！刘开科说：主意正个屁，没点儿胆量，主意再正也不顶啥！你好好想想，当时在那种情况下，连我都不得不编快板骂你，还不要说大会小会点名批判，各级领导找你谈话，街坊邻居看笑话，学生娃娃唱口歌。要是胆子不大的人，早缴械投降了！冀志兴说：我也缴械投降了呀，不然会把那么多地亩和农器家具白白入社？刘开科说：这就是你冀志兴高明的地方，放长线钓大鱼，吃小亏占大便宜！当然，你的歪和他们不同，你歪的是正经营生，他们歪的是打家劫舍，当然没有好下场！冀志兴说：说心里话，我当时只是一门心思要做生意，至于这条路走对了，还是走错了，根本连想都没想，谁会想到到头来还吃了份独食！

刘开科说：现在再说灵。说到灵咱不说别人，就说说你的几个山西乡党，看你能不能灵过人家。先说最不灵的唐新生，你自己拍拍胸膛说，能不能灵过他？冀志兴摇头说：灵不过！刘开科说：不要说你灵不过，就是全镇子能灵过他的人也不多！打算盘没人比过，狮子滚绣球和飞归就不说了，光两手同时打得两个算盘，全镇子独一无二！站铺柜卖货不服不行，有几个人能把走下台阶的买主请回来重新买货？数来数去就唐新生有这本事！记性也特别好，能一口报出店里所有商品的名称和价格，商界都叫他活账本！可是，到关键时候就迷糊了，没地买地加入了农业社，受了一辈子罪不说，还差点儿把老命搭进去！再说说耿诚信，你能不能灵过他？冀志兴还是摇着头说：人家是当大掌柜的料，我咋能和人家比？刘开科说：不光是大掌柜的料，就人家对待庄客，对待刻版的，对待相公伙计，对待买主那一套，完全能够算上是镇子商界奇才！就是因为放弃了生意，加入了农业社，结果傻瓜脸掂上，日子老是过不到人前边去。

刘开科喝了口茶，又接着说：刚才说完耿诚信，咱再说说高步宽。他灵不灵，不用人说！但是现在咋样？那么一个家庭，那么一大家人，那么大的家产，那么一个德高望重的商业大佬，别看他几乎把大半生给了西门里，结果在西门里，好人没落下，不是落了一大堆。他本人在拐角店的处境，也是江河日下，今不如昔。先由东家降成管账先生，再由管账先生降成售货员，最后由售货员降成打杂剜烟锅、吆鸡关后门的。你睁大眼睛看看，最初是坐掌柜房，紧接着让坐账房，后来给门背后摆了把圈椅，再后来换成三人凳，现在抽走了三人凳。给那里摆了张条桌，上面放着意见簿，拐角店已经没有他的立足之地了。啥叫把袍子倒成夹袄，把夹袄倒成裹肚。高步宽这一辈子，就是真真正正把袍子倒成夹袄，把夹袄倒成裹肚？这么三个在西门里数得着的灵人，也没灵过你这个一般人根本看不出灵的冀志兴！冀志兴说：这不是灵不灵的问题，说来说去还是怪他们自己，为什么当时不拿定主意，要赶洪水看别人的样子呢！刘开科说：咋能不是灵不灵的问题，关键是灵到点子上没灵到点子上。他们灵的是光害怕吃眼前亏，结果误了一辈子的事。你灵的是不怕吃眼前亏，结果挣了一辈子安然钱！事实证明，他们尽管是商业巨子，但是灵是灵，没灵到点子上；人都说你这个属猪的，笨得踢一脚不动弹，扎一针不出血，吃一斤拉十六两，好像就你不灵，其实，能看出来灵的不算灵，看不出来灵才是真正的灵。所以，你尽管只灵了那么一回，关键是灵到了点子上！

冀志兴说：你光看见我挣钱，咋没看见我受罪。刘开科说：你咋越说越像猪了。猪也得了便宜卖乖哩，说吃了睡，睡了吃，睡得累的光想打哈欠！志兴，不是我说你，人说话要凭良心哩！手拍胸膛好好想想，和那些面朝黄土背朝天，把太阳从东山背到西山，黑汗水流的农业社社员相比，你那还叫受罪？冬天羊毛毡窝窝、狗皮裤子、狐皮大衣、水獭皮帽子，把你裹得跟圆包蛋一样，怀里还抱个火炉子，双手捂个热茶缸。夏天头顶撑一方遮太阳的白布帐子，身穿轻薄透气没风不停动有风呼噜噜的绸衫绸裤，手里摇着写有“扇子有风，拿在手中，有人来借，等到今冬”的大蒲扇。这一二十年来，镇子东西南北四街，就你一个摆私摊的，有资格享受这特殊待遇！你知道镇子人都说啥难听话呢，说全国是八亿人民八个戏，镇子是五里长街一个摊。都说你是一口养了几十年的大肥猪，只剩下挨刀子杀的吃肉了！不知道你大给共产党救驾来还是进贡来，你妈给新社会生龙来还是生凤来，你把共产党日娘带老子骂了一辈子，共产党箍住叫你把钱压瓷舀满挣了一辈子！老辈人说，未发一家，先灭四邻。共产党为了发你这一家，不但把全镇子的生意人都赶到农业社去了，一旦有谁穷得揭不开锅，想摆摊子弄点儿零用钱，根本就不用你出面，市场管理人员很快就会把他们当成资本主义尾巴统统割掉！我敢给你打保票，家里有几千元存款的，就算比较富有的了，你家要是没有几万元存款，朝我脸上唾！十二相上你属猪，表面上笨得像猪，实际上肥的就是猪，难道我说你咬枣核儿咯嘣，喝水咕咚，走路哼哼，还冤枉了你不成？冀志兴说：老刘，你把我饶了好不好！过去我确实骂过共产党，这两年再没骂过。我也不是吃食昧食的人，也知道仨多俩少！实话给你说，灵和歪都和我不沾边，实实在在是瞎雀碰了个好谷穗！

正说着，何可人从东街回来路过，刘开科主动开口打招呼。何可人说：说啥秘密事情哩，想买二斤干果哩，咋叫没人招识！冀志兴说：买啥呢，又不是旁人，看上啥拿啥！何可人笑着说：别害怕，啥啥都不拿，来问开科个事，顺便跟你开个玩笑。刘开科赶紧走到何可人面前小声说：是不是关于我说快板的事？何可人点了点头。刘开科心想，还真让冀志兴说对了，这家伙就是多管闲事来了！于是拿定主意，如果好商好量，啥话都好说；假若要给我搁不住，不要怪我不客气。但是为了保全自己的脸面，他把何可人拉到戏园子过道没人处，故意避开人多嘴杂的庙前里，问：我说快板碍着谁的啥事了？何可人笑着说：谁说你碍事了，那么心虚干啥？我是说你这两天，又是说人生，又是说世事，尽管有点儿绝对，仔细一想还就是那么回事！不像我们老沈，写下那影影糊糊的，不知道说的是啥意思。刘开科听到这话，心里的石头落了地，说：能不能让我啥时候看看？何可人说：现在就可以看，我在身上装着哩。说着掏出一张纸递给刘开科。刘开科展开一看，题目是《人生与世事》，内容是：

人生如弯弯曲曲水，世事像重重叠叠山。山立于弯弯曲曲水，水行在重重叠叠山。水冲刷山重重叠叠，山阻挡水弯弯曲曲。水冲着山，山挡着水，水还在冲山，山还在挡水，水也冲不掉山，山也挡不住水！重重叠叠，弯弯曲曲，弯弯曲曲，重重叠叠，人生如是，世事如是！

刘开科心想，沈文奎到底是饱读诗书、通晓古今的人，知道历朝历代的文人学士已经把人生和世事写得不爱写了，自己再要咬文嚼字就有点儿多此一举。所以就用这种说山道水的语言，既不落前人窠臼，又能够透彻地表达自己的意思，可以算得上奇文一篇了。

为情去职

连秀玲出事以后，王金贵心里非常难过，人家这一辈子跟了他，虽然没生个一儿半女，但是勤勤恳恳，任劳任怨，俭省持家，一心一意地跟他过日子，没有功劳有苦劳，甚至于苦劳比功劳还要大！特别是后巷子王彩琴发疯以后，自己心里很不是滋味，想帮助不便出面，不帮助又放心不下。万般无奈，就想到了连秀玲，只好以队长关心社员的名义，让连秀玲代替自己去照顾王彩琴。让他感激涕零的是，连秀玲把自己的话当成圣旨，为了照顾王彩琴，确实跑断了腿，操碎了心，磨破了嘴。月儿四十的磨面，夏秋两料的分粮，一年四季的衣裳，头疼脑热的照应，没迟没早的寻找。尤其在困难时期，因为吃不饱肚子，父子分家、兄弟另过、姊妹生分、亲人疏远的比比皆是。可是，连秀玲对王彩琴的照顾，不但没有丝毫松懈，有时为了不让她饿肚子，还背着王金贵偷着送馍送饭。虽然张继宗两口子和街坊邻居有时也搭搭手、帮帮忙，但是把她视同家庭成员、给她操心最多的还是连秀玲。又想到出事那天晚上，他和何可人正在和高步宽说事情，听说王彩琴走失了，还以为和平时一样，找一找就会回来，没多想就让何可人去叫连秀玲。万万没有想到，连秀玲这一走，就再也没有回得来！尤其让他心里不安的是，他把连秀玲哄着卖了，连秀玲还一心一意帮他数钱呢！

原来这个王彩琴，就是王金贵当年私订终身的那个姑娘。镇子人之所以不知道内情，是因为王金贵和王彩琴自小都长在西乡刘家村，王金贵在他姑家，王彩琴在她舅家。两人在刘家村相识相爱。王彩琴等嫁人才回到她家北乡王家村。所以只知道王金贵私订终身的是西乡刘家村的姑娘，根本和北乡王家村的王彩琴联系不到一起。王彩琴嫁到后巷子，两人一直没见过面。王金贵搬到镇子后，偶尔在巷道碰上时，只是简单打招呼了事，始终没敢互诉衷肠。那年，高步宽要他为搭救哼囔征集联名时，才借着这个机会，名正言顺地来到王彩琴家。王彩琴害怕婆婆回来，赶紧把早已想好的理由告诉了他，这才把他骗到西乡舅舅村里。

王金贵信以为真，只好以要紧亲戚结婚为由，推脱了给哼囔收尸，然后急急忙忙赶往西乡姑家。走到离村不远的拐弯处，突然从没有挖苞谷秆的撂荒地里钻出个男人。头包白毛巾，身穿对襟衣，仔细一看原来是王彩琴，这才知道王彩琴给他说了谎。说他姑找他是假，自己想给他说心里话是真。他高兴得不知道说什么好。王彩琴不让他进村，让他拐到村子北边，从后门进到她大表兄家，后门没关，她随后就来。王金贵来到大表兄家，没有多大一会儿，王彩琴又换成女人衣服，进来关死前门，又到后院关死后门，才把王金贵拉进房子。王金贵问，家里为啥没人？王彩琴说：大表兄丈人家盖房，他们全家住在那里帮忙呢，这一段时间回不来。说完一头扑进王金贵怀里抽泣起来。王金贵想起她那死人一般的丈夫，怜惜之情油然而生，便把王彩琴抱得更紧了。嘴里喃喃地说：你嫁过去这么多年，简直就是守活寡呀！说着自己泪水流下来了。王彩琴说：虽然自己受了点儿苦，现在细想起来，就是因为他这样，反倒成全了咱俩，再苦也不算什么了！王金贵抬起头，这才发现王彩琴胸部全裸着。王彩琴被看得不好意思，一把将王金贵的头揽在自己胸部。王金贵这才理解了王彩琴的意思，两人很快抱在一起。

两人亲热完，王彩琴依偎在王金贵怀里，说出了积压在自己心里多年的秘密。原来当她发现自己嫁的是个活死人时，反而感到比较庆幸。总觉得只要他一死，自己就可以不顾一切地去嫁王金贵。谁知事与愿违，活死人不但没咽气，反而还越活越旺，似乎还有醒过来的可能。王金贵呢，当年并不知道她嫁了这么个男人，以为覆水难收，所以在大伯的干预下，不得不草草成婚。王彩琴看王金贵结婚成家，便心灰意冷，万念俱灰。过了两年，王彩琴又有了新想法，既害怕活死人不死，又害怕活死人死了。害怕他不死，不知道伺候到哪天是个头；又害怕他死了，不能入土为安咋办，她还得像活死人活在世上一样，不得改嫁他人。什么时候有男孝子顶纸盆，什么时候才能入土为安，她才能真正像寡妇一样，另做打算。对这事情，婆婆有婆婆的筹划，小叔家有小叔家的盘算。婆婆是为媳妇想，也是为苦命的儿子想，更是为了张家列祖列宗想。小叔家就不同了，人家嘴上是替哥嫂想，实际上是为人家自己想。好心的婆婆看她太老实，想了好长时间，不得不咬着牙，给她说了心里话：本来我们娶你进门，是想让你给继祖冲喜的，谁知道不但没救醒他，还把你搭了进去。我也是女人，知道你的苦处。娃呀，说句妈不应该说的话，继宗人样不差，老实本分，偷偷和他要个孩子吧，这样对我张家好，对继祖好，对继宗也好，对你自己更好。不然你这后半辈子没个依靠咋办？你要不愿意这么办，还有个办法，就是靠陈石榴生侄子。靠侄子不如抱榆树，那终究不是从你身上掉下来的，到老也不会跟你一条心。还不要说侄子顶纸盆，也不是白顶。纸盆一烂，家当一半！再加上陈石榴那德行，三粘两粘，七倒八倒，剩下那一半能保住才怪哩？再往坏处说，他俩结婚这么长时间了，至今连个娃毛都见不上，万一他两口子一直不生，张家这一门就绝户了！娃呀，不为个谁谁，就为了张家后继有人，为了你晚年有靠，妈就舍下这老脸求你了！说完就要给王彩琴下跪。王彩琴拦住死活不让，无奈，婆媳两人抱头痛哭。

王金贵听到这里，马上推开王彩琴，赶快穿上衣服生气地说：你原来是让我当人公子来的！王彩琴说，你这人咋是这，听我把话说完嘛！婆婆说完，我非常生气，说她把我王彩琴看成什么人了？从那以后，婆婆再也没有在我面前提过这事情。你搬来镇子以后，特别是看到连秀玲病病歪歪的，一直给你生不出个孩子，我就有了生孩子的想法。一来能圆咱俩年轻时的梦想，二来我后半生还有个依靠，三来你也有了后人。所以，我就有意在婆婆面前说继宗的好话，暗示我愿意和继宗要孩子，然后给她暗中掉包，找机会和你约会。婆婆信以为真，那些天，我要是找继宗有事，婆婆就主动干家务；继宗要是有事到这边来，她就赶紧躲出去；时间长了不见我找继宗，还要找借口让继宗到这边来。我今天和你在这里见面，本来是偷偷摸摸的，结果刚好继宗要去县上，过来问他妈要不要买啥东西。继宗离开以后，我就给婆婆说，我也想去县上转转，婆婆以为继宗问她要东西是假，想叫我去县上约会是真，便笑着满口答应。实际上是啥情况，除了咱俩没有第三个人知道！

自从连秀玲离开人世，王金贵明显感觉到，王彩琴方方面面大不如前了。就拿人能看见的穿戴来说，原来衣服脏了就换洗了，现在脏兮兮、破破烂烂不说，一穿就是一两个月。头发和脸就更不用说了，连秀玲在世的时候，虽然和一般人没办法比，但是头发常梳着，乱也乱不成啥样子；脸勤洗着，脏也脏不到哪里去。现在就不同了，头发乱得成了柴草窝，脸脏得能刮下厚厚一层垢圿漆，就连脖子也脏得像马车轴。

王金贵看在眼里疼在心里，想去帮她整整吧，自己一个大男人家，怎么能去干这事情？实在无奈，就去敲打陈石榴。陈石榴就像磨子一样，推一下，转一下，不推连转都不转了。时间一长，答应还是答应，就是不见行动。他只好又去给何可人说，何可人不错，有空就去帮忙整整，没空就让陈石榴整。陈石榴仍然是口惠实不至。后来，情况就糟糕了：何可人忙起工作来，有一下没一下的；陈石榴不管忙闲，一下不来一下，王彩琴的情况就可想而知了。

王金贵感到很内疚，王彩琴之所以能到这步田地，完全是自己一时冲动造成的。当时要是不答应去姑家约会，答应约会不干出格的事情，就不会有那个孩子的出生，更不会有王彩琴为孩子死亡而发疯的事情。所以无论从哪方面讲，他都应该为王彩琴负责到底。他清楚地意识到，要负责只有结为夫妻，不然，孤男寡女的名誉不好背。但是王彩琴不像连秀玲，连秀玲虽然有病，可人家不但能自己照顾自己，还把他伺候得妥妥帖帖。王彩琴就不同了，不但伺候不了他，还要他伺候。自己大小是个官身子，官不大事情倒不少。家事难断，众口难调，压下葫芦浮起来瓢，放下杈把是扫帚，不管不行，管不好也不行，哪里还有时间去照顾王彩琴？想来想去，摆在自己面前有两条路，一条是自己还当自己的队长，说不定时间长了，还能升到大队去。但是，王彩琴还照样受她的苦，说不定哪一天会死于非命；一条是坚决辞掉官身子，当个普通社员，一心一意照顾王彩琴，帮助她走完最后的人生路。为了不欠良心账，他决心选择后者。

正在这个当口，新的问题又来了。大队支部书记让他做好思想准备，不久就要让他到大队接任大队长的职务。本来他想给书记实话实说，害怕支部书记不同意。鉴于自己的决心已定，就给书记撒了个弥天大谎，说他得了癌症，不光接任不了大队长，连小队长也当不成了。大队书记信以为真，就问谁当小队长合适，他便推荐了耿诚信。时隔不久，耿诚信接替他当了小队长，他成了一名普通社员。事后他找高步宽说闲话，透露了真实原因。高步宽说：这话不用你说，人家早都在背后议论呢！后来在高步宽、耿诚信、何可人等人的帮助下，王金贵终于和疯子王彩琴结了婚。结婚以后，王金贵无论干什么，都要带着王彩琴一块儿去，一方面能照顾她，一方面让她散心。回到家里，又是做饭，又是洗衣服，把王彩琴伺候得无微不至。精诚所至，金石为开。在王金贵的精心照顾下，王彩琴的精神终于恢复了正常。后来经过和刘红玉协商，主动管了王银贵的孩子。没有一年时间，王彩琴高龄怀孕，不久便产下一子。

藕断丝连

高步宽已经从拐角店退休回家。这一天他搬了个凳子，坐在门台上，旁边放了个袖珍茶壶，戴着老花镜，叼着大前门，借着太阳光，双手把报纸远远展在面前，目不转睛，聚精会神。

看了一会儿，他把报纸放在门台上，一手取出嘴里的烟头弹掉烟灰，一手端起茶壶呼噜噜抿了一口，抿过放下茶壶，把烟头送进嘴里，展开报纸正要继续看，发现胖勺子端着里外熏得黢黑的茶缸，笑嘻嘻地朝他走来。心里说，这家伙咋知道我正想找他哩，就自投罗网来了！联想到自从沈文奎的征兆段子流传开以来，他由满大街挂老鼠匣子算出合作化运动，由乌云透红点算出“文化大革命”，由吉林陨石雨、唐山大地震算出毛老人家谢世，又由全国挂瓶子算出了邓大人复出。现如今，人家已官复原职，不知道他又会算出啥卦来？

高步宽见胖勺子来到面前，哗啦一声合起报纸，放在门台上，摘下老花镜，歪过头，把嘴里的烟头呸到门台下。从口袋摸出烟盒，晃出纸烟，举到胖勺子面前：自己取！胖勺子喜眉笑眼，把手里的茶缸腾地放在门台边的石条上，双手小心翼翼抽出一支，放在自己嘴里。高步宽又晃了晃烟盒：再取一支！胖勺子不好意思。高步宽说：你看你这人，我诚心诚意让你哩！胖勺子这才又双手抽了一支，小心翼翼夹在耳朵背后，笑着说：不好意思，连吃带拿！高步宽取出一支刚放在自己嘴里，胖勺子已经划着他带的火柴，双手捂着火苗伸过来给高步宽点烟。高步宽紧着抽了两口，吐出一个烟圈说：没人来剃头？胖勺子双手捂着快要着完的火苗，火烧火燎地给自己点，两片嘴唇边忙活吸烟，边忙里偷闲：没有！

高步宽一手端起茶壶，一手拿开嘴里的烟，噙着茶壶嘴，呼噜呼噜品了两口茶说：你知道我为啥多给你一支烟？胖勺子摇了摇头。高步宽下意识地瞄了一眼报纸说：我今天想叫你算个卦！胖勺子哈哈笑起来，把烟从耳朵上取下来：你赶紧把你的烟装好。要我剃头还差不多，要我算卦明明是难为人嘛！高步宽这才想起胖勺子预言事情是出其不意的，便伸手把烟挡回去：算不了别算，还烟干什么？

胖勺子为了给自己找台阶，顺手拿起报纸边看边说：今天有啥新闻呢？高步宽笑着说：十一届三中全会召开了，有邓小平辅佐，华主席肯定能把国家搞好！胖勺子附和了一阵，然后没头没脑地笑着说：花不棱登！高步宽说：啥意思？胖勺子说：花里胡哨的意思，在咱镇子上专指如花似玉的大姑娘，你连这意思都不知道？高步宽说：咋能不知道嘛，我不明白的是，你现在为什么要说这话？胖勺子说：花不棱登就是华弄不过邓！高步宽联想到胖勺子以前那些被验证了的预言，想起以后变化莫测的世事，心情不由得沉重起来。胖勺子看高步宽不说话，以为他还想着算卦的事情，突然有了好奇心：你刚才想让我给你算啥卦来？高步宽心里说，专门请你算卦呢，拧拧跐跐就是不算；没请你算吧，你可竹筒倒豆子，算得比谁都好！但是嘴里却轻描淡写地说：你不是不会算卦嘛？

还没等胖勺子说话，冯登菊从庙前里过来，高喉咙大嗓门朝他喊上了：勺子，有人送钱来了，还不赶紧在舌头上给指头把唾沫膏美，回铺子咯吱咯吱点票子去！胖勺子朝剃头铺一看，果真有人找他剃头，便一手端起他那里外黢黑的茶缸，另一手端起高步宽的茶壶。给冯登菊说：我给高达在我炉子上传壶茶，你赶紧来给端过来！冯登菊转过身，跟着胖勺子进了剃头铺。

很快，冯登菊就把茶壶双手递给高步宽，说：哥，从哪里买的茶叶，闻着这么香的？高步宽接过茶壶，笑着说：水生从西安捎回来的，我现在还能从什么地方弄？冯登菊说：还是要在外边干事呢，大城市到底眼界宽，东西多。高步宽说：就这水生还不想在西安待了，说要回到镇子做生意呢！冯登菊说：那你是啥意思？高步宽说：我是啥意思？人家出不去着急上火的，我再叫他回来，成了啥事了？困难时期，镇子回来那么多人，回去的倒有几个，大部分还不是在农业社打发后半截呢！冯登菊说：哥，不是我说你呢，积极来了，就你积极，落后来了，就你落后。当年你稍微能积极慢点儿，咱这几家就不可能当一辈子农民！你看人家冀志兴没听你的，全镇子没有谁能比过人家！如今该你积极了，你又落后起来。现在跟困难时期不一样，娃想做生意赶紧叫做，不然要耽搁娃一辈子的！高步宽知道冯登菊为入社的事生了他一辈子气，只好说：那水生再要说这话，我就不参加意见了。冯登菊说：再没啥事，我回去做饭呀。你今天不要做饭了，我做好叫娃给你端过来。

冯登菊刚要抬腿，被高步宽叫住了：秀奇再没给你来过信？冯登菊愣了一下：你听谁说他来信了，我一直没见过他的信嘛！高步宽这才反应过来，看来自己当年让耿诚信给她带的那封信，还真的没到她手里。所以高步宽换了口气说：噢，我是没事问闲话呢，没有就算了！不过，这事情当年也怪你，你要是不那么绝情的话，秀奇也不可能干出那种事情来！冯登菊听到这话，没说话眼泪流出来。她看正在当街道，赶快擦去眼泪说：哥，你今天既然提到这事了，我也想给你说说心里话。不过，这里不是说话的地方，咱坐到你门里说行不行？高步宽点了点头，一手拿起报纸提起凳子，另一手刚要端茶壶，冯登菊说：你走你的，壶我端！高步宽这才一手拿报纸一手提凳子进了家门。

两人坐在渊家房子门口。冯登菊说：不了解底细的人都说我太绝情，你知道我为啥要说那些条子用完了？我的意思是，没有了条子他就没办法回去安家，安不了家就得乖乖留在镇子。只要他能留在镇子，我俩就能经常在一块儿，他能经常见到亲生娃，亲生娃也能见到亲生爸，几头子都不耽搁。谁知道我刚说到条子用完了，人家就瞪起了眼睛。特别叫我气愤的是，人家还把藏的那些条子，连给我的那份，全部提前挖走了。你说说，他这人早就没安好心嘛！我那么多年，为什么不顾你兄弟的感受，要和他明铺暗盖，就因为他有情我有意。经过这一次事情我才发现，我白把身子给了他这么多年，白给你兄弟戴了那么多年绿帽子！我现在最恨的就是曾秀奇，最对不起的就是你兄弟！困难时期，不要说多就是两根条子，我都不会穿露奶头衫子，都不会叫娃没啥吃，都不会叫我屋里那窝居民看笑话。我娃也不会偷人家拐角店的东西，把你兄弟抹得五马六道不说，还夹了你的手！

高步宽想了想说：说来说去，问题还在你身上。有话就明说，为啥要曲里拐弯，让人家猜来猜去呢？冯登菊说：我跟他这么说话，已经成习惯了，别人猜不出来我相信，他猜不出来不可能！高步宽说：你要这么说，我就不明白了，他为啥没有猜出来，还把意思想到一边了？高步宽这一说，冯登菊也不知道说什么好。想到曾秀奇的那封来信，高步宽动起脑筋来：既然冯登菊能说这话，就说明曾秀奇很可能有了良心发现，不然关系闹得那么僵，是不可能来信的！同样，曾秀奇都可能有良心发现，难道冯登菊就没有一点儿其他想法？想到这里，高步宽说：登菊，你和曾秀奇交往了那么长时间，我就不信除了恨就是恨，难道就没有一点儿想的意思？冯登菊想了想说：人倒是不怎么想，事情还真正想过。人常说，若要公道，打个颠倒。曾秀奇没有理解我的意思，难道我就完全理解了曾秀奇的意思？冯登菊这句话提醒了高步宽，他这才断定，曾秀奇那封信里很可能说的就是这个意思。想到这里，他想赶快结束这次谈话，便举重若轻地说：事情已经过去了，还想那么多干什么？赶紧回去做饭去吧，诚信和娃一会儿就回来了。冯登菊临走又说：你等着，我做好，就叫娃给你端过来！

冯登菊离开以后，高步宽一直想着如何才能拿到曾秀奇的那封信。让冯登菊直接找耿诚信要吧，显然不合适，由自己出面更不合适。想来想去，只有给远在礼泉的曾秀奇写信，就说那封信冯登菊没收到，让再写一封直接由他转交。说写就写，写好后亲自到邮局寄走。

没用一个星期，曾秀奇回信了。高步宽拆开信封，里边有给自己的一封信，有给冯登菊的一个信封。高步宽看完自己的信，趁耿诚信不在家的时候，将那个信封送给冯登菊。冯登菊没离地方拆了信，看着看着吸起鼻子来，等看完信已经成了泪人，顺手把信递给高步宽。高步宽戴起老花镜，才看清了信的内容：

登菊，你好！

见字如面。记得一九六〇年年初，给你写过一封信，担心你没有收到，只好再照原样写来一封。没有别的意思，只想让你知道我的真实想法就行了。我从镇子回到老家，越想越不对劲儿，就凭咱俩这么多年的交往，你是绝对不会干出那种事情的。后来我才猛然想起，你是不是想用那种方法，不想让我离开镇子，离开你们母子。不管我把你往好处想也好，自己安慰自己也好，反正这就是我的真实想法！你可能认为我提前挖走条子没安好心。说实话，我是提前挖过条子，但我并没有把它挖走，而是把它深埋在下边，包括你的那份，也包括我的那份，一根我也没有带走！

我是这么想的，你要是变心了，我就用挖走条子的谎言惩罚你，让你尝尝背叛是什么味道！因为我还念那段旧情，还有我的亲骨肉，还不想让你为背叛付出得太多。等你们需要的时候，再告诉你事情的真相。要是你真的没变心，那还用说多余的话吗？所以，我看到困难时期，大家生活困苦，我就赶紧给你写了封信，告诉了你事情的真相，为的是让你们赶快把它拿出来变成现钱，让你和孩子们度过眼前的饥荒。谁知道你没收到那封信，让那些条子白白在地下埋了这么多年，却让你们受了大罪！

就这些！

秀奇字

回到家，冯登菊没有急着看金条，直接就去找耿诚信：前几年，老曾来了信，你把信放到哪里去了？耿诚信先是一愣，接着很生气地说：他还没把你心伤够？冯登菊说：信里边说了条子的下落。耿诚信不屑一顾：你现在还信他那鬼话？冯登菊说：不管人话鬼话，看了信才能知道！耿诚信想了想说：我记得扔到前头房子顶棚洞里了。冯登菊走进房子，搬来杌子，挽起袖子踩上去，手塞到洞里摸来摸去。当把信摸出来时，信上、手上、胳膊上，沾满了像面粉细的黑灰，就连头发上、脸上、身上，也未能幸免。她也顾不上收拾，赶快撕开信封就看，内容和这次写得一模一样。她马不停蹄地去了后头房子，在原来埋条子的地方挖起来。果然，挖到下边一层，十根条子一根不少，还像过去一样黄亮黄亮，金灿灿的！

庙前偶遇

此时此刻的镇子，和新中国成立初比较起来，街道比原来宽了一两丈，规模比原来大了两三倍，人口比原来多了三四万。就是一样不如原来，因为二十世纪六十年代初拓宽街道，两边的街房通通朝后缩进去好一截，把那些精美无比的各类象鼻全部拆除得无踪无影。街道两边的字号铺板门多数成了简易的农家门楼，沦为地地道道的陋室棚门，完全没有了当年的商业氛围和古风古韵。

镇子的繁华热闹依然聚集在庙前里附近，逢集和不逢集没有什么两样。因为经过了二十多年的禁锢和沉寂，猛一下实行了改革开放，人们的脱贫渴望和致富劲头就像打开闸门的洪水，汹涌澎湃，势不可当。一时间，各种摊点像雨后春笋，摆得镇子街道水泄不通。硬要说出两者的区别来，只能说东西南北四个门里和部分巷道逢集时车水马龙，人流如潮，不逢集时街巷冷清，人影稀疏。

特别有意思的是，一街两行的生意人大体上有三种面孔，一部分是老面孔，这些人多是新中国成立前后的老生意人。市场一放开，他们这些老手旧胳膊，重操旧业，东山再起。另一部分是新面孔，绝大多数是中年人，几乎没有什么做生意的经历，纯粹是从头起步，白手起家。还有一部分是小面孔，这部分人分两拨，一拨是老生意人的后代，他们子承父业，父子同店，经过一段时间的传帮带，很快就独当一面；另一拨是初出茅庐的年轻人，他们不愿意重操父辈那些下苦不挣钱的旧业，而是独辟蹊径，从事各种时髦的贩卖活动。

具体到西门里来说，做生意的分三种类型：一种类型是家庭制作烟花爆竹，或给人做小工，或给人配套，或自己出成品，婆娘女子、老汉碎娃，全家大小、有多没少，只要能端起碗吃饭就能用上。因为烟花爆竹是镇子的传统产业，很多工序都是简单劳动，没有多少技术含量。这种类型占绝大部分。另一种类型，为数不多的家庭是两头跑。平时主要成员在街上开办门市，摆摊设点，其余成员在家里做烟花爆竹挣手工钱。店里生意忙了，锁了家门，全部往店里跑；家里活急了，留一人看店，其他人往家里跑。还有一种类型是街道的一些老户，因为有门面房，或自己办商店，专门把做烟花爆竹的案子支在铺柜里，顾客来了，起身卖货；顾客走了，坐下做爆竹，卖货做爆竹两不耽搁。或出租给别人，自家专门做爆竹，做爆竹的收入本来就很可观，还能多出一份房租来。

高步宽跟第三种类型沾边的是，前边的三间门面房出租给商户。不沾边的是自己根本不做爆竹，只是在家闲居。今天，刚吃过早饭，就有了去拐角店转转的想法。这已经成了高步宽退休以后常常冒出来又压下去，压下去又冒出来；挥之不去，抹之不掉的不了情结。刚退休时，回到家不习惯，隔三岔五还去拐角店坐坐。店员们见他来了，还像以前那么热情，他感觉好像没退休一样。店里的领导也很豁达，给店员们交代说，高达虽然退休了，大家要把他当正式职工看！高步宽这人脾气怪，说得准确一点儿，很有自知之明。人家越是这么热情，自己反倒头脑清醒。先是隔三岔五，接着是十天半月，后来是月儿四十，再后来是仨月半年，最后一年顶多去一半次，多数还是路过歇脚，很少专门光顾。

这个时候的高步宽已经年老体弱，尽管穿戴还是原来那么讲究，但是质地没有原来那么好，衣服也没有原来那么平整，也没有原来那么整洁，确实是斯人已老，风光不再。

这一天，哼囔找高步宽有事要说，没等哼囔开口，高步宽感叹道：你说现在这事情怪不怪，昨天三里村刘队长给我说，他咋也想不清白，路志诚坟上一棵构树和一棵柳树，离得生远，你缠我我缠你，死死缠在一起。人们把它们分开了，又缠起来；分开了，又缠起来，死活就是分不开。

哼囔沉默了半晌，猛地说：想不清白不如不想，我给你说个能想清白的。你把北山钱串子那个小老婆娶上咋样？高步宽觉得有点儿突然，仔细一想，自己年龄大了，再娶妻有点儿不合适，迟迟不表示态度。哼囔开玩笑说：别看人家是小老婆，可是个没破身的老姑娘！高步宽知道他是开玩笑，还是置之不理。哼囔又说这女人姓范，小名白娃，娘家在县西门外范家村，人称范家。她肤如凝脂，面如满月，色如乳汁，被钱串子强娶为妾。入洞房时，钱串子问她叫啥，她故意把白娃说成黑娃，谁知道黑娃是钱串子父亲的名字，便一脚将她踹到炕下，从此寡居为奴。后来，钱串子被政府镇压了，家产分给了贫雇农，范家便回到县西娘家。

高步宽听见装着没听见，始终一声不吭。后来哼囔又发动王金贵、何可人、耿诚信、唐新生、冀志兴反复做工作，范家才进了高步宽的门。不知道是人到老年的原因，还是高步宽遭遇了太多的打击，范家进门后，他改变了独居一室的习惯，和范家同住在他那个房子。就是一样依然如故，仍然保留着渊家的房子，仍然是每隔一段时间，要进去坐坐躺躺。

高水生在西安成家生子，事业也蒸蒸日上，年轻轻的就当了科长。由于工作忙，只好把孩子放在镇子，由高步宽和范家带。平时没事时，老两口为了岔心慌，也开始干点儿穿炮捻搓炮筒一类的小工。小孙孙也养成习惯，成天手里拿根自行车辐条，不管见啥纸张，也不管有没有用，撕下来卷到辐条上搓来搓去。小孙子原来说一口好听的西安话，现在开口闭口，把镇子叫亘子，把章子叫缸子，把唱歌叫康歌，满口的镇子土话。

可能是人到了晚年，很容易回想起过去的事情，最近以来，高步宽老是爱把前十年后八年的事情在脑子里过电影。

自打新中国成立以来，他虽然身在商界，街坊邻居的大事小情，西门里的政事公务少不了他参与。镇子是政府，西街是村，西门里是组的时候，王金贵是组长，他是不挂名的名誉组长。镇子是公社，西街是大队，西门里是小队的时候，王金贵是小队长，他是不挂名的名誉小队长。现在，镇子重新改回政府，西门里变成组，耿诚信是组长，他是不挂名的名誉组长。村里有人称他“编外队长”，组里有人叫他“摇鹅毛扇的”。街坊邻居尊他为“西村里”，因为西街村委会在东边，大家伙儿有问题找他就能解决，不用费时间跌跌撞撞去找东村里。街痞二流子讥讽他为“西盖子”，善意的人们夸他“活菩萨”，恶意的骂他“黑高参”。这几年他从拐角店退休以后，因为年龄原因再也没有管过组里的事。特别是他听到刘开科“袍子倒夹袄、夹袄倒裹肚”的话，笑笑心里说，他用快板高台教化了大半辈子人，到头来自己心里粘得跟糨子！

今天吃早饭时，高步宽给范家说，想去拐角店转转。范家知道他想出去散心，不但没阻拦还特意鼓励了几句。高步宽来到拐角店门口，本来要进去坐坐，刚要抬腿，这才想起那个长条凳已经被意见簿代替了，自己再要进去，会影响店里的生意。刚要转身下门台，店里职工看见硬把他朝进拉。

唐新生提着双拐从自己的馆子出来，想架在拐子上缓口气，刚站定准备支拐子，发现高步宽在拐角店门口和人拉拉扯扯。他还以为拐角店的职工难为高步宽，赶紧提着双拐跑了过去。走到跟前就问：他们把你咋了？高步宽说：没咋！唐新生说：没咋，你在这里干啥？高步宽说：闲转呢！唐新生说：那赶紧往我馆子走，我弄了点儿好叶子，给你熬壶酽茶喝喝！

唐新生的生意今非昔比，已经由摆摊子变成了门面店，东边是北店子饭馆，西边是冀志兴的干果店。刘红玉和小儿小女在家做爆竹，大儿子在庙前里操持生意。现在正式办了残疾人营业执照，登记的还是唐新生的名字。唐新生提着双拐进进出出，这里用提不用拄，关键是双拐给他起不了任何支撑作用，还成了行路的累赘。事情紧急了，提着双拐小跑；要用上双手了，胳肢窝夹着双拐边走边忙活；平时走路双手提着双拐不挨地。

他俩刚过了街心，冀志兴迎面走来，老远就问：哥，你找唐达啥事，要不要我帮忙，或人或钱都行！冀志兴之所以如此有底气，关键是现在把生意做大了。大家都没有钱的时候，他就挣了不少钱。刚好借着世事变更，没花多少钱就买了永福祥这院三间宽有两进大房的大宅子。前边三间门面经营干果杂货等，后边是寇腊梅和孩子生活和做爆竹的地方。原来和耿诚信伙住的那半边院子，留给女子准备做陪嫁。这一院将来给两个儿子住。

唐新生见不得他那口大气粗的样子，没等高步宽吭声，就用拐子戳了他一下：真个是披上被子上天哩，张狂得没领领了！这又不是架子过事凭肉夯呢，高达哥谝闲传来了，要人要钱干啥？再说了，现在改革开放了，又不是前多年，光你能挣钱？别人不说，就说耿诚信，别看没干几年，不一定钱比你少！说着来到唐新生的店里。刚坐定，冀志兴提起唐新生的双拐扔到门外：现在又不是农业社那时候了，害怕做不成生意，还把这拿来拿去，有啥意思？唐新生赶紧跑出去捡回拐子说：别小看这双拐子，它对我有四个作用。一个，它已经成为我身体的一部分；二一个，它是我生意的金字招牌；三一个，有了它可以不纳税；四一个，哪条狗不顺眼了，拐子就是我的打狗棍，就像我刚才打你一样！冀志兴刚要发作，唐新生举起拐子吓唬他：别张牙舞爪了，赶快叫娃给高达哥熬茶去！唐新生这一说，冀志兴不吭声了，给娃安排完，又赶紧过来。

这个时候，一直指导孩子卖油茶的刘开科，看见这三人说得很开心，忍不住过来凑热闹，问唐新生：你刚才举起拐子，气鼓鼓地骂谁呢？唐新生说：我还敢骂谁？我又不是冀志兴，共产党搞合作化他要骂，共产党搞改革开放他也要骂！没等冀志兴说话，刘开科说：你说的那是老皇历了，共产党不搞合作化了，他还骂人家干啥？唐新生说：不搞合作化，可搞改革开放嘛！刘开科不理解：他骂改革开放干啥？唐新生说：不搞改革开放，他一个人能在庙前里吃独食嘛，一搞改革开放，是人不是人，都在庙前里能做生意挣钱，他一个人再也吃不成独食了，心里能高兴吗？冀志兴看唐新生越说越离谱，气鼓鼓地插话说：这是王八卖笊篱鳖编的！正好这个时候，刘开科看见儿子和买主吵起架来，赶紧跑了过去。

刘开科离开后，高步宽突然说：你俩最近没听到哼囔啥消息吧？两个人都摇头说不知道。高步宽之所以能问哼囔的消息，关键是哼囔现在轻易不在镇子住。改革开放以后，他经营的骡马店，已经增加了停放机动车项目。哼囔没有食言，连老贾头原来那个孙子一共是三男一女，两个儿子姓贾，一儿一女姓康。大儿子老实本分，经营骡马店和旅社很在行。他这两儿一女，很有其父之风。刚刚改革开放，女儿就去南方闯荡了。两个儿子在西安工作，都是单位领导。哼囔和老婆像两只候鸟，夏天住在西安儿子那里，冬天住在海南岛女儿那里。

唐新生说：他没给你留电话号码？高步宽说：西安、海南都有！冀志兴说：那你啥时候把电话号码拿来，我店里有机子，想打多长时间打多长时间！高步宽点了点头。正说着，冀志兴的大儿子一手端茶壶一手捏一摞茶杯，倒好茶刚要回店里，看见耿诚信笑嘻嘻地过来，又赶紧倒了一杯，才去店里忙活了。冀志兴老远就喊：耿达，娃看见你过来，老早给你把茶倒好了！耿诚信看见高步宽在座，赶紧朝跟前走。

耿诚信现在还是组长，不过，他这个组长可不比新中国成立初的组长，没有那么多的政治会议；也不像农业社时期的队长，除了天阴下雨，一天三晌面朝黄土背朝天。现在，除了花钱雇人种好夏秋两料庄稼，出面帮助组里人操办红白喜事，其余时间全部忙自己的生意。耿诚信变卖了五根金条，很快把生意恢复起来。仍然是前店后厂，干的是印刷业老本行，除了经营财神、门神、灶爷、灶鸡、土地爷之类的祭祀产品，还开发了农民画、年画等新产品，销路一直很好，特别是农民画还销到了海外。由于他始终坚持五句话的经营策略，生意发展得很迅速，不长时间，就成为镇子数一数二的富户。这个时候，冯登菊提出要买匹高头大马。耿诚信眼睛眨巴眨巴不解其意。冯登菊说：我想气气寇腊梅那个女人，就因为我当年说了句骡子马能死起的话，困难时期把我没糟蹋死！耿诚信笑着说：刘开科快板说得好，命苦别怪政府，运背别怪社会。他冀志兴是先甜后苦，咱是先苦后甜。他独霸市场一辈子，才有几万元存款；咱现在没有几年工夫，挣的钱能顶他几辈的！你再要买马气人，不就成了当年的寇腊梅了？冯登菊听了这话，不但再没提过买马的事，见了寇腊梅，也不像原来那么财大气粗怒气冲冲了。

耿诚信和冯登菊重新发家以后，并没有忘记当年的曾秀奇。剩下那五根金条，没花也没存，而是按照冯登菊的意思，耿诚信专程去礼泉送给曾秀奇。曾秀奇回到礼泉，因为错过了成家的年龄，给他介绍的对象，都是多少有点儿问题的老姑娘，他没一个能看上。最后上了一个贤惠漂亮的寡妇的门。这个寡妇有四个孩子，答应最小的孩子跟他姓。在那样的年代，一家六口全凭工分过活。曾秀奇从来没干过农活，身体也没力气，挣不来大工分，加上孩子又多，年年还给农业社倒找钱。困难时期，为了糊口，还得买黑市粮食，就这样硬是花光了在镇子的所有积蓄。谁知道把几个孩子含辛茹苦拉扯大，自己却成了要钱没钱、要力气没力气的穷老汉。几个儿子看他成了累赘，一合计不但让小儿子不再姓曾，还把他只身一人赶在门外。没有办法，曾秀奇只好住在村外场房里，自己用砖块支砂锅用麦秸烟熏火燎做饭吃，顿顿不是煎水馍就是馍煎水，很久才做一顿简单易做只调盐醋不见青菜的懒汉饭——用筷子夹的白面疙瘩老鸹颡（头）。

老婆心里过意不去，偷着送饭洗衣裳。几个儿子发现，把他妈锁在家里不让出门。就是在这种情况下，耿诚信来到礼泉。当他了解到这些情况，很快找到村外场房，见到曾秀奇，啥话没说，两人抱头痛哭。哭毕，耿诚信问他，下一步咋办？曾秀奇说：你走你的，我就在这里了此残生！说着又放声哭起来。耿诚信想了想，掏出那五根金条送给他，曾秀奇死活不肯收。耿诚信一时没了主意。曾秀奇出现这么大的变故，自己根本没有任何思想准备，再加上曾秀奇死活不收金条，他也不知道怎么办好！思前想后，猛然想起，不如给高步宽打个电话说说这事情。想到这里，就以去村上买吃食为借口，去给高步宽打长途电话。高步宽略一思索，便给他说了办法。最后要他在电话旁边等着，他让沈文奎想上两句话就打过来。

耿诚信找了个旧烟盒撕开，把那几句话记好揣在怀里。买好吃食，两人吃过，又问曾秀奇到底要不要条子。曾秀奇还是死活不要。耿诚信忽地站起身，拿起金条就往外走：你不要，我也不要。我出去把它撂到半路里，谁拾走是谁的！曾秀奇这才收了金条。耿诚信说：光要条子不行，还得按我说的办！曾秀奇听了满口答应，接过旧烟盒纸装在身上，耿诚信才放心离开。

耿诚信回到镇子，给冯登菊说了这些情况。冯登菊经过再三考虑，要耿诚信给曾秀奇写信，说如果他愿意回镇子来，过继给他个孩子，再给他盖几间房，保证给他养老送终。耿诚信啥话不说，写好信很快寄走。没过几天曾秀奇回了信。信里说他按照耿诚信的办法，安排好那些金条，又故意放出风声。四个儿子听到消息，赶快去县银行打听，问他爸是不是在这里存了金条。县银行说有这事。又问多少根？银行说反正根数不少！几个儿子回来赶紧把曾秀奇从场房接回家，争着床前行孝。

后来，听说曾秀奇红红火火过了三年，因为得了噎食一命归西。几个儿子风风光光把曾秀奇送到地里，赶快去县银行领金条。县银行让他们把村主任叫来。人到齐以后，银行拿出曾秀奇写的遗言，几个儿子一看傻了眼：

> 含辛茹苦养儿子，儿子养大弃老子。我的心在儿身上，儿子心在金条上。为教儿子重做人，四根条子捐国民。留下一根给老婆，略表曾某一片心！

唐新生说：耿达，生意那么好的，咋舍得出来散心来？耿诚信说：散屁心呢，到东头给王金贵帮个忙去，看见你几个在这里喝茶，就过来凑凑热闹。唐新生说：给王金贵帮啥忙？耿诚信说：王金贵想贩卖我的货，又找不来买主，东头刚好有个买主，我给搭个话去！说着端起茶杯急急喝了两口，放下杯子自己添满说：别动我的杯子，就让它晾到这里，我回来还要喝！说完赶紧往东街赶。

高步宽说：王金贵在咱西门里，算得上有情有义之人。王彩琴都成了那样了，宁愿不当大队干部，也要和王彩琴成亲，没想到还把王彩琴照顾得病好了。唐新生说：张继宗和陈石榴也不争气，到现在还没有生出一儿半女来。冀志兴说：难道张继宗把皇家大冢的土白给祖坟上盖了？高步宽说：这就怪了，凡是给祖坟上盖过皇家大冢土的都起了作用嘛，为啥就他家不行？冀志兴说：我才想起来，关键是王银贵在他家祖坟上顶了翠仙的牛斗！高步宽说：对对对，你这句话说对了，看来就是从这事上把气冒了！冀志兴又说：高达哥，要不是你和耿诚信打破老习俗，先给厝尸在家的张继祖举行了葬礼，又帮助王金贵和刘红玉给王银贵的子女成了亲，王金贵能有现在这滋润日子？高步宽说：王银贵那几个子女也能知恩图报，对伯父伯母照顾得很不错。唐新生听到王银贵儿子的话脸腾地红了，赶快找了新话题，又你一句我一句议论起来。

说说笑笑又是一阵子，耿诚信从东街里返回来，走到跟前端起茶杯喝了两口。喝完又给杯子添满说：赶紧换茶叶，尝不着茶叶味了！唐新生说：你不说这话，我差点儿忘了。刚才给高达哥许下喝好叶子呢，让冀达一打搅，就没顾上拿出来，现在叫我去取！唐新生要去取茶叶，冀志兴照准屁股拍了一下说：驴不走怪臭棍，你只害怕吃亏，赶紧让我安排娃烧茶，根本就没提茶叶的事，现在可说这话呢！唐新生拿出一包茶叶，给冀志兴说：赶紧把你那烂叶子倒了，换成我这好叶子！冀志兴倒光了壶里喝了几遍的茶叶，要夺唐新生手里的茶叶包。唐新生就是不丢手：吃麦子都要留种子呢，还想把我的叶子全部拿走呀！没办法，冀志兴只好把壶伸过去让唐新生自己放。冀志兴趁唐新生没防备，另一只手抓着茶叶包使劲儿往里倒。唐新生赶紧捂住茶叶包，心疼地喊：挨刀子的，我这不是你那香椿芽，是高级香片，倒那么多把你闹（苦）死咋办！冀志兴赶紧让儿子沏茶。

唐新生放好茶叶包回来又问：耿达，你给那人说好了没有，这么长时间咋不见你吭气？耿诚信说：你就不应该问这话，我给人办事，什么时候撂过空！说完，好像有什么心事似的，吞吞吐吐就是不利索。高步宽说：有啥窝心事说出来，好坏大家还能帮你拿主意！耿诚信这才说：我到东街办完事，回来走到一天门底下，听见那几个“搬闲嗓”的为涎水娃在东街陈家巷口卖纸烟的事，争得脸红脖子粗。我简直都不敢相信自己的耳朵，赶紧拐回去到陈家巷口一看，那个卖纸烟的就是县公安局局长肖运来。头上扣个烂草帽，穿得跟要饭的一样，要是不注意看，还真是认不出来。那么有名的人物咋能沦落到这步田地？唐新生和冀志兴感到很吃惊，一再追问耿诚信，是不是把人看错了。

高步宽这才说：耿达把人没看错，那人就是涎水娃。刑满释放以后，又回到了镇子乡下老家。儿女嫌他红火的时候，没让他们出去工作，现在坐过牢不说，回来身无分文，还要人养活，死活不愿意一块儿过，故意给他出难题，闹别扭。前一段时间，他们村里流传的“秤锤夹辣子”的笑话，说的就是他们家的事。儿媳妇想撵老汉，故意自己吃干面，让涎水娃喝稀面汤。涎水娃说：净汤没面，吃了不顶饥！儿媳妇说：面多了，怕你克化不了！涎水娃生气地说：你把秤锤蒸熟看我克化得了！第二天，儿媳妇果真蒸好秤锤要涎水娃吃。涎水娃慢声细气地说：你把秤锤掰开，夹上辣子我再吃！涎水娃虽然胜过儿媳妇，但是不想看儿女的眉高眼低，只有和他们分开另过。因为老两口生计没有着落，不得不拉下脸咬着牙来镇子，继续干解放前卖纸烟的老本行。过去涎水娃卖纸烟，为了迷惑国民党，故意把自己弄得衣衫不整，脸脏眼粘，涎水长流；现在又成了过去那个名副其实的涎水娃，头上扣顶烂草帽，穿着烂衣服，把自己弄得灰头土脸的，故意把帽檐拉成倒喇叭形，像做贼一样，只害怕熟人看见。我和哼囔知道这情况，到县上跑了多次，人家不但不接待，还把我俩像训儿子一样，抹洗来抹洗去的。后来我们又多次劝他申诉，他说，申诉来申诉去，除了多余花钱惹人笑话，解决不了啥问题。我俩看劝说不下，只好任由他去。唐新生说：真是三十年河东，三十年河西！冀志兴感叹道：哪个清官手下无冤鬼！

几个人正说得津津有味，胖勺子担着他那文物一样的剃头担子，急急火火往东街赶。担子一头是个桶形的炉子，炉子上放个铜脸盆，炉子背面立着一人高的木柱，木柱的顶端刻成桅杆状，上边有铜饰镶边；桅杆上挂一段鐾刀布，活像船上的白帆。担子另一头是上小下大四面梯形的凳子，凳面供剃头人坐，凳体上有精致好看的铜拉手和各种铜装饰，那些一层又一层的小抽屉，专门放剃头刀之类的工具。唐新生叫住他说：急急火火担那烂剃头担子干啥去呀？胖勺子停住脚步说：上边好多东西丢的丢、松的松，到东街钉秤的那里修修去！没等唐新生说话，冀志兴说：你门上那副长联谁编的，还怪有意思的，不会念还念不出味道来！唐新生说：勺子，啥内容嘛，说出来听听！胖勺子很得意，这才要了个凳子坐下，摇头晃脑地背起来：

剃头铺店面老刀子老推子老椅子老担子老老人老套子，

美发厅门头新烫法新染法新剪法新想法新新人新法子。

说完站起身，就要去修剃头担子。唐新生把他摁到凳子上说：把那破烂玩意儿赶快当柴破得烧了，多余费那神干啥？胖勺子说：怎么能一口一个烂玩意儿，这是我老先人留下的传家宝！现在把它修一修，还要继续当老先人敬呢！冀志兴说：见过敬先人轴子，敬牌位子，敬塑像的，敬相片的，还没见过敬剃头担子的！胖勺子说：剃头担子和剃头担子不一样！冀志兴说：还能不一样到哪里？胖勺子说：镇子南边那卤泊滩，你们知道不知道？冀志兴说：那谁不知道！胖勺子又说：卤泊滩北边的三姓堡知道不知道？冀志兴说：咋能不知道！唐新生说：你这个蓝田勺勺客，把镇子这方圆了解得这么清楚的！胖勺子说：我是从蓝田过来的不假，但是，我根本就不是蓝田人，我是地地道道的镇子人。民国十八年（1929年）年馑，我家人差不多都饿死了，就剩下叔父和我担着剃头担子，到蓝田去谋生。我在蓝田成了家，叔父临死时要我一定回到镇子上来。媳妇死活不愿意到咱这旱塬上来，我只好撇下媳妇娃，自己一人来镇子闯荡！说起这剃头担子，还有一段有趣的历史。

古时候，镇子南边是一片汪洋。吉、吴、封、张四家船户，世世代代以摆渡为生。后来生意日渐萧条，四家饿肚子，三家刚够吃。张姓船户见生意惨淡，主动提出让出生意，自己走乡串村以剃头为生。封姓船户觉得自己年长，让小弟改行心里过意不去，坚持自己去剃头。两家互不相让，只好抓阄决定，最后封姓抓到。谁知封姓学手艺养下坏毛病，每一次在葫芦上学完剃头，顺手把剃头刀扎在上面。学成后给乡约剃，剃完头把剃头刀扎在乡约头上。乡约疼得大呼小叫，他赶紧撒腿就跑。乡约便派乡丁四处抓他。封姓只好重操旧业。后来张姓船户挑起了剃头担子，走村串户以剃头为生。从此只要张姓船户摆渡，吉、吴、封三家从来不要钱。张姓船户虽然剃了头，还是留恋船户职业，就把剃头担子烧热水这头，做成桅杆状，再把白生生的鐾刀布挂到上边，活脱脱船的桅杆白帆。这样一来，只要有桅杆白帆的剃头担子摆渡，不管是不是张姓船户本人，一律不收钱。当地官员便将此事上奏朝廷，皇帝看完奏折很受感动，立即在全国范围内表彰推广，很快演变成普天下的剃头担子都做成了桅杆白帆。理所当然，普天下的剃头担子摆渡，船户都不收钱。为了纪念张姓船户的大恩大德，吉、吴、封三家先人约定，在制作先人轴子时，必须在背景上画上剃头担子。只可惜好景不长，后来水面不断往南消退，他们就一代一代跟着水从北向南搬，水退到哪里他们搬到哪里。先是几十年搬一次，后来是十几年搬一次，再后来是几年搬一次，最后发展到一年搬一次。一直跟着水搬到三姓堡这地方，水小得实在漂不起船，就在这里落脚下来。我就是改行剃头的张姓船户这一脉的后裔。

胖勺子刚刚说完，北店子门台上，传来刘开科的快板声：

> 古镇不普通，尽出怪事情。哑巴口齿清，寡妇把娃生，
> 聋子耳朵聪，瞎子眼睛明，拐子走路平，低个儿把天撑。

临终遗嘱

这天吃过早饭，高步宽拿着哼囔的电话号码，到冀志兴店里打完电话，刚要往回走，迎面碰见从县东老家回来的何可人。还没等他开口，何可人便说：刚才干啥去了，前后找不见你人！高步宽说：我啥也没干，去冀达店里给哼囔打了个电话。何可人说：他人在哪里？高步宽说：海南。何可人问：打电话啥事？高步宽说：我现在还能有啥事，想叫他回来拉拉家常。何可人说：你这死老汉，真格老瓜了。要拉在电话里就能拉吗？几千里路呢，叫人家回来干啥？刚说完自己后起悔来。心想，文奎这家伙，真格是没喝孟婆汤，咋算得这么准来，说不定这就是他老人家不久于人世的一种先兆。高步宽说：电话里拉，当然没有见面拉着自在！哎，光顾说闲话呢，你前后找我，有啥事吗？何可人说：这里人乱哄哄的，戏园子过道没人，咱到那里慢慢说。

两人七拐八弯终于挤出熙熙攘攘的庙前里，来到戏园子过道，好像走出了波涛汹涌的大海，一下子松泛消停了许多，耳边也不嗡嗡了，头脑也不懵懂了。何可人没说话，眼泪先流出来：文奎不在了！高步宽大吃一惊：文奎年龄不是多大嘛，这才回县东几天，咋说没人就没人了？

原来，沈文奎的前世父母过完七十大寿以后，他一心想回到县东今世父母身边。何可人死活不愿意跟他走，人生地不熟是原因，没有生出个一儿半女也是原因。何可人就问：咱在镇子大半辈子了，为啥非要回去不可？沈文奎这才说：

我临转世以前，在阎罗大殿瞎转悠，阎王以为我喝过孟婆汤，听不见他说话，就给登记生死簿的小鬼交代，看这家伙逍遥自在的，赶紧叫他转生算了！小鬼问：何时转生？阎王说：你登记啥时候就是啥时候！小鬼问：让他活多少寿数？阎王刚伸出四个指头，一想不对，这人前世没有罪孽，不如再加四十岁。于是又伸了四个指头，意思是让他活到八十岁。小鬼认为若是八十岁，阎王一定会伸出拇、食二指，现在只伸了两个四指，肯定是四十又四，所以就把他的寿命登记为四十四岁。又问：让他在何处下世？阎王说：沈府内厅！小鬼还问：怎么死？阎王说：还能咋死！阎王的意思是，都活到八十岁了，不让老死还能咋死！小鬼的想法刚好和阎王是个反反，只有四十四岁的寿数，不让病死，难道还让老死不成！随口就说：那我知道了！于是登记为病死。

何可人说：小鬼没说，让你得啥病？沈文奎摇了摇头。何可人说：要是这情况，你越不能回去！沈文奎不解。何可人说：小鬼不是给你只登记了四十四岁嘛，四十四岁以前，坚决不能回去，不信把小鬼的说法破不了！无奈，沈文奎只好依了何可人。聋子染匠不知道内情，问他为什么迟迟不见动身？沈文奎说：何可人死活不愿意走。聋子染匠眼珠转了转，偷偷耳语道：像我哥当年一样，买点儿蒙汗药，灌晕偷偷往回拉，不走由不了她！沈文奎摇摇头说：彼一时此一时也，弄不好会坐监狱的！

眼看沈文奎的四十四岁就要过去了，突然接到今世父亲病危的消息，两口子掰指头一算，再有一天时间沈文奎就四十五岁了。说不好听的话，就是得要命的病，才慢慢得呀；得上得不上，还两说呢。认为这一半天时间不会有啥危险，于是两个人马上动身前往县东。到了老家，来到今世父亲病榻前，医生正在手忙脚乱地抢救着。抢救完毕，大家消停下来，要吃饭时才想起叫沈文奎。看见他歪在一旁打起瞌睡，就叫他起来吃饭，咋叫叫不醒来他。走到跟前，才发现沈文奎鼻孔有血，赶快叫医生来看。医生看了看瞳孔，又摸了摸脖项动脉，说没救了。医生根据经验分析，他可能是个高血压病人，由于心情悲伤和路途劳累，并发脑出血或心源性猝死。沈文奎一死，今世父亲反而病好了。何可人哭着说，这哪里是父亲病危嘛，明明是阎王催你的命呢！给沈文奎办完后事，收拾遗物时，发现小包袱里边包着一封信和三本书。信是写给何可人的：

可人！

当你看到这封信的时候，咱们已经阴阳两隔了！

这封信是我在咱俩动身前写的，我害怕这次回去真的把命要了，所以有个准备比没有准备好！再者，我估计我的忌日就是这个月的最后一天，咱们再想办法躲避它，能躲过时辰，躲不过命运。我爸为什么早不病危，晚不病危，偏偏现在病危，这就是再明确不过的先兆。闲话不说了，最后想托你办件事。你回镇子以后，一定要先见到高步宽老先生，那人确实是个好人，可是好人没有好报！他这事情谁谁都不怪，关键是两件事情没有遂他心上来。一件是他不想娶枣花，结果枣花进了门；一件是他不想让渊家走，最后渊家还是改嫁他人。但是，人家下一辈后来居上，代代都会有人为官。我自己对不住老人家的是，当时在镇子和他打了几十年交道，他知道我没喝孟婆汤，总想从我这里知道点儿阴曹地府的事情，但又不好意思给我开口。我虽然心知肚明，也只能揣着明白装糊涂。这么多年，我偷偷写了三本书，一本是《冥国感悟》，一本是《汉文三字歌》，一本是《十字沈解》。《冥国感悟》主要写的是我在阴曹地府的所见所闻，基本观点和主要内容，已经零零星星给大家透露过了，他大部分都知道。《汉文三字歌》，主要是为了帮助小孩们辨析文字的，代我送给村小学，可做参考教材。《十字沈解》我没有给任何人透露过，当然也包括你。因为内容比较庞杂，篇幅比较长，我只好把每一章前边的综述给他摘录出来，让他先睹为快，用以弥补这么多年对这位德高望重老者的亏欠。我为啥要你先见到他老人家，他也就七八天的阳寿了，害怕你三耽搁两不耽搁，他老人家见不到我写的东西，后悔就来不及了。

文奎字

高步宽接着又问：他临终没留下啥话？何可人说：给任何人都没留话，心里只惦念着你！他说和你在一块儿的时候，给你没有说过啥，生前写了一本书，他把重点摘录出来，让我送给你看看。看的时候稍微动点儿脑筋，就能知道他说的是啥意思。说着，何可人从口袋掏出几张纸递给高步宽。高步宽展开要看，何可人伸手挡住：拿回去慢慢看！

高步宽回到家，范家说：何可人找你，急得能疯了，你干啥去了？高步宽说：我刚在庙前里见到她人了。范家说：子善也来过。高步宽说：他来啥事？范家说：他说，队上昨天把牛分了，饲养室不办了，狗也跑得找不见了。高步宽说：找不见就找不见了，那条狗是他在饲养室养的第三条狗，年龄也不小了，只要今年能活过去，命就够大的了。范家故意说：狗恐怕和人一样，也是看社烂了，饲养室办不下去了，才跑得不见了。高步宽摇了摇头：你把狗冤枉得不像啥了！范家扑哧一声笑了：你咋和张子善一个口气，他也说狗是忠臣，没有人那么势利，不是因为饲养室解散跑的！狗害怕他找得着急，给他托梦说，它是因为快要死了，害怕他看见伤心，才故意躲得远远的！

高步宽沉默了一会儿，才想起兜里那几张纸来，便弯腰提起小凳子往后院走。一直走到最后边的下院，才放下凳子掏出纸，坐在凳子上一字一句看起来。

高达：

你好！

我听人说，解放前你不爱看兀家（国民党）的书，爱看的是致家（共产党）的书。我自己写了这本书，为了和致家、兀家有所区别，装订的时候，既不采用致家的往左翻，也不采用兀家的往右翻，而是从上边装订，看的时候只需往上翻就行。

我之所以给你写这个提纲，是因为你上了年龄，眼睛有点儿不好使，不想浪费你的精力。你看这个提纲的时候，不要就提纲看提纲，要结合你这么多年经过的事情看，才能看出其中的意思来。看完这个提纲，如果没有兴趣，就到此为止了。觉得还有必要看那本书，就去找可人要。

不才　文奎上

《十字沈解（提纲）》

一、私　本解：形声，从禾从厶，厶亦声。左侧为“禾”，农耕时代的生产资料，五谷杂粮。右侧为“厶”，通丝，纺织之物，衣裳。本义是自留衣食，私事，私产。引申义：自私的，非公的，暗地的。

沈解：私，自留衣食，因为引申义自私，沉冤蒙羞数十载。那年月，人们骨子里顽强地表现着自私，却在舆论上搞臭了自私，甚至在道德法庭上将其判为死刑！诚然，私是万恶之源，更是万事之由。因“私”而劳，无“私”而弃，为

“私”致富。凡人必有私。私有大小之分，多少之差，轻重之别，仅大小就有一己之私、一家之私、一地之私、一派之私、一党之私、一国之私等。无私是相对的，多表现在突发事件上，或特定的时间段，绝对无私，绝对谎言！大公无私为圣人，公而忘私为贤人，先公后私为好人，有公有私为常人，假公济私为小人。此乃善意理想罢了。大公无私是生死关头舍生取义的人，公而忘私是为老百姓排忧解难顾不上家的人，先公后私是办事认真谨小慎微的人，有公有私是临时当差的普通人，假公济私是手里有权搞腐败的人。无私，哪来人类；无私，何来进化；无私，怎有明天！保护私，要拿捏到位，不要让私横行天下；控制私，要松紧有度，不要把私一棍子打死！放纵私就是放纵人类，毁灭私就是毁灭人类。

二、神　本解：会意兼形声。从示从申，申亦声。申本义为交媾、生殖，是指先人序列，示与申指繁育众庶的先人。引申义，管理万物的神灵。另有神人、神奇、精神、神气、机灵之说。姓。

沈解：神，即神灵，能贵为神灵者，迷信功不可没。迷信，痴迷信任，是联结神灵与信众的纽带。我们有神论者认为，神灵无处不在，无所不能，主宰世间万物，所以我们承认自己迷信。无神论者恰恰相反，认为世界上本来没有神，供奉的人多了就成了神。开初，神是指繁育众庶的先人，后来逐步演变为主宰万物的神。其实，神就是人，人就是神，神是比照人间想象的。天界的这仙那仙，参考的是人间的这官那官。神是由历史人物美化的，如三皇五帝、文圣孔丘、武圣关公、财神陶公，以及各业鼻祖等；神由人推广到动植物界，如各种树神、狐仙、蛇精等。迷信概念宽泛，很难有人独善其身。曾记否，那些标榜自己最不迷信的人，以为信神就是迷信，便拆庙搬神，毁坏古迹；同时，又设坛置像，早请示晚汇报，现代造神运动空前绝后。迷信不等于有神论，无神论不排斥迷信。它不光包括对神的推崇，对宗教的信仰，也包括对学说的推崇，对团体的忠诚，对头领的拥戴。其动力源泉是谋生存活，作用原理是精神依托。还是那句老话：迷信，不可能不信，也不可能全信。迷信一旦缺失，人类社会就会支离破碎；迷信无限膨胀，历史列车就会偏离轨道！

三、害　本解：会意，从宀从口从丰，本意伤害，引申义，利之反、杀、诬陷、妨碍、怕羞、患病、发慌、有害的等。

沈解：害是益的反面，即对生命财产的危害。这里主要指动物。比如菌害、虫害、禽害、兽害等。曾一度，一旦认定哪种动物是害祸，便有害无不害、一害辈辈害。凡自然之物，大食中，中食小，小食微，乃生物之链，本应有之义，并没有“害”之说。害是人类的说辞。人猎狼为害，狼吃羊为害；害是相对的。对此物有害不一定对彼物有害，这个角度有害不一定那个角度有害，有的害到头来竟然无害可言。就是百害无一利者，也不尽然，只是“利”未被发现罢了。害是变化的，加害可变被害，被害可变加害。害者，过度为之也，只要不过度，有害也不算害。过度与否，不由“公婆论”，自有老天公断。古往今来，人类视狼虫虎豹为猎杀对象。传到我朝，不但猎杀过度，还扩大到猫头鹰、麻雀、獾、野猪，有的甚至连狗、蛇、狐狸也不放过。比如渭北一带盛行的“细狗撵兔”。一到冬季，广袤旱塬，兔逃狗追，如箭似梭，狼烟遍地，黄尘滚滚。眼看兔子行将灭绝，细狗突患怪病，一个传染一个，很快，细狗撵兔销声匿迹。人常说，狗逮老鼠，多管闲事。没想到人甚于狗，捕鼠运动铺天盖地。结果，猫从此不再以鼠为食，就是把老鼠送到嘴边，也不忍心吃。人类应该效法动物，猎杀应该有度，保护也应该有度。

四、富　本解：形声，从宀，与房屋宫室有关，本意财产多，富裕、富饶、富庶，富豪、富强、富人、富矿等。

沈解：富贵，人人仰之，个个往之；贫穷，人人恐之，个个远之。此已成为铁律，偶尔也有例外。利用穷苦人夺江山时靠贫劫富，标榜品行高洁时褒贫贬富，反之，兔死狗烹，人走茶凉。唯有今朝，对穷苦人不离不弃。只可惜事与愿违，剑走偏锋，为了穷人好像为了人穷，抬举贫农犹如抬举贫困，消灭剥削成了消灭富裕。本末倒置，铁律不铁。结果，谈富色变，闻贫则喜。以贫为荣，安贫乐穷，要贫不要富，靠贫不靠富，甚至仇富灭富，就连找对象也是非贫不娶，非贫不嫁。半甲子蹉跎，半甲子经验：嫌贫不对，安贫不应，尚贫不该！富能安民，富能强国，富能在世界上挺直腰杆，狗不嫌家贫，儿不嫌母丑，赞美的是不离不弃的忠诚，而不是贫和丑本身！安贫乐道褒扬的是坚定不移的信仰，并不是信仰等于贫困！刘禹锡《陋室铭》中的“陋”并不是说越陋越好。有文为证：谈笑有鸿儒，往来无白丁，何陋之有！毛主席说一穷二白，可写最新最美的文字，可画最新最美的图画，并不是肯定一穷二白，往正面说，是积极乐观；往现实说，是鼓动宣传，但绝不是礼赞！

五、分　本解：会意，从八从刀。从八，即分；从刀，即以刀剖物，使之分开分段。引申意为分配、辨别、分支、分数，计量单位的名称、成分、料想等。

沈解：分与合相对应，有合有分，有分有合，规律使然。大到社会组织，小到一家一户；广到生物种群，微到细胞分子。可惜的是，褒“合”贬“分”已成习惯，“合”象征吉祥如意，与“和”尊为“和合二仙”，相反，“分”成了不吉利、闹分裂和不团结的代名词，比如，一家一户过日子，总喜欢几世同堂，子女簇拥，儿孙绕膝。儿孙业已成家生子，还要继续在一个锅搅勺把，所有钥匙紧紧拴在老当家的裤腰带上不肯放手。老子说，治大国若烹小鲜，同样，治国也像齐家，众人拾柴，分而治之，不能搞几世同堂式的一大二公，高度集中。该分不分，断骨抽筋；该合不合，万事蹉跎；该分则分，顺应人心；该合则合，其利断金；有合有分，常变常新！

六、丑　本解：纽也。像人手之形并拳手也。丑去一点，为手。一点为鼻涕，所以丑就是一只手在擤鼻涕。意思是，相貌难看、恶劣、羞耻、憎恶、丑类等。

沈解：动乱年月，美丑颠倒，香臭不分；丑化先进，打压权威；否定国粹，辱没圣贤。由此可见，丑，也丑，也不丑，关键是谁在看，怎么看？说丑，丑是客观存在，本色、本质、本真、本来面目。说不丑，有些丑存在着美的潜质，有些丑本身就很美。佛有言，相由心生，强调的是修养。沈有语，美丑人定，侧重的是欣赏。人说，三分长相，七分打扮。沈说，三分客观，七分主观。比如，恩人慈祥，亲人善良，情人漂亮，仇人凶相。心正了，天是晴天，地覆沃土，人皆君子；心邪了，天无朗日，地见洪荒，人怀恶意。大气的人，看到的多是美，很少丑；善良的人，看到丑不说丑，说的是丑里的美；智慧的人，看到的是丑里的美，美里的丑；挑剔的人，看到的是美里的丑，看不到丑里的美；愚蠢的人，看不出美和丑；狡诈的人，故意把丑看成美，把美看成丑。人不可太挑，心不能过贪，物别求尽美。人若太挑，挑来挑去，很可能挑个漏漏灯盏；心再要过贪，贪来贪去，要么家破人亡，要么妻离子散；物求尽美，美来美去，到头来只怕是过眼云烟！

七、和　本解：形声，从口从禾，本意平缓、平和、和谐、和睦，结束战争，不分胜负，相加、调和、混合、比较、跟、与、和（音和），以及姓等。

沈解：和曾一度沦为贬义词，被斥之为中庸之道、和稀泥、没朝气、老好人、一团和气等，甚至与妥协、投降、修正等词语一起被打入冷宫。而大行其道的是，不看场合，不看对象，不讲方法，无休无止地争斗。中华民族视和为吉祥。比如和谐、和睦、和为贵、和气生财、家和万事兴、将相和国运通、天地和人寿年丰等。和者，修己安人，圆润融通是也。其内涵博大精深，其魅力奥妙无穷。退一步海阔天空，忍一时风平浪静。好言一句三冬暖，恶语伤人六月寒等。

比如，两人过独木桥，如果互不相让，都过不了。假若再不冷静，争而吵，吵而打，轻者落水，重者溺亡。事需办，河要过，就得和。和就是互谅互让。互谅者，将心比心，与人为善，替人着想。互让者，尊重公共秩序，恪守道德良俗，少让长，强让弱，缓让急。

八、酷　本解：形声，从酉，表示与酒有关，告声。本义，酒味浓，香气足。引申义，残忍暴虐到极点；极、甚，表示程度过于。

沈解：酷，引申义残酷，这里主要指人为的残酷，包括主观的和客观的，主观的指战争、厮杀、动乱、内斗、伤害、诬陷等，比如各种冤假错案等。客观的指竞争、评比、选拔以及差异等。比如修行的多，成仙的少；考状元的多，中状元的少；抬轿的多，坐轿的少；没当先进的人多，当先进的人少；贫人多，富人少；凡人多，名人少；著述多，佳作少等。饱尝动乱之苦的善良人，祈祷残酷从此绝迹，岂不知，残酷祸害人，残酷成就人，不经残酷成不了人。残酷无时不在，无处不在，人人难免，只是数量、频率、程度、形式、性质不同罢了。几人没有“残酷”人，几人没有被“残酷”，别的不说，假若能对“文革”全过程进行录相，看到自己影像回放的人，不知道还有无异议！人人恨残酷：心黑手辣，冷酷无情；残酷恨人人：过河拆桥，卸磨杀驴。对主观的残酷，奋起抗争，坚决制止；对客观的残酷，坦然平静，智慧应对！愤怒、抱怨、逃避，无济于事。因为，各式各样的残酷不会绝迹，无论人脑多聪明，社会多先进，科技多发达，都改变不了这个现实！反而还有可能因为聪明、先进和发达，增加残酷的复杂性。不是主观臆断，地球什么时候毁灭，残酷什么时候消失！

九、败　本解：会意，从贝从攵，左边为断字，右边“攵”表示手持棍击鼎。本义破坏，毁，即败毁。后逐渐演变为输、失利、不成功。另有五义：战胜、不成功、毁坏、解除、破旧。

沈解：败，原本指毁坏，后演变为失败。受成王败寇的影响，胜利者一旦拥有天下，便成了“胜利”的代名字，报喜不报忧，言胜不言败，好大喜功，歌舞升平。久而久之，问题成堆，积重难返。就像时下，改革开放，耳目一新。但是，总有那么些人计较得失，纠缠对错，争论成败。他们或恋旧，心不甘；或茫然，很无奈。不甘者顽，无奈者殆。岂不知，胜败乃兵家常事，失败是成功之母。前一句用一反一正劝心态，本句中，胜为虚败为实，说胜是陪衬，言败是目的！“常事”者，平静心，寻常态，其中两层含义：一层是有胜就有败，胜败不分家；还有一层是胜不骄，败不馁。后一句用一母一子促奋起，先言其“子”

（成功）给人希望。这里的成功，是未定式，形象点儿说，指的是“失”里的得，“错”里的金，“败”里的贝。再说其“母”（失败）促人奋起。“母”者，经验、路标、契机是也。这些需要用智力和勇气，从失败里去总结，去识别，去捕捉，才有可能失而复得，错中淘金，败里拾贝。

十、死　本解：会意，右人，左文，残骨，人的形体和魂魄分离。本义，生命终结。另有七义：丧命、不顾生命、固执、无知觉（程度深）、不灵活、不通达、过时、极甚。

沈解：死，即物种的死亡更替，不光是指有生命的物种，还包括无生命事物的消亡终结。无生命事物包括物质的、精神的，比如，理论、学说、国家、政党、社会制度等。死亡特点有三：首者，死亡不可避免。无论贫富贵贱，也无论死物、活物，概莫能外，花无百日红，天下无不散的宴席，这是规律！万岁呀，万寿无疆呀，铁打江山万年长呀，等等，只是人们一厢情愿的美好祝福；次者，死亡可以推迟。比如，人治病，事业采取补救措施，制度的改革，政权周期的延长等；再者，死亡可以提前。人力毁灭，剥夺生命，推翻政府，罢免当权者，官员辞职，都属加速范畴。“生命”首先要有质，其次才是量。在质不怎么样，甚至为负的情况下，该隐退要隐退，该谢罪要谢罪，该偿命的要偿命！这个想法说到容易做到难，因为，在应该“死亡”的前提下，想推迟死亡者众，想提前死亡者寡；能坦然面对别人死亡者众，能坦然面对自己死亡者寡；想加速别人当权朝代死亡者众，想加速自己当权朝代死亡者寡。不管谁人，无论何党，不分哪朝，更不讲啥制度，无一例外！

高步宽看完《十字沈解（提纲）》，也不知道自己理解得对不对，准备看过他的书再下结论。于是，便折了纸装进口袋，提着凳子回屋里帮助范家搓炮仗筒去了。

何可人经历了沈文奎的奇特死亡，再加上沈文奎说高步宽只有七八天活头的话，心里一直逮着鬼，有事没事就过去和范家拉闲话。话里话外的意思是，人活七十古来稀，阎王不叫自己去，让她赶紧给高步宽称棉花、买布料、做寿衣，防止有个头疼脑热一口气上不来。范家感到很纳闷，说一遍还能理解，皇上登基造坟，百姓死了埋人，没有啥不应该的。说两遍心里尽管有点儿那个，也能凑合听进去。三遍五遍说下来，范家就有点儿不耐烦了：没事都要叫你说出事来！何可人掰着指头算了算，不说七天就算八天，连皮带毛就剩下两天时间了，这个范家咋就听不来人话嘛！真是皇帝不急太监急，她想到镇子人判断人临终时常说的一句话：男怕穿靴，女怕戴帽，又去问范家高步宽脚肿不肿？范家不耐烦了：那你头肿不肿？就这还不灰心，第二天进门啥话不说，直接拉上范家要去庙前里扯寿衣。范家屁股坠坠上取开她的手说：你不要拉，就不用去，棺板寿衣早都准备得现现成成、停停当当！何可人说：既然已经准备好了，为啥嘴夹得紧紧一直不说？范家说：我嫌不吉利！

这一次，何可人啥话没说，转身就走。快到家门口碰上哼囔，感到很惊讶：这么快就回来了？哼囔说：高达年龄不对了，能叫我回来，可能有啥事情，要不快点儿回来，万一见不上人咋办？何可人说：你还算个明白主。既然已经回来了，赶快去他家坐坐吧，万一这两天要有个啥情况，后悔都来不及了！哼囔说：现在不用担心了，我俩已经见过面了。何可人说：他给你没交代啥事情？何可人的意思是想听听高步宽有没有什么临终的征兆。哼囔听了一愣，难道她听到什么风声了？又一想，谁知道她问的是什么意思，为了岔开这个话题，便说：我把高达和冀志兴做了比较，问他这一辈子扑着身子赔上家底支持农业社，结果农业社还被解散了，他后悔不后悔？人家说，这有啥后悔的，《三国演义》开宗明义，话说天下大势，分久必合，合久必分。有合的时候，就有分的时候。这就像一家一户过日子，有红火的时候，也有倒灶的时候。红火的时候别张狂，倒灶的时候别泄气！就像农业合作社，合作本身没有错，错在合作的方式上，该合作的没有合作好，不该合作的合作得太好！我又问他，他一辈子把西门里的事情，安排得合合适适的，可把自己的事情，弄得日子日子一般化，家人家人不浑全，难道就没有一点儿啥想法？你猜高达说啥，人家反问我：铁拐李本事大不大？我说，当然大！高达说：既然本事大，他葫芦里的药能包治百病，为啥把他的拐子腿治不好？我一时不知道怎么回答好。高达接着说：木匠门上没关子，铁匠门上没闩子，医生守的病婆娘，卖席滚的是光炕，世事本来就是这么蹊跷！

哼囔说完就要离开，何可人挡住又问：你急急火火干啥去？哼囔说：想去给涎水娃送点儿钱哩，死活找不见人。何可人说：都怪高达这死老汉，就是因为他一带头，先是西门里，接着西半街，很快全镇子都认为涎水娃是个为民办事的清官，争着给他烟摊子上撂钱，弄得人家连生意都做不成了，只好跑到亲戚家躲了起来。哼囔说：他能躲过别人，躲不过我！说完转身就走。

到了第七天，何可人在家里坐卧不宁。从早上天明睁开眼等到晚上吹灯钻被窝，也没等来高步宽的任何消息。第二天又等了一天，还是没有啥消息传出来。心里不由得骂起沈文奎来：还讲究你没喝过孟婆汤，就凭你说下这没有准头的话，也跟喝了孟婆汤差不了多少！气得把沈文奎生前用的那些书和笔墨纸砚，通通拿到院子烧起来，边烧边骂：还讲究识文断字、写写画画哩，到头来跟我们这些没有多少文化水水的人一个样嘛！此时她才意识到，不用关心高步宽的事情了，甚至还认为，就高步宽现在这身体，耐活两三年没一点儿问题。

就这样过了一个星期平安无事。就在她毫无思想准备的时候，高步宽寿终正寝了。按沈文奎说的日子算起，整整是第十五天。范家哭着给哼囔说：沈文奎肯定给何可人说过啥话，不然，她前一向为啥逼着我准备棺板、寿衣呢？哼囔就去问何可人。何可人拿出沈文奎的遗书说：再别提文奎那死挨刀子的，临死临死把我日弄了一回！人家给我白纸黑字写的是七八天，结果从我看到信到人倒头满打满算整整过了十五天！哼囔看过遗书，扑哧一声笑了：镇子人常说，要得会，跟师傅睡。你跟文奎睡了一辈辈，到现在还蒙在鼓里。镇子人还说，饭要尝呢，话要详（想）呢。特别是对文奎那种人的话，光看字面意思不行，得弄清字面里边有没有啥捣腾！像这种阴间冥国的事情，他能告诉你七八天就够意思了，七天加八天是不是十五天？何可人这才恍然大悟，狠狠在地上跺了一脚，拍了下手感叹道：我咋没想到这一窍！

高步宽倒头以后，西半街的农界、商界，男女老少披麻戴孝。特别是哼囔、耿诚信、唐新生、冀志兴、王金贵、瞎子五、聋子染匠，几乎是全家出动。柳拐子也从五里桥领着哑巴媳妇赶来了。就连党慧兰也从香港寄来了唁电和礼金。她和采购员出走以后，逃到香港做起了生意。生意成气候以后，两人因性格不合，好说好散。最近，两人准备合作在镇子办个企业，对传统的烟花爆竹产品进行创新开发。瞎子五吹着唢呐，聋子染匠敲着鼓，柳拐子打着镲，个个泪如泉涌。胖勺子双泪长流，自言自语：你在世的时候，我就想全套给你剃一回头，你说啥就是不肯，给我留下了终生遗憾！这一次我再不抓紧机会，就真的对不住你了！说着左手握生鸡蛋，右臂放水碗，或双刀剃，或蹦刀刮，或刀尖挑，或刀刃斩，或转刀旋。最后还做了全套按摩，双手时而握拳，时而立掌，时而挤压，时而揉搓，硬是拼着平生的十八般武艺，恭恭敬敬给高步宽剃最后一次头。哼囔发现后，心想，高步宽在世时就不是多事人嘛，现在何必要啰里啰唆，所以没好气地制止道：剃完头赶紧收拾摊子，别在那里胡弄了！胖勺子边收尾边笑着说：快了，快了，胡弄不了多长时间！哼囔心里一紧：这该不是又给哪位大人物预言了前程呢！

当天晚上，安排给高步宽出殃。殃是死者的灵魂，即鬼魂。出殃是镇子安葬死者的一个很重要的程序。也叫“回煞”或“回殃”，是死者灵魂最后一次返家告别。阴阳先生根据死者咽气的时间和手形，确定出殃时间。为了避免鬼魂伤及无辜，出殃一般都在晚上。出殃的时候，全家都要躲出去，把死者停在偌大个宅子，通宵灯火通明。前后门用席子挡严，死者鬼魂是以属相的原形回来的，为了弄清属相的足印是不是死者的，回来到底出去了没有，专门还要在地上撒上炕洞灰。当天夜里，连街坊邻居躲在家里不敢出门，一街两行黑乎乎一片，唯独死者家里灯光刺眼，阴森恐怖。

高步宽出完殃，何可人找到王金贵家打听属相脚印。没等她开口，王金贵问：昨天你领的那个老人是不是文奎的今世父亲？何可人说：你咋知道的？王金贵说：我看跟文奎像得很。何可人说：就是的，人家专程看他前世亲家来了。说完便言归正传：你没看炕洞灰上有没有高达的脚印？王金贵沉默了一会儿才说：你不问，我都不敢说；有是有，不全是高达叔的。说是马蹄，有点儿小，说是鹿蹄，有点儿大！何可人说：那就是高达叔的！王金贵说：高达叔明明属马，跟鹿有啥关系？何况十二属相就没有属鹿的！何可人这才说：文奎当年说过，他老先人前世是头梅花鹿。王金贵这才明白过来。

开追悼会那天，哼囔拿出高步宽的遗嘱，当众念给大家听。

范家及水生：

我之所以要以这种形式给你们交代后事，为的是干净利落不拖泥带水，希望你们理解。我要交代两件事，一件是我前半辈子挣了点儿钱置了点儿家当，我后半辈子身在店子心在队上，当了大半辈子的编外组长和编外队长。我这么做不是想夺权，也不是想落好，只是觉得街坊邻居在一块儿，就应当互相关心，互相帮助。只要大家能过好日子，我就高兴！所以不管大家说我手伸得长、爱管闲事也好，说我荒了自己的田、种了人家的地也好，我都不会计较！

还有一件事，是咱这家里藏着一批银圆，在什么地方藏着我给哼囔当面交代过了。当时我发现这些银圆后，根本没有据为己有的意思，而是不停地找原来住过这房的人，看是不是他们谁留下的。结果找来找去，谁都不承认有这么回事。我不想要这来路不明的钱财，又害怕当时交给国家像苏有志放坏粮食一样洗不清自身，一直放在那里没有吭声。但是，为了避嫌，把我自己手里的二百块，也放了进去。所以我可以对天发誓，我给后辈没有留过一块银圆。

当然这些银圆，我也不是一块没动，我看队上社员生活维持不下去，就和哼囔商量，让他用银圆在黑市上换成现钱，然后到北山买成粮食补贴大家。一九六一年补助队上社员口粮和牲畜饲料先后两次共用洋两千快；一九六七年因夏粮被烧给全队社员解决口粮、给全队的牲畜解决饲料用洋一千块；一九六八年打机井资助了两眼机井和全队社员的口粮用洋两千块。当时为了保密，我编了好多理由，其实用的全是这些银圆。

另外，这五百块钱现金，是涎水娃落难以后，我们心里很不忍，就让哼囔用银圆再换了五百块钱现金。等我们赶到涎水娃家里，人已经埋在地里过了百天。他老婆说啥都不收我们的钱，说涎水娃咽气时交代，谁的钱都不能要！还说涎水娃尽七的时候，县上送来平反决定和补发的工资，她一把抓起撇出了门，哭着说，人都没了，要这有屁用！我俩见是这情况，就再也没提送钱的事！

需要说明的是，我一直不愿意用这些银圆资助或救济个人，包括我的乡党耿诚信等人。之所以救助涎水娃，因为他对革命有功，因为他当了官以后，还不停地为西门里老百姓办事。实际上，我这么做是代表老百姓感谢他。现在究竟剩余了多少银圆，我也没有清点。你们看到这封信以后，让哼囔把政府叫上，你们和诚信，还有大队干部，几对面清点以后全部交给国家。

范家及水生，你们不要怪我，我始终相信，君子爱财，取之有道，是自己的别人争不去抢不去，不是自己的别人不争不抢也到不了自己手里！要想日子过到人前边，还得照我大婆那两句话办：庄稼为本，生意为用！

高步宽字

出殡时盛况空前。最明显的是扯纤的孝子特别多。扯纤是男孝子在死轿前边，像纤夫一样低头猫腰，腰间勒一圈麻绳，麻绳缠着白纸铰的韭菜叶齿条，一手拄纸棍，一手握着长长白布做的纤扛在肩上，牵引着死轿缓缓前行。古时候，镇子这地方河渠纵横，水路发达，多以船代步，纤夫必不可少。后来把这种形式引用到殡葬上，意思是孝子们像纤夫一样，毕恭毕敬把长辈送到天堂。因为孝子多，扯纤的白布不够用，妇女们把压箱底的土布拿出来。又害怕孝子队伍过长，只好把一股纤改成三股纤。加上后边的女孝子，光孝子队伍有一里长。

再一个是仪仗纸扎很多。铭旌、引魂幡、童男童女、仙鹤、各种柜、大山、葡萄架、摆花、横幅、挽联、马车、轿车、骡马、牛羊、房屋、纸钱，五颜六色，各式各样，有的高大挺拔，有的奇巧精美，在微风吹拂下，纸带摇摆，纸钱飘雪，洋洋洒洒，呼呼啦啦。特别显眼的是那些高高擎起的横幅：“誉满乡里”“西门一人”“德高望重”“乐善好施”等等。

还有一个是乐人唢呐多。瞎子五没有食言，高步宽倒头以后，不但吹遍了所有的曲子，还叫来了自己的同行，都是披麻戴孝，很卖力气。特别是瞎子五，一直用的是五支唢呐，不但吹得最卖力，而且哭得最伤心。他那挣得快要蹦出的红眼珠，鼓胀如猪尿脬的大腮帮，以及面颊不断流淌的滚滚泪水，路人看了，不是摇头感伤，就是抬手拭泪。白茫茫的送葬队伍，延绵了两里多路。

等把墓鼓堆埋起来，天上洋洋洒洒飘了一阵细雨。有人说，这是雨浇梁，好兆头！也有人说，高老头德高望重，连老天爷都替他落泪！也有人说，光看这阵势，不是镇长，也是县里的大干部，谁能知道他只是个平头百姓！

重孝在身的高水生，看见柳拐子两口子要回五里店，赶紧上前拦住说：拐子哥，你和嫂子别回家，赶快朝便宜馆走，我在那里安排有饭哩。哑巴媳妇拉着不停步，柳拐子挣扎着拧过头，故意笑着问：安排了几天？水生说：就今天一顿。柳拐子说：高达伯这么好的名望，你大小也是个官身子，一顿能把乡党打发了？当年，杨虎城埋他妈，生生管了乡党一个月饭！水生说：一顿你都不吃，还几天哩。哑巴媳妇抢着说：你哥跟你耍笑哩，现在又不是前多年，缺吃少喝的，你哥见饭就没命了！说完推着柳拐子赶紧往家走。

在便宜馆吃完饭，刘开科回到家，掏出竹板呱嗒一声，狠狠摔在院坑，自言自语：我白说了大半辈子的快板！说完，三折子窝在院坑台窗户底下，半天抱头不语。老婆问原因，刘开科抬起头说：我是为那句“袍子倒夹袄，夹袄倒裹肚”的话发悔哩！不说高达后辈出人头地，光这独一无二的后事，就说明人家这辈子活得比谁都荣耀！

当天下午，耿诚信在东街和沈文奎的前世父亲言谈中间，用“烂在肚子，带进棺材”的承诺，换取了一个惊天秘密。前不久，沈文奎今世父亲来到东南安，交给前世父亲一个包袱。前世父亲打开包袱，看到小娃的衣帽鞋袜，吃惊地说：这是我继武死的时候穿的衣服嘛，咋会出现在你手里？今世父亲说：文奎不是托生转世的，他就是你儿子宋继武！原来，前世父亲给溺水身亡的宋继武穿好衣服，裹了席片，趁着夜色扔到城壕。第二天，今世父亲来镇子赶会，下午回县东路过到城壕解手。解完手忽然听见孩子的微弱哭声，走上前看见席卷里裹的小孩面朝下合扑趴在地上，从小孩口里流出来的水弄湿了地面。他翻开看了看，竟然是个男孩子。这才明白过来：肯定是谁家扔了溺水的孩子，因为控干了水，又活了过来。想到自己家文奎是个独子，又病病歪歪的，只怕是朝不保夕，正好自己养着，就不怕绳子从细处断了。赶紧把孩子抱着上了城壕，连忙往县东赶。回到家，儿子文奎刚刚断气，还没等老婆哭出声，他赶紧说出捡拾孩子的事。夫妻俩一合计，这才偷偷把文奎的尸体裹了席片，连夜带上尸体抱上宋继武投奔邻县一家老亲戚，走到半路偷偷埋了文奎的尸体。在那里做了三年生意才回到家里，宋继武便神不知鬼不觉地就成了沈文奎。耿诚信听了不光是惊讶，多少还有点儿失落。又一想，尽管沈文奎是宋继武的真身，人家确确实实死过一回，所以没喝孟婆汤也属事实。人常说，三岁记老哩，何况文奎已经四岁多快五岁了，再加上那时候经历了短暂死亡和失忆，一切的一切都在情理之中。想到这里，为了证实关于宋继武身世的传言，故意问：沈文奎既然是你继武，咋长得像洋人？就你屁事多！前世父亲脸唰地红了，转身就走，回过头撂了一句：进了沈家门，就像沈家人！耿诚信知道他是替自己打掩护，这才相信，柴炭巷福音堂的神父，回国前喝醉酒给他说的那件事，确实是酒后真言！

瞎子五一连七天领着媳妇去高步宽坟上吹唢呐。两口子来到坟地，焚纸燃香奠酒。祭奠完大盘腿坐在坟前，瞎子五举着五支唢呐，呜里哇啦地吹起来，媳妇又敲鼓又打镲。苍凉悲壮的唢呐声回荡在空寂广袤的北塬上。唢呐声传到西门里，有人议论，有人感叹，有人落泪。一半为高步宽德厚，一半为瞎子两口心长！

聋子染匠如今在村小学烧开水、拉电铃，不长时间便和学校一个老教师开始了黄昏恋。这两天见人就宣传瞎子五在高步宽坟地吹的新段子：

你人少了，人气不少，有人人多，人气少了！
你钱缺了，德行不缺，有人钱多，德行缺了！
你人死了，名望活着，有人活着，名望死了！

高步宽“满七”以后，按照他的遗嘱，从他房子炕底下的石库里，把银圆全部弄了出来，几对面清点登记。包括已经花过的五千块，连同那五百元人民币所用银圆算在一起，整整是两万零二百块。最后经哼囔提议，组里、村里和镇政府共同商定：把高步宽为了躲避嫌疑，放进去那二百块银圆，留给范家和水生做纪念，其余，全部以高步宽的名义捐献国库。

县志用十六个字记述了这件事。

2012年元月至5月草于海口富苑小区

9月至11月改于海口富苑小区

2013年2月至3月再改于杭州紫金庭院